吕留良全集

③

俞國林 編

國家清史編纂委員會·文獻叢刊

中華書局

吕留良詩箋釋序

注詩之難，倍於作者。蓋作者旨在造意，而注者必徵其實也。造意則可以惟志所適，徵實則須知人論世。説詩者，凡作者一名一事，必敺其朔，雖作者不必讀此書，而注者不能不存此心也。作者之志，固當巽文逆之，然又不可泥於文辭，不則匙有不死於句下者。周無遺民，固哉高叟，徒爲笑林添一掌固爾，於作者乎何有？夫人情好易惡難，所以振古以來，詩人多而注者少，固其宜也。昔仲尼删詩贊易，述而不作，詁訓家多以爲謙詞，然以人情校之，不亦辭其易而任其難者歟？

同里友國林兄以二十年之力治晚村先生詩，可謂勢傑之士矣。晚村先生，浙之語溪人也，語溪去吾鄉裁三牛鳴地。少時怢聞其事，長而籀其詩若文，恒有無人作鄭箋之歎。蓋晚村學問博大，凡六埶百家之書，靡不洞曉，又不幸而身丁滄桑，是時也，天崩墜窾。晝成靈根，足下已無宋土；書署甲子，舉頭非復晉天。儀賓之裔，夆在皁隸，毁家紓難，事又不成，始隱於醫，卒遯於僧。腥臊之氣日卧，窫鞠之志采𣪠。其發而爲歌詩也，傷心猶冬青之泣，厲意同西臺之深，辭多晦澀，索解匪易，承學之士每苦其難讀。兄之爲晚村詩也，秝時二十載，訪書十三省，孳孳矻矻，庸力綦勤，每下一誼，顤若仌釋，太山弗乁，乃猶不自足，遲遲至今栞布者，謙也。宷定異文，諟正侻譌，攷訂譔作年月，坿録相關文獻，以時編次，有條不紊，疑者區蓋不言，昚也。予讀竟，不禁緟有感焉。今之注家，槩多叚手機械，用力甚寡而集事甚易，枝葉扶疋，衙人耳目，無預本旨者夥，其注也與不注等，此書無是也。或有詅癡小慧，點畫未彻，乃哆言六書；句讀不知，而高譚義理；景響附會，幾類射覆，其注也弗若不注，此書無是也。予因是奉籀至再至三，惟望洋向若驚歎而已！吁，是書之出也，豈犆晚村之功臣，亦箋詩家之槷極也，斯則可以卜而知之矣！

予年十八九，始識兄，而兄之治晚村詩亦蘿蘥於是。逮兄去家游於上庠，予則摽藘四方，廁身營飽，年廑一二面，面必以談學爲樂，乃雲泥牉涂，兄學孟晋，予學就荒。肆兄廾事中華，每歸里，必要予聚，聚必談晚村詩，予惟龔聽而已。顧兄虗懷若谷，學益大，氣益下，無叴叴之色，屢承下問，俾予得從容肆其狂瞽之言。自知擊鼓雷門，無埤實學，而兄始終無牾色，予因是益知兄所學之深、所養之粹。日月居諸，欻更廿秋。昔者新知，尚少陸士衡作賦之歲；今茲舊雨，已逾曹子桓老翁之年。凡在有情，感畞繫之；撫念今昔，能不依依？書既成，兄以予爲知此事之顛末者，命敘之，忝在知交，誼不克辭。惟性佝務，見聞㥂逛，聊叕因緣，以爲騶唱爾。磊淳之辭，不足重此書，而此書適足以重我，何其幸也，何其幸也！乙未孟夏，同里友弟郁震宏謹敘。

目録

何求老人殘稿卷三

何求老人殘稿卷四

何求老人殘稿卷六

何求老人殘稿卷七

何求老人殘稿卷一

萬感集　五十四首

此一集詩，編年最難。雖晚村生前曾將之乙定，然猶有錯亂者。原編以東莊雜詩起，爲能總括彼時之心情，亦即題名所謂「萬感」者也。其中寄秦開之先生、看張鉏菴種菊醉歌、送子度游吴門、留别社中諸子與登句曲毘盧閣數詩，經考證，以爲原編不確，遂重爲釐定。

此卷編年始自順治五年戊子，終於順治十七年庚子。自題星書、題白虹硯兩詩，不詳所作年月，以原集中編次，隸於最末。此一段時間，晚村交友不廣，僅得與里中諸子及附近一二志士相過從。其時心情，誠亦苦悶，蓋滿族入主，天地翻覆，鐵蹄過處，生靈塗炭。從子受戮，抛頭灑血；兄長病廢，長歌當哭。晚村其時始避亂歸里，家園殘破，備嘗艱苦，然而「未能言决絶」者，爲「直以戀交親」故也。此時之詩，多荆棘銅駝之音，楚囚越吟之聲。緣事而作，因情而發，萬感集焉。

是集原編詩二十六題四十八首，今據觀始集輯得憶故山鄉里詩一首，據集外詩輯得道中感事、同胡天木孫子度訂東莊詩約、送杜退思之金陵及飲四兄處與曹叔則分韻四題五首，共計三十一題五十四首。按，觀始集，順治十三年丙申魏裔介輯刻。録晚村憶故山鄉里詩，蓋原詩後轉入東莊雜詩，故未置殘稿中。又按，集外詩，附於詩稿本之末，録各本未收詩二十一題共三十二首（其中次韻答黄晦木二首，第一首之頷聯與集中餘姚黄晦木見贈詩次韻奉答詩相同，疑集外詩所録爲草稿，詳參倀倀集）。集下原跋曰：「按此卷詩，正先生病卧中删棄之作也。一生吟詠，當不止此。於語溪鍾氏架上得之，亟爲鈔録，虬鱗片甲，亦不得不珍惜也。柞水後學□□□謹識。」跋者未留姓氏，柞水亦稱柞溪、柞川，在今桐鄉市龍翔街道，僅「柞水後學」四字，實難知其人。又據其下送人詩注，以爲所送之人即黄太沖之子，並謂曾以此解「質諸女陽鍾改翁，改翁深以爲是。然伊係靜遠先生之子，此等處必有可據」，則其人當未曾親炙於晚村也明矣。靜遠，爲晚村二兄仲音之壻，而晚村之從壻。仲兄仲音墓誌銘曰：「女三人：長適庠生鍾定，次適曹嶽起，三適胡士琳，皆同邑。」按，鍾定，字靜遠，詳參倀倀集鍾靜遠攜酒同胡圜表集飲次改齋韻詩。

送子度游吴門 三首

故國皆殊域〔一〕，他鄉豈遠行。詩囊隨路拾〔二〕，粉本遶山成〔三〕。濃樹湖邊屋，低帆柳外城。漁榔與僧磬，夜泊最關情。

掃徑一爲别〔四〕，閉門曰予歸。偏於出入處，憶得友朋稀。菱浦浮鷗破，菰田宿鷺飛。知君興會好，只是惜離違。

笠澤吾亡命〔五〕，苕溪君播遷〔六〕。天生種秫耦〔七〕，人欠買山錢〔八〕。詩畫難論價，煙波小結緣。歸來休問訊，且復對床眠。

【箋　釋】

此詩作於順治五年戊子春。

按，子度，姓孫，名爽，號容菴，又號抱膝居士，崇德人。生於明萬曆四十二年甲寅四月初五日，卒於清順治九年壬辰五月二十八日，終年三十有九。生平參見晚村孫子度墓誌銘（見後）。順治四年丁亥春，子度因弟子諒功（晚村從子）事受杖。歸後，即往來於苕溪、崇德間，「苕溪君播遷」者，正是指此。其時，子度窮困異常，以至「時時絶粒」（容菴詩集卷六丁亥除夕雜感第二首小注），所謂「欠買山錢」者，亦指欲隱居而惜無術以養其身者也。故於次年早春，往吴門學畫，欲求一藝以糊口，「詩畫難論價」云云，亦爲此而發。然未幾即旋返家門，乞食苕霅間。其中原由，參見本卷子度歸自晟舍以新詩見示詩之箋釋。

晚村謂子度「喜作字，能合魯公、率更、海嶽爲一家。間破墨作圖畫，老工歎爲不能及」，其墨跡今存天放翁集序（容菴文集作芳渚吟序）一篇，順治年間木版寫刻，筆法高古，間含孤憤之情、鬱勃之氣，亦可想見其爲人。曹叔則謂子度「書品畫法，無一不綜其要」（孫容菴先生文集序），其畫雖未得見，然集中時有題畫詩，如戲書畫册後一絶曰：「胸中逸氣芒欲吐，水鳥山雲總自憐。莫遣餘人閒著語，且留楮尾待千年。」（容菴詩集卷一〇）蓋亦寓情於畫者。

子度得詩後，亦賦次韻詩三首以謝（見後）。

【資　料】

吕留良孫子度墓誌銘：崇禎十一年戊寅，余兄季臣會南浙十餘郡爲澄社，雜沓千餘人中，重志節能文章好古負奇者僅得數人焉，孫君子度其一也。越三年，子度擇同邑十餘人爲徵書社。時余年十三，子度見其文，輒大驚曰：「非吾畏友乎？」社中曰：「稚子耳。」子度曰：「此豈以年論耶？」竟拉與同席。……余從子諒功從子度游，館荒園水閣，余時往就之，論列古今及當世，擘畫慷慨明瞭，皆可旦夕施行者。案畜日本佩刀，長二尺，自爲銘曰：「吾與汝俱廢置而不試，天下洶洶，太平其可致乎？」……丁亥，從子殉難虎林，固至性素然，然師友之感勵多也。當從子被收，適在君墨兵齋中，獰卒並縛去，錮吴山閱月。及訊，從子謾罵，君力爲之爭其善，致受杖。然亦以此直之，放歸，纓絶醢覆，琴碎海枯，自是埽跡城市，往來苕霅間，成悽孤幽渺之致，視昔之豪壯一變。如是者六年，竟以鬱瘵死。嗚呼！其不可及也。子度長身玉立，廣額修髯，兩顴插起如華嶽，劍眉濃矗，紫眸爗然，望者以爲神仙。平居塞默，似不長於言者，及議大事，對鉅公，析疑送難，衆噤不敢發，則侃侃瀾涌，洞中樞要，吐音清迴，若鸞鵠之伏百鳥也。……年二十三，以高等補杭郡廩生，名噪遠近，與四明萬泰陸符、錢塘卓回沈佐、餘姚黄宗羲宗炎、嘉善魏學濂互相期負，而遽罹國變，即奮然厲冰雪之守。有勸之出者，怒不答，作貞女傳以自託焉。爲文清挺岏峍，不傍籬樊，虞山錢牧齋稱有老泉父子與近世歸太僕風。而其奈何不能自已者，一寄之於詩。……喜作字，能合魯公、率更、海嶽爲一家，間破墨作圖畫，老工歎爲不能及。憶余初得交子度，竊意東南如許，所見不數人，必吾足目不廣；及變亂，即所謂數人者，或碌碌死，或改節死，或老而衰，求如子度之皭然又不易得也。然自子度死二十三年，余足目亦數更矣，並所謂數人者未之多覯焉，更可怪也。昔與子度游者，皆重自標置，有老友干賄，子度庭訶之，即改戢。又有邑吏某、賣藥某慕其風，皆好賢樂施以自親。自子度死，習俗益汚下，向之同社，面目變換至不可識。驕者以奴隸辱故人；諂者多潦倒自貶，白頭拜門，走於時貴；後起恣惑聲利，不復知名義爲何物，狂敗無恥，恬不相詫，使子度及見之，其憤疾當復何如，固不如不見之爲愈耶？然子度而在，意其人有所畏，都不至此，亦未可知也。以是歎賢者之存亡，其繫人士風俗之重也如此，若子度者烏可復得哉！夫子度一人耳，其名位甚不足動人，然則士誠賢正不在多也。而余之媮惰無狀，其生也不足爲重輕，以負吾死友之知，抑又可哀已矣。（吕晚村先生文集卷七）

黄宗會哀孫子度文：壬辰九月九日聞崇德孫子度卒，不勝泫然。子度淵靜内朗，蕭然一室，能終日不言。崇禎末，處士爭爲犄角，以聲名相軋，語水尤其孟浪張皇，子度居其間，獨落落然不因人熱。癸未秋，予與仲兄抵崇德，子度家居，距城二十里，時已下晡，子度聞予輩寓東寺，薄暮輒馳至。適大旱，五十日不雨，偶出予招土龍辭視之，不意其擊節相推許也。因言：「今天下土崩之勢已成，豪傑亦無如何，聞四明多奇山水，巉峭難入，度可苟全性命耳，能作侶樵堂侯我乎？我固君邑人也，遷兹纔四世耳。」予始知子度其先餘姚人云。翼日過子度舍，穉桐小松林立，有小丘廣十餘丈，高防之桑柘石鼎，惓然可思，遂要之出京口，泝長江，至留都而別。踰年而神京失守，胡馬南馳。又踰年而嗣帝北狩，西浙先没於胡，又踰年而東浙相繼淪溺。先是，子度門人吕宣忠者，間走東浙，受監國命，約東太湖亡命，至是而發覺，從子度所捕得之，於是子度亦踉蹌對簿。主者方據案若哮虎，睨子度儽然儒者也，厲聲詰之曰：「吕某非若弟子乎？」曰：「然。」曰：「奈何教之反乎？」曰：「某亦教之忠義，不虞以爲反也。」主者視其瞻對從容，榜掠數十而止。子度既出，友朋間多義之者，醵金以計其醫藥，適見宋元畫數十幀，即傾橐以購之，曰：「此敵國之寶也。」玩弄遂忘其痛。子度詩，閈肆可喜，其文水涌而波騰，惜乎摧其盛氣，中道折之也。頗聞語水之間務聲名者至今未止，宜乎子度並其前者而賤之，所見遠矣。（縮齋文集）

孫爽後感遇詩之四：五歲就家塾，屬偶駭里師。十五之西湖，名賢賞清詩。二十氣何鋭，激昂思有爲。結友江南北，四座皆奇姿。會當爭國是，致君如葛羲。上書卒不報，志氣隨低傕。於邑類思女，春愁暈兩眉。時時與影語，掩面雙淚垂。猶言勿太苦，夫君會見思。云何女未嫁，已抱寡婦悲。梯山山有崖，航海海有涯。此恨豈終極，那知淚盡時。（容菴詩集卷四）

孫爽將自苕入吴吕莊生以三詩贈行次韻答之：一村鴉自限，萬里雁横行。兩者皆堪法，相識亦性成。任春窺甲第，弄水落江城。故國跡如掃，知非不及情。

苕隱偏余習，行窩客似歸。焚香除地訖，清簟鼓琴稀。杖叩木魚出，燈摇紫蝶（花名）飛。旋風忽料峭，頗惜與君違。

善治成吴俗，吾師已再遷（余幼學畫於僧珂雪，已又學於孟陽程丈）。賣文真餓死，乞畫直論錢。芒角胸中逸，溪山楮上緣。他時留一壑，應著幼輿眠。（容菴詩集卷六）

【注釋】

〔一〕故國：江淹去故鄉賦：「泣故關之已盡，傷故國之無際。」杜甫客居：「覽物想故國，十年別荒村。」殊域：孫綽喻道論：「周之泰伯，遠棄骨肉，託跡殊域，祝髮文身，存亡不反。」（釋僧祐弘明集卷三）

〔二〕詩囊：歐陽修新唐書卷二〇三李賀傳：「每旦日出，騎弱馬，從小奚奴背古錦囊，遇所得書投囊中，未始先立題，然後爲詩，如它人牽合程課者。及暮歸，足成之，非大醉弔喪，日率如此，過亦不甚省。母使婢探囊中，見所書多，即怒曰：『是兒要嘔出心乃已耳。』」

〔三〕粉本：夏文彦圖繪寶鑑卷一：「古人畫稿謂之粉本，前輩多寶蓄之，蓋其草草不經意處有自然之妙。」

〔四〕「掃徑」句：杜甫客至：「花徑不曾緣客掃，蓬門今始爲君開。」

〔五〕笠澤：陸廣微吴地記：「松江一名松陵，又名笠澤。（闕）越代吴，禦之笠澤。其江之源，連接太湖。」此指太湖言。

〔六〕苕溪：樂史太平寰宇記卷九四湖州：「霅溪在（烏程）縣東南一里，凡四水合爲一溪。自溪玉山曰苕溪，自銅峴山曰前溪，自天目山曰餘不溪，自德清縣前北流至州南興國寺前曰霅溪，東北流四十里，入太湖。」因夾岸多苕，秋後花飄水上如飛雪，故名。

〔七〕種秫：房玄齡晉書卷九四陶潛傳：「以爲彭澤令，在縣，公田悉令種秫穀，曰：『令吾常醉於酒，足矣。』妻子固請種秔，乃使一頃五十畝種秫，五十畝種秔。」

〔八〕買山：劉義慶世説新語排調：「支道林因人就深公買岬山，深公答曰：『未聞巢由買山而隱。』」顧況送李山人還玉溪：「好鳥共鳴臨水樹，幽人獨欠買山錢。」

園林早秋 四首

池館莽蕭森，遥天起夕陰〔一〕。樹生窮老意，燕發别離心。病骨蘇先覺〔二〕，愁腸割更深〔三〕。一聲空外至，記得去年砧〔四〕。

可怪傾欹壁，堅牢仗薜蘿。貧家秋事少，破屋夜聲多。雨斷一蟬弄，日斜雙蝶過。故人書近絶〔五〕，不復報如何。

爽氣朝來迴〔六〕，西園景愈清〔七〕。鷺翻黄荻影，雁落碧梧聲。輕薄葛衫見，疏離竹簟生。尋常看節序，不似此傷情。

面槁驚風厲，窗虚曉更吹。霜禽號異域〔八〕，露葉泣非時。遇物皆成歎，爲心那不悲。小樓深閉卻，莫遣早秋知。

【箋釋】

此詩作於順治五年戊子秋。

按，順治二年乙酉四月，吴易、沈自駉起兵太湖（徐鼒小腆紀傳卷四六）。晚村與從子諒功從之（高宇泰雪交亭正氣録卷二）。八月，沈自駉兵敗，吴易收集散亡，與浙爲聲援。諒功走謁魯監國於紹興，授「扶義將軍」，從吴易軍。順治三年丙戌六月，吴易兵潰，被執，不屈死（徐鼒小腆紀傳卷四六）；八月二十九，明紹宗隆武帝朱聿鍵遇害汀州（徐鼒小腆紀年卷一三）。

晚村乃與從子諒功竄跡山林，據看宋石門畫輞川圖依太沖韻詩曰：「憶我乙酉避亂初，全身持向萬山棄。銅鑪石鏡公山溪（在臨安縣南，與富陽、桐廬諸山溪相連），嶴轉灘開負奇致。」（倀倀集）張符驤呂晚村先生事狀亦曰：「李自成陷北京，烈皇帝崩於亂。先生哭臨甚哀。……於是散萬金之家以結客，往來湖山之間，跋風涉雨，備嘗艱苦，其詳不可得聞。」（閔爾昌碑傳集補卷三六）又祭董雨舟文曰：「憶年十七，追逐亂始。余毁厥家，公妙頬齒。經營巇澤，連絡首尾。麈扇所及，如潮赴海。海凍龍沉，蛇返鄉里。」（吕晚村先生文集卷七）然所謂「蛇返鄉里」者，何時耶？據友硯堂記載：「予幼嗜硯石。……遭亂，竄跡山水，其佳者不忍舍，則託之村友，村友死於兵，硯盡散失不可問。戊子以後，歸理筆札。」（吕晚村先生文集卷六）如此，則晚村之歸崇德，當在順治五年戊子。

「園林」者，殆即友芳園。參見本卷季臣兄卧病欲荒園詩之箋釋。季臣有園林夜月詩曰：「野煙初散後，明月度高林。夜静光逾白，山空照遠心。蟾魄無今古，人情自淺深。試從兹地看，獨戀草堂琴。」又有園林落葉諸詩，詳參季臣天放翁集，兹不具録。

「病骨」者，當指晚村受箭傷之事，據後耦耕詩「箭瘢入骨陰還痛，舌血濺衣洗更新。到處有情殘藥裹，别來無恙舊頭巾」（夢覺集），嚴鴻逵釋略曰：「子自言左股曾中箭，遇天雨輒痛。」故云。

【注釋】

〔一〕「池館」二句：謝朓游後園賦：「惠氣湛兮帷殿肅，清陰起兮池館涼。」又杜甫秋興八首其一：「玉露凋傷楓樹林，巫山巫峽氣蕭森。江間波浪兼天涌，塞上風雲接地陰。」

〔二〕「病骨」句：徐寅病中春日即事寄主人尚書：「層冰照日猶能暖，病骨逢春却未蘇。」

〔三〕「愁腸」句：柳宗元與浩初上人同看山寄京華親故：「海畔尖山似劍芒，秋來處處割愁腸。」

〔四〕「一聲」二句：杜甫擣衣：「亦知戍不返，秋至拭清砧。已近苦寒月，况經長别心。寧辭擣衣倦，一寄塞垣深。用盡閨中力，君聽空外音。」

〔五〕「故人」句：杜甫狂夫：「厚禄故人書斷絶，恒飢稚子色淒涼。」

〔六〕爽氣朝來：劉義慶世説新語簡傲：「王子猷作桓車騎參軍，桓謂王曰：『卿在府久，比當相料理。』初不答，直高視，以手版拄頰云：『西山朝來，致有爽氣。』」

〔七〕「西園」句：曹植公宴詩：「清夜游西園，飛蓋相追隨。」

〔八〕異域：蓋指園林之外，已爲滿清所占，故云。李陵答蘇武書：「相去萬里，人絶路殊。生爲別世之人，死爲異域之鬼。」蔡琰胡笳十八拍：「胡與漢兮異域殊風，天與地隔兮子西母東。」

亂後過嘉興 三首

兹地三年別，渾如未識時。路穿臺榭礎，井汲髑髏泥〔一〕。生面頻驚看〔二〕，鄉音易受欺。烽煙一悵望，灑淚獨題詩。

雪片降書下，嘉禾獨出師〔三〕。儒生方略短〔四〕，市子弄兵癡〔五〕。炮裂磚摧屋，門爭路壓屍。縋城遺老入，此地死方宜。城臨陷，徐虞求先生獨縋城入，死之。

間有生還者，無從問故宫。殘魂明夜火〔六〕，老眼濕秋風〔七〕。粉黛青苔裏，親朋白骨中。新來鄰里別，只説破城功〔八〕。

【箋釋】

此詩作於順治五年戊子秋。

按，當順治二年乙酉，晚村與從子諒功往從吴易義兵時，途經嘉興，戰前風景，依然大明服飾。五月，清兵渡長江，南明亡。「閏六月，薙髮令下，嘉興民揭竿起者數千人，翰林屠象美主之，（錢）棅毀家充餉，事敗，殺於湖」，屠象美「顧文士，不知兵，迎都督僉事陳梧爲師。倉促起事，資糧、甲杖復不備，大兵自杭州遣騎兵襲之，城上聞笳角聲，已膽落，戰敗出走，爲亂民所殺」，「屠象美、錢棅既死，（鄭）宗彝復袒臂呼市上，從之者千人。城守十有六日，有通款於王師者，城遂陷。宗彝與弟宗琦戰死，一門皆盡，城亦被屠」（徐鼒小腆紀傳卷四七）。與「揚州十日」、「嘉定三屠」同爲一慟。故詩中「路穿臺榭礎，井汲髑髏泥」、「粉黛青苔裹，親朋白骨中」者，誠是寫實，非虚語也。全襄孫嘉禾歸棹詩小序曰：「余自丙戌以來，足跡未嘗出門。丁亥，以萬不得已事至嘉禾，傷心觸目，誓不下山矣。」詩曰：「不道柴車客，俄然墮地來。衣冠都志怪，耳目盡銜哀。似此塵蹤健，能都道力衰。真成司馬悔，從此杜蒿萊。」（續甬上耆舊詩卷二四）孫爽嘉禾書所見詩曰：「百里斯行役，驚心乃數端。無家愁燕子，索米縛銜官。十鼠真同穴，千門僅井幹。競誇胡騎射，誰復漢衣冠。女子窺兵略，兒童挾赤丸。買書搜馬勃，稱疾半瘡殘。午夜傳烽至，登樓一望寬。」（容菴詩集卷六）可以互觀。

徐虞求，名石麒，字寶摩，號虞求，嘉興人。生於明萬曆六年戊寅，卒於弘光元年乙酉，年六十八。卒後，陳子龍作行狀，黄宗羲爲神道碑，明史收入本傳，詳見後文。

【資料】

陳子龍皇明殉節光禄大夫太子太保吏部尚書虞求徐公行狀：臺省交章以爲公老成，不宜去，上亦時時念公，語諸大臣有總督本省之議，議未定而西寇益急。公旦夕遣客偵探，至廢寢興。已知漸逼畿甸，痛哭竟夜，質明遂爲文檄同志起義兵，悉吳越之甲，北首赴難，題曰當哭，文多不載。不十日而鼎湖之問至矣，公一慟垂絶，絶粒者數日。已而曰：「徒死無益，當圖報仇，然後見先帝於地下耳。」遂定繼嗣，嫁二幼女，悉遣姬媵，厲必往之氣，枕戈投袂，屨及於窒皇。見者雖懦夫，無不感動。未旬日，而弘光帝監國，尋即位。起公爲右都御史，旋晉冢宰。是時，南都草創，天子恭默，中貴人、勳戚、外鎮互相附麗，政柄不一，請託公行。公單車就道，幹僕不過三人，至即居公署中，門無私謁，嶷然獨行其意。諸司所呈無鉅細，必親自裁決，或批駁再四，務當乃止。因條上其事：一曰定官制以肅體統，二曰慎破格以養名士，三曰行久任以臻實效，四曰慎名器以端士習，五曰嚴起廢以維國法，六曰明保舉以儲真才，七曰交堂廉以銷朋黨。又以年例之設所以佐計典之窮，自更例轉爲優升，而優劣莫辨，勸懲兩疑矣。事雖報可，而中所陳多忤權貴意，及會推，諸大僚惟核才品，不徇方隅。執政者益不懌，啟事多格不行，用人或以中旨，不由部推，而一二思躐要津者，以公不滿其意，齗齗如也。推登極恩，進階光禄大夫、太子太保，然公去志已決。一日朝罷，有一中貴忽於衆中揖公曰：「公非大冢宰徐公耶？」曰：「然。」「某有門生某令者，才而賢，可任公屬吏，公有意乎？某居中能爲公地也。」公愕然拒之，退而自念，雖先朝閹寺極横時，亦無公薦人於朝堂者，紀綱墮壞盡矣。因上疏糾論，留中不報矣。而推臺省年例，當出爲藩臬者，其人竟留用，因上疏排公，公遂謝病以歸，在銓僅三月耳。舟次京口，見北事日迫，復馳奏以前使不可恃，宜再遣忠義大臣通和好，約討賊，而内修江淮守禦，其惓惓不忘君國如此。蓋自公歸，而稗政益甚，宵人盈朝，國事遂無望矣。明年五月北兵渡江，車駕倉卒西幸，公得報痛哭，走白禾郡守土吏，計所以效死者，乃三吴百城望風納印綬，獻圖籍，官吏非降則竄矣。貝勒抵境，移書於公，歆以高位，公答書甚峻，且曰：「某素晻弱，不能匡救本朝，豈能裨益時主，惟有節義，宿所自矢，不敢後人耳。」自此走村野，不復見人，然猶馳獵告四方同志，思後圖。各郡義兵起，公慨然曰：「我固居城中，向以上下主納款，計無復之，故遯鄉曲，今既城守，雖不足恃，安可不入以爲民望？惟有城存與存、城亡與亡耳。」時敵兵已逼城，公乘間啟關以入，民見公至，衆志始定。公晨夕立睥睨間，勞苦諸子弟治守具。而初起事者，自相攜貳，至仇殺，治兵益懈。内無解帶之固，外無浮子之援，遂至不守。公聞城陷，北向謝陵闕，拜家廟，自經於廳事之北楹。鄰父老排扉入救，蘇而謝遣之，紿之曰：「若等姑去，我亦行耳。」卒闔户以殉，時閏六月二十六日也。從死之僕二人，曰祖敏、李昇。敏少相隨，典書記，通道理，其感奮尤先云。公忠誠正慤，造次不貳，齊家以禮，餘風所漸，雖在僕御，咸知大義焉。時毳幕遍郊，百里無人跡，公嗣子爾穀間關百計，凡二十餘日始得入城，負公屍置槥櫝中以出。方當溽暑，顔色如生，鬚髯戟張，凛然生氣，忠義之士，史册所載，蓋豈誣哉！公清高絶俗，其淡泊自處，天性然也。……雖交滿天下，然生平同德稱蘭石者，莫過於御史大夫劉公宗周、大中丞祁公彪佳、小宗伯吴公麟徵、左納言侯公峒曾、考功郎夏君允彝、茂才顧子明德、許子琰，今諸公皆與公後先殉難，即公之取友可知也已。予嘗私謂冢宰之德，清嚴廣大，俱不可偏廢，而尤以規鑑爲本，即前輩多賢，如徐公者鮮矣。及公登用，而事已不可爲，國運方頹，善人無禄，豈不信哉？公性純孝，以父心虞公不及禄養，因自號虞求，以志永思。……公生於萬曆戊寅，没於弘光乙酉，壽六十有八。……嗟乎，子龍安忍以狀公哉！子龍少而辱知於公，資拔獎，致邁子等倫。癸未之冬，公以大司寇家居，予于役禾郡，見世事傾蕩不可爲，惟辦一死耳。及公居冢司，而子龍備員言路，事無巨細，罔勿諏詢。時邪説充塞，志不得行，予先爲拂衣計，公曰：「子既勇退，我老人，安可施六卿之上以致狼狽哉！行且休矣。」予歸一月，而公亦去國。三吴淪覆，予行遁於野，公三遣使貽書，以「敵人深入重地，天時向暑，溝塍污潰，非戎馬之利。奮其耰鋤，可當干盾，子其勉之」，不逾月而公殉難矣。嗟乎，子龍既不能補公之志，又不能從公以死，其何以狀公哉！第以生平知己無逾公者，而海内故老遺臣，漸已凋喪，子龍雖生晚，幸稍習公。今旦暮且死，誠不忍無所紀述，以没公之懿行。（陳忠裕全集卷二九）

黄宗羲光禄大夫太子太保吏部尚書謚忠襄徐公神道碑銘：崇禎末，大臣爲海内所屬望，以其進退卜天下之安危者，劉蕺山、黄漳海、范吴橋、李吉水、倪始寧、徐雋里屈指六人。北都之變，范、李、倪三公攀龍髯上升，則君亡與亡，蕺山、漳海、雋里在林下，不與其難，而次第致命，蕺山以餓死，漳海以兵死，雋里以自磬死，則國亡與亡，所謂一代之斗極也。雋里徐公諱石麒，字寶摩，號虞求，家本秦川，宋南渡，始遷嘉興之畫水。高祖端，曾祖向上，祖養蒙，父聞韶，自向上以下皆贈宫保、尚書。妣錢氏，封太安人，贈一品夫人。公少好學，有清才，强記博覽。年十七，補其邑諸生，以家難棄去，再補青浦諸生，則年三十餘矣。天啟戊午，先忠端公分房南闈，始舉公賢書。壬戌登進士第，授工部營繕司主事，管節慎庫。庫與中人惜薪司交鬬，逆奄專權，有所調發，主者奉行惟謹，猶恐不得其歡心。公在事，多格之以令甲，逆奄不悦。中人冬衣靴料，初不過三萬金，内操增至十二萬，前司空鍾羽正以稽留去官。至是，逆奄欲預支，已得請於上，公又以故事持之，逆奄大怒。會先忠端公下詔獄，公納橐饘募金抵誣贓，思所以出之。逆奄知之，恨愈甚，遂以新城侯王昇、博平侯郭振明之發葬價，罪公削籍。烈皇登極，誅逆奄，起南京禮部郎中，改吏部文選司。崇禎乙亥，改考功司，冢宰鄭三俊、掌院范景文主南計，公佐之，奏免七十八人。是時主北計者謝陞，烏程私人，無不庇之，而南計反是，烏程無以難也。轉尚寶司卿，應天府丞，署尹事。其地爲民患苦者，無如僉報馬户一事。應天九驛，使命徵發無時，出農里以役衙前，無不立困。而又奉旨裁減驛遞，縮食縮馬，本足相當。當事者不權輕重，食縮而馬如故，時民益困。公以爲救之莫如召募，且勾其胥吏之所乾没者，其資有餘。積年之患，一日而除。戊寅入賀元旦，鄭司寇以輕比失上意，下獄。黄少詹道周、黄庶子景昉言之於經筵，上怒未回。公言：「皇上御極以來，麗丹書者多大臣朝士，即使盡皆情法允協，已是幽陰景色，而況威嚴之下，株連蔓引，九死一生。今皇上以輕擬之故，深督三俊，恐將來必有承順風旨，以鍛煉爲能事，以鉤棘爲精神，非復皇上慎獄之本意矣。」疏上三日，上御門，口傳出三俊。國家典故，未有御門之日有宣諭者，即上所攝逮大臣，亦未有六日即釋之者，非公忠誠悟主，何以有此？公起廢籍，歷官南京十二年，至是始入爲左通政，轉光禄寺卿，晉通政使。天子治尚綜合，棄子斥臣莫不造作端末，妄生首尾，萃於納言。主者幾若承行之吏，不然則絞訐相摩，叫呼已及之矣。公廋情匿奸，懸見立剖，必使之詞窮意竭而後冰駭風散，自公作納言，告訐之風少息。尋陞刑部右侍郎，會推閣員，冢宰李日宣先後推至二十餘人，公與焉。上召對與推諸臣於中極殿，公稱疾不至，時上已入陳演之譖，越翼日，下日宣於理，及與推三人，始服公之先幾也。轉左侍郎，署部事，旋即真，爲尚書。公言：「邇年以來，刑官擅背條律，嚴文剋剥，遂使各司上下其手，胥吏因緣爲奸。刑獄繁興，干和召慼，僥倖苟免之徒，闕節賄營之盛，雖日誅之而不能止矣。」因糾近日附會律文之謬者數十事，時貫城滯獄不下萬人，重文横入，多窮怒之所遷，及清獄之議，發自宜興，而宜興簠簋，人不見信。公理問端，其冤嫌久訟，莫不曲盡情詐，壓塞群疑，即被罪而去者亦緣道謳吟。然公未嘗盡主姑息，一時關係大案，俄頃而定。陳新甲下獄，政府六卿無不爲之營救，公言：「俺答闌入而丁汝夔伏誅，沈惟敬盟敗而石星論死，國法炳如。後此綱紀陵夷，淪開陷瀋，覆遼蹙廣，僅誅一二督撫以應故事，中樞率置不問。故新甲一則曰有例，再則曰有例者此也。不知親藩膏刃，百城流血，夔、星之罪，若是烈乎？春秋之義，人臣無境外之交，戰款二策，古來通用，然未有身在朝廷，不告君父而專擅便宜者。辱國啟侮，莫此爲甚。」上覽疏心動，宜興面奏：「國法：大司馬兵不臨城，不斬。」上曰：「他邊疆即勿論，僇辱我親藩七，不甚於薄城乎？」即日棄市。中人劉元斌監軍討賊，御史王孫蕃劾其淫掠，逮問，司禮王裕民漏泄，疏未抄而元斌辯至，上並下裕民於獄，言：「裕民職任提督，禁旅殺掠，代爲欺隱，法難輕縱。」公上爰書，言：「隱人之惡與身自爲惡者有間，終不可以元斌爲首而裕民爲從，律内『奏事詐不以實』條，止擬一配，注『以其欺君也』。然則繩欺之法，亦止此矣，加等至煙瘴已極。過此以往，非守法之臣所敢擅入也。」上召公面諭而始決之。洪督救錦州之圍，束馬未動，職方張若麒以司馬私人出關督戰，洪督不得已，從之進而兵潰。若麒從漁舟遁還，關外精鋭，喪失俱盡。若麒就理而有奥援，司官遷延不讞，時本司韓一臣出守，公批此案未結，竟不聽新除。爰書：「以本案爲例，王樸倡逃，誅矣。倡逃者豈可緩誅？陳新甲誤國，辟矣。誤誤國者胡能延辟？欲彰軍政，宜赴藁街。」上寬秋後。他如辨定丁督、許帥，不假借以温筆，或從或不從，而公之不爲燥濕輕重則一也。最後而有熊、姜之獄，卒以執法去位。當是時，宜興當國，興化後起，而風價稍高。一時臺省各相依附，爲反復憸滑之術，以構兩相。於是附宜興者爲南黨，附興化者爲北黨，章疏詭給激訐，莫不有謂。上亦心厭言官之聒而惡之，有無名子疏二十四氣，達之御前，上益信，手敕申戒。給事中姜埰言上中謡言單辭，厭薄言官。行人熊開元屏人密奏宜興過失，上皆疑爲押合故智，下之詔獄，且欲賜死獄底，蕺山於召對犯顏救之。蕺山革職，公言：「皇上欲求詭避趨時之臣，舉朝不乏；若欲求廉頑立懦維風之臣，舍劉宗周無與歸矣。」不聽。然上亦凛於公論，收回密詔，改下刑部，公輕擬，不狥上意，奉旨閒住。公去而國事益急，彷徨一旅，冀赴賊俱死，而北變已至。南都嗣興，起公爲右都御史，未至，改吏部尚書。大業草創，人心未附，聞公與蕺山、漳海之出，天下始無寡弱之憂。公以國家之敗由官邪也，方欲條品人物，簡落狐狸，易危亡之轍。而馬、阮傳通姦賂，毁裂恩仇，孽勳悍將，宫奴市儈，時相爲帝。中旨賢於部推，私門熱於廟堂，黔首囂然，公猶以祖宗之法汰彼已甚，不因流極之運刓其方圓也。馬士英希心列侯，中人韓贊周請加恩定策五等延世，公覆：「世宗以外藩入繼，擬封輔臣楊廷和、蔣冕伯爵，皆謙讓不遑。方今國恥未雪，扼腕拊心，諸臣豈肯裂土自榮。俟神京克復、大統告定之後，議之未晚。」又言：「福王狗難，先帝尚遺一勳臣、一黄門、一内侍驗審含斂。今先帝梓宮何處？封樹若何？僅遺一健兒應故事，則群臣之悲思大行，衹具文耳。」士英苦其折讓，凡公所上考選年例，少所稱可。御史黄耳鼎恨公例轉，蹄尾紛然，謂公殺樞臣以敗款局。公歷叙和議始末，從前小人閃揄賣國情狀始露。公與蕺山先後去國，黄童白叟皆知南都不能立矣。乙酉四月，余過嘉興，勸公避地四明山。公曰：「不可。吾東向一步，則馬、阮謂我擁立潞王；西向一步，則馬、阮謂我與卧子將興晉陽。惟有死此一塊土耳。」别後三月，干戈滿地，嘉興城守將破，公在城外，至城下呼曰：「吾大臣，不可野死，當與城存亡。」城上人譁曰：「我公來矣。」開門納之。越宿而城陷，公朝服自縊死。……時蕺山在越城，餓經七日，曰：「此降城，非我死所。」乃出城外而死。兩公死相反而其義則一，海内爲作降城歎、我公來樂府以美之。烈皇撥亂反正之才，有明諸帝皆所不及。承熹宗蕪穢之後，鋭於有爲。向若始事即得公等六七人而輔之，開誠布公，君臣一體，全不堤防，其於致治也何有！自蒲州出而失望，見制於小人，所謂君子者往往自開破綻。烈皇遂疑天下之士莫不貪欺，頗用術輔其資，好以耳目隱發爲明。陸敬輿曰：「馭之以智則人詐，示之以疑則人偷，然後上下交戰於影響鬼魅之途。」烈皇之視其臣工，一如盜賊，欲不亡也，得乎？故蕺山進告，先欲救其心術。公隨事消息，歸於忠厚。雖累逢投杼，而過後思之不置，蓋其性原不與小人合也。烏程、韓城、武陵、井研能亡烈皇之天下，而不能使猜忌刻薄之名加於烈皇者，觀兩公之遇合，而可以解於後世矣。南渡沸鼎，斗筲而叨天業，苟非公等數人虚名潤色，詎能免於閏位，亦猶文山之存德祐也。公清修絶俗，造次布素，官物貯庫，苞苴戒門，通籍二十餘載，位至冢宰，所餘不過談麈歌鐘而已。宏奬後進，士有纖芥之長，依以成名。尤急人之患難，雖側踵焦原，不忘援手。竹亭敗後籍没，公力言當事，止没其田産，而捲握之物不與；讎竹亭者，又欲竄其子弟於許都叛黨之内，公復理而出之。孝廉祝淵上書頌蕺山，緹騎逮問，公囑吴金吾勿殺義士，淵得生出獄户。一門之内，孝友濡染，義盡情至。兄弟三人，惟伯兄一子。相埋者言當遷，公曰：「有兄在，吾不敢爲主也。」母黨式微，公折契田廬，曰：「俾無忘太夫人之德。」公初以疏屬爾穀爲子，已二十六年，甲申始立柱臣爲後。或問：「後與子異乎？」曰：「然。子可私也，後不可私也。子惟父之所愛即子之，後非薦於祖禰而祖禰用馨，告於宗族而宗族不疑，不敢後也。故詩曰：『螟蛉有子，蜾蠃負之。』即人皆可爲子之證也。傳曰：『鬼不馨非類，神不馨非族。』是人不可皆後之證也。」其議禮之精如此。公條貫經史，而尤熟於朝章國紀，故其章奏尺牘，見聞周洽，鑿然皆可施行，非經生是古非今之腐談也。而又旁通九流之學，嘗推施公子禄命，謂人曰：「施四明佳人，奈何此郎不任香火。」已而果絶。公生於萬曆戊寅，殁於弘光乙酉，年六十八。娶顧氏，續馮氏，俱贈一品夫人。子爾穀、柱臣。女五人，唐堯臣、潘涣、張守、虞景堯、祝文琯其婿也。孫二人，功夒、申。余覆巢孤露，公以穉弟畜之，所不至隕越於溝壑者，緊公是賴。且少不知學，泛濫無根，公每訓之曰：「學不可雜，雜則無成。無亦將兵農禮樂以至天時地利人情物理，凡可佐廟謨裨掌故者，隨其性之所近，併當一路，以爲用世張本。」此猶蘇子瞻教秦太虚多著實用之書之意也。公死生師友之誼，過於彭宣，余感傷舊恩，不能及李燮之於王成，能無愧乎！公葬海寧園花鎮之龍山，余兩過墓下，豐碑未立，但有腹痛。辛酉，距公之歿已三十七年矣，功燮來求銘。白髮青燈，回理前緒，尚可彷彿其六七也。銘曰：國之興亡，豈以事功。曰誠曰術，何途之從。吁嗟烈皇，求治太急。一念刑名，僉壬斯集。公亦有言，王道平平。至誠透露，即是機權。行其所學，以匡烈皇。帝雖曰俞，舉國若狂。南渡爝火，專樹饕餮。公於其間，六月霜雪。大厦將傾，猶抽梁棟。泛泛溝中，以俟一閧。禦兒鴛水，黑雲壓城。蓑城毅魄，耿耿孤誠。血碧龍山，魂騎箕尾。千秋萬歲，光芒斧扆。（南雷文定卷五）

張廷玉明史卷二七五徐石麒傳：徐石麒，字寶摩，嘉興人。天啟二年進士。授工部營繕主事，筦節慎庫。魏忠賢兼領惜薪司，所需悉從庫發，石麒輒持故事格之。其黨譟於庭，不爲動。御史黃尊素坐忤忠賢下詔獄，石麒爲盡力。忠賢怒，執新城侯王升子下獄，令誣賄石麒，捕繫其家人，勒完贓而削其籍。崇禎三年，起南京禮部主事，就遷考功郎中。八年佐尚書鄭三俊京察，澄汰至公。歷尚寶卿、應天府丞。十一年春入賀。三俊時爲刑部尚書，議侯恂獄不中，得罪。石麒疏救，釋之。石麒官南京十餘年，至是始入爲左通政，累遷光禄卿、通政使。十五年擢刑部右侍郎。……宗周以救姜埰、熊開元獲嚴譴，僉都御史金光辰救之，奪職。石麒再疏留，不納。埰、開元既下詔獄，移刑部定罪。石麒據原詞擬開元贖徒，埰謫戍，不復鞫訊。帝責對狀，石麒援故事對。帝大怒，除司官三人名，石麒落職閒住。福王監國，召拜右都御史，未任，改吏部尚書。奏陳省庶官、慎破格、行久任、重名器、嚴起廢、明保舉、交堂廉七事。時方考選，與都御史劉宗周矢公甄別，以年例出御史黃耳鼎、給事中陸朗於外。朗賄奄人得留用，石麒發其罪。朗恚，詆石麒，石麒稱疾乞休。耳鼎亦兩疏劾石麒，並言其枉殺陳新甲。石麒疏辯，求去益力。馬士英擬嚴旨，福王不許，命馳驛歸。石麒剛方清介，扼於權奸，悒悒不得志。士英挾定策功，將圖封，石麒議格之。中官田成輩納賄請囑，石麒悉拒不應。由是中外皆怨，搆之去。

孫爽我公來小序：嘉興城未破前，吏部尚書竇摩徐公自外呼曰：「吾大臣，當與城存亡。」城上人譁曰：「我公來矣。」開門納之。越宿而城陷，公朝服自縊死。

其一：我公來，孤城一閉吁危哉。唯東有海海有山，胡不蹈之姑徘徊。公曰吾大臣，溝壑草草非所裁。鴛鴦湖水緑，水緑入莓苔。公豈一死以自快，嗟爾萬姓蒙其災。

其二：我公來，孤城鼎沸吁可哀。火攻次第成束手，□兒駱駝滿城隈。公死自其分，爾民何事死不回。不見田横島上客，一一仗劍如引杯。斂魂聚魄莫悵悵，從公於天懽若常。（容菴詩集卷二）

孫爽嘉禾哭冢宰竇摩徐公：四海歸清節，江湖放老成。孤城危似卵，止水識吾楹。白練非難事，黄泉有聖明。望廬迷處所，叩策怒殘兵。（容菴詩集卷六）

【注釋】

〔一〕髑髏：莊子至樂：「莊子之楚，空見髑髏。」司馬李注：「白骨貌，有枯形也。」

〔二〕生面：陌生人。女論語學禮章第三：「當在家庭，少游道路，生面相逢，低頭看顧。」（陶宗儀説郛卷七〇）楊萬里讀淵明詩：「淵明非生面，稚歲識已早。」此指滿清官兵。

〔三〕嘉禾：李吉甫元和郡縣志卷二六嘉興縣：「本春秋時長水縣，秦爲由拳縣，漢因之，吴時有嘉禾生，改名禾興縣，後以孫晧父名，改爲嘉興縣也。」

〔四〕儒生：司馬遷史記卷九九叔孫通列傳：「叔孫通之降漢，從儒生弟子百餘人。」元結寄源休：「天下未偃兵，儒生預戎事。」

〔五〕市子：歐陽修新唐書卷一一九武平一傳：「胡樂施於聲律，本備四夷之數，比來日益流宕，異曲新聲，哀思淫溺，始自王公，稍及閭巷。妖妓胡人、街童市子或言妃主情貌，或列王公名質，詠歌蹈舞，號曰合生。」

〔六〕明夜火：皇甫曾寄張仲甫：「孤村明夜火，稚子候歸船。」

〔七〕「老眼」句：楊萬里初入淮河四絶句其二：「長淮咫尺分南北，淚濕秋風欲怨誰？」

〔八〕「新來」二句：意謂新來之滿族人與當地居民（特指遺民）不同，彼輩只誇説攻破嘉興城之戰功，卻不及因戰爭所導致之災難，即王昌齡宿灞上寄侍御璵弟中「雖有屠城功，亦有降虜輩」之謂也。

秋日過孫子度

沿村秋事盡詩材，自引殘身入句來。糯酒便教三樣買①〔一〕，菊花且莫十分開〔二〕。榜門謝客蝸添字〔三〕，畫壁看山雨點苔〔四〕。一段風流須記載，水邊破屋見傳杯〔五〕。

【校　記】

①糯酒　原作「糯米」，管庭芬鈔本同，據嚴鈔本、釋略本、詩稿本、怡古齋鈔本、張鳴珂鈔本、萬卷樓鈔本改。

【箋　釋】

此詩作於順治五年戊子秋。

按，順治四年丁亥三月，子度弟子吕諒功（名宣忠，晚村姪）殉難杭州。初，諒功被執，解至浙撫蕭起元，「孫爽入謁起元，言宣忠爲己弟子，百口保之。起元曰：『若何保作賊者。』爽正色曰：『宣起義，非作賊也。』起元怒，箠四十，而殺宣」（高宇泰雪交亭正氣録卷二）。晚村孫子度墓誌銘亦曰：「當從子被收，適在君墨兵齋中。獰卒並縛去，錮吴山閲月。及訊，從子謾駡，君力爲之爭其善，致受杖。然亦以此直之，放歸。」（吕晚村先生文集卷七）

關於子度之保諒功與受杖，子度有從弟子洛書來閔予受杖詞旨頗切詩以解之一詩以紀其事。放歸後即杜門謝客，子度亦有杜門詩，所謂「杜門一區區，危坐氣荆肅」云者，即「榜門謝客」之意也。「畫壁看山」事，參見送子度游吴門詩之箋證。

詩中「自引殘身入句來」之「殘身」，嚴鴻逵釋略以爲「新經喪亂，故曰殘身」。此處亦指爲保諒功而受杖後之身，即讀忠肅于公慧安寺碑文寺爲公讀書處詩「閒庭古寺光芒異，廢碣殘身領略遲（時余爲門人受杖）」中之「殘身」（容菴詩集卷七），蓋子度當時被箠四十，且爲幽禁於杭之慧安寺（容菴詩集卷六有丙戌除夕見幽吴山僧樓卻寄仝難者、丁亥元旦僧房即事、雪後遍踏紫陽諸峰書所見及元夜武林城中步月四詩，小注曰「以上四詩，皆待罪武林作」），故云。

【資料】

孫爽從弟子洛書來閔予受杖詞旨頗切詩以解之：先師有明戒，大杖逸亦得。云胡交戟中，抗聲干不測。非罪殘其軀，聞者色爲失。縞裾浹流丹，於子意反懌。交從遥鼓掌，倔强果猶昔。誰知平生心，視此等眠食。未忍薄吾徒，而反躬自惜。貧賤宜苟全，苟全寧有術。且復寶區區，山田相與力。（容菴詩集卷四）

孫爽杜門：任此疏頑姿，與世謬相祿。屯難既紏加，性韻亦蹇蹴。退屏原野居，浩然遂不復。負薪樂清迥，種稻免饑蹙。私鬻□自恥，讀書救遁縮。杜門一區區，危坐氣荆肅。（同前）

孫爽讀忠肅于公慧安寺碑文寺爲公讀書處：恨不與公生並時，猶堪拜石想威儀。閒庭古寺光芒異，廢碣殘身領略遲（時余爲門人受杖）。指點小師爭識字，蹒跚遺衲話因依。心知幾夜蕭蕭雨，半是先生淚所爲。（容菴詩集卷七）

孫爽丁亥除夕雜感：忽忽如無歲，何緣歲又徂。賜緋恩驥子，戴白驗愁□（余髮始有一莖白者）。薄日鵂鶹嘯，經天彗孛俱（時有二星晝現）。殘身那足問，醉聽小妖扶。斥堠布荒城，笳簫散晚清。瓦盆爭飲濕，稚女獨經行。一飯嘗顏熱，三年愧友生（余時時絶粒，閔念修輒餉米）。不眠非守歲，心弱此懸情。勒户風寒緊，侵簾日脚黄。高歌慕鄰叟，晏坐識空香。蕭瑟崎嶔地，槎枒輪囷腸。皈依心跡并，持此慰年光。不雪憂湯餅，閒眠愛水鄉。典琴真短氣，潤筆要高唐（蔡君謨事）。雲以風爲足，蛟從海作堂。如何鹿皮子，刺促怨菰蔣。（容菴詩集卷六）

【注釋】

（一）「糯酒」句：嚴鴻逵釋略：「糯酒，白酒也。有長水、中水、短水三樣。」吕願良苦寒：「爐灰少種翻仍冷，里酒加長夢易還。」自注：「俗以水長短名酒之醲薄。」（天放翁集）

（二）「菊花」句：陸游梅花：「爛熳卻愁零落近，丁寧且莫十分開。」

（三）榜門謝客：司馬遷史記卷一二〇汲鄭列傳：「下邽翟公有言，始翟公爲廷尉，賓客闐門。及廢，門外可設雀羅。翟公復爲廷尉，賓客欲往，翟公乃大署其門曰：『一死一生，乃知交情。一貧一富，乃知交態。一貴一賤，交情乃見。』」蝸添字：段成式酉陽雜俎卷一：「上（睿宗）爲冀王時，寢齋壁上蝸跡成『天』字，上懼，遽掃之，經數日如初。及即位，雕玉鑄金爲蝸形，分置於釋道像前。」

〔四〕「畫壁」句：沈約宋書卷九三宗炳傳：「凡所游履，皆圖之於室，謂人曰：『撫琴動操，欲令衆山皆響。』」

〔五〕水邊破屋：指墨兵齋。孫爽室名。

田家女

桔槔鳴遠林〔一〕，咿嚶散平楚。田家惜人工，踏車用寡女。但愁苗葉乾，豈問荒機杼。天風割骨寒，尚有皮肉阻。刀劍攢饑腸，智勇不堪煮。鄰里重婚媾〔二〕，遣媒相迎取。寡女前致辭，此事諒不舉。生男馬前啼，生女馬上語〔三〕。馬頭各東西，那得儂與汝。棄捐耳上環，寧復作男使。男死倚道傍，女死不知所①。

【校　記】

① 所　釋略本、詩稿本、怡古齋鈔本、管庭芬鈔本、張鳴珂鈔本同，嚴鈔本、萬卷樓鈔本作「處」，管庭芬鈔本、張鳴珂鈔本旁校：「一作處。」按，詩商頌殷武「有截其所」鄭箋：「所，猶處也。」廣韻：「處，所也。」以今日崇德方言讀之，「處」字較勝。

【箋　釋】

此詩作於順治五年戊子深秋（集中編於秋日過孫子度與劍客行同念恭兄作之間）。

按，子度後感遇詩之六曰：「南人事北人，斂臂就烹煮。北人視南人，豈異坎中鼠。啞啞手中雛，生男莫生女。生男死道旁，猶作江南土。生女落□地，居然學□語。□語駡故夫，渠儂堪作侶。嗟嗟誰使然，棄置弗復舉。」（容菴詩集卷四）其意有所相似。子度詩中闕字，當觸忌諱，爲後人挖去。

【注　釋】

〔一〕桔槔：井上汲水工具。劉安淮南子氾論訓：「斧柯而樵，桔槔而汲。」李白贈張公洲革處士：「井無桔槔事，門絶刺繡文。」

〔二〕婣：許慎説文解字女部：「婣，壻家也。从女从因。籒文婣从𣶒。」

〔三〕「生男」二句：楊泉物理論：「秦始皇使蒙恬築長城，死者相屬，民歌曰：『生男愼勿舉，生女哺用餔。不見長城下，屍骸相支拄。』其冤痛如此矣。」（酈道元水經注卷三河水引）杜甫兵車行：「生女猶得嫁比鄰，生男埋没隨荒草。」

劍客行同念恭兄作

造劍華山巔，淬劍蜀江水。幼子精靈碧鞘中，老妻粉黛紅爐裏。利器有神人有術，兩者無形煉成一〔一〕。關河往返只黄昏〔二〕，都市報施仍白日〔三〕。肝膽粗豪心計深，唯諾遲疑功驗疾〔四〕。仇讎曾爲匹夫謀，生殺不由天子出〔五〕。從來喜聽盲史遷〔六〕，我亦求之二十年。雞偷狗盜頗不少〔七〕，自云劍術終無傳〔八〕。荆軻論刺彼何有，曾令秦王環柱走〔九〕。咸陽殿上今何如，卻笑荆軻劍術疏〔一〇〕。

【箋釋】

此詩作於順治五年戊子秋冬間。

按，晚村有兄四人：長兄大良，字伯魯，無後；二兄茂良，字仲音，號墨公、蘭癡、西樵；三兄願良，字季臣，號天放翁；四兄瞿良，字念恭，又字耕道，晚村同母兄。

公忠行略曰：「二伯父與三伯父，兄弟異居，以禮數相持責，讒間乘之，差不相能。四伯父撫於二伯父，而與先君友愛最篤，相與彌縫兩兄間。四伯父卒，先君曰：『吾兄死，無爲爲善矣！』哀痛過常，遺孤才歲餘，撫視如己子，以迄於成人。」

吕瞿良，小字臘郎，程孟陽字之曰念恭，自號耕道，生於明天啟七年丁卯，卒於清順治七年庚寅，年二十四。生而穎異，「凡有所業，纔一寓眼，無不了然於心與口與手之間」，「學書，即得晉唐人意外筆妙」，「學詩，能辨唐宋格調，不傍時，不趨尚」（曹度吕耕道後死集序）。長晚村兩歲，惜壽不永。

吕瞿良之子名至忠，又作至中，字仁左。年輕時惑一妓，以致流蕩，晚村嚴加禁督，終於悔悟，家賴以不破。詳見吕晚村先生家書真蹟卷三與姪帖及與家人帖。

此詩或有所指，「劍客」疑爲晚村姪宣忠而發，蓋宣忠「好用劍，洞曉奇門遁甲」，惜英年早逝，壯志未酬。詳見本卷手録從子諒功遺稿箋釋。

【資料】

曹度吕耕道後死集序：予生視耕道五年而長，相見於童丱之中，未嘗不視予猶兄也。予則目攝之曰：「是虎子也，已具食牛氣矣，何敢弟畜我耕道哉！」歲在崇禎之戊寅，邑中文社交作，耕道之兄仲音先生，年富志豪，召邑人士子善於文者爲斌社，月一會之。家有園池亭館之盛，賓朋雅集，酒讌文藻，氣壓一時。予從兩家兄後，竊窺其勝。耕道時時出見諸文士，年雖少，幾幾欲突長老而前。斯時也，甫十二齡耳，尚未字也。生以臘之下旬，故其先人命之曰臘郎，人無不臘郎之者，予亦從而呼之。居二載，嘉定程先生來游邑中，邃學高行，虞山宗伯集中尊爲松圓詩老者也。一見嗟異，敬而字之曰念恭，人無不念恭之者。其曰耕道，則學詩時所自號也。凡有所業，纔一寓眼，無不了然於心與口與手之間。姿警敏，出凡兒上，皆若此。已而學書，即得晉唐人意外筆妙。又三年而學詩，能辨唐宋格調，不傍時，不趨尚。無何，海内崩坼，一切痛瀇横決、呼憒不自聊之意，皆以詩言洩之，而詩品駸駸此日進。自謂興酣落筆，可以窮年。至是年二十四，死矣。嗚呼！此予所以往哭而慟，過時而猶悲也已。遺編一卷，有文十數篇，詩百數十首，皆生時手定也。今静言思之，簡括而有法，文之指也；

婉約而多情，則其詩也。春風盎然以融，秋水窈然以清，不足抉其精神也。春草之靡曼，秋花之淡冶，不足供其容貌也。滄海之珠有淚，藍田之玉生煙，不足以引其性情也。天假之年，使竟其所學，極乎才人之所至，當與唐宋大家相進退，起而奪席，何足多讓。耕道感斯文之未喪，恃待興之有人，方以後死自期，將欲整其百氏而囊括萬有也，孰意其終於此而已耶？嗚呼！夜深名理，既出告於冢中；錦囊貯句，竟屬草於天上。耕道抱其孤情逸操，以離乎塵垢，便與王弼、李賀爭坐位於千古，安得以有才無命，重致其慨惜也耶！賢子仁左，生不半朞而孤，長而能讀父書，鏤刻藏於家塾，數向予請序，曰：「知先子莫如伯，序先子集者亦莫如伯矣。」久之，未有以應也，仁左亦死。貽厥千頃繼以請，一如乃翁言。久之，卒亦未應。胡乃結契於生前，忘情於死後乎？俯仰六十年之間，交情三世，一死一生，孰先孰後，正不知所謂後死者，屬之子乎？屬之我乎？予是以爲之回環盤互，不自釋於厥裏，每一執筆而不忍下也。嗚呼怖矣！暑夜不寐，追懷亡友，平生謦欬，惟此一卷在耳。枕上玩索，旦起書之，數日詮次之而爲篇，以復於千頃兄弟，使爲耕道後死集序。（帶存堂集）

張履祥言行見聞録：吕□□之兄念恭（行四，名瞿良）没二十四年矣。及葬，哀泣不已，經營窀穸，罔間晨夜。到家拭涕語予曰：「四先兄存日，吾心志未定，所爲多不堪憶。人皆目爲棄物，先兄獨不謂然。平日教誨，慮吾不能領受，戒諭至於再三。又慮傷同氣之好，必委婉反覆，及聽從而止。四兄非獨吾師，實吾知己。先兄没後，吾所以待吾姪，愧不能如兄之待弟，負兄實深。此吾所以心疚不能一日寧者也。」（念恭没時，遺孤方一歲，比長，□□教育夾持，同於己子。可謂盡心盡道，猶爲此言，直不可及

也。)(楊園先生全集卷三四)

呂留良質亡集小序：四兄念恭，諱瞿良。崇禎間，社盟聲氣，鬨然互競，吾兄獨不屑一顧。然各社名宿及四方鄉黨，無不敬而親之，若明道之能化物也。故其文多自得之致。(呂晚村先生續集卷三)

呂瞿良西湖柳枝詞：白公隄畔段家橋，垂柳垂楊拂畫橈。二百年來歌舞地，一時回首晚烟消。(朱彝尊明詩綜卷八〇)

呂留良與姪帖：門簿一本，諭帖一張付到，此是爲吾姪讀書進德修身齊家之助，當分付家人共遵守之，勿視爲泛常虛應故事也。叔字，仁左姪覽。(呂晚村先生家書真蹟卷三)

呂留良與家人帖：大叔偶被親族匪人所誤，今幸悔悟，家門之福。但恐此輩孽根不斷，仍來煽惑，特設立門簿，著爾等衆人輪流值日管門。如□□□□□□□□□四人，乃騙惑罪魁，今後不許往來，除拜節及喜慶行禮祭掃不論外，餘時不許容此四人進門，如值日人不行阻住，查出重責卅板，仍罰追飯米。倘此輩恃强直闖，不聽爾等勸止，許爾等盡力推攔。蓋此是誘壞爾主仇人，親族之義已絕。爾等各爲其主，正是忠處，不作衝撞論。即有是非，我自與理論，爾等無畏也。特諭。貼四房後門内，不許損壞。(同前)

【注釋】

〔一〕「幼子」四句：干寶搜神記卷一一：「楚干將莫邪爲楚王作劍，三年乃成，王怒，欲殺之。劍有雌雄，其妻重身，當産，夫語妻曰：『吾爲王作劍，三年乃成。王怒，往，必殺我。汝若生子，是男，大，告之曰：出户，望南山，松生石上，劍在其背。』於是即將雌劍往見楚王。王大怒，使相之，劍有二：一雄一雌。雌來，雄不來。王怒，即殺之。莫邪子名赤，比後壯，乃問其母曰：『吾父所在？』母曰：『汝父爲楚王作劍，三年乃成，王怒，殺之。去時囑我：語汝子：出户，往南山，松生石上，劍在其背。』於是子出户南望，不見有山，但睹堂前松柱下石砥之上，即以斧破其背，得劍。日夜思欲報楚王。王夢見一兒，眉間廣尺，言欲報讎。王即購之千金。兒聞之，亡去，入山，行歌。客有逢者，謂：『子年少，何哭之甚悲耶？』曰：『吾干將莫邪子也。楚王殺吾父，吾欲報之。』客曰：『聞王購子頭千金，將子頭與劍來，爲子報之。』兒曰：『幸甚。』即自刎，兩手捧頭及劍奉之，立僵。客曰：『不負子也。』於是屍乃仆。客持頭往見楚王，王大喜。客曰：『此乃勇士頭也，當於湯鑊煮之。』王如其言。煮頭三日三夕，不爛。頭踔出湯中，瞋目大怒。客曰：『此兒頭不爛，願王自往臨視之，是必爛也。』王即臨之。客以劍擬王，王頭隨墮湯中，客亦自擬己頭，頭復墮湯中。三首俱爛，不可識别。乃分其湯肉葬之。故通名三王墓。今在汝南北宜春縣界。」又趙曄吴越春秋卷四闔閭内傳：「干將作劍，采五山之鐵精，六合之金英。候天伺地，陰陽同光，百神臨觀，天氣下降，而金鐵之精不銷淪流，於是干將不知其由。莫耶曰：『子以善爲劍聞於王，使子作劍，三月不成，其有意乎？』干將曰：『吾不知其理也。』莫耶曰：『夫神物之化，須人而成，今夫子作劍，得無得其人而後成乎？』干將曰：『昔吾師作冶，金鐵之類不銷，夫妻俱入冶爐中，然後成物。至今後世，即山作冶，麻絰蓌服，然後敢鑄金於山。今吾作劍不變化者，其若斯耶？』莫耶曰：『師知爍身以成物，吾何難哉！』於是干將妻乃斷髮剪爪，投於爐中，使童女童男三百人鼓橐裝炭，金鐵乃濡。遂以成劍，陽曰『干將』，陰曰『莫耶』，陽作龜文，陰作漫理。」

〔二〕「關河」句：楊巨元紅線：「紅線，潞州節度使薛嵩青衣，善彈阮，又通經文，嵩遣掌箋表，號曰内記室。……時至德之後，兩河未寧，初置昭義軍，以滏陽爲鎮，命嵩固守，控壓山東。殺傷之餘，軍府草創。朝廷復遣嵩女嫁魏博節度使田承嗣男，嵩男娶滑州節度使令狐章女。三鎮互爲姻婭，人使日浹往來。而田承嗣常患熱毒風，遇夏增劇。每曰：『我若移鎮山東，納其涼冷，可緩數年之命。』乃募軍中武勇十倍者得三千人，號外宅男，而厚恤養之。常令三百人夜直州宅，卜選良日，將遷潞州。嵩聞之，日夜憂悶，咄咄自語，計無所出。時夜漏將傳，轅門已閉，杖策庭除，唯紅線從行。紅線曰：『主自一月，不遑寢食。意有所屬，豈非鄰境乎？』嵩曰：『事系安危，非汝能料。』紅線曰：『某雖賤品，亦有解主憂者。』嵩乃具告其事，曰：『我承祖父遺業，受國家重恩，一旦失其疆土，即數百年勳業盡矣。』紅線曰：『易爾。不足勞主憂。乞放某一到魏郡，看其形勢，覘其有無。今一更首途，三更可以覆命。請先定一走馬兼具寒暄書，其他即俟某卻回也。』嵩大驚曰：『不知汝是異人，我之闇也。然事若不濟，反速其禍，奈何？』紅線曰：『某之行，無不濟者。』乃入闈房，飾其行具。梳烏蠻髻，攢金鳳釵，衣紫繡短袍，繫青絲輕履。胸前佩龍文匕首，額上書太乙神名。再拜而倏忽不見。嵩乃返身閉户，背燭危坐。常時飲酒，不過數合，是夕舉觴十餘不醉。忽聞曉角吟風，一葉墜露，驚而試問，即紅線回矣。嵩喜而慰問曰：『事諧否？』曰：『不敢辱命。』又問曰：『無傷殺否？』曰：『不至是。但取床頭金合爲信耳。』紅線曰：『某子夜前三刻，即到魏郡，凡歷數門，遂及寢所。聞外宅男止於房廊，睡聲雷動。見中軍卒步於庭廡，傳呼風生。乃發其左扉，抵其寢帳。見田親家翁止於帳内，鼓趺酣眠，頭枕文犀，髻包黃縠，枕前露一七星劍。劍前仰開一金合，合内書生身甲子與北斗神名。復有名香美珍，散覆其上。揚威玉帳，但期心豁於生前；同夢蘭堂，不覺命懸於手下。寧勞擒縱，只益傷嗟。時則蠟炬光凝，爐香燼煨，侍人四布，兵器森羅。或頭觸屏風，鼾而鞚者；或手持巾拂，寢而伸或。某拔其簪珥，縻其襦裳，如病如昏，皆不能寤；遂持金合以歸。既出魏城西門，將行二百里，見銅臺高揭，而漳水東注，晨飆動野，斜月在林。憂往喜還，頓忘於行役；感知酬德，聊副於心期。所以夜漏三時，往返七百里；入危邦，經五六城；冀減主憂，敢言其苦。』嵩乃發使遺承嗣書曰：『昨夜有客從魏中來，云：自元帥床頭獲一金合，不敢留駐，謹卻封納。』專使星馳，夜半方到。見搜捕金合，一軍憂疑。使者以馬撾扣門，非時請見。承嗣遽出，以金合授之。捧承之時，驚怛絶倒。遂駐使者止於宅中，狎以宴私，多其賜賚。明日遣使齎繒帛三萬匹，名馬二百匹，他物稱是，以獻於嵩曰：『某之首領，系在恩私。便宜知過自新，不復更貽伊戚。專膺指使，敢議姻親。役當奉轂後車，來則揮鞭前馬。所置紀綱僕號爲外宅男者，本防他盜，亦非異圖。今並脱其甲裳，放歸田畝矣。』由是一兩月内，河北河南，人使交至。而紅線辭去。」（李昉太平廣記卷一九五）

〔三〕「都市」句：裴鉶聶隱娘：「聶隱娘者，貞元中魏博大將聶鋒之女也。年方十歲，有尼乞食於鋒舍，見隱娘，悦之，云：『問押衙乞取此女教。』鋒大怒，叱尼。尼曰：『任押衙鐵櫃中盛，亦須偷去矣。』及夜，果失隱娘所向。鋒大驚駭，令人搜尋，曾無影響。父母每思之，相對涕泣而已。後五年，尼送隱娘歸，告鋒曰：『教已成矣，子卻領取。』尼亦不見。一家悲喜，問其所學。曰：『初但讀經念咒，餘無他也。』鋒不信，懇詰。隱娘曰：『真説又恐不信，如何？』鋒曰：『但真説之。』曰：『隱娘初被尼挈，不知行幾里。及明，至大石穴中，嵌空數十步，寂無居人。猿猱極多。尼先已有二女，亦各十歲，皆聰明婉麗。不食，能於峭上飛走，若捷猱登木，無有蹶失。尼與我藥一粒，兼令長執寶劍一口，長二尺許，鋒利吹毛可斷。遂令二女教某攀緣，漸覺身輕如風。一年後，刺猿猱百無一失。後刺虎豹，皆決其首而歸。三年後，能使刺鷹隼，無不中。劍之刃漸減五寸，飛禽遇之，不知其來也。至四年，留二女守穴，挈我於都市，不知何處也。指其人者，一一數其過，曰：「爲我刺其首來，無使知覺。定其膽，若飛鳥之容易也。」受以羊角匕，刀廣三寸，遂白日刺其人於都市，人莫能見。以首入囊，返主人舍，以藥化之爲水。五年，又曰：「某大僚有罪，無故害人若干，夜可入其室，決其首來。」又攜匕首入室，度其門隙無有障礙，伏之梁上。至暝，持得其首而歸。尼大怒：「何太晚如是？」某云：「見前人戲弄一兒，可愛，未忍便下手。」尼叱曰：「已後遇此輩，先斷其所愛，然後決之。」某拜謝。尼曰：「吾爲汝開腦後，藏匕首而無所傷。用即抽之。」曰：「汝術已成，可歸家。」遂送還，云：「後二十年，方可一見。」』」（李昉太平廣記卷一九四）

〔四〕唯諾：禮記曲禮上：「摳衣趨隅，必慎唯諾。」司馬遷史記卷一〇〇季布列傳：「楚人諺曰：『得黄金百金，不如得季布一諾。』」遲疑：司馬遷史記卷八六刺客列傳：「荆軻奉樊於期頭函，而秦舞陽奉地圖柙，以次進。至陛，秦舞陽色變振恐，群臣怪之。荆軻顧笑舞陽，前謝曰：『北蕃蠻夷之鄙人，未嘗見天子，故振懾，願大王少假借之，使得畢使於前。』」

〔五〕「生殺」句：論語季氏：「孔子曰：『天下有道，則禮樂征伐自天子出；天下無道，則禮樂征伐自諸侯出。』」董仲舒春秋繁露王道通：「人主立於生殺之位，與天共持變化之勢。」蘇轍唐論：「古者諸侯大國或數百里，兵足以戰，食足以守，而其權足以生殺。」

〔六〕盲史遷：指史記。盲史即瞽史，國語周語下：「對曰：『吾非瞽史，焉知天道？』」韋昭注：「瞽，樂大師；史，大史。」

〔七〕雞偷狗盜：王安石讀孟嘗君傳：「世皆稱孟嘗君能得士，士以故歸之，而卒賴其力以脱於虎豹之秦。嗚乎！孟嘗君特雞鳴狗盜之雄耳，豈足以言得士。不然，擅齊之强，得一士焉，宜可以南面而制秦，尚何取雞鳴狗盜之力哉？夫雞鳴狗盜之出其門，此士之所以不至也。」

〔八〕劍術：司馬遷史記卷八六刺客列傳：「荆卿好讀書擊劍，以術説衛元君。」

〔九〕「荆軻」二句：司馬遷史記卷八六刺客列傳：「荆軻嘗游過榆次，與蓋聶論劍，蓋聶怒而目之。……荆軻既取圖奏之，秦王發圖，圖窮而匕首見。因左手把秦王之袖，而右手持匕首揕之。未至身，秦王驚，自引而起，袖絶。拔劍，劍長，操其室。時惶急，劍堅，故不可立拔。荆軻逐秦王，秦王環柱而走。群臣皆愕，卒起不意，盡失其度。」

〔一〇〕「咸陽」二句：司馬遷史記卷八六刺客列傳：「魯句踐已聞荆軻之刺秦王，私曰：『嗟乎，惜哉其不講於刺劍之術也！甚矣吾不知人也！曩者吾叱之，彼乃以我爲非人也。』」陶淵明詠荆軻：「圖窮事自至，豪主正怔營。惜哉劍術疏，奇功遂不成。」

道中感事　二首

山勢低仍迴，天光暖欲浮。野分春草緑，江入暮雲流〔一〕。飢烏蜚簷下，羸牛過陌頭。道旁無限意，扣角起悲嘔〔二〕。湘潭師喪律〔三〕，吴越歲無秋〔四〕。天下紛紛鬬，鄉關渺渺愁。一岡土赤埴〔五〕，幾個鳥鈎輈〔六〕。最是關心者，牛羊繞戍樓〔七〕。

【箋　釋】

此詩作於順治六年己丑春。

按，第二首爲清軍攻陷湘潭而作。據明史，何騰蛟之兵敗湘潭，實由南明政局内部鬬爭所致，何氏被俘，不屈死，故云「喪律」。「幾個鳥鈎輈」者，鷓鴣也，文文山雨雪詩曰：「江雲愁萬疊，遺恨鷓鴣啼。」鄧中齋鷓鴣詩曰：「行不得也哥哥，瘦妻弱子羸。天長地闊多網羅，南音漸少北語多。肉飛不起可奈何，行不得也哥哥。」以鷓鴣喻示「南音漸少北語多」，其意可見。

【資　料】

張廷玉明史卷二八〇何騰蛟傳：「騰蛟議進兵長沙。會督師堵胤錫惡進忠，招忠貞營李赤心軍自夔州至，令進忠讓常德與之。進忠大怒，盡驅居民出城，焚廬舍，走武岡。寶慶守將王進才亦棄城走，他守將皆潰。赤心等所至皆空城，旋棄走，東趨長沙。騰蛟時駐衡州，大駭。六年正月檄進忠由益陽出長沙，期諸將畢會，而親詣忠貞營，邀赤心入衡。部下卒六千人，懼忠貞營掩襲，不護行，止攜吏卒三十人往。將至，聞其軍已東，即尾之至湘潭。湘潭空城也，赤心不守而去，騰蛟乃入居之。大兵知騰蛟入空城，遣將徐勇引軍入。勇，騰蛟舊部將也，率其卒羅拜，勸騰蛟降。騰蛟大叱，勇遂擁之去。絶食七日，乃殺之。永明王聞之哀悼，賜祭者九，贈中湘王，謚文烈。」

【注釋】

〔一〕「野分」二句：杜甫旅夜書懷：「星垂平野闊，月湧大江流。」

〔二〕扣角：呂氏春秋舉難：「甯戚欲干齊桓公，窮困無以自進，於是爲商旅，將任車以至齊，暮宿於郭門之外。桓公郊迎客，夜開門，辟任車，爝火甚盛，從者甚衆。甯戚飯牛居車下，望桓公而悲，擊牛角疾歌，桓公聞之，撫其僕之手曰：『異哉！之歌者，非常人也。』命後車載之。」

〔三〕喪律：謂喪失軍紀。易師卦：「師出以律，否臧凶。」顔延之陽給事誄：「邊兵喪律，王略未恢。」

〔四〕歲無秋：謂農業無收成。許慎説文解字禾部：「秋，禾穀孰也。」歐陽修新唐書卷一六四崔衍傳：「州部多岩田，又郵傳劇道，屬歲無秋，民舉流亡，不蠲減租額，人無生理。」

〔五〕赤埴：尚書禹貢：「厥土，赤埴墳，草木漸包。」孔安國傳：「土黏曰埴。」孔穎達疏：「考工記：用土爲瓦，謂之摶埴之工，是埴爲黏土，故土黏曰埴。」

〔六〕鉤輈：鷓鴣聲。韓愈杏花：「鷓鴣鉤輈猿叫歇，杳杳深谷攢青楓。」李昉太平御覽卷九二四羽族部：「南越志云：『鷓鴣，雖東西回翔，然開翅之始，必先南翥。其鳴自呼社薄州。』本草云：『自呼鉤輈格磔。』李群玉山行聞鷓鴣詩云：『方穿詰曲崎嶇路，又聽鈎輈格磔聲。』

〔七〕「牛羊」句：張仲素王昭君：「劍戟歸田盡，牛羊繞塞多。」

見釣者

老漁倚槳黄蘆根，細香和餌絲作綸。無邊春水杳何處，日暮煙生知有人〔一〕。持竿終日無所得，白鷺啣魚隔江食〔二〕。風掃楊枝入釣船，滿溪愁殺桃花色。我來行吟一問之，太息老漁不解詩。我向君身覓佳句，君坐詩中自不知。

【箋　釋】

此詩作於順治六年己丑春。

【注　釋】

〔一〕「日暮」句：語出柳宗元漁翁「烟銷日出不見人」，此反用之。

〔二〕唧魚：杜甫閬水歌：「巴童盪槳攲側過，水雞唧魚來去飛。」唧，同銜，以口含之。焦竑俗書刊誤卷一：「銜：俗加口作唧。」

季臣兄卧病欲荒園　四首

一池横截小橋通，屈曲危欄倚放翁。兄自號天放翁①。客散自從金盡後，夢歸嘗在酒醒中。孤雲擁樹烏頭白〔一〕，落日啣山鶴頂紅。便可此間輕負俗〔二〕，閉關羞説出門功。

兄弟聯翩逕一門，當時佳麗友芳園。兩伯祖與祖園亘爲一，榜曰「友芳」。那看荆棘銅駝影〔三〕，又哭冬青杜宇魂〔四〕。祖父豈知新室臘〔五〕，兒童還記義熙元〔六〕。殘身直與天心迕，躑躅吞聲不敢言。

池上草堂新水生，静容閣畔唤流鶯。水生草堂、静容閣，園中北岸。十年臺榭渾春夢，三月風花抵太平。夾道曉星懷北闕〔七〕，横江夜雨想南京。兄以徵辟，兩入燕都。弘光時，驅馳江上。孤臣剩有汍瀾淚〔八〕，卧聽悲笳時一傾。

三徑從今便欲荒〔九〕，翳然林木近濠梁〔一〇〕。翳然閣，在南岸。天涯戰伐聞人説〔一一〕，海内仇讎舉世忘。畫壁自摹真故土，酒杯才放即他鄉。可憐老令饑驅使，强向人間乞稻粱〔一二〕。

【校　記】

①翁　原闕，據嚴鈔本、釋略本、詩稿本、怡古齋鈔本、管庭芬鈔本補。

【箋　釋】

此詩作於順治六年己丑春。

按，願良字季臣，晚號天放翁，晚村三兄。戊午一日示諸子曰：「吾遺腹孤也，父喪四月而始生。墮地之日即縗衰麻。生母抱孤而泣，暈絶而甦，分撫於三兄嫂。」（呂晚村先生文集卷八）故晚村事之如父。季臣子宣忠，字諒功，順治四年丁亥死難，人勸再生兒，季臣作謝友人勸生兒詩，曰：「殷勤慰勸願生兒，有子還須教誨之。直欲教兒何所似，盈盈雙眼淚如絲。」後晚村「以孫懿緒繼諒功後，曰：『吾以報三兄撫養恩，因亦使吾之子孫得以復奉本生繁昌公祀也。』」（公忠行略）今傳有天放翁集殘卷，子度爲之序。其一爲更名作，詩曰：「俯仰成百憂，搶地成拗捩。自古不滿百，何自起幾絏。少小嬰禍亂，念奢事未决。顧名思厥義，終身常失缺。父母命名心，三返自嗚咽。今日更爾名，曰適以爲哲。委心託元化，時至識寒熱。八荒與吾闥，何處不堪閲。繁華二月天，水流東西折。門外有蹊徑，於我忘言説。悠哉天放翁，龍蛇藏戰血。」其二爲天放翁頌，有「去我富貴，捐我思慮。舍我是非，忘我毁譽」等語。

第一首，「客散自從金盡後」者，本卷友人示與季臣兄倡和稿感賦詩自注曰：「兄破家結客，坐上常滿。及難，舟過所最厚者，麾之亟去。病甚，無一顧也。」可爲互證。

第二首，「兩伯祖」指焕和炯，「祖」指熯。「吕大令炯所居，在西門内，有大雅堂、長林亭諸勝。堂前梅花石」（道光石門縣志卷一〇古跡）。「友芳」之名，實有所本，尚書君陳：「惟孝友于兄弟。」陸機思親賦：「兄瓊芳而蕙茂，弟蘭發而玉暉。」馮夢禎吕先生行狀曰：「有園一區，去舍不數武，曰友芳，以伯季也。」（快雪堂集卷一九）王世貞泰興令雅山吕君墓誌銘亦曰：「去舍不數武，有園曰友芳，志兄弟也，亭池卉木嘉蓧暎帶之。」（弇州山人續稿卷一一〇）友芳園已毁，故址在今崇福鎮，參見蔡一先生吕留良家鄉遺跡考（桐鄉文史資料第三輯）。

第三首，徵辟入燕都事，據晚村東皋遺選序曰：「自萬曆中，卿大夫以門户聲氣爲事，天下化之。士爭爲社，而以復社爲東林之宗子，咸以其社屬焉。自江、淮訖於浙，一大淵藪也。浙之社不一，皆郡邑自爲。其合十餘郡爲徵會者，莫盛吾兄季臣與諸子所主之澄社。……己卯以後，季臣應徵辟，詣京師，不復徵會四方。」（吕晚村先生文集卷五）其盛況可以想見，而今四處盡多胡笳之聲，中夜聽得，孤臣遺恨，不禁涕泗汍瀾，讀之悵惘。

第四首，南明亡，季臣卜居鄉里，卧病支離。所謂病者，不只尋常生理之疾也，季臣家人問疾詩有「吾病繇來遠，汝曹那得知。難消花下淚，不盡枕邊詩」云云，是病亦復含亡國之恨也哉。子度天放翁集序曰：「平生以好施得貧，以驅馳王事致疾，以忠烈覆巢隕厥子。」今天放翁集中有卧病不得看梅、卧病看煮粥、病卧清明不及掃墓、卧病看瓶中桃花諸詩，中答友人問疾詩（作於順治八年辛卯）有

「沉痼幾八載，行神已倍傷」句，則此時病亦已四五年矣。

季臣生於明萬曆三十一年癸卯（據天放翁集中四十九初度詩，作於順治八年辛卯黄梅時節），卒於清順治八年辛卯之冬（據子度辛卯集中辛卯冬月苕上雜懷第八首小注「聞吕季臣棄世」），終年四十有九。季臣「生望族，當其盛時，園田第宅之繁侈，童僕賓客之雜遝，舟車歌管之麗都。……今者敗竈無煤，沉疴入骨，粒粟尺薪，皆向人請乞乃得，不則飢腸如雷矣。無食無兒，荒涼迫促，不勝其苦」（子度天放翁集序），集中賣山園詩所謂「賣田賣宅總艱辛，今日濡毫券賣山」云者，則真一無所有矣。晚村詩中所言，有如是焉。而知季臣者，當以錢牧齋爲最深，其吕季臣詩序云云（見後），非知己者不當有此言。

【資料】

曹度清故武科荆山吕君墓誌銘：崇禎之代，中原寇發，其時礌磈負奇之士，縱口談兵略，或跨馬出郊，腰大羽箭，挽强弓爲樂，皆曰：「我他日得志，中原不足平也。」人亦以豪傑歸之。及試於官，竟無功。吾邑有二吕先生，仲音之爲人，慷慨氣豪，奮袖爭勝；季臣温如静好，逢人不能出氣，而皆好言武事。昔人謂奇章、贊皇二人，如仇如敵，獨好石則如一人，吾於二先生亦云。當日天下尚無恙，文人率長袖，緩步稱雅容。二先生短後衣，森森刀戟列階前，搏徒刺客，並在幸舍。久之事起，郡國始下騎射之令，爭誇吕氏有機先之智焉。季臣百金買馬，飼以大棗，日馳會城，夕已到家。仲音傾身結納，凡材勇蹶張，杭州王君重、臨安俞公弼之屬，下至狗屠角觝，稍名一技，無不酒酣意得，引置座客。

季臣之官大寧，道出維揚，督師史公留軍中監紀，一軍服其善騎，未幾以病歸。仲音聞闖難，日夜呼憤，奏記軍門，願以壯士五百人，自成一軍，渡河爲烈皇死，旋以不受約束罷。要之儒冠論兵，終非本色，其無救於當世之亂則一也。無何有七郡經略之師，絓身兵間，仲音因之破其家，季臣之子諒功竟罹其難，時年二十四。諒功之幼叔念恭，既脱於網，憤志不遂，怏怏三年，發病死，年亦二十四。（帶存堂集）

孫爽天放翁集序：人固有未嘗學道而近道者，其天資高妙，予誠不得而測之。天放翁生望族，當其盛時，園田第宅之繁侈，童僕賓客之雜遝，舟車歌管之麗都，里中見，嘖嘖歎不如也。然翁無意得之色，漠然泠然，初如世外人。今者敗竈無煤，沉痾入骨，粒粟尺薪，皆向人請乞乃得，不則飢腸如雷矣。無食無兒，荒涼迫促，不勝其苦，而翁固泊如，氣甚平，顔甚愉，世之自爲聞道者不及也。翁故好吟詠，近者棲止破園中，屋俯清池，堦前緑萼梅，枝幹極古；開窗見大樹密竹，葱蒨幽窅；戲魚潑剌，沙鳥回翔，翁扶杖傴僂，倘佯自適，若未嘗病、未嘗貧者。所爲詩澹而旨、清而深，時有羽流禪伯會心之句，而無悲憤哀激懟怨之辭，所謂齊得喪，一生死，翁豈遂已聞道乎？何其聲之和也！予時時過翁，輒望廬而歎，入户即淫淫淚下，及見翁蕭曠自如，反爲之自失。翁之詩，有如「野煙初散後，明月度高林」、「知有眼中血，照無心上塵」、「風寂不亂竹，溪聲欲碎波」、「銜酌落花裏，卷簾殘雨中」、「高隨流水層層咽，低和杉風細細生」，又如「竹晴猶有滴，雲破尚聞雷」、「榻下雷聲奔翠袖，池中電影走金蛇」、「觀心萬籟寂，對月一池清」、「野雲時護孤峰草，和氣先滋五色苔」、「愁思不隨流水結，殘身長似凍雲眠」，皆清雄拔俗，自寫其高致，可謂灑灑絶塵矣。翁善畫，畫高簡古澹如其詩。平生以好施得貧，以驅馳王事致疾，以忠烈覆巢隕厥子，所存者支離一身，清詩百餘首而已。非有道人何能遣此！雖然，夫復何恨！辛卯夏日仝學弟孫爽書於晟舍之行窩。（天放翁集卷首）

孫爽吕季臣詩草序：予於詩不常作。戊寅春杜跡鶴山，形神曠適，漫哦率賦，每自謂時有稱情之句。無何，振公舉社，予方座次壇末，日從諸弟兄角藝求道，於詩遂不復掇筆矣。入秋來同季臣泛艇苕上，舟間無事，相與論詩。予曰：「前人稱謝靈運初日芙蓉，顔延之縷金錯采。此語於今時，溺整豔者似跡延之，標清新者意宗靈運；然整豔而乞神趣，固可病，即清新不免有痕，其患亦相等。」吕子曰：「然。吾見古輩未嘗有心作詩，而當其悦暢，或值沉憂，繁感内興，妙語率會，便使來者諷留篇而移情，此豈句什區化之間哉！今人薄於所感，彷彿體韻而已，雖書卷山積，尚何取焉？且世運方日下，而作者動追漢魏，豈非妄誕？夫苟高深幽渾，不波纖靡，即未嘗昵漢魏、化漢魏，自來親人耳。」予蘧然起曰：「此高論也。請讀所爲詩者。」乃出采山堂集以示予，而予即以吕子之説以求吕子之詩，則一如其所稱高深幽渾，緣感而有，亦復重能感人，彼初日芙蓉之譽，正當移贈吕子，靈運不得而私也。吕子爲人，沖淡蕭遠，有陶令之風；顧其赴義壯勇，又非坦人所及。哦其詩，得其人矣。嘗時予每思擇同社能詩者，架屋溪城之西，芳晨雅夕，時聚此中以相倡和，榜曰澄社聯詩屋。乃今讀吕子之詩，而知此事在吕子；若然者，爽即不常作，亦當破懶相酬和也。（容菴文集卷一）

孫爽吕季臣文稿序：戊寅歲，兩浙始創有澄社之舉，惟時季臣吕子實稱首功。先是，海内論交之輩雖復艫啣軫接，不乏盟會，顧相悦秖以文章，相雄僅以聲望。夫文者，士之華。季春之月，妙香繽馥，可謂娱情奪視滅恨於香色矣。乃其後，嘗不得美實，況當頌稱騰藉，特以文起，既以夸浮自得，益以夸浮假人。繼進之徒，樂其前驅，即有薄德，猶心嫉齒噤，恐一擊不勝，反受若所乘，至其齊驅之士，惜局護類，謂吾輩奈何使後至者得持其短，雖敗潰必力救之，不得議，然後已。於是蹠夷聯席，鴞鳳同聲，假端聲氣，穢劣而不廢於時者，所在皆有。嗟乎！吾黨痛心已甚，澄社之指所由，誼首文，次激尚剛清退略赫譽者也。當初事之日，季臣執誓板而詔曰：「告爾諸子，纖忒必剗，偉端必淑，處則明聖，出乃靖時，患爲王貢，不爲耳餘。心之哉！」乃有同邑失度之子，思纂此籍，季臣曰：「蕭蘭並樹，古昔所悲，請斥之。」斥之力，乃去，於是同人抗節之志爲一奮。乃有它郡失度之子，思纂此籍，季臣曰：「惡惡不嚴，善善且不力，請更斥之。」斥之益力，乃去，於是同人抗節之志又一奮，東南士習殆一變云。明天子方汲汲務得人，掄珠規淵，薦玉方水，季臣以殊德異才伏膺徵命，有司具蒲輪，行當叩天闕，披陳大計矣。然季臣性至孝，奉母未嘗辭昕夕，以故思堅卧不應辟，爽進曰：「昔賢抱鴻略，歎知遇，或不乏知己，而時會難乘，遂鮮建立，如李將軍不獲遇高帝，萬户侯卒不可致。今者□□外侵，流人内潰，軍政有積弱之慮，國儲鮮終歲之支，吾黨有心，孰不中夜歎息，期一當以寬祖上憂，而安以家爲？」季臣乃決策攬轡，且刻近所爲制義以北向，將發，屬予叙。予惟士伸楮拂石，取致煙毫之間，小有思便可燦燦動人，故救時之佐，在所不道。今季臣曉暢軍務，馳射横槊，罔與角者。家雖貧，分食食人，意未嘗怠。使總一軍，當一邊，□□□跡於塞上，可勿復計，尚何戀此舉子業者，況欲以是暴長效微如腐儒小生所爲，兹何説耶？ 或曰：「不然。 今天子力開資格，擢才於不次，意非不盛，然上令而下不奉，即甲乙榜且不可破，何況起里畝？ 一旦躝入仕譜，躋位上卿，彼側目不令通顯以行其道，正無怪耳。 龐士元非百里才，設限以縣尹府佐，孰屑俯首就之？ 若季臣止以文論，亦應拾高第，然後拜手禁近，陳泰堦陸符，清寧海内，實其志矣。」季臣之文，雋偉英卓，邁絶夷等，同人俯首，咸遜不迨，然所循在實不以文，惟吾黨爲然，吾黨皆懷方抱略，命世之英嗣且比翼連臂，拔跡王庭，爲清時妙佐。 行矣吕子，吾道之昌也，將於是卜之，可不慎乎哉！（容菴文集卷一）

錢謙益吕季臣詩序：語溪之士，游於吾門者十餘人，皆懷文抱質，有鄒、魯儒學之風，吕願良季臣，其哀然者也。 季臣深沉有心略，糞溲章句書生，思以齒牙頤頦自見於當世。 處師資朋友，皆有恩義，非苟爲鳥集烏舉者，數蹈省門不見收。 有子少而才，能熊然角，攜以見於余，曰：「是能奉雉而從吾矣。」沸唇電發，損七尺以爭數莖。 覆巢破卵，命如懸絲。 創鉅痛深，形銷骨折，纏綿淹頓，然後即死，其可傷也。 嗚呼季臣！ 生盛世，蔭華胄，前歌後舞，左絲右壺，咸陽之趙、李，江左之王、謝也。國破家亡，年衰歲暮，束緼舉火，轢釜待炊。 季臣意殊安之，曰：「我固當如此也。」童錡執戈，南八齧指，楚人有國殤之祭，漢室無羽林之孤，季臣曰：「彼固已得死所。 以烏鳶爲羸博可也。」長貧長病，非鬼非食。 攬孤骨爲行屍，指白日爲長夜。 投杯覆醢，撫几槌床，歎莒郭之嫠婦，泣東海之寡母。 以爲毋負鬚眉，有靦巾幗，未嘗不目光射炬，而哭聲壞牆也。 嗚呼季臣！ 晦名竄身，有才無時，似西京之趙邠卿，而不克亂思遺老，表章於經術；羈旅放廢，喪厥元子，似東海之馮敬通，而不克闔門講習，自厲於詞賦。知季臣者如是而已矣。其深知季臣而痛惜之者，以謂季臣智深勇沉，如其不死，可追躡南渡之王道甫、陳同甫；季臣之子，骨騰肉飛，不幸而早死，已接踵靖康之趙次張、龍伯康。青史不磨，碧血已化，叙漢末之英雄，探中興之遺傳，國有人焉，亦俟諸後死而已矣。往者，余道武林，季臣病劇，扶攜出見，氣息支綴，屏人執手，閔默無一言，寒鐙青熒，惟兩淚覆面耳。又十餘年季臣之弟留良蒿目江河，横流未返，憂其兄之遂抑没於土中也，無已而思刻其遺詩以傳於後，又以爲不得余叙，季臣之視不受含者，猶未既也。嗚呼季臣！西靡之冢，豈痛陳根；南枝之墳，詎悲宰木。余之所以不死季臣者，執簡漬紙，遂如斯而已乎？嗚呼！是余之罪也夫！（牧齋有學集卷二〇）

吕願良天放翁頌：鳥翼雲上，魚沉素波。高深靡及，釣射轉多。不材雖壽，終焉斧柯。蘭蕙雖幽，冰霜奈何。海水湯湯，有時而遷。高山峩峩，有時而田。凡在宇宙，莫不皆然。鳳凰于于，盤旋天外。麒麟振振，不入苑囿。縱横六虚，滌蕩塵垢。去我富貴，捐我思慮。舍我是非，忘我毁譽。韝脱籠開，上天下地。日出月没，風馳電迫。帝允大仁，東西南北。（天放翁集）

孫爽和吕季臣舟次聞歌：最是多情未忍聞，若爲唱徹遏停雲。楓翻露滴孤蓬底，不待傷心已淚痕。（容菴詩集卷一〇）

【注釋】

〔一〕孤雲擁樹：杜甫返照：「返照入江翻石壁，歸雲擁樹失山村。」烏頭白：王充論衡感虚篇：「燕太子丹朝於秦，不得去，從秦王求歸。秦王執留之，與之誓曰：『使日再中，天雨粟，令烏頭白，馬生角，厨門木象生肉足，乃得歸。』當此之時，天地祐之，日爲再中，天雨粟，烏頭白，馬生角，厨門木象生肉足。秦王以爲聖，乃歸之。」

〔二〕負俗：袁康吴平越絶書卷七：「有高世之材者，必有負俗之累；有至智之明者，必破庶衆之議；成大功者，不拘於俗；論大道者，不合於衆。」

〔三〕荆棘銅駝：房玄齡晉書卷六〇索靖傳：「索靖，字幼安，敦煌人也。……惠帝即位，賜爵關内侯。靖有先識遠量，知天下將亂，指洛陽宫門銅駝，歎曰：『會見汝在荆棘中耳！』」

〔四〕冬青杜宇：林景熙夢中作之二：「一抔自築珠丘土，雙匣猶傳竺國經。獨有春風如此意，年年杜宇泣冬青。」自注曰：「元兵破宋，河西僧楊勝吉祥（按，即楊璉真珈）行軍有功，因得於杭置江淮諸路釋教都總統，所以管轄諸路僧人，時號楊總統。盡發越上宋諸帝山陵，取其骨，渡浙江，築塔於宋内朝舊址。其餘骸骨棄草莽中，人莫敢收。適先生與同舍鄭樸翁等數人在越上，痛憤乃不能已，遂相率爲采藥者至陵上，以草囊拾而收之。又聞理宗顱骨爲北軍投湖水中，因以錢購漁者求之，幸一網而得；乃盛二函，託言佛經，葬於越山，且種冬青識之。」中「適先生與同舍鄭樸翁等數人在越上」之「先生」，殆指唐珏。張孟兼唐珏傳：「唐珏字玉潛，會稽人。……至元戊寅，浮屠楊璉真珈利宋攢宫金玉，故爲妖言以惑主，聽而發之。珏獨懷痛忿，乃貨家俱行貸，得白金若干，爲酒食，陰召諸惡少享於家。……收貯遺骸瘞蘭亭山後，上種冬青樹爲識。」杜宇，即杜鵑，又名子規，傳爲古蜀帝杜宇所化。李昉太平御覽卷一六六引揚雄蜀王本紀：「（杜宇）乃自立爲蜀王，號稱望帝。」又十三州志：「當七國稱王，獨杜宇稱帝於蜀。……望帝使鼈冷鑿巫山治水有功，望帝自以德薄，乃委國禪鼈冷，號曰開明，遂自亡去，化爲子規。」

〔五〕新室：班固漢書卷二一律曆志下：「王莽居攝，盜襲帝位，竊號曰新室。」此指清朝。

〔六〕義熙：東晉安帝德宗年號之一。沈約宋書卷九三陶潛傳：「所著文章，皆題年月，義熙以前，則書晉氏年號，自永初以來，唯云甲子而已。」

〔七〕北闕：班固漢書卷一高帝紀：「蕭何治未央宫，立東闕、北闕、前殿、武庫、太倉。」顔師古注：「未央宫雖南向，而上書、奏事、謁見之徒皆詣北闕。」代指朝廷。此指明都北京。

〔八〕汍瀾涙：陸機弔魏武帝文：「氣衝襟以嗚咽，涕垂睫而汍瀾。」

〔九〕三徑：班固漢書卷七二鮑宣列傳：「杜陵蔣詡元卿爲兗州刺史，亦以廉直爲名。王莽居攝，欽、詡皆以病免官，歸鄉里，卧不出户。」趙岐三輔決録逃名：「蔣詡歸鄉里，荆棘塞門，舍中有三徑，不出，唯求仲、羊仲從之游。」

〔一〇〕「翳然」句：劉義慶世説新語言語：「簡文入華林園，顧謂左右曰：『會心處不必在遠，翳然林木，便自有濠濮間想也。覺鳥獸禽魚，自來親人。』」濠梁，莊子秋水：「莊子與惠子游於濠梁之上。莊子曰：『鯈魚出游從容，是魚之樂也。』惠子曰：『子非魚，安知魚之樂？』莊子曰：『子非我，安知我不知魚之樂？』惠子曰：『我非子，固不知子矣；子固非魚也，子之不知魚之樂，全矣。』莊子曰：『請循其本。子曰汝安知魚樂云者，既已知吾知之而問我，我知之濠上也。』」

〔二〕「天涯」句：杜甫閣夜：「野哭千家聞戰伐，夷歌幾處起漁樵。」

〔三〕「可憐」二句：陶淵明乞食：「飢來驅我去，不知竟何之。」

東莊閒居貽孫子度念恭兄　二首

大地無宫闕，羞稱山澤臣。未能言决絶，直以戀交親〔一〕。海霧留煙客，江雲傍路人〔二〕。近傳深谷裏，猶戴縠皮巾〔三〕。

日月村中没，山河磧外還〔四〕。一丘猶故物〔五〕，百歲亦殘年。奴橘輸輕絹〔六〕，姑榆落小錢〔七〕。養生心計拙，無賴向桑田①。

【校　記】

①嚴鈔本、釋略本、怡古齋鈔本注：「一作『賴是向桑田』。」張鳴珂鈔本作：「賴是向桑田。」

【箋　釋】

此詩作於順治六年己丑春。

按，東莊，即吕家東莊。與葉靜遠書：「敝居在南門外黑板橋，問吕家東莊即得。」（吕晚村先生文集卷二）黑板橋在今留良鄉南陽村之東北，過橋東行里許，有一地名東莊角，即吕家東莊故址（今屬新田村）。又與魏方公書（康熙十二年癸丑）：「弟去歲浪游白下，歲盡歸里，即有移居村莊之役。」（吕晚村先生文集卷二）與葉靜遠書：「弟自前歲冬，即移居村莊。」（吕晚村先生文集卷一）哭查漢園詩注：「壬子秋，家人逼之赴試，紿以入省，竟過予東莊兩月，甚樂。」（零星稿）甲寅鄉居偶書：「城市義既不入，村中亦無禮數見賓。」（吕晚村先生文集卷八）是知康熙十一年壬子以前，晚村之居，當在城市（即崇德城裏），十二年甲寅之後，乃移居村莊（至康熙十九年庚申隱居妙山止）。

清初遺民詩人，好用日月語，蓋日月者「明」也，以喻明朝。如子度贈魏子一有「日月聿重光，身死大義宣」句（容菴詩集卷四），屈翁山哭顧徵君寧人有「一代何人知日月，諸陵有爾即春秋」語（江庸趨庭隨筆「顧寧人於明亡後七謁孝陵，六謁十三陵，故屈翁山贈之詩云云」），萬年少贈閻古古有「只今日月光南極，莫老邱樊終采薇」（隰西草堂詩集），閻古古獄中賦七律有「日月有時經晦蝕，乾坤何旦不皇明」句（白耷山人詩集），林蘭菴蠡城偶述有「日月雙懸處，乾坤自一家」句，殆皆此意。

【資　料】

蔡一吕留良家鄉遺跡考「出生於『登仙坊』」節：長久以來，對吕留良的出生地有兩種説法。一種以他曾號「莊生」爲依據，説他出生在東莊，理由是在東莊生養，所以叫「莊生」。這個説法顯然有點牽强附會，因爲吕留良的祖宗輩内，没有在東莊居住的記録。首見「東莊」之名的，是順治十七年他自己寫的賣藝文。文中開首就有「東莊有貧友四，爲四明鷓鴣黄二晦，檇李麗山農黄復仲，桐鄉殳山朱聲始，明州鼓峰高旦中……」，這是他借「東莊」名以稱自己之始。寫這篇文章時，年已三十二歲，當時已是知名人物，但在此之前，這個知名之士没有見過在東莊活動的記録，這好象不大符合常情。另一種説法，是説他出生在崇德城中，根據是吕公忠寫的吕晚村先生行略，文中有「生先君子登仙坊之里第」。吕公忠（又名葆中）是吕留良的長子，曾在康熙十九年入泮，後來在康熙四十五年考中過一甲二名進士（榜眼），是兒子寫父親的行略，自然是可信的。因此，找吕留良的出生地，先要考查「登仙坊」在哪裏。據石門縣志鄉里載「縣城有十一坊，五巷」，其中就有「登仙巷（坊）」。「縣城」即今崇福鎮，「登仙坊」今屬和平區。舊坊所轄的主要地區即今「西横街」、「廟弄」、「宫前路」一帶，但早前有人認爲登仙坊應在「滸弄口」。這是因爲辛亥革命以後，把登仙坊和惠澤坊合併，統稱「登仙水德坊」後所造成的誤解。石門縣志記有「在原惠澤坊下，弄口有滸弄，築水德注之，咸豐辛酉毁」。因爲滸弄的「滸」字與「火」字諧音，古代人迷信，在弄口築水德樓，以爲可以以水克火。很顯然滸弄口不是登仙坊，而是水德坊無疑。經訪問七十多歲的老人張鳴皋先生，他少時尚見弄旁白地上，靠市河建有「總管堂」，這個堂基是水德樓遺址。樓前有大樹一株，並立石碑，書「萬古長青」四字。「登仙」和「水德」按習慣是以半廾弄分界，弄東爲水德（即東横街），弄西爲登仙（即西横街）。登仙坊的主要地區是今西横街和廟弄，但這二個地段住户至少也有上百，哪一户的位置才是吕留良的出生地呢？前文曾肯定過他的祖居是朱家門，現在又説他的出生地在登仙坊，好象有些前後矛盾。因爲這些地方不是毗連相接，而是各分南北。按現在地名講，前者屬勤儉區，後者又屬和平區。兒子的出生地總得先找到父母的住處。爲了弄清這個問題，分析一下他父母的情況是有必要的。吕留良的祖父生二子，長名元學，號澹津，官繁昌縣令。次子名元肇，例貢生。澹津是吕留良的親生父。留良在三歲時又承繼給「老大房」吕煥的兒子元啟爲繼子。朱家墳的祖居是「老二房」和「老三房」仕倦回來新建的。這在祖居友芳園一章中，已引用舊記載證實過。這些證實資料中，就是没有見過「老大房」的活動情況。吕煥作爲「長房」，又做過保定知縣，後確又回崇鄉居，這説明除友芳園外，另外還有「老大房」的一個祖居。這個祖居可能就在登仙坊。按崇德傳統習慣講，長房因爲先成家，住在老屋的情況比較普遍。如果這個推論能成立，那麽「登仙坊」應該是吕氏最早的祖居。事實也正是這樣。在書與四房姪中曾云「……初聞横街火燒，甚爲爾憂，今知焚店屋八間，何以堪此……」，廿八日付公忠書中又云「……高五伯（旦中）往海昌，待其歸需初二、三方能到縣，漕贈等項，秉鶴稟云甚急，可令其預支閆壁王家屋租，或弄内（廟弄）房租應用」。這些引言都證明吕留良的族人和自己的房屋，當時集中在登仙坊的西横街和廟弄一帶。既然這個「老大房」是吕留良承繼父親的祖居，而吕留良的親生祖父又是住在友芳園的，他父親澹津怎麽會在登仙坊生養吕留良呢？他在年過花甲後，又娶了一個側室楊氏，側室即是小妾。不幸的是吕澹津在六十九歲那年死了，他的如夫人還只有二十三歲，在下一年就生下了一個「遺腹子」，這個兒子就是吕留良。這會不會是吕澹津利用祖遺老屋，作爲

「金屋藏嬌」之所呢？存疑待考。雍正朝「吕案」事發後，吕氏産業籍没歸公。吕留良出生地的具體方位，未見有文字記載。乾隆朝之後，西横街和廟弄一帶，有三個大族的住宅。一爲吕留良朋友吴孟舉後代的「守愚堂」。二是蔡載越、蔡錫琳父子的「待雪樓」。三爲徐寶謙、徐福謙弟兄的「頤志堂」。嘉慶時，陸殿庠撰的徐克祥墓誌銘上，有如下記載：「公爲西支始遷祖，得城西友芳園餘址，與吴氏黄葉村莊爲鄰，顔曰『頤志堂』。錢唐戴文節公熙爲書額，咸豐十年兵燹，舉家寓滬。」徐氏家譜純湖公遺詩的注釋中，又有「敝居鄰吴孟舉舍人黄葉村莊，與吴氏有舊。庚申兵燹，僅存破屋數椽，一門四世，寄跡滬上，克服後始歸」。這二個記載的「城西友芳園」和「敝居鄰黄葉村莊」都不能作爲莊園之名來解釋，他用的是「隱語」，是一種人名的代稱，同吕留良自稱「東莊」一樣。嘉慶年間，吕留良被稱逆犯，還未被人遺忘。作爲在清朝做官的徐克祥子孫，是有意避掉寫真實姓名，而改用「友芳園」之名來代替。很明顯，提到黄葉村莊時，就直呼「吴孟舉舍人」了，因爲吴孟舉不屬於逆犯之類。按實際方位情況也不符合，友芳園在城内，黄葉村莊在城外，徐寶謙家的頤志堂又在西横街底。三個住址像大三角那樣都分處一角，徐氏所説的「得城西友芳園餘址，與吴氏黄葉村莊爲鄰」怎麽解釋得通呢？「頤志堂」的舊居今還存在，隔壁即爲「蔡三房」，清光緒初，二家是至親，蔡載越的女兒就是嫁給徐寶謙的。當時蔡、徐二家相互往來居住。徐寶謙家的「頤志堂」和吴孟舉後代的「守愚堂」雖然不是貼鄰，但確是近在咫尺的鄰居，這和「吕氏遺址與吴氏爲鄰」是相符合的。一九八五年桐鄉縣文物大普查時，還在徐氏「頤志堂」和蔡家「硯香室」之間的一座樓廳外天井中，發現靠牆門二邊牆腳上，東西並砌有二點一米長的立體浮雕，用白石雕塑「雙獅戲球」，刀法渾厚古樸，顯爲清代以前之作品，這可能是吕家遺留下來的。綜上所述，吕留良的出生地，應在今崇福鎮和平區西横街和廟弄之西，即徐氏「頤志堂」左右。

【注釋】

〔一〕「未能」二句：陶淵明和劉柴桑：「山澤久見招，胡事乃躊躇。直爲親舊故，未忍言索居。」

〔二〕「海霧」二句：駱賓王晚泊江鎮：「海霧籠邊徼，江風繞戍樓。」柳宗元梅雨：「海霧連南極，江雲暗北津。」

〔三〕縠皮巾：李延壽南史卷四九劉訏傳：「訏字彦度，懷珍從孫也。……尚書郎何炯嘗遇之於路，曰：『此人風神穎俊，蓋荀奉倩、衛叔寶之流也。』命駕造門，拒而不見。……訏嘗著縠皮巾，披納衣，每游山澤，輒留連忘返。神理閑正，姿貌甚華，在林谷之間，意氣彌遠，或有遇之者，皆謂神人。」

〔四〕磧：指沙漠。司馬光資治通鑑卷一八一隋紀五：「世雄孤軍度磧。伊吾初謂隋軍不能至，皆不設備，聞世雄軍已度磧，大懼，請降。」

〔五〕一丘：班固漢書卷一〇〇叙傳：「漁釣於一壑，則萬物不奸其志；栖遲於一丘，則天下不易其樂。」

〔六〕奴橘：即橘奴，橘樹之别稱。陳壽三國志卷四八孫休傳裴松之注引襄陽記：「李衡每欲治家，妻輒不聽，後密遣客十人於武陵龍陽氾洲上作宅，種甘橘千株。臨死，敕兒曰：『汝母惡我治家，故窮如是。

然吾州里有千頭木奴，不責汝衣食，歲上一匹絹，亦可足用耳。』衡亡後二十餘日，兒以白母，母曰：『此當是種甘橘也，汝家失十户客來七八年，必汝父遣爲宅。汝父恒稱太史公言：江陵千樹橘，當封君家。吾答曰：且人患無德義，不患不富，若貴而能貧，方好耳，用此何爲！』吴末，衡甘橘成，歲得絹數千匹，家道殷足。晉咸康中，其宅址枯樹猶在。」

〔七〕姑榆：又名蕪荑（無夷）、無姑，俗名榆錢、榆莢。爾雅釋木：「無姑，其實夷。」郭璞注：「無姑，姑榆也。生山中，葉圓而厚，剥取皮合漬之，其味辛香，所謂無夷。」

手録從子諒功遺稿

比向當年一半遺，書成涕淚欲何爲。甲申以後山河盡〔一〕，留得江南幾句詩。

【箋釋】

此詩作於順治六年己丑春。

按，嚴鴻逵釋略曰：「諒功，諱宣忠。乙酉，授扶義將軍之命。丁亥，致命於杭。」宣忠，字諒功（或作「亮工」、「亮功」），號樵菴，季臣子。錢牧齋曰：「季臣之子，骨騰肉飛，不幸而早死，已接踵靖康之趙次張、龍伯康。青史不磨，碧血已化，叙漢末之英雄，探中興之遺傳，國有人焉，亦俟諸後死而已矣。」

（牧齋有學集卷二〇吕季臣詩序）諒功死後，孫子度爲哭門人詩四首以弔之，張考夫亦賦弔吕亮公文以哭之。其生平事跡，參見後文。

【資　料】

倪師孟乾隆吴江縣志卷三一人物：沈自炳，字君晦，副使琉子。少有志操，及長，博學工文詞，操筆千言立就，在復社號爲眉目。崇禎甲申，福王立南都，詔求人才。自炳獻賦闕下，以恩貢授中書舍人。復渡江往揚州，與弟自駉參閣部史可法幕。居月餘，可法諮才於自炳。自炳曰：「公贊畫推官崇德吕願良之子宣忠可。」可法問其狀。自炳曰：「宣忠爲人，英敏剛方，年雖少，可任大事。」可法亟召之。未至，南都陷。宣忠乃走謁魯王。王授參將，使從吴易等起兵。後敗，不屈死。人賢宣忠之節，而重自炳之知人。

高宇泰雪交亭正氣録卷二：吕宣忠，字亮工，嘉興諸生，名士孫爽弟子。妻奇妒。宣每有所之，必以二人隨之，刻期而還。稍後，則宣必受箠。嘗與友一至杭，歸稍逾期，宣恐，囑其友之妻往解曰：「茲行爲謁天主教師，彼教首禁二色，夫人可勿慮。」妻訶曰：「有我令在，何煩天主耶？」責之更厲。吴易起兵，宣欲往從，託以往謁沈君牧。沈素方正，妻許之。至則不能即歸，宣竟不敢歸。妻恚曰：「我令不行於彼，乃若是耶？」遂縊而死。及君牧敗，宣被執。解至浙撫蕭起元。孫爽入謁起元，言宣爲己弟子，百口保之。起元曰：「若何保作賊者。」爽正色曰：「宣起義，非作賊也。」起元怒，箠四十，而殺宣。

高承埏自靖録考略卷六：嘉興府崇德縣鄉紳、挂扶義將軍印、都督僉事吕宣忠，字亮功，淮府儀賓熿曾孫，舉人繁昌縣元學孫，贊畫推官願良子也。吴江沈自炳遇諸幕府，謂英明非其父可及。以諸生授參將，從吴昜起兵，擢總兵，兵敗，已爲僧，匿洞庭山中。既而被執，慷慨不屈，令捶其膝至碎，必不跪。在獄整衿端坐臨帖。丁亥三月將刑，過市大呼曰：「今日乃大明義士報國之日，諸君何不一觀乎！」絶命詩有「日月黯墨不可得，天地流泛誰敢（爲）撑」云云。同難者五人，惜皆佚其姓名。

温睿臨吕宣忠傳：吕宣忠，字亮工，崇德人。曾祖熿，尚淮府南城郡主。祖元學，萬曆庚子舉人，知繁昌縣。宣宗生而英敏，好用劍，洞曉奇門遁甲。吴江沈自炳見而異之。……南都陷，宣宗走謁魯監國於紹興，授扶義將軍，給敕印，使從吴昜、黄蜚軍。既戰敗，走匿洞庭山爲僧，以父病歸。邑令利吕氏富，遣人收之。入見不跪，捶其膝至碎。在獄日從容賦詩，臨顔、柳帖。臨命呼曰：「今日可以報先皇帝矣！」年二十四。（南疆逸史卷三六傳第三二死事）

查繼佐諸生挂扶義將軍印吕子傳：吕宣忠，字諒功，號樵菴，嘉興崇德人也。曾祖熿，爲江右淮府儀賓。祖元學，庚子乙榜，繁昌令。父願良，字季臣，籍文譽，甲申五月，南部正位，爲史閣部可法軍前贊劃推官。宣忠七歲失恃，寡言笑，自奉極儉約。讀書不肯爲章句，年十三竊習騎射，審究兵法，不使父願良知。十八列博士員，工文章。乙酉魯王監國紹興，宣忠年二十有二矣，陰養士爲内應。丙戌正月渡浙江，就熊督汝霖乞師。廿九日召對，建議侃激，監國爲動色，即日署總兵都督僉事。時吳易字日生舉兵太湖，特疏薦宣忠：「慷慨見於言語，安閒出自性情，以彼才略，宜專任恢復之寄。」奉旨加扶義將軍，給予敕印。還至太湖，率其部衆，與日生呼吸應援。三月，大戰清兵於濫溪，三日夜不解甲，並不及飲食。各校喪律，宣忠所部獨全。五月，日生敗，清兵旋涉錢塘江，宣忠知不可爲，棄其衆，削髮爲緇流入山，尋以父病出視湯藥。時清同知鄧署縣事，欽其氣誼，每因發覺及宣忠，輒不聞，又曲解之。嗣河南程來知崇德，爲勝國一榜，得日生故標將沈君仲、金和尚之口，連宣忠，使人縛去。親友咸來好言勸宣忠曰：「去慎無抗，素性稍委蛇，顧今日金錢亦有用，千金死市，古之言也。」宣忠傲不聽，曰：「毋多言。彼小言吾小言答之，彼大言吾大言答之，吾自有舌任我用，不煩誨。然此非愛我，速別去，毋亂人意。」則程竟以其言不稍遜，未如令，勢難平反，重刑下獄吏。次日，合邑士大夫競奔程訴，乞與保釋，械以聽。以爲已諾，競喜。而夜聞上臺蕭已具疏，有云：「以先朝國戚之裔，而挂扶義將軍之印，號衆爲叛，已非一日，言其實也。」禁憲司獄。獄中寄語諸親友詩文百餘篇，不能盡録。有副總兵官某，微服間道自島中來，行數十金［於］獄吏，得入謁宣忠，上監國命加少保銜，猶謂宣忠尚得自爲，可以觀變故也。副總兵輒頓首行屬禮，宣忠驚扶起，遽曰：「此何地！顧左右無人，且立死。」副總兵恭曰：「某奉命至此，凛將軍威嚴，不然，褻朝廷，且廢將軍法。」宣忠在患難使人不敢玩如此，因謝曰：「寄語監國及從行諸公好爲之，宣忠待時日耳，不能爲也。」三十一日清旨下，時六人同出訊會議館，宣忠大言曰：「大丈夫不能爲國家做些事，即今死猶後。」辭義凛冽。訊官張大廳太息曰：「可惜奉聞。否，吾輩當力生脱之。」而沈君仲、金和尚復辭，始云宣忠雖受明職，自奉清，屢榜宥釋，後並未嘗弄兵。時同訊官翁與千咸怒罵曰：「汝二人初受何指，言之未詳，致列奏牘！」一廷嘖嘖詫宣忠漢子。臨刑，内傳令速決訖報，宣忠昂首先導，曰：「總是我快，若輩趨不及。」同輩面俱死灰，脅兩持尚不能前，宣忠獨怡然不改顏色。伊叔父留良送之，談笑如常時，究無一語及家事。録其託志詩四首，有題松柏者曰：「春風如有權，一夜緑新草。不得到松柏，其性益自好。架枝無凡巢，負氣日深老。爲我謝春風，青青善爾保。」題晚晴者曰：「倒江拔海自天下，爾勢傾動無堅城。茅簷寒士春凍死，桃李涕泣愁燕鶯。日月黯墨不可得，大地流泛誰爲撐。放足高眠望深窗，重林之外驚殘明。重林之外多殘明，目森森兮心英英。」有題人日者曰：「狐鼠腐其肉，麒麟爲泫然。雖不同我類，群命各自天。胡以在塗路，百死無一憐。鳳凰困荆棘，烏鴉狂欲顛。笑口告族輩，得報當時愆。横飛入天漢，曾不爲我妍。禽獸則已而，人今何如焉。」題有兄者曰：「有兄有兄四海内，白石青松以爲輩。至今風雨同聲歌，親友如斯亦好在。天地反覆機已深，閉户之外無山林。誰能遠游及春水，片言慰我蒼茫心。」此稿出徐有兼袖中，宣忠手書，尚非其獄中之作。有兼云：「其自序一篇素裁定，若預知不終者，當與諸稿並寄。」又云宣忠小字樸人。（國壽録卷三）

孫爽後感遇詩之一：語水天目注，孤城僅如斗。山川氣遥集，文字頗交肘。往當隆萬年，風流屬某某。大雅吕泰興，王李相擁帚。石几布長林，好事真可狃。遺墨一摩挲，每惜生也後。誰歟步芳躅，鄙夫苦自負。何圖上東門，忽復嘯彼醜。因之憤吾徒，投臂握金鈕。身殲志則强，炯哉能不朽。乃有兩癡叔，向山惟疾走。恥習制科書，畫字作蝌蚪。念恭筆成冢，莊生硯生臼。詩學破天荒，清雄得希有。卻喞小阮（指吕生宣忠）悲，漬涕枯庭柳。顧使老彌明，倚壁時叉手。亦欲張吾軍，如雷鼓其缶。對此不易才，吁嗟爲良久。寧云兒女仁，淚沾猶決瀏。終然期大節，豈曰陶詩酒。（容菴詩集卷四）

孫爽哭門人：天已揮諸夏，君從奮草萊。無階先任死，未嫁早能裁。擾擾田横客，時時梁父哀。橐頭煩五木，學易要心開（生獄中讀書不置）。如君良可喜，唯我不勝哀。精衛填波始，流虹貫日來。孰知塗腦地，敢曰濟時才。壯節悲愚智，千夫挽似雷（生赴難之日，被極慘毒。凡屬見聞，悉爲流涕）。吾戴吾頭往，夷然待槁街。挽歌聊慷慨，祭草雜諧詼（生獄中自作挽歌及祭文）。受命當冰解，酬恩許夜臺。平生篤好我，魂氣可歸來？幾許大人事，少年君獨推。親衰廢亡命（有勸生亡命者，生曰「親在，吾焉往」），兵解證玄材（生好習導引辟穀事）。筆墨師唯古，忠良性所恢。餘生吾愧汝，屠釣影孤哉（生獄中贈余詩，有「我愧先生多矣」之句，故云）。（容菴詩集卷六）

張履祥弔吕亮公文：嗚呼亮公！河山灑血，綱常信舌。談笑蹈刃，而志不折。非由天植之性，獨得其厚；何以死生之際，不喪其節？嗟乎！士固有死，處死爲難。慨正氣之不立，人匪石其如磐。值大命之傾汎，譬百草之遇寒。未嚴霜之數至，已並時而摧殘。彼薈蔚之名彦，肆顯重其如山。竊聲稱於平世，既府慝而藏姦。識羞恥之何事，亦君國之非關。苟榮禄之不失，又安顧夫舊顔。固

宜儒生忼慷，奮國士之烈，而以屬夫冥頑。予獨悲人物之欲盡，而臨風其潸潸。（楊園先生全集卷二二）

呂願良奠亡兒：欲設西河奠，珠傾等瀉盆。不教兒祭我，竟似祖爲孫。闕事人誰繼，荒埋草滿門。三年無一祭，春旨向空園。

翁貧無可薦，減膳一相將。菓是園中摘，酒從槽裏量。燈前少弟拜，紙上有魂香。未死孤跡在，猶能瀝數觴。

親老無人侍，相扶伯叔間。久貧知客少，常病得身閒。棲息才容足，飢寒未損顏。吾兒應不死，猶望夢中還。（天放翁集）

【注釋】

〔一〕甲申：指明崇禎十七年。張廷玉明史卷二四莊烈帝本紀：「（甲申）三月庚寅朔，賊至大同。……（癸卯）賊遂入關。甲辰，陷昌平。乙巳，賊犯京師。京營兵潰。丙午日晡，外城陷。是夕，皇后周氏崩。丁未昧爽，內城陷，帝崩於萬壽山，王承恩從死。」「丁未」，十九日。萬泰三月十九日：「三月當今十九日，普天聲淚憒盈時。一卮酹已非王土，七載人猶是漢思。國士未聞酬豫讓，南冠惟見泣鍾儀。滄溟萬里頻回首，慘淡春風咽子規。」林時躍甲申後十七年三月十九日志感：「國破從今憶此年，每逢春暮倍思先。山山鶗鴂啼荒雨，處處冬青冷夕煙。當日殉君凡十九，年來亡國即三千。幾回博得清平夢，手薦櫻桃隧寢前。」

過仲音兄村居 三首

棄置舊池閣，來從茅舍居。命奴收落葉，課子理殘書。官豈朝廷罷〔一〕，身猶死喪餘〔二〕。杖藜還歎世，那敢賦歸與〔三〕。

兩子初成長①，能文粗足觀。豫思渠輩事，還當太平看②。亂逼乾坤窄，愁牽歲月寬。不知村路裏，何以慰荒寒。

小逕泥封竹，虚堂石挂蘿。病愁賓客滿，貧覺子孫多〔四〕。丘壑聊如此，兵戈奈爾何。平生幾種意，今日慎風波〔五〕。

【校記】

① 初 原作「先」，詩稿本、管庭芬鈔本、萬卷樓鈔本同，據嚴鈔本、釋略本、怡古齋鈔本、張鳴珂鈔本改。

② 還 原作「遥」，怡古齋鈔本、管庭芬鈔本、萬卷樓鈔本同，據嚴鈔本、釋略本、詩稿本改。按，「還當」意爲且當，如薛能寄題巨源禪師：「還當掃樓影，天晚自煎茶。」牟巘鷓鴣天：「蜀陳舊事君須

記，貴盛還當具慶年。」

【箋　釋】

此詩作於順治六年己丑春。

按，晚村二兄茂良，字仲音，生於明萬曆己亥七月初六日，卒於清康熙十三年甲寅八月十六日，終年七十有六。公忠行略曰：「二伯父與三伯父，兄弟異居，以禮數相持責。」茂良之别居，當在吴中舉義失敗後，所謂「棄置舊池閣，來從茅舍居」者，正是指此。

仲音有子六，其中開忠早殤，進忠、履忠、愚忠，皆先仲音而卒。從子進忠墓誌銘曰：「善讀書，每以一尊一卷默坐，竟夜忘寐。」（呂晚村先生文集卷七）從子愚忠壙誌：「令愚忠同其兄履忠，從余學爲文，頗善領會。」（同上）從子履忠壙誌：「履忠，字垣人，崇禎己卯某月某日生。……敏於記誦。」（同上）晚村作此詩在順治六年己丑，而愚忠生於崇禎十六年癸未，是時方七歲，不當以「初成長」目之，且謂愚忠「性多雜慧，而不勤正業，又喜諛己」，晚村「稍抑之，輒厭去」，「旋爲邑庠武生，遂疏遠文字」（俱見從子愚忠壙誌），則亦不當以「能文」稱之，故詩中之「兩子」，蓋指進忠、履忠言。

【資　料】

呂留良仲兄仲音墓誌銘：公名茂良，字仲音。嗜古墨，因自號墨公。善畫蘭竹，得松雪、梅道人筆法，故亦號蘭癡。亂後抗志山居，又號爲西樵。萬曆己亥七月六日公生。生而好武，六歲就傅，課暇即率群兒爲陣伍。及壯，與弟姪少年倡射會曰匡社，製窄袖戎服，習槍棒，尤精於雙刀。時承平久，文饕武嬉，苟幸無事。里中兒見公所爲皆笑誹，公益自許。已爲邑庠生。補博士弟子員。屢踏省門，不利。庚辰，以例入南雍。積分撥歷，公試輒高等，遂得拔貢。弘光元年，考授刑部司務。見奸邪執政，門户互爭，國事不可爲。蒞部不數月，即謝病自免，策蹇南歸，部長追留之不得。攜家入臨安亭子山嶴中，則金陵已不守矣。馬士英、方國安挾太后從獨松關入浙，且竄且掠，山中亂不可居。臨安令唐某約公同舉事，機洩唐死。公還，避兵於邑之西鄉，同弟姪結聚，與吴公昜、陳公子龍、張公采、楊公廷樞，同受監國命。吴中無成。後挈妻子入苕之埭山宣村，事敗幾死。自是閉門灌園。繪畫自娱，人爭購之。每聞遠信，一欣然翹首。四方亦知公家所爲，輒有所遷晉。甲寅春，年七十有六，拊臂加頦曰：「吾已朽，復何求？旦夕蓋棺，得全父母之遺、朝廷之禮，足矣！」亡何感疾，以八月十有六日卒。卒時猶喃喃問邸報，垂老而志不衰，克壯而命不用，忍死且三十年，而靳於早晚，是可悲已！公性豪爽自喜，跌宕聲色，雅不好理學家言。臨終出遺命，禁作佛事，其言正大明切。自世教衰，士大夫陷溺深錮，雖講學宿儒，每不克自振也。公獨毅然行之，頹俗亦皆驚歎。曾祖相，沔陽別駕。祖熯，淮國儀賓，尚南城郡主。父元學，繁昌令。……子六人：長開忠，殤；次進忠，娶王氏；三履忠，邑庠生，娶楊氏；四愚忠，武生，娶潘氏：三子皆先公死。五奇忠，娶孫氏；六真忠，□□□。女三人：長適庠生鍾定，次適曹嶽起，三適胡士琳，皆同邑。（鈔本呂晚村文集）

吕瞿良題仲兄村居：負疴因避世，閴寂此荒村。卜宅斜臨水，扁舟直到門。隔籬供芋栗，在野察雞豚。取次幽期熟，真嗟市井喧。（朱彝尊明詩綜卷八〇）

陳祖法與語溪吕仲音：惠製佳竹，留珍世玩，倘風雨中有簌簌作聲者，疑或向錦笥化龍上青霄也，奈何？傳聞蘭本更妙，九畹百晦，意將並欲拜君賜矣。損李之惠，出自名園種，味大别，但阿戎聞之，大笑君愚耳。雖然，弟亦當徐察兹核中有孔否也。（古處齋文集卷一一）

陳祖法送吕仲音刑部游淮：高秋夜雨落梧桐，淮水淼淼淮魚豐。聞君欲作游淮客，獵獵征羽壯秋鴻。君昔少年事豪俠，意氣犖落貫長虹。錦緵王孫誰不羨，豈止邑里相跨雄。名園芳樹半邑里，開樽四座盡名公。賦淩屈宋詞枚鄒，錦纏十萬一笑中。才名直已走京洛，姓字猶爾困蒼穹。是時獄理鮮平允，借公刑曹讞斷公。一朝屈抑不得志，長揖歸來倚長松。邇來亭臺多索莫，羊徑半已寄鄰封。尚有參天之緑竹，更兼屈曲之梅峰。梨雨蘭風芳春發，桂葩芙艷素秋逢。池鱗可以作客鮓，園蔬可以當客供。好客雅懷今猶昔，緑醅長令杯不空。真寄亭中風月美，魚鳥狎識陳子蹤。霜髮冰胸湖海氣，安能終朝困蒿蓬。何以挾之壯淮游，手持蘭竹掛長風。二山三洲聞名久，遲君來暮盡改容。揚濤已聽浪拍拍，鼓鐘又覺□鼕鼕。剖螯酌酒延明月，横琴遠嘯看暮楓。爲我弔望陸君墓，更一寄語狗屠雄。（古處齋詩集卷四）

夏古丹吕仲音山居夜雨思歸戲贈：門館沉沉閉，無人問遠行。林深容易暮，寒到寂寥聲。反側懷家室，荒疏怨友生。高眠知不穩，愁對一燈檠。（吴興詩存四集卷一九）

沈謙過吕仲音山林：晴日移舟問隱淪，林居元傍禦兒津。十年松菊欣逢汝，到處鶯花惱殺人。荒圃經營堪抱膝，小堂吟歎欲沾巾。可憐隔世簫聲遠，巖洞陰陰蔓草春。（東江集鈔卷四）

【注釋】

〔一〕「官豈」句：杜甫旅夜書懷：「名豈文章著，官應老病休。」

〔二〕死喪：詩小雅頍弁：「死喪無日，無幾相見。」鄭玄箋：「王政既衰，我無所依怙，死亡無有日數，能復幾何與王相見也。」

〔三〕歸與：論語公冶長：「子在陳，曰：『歸歟！歸歟！』」朱熹集注：「道不行，思歸之歎也。」陶淵明歸去來兮辭自序：「余家貧，耕植不足以自給。……心憚遠役，彭澤去家百里，公田之利，足以爲酒，故便求之。及少日，眷然有歸與之情。」

〔四〕「病愁」二句：張籍晚秋閒居：「家貧常畏客，身老轉憐兒。」李東陽哭内弟劉釗：「官好不嫌州縣小，家貧翻恨子孫多。」

〔五〕慎風波：陶淵明歸去來兮辭自序：「家叔以余貧苦，遂見用於小邑，于時風波未靜，心憚遠役。」高適送鄭侍御謫閩中：「自當逢雨露，行矣慎風波。」施閏章聞宋荔裳被逮：「鸞翮如何觸雉羅，驚聞雙淚似懸河。昔年梁獄書頻上，今日中山謗又多。滿目陰雲愁雨雪，横流滄海慎風波。家山舊業丹崖近，倘乞餘生老釣蓑。」

晝寢

篤不堪煩事，當窗虚復清。避人知太古〔一〕，入夢見平生。小雨荷錢受，微風竹箭爭〔二〕。起看雲漏影〔三〕，壞壁夕陽明①。

【校　記】

①壞壁　管庭芬鈔本、張鳴珂鈔本同，嚴鈔本、釋略本、詩稿本、怡古齋鈔本、萬卷樓鈔本作「壁壞」。

【箋　釋】

此詩作於順治六年己丑春。

【注　釋】

〔一〕避人：論語微子：「長沮、桀溺耦而耕，孔子過之，使子路問津焉。長沮曰：『夫執輿者爲誰？』子路曰：『爲孔丘。』曰：『是魯孔丘與？』對曰：『是也。』曰：『是知津矣。』問於桀溺，桀溺曰：『子爲誰？』

曰：『爲仲由。』曰：『是魯孔丘之徒與？』對曰：『然。』曰：『滔滔者天下皆是也，而誰以易之？且而與其從避人之士也，豈若從避世之士哉！』耰而不輟。子路行以告，夫子憮然。曰：『鳥獸不可與同群也。吾非斯人之徒與而誰與？天下有道，丘不與易也。』」鄭玄注：「士有避人之法，有避世之法。長沮、桀溺謂孔子爲士，從避人之法也；己之爲士，則從避世之法者也。」

〔二〕「小雨」二句：杜甫水檻遣心：「細雨魚兒出，微風燕子斜。」晚村律句，化用老杜者頗多。

〔三〕雲漏影：張先天仙子：「雲破月來花弄影。」

清池菴晚步〔一〕

杖履恣所適，清流照一身。石稜留月穩，松蓋受風勻。犬病時捫虱〔二〕，魚癡不避人①。亂餘難見此，便欲買比鄰。

【校記】

①避　原作「識」，釋略本、詩稿本、怡古齋鈔本、管庭芬鈔本、萬卷樓鈔本同；釋略本於「識」字旁著一「避」字。按，若作「識」，是爲魚癡故於人爲不識，然則魚之不癡，其能識人乎？兹據嚴鈔本、張鳴珂鈔本改。

【箋釋】

此詩作於順治六年己丑春夏間。

【注釋】

〔一〕清池菴：又名普門菴、資福禪院。嵇曾筠浙江通志卷二二八寺觀：「資福禪院：石門縣志：『在西門外二百步，宋嘉祐四年創建，元至元二年改爲普門菴，明永樂間復今名。』至元嘉禾志：『西廡有軒瞰流，扁曰平緑。』」清池，余麗元光緒石門縣志卷一山川：「清池：鄘志：在城西二里，昔有龍潛於此，其水澂洌，遇旱澇如故。」

〔二〕捫虱：房玄齡晉書卷一一四王猛傳：「王猛，字景略，北海劇人也，家於魏郡。……懷佐世之志，希龍顔之主，斂翼待時，候風雲而後動。桓温入關，猛被褐而詣之，一面談當世之事，捫虱而言，旁若無人。」

秋行

用竭芒鞵力〔一〕，穿畦又遶籬。古村只數姓〔二〕，社廟各分支。風俗暗相易，衣冠漸見疑。因思管仲父〔三〕，是汝論功時。

【箋　釋】

此詩作於順治六年己丑秋。

按，順治二年乙酉閏六月，薙髮令下江南，「限旬日内悉薙髮，其有仍存明制、不尊本朝制度者，殺無赦」（蔣良騏東華録卷五）。史惇慟餘雜記「錢牧齋」條記曰：「清朝入北都，孫之獬上疏云：『臣妻放腳獨先。』事已可揶揄。豫王下江南，下令薙頭，衆皆洶洶。錢牧齋忽曰：『頭皮癢甚。』遽起，人猶謂其篦頭也。須臾，則髡辮而入矣。」牧齋與常熟向紳書亦云：「諸公以薙髮責我，以臣服誚我，僕俯仰慚愧，更復何言。」（牧齋尺牘）又牧齋題邵得魯迷塗集曰：「邵得魯以不早薙髮，械繫僇辱，瀕死而不悔。……我輩多生流浪，如演若達多晨朝引鏡，失頭狂走。頭之不知，髮於何有？畢竟此數莖髮，薙與未薙，此二相俱不可得。當知演若昔日失頭，頭未曾失。得魯今日薙髮，髮未曾薙。晨朝引鏡時，試思吾言，當爲啞然一笑也。」（有學集卷四九）錢氏以阿難爲孫陀羅難陀薙髮爲喻，此亦自爲解脱者，而當時有「寧爲束髮鬼，不作薙頭人」之語，則士子之反抗，亦不可謂之不烈矣。

錢田間作留髮生詩，其小序曰：「新城有書生，不肯薙，囚之。令其自擇，死與髡誰善。詰朝請曰：『寧死不願髡。』遂斬之。」（藏山閣詩存卷八）又孫子度詩小注亦謂「時朝鮮獨衣冠如故」，中有「冠裳箕子國，髡剪□囚鄉。……髮短重遮額，衣寬辧急裝」語（容菴辛卯集辛卯杪春晟舍書堂追懷曩事爲排律十首兼贈念修閔子之第九首）。清朝之淫威，可以想見，而江南士子之節慨，亦爲之短氣。胡蘊玉著髮史，具見薙髮令對漢族士人之影響。「因思管仲父，是汝論功時」句，大有深意在，晚村曰：「一部春

秋，大義猶有大於君臣之倫爲域中第一事者，故管仲可以不死耳。原是論節義之大小，不是論功名也。」（四書講義卷一七）

今日風俗有「正月不薙頭，薙頭死已舅」之説，其實，所謂「死舅」者，乃「思舊」之隱語也。此亦爲清初之薙髮而來，據劉國斌四續掖縣志卷二風俗：「聞諸鄉老談前清下薙髮之詔，於順治四年正月實行，明朝體制一變，民間以薙髮之故，思及舊君，故曰『思舊』。相沿既久，遂誤作『死舅』。」蓋正月者，一年之始也。其始也未薙，雖不克有終，然前人之遺風在焉，則前朝之禮制存焉，是之謂「思舊」。

【注　釋】

〔一〕「用竭」句：杜甫擣衣：「用盡閨中力，君聽空外音。」

〔二〕「古村」句：白居易朱陳村：「一村唯兩姓，世世爲婚姻。」

〔三〕管仲父：論語憲問：「子貢曰：『管仲非仁者與？桓公殺公子糾，不能死，又相之。』子曰：『管仲相桓公，霸諸侯，一匡天下，民到於今受其賜。微管仲，吾其被髮左衽矣。豈若匹夫匹婦之爲諒也，自經於溝瀆而莫之知也。』」劉寶楠論語正義：「傳贊云：『夷狄之人，貪而好利，被髮左衽，人面獸心。其與中國殊章服，異習俗，飲食不同，言語不通，故其人君不君、臣不臣也。』注言此者，見夷狄入中國，必用夷變夏。中國之人既習於被髮左衽之俗，亦必滅棄禮義，馴至不君不臣也。」

飲四兄處與曹叔則分韻

嘈嘈夜雨空城急，急急林風萬樹崩。枝鹿礙雲沖獵網，跳魚帶草上漁罾。哀時高會誠難得，惡俗題詩也不應。今日諸君須痛飲，旌旗聞已下江陵〔一〕。

【箋釋】

此詩作於順治七年庚寅或之前。

按，此詩於集外詩中，次送杜退思之金陵詩之後。其下有編輯者注曰：「按，末句蓋指僞周之陷荆州也。照依集中編次，則當在零星稿内，而置之贈二黄詩前，後人從焚餘收拾，不無零亂耳。」據此，則詩當作於康熙十七年戊午，是決不可能之事，蓋晚村四兄念恭卒於順治七年秋（詳參本卷劍客行同念恭兄作詩之箋釋）。又詩中所言江陵在湖廣，今湖北省，屬三楚。先是，晚村於湖上逢老杜（名祝進，字退思），老杜以孫可望部攻克三楚事告，歸而與四兄念恭及曹叔則飲，故有「須痛飲」之豪情。

曹叔則，名度，字正則，又字叔則，號芥舟，又號壘恥民、壘翁、越北退夫，崇德人。生於明天啟二年壬戌，卒於清康熙四十一年壬午，年八十一。曾得夏彝仲賞識，命子完淳執弟子禮。國變後閉門著書，絶意仕進。與兄序字射侯、廣字遠思齊名。女適晚村長子葆中。有帶存堂集。

【資　料】

余麗元光緒石門縣志卷八下人物志二：曹度，字正則，庠生。博通經史，旁及天文曆數，工書，善詩文。夏考功允彝賞識之，命其子完淳執弟子禮。度少以功業自期，遇變，遂遁居林野，閉户著書，絶意仕進。其品學爲鄉黨所推重。著有帶存堂詩文集。

曹度疊耻民傳：民不知何許人也，或曰少嗜經生家言，録於有司，補諸生高等，是漢文學弟子流也。其言曰否，我固民也，何生之足云。嘗誦詩至鮮民之什，慟乎有餘淚焉。年在舞勺，失怙早，即移嚴君教於家慈，母恭人慈益甚，勉之學益嚴。恐傷太恭人心，務以窮經博古，盡收其奇，出之爲文章。時下章句學，弗屑也。年十七，出赴有司試，郡守閩中鄭公見其卷，嘆曰：「奇情蔚發，波瀾老成。」置第一。郡倅黔中陶公實贊之，曰：「其文一波未平，一波復起。所謂磊落英多，必奇士也。」明年春，學使者許公按部，拔入校，名稍亞，獎許特至，署卷曰：「神情散朗，逸致横流。」終身佩此二言。晚構一樓於池上，額其居曰散朗，弗忘許公知也。秋闈前試，復拔之入場屋，於是皆目之爲高才生矣。是時從餘杭俞先生游，諸學古及文史跌宕詩律書法皆得其指授，他日言及，未嘗不流連三復也。壽而慶於家，葬而酹於墓，雖江關百里，未嘗敢廢禮也。爲人踈脱無遮飾，任意自如。遇里中兒，終日塞嘿，不發一語；或少忤，口喃喃，面弗避，於是又以怪生目之矣。大抵篤於君親，而簡於名勢；豪於詩書，而倦於禮俗。同里吕職方、吴吴令，有倍年之長，一見投好，始引之爲小友，後遂與之約婚。其出門初交，見重長如此。獨行落落，不肯濡足涉人事，然大義所激，能脱人於厄。邑有人發令貪横狀於臺察，令坐譴，令黨怨刺骨，購立殺之。其人倉皇投止所游貴顯間，摇手拒。夜半扣門，納之，置旁舍，戒内外勿泄。旦日有吏來問，笑曰：「君誤矣。我豈藏亡者？」謝去。捕益急，日夜謀所以出網者，曰：「少須之。」伺間，轉告親信，陰送之，得遯走，卒無一人知者。人方謂在顯者家，乘婦人車出矣。嘗被病，不樂爲諸生，思還初服，太恭人曰：「嘻！汝何忤俗之深也？」跪應曰：「兒鬱鬱居此，必折而從俗。兒病矣，誠不與俗人居，即不以俗人之母事母，正兒所以承母教也。」太恭人好道，食伊蒲饌，日奉盤飧潔羞食之，或自啜糲飯佐餕，兒侍母膳，母勸兒餐，如是者將三十年，母棄養。他人子生，母懷三年，免矣。民之不免於懷中者，直五十二年耳。嗚呼！鮮民之生，不如死之久矣。民之不即從先恭人於九原也，民之所大恥也，於是始以「壘恥」自號焉。中年納姬芳草，姓吉氏，性復放誕，吐語能中隱曲，不輕受人繩尺，家之人皆怪之，民曰：「我固怪民，今得姬，爲人怪之也亦宜。」昌黎爲文，嘗曰：『吾小得意則人小怪之，大得意尤大怪之。』吾於姬亦云。然而吾意之得，不勝怪之者之衆也。」居五年，終迫之去，乃知前之安於吾側者，皆太恭人賜也。噫！自母終堂，姬去幃，而後民之生氣盡矣，不知何以不死而有六十。其生朝也，故友郭公贈之詩十章，少而習之，老而能言其情，不知何以久不死而復有七十。葉使君贈五言六律，先是以短律爲使君壽，還之如其數云。郭公名浣，善罵人，民不免其罵，時亦罵之，始終相得無間也。使君仕爲寶應令，有彭澤風，輕肆嫚罵。嘗游邑中，人畏其罵者，輒遮面引匿，民往見，罵獨免，且曰：「不面君二十餘年，鬚眉尚爾耶？」相與深談而去。嗣後賦詩倡和，往往弗絶，民之不忘情於事友之間如此。今又數年矣，昏昏作盲老公，旦夕即真宅不遠，間取有生之所履行，草出一篇，冀稍置面目於人間，無使日後以不情之筆横誣地下，民亦恥之。其他子姓婚出，亦率如常人，無所關予言，予尚何言乎！論曰：嵇生幽憤詩有言，「母兄鞠育，有慈無威」，自嘆其少遭不造，可不謂同病之憐與？然嵇生以高契難期，觸忌蒙戮，一旦過及，而作詩幽憤，倘亦悔心之萌乎？民受母教，兼賴良兄，嬰累多虞，所以掖而矜之者至矣。則是嵇生遇母之不威死，民得母威而生也。嗚呼！豈可勿之畏哉！豈可勿之恥哉！（帶存堂集）

葉燮帶存堂記：余三十年前館於石門鍾氏之居，得交曹君叔則。是時曹君年方壯，才氣過人，乃慨然於身世之故，一旦盡斂其用世有爲之具，歸之澹薄窅冥。窮日夜力，發憤讀書學道，蒐羅遺失，參考見聞，蓋將用是以老矣。余每造其廬，而有質焉。一日，曹君指其齋偏隙地，謂余曰：「我將於是構堂，名之曰帶存，取孟子『不下帶而道存』之義。夫君子用世則道出而彌六合，不用則以彌六合之道存一身。若存乎帶，則約之又約；以言乎堂，則遠矣。然道存乎帶，而存帶之身，實寄斯堂，即以堂爲六合之彌，不亦可乎？雖然，余之爲此堂也，未易言矣。今者築堂之地具於是，堂之主人與主人之道俱具於是，而有所不具者，才之難庀，工之難鳩，貧士之志不能與其力爭，蓋堂之得以天者無不全，而堂之待於人者無一有，則以道存之帶、堂存之志而已矣。」余聞其言而志之。别去且三十年，辛酉冬復過石門，訪曹君於其故居，見其環堵益蕭然，復與縱談古今天下事。曹君髮蒼然白，而議論風采猶不少衰，蓋曹君之存於道者深，别久而不渝其素也。已見其齋旁隙地如故，又見有斲者、埏者、治者之材積其中，余謂之曰：「此帶存堂之材耶？何以至今猶未落成也？」曹君曰：「積三十年庀其材，而鳩工之難，力不可强也。」余因喟然曰：「天下事苟不以道而以人力爭之，則凡萬鍾宮室妻妾，何一不可知其意之所欲得？苟以其道而聽之於天，則一堂之成，其艱如此，以三十年庀材，使又以三十年鳩工，藉使堂成，不知余與曹君尚能燕息晤對於斯堂否乎？今日未有堂而實有道，道存而堂因之以存，則此堂常存於太虚之間，而曹君之道固千百世存焉矣。夫豈成毁興廢之所得而囿者歟？」康熙壬戌春王二月，横山葉燮記。（已畦集卷五）

張履祥與唐灝儒：語溪曹叔則，前年以不得已曾赴諸生一試，求六等而不可得，今乃决然捐棄，將以求進於古人之學。弟甚高其志，而益難其時。方昔陸沉之初，人懷感憤，不必稍知義理者亟亟避之，自非寡廉之尤，靡不有不屑就之之志。既五六年於兹，其氣漸平，心亦漸改，雖以嚮之較然自異，不安流輩之人，皆將攘臂下車，以奏技於火烈具舉之日。而叔則兄乃逡巡掩鼻以去，不忍一日尚處於可媿之地，群非群咻，所俱不顧。沸鼎寒泉，雖云小補，猶愈於益薪而探之也。（楊園先生全集卷四）

黄宗羲曹氏家録續略序：語溪曹叔則，静深真實，一切好名之事，如講學選文，皆所不爲。其與人交，光風霽月，亦不爲翕翕熱。余在語溪四年，欽其風概，肥遯之士蓋庶幾焉。手鈔填海沈井之書，牛毛細字，盈於筐篋。從之借鈔，亦所不吝。余自離語溪，賣文糊口，不相通問。蓋不欲以綺靡之語，入冷汰之耳。夫悲哉秋氣，而木葉不脱，土無蟄蟲，非夷則之本色矣。歲乙亥，叔則以所著家譜，寓書屬序。余閲之終卷，大略以歐、蘇爲法，誠名筆也。……曹氏自宋至今，世有象賢，至於叔則，蓋七編矣，故無闕文。自魏晉以來碑版之文，多借聞人以助華藻。故言張必緣張仲，言田必及田單、千秋，言辛必及辛有，言李必及老聃，庶姓皆然。由是後之爲譜者，獵取元夫鉅公，貫以世系，以至史傳牴牾，地理錯亂，適以自旌其不學。曹氏不附顯達，群昭群穆，無非鬼之祭。余嘗與門士論史，切不可有班、馬之叙事於胸中而擬議之。故事本常也，而參合於奇節。情本平也，而附離於感憤。第就世間之人情物理，飢食渴飲，暝雨晴曦，宛轉關生，便開衆妙。事以徵信爲貴，言以原情爲定，寧爲斷爛之朝報，無爲陵駕之古文，史學其過半矣。由叔則之譜以推之，於余言其有合也。使叔則而爲史，劉靜修所謂無邊受屈者，庶可免矣。（南雷文定五集卷一）

【注　釋】

〔一〕江陵：江陵地處鄂中南腹心，東臨武漢，西通巴蜀，南枕長江，北扼中原，歷來爲兵家必爭之地。杜佑通典卷一八三州郡一三：「江陵郡：今之荆州。春秋以來，楚國之都，謂之郢都，西通巫巴，通接雲夢，亦一都會也。秦置南郡。漢高帝改爲臨江都，景帝改爲臨江國，後復故。後漢因之。其地居洛陽正南。蜀先主得之，後屬吴，常爲重鎮。晉平吴，置南郡及荆州。東晉以爲重鎮，宋齊並因之。梁元帝都之，爲西魏所陷，遷後梁居之，爲藩國，又置江陵總管府。隋併梁，置江陵總管府如故，後改爲荆州。煬帝初，復爲南郡。大唐爲荆州，或爲江陵郡。領縣七：江陵、枝江、松滋、當陽、公安、長林、石首。」祝穆方輿勝覽卷二七湖北路江陵府：「形勝：東連吴會，南有洞庭，南通五嶺，北繞潁泗，控扼巴蜀，可出三川，下瞰京洛。楚有七澤，熊繹所封，國之西門，爲吴蜀之門户，有西陝之號。據江湖之會，即西川、江南、廣南都會之衝。甲兵所聚，爲四戰之地，得人則中原可定，置使視揚益。」李賢明一統志卷六二荆州府：「宋置荆湖北路，淳熙初改曰荆南府，尋復爲江陵府。元改江陵路，天曆初改中興路。本朝改爲荆州府，領州二、縣十一：江陵縣、公安縣、石首縣、監利縣、松滋縣、枝江縣、夷陵州、長陽縣、宜都縣、遠安縣、歸州、興山縣、巴東縣。形勝：東連吴會，西通巴蜀，南極湘潭，北據漢沔。山陵形便，江川流通，上流重鎮，左吴右蜀，前臨江漢，面施黔，背金房，距三峽之口，介重湖之尾，雄據上流，表裏襄漢。」

春去與子度

倚樓猶著木棉衣，蒲柳陰深已合圍。春自全身潛引去，花殊强項不同歸〔一〕。醉來那記禽聲變，行處旋驚草徑非。太息世間真賞絶〔二〕，風光流轉莫相違〔三〕。

【箋釋】

此詩作於順治七年庚寅春。

按，「醉來那記禽聲變，行處旋驚草徑非」兩句，可與園林早秋之「霜禽號異域，露葉泣非時」

對看。

【注　釋】

〔一〕「春自」二句：蘇軾和陳履常雪中：「老檜作花真强項，凍鳶儲肉巧謀身。」强項，范曄後漢書卷七七酷吏列傳：「時湖陽公主蒼頭白日殺人，因匿主家，吏不能得。及主出行，而以奴驂乘，宣於夏門亭候之，乃駐車叩馬，以刀畫地，大言數主之失，叱奴下車，因格殺之。主即還宫訴帝，帝大怒，召宣，欲箠殺之。宣叩頭曰：『願乞一言而死。』帝曰：『欲何言？』宣曰：『陛下聖德中興，而縱奴殺良人，將何以理天下乎？臣不須箠，請得自殺。』即以頭擊楹，流血被面。帝令小黄門持之，使宣叩頭謝主，宣不從，彊使頓之，宣兩手據地，終不肯俯。主曰：『文叔爲白衣時，臧亡匿死，吏不敢至門。今爲天子，威不能行一令乎？』帝笑曰：『天子不與白衣同。』因敕强項令出。」李賢注：「强項，言不低屈也。」

〔二〕真賞絶：姚思廉梁書卷三三王筠傳：「沈約制郊居賦，構思積時，猶未都畢，乃要筠示其草，筠讀至雌霓（五激反）連蜷，約撫掌欣抃，曰：『僕嘗恐人呼爲霓（五雞反）。』次至墜石磓星及冰懸坮而帶坻，筠皆擊節稱讚。約曰：『知音者希，真賞殆絶，所以相要，政在此數句耳。』」

〔三〕「風光」句：杜甫曲江之二：「傳語風光共流轉，暫時相賞莫相違。」

子度歸自晟舍以新詩見示〔一〕

紅羅真人起長濠〔二〕，東南兩鬼從游遨。兩鬼者誰宋與劉〔三〕，一返大雅追風騷。青田奇麗得未有〔四〕，入手雷霆出科斗。金華學更有淵源〔五〕，寢食六經語不苟。白沙瓣香擊壤吟〔六〕，空山別鼓無絃琴〔七〕。可憐一墮野狐窟〔八〕，入鍛煙流成藥金〔九〕。依口學舌李與何〔一〇〕，印板死法苦不多〔一一〕。濫觴聲調稱盛唐，詞場從此訛傳訛。七子叢興富著作〔一二〕，沙飯塵羹事剽掠〔一三〕。攀龍無忌恣欺狂〔一四〕，世貞拉雜自言博〔一五〕。景陵兩傖矯此弊〔一六〕，不學無術惡其鑿。至今流毒各縱橫，狺吽齟齬聚族爭〔一七〕。雲間未已西陵起〔一八〕，一吠百和迷形聲。古來骨朽不能言，夜臺魂嘯天乎冤〔一九〕。音亡彈歇長已矣，千秋萬世那可論。吾有老友容菴氏，古今詩格何所比。漢魏六朝唐宋元，偶然筆落某某似①。昔年從子從君游〔二〇〕，學詩學杜學夔州〔二一〕。爛漫東坡與放翁〔二二〕，指端歷歷有源流。因歎容菴真博雅，腹中多書手瀟灑。我輩時人那得知，外間籍籍胡爲者〔二三〕。去春抱硯行吳門〔二四〕，吳門派作雲間孫。西陵繼雲間，今吳門又繼西陵矣。吞聲急返故園棹，到家自喜舌尚存〔二五〕。乞食今投苕霅裏，苦吟夜咽昏燈底。詩成老畏後生看，巾箱小本側理紙〔二六〕。揭來攜示大於甕，開窗細讀胸欲洞〔二七〕。韻腳流轉法度新，下字清嚴卒難動。驚君一變頓改觀，君云此事非所難。與子相期更有在，寧能老死弄墨丸。嗟乎孫子空悲哀，今何時與生此才。疇昔天帝嗔兩鬼，洩漏造化成嫌猜。何如作伴逐游戲，結璘鬱儀乎歸去來②〔二八〕。

【校記】

① 筆落 嚴鈔本、釋略本、詩稿本、張鳴珂鈔本、萬卷樓鈔本作「落筆」。

② 乎 嚴鈔本、釋略本、詩稿本無。

【箋釋】

此詩作於順治七年庚寅春。

按，晚村評前修之陋，故有稱子度之長。其所評之語，如「依口學舌李與何，印板死法苦不多」、「七子叢興富著作，沙飯塵羹事剽掠。攀龍無忌恣欺狂，世貞拉雜自言博。景陵兩傖矯此弊，不學無術惡其鑿」云云，不可謂之不激烈，且亦可看出晚村鋒芒之露，識力之雄。雖言子度「腹中多書手瀟灑」，但終不能「老死弄墨丸」，蓋大丈夫處世，如何此等些些，即可終了一生？然而，子度卻乞食以終，晚村亦評點時文以老，今讀此詩，不亦悲乎！

關於「去春抱硯行吴門」而又「吞聲急返故園棹」之事，子度有村居戒嚴一詩紀其事，詩曰：「方思結束事中原，失笑張皇落水村。少婦劍兒率曠野，衰翁倚犬壯柴門。耰鋤聊作擊刺具，刁斗相招破碎魂。吾生一飽苦難必，深愧鈴呼繞棘樊。」（容菴詩集卷七）

子度詩學，亦具深沉。其容菴詩集與辛卯集，四庫館臣以爲「其詩刻於學古，亦刻於用意，而摹擬雕鑿之痕，俱不能化」（四庫全書總目卷一八一），然館臣所見者「非其完本」（同前）。今觀康熙三十一年壬申刻本，内有多處「違礙語」，館臣當時若見全本，則入禁毁無疑矣，故館臣所言亦非全是。蓋清初詩人，多有家國之恨，以之入詩，其情必慟，或有以血淚成之者，豈可一概而論。情因事而發，事因詩而傳，故詩者，史也。容菴詩，雖未能盡去明中葉以來「摹擬雕鑿之痕」，且詩語平淡，韻律亦不可謂之深遠，然而能於易代之際，有所寄託，有所叙述，使後之人於披覽之餘，想見其人與事，復生感慨，詩之言志，其在此乎！

【資　料】

孫爽甲申以前集自叙：余年十二三，輒弄筆作小詩，諸老生塾師見之，皆歎以爲異。時天下全盛，同里諸縫掖，率沉錮於制舉業，見古學者，必胡盧不已，詩學尤不知爲何等，是以無所資益，所作詩，亦未嘗留也。年十六，始從西湖之濱，與錢塘馮文昌、卓回，甬東陸符相定交，於詩遂有所省入。嗣後，年益進，交益廣，詩亦益多，而余於是有詩名。惟時虞山牧齋錢先生詩文雄天下，見知極深，嘗稱余文有眉山父子及近日歸震川之風，因爲余叙秋懷叙、抱膝叙、感遇諸詩。而新安程徵君孟陽先生，余固以師事，先生亦悉心指授，余詩遂爲之一變云。歲月荏苒，功名不立，老親見期，報塞無所。雖雲石之癖，幾入膏肓，而遷延倚徙不能奮決。甲申之年三十加一矣，天地崩坼，神京陸沉，志士仁人，爲之披髮長號，自投大山荒谷之中者何限？余因自念使從此以前，設爾次身甲乙科，竊禄升斗以怡吾親，今日縱萬死猶當在誤國之列，寧有生理？天既嗇余升斗之奉，而吾親以安，吾身以全，天之眷余，何其懇耶！夫天之眷余方篤，而吾顧不篤吾所守，余負此蒼蒼者矣。故余自甲申以前修業進取，致身戮力，得無媿於明時，猶之可也。自玆以往，余惟有躬勞畎畝學古著書灌園釣獵以當草野之建立，餘非所知耳。夫向也余所自期，豈直以是爲的哉？詩不云乎：「不自我先，不自我後，天實爲之，當復奈何？」於是集十餘年來所作詩，得數百首，删且存之，猶餘三百，此皆分取舉業之餘光，偶一爲之者，其神不全，精力所見，校時文僅十之一，而不忍棄也。乃録而藏之，名曰甲申以前集。倘幸不及於兵燹，後之作者猶將見余之用心。嗟乎，甲申以前尚可言也，甲申以後其忍言乎哉？悲夫悲夫！時乙酉仲夏三十日孫爽子度氏書於西溪之無悶草堂。（容菴詩集卷首）

吕留良孫子度墓誌銘：虞山錢牧齋稱有老泉父子與近世歸太僕風。而其奈何不能自已者，一寄之於詩，爲風酸雨駭山哀海思荒怪回惑變亂不可揣測之音，然皆帖然蟠結於醞藉跌宕之中，故讀者但覺其高秀閒遠。嘗云：「詩窮乃工，今日之窮又不然，羲皇以來僅再見耳。當唐宋人未有之窮，必有唐宋人未有之詩。」其意甚長，而所見卓遠，不爲唐宋詩人所縛如此。（吕晚村先生文集卷七）

曹度孫容菴先生文集序：崇禎中載，海内多故。士之出於吾黨者，類能以讀書懷古之餘，慷慨憂時，必欲自見於當世，令得一當盤錯，盡瘁以圖所報，旦夕死職下不恨，此吾黨風期之素也。不然，徵逐以苟富貴，婞娿而躐崇膴，流俗之人，矜而好之，設與吾黨遇，未嘗不嗤爲國之倖人，斥爲鄉之鄙子也。昔孔子論從政於今之人，概以斗筲擯去，至不得與硜硜小人比，意亦猶是耳。容菴孫先生，生而儁異，甫離幼志，出門求友，多在吴山鄞水之間。信古力學，不攻其奥不已。旁及書品畫法，無一不綜其要。弱而學成，試輒不利於鄉校。亡何，南越宗喜公（諱兆綸）令仁和，託志風雅，較士之日，詞曲詩歌雜試之，覘所夙習，容菴呈詩數章，令嘉歎云：「非近今可得。」繇是入杭庠爲弟子。杭首郡，才彦雲會，一下邑，士鼓篋游之，頗能拊其背而折其角，浙河東西皆知容菴爲大生矣。然容菴之在吾黨，所謂懷古有情，憂時有淚之君子也。獨居黯黮，有離騷志潔行芳之思，與稠人處，靜退自引，相對終日，口塞嘿，一語無所發。不蘄人知，人亦鮮克知之，而意念深遠矣。以故求交容菴者衆，容菴所契好，僅得數人，人不數面，一與之期，去久不忘。讀其書卷，有與酬贈諄復者，皆其人也。生平梗概，獨向知己吐出，語詳集中與陸文虎書。使他人言之，不如自言之深且切也。虞山錢公，斯道宗工，容菴以文贄於門，深加器賞，語多亦具宗伯奏記中。是時中原喪亂，自傷無所效於時，退而懷忠伏節，謀所以濟當世之急，故發於篇什，皆悲歌壯憤，長聲激烈，以洩其磊砢不平之氣。年三十而國步改矣，向之壯憤激烈者，又變而爲輪囷抑塞，愁苦無聊，而不能自言其情。屏處村野，藏形土室，求與初服之士，耦耕之農，相爲抱遺經而息南畝，以此自終。久之身益困，困不已，病又虐之，病已復困，如是蓋九年，死矣。死之日，有詩數百篇，賦論書疏序銘雜著百餘篇，手定其集，出而授嗣君慎。慎齒方稚，已能讀父書，篋而藏之唯謹。故人思見其詩，聚謀剞劂，而遺文在篋中四十年矣，嗣君惄乎有憂之。今年授經於許氏甥自期家，同較入梓，與詩卷合行，終先志也。憶故人在者惟余，來乞叙，祈以復墜言，信後世。嗚呼！余憊矣，相去數十年，久不死，而以頭童目眵之老，不能親筆硯，俾口占其辭而紀之，此可爲三歎也已。抑余更有愴於中者，思自定陵以來，邑内亦多作者，如先輩李莫勝名太沖，家本賢公子，築園北郭之下，賦詩談藝，絫絫盈帙，後以明經老，卒又亡子，其集爲有力取去，掩爲己有，而莫勝竟莫之能知矣。及今聲銷影落，木葉盡而山根見，倘遺書尚存，好事者爲振刷其衣冠，而復還之面目，豈不謂表前哲之流光，顯人文於邑里者乎？然已不可必得，百年之内，惟令容菴之集孤行可耳。嗚呼！文人莫貴乎有後，莫勝以亡子，而詩文或以絶，容菴得賢子，而其書流布。然則作者之傳不傳，所關於後嗣之賢與否，其重又復何如也。（帶存堂集）

許自期容菴文集跋：期幼時侍家大人，竊見與薦紳長者品騭鼎革以來伏處諸生中而氣節文章皭然不污者，屈指不多得，恒以外伯祖容菴孫先生爲稱首。時雖聞之，而未曉暢其意。嗣後十二三，於書文有所省入，制藝之外學爲歌章，得容菴詩集，伏而讀之，見其指趣沉遠，詞句古宕，而忠孝慷慨之氣，溢於言表，然未能窺其奥而發其藴，則又茫然自失，如依培塿而望泰華，憑瀺灂而睹滄溟也。今年春，舅氏永修讀書齋中，因詳請先生軼事與當時著述，舅氏惆悵久之，曰：「子欲知先生之爲人乎？先生之梗概，詳於吕君晚村墓誌中，而其他散見於知交之詩與文，亦彰彰可數，若四明之陸君符、黄君梨洲、晦木，暨錢塘之卓方水、珂月，桐鄉張君考夫諸先生，各有論次，然不若讀先生之文，益知先生制行之高與立言之雄也。試略舉之，先生生而穎異，目數行下，於書無所不讀，受知於虞山錢宗伯，稱其文有眉山父子及近日歸震川之風。向邑中無有知詩者，自先生倡之，至今風流爲獨盛。而尤邃於理學，不陂不倚，故其持身應世，一以聖賢爲法。設遇於時，大其施爲而鼓其休明，寧讓昌黎諸公哉！第以年未四衰，早謝世去，抱長沙汨羅之痛，知與不知，無不惜之。若天假之年，制作之富，學術之精，又曷可量耶？」期亟請其文而諷之，誠有如錢宗伯所云，蓋博取諸子大家之神以成一家言，而根柢理道，見解超越，固非淺儒所得而測者。若夫慨然自命，不浮沉於世，直與淵明、幼安激昂千古。嗚呼！其不可及也歟？獨怪未嘗□梓以播諸海内，豈名山之藏别有待耶？舅氏曰：「先君之詩，賴邑中諸公與苕上閔子念修之力刊於順治之戊戌己亥間，流傳者不數本，時下鮮有知者。而文集百有餘首，慎以貧，故珍之敝簏中，迄今四十年矣。每一披覽，輒爲痛心，子能成之，先君之藉是以傳者爲不虚矣。昔歐陽文忠公於數百年後讀韓子之文，不勝神契，爲之裒集闕略，考訂序次，卒之名與之埒。而大凡古來英豪有所著述，往往需之後賢，事固有不相謀而興起者，在識與力耳。曷遜美焉？」期曰：「唯唯。」非敢踵武前賢也。聞之不朽之業，天固不得而閟之。壁内之藏，有時而出；井中之函，有時而開。譬之豐城劍氣，玄圃積玉，光怪陸離，誰能掩其飛騰哉！因彙而刻之，分爲上下卷。時康熙壬申臘月旬有五日也，甥孫許自期謹識。（容菴文集卷末）

孫爽辛卯中秋先後數夕對月寫懷之一：我有草堂月，玲瓏語水西。迴飈亞衆碧，涼影淒已迷。枕卧沉去年，魂荒肌骨黳。宵光照無夢，竹素紛欲低。淹忽又此夜，故林秋色齊。月應入我室，宛轉

相尋稽。怪我不得見，鬼妾倚柱啼。誰知堂中人，乞食墮苕溪。高空氣清苦，刺促無端倪。昔昔負簷坐，野露號晨雞。（容菴辛卯集）

孫爽苕悲選三：乍定辭家易，長飢乞食安。風塵終氣塞，舟楫每心寒。群盜吏爲藪，遺民歲作難。拍堤空白浪，孤抱幾能寬。

中原成虎穴，澤國廣魚巢。春雨連三伏，烽煙滿四郊。夜闌傳急柝，扶夢起奔逃。又見弁山雪，光寒六月豪（庚寅六月大雪，弁山盡白，辛卯六月又雪）。

行役方未已，吁嗟坐食謀。要途雖掃跡，溪友且相求。米盡婦書切，時危士氣偷。秖應笑迂叟，不肯事通侯。（同前）

【注釋】

〔一〕晟舍：宗源瀚同治湖州府志卷二五古蹟：「晟舍，在府城東三十里，相傳唐李晟領兵舍於此。」劉沂春崇禎烏程縣志卷二村：「晟舍棲梧：二十九都，縣東三十里，俱十二區。」閔氏、凌氏居焉。

〔二〕紅羅真人：指明太祖朱元璋。金德瑛康郎山功臣廟歌：「紅羅真人起滁濠，天弧墮地揚旌旄。龍蟠虎踞定南國，削平僭亂如吹毛。」

〔三〕宋與劉：指宋濂與劉基。張廷玉明史卷一二八劉基宋濂傳：「劉基，字伯温，青田人。……及太祖下金華，定括蒼，聞基及宋濂等名，以幣聘。基未應，總制孫炎再致書固邀之，基始出。既至，陳時務十八策。太祖大喜，築禮賢館以處基等，寵禮甚至。……所爲文章，氣昌而奇，與宋濂並爲一代之宗。……宋濂，字景濂，其先金華之潛溪人，至濂乃遷浦江。……太祖取婺州，召見濂。……濂長基一歲，皆起東南，負重名。基雄邁有奇氣，而濂自命儒者。基佐軍中謀議，濂亦首用文學受知……推爲開國文臣之首。」錢謙益曰：「公自編其詩文，曰覆瓿集者，元季作也；曰犁眉公集者，國初作也。公負命世之才，丁元之季，沉淪下僚，籌策齟齬，哀時憤世，幾欲草野自屏。然其在幕府，與石抹艱危共事，遇知己，效馳驅，作爲歌詩，魁壘頓挫，使讀者憤張興起，如欲奮臂出其間者。遭逢明祖，佐命帷幄，列爵五等，蔚爲宗臣，斯可謂得志大行矣。乃其爲詩，悲窮歎老，咨嗟幽憂，昔年飛揚硉矹之氣，澌然無有存者，豈古之大人志士，義心苦調，有非旂常竹帛可以測量其淺深者乎！嗚呼，其可感也。」「合觀覆瓿、犁眉二集，竊窺其所爲歌詩，悲惋哀颯，先後異致，其深衷託寄，有非國史家狀所能表其微者，每盡然傷之。近讀永新劉定之呆齋集撰其鄉人王子讓詩集序云：『子讓當元時舉於鄉，從藩省辟佐主帥全普菴，戡定江湖，間志弗遂，遂歸隱麟原，終其身弗仕。予讀其詩文，深惜永歎。嗟乎子讓，其奇氣硉矹胸臆，猶若佐全普菴時，以未裸將周京故也。有與子讓同出元科目，佐石抹主帥定婺越，幕府唱和，其氣亦將掣碧海，弋蒼旻。後攀附龍鳳，捫舌騂顔，曩昔氣澌滅無餘矣。』呆齋之論，其所以責備文成者，亦已苛矣，雖然，史家鋪張佐命，論蹙項之殊勳；永新留連幕府，惜爲韓之雅志，其事固不容相掩，其義亦各有攸當也。誦犁眉之志，而推見其心事，安知不以永新爲後世之子雲乎？」(朱彝尊明詩綜卷二引)朱彝尊曰：「王子充叙景濂集云：『古今文章，作者未易悉數。即婺而論，南渡後，有東萊吕氏、説齋唐氏、龍川陳氏，各自成家。而香溪范氏、所性時氏，先後又間出。近則浦陽柳公、烏傷黄公，並時而作。踵二公而起者，爲吴正傳氏、張子長氏、吴立夫氏。當呂氏、唐氏、陳氏之並起也，新安朱子弟子曰勉齋黄氏，寔以其學傳之北山何氏，而魯齋王氏、仁山金氏、白雲許氏，以次相傳。』胡仲申叙王子充集云：『吾婺以學術稱者，至元中，則金公吉甫、胡公汲仲爲之倡。汲仲之後，則許公益之、柳公道傳、黄公晉卿、吴公正傳、胡公古愚，卓立並起，而張公子長、陳公君采、王公叔善，又皆彬彬附和於下。言文獻之緒者，以婺爲首稱。』合兩公之言繹之，金華文章理學之源，備於是矣。景濂於詩亦用全力爲之，蓋心慕韓、蘇而具體者。」（朱彝尊明詩綜卷三）

〔四〕青田：指劉基。

〔五〕金華：指宋濂。

〔六〕白沙：陳獻章號。張廷玉明史卷二八三陳獻章傳：「陳獻章，字公甫，新會人。……從吴與弼講學，居半載歸，讀書窮日夜不輟。築陽春臺，静坐其中，數年無户外跡。……獻章之學，以静爲主。其教學者，但令端坐澄心，於静中養出端倪。」俞汝成曰：「白沙詩從擊壤中來，當另作一家看。要之藝林不可無者。」（朱彝尊明詩綜卷二〇引）朱彝尊曰：「成化間，白沙詩與定山齊稱，號『陳莊體』。然白沙雖宗擊壤，源出柴桑，其言曰：『論詩當論性情，論性情先論風韻，無風韻則無詩矣。』故所作猶未墮惡道，非定山比也。其云『百鍊不如莊定山』，蓋謙辭爾。」（朱彝尊明詩綜卷二〇）呂留良與吴玉章書：「自白沙陽明以來，以本心力行爲説，不求義理之學，盈天下目前竅其緒餘以鼓舞賢

豪者不少。」(吕晚村先生文集卷四)

〔七〕「空山」句：張詡翰林檢討白沙陳先生行狀：「嘗夢拊石琴，其音泠泠然，見一偉人，笑謂曰：『八音中惟石音爲難調，今諧若是，子異日得道乎？』因別號石齋；既老，更號石翁。」

〔八〕野狐窟：釋普濟五燈會元卷二〇：「一日，舉不是心不是佛不是物，豁然頓明。頌曰：『非心非佛亦非物，五鳳樓前山突兀。豔陽影裏倒翻身，野狐跳入金毛窟。』無菴肯之，即遣書頌呈佛海，海報曰：『此事非紙筆可既，居士能過我，當有所聞矣。』遂復至虎丘，海迎之曰：『居士見處，止可入佛境界。入魔境界，猶未得在。』公加禮不已。海正容曰：『何不道金毛跳入野狐窟？』公乃痛領。」釋道原傳燈録：「佛爲人天師，又百丈山大智禪師每日上堂，有一老人隨衆聽法，一日衆散，老人不去，師問之，老人曰：『我非人也。過去生中曾住此山，有學人問大修行底人還落因果也無。對曰不落因果，遂墮在野狐身，今請和尚代一轉語。』師曰：『汝但問。』老人便問，師曰：『不昧因果。』老人言下大悟，告辭曰：『今已免野狐身。』」此處代指野狐禪。羅洪先答門人劉魯學：「若識認幽閒暇逸以爲主靜，便與野狐禪相似，便是有欲，一切享用玩弄安頓便宜，厭忽縱弛，隱忍狼狽之弊紛然潛入，而不自覺。」羅欽順困知記卷下：「近世道學之倡，陳白沙不爲無力，而學術之誤，亦恐自白沙始。至無而動，至近而神，此白沙自得之妙也。愚前所謂徒見夫至神者，遂以爲道在是矣，而深之不能極，而幾之不能研，雖不爲白沙而發，而白沙之病正恐在此。」

〔九〕藥金：假金也。劉昫舊唐書卷一九一方伎傳：「孟詵，汝州梁人也。舉進士，垂拱初，累遷鳳閣舍人。詵少好方術，嘗於鳳閣侍郎劉禕之家，見其敕賜金，謂禕之曰：『此藥金也。若燒火其上，當有五色氣。』試之果然。」

〔一〇〕李與何：指李夢陽與何景明，二人乃前七子領袖人物。張廷玉明史卷二八六李夢陽傳：「李夢陽，字獻吉，慶陽人。父正，官周王府教授，徙居開封。母夢日墮懷而生，故名夢陽。弘治六年舉陜西鄉試第一，明年成進士，授户部主事。遷郎中，榷關，格勢要，構下獄，得釋。十八年，應詔上書，陳二病、三害、六漸，凡五千餘言，極論得失。……孝宗崩，武宗立，劉瑾等八虎用事。……瑾誅，起故官，遷江西提學副使。……夢陽既家居，益跅弛負氣，治園池，招賓客，日縱俠少射獵繁台、晉丘間，自號空同子，名震海内。……夢陽才思雄鷙，卓然以復古自命。弘治時，宰相李東陽主文柄，天下翕然宗之，夢陽獨譏其萎弱。倡言文必秦漢，詩必盛唐，非是者弗道。與何景明、徐禎卿、邊貢、朱應登、顧璘、陳沂、鄭善夫、康海、王九思等號十才子，又與景明、禎卿、貢、海、九思、王廷相號七才子，皆卑視一世，而夢陽尤甚。吴人黄省曾、越人周祚，千里致書，願爲弟子。迨嘉靖朝，李攀龍、王世貞出，復奉以爲宗。天下推李、何、王、李爲四大家，無不爭效其體。華州王維楨以爲七言律自杜甫以後，善用頓挫倒插之法，惟夢陽一人。而後有譏夢陽詩文者，則謂其模擬剽竊，得史遷、少陵之似，而失其真云。」錢謙益云：「獻吉生休明之代，負雄鷙之才，僩然謂『漢後無文，唐後無詩』，以復古自命。其言曰：『古詩必漢魏，必三謝；今體必初盛唐，必杜；舍是無詩焉。』牽率模擬剽賊於聲音句字之間，如嬰兒之學語，字則字，句則句，篇則篇，毫不能吐其心之所有，古之人固如是乎？天地之運會，人世之景物，生生相續，而必曰『漢後無文，唐後無詩』，立教不讀唐以後書，此何説也？」（朱彝尊明詩綜卷二九引）張廷玉明史卷二八六何景明傳：「何景明，字仲默，信陽人。八歲能詩古文。弘治十一年舉於鄉，年方十五，宗藩貴人爭遣人負視，所至聚觀若堵。十五年第進士，授中書舍人。與李夢陽輩倡詩古文，夢陽最雄駿，景明稍後出，相與頡頏。正德改元，劉瑾竊柄。……瑾誅，用李東陽薦，起故秩，直内閣制敕房。……嘉靖初，引疾歸。未幾卒，年三十有九。景明志操耿介，尚節義，鄙榮利，與夢陽並有國士風。兩人爲詩文，初相得甚歡，名成之後，互相詆諆。夢陽主摹仿，景明則主創造，各樹堅壘不相下，兩人交游亦遂分左右袒。」孫枝蔚云：「大復五言，句琢字鍊。長歌滔滔洪遠，又復清爽絶倫。五律全法右丞，清和雅正。七律自少陵以外，無所不擬，絶句獨不摹盛唐，秀峻莫比。要之驟而如淺，復而彌深，兩言其定評矣。」（朱彝尊明詩綜卷三〇引）

〔一〕印板死法：意謂模擬。蘇軾書蒲永昇畫後：「古今畫水，多作平遠細皺，其善者不過能爲波頭起伏，使人至以手捫之，謂有窪隆，以爲至妙矣。然其品格，特與印板水紙爭工拙於毫釐間耳。……蒲永昇今老矣，畫亦難得，而世之識真者亦少。如往日董羽、近日常州戚氏畫水，世或傳寶之。如董、戚之流，可謂死水，未可與永昇同年而語也。」

〔二〕七子叢興：指前後七子。前七子：李夢陽、何景明、徐禎卿、邊貢、康海、王九思、王廷相。後七子：李攀龍、王世貞、宗臣、謝榛、徐中行、梁有譽、吴國倫。

〔三〕剽掠：蔣仲舒曰：「弘正間，李何輩出，海内遵之。迨其習弊。音響足聽，意調必歸，剽竊雷同，正變雲擾。太史振之爲初唐，宏麗該整，足稱羽儀。」（朱彝尊明詩綜卷四一引）段虎臣曰：「嘉隆間王李等七子詩，學盛唐不過匡廓耳。至於深沉之思，雋永之味，超脱之趣，尚未入室。」（朱彝尊明詩綜卷四六引）錢謙益曰：「公實（按，即梁有譽）詩詞意婉約，殊有風人之致。蓋與王李結社後，即移病去，又捐館舍最早，雖參王李七子之列，而其叫囂剽擬之習，重染猶未深也。」（同上）

〔一四〕「攀龍」句：王承父曰：「詩衰於宋元，北地起而復古，一代摹擬之格，此則創矣。歷下一變，鍛鍊陶洗，脱凡腐而尚精麗。然才情聲律，未極變化，故用豪句構壯字自高，或晦而雜疊，復而致厭。始多宗之，後且避之也。」（朱彝尊明詩綜卷四六引）錢謙益曰：「于鱗擬古，句摭字捃，興會索然，神明不屬。自謂胡寬之營新豐，而不知爲壽陵餘子之學步於邯鄲也。七言今體，三百年來，推爲冠冕。然舉其字，則三十餘字盡之矣；舉其句，則數十句盡之矣。」（同上）

〔一五〕「世貞」句：何無咎曰：「弇州主大，直欲體具百家，包括今古。汪洋萬里，崩奔自恣，而意貴富贍，詞多填實。」（朱彝尊明詩綜卷四六引）朱彝尊曰：「嘉靖七子中，元美才氣十倍于鱗，惟病在愛博。筆削千兔，詩裁兩牛，自以爲靡所不有，方成大家。一時詩流皆望其品題，推崇過實，諛言日至，箴規不聞。究之千篇一律，安在其靡所不有也？」（同上）

〔一六〕景陵兩傖：指鍾惺與譚元春，皆湖北竟陵人（竟陵郡於石晉天福初曾改曰景陵郡，故稱），創竟陵派。詩風孤峭幽寒、奇僻險怪，爲後世所詬。錢謙益曰：「伯敬少負才藻，有聲公車間。擢第之後，思別出手眼，另立深幽孤峭之宗，以驅駕古人之上。而譚生友夏爲之應和。海内稱詩者，靡然從之，謂之『鍾譚體』。譬之春秋之世，天下無王，桓、文不作，宋襄、徐偃，德涼力薄，起而執會盟之柄，天下莫敢以爲非伯也。數年之後，所撰古今詩歸盛行於世，承學之士，家置一編，奉之如尼丘之删定。而寡陋無稽，錯謬疊見。詩歸出，而鍾、譚之底藴畢露，溝澮之盈，於是乎涸，然無餘地矣。跡其所謂深幽孤峭者，如木客之清吟，如幽獨君之冥語，如夢而入鼠穴，如幻而之鬼國。浸淫三十年，俗易風移，滔滔不返，而國運從之。殆五行志所謂『詩妖』者乎！」（朱彝尊明詩綜卷六引）錢謙益曰：「譚之才力薄於鍾，其學殖尤淺，謭劣彌甚。以俚率爲清真，以僻澀爲幽峭。作似了不了之語，以爲意表之言，不知求深而彌淺。寫可解不解之景，以爲物外之象，不知求新而轉陳。無字不啞，無句不謎，無一篇章不破碎斷落。一言之内，意義違反，如隔燕吴；數行之中，詞旨蒙晦，莫辨阡陌。如生人戴假面，如白晝作鬼語。居然謂文外獨絶，妙處不傳。不自知其識之墮於魔也。天喪斯文，爲孽於世，承學之徒糊心眯目以從之，不亦悲乎？」（朱彝尊明詩綜卷六六引）張文寺曰：「伯敬入中郎之室，而思别出奇，以其道易天下，多見其不知量也。友夏别出蹊徑，特爲雕刻，要其才情不奇，故失之纖；學問不厚，故失之陋；性靈不貴，故失之鬼；風雅不遒，故失之鄙。一言以蔽之，總之不讀書之病也。」（同上）朱彝尊曰：「鍾譚並起，伯敬揚歷仕塗，湖海之聲氣猶未廣，藉友夏應和，派乃盛行。詩歸既出，紙貴一時，正如摩登伽女之淫咒，聞者皆爲所攝。正聲微茫，蚓竅蠅鳴，鏤肝鉥腎，幾欲走入醋甕，遁入藕絲。充其意不讀一卷書，便可臻於作者，此先文恪斥爲亡國之音也。」（同上）四庫全書總目妙遠堂集提要：「萬曆季年，文體漸變，竟陵鍾惺、譚元春倡尖新幽冷之派，以詩歸一編易天下之耳目。……鍾譚之名最盛，後來受詬亦至深。」又嶽歸堂集提要：「鍾惺更標舉尖新幽冷之詞，與元春相倡和。評點詩歸，流布天下，相率而趨纖仄。有明一代之詩遂至是而極弊，論者比之詩妖，非過刻也。元春之才較惺爲劣，而詭僻如出一手，日久論定，徒爲嗤點之資。」

〔一七〕狋吽：班固漢書卷六五東方朔列傳：「狋吽牙者，兩犬爭也。」顧野王玉篇犬部：「狋，魚肌切。犬怒也，兩犬爭也。」口部：「吽，呼詬切。牛鳴也。」

〔一八〕雲間：指雲間詩派。侯方域大寂子詩序：「彭孝廉賓與夏考功彝仲、陳黄門子龍、周太學立勳、徐孝廉孚遠、李舍人雯互相唱和，聲施滿天下，當時謂之『雲間六子』。」朱彝尊静志居詩話：「（徐孚遠）先生達齋侍郎之裔，太師文貞公族孫。與卧子、彝仲、勒卣輩六人倡幾社於雲間，切劘今古，文詞傾動海内。」龔蘅圃曰：「卧子定幾社六子之作目曰壬申文選，東鄉艾南英千子貽書誚之，蓋學前後七子之詩而並學其文，千子非之是也。若詩當公安、竟陵之後，雅音漸亡，曼聲並作，大樽力返於正，翦其榛蕪棘荆，驅其狐狸貒貉，廓清之功，詎可藉口七子流派並攢譏及焉。」（朱彝尊明詩綜卷七五引）西陵：指西陵十子。吴振棫國朝杭郡詩輯：「十子者，講山（陸圻號）與柴虎臣紹炳、陳際叔廷會、孫宇台治、張祖望綱孫、丁飛濤澎、吴錦雯百朋、沈去矜謙、毛稚黄先舒、虞景明黄昊也。」朱彝尊静志居詩話：「西陵十子，多以格調自高。」

〔一九〕夜臺：陸機挽歌詩：「按轡遵長薄，送子長夜臺。」李周翰注：「謂墳墓一閉，無復見明，故云長夜臺。」

〔二〇〕從子：即吕宣忠。參見前手録從子諒功遺稿詩。

〔二一〕杜：即杜甫。夔州：樂史太平寰宇記卷一四八山南東道七：「夔州，春秋時爲夔子國，其後爲楚滅，故其地歸楚。後秦滅楚，置三十六郡，此地爲巴郡。……隋開皇二年罷郡，郡所領縣並屬信州。大業元年廢總管，三年罷州爲巴東郡。唐武德七年改爲信州，領人復、巫山、雲安、南浦、梁山、大昌、武寧七縣；二年以武寧、南浦、梁山屬浦州，又改信州爲夔州，仍置總管，管夔、峽、施、業、浦、涪、渝、谷、南、智、務、黔、充、思、巫、平十九州；八年以浦州之南浦、梁山來屬；九年又以南浦、梁山屬浦州。貞觀十四年爲都督府，督歸、夔、忠、萬、涪、渝、南七州。後罷都督府。天寶元年改爲雲安郡。至德元年於雲安置七州防禦使。乾元元年復爲夔州，二年刺史唐論請外爲都督府，尋罷之。按郡城臨江而險，蓋據三峽之上。」此處當指杜工部移居夔州後所作詩，魯季欽杜工部詩年譜：「大曆元年丙午，公年五十五，移居夔州。」今集中存夔州詩數百首。黄庭堅詩話：「好作奇語，自是文章一病。但當以理爲主，理得而辭順，文章自然出群拔萃。觀子美到夔州後詩，退之自潮州還朝後文，皆不煩繩削而自合矣。」陳善捫蝨新語：「觀子美到夔州以後詩，簡易純熟，無斧鑿痕，信是如彈丸矣。」

〔二二〕東坡：蘇軾號。放翁：陸游號。

〔二三〕「我輩」二句：劉義慶世説新語品藻：「謝公問王子敬：『君書何如家尊？』答曰：『固當不同。』公曰：『外人論殊不爾。』曰：『外人那得知。』」

〔二四〕吴門：蓋指順治六年己丑於吴郡成立之慎交社。陳去病五石脂：「漢槎（吴兆騫）長兄弘人，名兆寬；次兄聞夏，名兆宜，才望尤夙著，嘗結慎交社於里中，四方名士，翕然應之。而吴門宋既庭實穎、汪苕文琬，洓水侯研德玄泓、記原玄、武功敬士，西陵陸麗京，同邑計改亭東、顧茂倫有孝、趙山子雲，尤爲一時之選。」江藩國朝宋學淵源記卷下：「遠近聞風入社者，不可勝紀。」

〔二五〕舌尚存：司馬遷史記卷七〇張儀列傳：「張儀者，魏人也。始嘗與蘇秦俱事鬼谷先生學術，蘇秦自以不及張儀。張儀已學而游説諸侯，嘗從楚相飲，已而楚相亡璧，門下意張儀，曰：『儀貧無行，必此盜相君之璧。』共執張儀，掠笞數百，不服，醳之。其妻曰：『嘻！子毋讀書游説，安得此辱乎？』張儀謂其妻曰：『視吾舌尚在不？』其妻笑曰：『舌在也。』儀曰：『足矣。』」劉宰挽太平趙倅：「當年垂橐叩天閽，自笑唯餘舌尚存。」

〔二六〕巾箱小本：李延壽南史卷四一衡陽王鈞傳：「鈞常手自細書寫五經，部爲一卷，置於巾箱中，以備遺忘。侍讀賀玠問曰：『殿下家自有墳素，復何須蠅頭細書，別藏巾箱中？』答曰：『巾箱中有五經，於檢閲既易，且一更手寫，則永不忘。』諸王聞而爭效爲巾箱五經，巾箱五經自此始也。」戴埴鼠璞卷下：「今之刊印小册，謂巾箱本，起於南齊衡陽王鈞手寫五經置巾箱中。……古未有刊本，雖親王亦手自鈔録。今巾箱刊本無所不備，嘉定間從學官楊璘之奏，禁毁小板，近又盛行，第挾書，非備巾箱之藏也。」

〔二七〕胸欲洞：司馬相如子虚賦：「洞胸達腋，絶乎心繫。」張揖注：「自左射之，貫胸，通右髃中。」

〔二八〕結璘鬱儀：張君房雲笈七籤卷一二三洞經教部高奔章第二六：「高奔日月吾上道，鬱儀結璘善相保。」注：「鬱儀，奔日之仙。結璘，奔月之仙。同聲相應，同氣相求，故二仙來相保持也。」劉基二鬼詩：「申命守以兩鬼，名曰結璘與鬱儀。……天地憐兩鬼，暫放兩鬼人間娭。……兩鬼自從天上别，别後道路阻隔不得相聞知。……謂此是我所當爲，眇眇末兩鬼何敢越分生思惟。呶呶向瘖盲，洩漏造化微。急詔飛天神王與我捉此兩鬼拘囚之，勿使在人寰做出妖怪奇。……搜到九萬九千九百九十九仞幽谷底，捉住兩鬼眼睛光活如琉璃。養在銀絲鐵柵内，衣以文采食以麋。莫教突出籠絡外，踏折地軸傾天維。兩鬼亦自相顧笑，但得不寒不餒長樂無憂悲。自可等待天帝息怒解猜惑，依舊天上作伴同游戲。」隱喻自己與宋濂（參誠意伯文集卷一〇）。

看張鈯菴種菊醉歌

亦頗愛看花，而無種花性。看花必種花，此爲花使令〔一〕。看花種花心本同，情至爲癡懶亦病。鈯菴先生老益癡，今年種菊滿東籬。芙蓉芍藥安足數，西施寶相無新姿〔二〕。河南舊樣高一丈〔三〕，淞江細種貴低枝〔四〕。枝枝相當葉相連，鈯菴裁剪自有權。花到名高命亦薄，六月不雨地欲然。赤腳抱甕口生土，拂露驚看小赤虎〔五〕。髮卷甲脱太瘦生〔六〕，傳説先生種菊苦。花魂初返嬌無力，草堂一夜開顔色。遮莫西風徹骨吹，從來至性迎霜得。感君知予愛花人，酌酒看花懶亦頻。花影淋漓上高壁，燈光摇曳寫天真①。近枝深黑遠枝淡，正葉側葉無一匀。隨手變相好粉本，墨痕狼藉猶鮮新。鈯菴大醉謂吕五〔七〕，憑君舉似安比倫。積水空明横荇藻〔八〕，此語差足傳其神。我聞宋時寫生手，徐熙之後黄筌好②〔九〕。

一枝半節生意全，鈎金疊色得未有。國朝吕紀守古法〔一〇〕，意態往往落窠臼。江南只有陳白陽〔一一〕，天然爛熳恣顛狂。花無輪廓幹無骨，縱筆所至聞空香。氣韻生動六法備〔一二〕，一洗畫院博士方③〔一三〕。兒子繼起亦神駿〔一四〕，不若浙東徐文長〔一五〕。此君腹有數卷書，所以下筆人不如。酒酣痛哭東海上，掉臂落紙何扶疏。士不得志鬱怫死〔一六〕，此花今始直錢矣。請挂家藏寒菊圖，壁上庭間誰得似。

【校　記】

①燈光　諸本皆作「燈花」，釋略本載嚴鴻逵釋略曰：「燈花，疑當作燈光。」按，以意以景言之，作「燈光」爲上。兹據怡古齋鈔本、管庭芬鈔本、張鳴珂鈔本改。

②黄筌　原作「黄荃」，據宋朝名畫評、益州名畫録改。

③畫院　原作「書院」，釋略本、詩稿本、怡古齋鈔本、管庭芬鈔本、張鳴珂鈔本、萬卷樓鈔本同，據嚴鈔本改。

【箋　釋】

此詩作於順治七年庚寅秋。

按，張鉏菴，張詔叔父。張詔，字力臣，號亟齋，江南山陽人。曾奉王士禛爲師。康熙六年丁未爲顧亭林音學五書寫刻上版，頗著名，生平盡力於金石文字之學。晚年耳聾，畫字交流，七十後目瞽。有張亟齋遺集一卷。

【注釋】

〔一〕花使令：屠本畯瓶史月表：「九月：花盟主菊花，花客卿月桂，花使令老來紅、葉下紅。」

〔二〕西施、寶相：花名。施肩吾山石榴花：「莫言無物堪相比，妖豔西施春驛中。」高駢殘句：「何人種得西施花，千古春風開不盡。」廣群芳譜花譜二一薔薇：「薔薇，一名刺紅……他如寶相、金缽盂、佛見笑、七姊妹、十姊妹，體態相類，種法亦同。」

〔三〕河南舊樣：即洛陽種。舊題郭橐駝種樹書：「牡丹千葉者，蜀人號爲京花，謂洛陽種也；單葉者，只號爲川花。」（陶宗儀説郛卷一〇六下引）

〔四〕淞江細種：計楠牡丹譜：「松江地名法華，能以芍藥根接上品細種牡丹，愈接愈佳，百種幻化，其種愈蕃，其色更豔，遂冠一時。」

〔五〕小赤虎：菊花名，蓋指其顏色言。

〔六〕太瘦生：李白戲贈杜甫：「借問别來太瘦生，總爲從前作詩苦。」

〔七〕吕五：晚村自指。晚村排行第五，故稱。孫爽小葺玉琴軒爲讀書處事訖賦詩：「詩囚畏吕五，放誕有奇情。」自注：「吕五，即莊生。」陳祖法步原韻贈高旦中黄太沖吕用晦：「共説高黄如齒唇，近聞吕五更重申。」

〔八〕「積水」句：蘇軾東坡志林卷六：「庭下如積水空明，水中藻荇交橫，蓋竹栢影也。」

〔九〕徐熙：劉道醇宋朝名畫評卷三：「徐熙，鍾陵人。世仕僞唐，爲江南盛族。熙善畫花竹林木、蟬蝶草蟲之類，多游園圃以求情狀，雖蔬菜莖苗亦入圖寫意，出古人之外，自造乎妙，尤能設色，絶有生意。李煜集英殿盛有熙畫。後卒於家，及煜歸，命盡入府庫。太宗因閲圖畫見熙畫石榴一本，帶百餘實，嗟異久之，上曰：『花果之妙，吾知獨有徐熙矣，其餘不足觀也。』遍示群臣，俾爲標凖。」黄筌：黄休復益州名畫録卷上：「黄筌者，成都人也。幼有畫性，長負奇能，刁處士入蜀，授而教之竹石花雀，又學孫位畫龍水松石墨竹，學李昇畫山水竹樹，皆曲盡其妙。筌早與孔嵩同師，嵩但守師法，别無新意，筌既兼宗孫李學力，因是博贍損益刁格，遂超師之藝。……廣政甲辰歲，淮南通聘信幣中有生鶴數隻，蜀主命筌寫鶴於偏殿之壁，警露者、啄苔者、理毛者、整羽者、唳天者、翹足者，精彩態度更愈於生，往往致生鶴立於畫側，蜀主歎賞，遂目爲六鶴殿焉。……廣政癸丑歲，新構八卦殿，又命筌於四壁畫四時花竹兔雉鳥雀。其年冬，五坊使於此殿前呈雄武軍所進白鷹，誤認殿上畫雉爲生，掣臂數四，蜀主歎異久之。」畫風，徐熙以「没骨體」，黄筌用「勾勒體」，二人齊名，稱「黄、徐」，有「黄家富貴，徐熙野逸」之評。

〔一〇〕吕紀：朱謀垔畫史會要卷四：「吕紀，字廷振，號樂愚，鄞人。風神秀雅，精於繪事，時綴小詩其上。初學邊景昭花鳥，袁忠徹見之，謂出景昭上，館於家，使臨唐宋名畫，遂入妙品，獨步當時。嘗畫雌雞壁間，而生雄谷谷繞其側，弗去，殆古點睛敲板之流。孝廟時召至京，官錦衣衛指揮。紀爲人謹禮法，敦信義，縉紳多重之。其在畫院，凡應詔承制，多立意進規，孝皇稱之曰：『工執藝，事以諫，吕紀有焉。』」

〔一一〕陳白陽：朱謀垔畫史會要卷四：「陳淳，字道復，後以字爲名，而改字復甫，號白陽山人。天才秀發，下筆超異。山水師古人，而蕭散之趣宛然在目。尤妙寫生，一花半葉，淡墨欹豪而疏斜歷亂，偏其反而，咄咄逼真。」又續書史會要：「陳淳，字道復，號白陽山人，吴縣人，國子生。善草隸，亦能花鳥，作没骨圖，妙絶當世。」

〔一二〕六法：即六法論。謝赫畫品：「氣韻生動，骨法用筆，應物象形，隨類賦彩，經營位置，傳移模寫。」

〔一三〕「一洗」句：杜甫丹青引：「斯須九重真龍出，一洗萬古凡馬空。」

〔一四〕兒子：指陳淳子陳括，字子正，號沱江。朱謀垔畫史會要卷四：「括飲酒縱誕，有竹林之習。畫雖放浪，終非俗流。」

〔一五〕徐文長：袁宏道徐文長傳：「徐渭字文長，爲山陰諸生，聲名藉甚。薛公蕙校越時，奇其才，有國士之目。然數奇，屢試輒蹷。中丞胡公宗憲聞之，客諸幕。文長每見，則葛衣烏巾，縱譚天下事，胡公大喜。是時公督數邊兵，威振東南，介胄之士，膝語蛇行，不敢舉頭，而文長以部下一諸生傲之，議者方之劉真長、杜少陵云。會得白鹿，屬文長作表，表上，永陵喜。公以是益奇之，一切疏記，皆出其手。文長自負才略，好奇計，談兵多中，視一世士無可當意者，然竟不偶。文長既已不得志於有司，遂乃放浪麯蘗，恣情山水，走齊魯燕趙之地，窮覽朔漠。……喜作書，筆意奔放如其詩，蒼勁中姿媚躍出，歐陽公所謂『妖韶女老，自有餘態』者也。間以其餘，旁溢爲花鳥，皆超逸有致。……余謂文長，無之而不奇者也。無之而不奇，斯無之而不奇也。」

〔一六〕鬱佛：劉向怨思：「志隱隱而鬱佛兮，愁獨哀而冤結。」王逸注：「言己放流，心中隱隱而憂愁，思念佛鬱，獨自哀傷。執行忠信而被讒邪，冤結曾無解已也。」

同胡天木孫子度訂東莊詩約

莫向新亭涕淚傾，神州戮力定何人〔一〕。止因詩酒生吾輩，便合林巒棄此身。蕉尾迎風翻馬鬣，松根著雨洗龍鱗。幽棲偕隱那無計，自是泥蟠性未馴〔二〕。

【箋釋】

此詩作於順治七年庚寅至九年壬辰間。

按，胡天木，陸存齋吴興詩存四集卷一九：「古丹本姓胡，名涵，字天木，越中望族。生長燕山，繼遷白門。丙戌、丁亥間，析姓爲字，遨游溟渤，錚錚以豪傑自負。其詩顧芊綿婉麗，不似其爲人。嘗往來吴興、埭山。乙卯冬，卒於茅茨之下，山中友人胡山眉葬之埭南龍興橋畔。」喜張午祁攜胡天木遺詩過訪詩嚴鴻逵釋略曰：「胡天木，志士也。惡其姓，改曰夏，字古丹。自言本楚籍，生於燕，長於金陵，其出處履歷，人問之，不肯言。寓埭溪久，終於午祁楊園。」黄虞稷千頃堂書目卷二八：「夏古丹葫蘆藏稿：不知何許人。或云越人，胡姓，析姓爲名，往來吴興□山，卒葬龍興橋畔。」詳參卷五零星稿喜張午祁攜胡天木遺詩過訪詩之箋釋。

【注釋】

〔一〕「莫向」二句：劉義慶世説新語言語：「過江諸人，每至美日，輒相邀新亭，藉卉飲宴。周侯中坐而歎曰：『風景不殊，正自有山河之異。』皆相視流淚。唯王丞相愀然變色曰：『當共戮力王室，克復神州，何至作楚囚相對？』」新亭，李昉太平御覽卷一九四引丹陽記：「京師三亭。新亭，吴舊亭也。故基淪毁。隆安中，有丹陽尹司馬恢移創今地。」故址在今江蘇省江寧縣南。

〔二〕泥蟠：揚雄揚子法言問神篇：「龍蟠於泥，蚖其肆矣。」宋咸注：「蚖，蜥蜴也，似龍而無角，如蛇而有足，一云毒蛇也。肆，區也。言龍未飛天，則與蚖同區也。」杜甫宴王使君宅題：「不才甘朽質，高卧豈泥蟠。」

放雪貓

比鄰乞女奴〔一〕，皚皚異毛鬣。體具虎豹微，力過猿猱捷。持歸拜雞犬，悉使情相接。命名曰雪精，卧起擬婢妾。盤飧奉養尊〔二〕，魚蝦恣漁獵。庖廚固所司，亦賴守筐篋。羊質蒙皋比〔三〕，小勇大敵怯〔四〕。不敢搏飛鼯〔五〕，頗善捕游蝶。主人一長歎，皮相終不慊〔六〕。留爾傷群生，安能建功業。棄置大道傍，歸看鼠蹀躞〔七〕。

【箋　釋】

此詩作於順治七年庚寅至九年壬辰間（集中編於子度歸自晟舍以新詩見示與友人示與季臣兄倡和稿感賦之間，姑繫於此）。

【注　釋】

〔一〕女奴：張沁妝樓記：「貓，一名女奴。」

〔二〕「盤飧」句：杜甫客至：「盤飧市遠無兼味，樽酒家貧只舊醅。」

〔三〕羊質：揚雄揚子法言吾子：「羊質虎皮，見草而悦，見豺而戰，忘其皮之虎也。」李軌注：「羊假虎皮，見豺則戰；人假僞名，考實則窮。」

〔四〕「小勇」句：范曄後漢書卷一光武帝紀：「光武奔之，斬首數十級，諸部喜曰：『劉將軍平生見小敵怯，今見大敵勇甚，可怪也。』」

〔五〕飛鼯：別名夷吾，俗稱大飛鼠。爾雅郭璞注：「狀如小狐，似蝙蝠，肉翅。翅尾項脅，毛紫赤色，背上蒼艾色，腹下黄，喙下雜白。腳短爪長，尾三尺許。飛且乳，亦謂之飛生。聲如人呼，食火煙，能從高赴下，不能從下上高。」

〔六〕皮相：韓嬰韓詩外傳卷一〇：「延陵子知其爲賢者，請問姓字，牧者曰：『子乃皮相之士也，何足語姓字哉。』」司馬遷史記卷九七酈生陸賈列傳：「夫足下欲興天下之大事而成天下之大功，而以目皮相，恐失天下之能士。」

〔七〕蹀躞：鮑照擬行路難：「丈夫生世會幾時，安能蹀躞垂羽翼。」戴侗六書故卷一六：「踥蹀、蹀躞、躞蹀，皆嗜進連步之貌。」方以智通雅卷七釋詁：「躡蹀，通作蹀躞、蹀躞，轉爲捷攝、撇屑、撇屑，一作徹循、蹩躠。」

友人示與季臣兄倡和稿感賦

故人惠示論交詩，長跪讀之雙淚垂。宿草友生猶痛哭〔一〕，連枝兄弟忍相思。十年游俠千金盡，九世仇讎一劍知〔二〕。爲問門前車馬客，還能杯酒憶當時。兄破家結客，坐上嘗滿①。及難，舟過所最厚者，麾之亟去。病甚，無一顧也。

【校　記】

①嘗　嚴鈔本、釋略本、詩稿本、張鳴珂鈔本、萬卷樓鈔本作「常」。

雜懷）

【箋釋】

此詩作於順治九年壬辰春。

按，「故人」當指子度。蓋子度爲澄社中堅，與季臣友情甚篤，又爲晚村至交。季臣死，子度作詩曰：「風花大作兔毛雨，簷滴清爭方響泉。屈指平生二三子，傷心一點短檠前。」（辛卯集辛卯冬月苕上

故人所示之論交詩，初以爲即季臣與子度論交之作，蓋詩題中「與」字，别本有作「以」者，而此字乃關乎詩旨者。如作「以」，則所示爲季臣與他人論交之詩；作「與」，則所示爲季臣與他人論交往還之詩。據子度詩交集序：「予病劇，困居曲渚，重雲扃户，張子又齡排闥直入，授詩交集一帙，且曰：『子爲我點定而叙之。』予焚香發册，泣數行下。嗟嗟，予非爲季臣泣，季臣可不死；有友如又齡，季臣可以死。予與又齡交二十年矣，喪亂頻仍，士多遷業，又齡孤情負俗，且能以貧給貧。常顧予曰：『天生吾儕，定非溝壑中物。』今讀其詩，慷慨遒逸，季臣則温柔而能怨。詩不同調，交有同心。予曾爲季臣叙芳渚吟，述吕氏盛衰，今又齡詩從亮工始，交從予始，縲絶醢覆，感慨繫之。」（容菴文集卷下）由此可知，故人（子度）所示者即爲張又齡之詩交集也。張又齡，生平不詳，俟考。季臣事，參見本卷季臣兄卧病欲荒園詩之箋釋。

季臣有謝張曠園惠粟詩，曰：「舉世逐榮盛，君情獨過癡。深慚進食意，不費叩門詞。宿釜香新稻，臨風感舊思。從來紅朽處，不宜暫相移。」（天放翁集）亦子度所謂「又齡孤情負俗，且能以貧給貧」

者也。

【注釋】

〔一〕宿草：禮記檀弓上：「朋友之墓，有宿草而不哭焉。」鄭玄注：「宿草，謂陳根也。爲師心喪三年，於朋友期可。」孔穎達正義：「草經一年則根陳也。朋友相爲哭一期，草根陳乃不哭也。所以然者，朋友雖無親而有同道之恩，言朋友期而猶哭者，非謂在家立哭位以終期年。張敷云：謂於一歲之内如聞朋友之喪，或經過朋友之墓及事故須哭，如此，則哭焉；若期之外，則不哭也。」

〔二〕九世仇讎：春秋公羊傳卷六：「紀侯大去其國。大去者何？滅也。孰滅之？齊滅之。曷爲不言齊滅之？爲襄公諱也。春秋爲賢者諱，何賢乎襄公？復讎也。何讎爾？遠祖也。哀公亨乎周，紀侯譖之，以襄公之爲於此焉者，事祖禰之心盡矣。盡者何？襄公將復讎乎？紀卜之，曰：『師喪分焉，寡人死之。』不爲不吉也。遠祖者，幾世乎？九世矣。九世猶可以復讎乎？雖百世可也。家亦可乎？曰不可。國何以可？國君一體也，先君之恥猶今君之恥也，今君之恥猶先君之恥也。」

憶故山鄉里

昔歲亂方始，驅馳來此山。愛君鄰里好，不自知變遷。依依村巷門，淡淡谷口煙〔一〕。樵采不相同，百家飲一泉。人面有異同，性情無不然。灑掃令我居，日夕相周旋。久居移聲音，言語忘其先。無事忽離别，及今已四年。死喪兩有之〔二〕，何能保自全。寄信我鄰里，爲我復加餐〔三〕。終當與爾游，來去山之巔。

【箋　釋】

此詩作於順治九年壬辰春。

按，順治十三年丙申，魏貞菴刻觀始集，收晚村憶故山鄉里一詩，蓋原詩後轉入東莊雜詩，故未置殘稿中。今從觀始集輯出，别爲一首。

晚村與從子諒功參與抗清鬭爭失敗後，輒避亂野居。詳參本卷園林早秋詩之箋證。自言「戊子以後，歸理筆札」（友硯堂記），所謂「歸」者，殆指從避亂之地歸也。「及今已四年」，是知詩爲順治九年壬辰作。其時晚村出游西湖（倀倀集黄九煙以奇才吟見贈歌以答之詩有「壬辰湖上逢老杜，謂我酷肖閻古」句），望故山之鄉里，有思，遂爲此詩。

【注　釋】

〔一〕谷口：班固漢書卷七二王貢兩龔鮑列傳：「谷口鄭子真，不詘其志，耕於巖石之下，名震於京師。」後世以「谷口」喻隱者所居。

〔二〕死喪：詩小雅常棣：「死喪之威，兄弟孔懷。」鄭玄箋：「死喪，可畏怖之事。維兄弟之親，甚相思念。」
〔三〕加餐：古詩十九首：「思君令人老，歲月忽已晚。棄捐勿復道，努力加餐飯。」

送杜退思之金陵①

北風澥雁落寒聲，送遠登高見別情〔一〕。横野亂成秋草闊，孤城低俯暮天平。驚聞諸將收三楚，喜共先生話兩京。鐘簴久移廟貌改〔二〕，思量奏草便占纓〔三〕。

【校　記】

① 退　原作「蜕」，蓋音同致誤。

【箋　釋】

此詩作於順治九年壬辰秋。

按，杜退思，名祝進，萬曆四十年壬子舉人，黄岡人。黄九煙以奇才吟見贈歌以答之詩有「壬辰湖上逢老杜，謂我酷肖閻古古」句，嚴鴻逵釋略曰：「杜名祝進，字退思，楚人，前孝廉。有贈子詩云：『沛縣猶存顏〔閻〕用卿，浙西留得吕莊生。何時匹馬黄河岸，不聽笳聲聽笛聲。』」（偃偃集）

據退思贈晚村詩中「何時匹馬黄河岸，不聽笳聲聽笛聲」云云，大有收復中原之意。而晚村所謂之三楚戰事，蓋亦聞諸退思，故曰「驚聞」。聞之而喜，以爲兩京可復，便有「思量奏草」之舉，其情可以想見。

【資料】

吴偉業贈奉直大夫户部福建清吏司員外郎仲常費公墓誌銘：「楚黄州杜退思，雅負知人鑑。常司訓溧陽，爲余言費仲常名行不置也。」

許國英清鑑易知録正編二：綱：明將孫可望等出兵攻湖南、四川；李定國攻桂林，城陷，孔有德死之。明洪承疇經略湖廣、雲貴、兩廣。目：初，張獻忠既滅，其黨孫可望、李定國、白文選、劉文秀、艾能奇等，竄入雲南，推孫可望爲長，既而爭權不相下。可望乃納款於桂王，求王封，欲以制其下。桂王左右持不可，議彌年，不決。既而桂王盡失湖南、江西、廣東、廣西、四川各省，窮竄入土司，旦夕不自保，不得已，乃封可望爲秦王，封定國爲西寧王，劉文秀爲南康王，趣其出兵。可望乃遣兵三千扈永曆帝居隆安，使文秀、文選以步騎六萬分出叙州、重慶以攻成都，使定國以步騎八萬由武岡出全州以攻桂林。吴三桂戰文秀於叙州，不利，被圍數重，力戰突圍走綿州。而都統白含貞、白廣生亦敗績，被擒於重慶。文秀乘勝由嘉定攻成都，圍三桂於保寧，連營十五里，氣驕甚。三桂突擊之，文秀解圍去，三桂不追，於是川西、川東、川南皆失。孔有德在桂林，以楚粤事急，檄沈永忠以重兵扼沅州門户。未幾，李定國破沅、靖、武岡，沈永忠自寶慶告急，有德遣兵赴援，未至而永忠已退保湘潭。定國乘間襲桂林，城守兵少，檄三鎮赴援，未至而陷，有德死之。柳州、梧州俱陷，廣西復爲明。可望率白文選等以玀猓兵五萬，列象陣，攻辰州，總兵徐勇戰死，遂陷辰州。於是四川、廣西、湖南俱失。

按，其詳可參看近人錢海岳南明史卷四本紀第四昭宗二之記載。

【注釋】

〔一〕「北風」二句：李白秋夕書懷：「北風吹海雁，南度落寒聲。感此瀟湘客，悽其流浪情。」瀣，顧野王玉篇水部：「瀣，户買反。勃瀣，海之别名。」渤瀣即今渤海。司馬遷史記卷一一七司馬相如列傳：「浮渤瀣，游孟諸。」

〔二〕鐘簴：屈原九歌：「緪瑟兮交鼓，簫鐘兮瑶簴。」洪興祖補注：「儀禮有笙磬、笙鐘。周禮笙師共其鐘笙之樂。注云：鐘笙，與鐘聲相應之笙。然則簫鐘，與簫聲相應之鐘歟？簴，其吕反。爾雅：木謂之虡。縣鐘磬之木也。」爾雅釋宫：「木謂之虡。」郭璞注：「縣鐘磬之木，植者名虡。」陸德明音義：「虡，音巨。」邢昺疏：「郭云：『縣鐘磬之木，植者名虡。』考工記云：『梓人爲筍虡。』鄭注云：『樂器所縣横曰筍，植曰虡。』然則縣鐘磬者兩端有植木，其上有横木，謂直立者爲虡，謂横牽者爲栒，栒上加大板爲之飾，名業。詩大雅云：『虡業維樅。』」班固兩都賦：「列鐘虡於中庭，立金人於端闈。」

〔三〕奏草：班固漢書卷六七朱雲列傳：「雲上書自訟，咸爲定奏草，求下御史中丞。」司馬光資治通鑑卷二九：「博因記房所説密語，令房爲王作求朝奏草。」胡三省音注：「師古曰：『草，謂爲文之藁草也。』論語：孔子曰：『爲命：裨諶草創之。』」

東莊雜詩 十首

山水各宗支，結構分百脈。向背意態殊，風土因之隔〔一〕。於人何親疏，適意成主客。昔我避亂初，小築公山側〔二〕。百家飲一泉，鄰菓任飽喫。人面或萬狀，性情無兩格。古姓聚爲村〔三〕，樵采多叔伯。午後始開門，槐花深一尺〔四〕。

引水植林木，疏密還自然。人力所不至，亦各任其天。黄熊治水土〔五〕，至今大更遷。陰濟竟伏流〔六〕，河尾掉淮堧〔七〕。西折若木枝〔八〕，東挂扶桑顛〔九〕。天地且縱横，聖賢已無權〔一〇〕。

老樵不謀隱，所居本自高。名士矯清節〔一一〕，恐無松柏操①〔一二〕。仕宦有捷徑，無乃終南皋〔一三〕。幅巾且芒鞵②，廣袖何蕭騷。肝腑中夜熱，徘徊理鉛刀〔一四〕。入拜朱門旁，出爲蓬户豪。但能飽味嗉，寧復矜羽毛〔一五〕。有敕放還山〔一六〕，頓首露危尻〔一七〕。臣非首陽傖〔一八〕，安能常礬礬。書往長樂公〔一九〕，其門多女曹。

跛者命在杖，渡者命在舟〔二〇〕。人生依萬物，得失不自由。有愁何以銷，客或進一篘〔二一〕。謂客酒可忘，吾愁非真愁。痛飲雖至醉，不入伶籍儔〔二二〕。此酒有時醒，此愁無時休。

截樹作農具，云是古人重〔二三〕。去我數百年，樹藝與我共〔二四〕。想其灌溉時，豈爲今日供。扶疏屋有陰，桔槔田有壅〔二五〕。取舍固不同，亦各適其用。灑酒報九原，感卿爲我種。

微寒盡餘威，園林納新意。品類紛有名，皆從上古至。我生與萬族，衣食各生智。鳳凰啄瑯玕，鴟鼠甘糞利〔二六〕。當其經營中，了不異人意〔二七〕。苟爲易地謀，兩兩相唾棄。鬱鬱成都桑，勞勞有深義。自非天下才，此事良不易。嘗恐時數來，便令負斯志。妻織兒勝鋤，悠悠足高睡。

巢許薄四海〔二八〕，商賈論隻錢。自利同一私，意趣冰炭然〔二九〕。擾擾衢路子〔三〇〕，肩背爭後先。朝結王侯襪〔三一〕，暮接公府鞭〔三二〕。但聞心血枯，不知腳踝酸。賤士勿感歎，身貴心不堅。

良晨登高閣，重林向我開。魚鳥各有歸，生民安適哉〔三三〕。黄虞諒不作〔三四〕，詩書成土灰〔三五〕。孔父譚仁義〔三六〕，期其萬一回。聾者自不與，豈能廢神雷。東海老腐儒〔三七〕，歌哭出蒿萊。其樂有餘樂，其哀有餘哀。

村子雅好事，拔桑種桃李。自非古者情，特爲花草使。把菊擬陶公〔三八〕，厈荷説周子〔三九〕。

昔人千載存，荷菊豈與此。一露滴枯桐，此心真不死。獨樹不求伴，月輪浩孤行。寥寥亘今古〔四〇〕，天地無柔情。放步入廣野，秋旻何崢嶸。慘摵同一色，微物安得爭。群蟄委衰運，哀吟竟何成。我轍尚可返，我廬尚可營。雞犬識親疏，俟我出柴荆。自非淮南王，誰使汝長生〔四一〕。

【校　記】

①「老樵」至「恐無」十七字，底本殘闕，據嚴鈔本、釋略本、詩稿本補。

②且　原作「耳」，萬卷樓鈔本同，詩稿本作「躡」，據嚴鈔本、釋略本改。按，萬卷樓鈔本校曰：「且。」

【箋　釋】

此十首詩，於順治九年壬辰及之後陸續寫成。

按，第一首，蓋從憶故山鄉里詩化出。

第三首，寫名士醜態，可稱惟肖。呂季臣亦有嘲名士詩，正合並讀，詩曰：「楚楚誠佳士，凌雲亦自振。才疏惟罵坐，氣短故驕人。筆禿朱門牘，魂隨紫陌塵。欲求驚世眼，褦襶慣藏身。」（天放翁集）其時易代之初，人心不免浮動，入則士林恥之，或與絶交；出則獨善其身，然則「溥天之下，莫非王土」，孰能斷然超乎塵外、與當局無纖毫之係耶？孫子度曰：「今日處士寡婦，實是一轍。婦人無夫，即禮法蕩然，貞靜自守者，十不一二，但至佞佛，則濫觴無極矣。士人號方外，即廉恥掃地，自愛其品者，亦十不一二，若入聲氣，則靡所不爲矣。齊國有不嫁之女，不嫁則不嫁，而生三子。兩種人皆然。然處士知笑寡婦，而不知自反，可歎也。」（楊園先生全集卷三一言行見聞録引）時人有以「一隊夷齊下首陽，幾年觀望好淒涼。早知薇蕨終難飽，悔殺無端諫武王」、「失節夷齊下首陽，院門推出更淒涼。從今決意還山去，薇蕨堪嗟已喫光」兩詩詠其事（指博學鴻儒徵、山林隱逸薦，參見王應奎柳南續筆卷二），讀來令人感慨。

第十首，嚴鴻逵釋略曰：「此詩總結前九首，其義盡見，曰『不求伴』，曰『浩孤行』，曰『無柔情』，其志可知矣。蓋其始也，固欲共濟時艱矣；其既也，則知其不可爲而浩然思返我之轍、營我之廬，因謝其徒衆，不復出柴荆矣。誠審於時數，安乎義命，方以出而有爲，不若隱居而談仁義。前篇故有『常恐時數來，便令負斯志』之句，豈復勉强與時運相爭哉？此詩蓋將歸隱東莊而作也。」

【資　料】

呂願良移居東莊（東莊爲五弟隱居，將卜築其西林）：卜室惟幽處，開雲結草亭。江梅數里白，籬竹幾家青。野水紆迴合，山房曲折經。最東吾弟宅，朝汲共攜瓶。

昔買山樓隱，何如此地深。川原百戰地，雲樹一灣陰。葉落迷行跡，風高間柝音。太平何日見，灑掃足鳴琴。

今日呼雞犬，將攜傍水濱。一家雲外伴，半世電光身。甑釜羞山鳥，行藏信路人。如何猶戀此，應爲勸酬頻。（天放翁集）

【注釋】

〔一〕風土：駱賓王從軍中行路難：「中外分區宇，夷夏殊風土。」隔：杜甫秋日夔府詠懷奉寄鄭監李賓客一百韻：「雖云隔禮數，不敢墜周旋。」九家集注：「隔，猶不同也。」

〔二〕公山：在臨安縣南。嵇曾筠浙江通志卷一〇山川：「咸淳臨安志：在縣東二十里。」

〔三〕「古姓」句：蘇軾荆州十首：「廢城猶帶井，古姓聚成村。」

〔四〕「午後」二句：白居易秋涼閒卧：「薄暮宅門前，槐花深一寸。」

〔五〕黄熊：山海經海内經：「洪水滔天，鯀竊帝之息壤以堙洪水，不待帝命。帝令祝融殺鯀於羽郊。」郭璞注引開筮：「鯀死三歲不腐，剖之以吴刀，化爲黄龍。」左傳昭公七年：「昔堯殛鯀於羽山，其神化爲黄熊，以入於羽淵。」

〔六〕「陰濟」句：尚書禹貢：「導沇水，東流爲濟，入於河；溢爲滎，東出於陶丘北，又東至於菏，又東北會於汶，又東北入於海。」酈道元水經注卷二三陰溝水：「陰溝水出河南陽武縣蒗蕩渠，東南至沛爲過水，又東至下邳淮陵縣入於淮。」古以出河之濟，爲陰溝水上源，而濟水舊稱爲伏流出於河。河南鞏縣，河之北，沇水入之；河之南，濟水分流，狀若十字交叉形。古人見沇濟隔河相對，誤以爲濟水穿河而過，致衍生濟水三伏三見之説。程大昌禹貢山川地理圖：「獨不思濟其果能伏流，則當高宗之世，滎口雖不受河，猶有溢流汩出地底，則伏流之説信矣。今其河水不入滎口，則滎澤遂枯，尚言伏流，不其誣耶。」

〔七〕「河尾」句：指黄河奪淮入海事。黄河出三門峽後，因地勢平緩，泥沙沖積，以改道爲常。黄永玄河議：「淮與黄初皆獨入於海，故稱瀆焉。自隋大業間引河由汴泗達淮，周顯德間濬汴口導河達淮，皆上流也。宋興國間河由彭城入淮，熙寧間由南清河入淮，則支派爾。……至嘉靖中年，塞渦河口，截野鷄岡，則正派皆歸孫繼口，歷徐、邳、桃、清入淮，而涓滴不及於上流矣。已而從清河縣南合淮下流，且奪淮入海之路矣。夫以黄正派合淮上流，則淮挾黄而强其勢，如懸瀑而下海也。」

〔八〕若木：山海經大荒北經：「大荒之中，有衡石山、九陰山、洞野之山，上有赤樹，青葉，赤華，名曰若木。」郭璞注：「生昆侖西，生西極，其華光赤下照地。」屈原離騷：「折若木以拂日兮，聊逍遥以相羊。」

〔九〕扶桑：山海經海外東經：「下有湯谷。湯谷上有扶桑，十日所浴，在黑齒北。居水中，有大木，九日居下枝，一日居上枝。」郭璞玄中記：「天下之高者，扶桑無枝木焉，上至天，盤蜿而不屈，通三泉。」屈原離騷：「飲余馬於咸池兮，摠余轡乎扶桑。」

〔一〇〕無權：孟子盡心上：「孟子曰：楊子取爲我，拔一毛而利天下不爲也；墨子兼愛，摩頂放踵利天下爲之。子莫執中，執中爲近之，執中無權，猶執一也。所惡執一者，爲其賊道也，舉一而廢百也。」趙岐注：「執中和近，聖人之道，然不權聖人之重輕。執中而不知權，猶執一介之人，不知時變也。所以惡執一者，爲其不知權，以一知而廢百道也。」

〔一〕名士：禮記月令：「勉諸侯，聘名士，禮賢者。」孔穎達疏：「名士者，謂其德行貞絶，道術通明，王者不得臣，而隱居不在位者也。」

〔二〕松柏：禮記禮器：「其在人也，如竹箭之有筠也，如松柏之有心也。」孔穎達疏：「人經夷險，不變其德，由禮使然，譬如松柏，陵寒而鬱茂，由其内心貞和故也。」論語子罕：「子曰：『歲寒，然後知松柏之後彫也。』」

〔三〕「仕宦」二句：歐陽修新唐書卷一二三盧藏用傳：「盧藏用，字子潛，幽州范陽人。……藏用能屬文，舉進士，不得調。與兄徵明偕隱終南、少室二山，學練氣，爲辟穀，登衡、廬，彷徉岷、峨。與陳子昂、趙貞固友善。……子昂、貞固前死，藏用撫其孤有恩，人稱能終始交。始隱山中時，有意當世，人目爲『隨駕隱士』。晚乃徇權利，務爲驕縱，素節盡矣。司馬承禎嘗召至闕下，將還山，藏用指終南曰：『此中大有嘉處。』承禎徐曰：『以僕視之，仕宦之捷徑耳。』藏用慚。」

〔四〕鉛刀：東方朔七諫：「騠裹奔亡兮，騰駕橐駝。鉛刀進御兮，遥棄太阿。」王逸注：「騠裹，駿馬；太阿，利劍也。言君放遠騠裹英俊之士，而駕橐駝；任使罷駑頓朽之人，而棄明智之士也。」王粲從軍詩：「雖無鉛刀用，庶幾奮薄身。」

〔五〕「但能」二句：謂只要能填飽肚子，則名節即可以不顧。咮，許慎説文解字口部：「咮，鳥口也。」陳彭年廣韻卷二：「張救切。」詩曹風候人：「維鵜在梁，不濡其咮。」嗉，爾雅釋鳥：「亢，鳥嚨，其粻，嗉。」郭璞注：「嗉者，受食之處。」陸德明音義：「嗉，音素。」羽毛，杜甫鸚鵡：「世人憐復損，何用羽毛奇。」李紳皋橋：「鴻鵠羽毛終有志，素絲琴瑟自諧聲。」

〔一六〕「有敕」句：歐陽修新唐書卷二〇二李白傳：「懇求還山，帝賜金放還。」

〔一七〕「頓首」句：班固漢書卷六五東方朔傳：「尻益高者，鶴俛啄也。」韓愈祭河南張署員外文：「群奴餘啄走官階下，首下尻高。」

〔一八〕首陽：司馬遷史記卷六一伯夷列傳：「武王已平殷亂，天下宗周，而伯夷、叔齊恥之，義不食周粟，隱於首陽山，采薇而食之。」傖：劉知幾史通雜説中：「南呼北人曰傖。」釋玄應一切經音義引晉陽秋：「吴中謂中國人爲傖人，又總謂江淮間雜楚爲傖。」劉義慶世説新語雅量：「昨有一傖父來寄亭中，有尊貴客，權移之。」

〔一九〕長樂公：指五代宰相馮道，其一生仕唐、晉、漢、周四朝，相六帝，因自號長樂老。歐陽修新五代史卷五四雜傳四十二：「當是時，天下大亂，戎夷交侵，生民之命，急於倒懸。道方自號長樂老，著書數百言，陳己更事四姓及契丹所得階勳官爵以爲榮。」後世因以喻憑藉阿諛取寵而又長保福禄之人。陳與義均臺辭：「但願使君長樂職，不須更看杓虛實。」孔尚任桃花扇續四十齣餘韻：「借手殺仇長樂老，脅肩媚貴半閒堂。」即以長樂老喻馬士英。

〔二〇〕在舟：鄧析子無厚：「同舟渡海，中流遇風，救患若一，所憂同也。」王粲贈文叔良：「惟詩作贈，敢詠在舟。」李善注：「言爲詩以贈者，有在舟之義，憂患同也。」

〔二一〕篘：顧野王玉篇竹部：「初婁切。酒籠。」蘇軾和子由聞子瞻將如終南太平宫谿堂讀書：「近日秋雨足，公餘試新篘。」

〔二二〕伶籍：指劉伶和阮籍。房玄齡晉書卷四九劉伶傳：「劉伶，字伯倫，沛國人也。……澹默少言，不妄交游，與阮籍、嵇康相遇，欣然神解，攜手入林。初不以家産有無介意，常乘鹿車，攜一壺酒，使人荷鍤而隨之，謂曰：『死便埋我。』其遺形骸如此。嘗渴甚，求酒於其妻，妻捐酒毁器，涕泣諫曰：『君酒太過，非攝生之道，必宜斷之。』伶曰：『善。吾不能自禁，惟當祝鬼神自誓耳。便可具酒肉。』妻從之。伶跪祝曰：『天生劉伶，以酒爲名。一飲一斛，五斗解酲。婦兒之言，慎不可聽。』仍引酒御肉，隗然復醉。」同卷阮籍傳：「阮籍，字嗣宗，陳留尉氏人也。……籍本有濟世志，屬魏晉之際，天下多故，名士少有全者，籍由是不與世事，遂酣飲爲常。文帝初，欲爲武帝求婚於籍，籍醉六十日，不得言而止。鍾會數以時事問之，欲因其可否而致之罪，皆以酣醉獲免。」李昉太平御覽卷四九八引王隱晉書：「魏末，阮籍有才而嗜酒荒放，雲頭散髮，裸袒箕踞。作二千石不治官事，日與劉伶等共飲酒歌呼。時人或以籍生在魏晉之交，欲佯狂避時，不知籍本性自然也。」儔：袁宏後漢紀靈帝紀上：「吾見士多矣，未有如郭林宗者，其聰識通朗、高雅密博，今之華夏鮮見其儔。」

〔二三〕「截樹」二句：易繫辭下：「包犧氏没，神農氏作，斲木爲耜，揉木爲耒，耒耨之利，以教天下。」

〔二四〕樹藝：周禮地官大司徒：「辨十有二壤之物，而知其種，以教稼穡樹藝。」賈公彦疏：「教民春稼秋穡，以樹其木，以藝黍稷也。」

〔二五〕桔橰：淮南子氾論訓：「斧柯而樵，桔橰而汲。」

〔二六〕「鳳凰」二句：莊子秋水：「惠子相梁，莊子往見之。或謂惠子曰：『莊子來，欲代子相。』於是惠子恐，搜於國中三日三夜。莊子往見之，曰：『南方有鳥，其名曰鵷鶵，子知之乎？夫鵷鶵，發於南海而飛於北海，非梧桐不止，非練實不食，非醴泉不飲。於是鴟得腐鼠，鵷鶵過之，仰而視之曰：「嚇。」今子欲以子之梁國而嚇我邪？』」琊玕，傳説中仙樹，果實似珠。山海經海内西經：「服常樹，其上有三頭人，伺琊玕樹。」郭璞注：「琊玕子似珠。」常建送陸擢：「殷勤歎孤鳳，早食金琊玕。」

〔二七〕「了不」句：劉義慶世説新語文學：「庾子嵩讀莊子，開卷一尺許便放去，曰：『了不異人意。』」

〔二八〕「巢許」句：李昉太平御覽卷八三六引曹植樂府：「巢許蔑四海，商賈爭一錢。」巢許，指巢父、許由。皇甫謐高士傳卷上：「許由，字武仲。堯聞致天下而讓焉，乃退而遁於中嶽潁水之陽、箕山之下隱。堯又召爲九州長，由不欲聞之，洗耳於潁水濱。時有巢父牽犢欲飲之，見由洗耳，問其故。對曰：『堯欲召我爲九州長，惡聞其聲，是故洗耳。』巢父曰：『子若處高岸深谷，人道不通，誰能見子？子故浮游欲聞，求其名譽。污吾犢口。』牽犢上流飲之。」薄，輕視。杜甫戲爲六絶句：「不薄今人愛古人，清詞麗句必爲鄰。」

〔二九〕「自利」二句：意謂巢父、許由之薄四海與商人之一心爲己同屬一私，然其旨趣有如冰炭之不相容者。自利，圖個人私利。墨子非攻上：「今有一人，入人園圃，竊其桃李，衆聞則非之，上爲政者得則罰之。此何也？以虧人自利也。」

〔三〇〕「擾擾」句：江淹效阮公詩：「擾擾當途子，毁譽多埃塵。朝生輿馬間，夕死衢路濱。」擾擾，范曄後漢書卷六五皇甫規列傳：「天下擾擾，從亂如歸。」

〔三一〕「朝結」句：司馬遷史記卷一〇二張釋之列傳：「王生者，善爲黄老言，處士也。嘗召居廷中，三公九卿盡會立，王生老人，曰：『吾襪解。』顧謂張廷尉：『爲我結襪。』釋之跪而結之。既久，人或謂王生曰：『獨奈何廷辱張廷尉，使跪結襪？』王生曰：『吾老且賤，自度終無益於張廷尉。張廷尉方今天下名臣，吾故聊辱廷尉，使跪結韤，欲以重之。』諸公聞之，賢王生而重張廷尉。」因以「結韤」爲士大夫屈身敬事長者之意，後又借爲士人蔑視權貴之典。此處即用後意。陸游野興：「寧甘結韤繫，不作拜車塵。」

〔三二〕「暮接」句：論語述而：「子曰：『富而可求也，雖執鞭之士，吾亦爲之。如不可求，從吾所好。』」衛瓘集注：「執鞭，賤者之事，設言富若可求，則雖身爲賤役以求之，亦所不辭。」王安石送張卿致仕：「執鞭始負平生願，操几何知此地逢。」

〔三三〕「魚鳥」二句：詩大雅旱麓：「鳶飛戾天，魚躍于淵。」王安石太白嶺：「陽春已歸鳥語樂，溪水不動魚行遲。生民何由得處所，與茲魚鳥相諧熙。」

〔三四〕黄虞：指黄帝和虞舜。陶淵明贈羊長史：「愚生三季後，慨然念黄虞。得知千載上，正賴古人書。」

〔三五〕「詩書」句：莊子天運：「夫六經，先王之陳跡也。」司馬遷史記卷一二九貨殖列傳：「太史公曰：『夫神農以前，吾不知已。至若詩書所述虞夏以來，耳目欲極聲色之好，口欲窮芻豢之味，身安逸樂，而心誇矜執能之榮。』」

〔三六〕「孔父」句：王維偶然作六首：「楚國有狂夫，茫然無心想。散髮不冠帶，行歌南陌上。孔丘與之言，仁義莫能獎。未嘗肯問天，何事須擊壤。復笑采薇人，胡爲乃長往。」

〔三七〕「東海」句：晚村自指。吕留良答許力臣書：「某東海腐傖，未嘗學問，亦未嘗自通於四方有道。」又，孫學顔吕晚村先生古文序：「宋五子後，以儒者之言發揮聖賢經訓，俾斯文丕變，彝倫不至於終斁者，功莫盛於東海晚村先生。」

〔三八〕陶公：陶淵明飲酒其五：「采菊東籬下，悠然見南山。」

〔三九〕厈荷：嚴鴻逵釋略：「『厈荷』，諸本多誤作『片荷』，車遇上從語溪得一本作『厈』，又注云：『音菊，持也。』」按，許慎說文解字丮部：「丮，持也。象手有所丮據也。凡丮之屬皆从丮。讀若戟。」周子：即周敦頤，著有愛蓮說。

〔四〇〕「寥寥」句：許棠題聞琴館：「此跡應無改，寥寥畢古今。」

〔四一〕「雞犬」四句：葛洪神仙傳卷六淮南王：「淮南王安好神仙之道，海内方士從其游者多矣。一旦，有八公詣之。容狀衰老，枯槁傴僂，閽者謂之曰：『王之所好神仙，度世長生久視之道，必須有異於人，王乃禮接。今公衰老如此，非王所宜見也。』拒之數四。公求見不已，閽者對如初。八公曰：『王以我衰老，不欲相見，卻致年少，又何難哉？』於是振衣整容，立成童幼之狀，閽者驚而引進，王倒屣而迎之，設禮稱弟子。……八公謂王曰：『伍被人臣而誣其主，天必誅之，王可去矣。此亦天遣王耳。君無此事，日復一日，人間豈可舍哉？』乃取鼎煮藥，使王服之，骨肉近三百餘人，同日升天，雞犬舐藥器者，亦同飛去。」

寄秦開之先生

芳華理難再，及此秋色暮。回首已知非，逡巡復如故。憶昔少且狂，飛動過狡兔。汗漫制科書〔一〕，低頭死櫛句〔二〕。細於蒼蠅聲〔三〕，輕於薤上露〔四〕。累墜及牛腰〔五〕，無非速朽具。人心忽異類，成群畔傳注〔六〕。罔畏聖人言〔七〕，充塞仁義路〔八〕。以此相感召，陽窮氣凝沍〔九〕。舉鞭驅腐儒，挽舟向南渡。夙昔或引領，今日復何怒。愍予當甲申，焚棄少所作。聖處莽未窺，意已薄詞賦。迄今忽十年，俯仰慚師傅。昨歲嬰禍患，刀鋸頗無怖。不謂重流連，愈滋後死懼。弄筆染墨丸，徒爲食書蠹。曦輪沉東溟〔一〇〕，安能老巢務〔一一〕。

【箋　釋】

此詩作於順治十一年甲午暮秋。

按，晚村所謂「少且狂」者，蓋指十三四歲時與子度等人之交往，孫子度墓誌銘曰：「（崇禎十四年辛巳）子度擇同邑十餘人爲徵書社。時余年十三，子度見其人，輒大驚曰：『非吾畏友乎！』社中曰：『稚子耳。』子度曰：『此豈以年論耶？』竟拉與同席。」（吕晚村先生文集卷七）又友硯堂記曰：「初，予之交子度也，亦以盟社集崇福禪院。獨予兩人坐大殿，出所作詩相質。子度攜新得澄泥硯及程孟陽畫册，玩語竟日，社人皆笑。子度手予詩卷題曰：『吾兩人當爲世外交，詩文其餘事耳。』它日復示書曰：『吾輩今日無可爲，惟讀書力學，事事當登峰造極，定不落古人後。』自此俱不復與社人通。」（吕晚村先生文集卷六）其狂如此。

晚村之研習程朱理學，其來亦久，與張考夫書曰：「某竊不揣，謂救正之道，必從朱子，求朱子之學，必於近思録始；又竊謂朱子於先儒所定聖人例内，的是頭等聖人，不落第二等；又竊謂凡朱子之書，有大醇而無小疵，當篤信死守，而不可妄置疑鑑於其間。此數端者，自幼抱之，惟姊丈聲始頗奇其神合，故某喜從之論説，餘皆不之信也。」（吕晚村先生文集卷一）其詳可參見答葉静遠書中論傳注文。

崇禎十七年甲申，清軍入關，明朝亡，詞賦之無益於匡時救國，遂將之焚棄。蓋當時有以王陽明心學亡國之論，晚村答某書曰：「弟之痛恨陽明，正爲其自以爲良知已致，不復求義理之歸，非其所當是，是其所當非。顛倒戾妄，悍然信心，自足陷人於禽獸非類，而不知其可悲，乃所謂不致知之害，而弟所欲痛哭流涕爲天下後世爭之者也。」（吕晚村先生文集卷二）惜無正儒之可承，所謂「俯仰慚師傅」者是也，故後有延黄太沖、張考夫致家講學切磋之舉。

「昨歲嬰禍患」者，蓋指順治十年癸巳出應清廷試爲邑諸生事，張符驤吕晚村先生事狀曰：「當是時鼇折塵揚，巢傾卵覆，甕繩無蔽，風雨湑漂。先生悲天憫人，日形瘖歎。而怨家狺吽不已，暱先生者咸曰：『君不出，禍且及宗。』先生不得已，易名光輪，出就試，爲邑諸生。」（碑傳集補卷三六）出應清廷試爲邑諸生事，當時即謂之「嬰禍患」，故復有「回首已知非」句。後來文字皆以「失脚」爲喻，直至康熙五年丙午，棄去青衿，始有「今日方容老子狂」語，參見夢覺集即事、次韻答陳子執先生見贈、次韻答孟舉見寄諸詩。

秦開之，生平不詳，俟考。

【注釋】

〔一〕汗漶：猶汗漫。歐陽修新唐書卷四四選舉志上：「因以謂按其聲病，可以爲有司之責，舍是則汗漫無所守。」制科：即舉業。二程遺書卷一八：「人多説某不教人習舉業，某何嘗不教人習舉業也。人若不習舉業而望及第，卻是責天理而不修人事，但舉業既可以及第即已，若更去上面盡力，求必得之道，是惑也。」

〔二〕「低頭」句：李白嘲魯儒：「魯叟談五經，白髮死章句。」櫛句，即櫛比之句，此指八股文（八股又稱八比）。

〔三〕蒼蠅聲：詩齊風雞鳴：「匪雞則鳴，蒼蠅之聲。」鄭玄箋：「夫人以蠅聲爲雞鳴則起，早於常禮，敬也。」

〔四〕薤上露：郭茂倩樂府詩集卷二七相和歌辭二薤露：「薤上露，何易晞。露晞明朝更復落，人死一去何時歸。」崔豹古今注卷中：「薤露蒿里，並喪歌也。出田横門人。横自殺，門人傷之，爲之悲歌。言人命如薤上之露，易晞滅也。」

〔五〕「累墜」句：李白醉後贈王歷陽：「書禿千兔毫，詩裁兩牛腰。」王琦注引蘇頌曰：「詩裁兩牛腰，言其卷大如牛腰也。」

〔六〕傳注：專指朱子四書章句集注。葉適金壇縣重建學記：「古今之義理準焉，雖更燔滅壞亂，而傳注終不能汩，異説終不能迷也。」

〔七〕「罔畏」句：論語季氏：「子曰：『君子有三畏，畏天命，畏大人，畏聖人之言。小人不知天命而不畏也，狎大人，侮聖人之言。』」

〔八〕「充塞」句：孟子滕文公下：「楊墨之道不息，孔子之道不著，是邪説誣民，充塞仁義也。仁義充塞，則率獸食人，人將相食。」

〔九〕凝沍：范曄後漢書卷五九張衡列傳：「溽暑至而鶉火棲，寒冰沍而鼃鼉蟄。」李賢注：「沍，凝也。」

〔一〇〕曦輪：太陽也。薛濤斛石山曉望寄吕侍御：「曦輪初轉照仙扃，旋擘煙嵐上窅冥。」

〔一一〕巢務：指巢父、務光。皇甫謐高士傳卷上：「巢父者，堯時隱人也。山居，不營世利。年老，以樹爲巢，而寢其上，故時人號曰巢父。堯之讓許由也，由以告巢父，巢父曰：『汝何不隱汝形，藏汝光，若非吾友也。』擊其膺而下之，由悵然不自得。乃過清泠之水，洗其耳，拭其目，曰：『向聞貪言，負吾之友矣。』遂去，終身不相見。」劉向列仙傳卷上：「務光者，夏時人也。耳長七寸，好琴，服蒲韭根。殷湯將伐桀，因光而謀。……湯既克桀，以天下讓於光，曰：『智者謀之，武者遂之，仁者居之，古之道也。吾子胡不遂之，請相吾子。』光辭曰：『廢上非義也，殺人非仁也。人犯其難，我享其利，非廉也。吾聞：「非義不受其禄，無道之世不踐其位。」况於尊我，我不忍久見也。』遂負石自沉於蓼水，已而自匿。」

留别社中諸子

霧雨連吴越，真成浩蕩游。孤花明野壁，歸鳥息扁舟。草跡隨人遠，江潮帶客流。諸君能見憶，一爲望茅洲①(二)。

【校　記】

①洲　原作「州」，據嚴鈔本、釋略本、詩稿本、怡古齋鈔本、萬卷樓鈔本改。

【箋　釋】

此詩作於順治十五年戊戌前後。

按，此詩之寫作時間，嚴鴻逵釋略曰：「首二句跌起下六句。蓋時方徵文遠近，與吴越名士相周旋，然非其本意也。孤花、歸鳥，無日不思杜門息機，將隨草跡而自遠，不逐江湖以共流。歸隱南陽，尋耦耕伴，是其志耳。此豈時輩之所能相從哉！　然愛物之意，則固有不能已者，故末句復惓惓云。」或謂此詩作於順治十二年乙未冬與陸雯若同事房選於吴門時，然依嚴鴻逵釋略及詩意所言，則其後晚村當不至於有更大之舉動，如順治十四年丁酉「倡社邑中，數郡畢至」（公忠行略），及自「酉戌以來……凡有事一選，輒屏棄他業，汲汲顧景，以徇賈人之志」（庚子程墨序）等事，而晚村卻又樂此不疲，其時何來有歸隱之心耶？

據晚村質亡集小序章金牧：「戊戌己亥間，雲李、六象、方虎、雯若與予同游湖上。時雯若不快於諸子。西陵、吴門之仇雯若者，聞此過從甚殷，置酒蕭寺，飲酣奉巵曰：『請謝去雯若，願終執鞭弭隸麾下。』雲李與諸子毅然起，對曰：『公等自可相與，何必去雯若而後交。吾輩有口血自相責耳，豈爲公等哉！且如公言，又何取於吾輩耶？』其人乃大慚謝。」（呂晚村先生續集卷三）此事之後，晚村始有歸隱之心，亦即嚴鴻逵所謂「時方徵文遠近，與吴越名士相周旋，然非其本意也。孤花、歸鳥，無日不思杜門息機，將隨草跡而自遠，不逐江湖以共流」之意。

所謂「社」，或指公忠行略所謂丁酉「倡社邑中，數郡畢至」之社；亦或指嘉興之鴛湖大社，據孫琮冰齋文集序：「時鴛湖大社奔走海内，主壇坫者則有呂晚村、萬吉先，而莘皋先生亦其一也。」（懷應聘冰齋文集卷首）此序作於康熙二十八年己巳，序中有「回想三十年來每至鴛湖」語，則晚村之主鴛湖大社蓋亦在順治十五年戊戌前後，時間亦合。所謂「社中諸子」，蓋指雲李、六象、方虎、雯若諸人。

又錢牧齋於順治十四年丁酉有句容崇明寺登昆盧閣七律詩，而本卷下一首詩即爲登句曲毘盧閣，雖非和韻，然亦爲七律，且每一聯語辭皆有相近或相似之處，頗疑其作於牧齋詩之後。如此，故將此詩與下一首繫於順治十五年戊戌前後。

【資　料】

呂留良質亡集小序陸文霦：雯若見余文，揶揄謂：「子是宋人文字。宋人議論繁，不如漢疏高也。」余笑曰：「憑君漢疏高，也須喫宋人議論乃定。」一時戲謔在耳，憶之不禁愴然。雯若文實高，余不能及也。（呂晚村先生續集卷三）

陳祖法過陸雯若故居感賦：主人營小築，初聞闢草萊。玲瓏開户牖，次第成樓臺。圖書列曲几，荒圃植早梅。良辰開芳宴，張燈快傳杯。時予亦在座，主人洵豪哉。百年期苦促，晨夕以徘徊。閱今曾未幾，庭鳥聲餘哀。寂寂雙扉内，淒淒素幃開。疇昔風流地，□□閉重苔。停步徒延佇，傷心自去來。不及城東月，時照舊水隈（居在城東）。（古處齋詩集卷三）

登句曲毘盧閣〔一〕

傑閣松聲滿四鄰，輕煙初散颺微塵。孤城市罷門當閉，古寺樓高山自親。海内六年多難日〔二〕，江南千里未歸人〔三〕。同游錯會憑欄意〔四〕，笑指三茅好探春〔五〕。

【注釋】

〔一〕茅洲：嚴鴻逵釋略：「茅洲，即茅塘。在南陽村莊東北。」

【箋釋】

此詩作於順治十五年戊戌前後。

【資　料】

錢謙益句容崇明寺登毘盧閣：古寺嘉名金榜紋，毘盧傑閣瞰層雲。石城尚擁黄圖勢，茅嶺仍迴己字文。震旦山河終自在，須彌日月不曾分。憑欄欲聽人天語，樹網風鈴已報聞。（有學集卷八）

【注　釋】

〔一〕句曲：姚思廉梁書卷五一陶弘景傳：「（永明十年）止於句容之句曲山。恒曰：『此山下是第八洞宫，名金壇華陽之天，周回一百五十里。昔漢有咸陽三茅君得道，來掌此山，故謂之茅山。』」毘盧閣：在崇明寺中。尹臺登毘盧閣同諸公：「落日千林散綺疏，含風孤磴嫋層虚。吴天白雁春難至，朔塞黄雲晚自噓。萬里龍庭悲畫角，十年鳳閣愧文裾。登臨聊共蓬山侣，徙倚闌干興一舒。」崇明寺，張鉉至大金陵新志卷一一下祠祀志：「崇明寺：乾道志：在句容縣。東晉咸寧元年，居士司徒察舍宅爲義和寺。唐會昌中廢。天祐二年重建。太平興國五年改今額。」

〔二〕「海内」句：杜甫登樓：「花近高樓傷客心，萬方多難此登臨。」周紫芝秋意：「萬方多難日，千里故人心。」

〔三〕「江南」句：戴叔倫除夜宿石頭驛：「一年將盡夜，萬里未歸人。」

〔四〕「同游」句：辛棄疾水龍吟：「把吴鈎看了，欄干拍遍，無人會，登臨意。」

〔五〕三茅：陶弘景真誥卷一一稽神樞：「句曲山，秦時名爲句金之壇，以洞天内有金壇百丈，因以致名也。外又有積金山，亦因積金爲壇號矣。周時名其源澤爲曲水之穴，按山形曲折，後人合爲句曲之山。漢有三茅君來治其上，時父老又轉名茅君之山。三君往，曾各乘一白鵠，各集山之三處，時人互有見者，是以發於歌謡，乃復因鵠集之處分句曲之山爲大茅君、中茅君、小茅君三山焉，總而言之，盡是句曲之一山耳，無異名也。三茅山，隱□相屬，皆句曲山一名耳。」茅指茅盈、茅固、茅衷兄弟三人。葛洪神仙傳卷五：「茅君者，名盈，字叔申，咸陽人也。……弟名固，字季偉，次弟名衷，字思和，仕漢位至二千石。後二弟年衰，各七八十歲，棄官棄家，過江尋兄，君使服四扇散，卻老還嬰，於山下洞中修煉四十餘年，亦得成真。太上老君命五帝使者持節……加九錫之命，拜君爲太元真人東岳上卿司命真君，主吴越生死之籍。……又使使者以紫素策文拜固爲定録君，衷爲保命君，皆列上真，故號三茅君焉。」

孤山道士余體崖乞募大滌依韻答之

把茆大滌久尋思〔一〕，寄示菴圖興更癡。但使春城堪乞食〔二〕，不須華表問歸期〔三〕。醮壇夜静鵂鶹哭〔四〕，行殿秋寒蝙蝠知〔五〕。他日吾從方丈老，滿山峭壁讀君詩。

【箋　釋】

此詩或作於順治十七年庚子秋。

按，康熙八年己酉三月晚村出游德清，據徐方虎贈余體崖鍊師詩「走書約吕安」語，知晚村之出游實係應方虎之召。方虎詩中所謂「十年契闊深」者，知與余體崖别已十年矣。以此上推十年，則爲順治十七年庚子。晚村再游蠡山語徐方虎詩自注亦曰：「舊與方虎約尋山居，同體崖住静，未果。」（夢覺集）則所謂舊時，蓋亦指順治十七年庚子言。其時余體崖欲乞募大滌，爲終生之所，故晚村詩有「他日吾從方丈老，滿山峭壁讀君詩」句。體崖之姓，或作「俞」。

嚴鴻逵釋略曰：「大滌，在餘杭。春城乞食，釋迦事。王仲山夜行遇怪，皆群鳥爲之，以鵂鶹巡夜。唐張果爲白蝙蝠精，蓋所用道士事云。」按，王仲山爲徐仲山之誤。

【資　料】

吴綺送卓火傳歸隱計籌山昇元觀序：蓋計籌山中有昇元觀者。……余體崖始爲結茅，及周玉峰繼爲除草。（林蕙堂全集卷七）

毛奇齡送余煉師居昇鉉觀序：臨安余煉師，自皋亭來，顧而樂斯，乃葺其廢墜，假之偃息，同人各爲詩贈行，而命予以序。夫煉師修髯廣顙，身具仙骨，而又好讀古異書，闡經國謀野之學，雖譚衆妙如九術焉，殆章甫而黄冠者，與昔者許大夫年少於物甚長。……余嘗慕菰城之勝，思泛苕溪、霅水，

以兼求古賢棲息之處，而奔走未逮，煉師先我而遲回焉。（西河集卷二八）

李賢明一統志卷四〇湖州府：計籌山：在武康縣東南三十五里。昔越大夫計然嘗籌算於此，山下有計村，計族甚盛。

嵇曾筠浙江通志卷二二九寺觀：修真觀：萬曆湖州府志：縣東唐泫村。元泰定間建。武康縣志：元毀。明洪武二十四年復建。國朝康熙六年道士余體崖重建。

陳祖則過東莊訪體崖鍊師：「春景媚城郭，攬袂芳草路。黄鸝弱未囀，山櫻嬌未吐。言尋道者居，遠出東效渡。香靄几上書，磬落松間露。白雲卷前楹，輕颸出虚户。啜罷陽羨茗，玄言暢雅素。池上飛落梅，靜識香風過。」（倪復野續姚江逸詩卷七）

陳祖法仲夏余體崖鍊師攜泛西湖夜宿孤山精舍：凌晨出郭門，游屐定何方。初日已皎皎，微風正涼涼。小艇□中流，酒榼列中央。鍊師從中坐，客與復矜莊。家孟及良友，情致各徜徉。不逐泛湖者，絶與山水忘。山光與水色，青草共緑楊。以意相領略，而難形詞章。挽舟出三橋，隨流泝芳塘。舟師無急篙，童僕無譁張。靜中風徐來，莫以名其香。停橈向荷渚，忽焉香暗藏。又忽急露時，衣裾盡芬芳。十里至茅埠，云路已斷航。久不至靈隱，登陟日正黄。盈途盡樵牧，一一讓之將。缺甃續壞木，古墓眠石羊。飛來峰下穴，馬鳴嘶且長。已得瞻紺宇，鐘聲出上方。殿閣洵高邃，金碧間輝煌。山林太岑寂，富麗或相當。於焉竟回舟，此理費商量。時愛孤山游，曾未領夜光。荷師殷勤意，下榻語誠良。忽然煙雲繞，驟雨胡蒼茫。池水添新波，荷芰祛晚粧。視昔停舟處，香氣覺別嘗。

雨過列數星，暗淡坐修廊。論弗令燃火，火明靜氣妨。遥瞻山脊上，一燈遥相望。幽意留不盡，松風到枕旁。（古處齋詩集卷三）

按，此詩作於康熙三年甲辰。

陳祖法俞體崖錬師像贊：余探勝孤山者有年，然夕陽山半，即整歸屐，雜樵子歌聲後。今夏始得一夕寢處緣，朝嵐暮雨，松濤颾颾，起夜半，傍池假榻，荷香清入夢魂間，幽然以深、窅然以遠也。又聞餘杭有大滌山，高出天半，雲霞往往生杖屨間，未能負笈探奇，愧矣。然心竊嚮往焉。錬師體崖習靜於二山中，領其容止，覺梅影鶴韻無不收拾於道貌崚嶒間者，則又何必履金築登李朱諸先生堂，而始恍然爲天柱最高峰也。觀此圖者，似幾幾爲二山再開一生面矣，又安知二山不先千百年爲體崖之道貌崚嶒預一爲寫照也哉！（古處齋文集卷一一）

陳祖法哀詩序：哀詩者，皆陳子之親若族及方外交，先後云殂。或人望足重，遽返青鸞之駕；或私情方軫，已成宿草之哀。各繫短章，代歌薤露。

俞體崖錬師：曾於顧子座（謂扶摇），邂逅初識師。忘言臻玄牝，至道見鬚眉。何須錬白石，不俟餐紫芝。訪師於孤山，暑雨夜正宜。山容靜若沐，晤對情自怡。十載一回想，恍惚神覯之。移杖駐大滌，惠我居山詩。如睹突兀峰，如親冰雪姿。洞霄古道場，敗簷與殘榱。迎師力振刷，庶幾復古儀。如何驂鶴駕，遽返天門期。傳聞畢命夕，夷然如平昔。欽兹空幻心，渺然去來跡。羽化誠何奇，屍解良亦適。我懷計籌山，風清與月白。（古處齋詩集卷三）

按，哀詩作於康熙九年庚戌或十年辛亥。

徐倬贈余體崖鍊師詩：東風吹凍雲，細雨飛霢霂。泥飲過鄰家，登樓縱遠目。忽睹一葉舟，暝戛寒煙緑。飄飄雲中仙，叩我溪上屋。出門肅長揖，朗然開晴旭。呼兒布匡床，剪荆代明燭。曲室暢襟情，清言恣往復。十年契闊深，相思難罄竹。茲夕復何良，不欲自拘束。長歌引鳳凰，狂舞效鸛鵒。始信神仙儔，偏於朋友篤。胡爲自蹉跎，如與君背逐。君尋汗漫游，我苦轅下伏。君餐玉山禾，我握田間粟。今歲謀遠征，手提燕市筑。常恐鷃雀欺，不得隨黃鵠。丈夫非仙游，行神終局促。五岳與三山，渺然難繼躅。近尋范蠡峰，泉石清於沐。走書約吕安，經營謀卜築。斯志如不枉，期君共棲宿。清齋六時間，晏眠三竿足。無夢到金閨，有心傍玉局。起聞紫芝香，適爨胡麻熟。冰雪滿空山，長鑱掘黃獨。（道貴堂類稿梧下雜鈔卷上）

【注釋】

〔一〕大滌：即大滌山，古名大辟山，在浙江餘杭西南。是道教第三十四洞天，名大滌玄蓋洞天。潛説友咸淳臨安志卷二四大滌山山洞天云：「或言此山清幽，大可以洗滌塵心，故名。」鄧牧洞霄圖志卷三大滌洞條引茅君傳曰：「第三十四洞天，名大滌玄蓋之天，周回四百里，内有日月分精，金堂玉室，仙官校災祥之所，姜真人主之。」明清以降，大滌山道教漸趨式微。其主宫洞霄宫，元末遭毁，明洪武初重建，至清乾隆時，已頹廢不堪。住持貝本恒於乾隆十六年重建，然是年冬無塵殿再遭火，從此無力修復而廢圮。

〔二〕乞食：金剛經：「如是我聞：一時，佛在舍衛國祇樹給孤獨園，與大比丘衆千二百五十人俱。爾時，世尊食時，著衣持鉢，入舍衛大城乞食。於其城中次第乞已，還至本處。飯食訖，收衣鉢。洗足已，敷座而坐。」按，乞食爲「十二頭陀行」之一。釋法顯佛國記：「今世各有徒衆，亦皆乞食。」

〔三〕華表：陶淵明搜神後記卷一：「丁令威，本遼東人，學道於靈虚山。後化鶴歸遼，集城門華表柱，時有少年舉弓欲射之，鶴乃飛，徘徊空中而言曰：『有鳥有鳥丁令威，去家千年今始歸。城郭如故人民非，何不學仙冢累累。』遂高上衝天。今遼東諸丁，云其先世有升仙者，但不知名字耳。」

〔四〕「醮壇」句：李昉太平廣記卷四六二烏君山：「烏君山者，建安之名山也，在縣西一百里。近世有道士徐仲山者，少求神仙，專一爲志，貧居苦節，年久彌勵。……仲山又嘗山行，遇暴雨，苦風雷，迷失道徑，忽於電光之中，見一舍宅，有類府州，因投以避雨。至門，見一錦衣人，顧仲山，乃稱：『此鄉道士徐仲山。』拜。其錦衣人稱：『監門使者蕭衡。』亦拜。因叙風雨之故，深相延引。仲山問曰：『自有鄉，無此府舍。』監門曰：『此神仙之所處，僕即監門官也。』俄有一女郎……傳呼云：『仙官召徐仲山入。』……見一丈夫，年可五十餘……謂仲山曰：『知卿精修多年，超越凡俗，吾有小女頗閒道教，以其夙業，合與卿爲妻。今當吉辰耳。』仲山降階稱謝拜起，而復請謁夫人。……禮畢三日，仲山悦其所居，巡行屋室，西向廠舍，見衣竿上懸皮羽十四枚，是翠碧皮，餘悉烏皮耳。烏皮之中，有一枚是白烏皮。又至西南，有一廠舍，衣竿之上，見皮羽四十九枚，皆鵂鶹。仲山私怪之。卻至室中，其妻問其夫曰：『子適游行，有何所見，乃沉悴至此。』仲山未之應，其妻曰：『夫神仙輕舉，皆假羽翼，不爾，何以倏忽而致萬里乎？』因問曰：『烏皮羽爲誰？』曰：『此大人之衣也。』又問曰：『翠碧皮羽爲誰？』曰：『此常使通引婢之衣也。』又：『餘烏皮羽爲誰？』曰：『新婦兄弟姊妹之衣也。』又問：『鵂鶹皮羽爲誰？』曰：『司更巡夜者衣，即監門蕭衡之倫也。』語未畢，忽然舉宅驚懼，問其故，妻謂之曰：『村人將獵，縱火燒山。』須臾皆云：『竟未與徐郎造得衣，今日之别，可謂邂逅矣。』乃悉取皮羽，隨方飛去，即向所見舍屋，一無其處。因號其地爲烏君山。」（出建安記）劉恂嶺表録異卷下：「鵂鶹，即鴟也。爲圝，可以聚諸鳥。鵂鶹晝日，目無所見，夜則飛撮蚊虻。鵂鶹，乃鬼車之屬也，皆夜飛晝藏。或好食人爪甲，則知吉凶。凶者，輒鳴於屋上，其將有咎耳。故人除指甲，埋之户内，蓋忌此也。亦名夜行游女，與嬰兒作祟，故嬰孩之衣不可置星露下，畏其祟耳。又名鬼車。」（出建安記）

〔五〕蝙蝠：李昉太平廣記卷三〇張果：「時又有道士葉法善，亦多術。玄宗問曰：『果何人耶？』答曰：『臣知之。然臣言訖即死，故不敢言。若陛下免冠跣足救，臣即得活。』玄宗許之。法善曰：『此混沌初分白蝙蝠精。』言訖，七竅流血，僵仆於地。玄宗遽詣果所，免冠跣足，自稱其罪。果徐曰：『此兒多口過，不謫之，恐敗天地間事耳。』玄宗復哀請久之。果以水噀其面，法善即時復生。其後果陳老病，乞歸恒州。詔給驛送到恒州。天寶初，玄宗又遣徵召。果聞之，忽卒。弟子葬之。後發棺，空棺而已。」（出明皇雜録、宣室志、續神仙傳）

自題星書

退之日次玄龜首，坡老身居磨蠍宮〔一〕。簡點平生無一似，如何也直斗牛中〔二〕。

【箋　釋】

此詩寫作時間不詳，集中次於孤山道士余體崖乞募大滌依韻答之詩後，姑繫於此。

【注　釋】

〔一〕「退之」二句：蘇軾東坡志林卷一：「退之詩云：『我生之辰，月宿南斗。』乃知退之磨蠍爲身宫，而僕乃以磨蠍爲命，平生多得謗譽，殆是同病也。」孫枝蔚三磨蠍圖詩：「退之子瞻人所師，高名千載無軒輊。受命本同磨蠍宫，當時坎壈安足異。」退之，韓愈字。坡老，即東坡，蘇軾號。磨蠍宫，星宿名。舊時以爲身、命居此宫者，常多磨難。高啟贈錢文則序：「韓文公詩有曰：『我生之初，月宿南斗。』蘇文忠公謂公身坐磨蠍宫也。而己命亦居是宫，故平生毁譽頗相似焉。夫磨蠍即星紀之次，而斗宿所躔也。星家者説身命舍是者，多以文顯，以二公觀之，其信然乎。余後生晚學，景仰二公於數百載之上，蓋無能爲役，而命亦舍磨蠍，又與文忠皆生丙子，是幸而偶與之同也。」

〔二〕斗牛：即斗牛宮。指南斗星宿和牽牛星宿。

題白虹硯

但有虹貫日〔一〕，竟無軻入秦。可憐易水上，愁殺白衣人〔二〕。

【箋　釋】

此詩寫作時間不詳，集中次於自題星書詩後，姑繫於此。

按，晚村嗜硯，而硯多得諸友朋饋贈，故以「友硯」名其堂，復爲文以記其事，又從而銘之。題白虹硯，即其一也。此詩别見天蓋樓硯銘中。

子度亦嗜硯，曾作硯志（今未見），其跋硯志文曰：「文士之嬖硯，猶丈夫之寶刀，麗人之妮鏡也。神趣相與，風流所寄託，抽懷述古，策勳於斯者，恒倚以壯氣。」（容菴文集卷下）此蓋銘硯之所由作也夫。

【注　釋】

〔一〕虹貫日：司馬遷史記卷八三鄒陽列傳：「昔者荆軻慕燕丹之義，白虹貫日，太子畏之。」裴駰集解：「應劭曰：『燕太子丹質於秦，始皇遇之無禮，丹亡去，故厚養荆軻，令西刺秦王。精誠感天，白虹爲之貫日也。』」

〔二〕「可憐」二句：司馬遷史記卷八六刺客列傳：「荆軻者，衛人也。……好讀書、擊劍。……見（燕）太子……於是尊荆軻爲上卿。……太子及賓客知其事者，皆白衣冠以送之。至易水之上，既祖，取道，高漸離擊筑，荆軻和而歌，爲變徵之聲，士皆垂淚涕泣。又前而爲歌曰：『風蕭蕭兮易水寒，壯士一去兮不復還。』復爲羽聲忼慨，士皆瞋目，髮盡上指冠。於是荆軻就車而去，終已不顧。」

何求老人殘稿卷二

悵悵集　一百六十一首

此卷編年始自順治十六年己亥，終於康熙四年乙巳，其中己亥、庚子兩年與上卷重。此兩年之詩有次韻答黄晦木二首、贈鄞高旦中三首、贈黄太沖二首、贈餘姚黄太沖二首、同晦木旦中宿黄復仲表兄山堂不寐等五題十首，其中僅次韻答黄晦木二首，乃十六年己亥之作，其餘皆作於十七年庚子冬，承續上卷十七年庚子秋之後。而次韻答黄晦木二首實爲餘姚黄晦木見贈詩次韻奉答二首（作於順治十八年辛丑）之草稿，晚村編訂殘稿時，或已將之舍棄矣。此次從集外詩中輯得，列於卷首。

順治十六年己亥，晚村遇黄晦木，因晦木而識高旦中，又緣晦木、旦中而得與黄太沖訂交。黄氏兄弟「以忠端公後，又皆負奇博學，東林前輩，咸加敬禮。所與游者負重名……天下咸慕重之」（友硯堂記），而「高公諱宇泰……陝西巡撫兼制川北副都御史斗樞之子……都御史諸弟斗權字辰四，斗魁字旦中，皆遺民之苦節者，時人並公稱爲『四高』」（全謝山明故兵部員外郎蘖菴高公墓石表），名聞士林。而晚村又於康熙二年癸卯延太沖至語溪，旦中亦來會，與洲泉吴孟舉、自牧叔姪，共選宋詩鈔，飲酒唱和，學問切磋，故有「吳中盡説南陽事」之盛。然晚村此時心情，有所痛者，蓋爲順治十年癸巳出爲邑諸生事，故有「誰教失脚下漁磯，心跡年年處處違」之歎，又有「失脚下磯今欲返，船過爲報富春漁」之思。其意在耦耕，然未能得晦木與旦中之響應，故先有賣文賣藝之舉，後又爲批文提壺之計。集名悵悵，殆有深意焉。荀子修身：「人無法，則悵悵然。」楊倞注曰：「悵悵，無所適貌。言不知所措履。」方希直黄晏仲晦字説曰：「當元至正中，四方兵起，天下大亂，民悵悵在干戈之間，奔走伏匿，無一朝寧。」我之累累，未必如喪家之犬；人之攘攘，豈不爲利禄而往！烏得怨之乎？己所不欲，勿施於人。既不與當局合作，又豈能不預例試席耶？雖然耦耕之計，横亘於胸，惜友朋之未能相攜東莊，故只得獨卧南陽，不與外間周旋矣。終於康熙五年丙午，不復入試，遂以學法除名，而「向時詩文友皆散去」。則悵悵之名，當在於斯。

是集原編詩六十一題一百四十二首，今據悵悵集删輯得十題十二首（其中同題六首併入原編詩題），據集外詩輯得三題五首，又據管庭芬鈔本輯得二題三首，共計七十二題一百六十一首。

次韻答黄晦木　二首

不慚稷契是前身〔一〕，卻愧釜魚甑有塵〔二〕。遠抱硯山尋北固〔三〕，直隨流水入西鄰。九千里外人應在，十八年來興未湮。與晦木别十八年。龍鳳一時誰辨得，請從水鏡别群倫〔四〕。

氈笠青城憶宋欽〔五〕，金鼇背上聽潮音〔六〕。殘身不受碧山約，短髮偏驚白雪侵。莽莽塵沙投客夢，滔滔波浪見天心。愁君浩氣難羈紲，啞向圖書仔細尋〔七〕。

【箋釋】

此詩作於順治十六年己亥。

按，諸本晚村詩集皆不載此詩，據集外詩補。後附語溪鍾氏原注：「此蓋先生初稿。集中有一首惟頷聯及頷腳與此同，餘具異。乃其定本也。」所謂「集中有一首」云者，指本卷餘姚黄晦木見贈詩次韻奉答二首，後者爲順治十八年辛丑改作（說詳後）。

黄晦木，名宗炎，一字立溪，學者稱鷓鴣先生，黄太沖仲弟，餘姚人。生於明萬曆四十四年丙辰七月初三日，卒於清康熙二十五年丙寅六月二十五日，終年七十有一。全謝山有鷓鴣先生神道表（見後）。

晚村友硯堂記曰：「己亥，遇餘姚黄晦木。童時曾識之季臣兄坐上，拜之東寺僧寮，蓋十八年矣。當崇禎間，晦木兄弟三人，以忠端公後，又皆負奇博學，東林前輩，咸加敬禮。所與游者負重名，如梅朗三、劉伯宗、沈昆銅、吴次尾、沈眉生、陸文虎、萬履安、王玄趾、魏子一者，離離不數人，天下咸慕重之。一二新進名士，欲游其門不可得，至有被謾罵去者。既亂，諸子皆亡落略盡，而晦木氣浩岸如故。後起不知淵源，習俗變壞，益畏遠之。然晦木固不能一日無友者，左右前後顧，則索然荼矣。於是得予則喜甚，曰：『是可爲吾友。』晦木求友之急至此，蓋可悲矣。」（吕晚村先生文集卷六）晦木與兄太沖、弟澤望時稱「三黄」，而太沖「時有不滿其意者」（全謝山鮚埼先生神道表），楊鳳苞於此批注曰：「晦木與梨洲志行不同。梨洲晚年頗涉世事，晦木赤貧自守，梨洲絶不過問。鼻弟之間，有難言者，此文謂不滿於伯子者是也。要之晦木雖僻，不愧明之遺民。竹垞詩綜録晦木而遺梨洲，去取之旨微矣。」故晚村之後來與太沖絶交，而與晦木情誼始終，蓋亦有是矣。

晦木以朋友爲性命，亂後「諸子皆亡落略盡」，故晦木集中有十二友詩之作，謂執友、老友、信友、石友、死友、亡友、先友、畏友、損友、益友、端友、小友，其小友詩序曰：「今之求友者，不能得耄耋之人而事之，亦必尋斑白者以定交。或十百千萬中必有一二可信者，若夫少壯之年與弱冠童子之屬，其餔肝吮血，不持寸鐵而得，上觀下獲，無非陷人殺人之機穽。吾故曰：『老而不仁者多矣，未有少而仁者也。』然而爲日已久，其可從游者，始也閒閈相望，繼也晨星落落，今者絶無而僅有矣。如再綿延數載，童子皆少壯，少壯盡斑白矣，寧復有十百千萬之一二耶？吾能求之孩提之間以爲肺腑心侣乎？曰：『後生可畏，先虚小友之席以待之。』預贈以詩。」嗚呼！晦木求友之誠，可想而得，「預贈」二字，益見其求友之急。然擇友當慎重，故晚村贈詩有「龍鳳一時誰辨得，請從水鏡别群倫」云。

晦木原詩今不存，僅從哭吕石門四首第二首之小注中輯得兩句，曰：「勸君截斷千條路，收拾聰明一綫尋。」（續甬上耆舊詩卷三九）

【資　料】

全祖望鷓鴣先生神道表：（崇禎）己卯秋試不售，與叔子約，以閉關盡讀天下之書，而後出而問世。「畫江」之役，先生兄弟盡帥家丁，荷殳前驅，婦女執爨以餉之，步迎監國於蒿壩。伯子西下海昌，先生留龕山以治輜重，所謂世忠營者也。事敗，先生狂走。尋入四明山之道巖，參馮侍郎京第軍事，奔走諸寨間。庚寅，侍郎軍殲，先生亦被縛。侍郎之嫂，先生妻母也。匿於其家，又跡得之，待死牢户中。伯子東至鄞，謀以計活之。故人馮道濟，尚書鄴仙子也，慨然獨任其責；高旦中等爲畫策，而方僧木欲挺身爲請之幕府。道濟曰：「姑徐之，定無死法。」及行刑之日，旁晚始出，潛載死囚隨之，既至法場，忽滅火，暗中有突出負先生去者，不知何許人也。及火至，以囚代之。冥行十里，始息肩，忽入一室，則萬户部履安白雲莊也。負之者，即户部子斯程也。鄞之諸遺民畢至，爲先生解縛，置酒慰驚魂。先生陶然而醉，隔岸聞弦管聲，棹小舟往聽之。尋自取而調之，曰：「廣陵散幸無恙哉。」未幾，侍郎故部復合，先生復與共事，慈湖寨主沈爾緒又寄帑焉。伯叔二子交阻之，不得。丙申，再遭名捕，伯子歎曰：「死矣。」故人朱湛侯、諸雅六救之而免，於是盡喪其資，提藥籠游於海昌、石門之間以自給，不足則以古篆爲人鐫花乳印石，又不足則以李思訓、趙伯駒二家畫法爲人作畫，又不足則爲人製硯。其賈值皆有定，世所傳賣藝文者，是也，其詞多玩世。然壬寅高元發之難，浙東震動，先生所以營護之者不遺餘力，不以前事怵，蓋其好奇如此。生平作詩幾萬首，沉冤淒結，令人不能終卷。晚更頹唐，大似誠齋。性極僻，雖伯子時有不滿其意者。嘗曰：「束髮交賢豪長者不爲不多，下及屠狗之

徒，亦或瀝心血相示。雖然，但有陸文虎、萬履安二人爲知我耳。」（鮚埼亭集内编卷一三）

陸嘉淑與黃播余（宗炎）：瀰汩溪水流，蕭颯蒲稗卷。緬彼在川歎，鄙矣臨流羨。寄遠理自怡，慮近跡難遺。往者無停機，來情懌彌展。追昔每自愧，撫今亦多惋。託興苟未遥，嬰俗道安勉。覽古懷黃虞，慨然樂棲偃。（辛齋遺稿卷三）

【注釋】

〔一〕「不慚」句：杜甫自京赴奉先縣詠懷五百字：「許身一何愚，竊比稷與契。」司馬遷史記卷一五帝本紀：「（舜）攝政八年而堯崩，三年喪畢，讓丹朱，天下歸舜。而禹、皋陶、契、后稷、伯夷、夔、龍、倕、益、彭祖自堯時而皆舉用，未有分職。」

〔二〕釜魚甑有塵：釜中生魚，甑裏積塵，喻生活貧困。范曄後漢書卷八一獨行列傳：「桓帝時以冉爲萊蕪長。……所止單陋，有時糧粒盡，窮居自若，言貌無改。閭里歌之曰：『甑中生塵范史雲，釜中生魚范萊蕪。』」

〔三〕硯山：蔡絛鐵圍山叢談卷六：「江南李氏後主寶一研山，徑長才踰咫，前聳三十六峰，皆大猶手指，左右則引兩阜陂陀，而中鑿爲硯。及江南國破，研山因流轉數士人家，爲米元章得。後米老之歸丹陽也，念將卜宅，久弗就，而蘇仲恭學士之弟者，才翁孫也，號稱好事，有甘露寺下並江一古宅，多群木，蓋唐晉人所居。時米老欲得宅，而蘇覬得硯，於是王彦昭侍郎兄弟與登北固，共爲之和會，蘇、米竟相易，米後號海嶽菴者是也。研山藏蘇氏，未幾，索入九禁。」米芾硯山詩小序：「誰謂其小，可置筆硯。此石形如嵩岱，頂有一小方壇。」全祖望鷗鴣先生神道表謂黄宗炎「爲人製硯」云，「硯山」二字本此。北固：嘉慶重修一統志鎮江府：「北固山：在丹徒縣北一里。三山志：京峴山右折，結爲郡治，郡治之北特起此山。世説：荀中郎羡在京口，登北固，望海雲，雖未睹三山，便自使人有凌雲意。……梁大同十年，帝登望，久之，曰：『此嶺不足，須固守。然於京口，實乃壯觀。』乃改曰北顧。元和志：在縣北一里，下臨長江，其勢險固，因以爲名。」

〔四〕「龍鳳」二句：龍指諸葛亮，鳳指龐統，水鏡指司馬徽。陳壽三國志卷三七龐統傳：「稱統當爲南州士之冠冕。」裴松之注引習鑿齒襄陽記：「諸葛孔明爲卧龍，龐士元爲鳳雛，司馬德操爲水鏡，皆龐德公語也。」

〔五〕「氊笠」句：宋史全文卷一五：「（宋欽宗靖康元年閏月）甲午，金人陷懷州。……丙申，陷拱州，尼瑪哈犯京師，屯青城。……十二月壬戌，車駕留青城。……癸亥，車駕自青城回，父老夾道山呼，拜於路側。……（靖康二年二月）辛未，皇后皇太子同詣青城，百官軍民奔隨號泣，太學諸生擁拜車前，哭聲震天。……三月辛卯朔，車駕在青城，金人令御史臺報百官詣南熏門外迎邦昌，用申時入城，邦昌與百官交拜於道，以鐵騎裹送，及門而返。……夏四月庚申朔，大風吹石折木，車駕北狩。」氊笠，孟元老東京夢華録卷六「元旦朝會」：「諸國使人……服于闐皆小金花氊笠，金絲戰袍束帶，並妻男同來，乘駱駞氊兜銅鐸入貢。」喻指金人。宋欽，即宋欽宗。

〔六〕金鼇：嘉慶重修一統志台州府：「金鼇山：在臨海縣東南一百二十里。宋建炎四年，金兵至，高宗泛海泊此，四十日始還紹興。後文天祥隨少主航海，亦駐泊於此。其並峙者曰海門山，對立如闕。」

〔七〕 啞：同嗤。莊子秋水：「河伯望洋向若而歎曰：『……吾非至於子之門則殆矣，吾長見笑於大方之家。』」成玄英疏：「河伯向不至海若之門，於事大成危殆。既而所見狹劣，則長被嗤笑於大道之家。」

贈鄞高旦中 三首

病中驚寤鼓峰來，伏枕呼兒候百回。直是君過消息大，非關人靜夢魂開。不離老友成奇跡，偶論醫方見異才。坐計耦耕猶未得〔一〕，賣文乞食總堪哀〔二〕。

女兒偏識白休名〔三〕，市子徒知義宋清〔四〕。豈道君行全餓友，反令世上活蒼生。五更星飯聞清磬，十月霜橋傍小城。驀地愁來麾不卻，看雲步月便多情。

讀書種子苦難逢，大半消磨向老窮。未必古今真不及，只看吾友豈無同〔五〕。聰明自到支流處〔六〕，位置難安方技中〔七〕。歲月漸多人漸少，地爐晝得死灰紅〔八〕。

【箋釋】 此詩作於順治十七年庚子十月。

按，高旦中，名斗魁，號鼓峰，鄞縣人。生於明天啟三年癸亥，卒於清康熙九年庚戌，終年四十有七。黄太沖有高旦中墓誌銘、李杲堂鄭寒村皆有祭高鼓峰文、全謝山有高隱君斗魁傳（見後）。是年六月，晚村病熱，適高旦中同黄晦木過，爲之醫治。別後即行醫於三吴，亦即太沖所謂「旦中出而講山之門驟衰」者是也。蓋九月底十月初時，復返崇德，與晚村、黄晦木、黄復仲、朱聲始相與賣藝，晚村爲作賣藝文，文曰：「東莊有貧友四：爲四明鷓鴣黄二晦木，檇李麗山農黄復仲，桐鄉殳山朱聲始，明州鼓峰高旦中。四友遠不相識，而東莊皆識之。東莊貧或不舉農爨，四友又貧過東莊。獨鼓峰差與埒，而有一母、四兄弟、一友、六子、一妾。乃以生産枝梧其家，而以醫食其一友。友爲鷓鴣也。鷓鴣貧十倍東莊……鼓峰雖以醫食之，不給也。……因約聲始竟賣文，餘友共賣文與詩，麗農、鷓鴣共賣畫，鷓鴣、東莊共賣篆刻，東莊獨賣字。鼓峰撚鬚曰：『終不令子單行。』鼓峰小楷類樂毅論及東方朔像贊，行書逼米海嶽，間追顔尚書。於是鼓峰、東莊共賣字。既以自食，且以食友。」第二首「君行全餓友」，即指此。

晚村與旦中，遇而莫逆，情誼誠篤，不可以尋常視之。吴孟舉爲醫宗己任編作序曰：「庚子過東莊，意氣神合，一揖間訂平生之交。」後黄、吕搆難，謝山謂太沖「以先生不絶莊生爲非，其作先生墓誌，遂有微詞」，抑或有之，然猶謂晚村於旦中有「死生不相背負之誼」（續甬上耆舊詩卷四一）。後旦中卒，及葬，晚村「芒鞵冒雪哭而往，山中人遥聞其聲，曰：『此間無是人，是必浙西吕用晦矣』」（公忠行略）。其情其景，後漢之范巨卿、張元伯乎！

【資料】

高斗魁四明醫案：庚子六月，同晦木過語溪，訪吕用晦。適用晦病熱證，造榻前與之語。察其神氣，内傷證也。予因詢其致病之由。曰：「偶夜半，從卧室中出庭外與人語，移時就寢。次日便不爽快，漸次發熱，飲食俱廢。不更衣者數日矣。服藥以來，百無一效，將何以處之？」予曰：「粗工皆以爲風露所逼，故重用辛散。不進飲食，便曰停食，妄用消導。孰知邪之所湊，其氣必虚，若投以補中益氣湯，則汗至而便通，熱自退矣。」用晦欣然，輒命取藥，立煎飲之。旁觀者皆以熱甚又兼飽悶，遽投補藥，必致禍。予慰之曰：「無容驚擾，即便矣。」頃之，索器，下燥矢數十塊。覺胸膈通泰。旁觀者始賀。是晚熟寐至五鼓，熱退進粥。用晦曰：「不謂君學問如此之深也，不然，幾敗矣。」連服補中益氣數劑，神情如舊，踰月而别。（醫宗己任編卷四）

吴之振醫宗己任編弁語：鼓峰習醫術已二十餘年，原本於性命理學之要，窮研於靈樞、素問之旨，參究於張李朱薛之説，神奇變化，不可端倪。往來兩浙，活人甚多。庚子過東莊，意氣神合，一揖間即訂平生之交，相與講論道義，留連詩酒，因舉其奥以授東莊。東莊天資敏妙，學有源本，性命理學之要向所研精，因源以溯流，窮本以達末，不數月間，内外貫徹，時出其技以治人，亦無不旦夕奏效，鼓峰奇驗傳聞於人口者，不可殫述。（醫宗己任編卷首）

黄宗羲高旦中墓誌銘：啟禎間，甬上人倫之望，歸于吾友陸文虎、萬履安。文虎已亡，履安隻輪孤翼，引後來之秀以自助，而得旦中。旦中有志讀書，履安語以「讀書之法，當取道姚江，子交姚江而後，知吾言之不誣耳」。姚江者，指余兄弟而言也。慈溪劉瑞當，亦言甬上有少年黑而髯者，近以長詩投贈，其人似可與語。己丑，余遇之履安座上。明年，遂偕履安而來。當是時，旦中新棄場屋，彩飾字句，以竟陵爲鴻寶，出而遇其鄉先生長者，則又以余君房、屠長卿竄語告之。余乃與之言：「讀書當從六經，而後史漢，而後韓歐諸大家。浸灌之久，由是而發爲詩文，始爲正路。舍是則旁蹊曲徑矣。有明之得其路者，潛溪、正學以下，昆陵、晉江、玉峰，蓋不滿十人耳。文雖小伎，必由道而後至。昆陵非聞陽明之學，晉江非聞虚齋之學，玉峰非聞莊渠之學，則亦莫之能工也。」旦中鋭甚，聞余之言，即遍求其書而讀之。汲深解惑，盡改其紈袴餘習，衣大布之衣，欲傲岸頹俗。與之久故者，皆見而駭焉。余自喪亂以來，江湖之音塵不屬。未幾，瑞當、履安相繼物故。旦中敻然出于震蕩殘缺之後，與之驚離弔往，一泄吾心之所甚痛，蓋得之而喜甚。自甬上抵余舍，往來皆候潮汐。疾風暴雨，泥深夜黑，旦中不以爲苦，一歲常三四至。一日，病蹶不知人，久之而蘇。謂吾魂魄棲遲成山車厩之間，大約入黄竹浦路也。黄竹浦，余之所居。其疾病瞑眩，猶不置之，旦中之于余如此。旦中家世以醫名，梅孤先生針灸聚英，志齋先生靈樞摘注，皆爲醫家軌範。旦中又從趙養葵得其指要，每談醫藥，非肆人之爲方書者比，余亟稱之。庚子，遂以其醫行世。時陸麗京避身爲醫人已十年，吴中謂之陸講山，謁病者如市。旦中出，而講山之門驟衰，蓋旦中既有授受，又工揣測人情于容動色理之間，巧發奇中，亦未必純以其術也。所至之處，蝸爭蟻附，千里拏舟，踰月而不能得其一診。孝子慈父，苟能致旦中，便爲心力畢盡，含旦中之藥而死，亦安之若命矣。嗟呼！旦中何不幸而有此，一時簧鼓，醫學爲之一闢。醫貫、類經，家有其書，皆旦中之所變也。旦中醫道既廣，其爲人也過多，其自爲也過少。雖讀書之志未忘，欲俟草堂資具，而後可以併當一路。近歲觀其里中志士蔚起，横經講道，文章之事，將有所寄。旦中惕然，謂吾交姚江二十餘年，姑息半途，將以桑榆之影，收其末照，豈意諸君先我絶塵耶！傍惶慨歎，不能自已。而君病矣，是可哀也。旦中美髯玉立，議論傾動，雖復流品分途，而能繾綣齊契，三吴翕然以風概相與。其過金閶，徐昭法必招之入山，信宿話言。蠡城劉伯繩，少所容接，每遇旦中，不惜披布胸懷。旦中亦以此兩人自重。所過之地，喜拾清流佚事，不啻珠玉，蓋履安之餘教也。少喜任俠，五君子之禍，連其内子，旦中走各家告之，勸以自裁。華夫人曰：「諾，請得褒衣，以見先夫于地下。」旦中即以其内子之服應之，殯殮如禮。家勢中落，藥囊所入，有餘亦緣手散盡，故比死而懸磬也。旦中姓高氏，諱斗魁，别號鼓峰，韓國武烈王瓊之後。建炎南渡，王之五世孫修職郎世殖，自汴徙鄞，始爲鄞人。修職生元之，字端叔，學者稱爲萬竹先生，樓宣獻公鑰誌其墓。萬竹之四世孫明善，洪武初亦以隱德稱安敬先生。安敬之四世孫士，有文名，嘗摘注靈樞，稱志齋先生，贈刑部山東司郎中，旦中之曾祖也。祖萃，萬曆甲戌進士，知廣東肇慶府，贈右副都御史。父聽，光禄寺署丞，致仕，封右副都御史。母黄氏，贈太淑人。旦中則馬氏孺人所生也。光禄五子，長斗樞，崇禎戊辰進士，巡撫陝西右副都御史。旦中行在第三，娶朱氏，生子五人：宇靖、宇厚、宇豐、宇皥、宇調，側室趙氏，生子二人：宇祝、宇胥。女三人，孫男幾人。去年十月，旦中疾亟，余過問之。旦中自述夢至一院落，鎖鑰甚嚴，有童子告曰：「邢和璞丹室也，去此四十七年，今將返矣。」某適四十有七，非前定乎？卧室暗甚，旦中燒燭自照曰：「先生其視我，平生音容，盡於此日，先生以筆力留之，先生之惠也。」余曰：「雖然，從此以往，待子四十七年而後落筆，未爲晚也。」明年過哭旦中，其兄辰四出其絶筆，有「明月岡頭人不見，青松樹下影相親」之句，余改「不見」爲「共見」。夫可没者形也，不可滅者神也，形寄松下，神留明月，神不可見，則墮鬼趣矣，旦中其尚聞之。辰四理其垂殁之言以請銘，余不得辭。生於某年癸亥九月二十五日，卒於某年庚戌五月十六日，以其年十一月十一日，葬於烏石山。銘曰：吾語旦中，佐王之學；發明大體，擊去疵駁。小試方書，亦足表襮；淳于件繫，丹溪累牘。始願何如，而方伎齷齪；草堂未成，鼓峰矗矗。日短心長，身名就剥。千秋萬世，恃此幽斲。

（南雷文案卷七）

吕留良與魏方公書：惠示南雷文案，雨中無事卒閲之，其議論乖角，心術鍥薄，觸目皆是，不止如尊意所指摘僅旦中一首也。旦中誌銘固極無理，而莫甚於與李杲堂陳介眉一書，其意妄擬歐陽論尹師魯墓誌之作，詞氣甚倨，儼然以古作者自居，教二生以古文之法及爲誌銘之義。夫不論法與義，則愚不得而知，若猶是法也義也，則某竊有詞矣。凡銘之義，稱美而不稱惡，原與史法不同。……今謂旦中工揣測人情於容動色理之間，巧發奇中，不必純以其術。試取此數語思之，其人品心術爲君子乎？爲小人乎？謂旦中之醫爲下品，某不敢知；謂旦中之人品心術爲小人，此某之所決不敢信也！若太沖本意止歎惜旦中馳騁於醫，而不及從事太沖之道，則亦但稱其因醫行而廢學，亦足以遣詞立説矣，何必深文巧詆之如此！是昌黎一誌，而出子厚爲君子。太沖一誌，而入旦中於小人。其居心厚薄何如也。乃欲以猘獒之牙，擬觸邪之角哉？且昌黎立身皭然，未嘗與子厚同黨，故可以歎惜不諱；若旦中之醫，則固太沖兄弟欲藉其資力以存活，故從臾旦中提囊出行，其本末某所親見具悉，今太沖書中亦明云「弟與晦木標榜而起」矣。旦中果有過乎，則太沖者旦中之叔文也，使叔文而歎惜子厚，天下有不疾之者歟？又謂寧波諸醫，肩背相望，旦中第多一番議論緣飾耳。夫以旦中之術庸如此，其緣飾之狡獪又如此，旦中於太沖其歸依相知之厚也又如此，不知太沖當時何以不一救止之而反標榜之，又使其子師事之，及其死也乃從而掎摘之？驅使於生時，而貶駁之身後，則前之標榜既失之僞，今之誌銘又失之苛，恐太沖亦難自免此兩重公案也。即「身名就剥」句，引歐陽銘張堯夫例，亦屬不倫。歐陽所謂昧滅，歎年位之不竟其施也，太沖所云，譏其不學太沖之道而抹殺之也。旦中生平正志好義，才足有爲，其大節磊落，足傳者頗多，固不得以醫稱之，又豈遂爲醫之所掩哉？……旦中身無違道之行，口無非聖之言，其生也人親之，其没也人惜之，然則旦中之日雖短，而身名固未嘗剥也，太沖雖欲以私意剥之，亦烏可得耶？……太沖有云：「昔之學者學道者也，今之學者學罵者也。」觀南雷文案一部，非學罵之巨子乎？……旦中臨絶有句云：「明月岡頭人不見，青松樹下影相親。」此幽清哀怨之音也。太沖改「不見」爲「共見」，且訓之曰：「形寄松下，神留明月，神不可見，即墮鬼趣。」夫使旦中之神共見於明月岡頭，真活鬼出跳矣。旦中之句以鬼還鬼，道之正也。如太沖言，即佛氏「大地平沉，有物不滅」之説耳；青天白晝，牽率而歸陰界，太沖之云，毋乃正墮鬼趣乎？即「不見」、「共見」，以詩家句眼字法而論，孰佳孰否，老於詩者皆能辨之。此文義之失，又其小者矣。飄風自南，青蠅滿棘，本不足與深辨，但念旦中疇昔周旋，今日深知而敢辨者，僅某一人而已。若復閔默畏罪，是媢生貴而滅亡友也。故欲直旦中之誣，則不得不破太沖之罔耳。又念信旦中之審者，莫如賢叔姪兄弟，故敢嘮叨及之。至太沖所以致憾旦中，而必欲巧詆之死後，其説甚長，亦不欲盡發也。昨吴孟舉兄亦深爲歎息。（吕晚村先生文集卷二）

按，太沖高旦中墓誌銘有詆旦中者，故晚村深論之。

李鄴嗣祭高鼓峰文：吾鄉前輩，萬陸齊稱。文虎殁後，悔菴若龔。余始與君，款門辱迎。因得定交，忘年與形。君齒最少，弱予一齡。望君風貌，四座盡傾。爽溢虬鬚，光隨轉睛。抗手而談，口作鐘聲。草書落紙，凛凛稜稜。奇文間起，大言訇訇。悔菴喜謂，文虎復生。姚江黄氏，吾黨典刑。引過祝橋，德門使登。未幾難作，兩家事并。首縶先公，尊兄中丞。余遭毒苦，微軀獨承。首墮足飛，以人爲鷹。一鐶兩夫，駢項貫膺。馬櫪七旬，晝視而瞢。君時赴難，往狎傖儜。冰礪風刀，芒鞵斷繩。鬼伯如林，圜草若薴。余難殉父，君得全兄。人謂不祥，莫窺其庭。我哀悔菴，天喪老成。同人雲散，稀若朝星。君少喜方，常讀鵲經。善論陰陽，若見結癥。時家益落，八口歲增。謂可療貧，以藥得名。饑爨無煙，趣之使行。故人導君，客於西陵。適有死者，半日屍横。君謂此坐，氣魘不醒。飲以大劑，張目漸瞠。霍然而蘇，一哄大驚。謂有越人，來自四明。車馬相索，旦夕造請。長跪已久，君寢未興。但許到門，病夫體輕。貴客合尊，絲竹縱横。白金爲壽，佐以吴綾。蒼頭輿人，亦得崢嶸。君既涉世，用圓破楞。與相酧酢，淡得其情。昨君槧還，過君桂廳。坐我故榻，極叙生平。自歎饑軀，草堂久扃。忽墮人間，黄埃日烝。行將歸來，與君唱庚。里中諸賢，後來錚錚。老我及汝，當與持衡。斯言未絶，復下吴艇。豈圖一疾，君遂不勝。脈無自診，寒熱誰憑。治君方寸，乍火乍冰。雖蔆若苄，其毒如兵。問君疾甚，遺語丁寧：「梨洲夫子，墓石待銘。杲堂老友，爲我題旌。」垂白在堂，君竟長暝。中丞聞變，箕尾亦乘。生時急難，死忍伶仃。悔菴含笑，遲君九京。夜臺非苦，事兄得朋。嗟乎痛哉！余亦病中，肺氣時騰。未能一訣，雨面獨零。回數所期，百未一曾。烏石東田，宜秫與秔。招君不蚤，不得同耕。家有藏書，溢篋與縢。招君不蚤，不共篝燈。倘促歸歟，君當我膺。心負故人，劍草徒青。炙雞在盤，桂醑一盛。告君以文，紙盡意贏。屋梁月上，哭偃柴荊。尚饗！（杲堂文鈔卷六）

鄭梁祭高鼓峰文：康熙庚戌五月十五日，鄞縣高鼓峰先生卒於家，同邑友李文胤、陳赤衷、萬斯選、范光陽、董允瑫、萬斯大、董道權、陳紫芝、陳錫嘏、陳自舜、董允瑋、董允璘、萬斯同、萬言、王之坪、張九英、錢魯恭等，既各爲文奠之矣。六月二十有二日，慈谿馮政、鄭梁來弔，同人復相與會哭，而因屬梁以公奠之文。梁辭不獲，乃抆淚以告其靈曰：嗚呼！胤等之與先生游也，以出處之道同；選等之與先生游也，以交好之世通；而赤等之與先生游也，則以受學姚江之故而始相過從。顧輩行有後先，知交有新故，而總期師法姚江，以顯蕺山之道於將矇。方幸生同時，居同地，可與相砥礪而切磨，而奈之何饑火爲祟，常至於南北而西東。在某等猶或居或游，時聚時散，而先生則歲提藥囊以泛吴越之舺。蓋日復一日，月復一月，期終有以相成。而豈意客秋旅病，歸來奄奄，十月之久，而竟溘焉其告終。嗚呼！先生已矣！挾聰明機辨之資而生不逢時，負激昂踔厲之氣而學未成功。彼泛醻肆應之爲，豈真先生之所欲，而委瑣者猶以爲難近，嚴毅者又以爲取容。豈知先生私居深念仰高俯厚，而常若有不得已之隱衷。斯殆古人所謂「莫難生才，百蛇一龍。而長慟之途，萬轍一窮」者與？某等才弱志隳，何敢望先生於萬一，而先生之成就如此，則某輩其又奚庸？然則爲先生悲者，又將引以自悲，而遺容相對，能不割心而摧胸？雖然，先生目光炯炯，掀髯指畫，固已聳一時之觀聽。而遺詩在篋，金玉鏗然，遺書在紙，劍戟森然者，又必不隨化而銷鎔。況得姚江夫子之許銘，而墓石將礱。吾知先生之必傳無疑，而九原其亦可以無恫。乃某等猶相與撫床而涕零者，蓋深惜夫絶學之難傳，而憂後起者之失所宗。靈光不没，式歆一鐘。（寒村見黄稿卷一）

全祖望高隱君斗魁傳：高斗魁，字旦中，學者稱爲鼓峰先生。少有才，江右胡給事夢泰知奉化縣，見其行卷，曰：「此忠孝種子也。」肩隨其兄廢翁游詞場，芒角幾欲掩過之。都御史自鄖歸，喜曰：「吾出門時，二弟皆孺子耳，而今所造若此。」以國難棄諸生。萬户部履安曰：「自吾友陸文虎之亡，甬上奄奄，乃復得之旦中。」先生負用世才，雖因喪亂自放，然不肯袖手。是時，江上諸遺民日有患難，先生爲之奔走，多所全活，論者以爲有賈偉節之風。而都御史父子累瀕於厄，得以不死者，先生之力尤多。鬚長如戟，談笑足傾一座，江湖呼爲「高髯」。蓋先生本以王謝家兒，遭逢陽九，思爲韓康之肥遯，而心熱技癢，遂成劇季一流，固非風塵中人所能識也。初，先生講學雙瀑院中，黄先生澤望謂其省悟絶人，至是風波漸定，慨然歎曰：「乃公豈可老於游俠！自今當謝絶人世。」由是一意講學。其爲詩，初與廢翁相近，已而變爲奡兀倔强，最後輸心於江門。論者謂先生之人三變，其詩亦三變。庚戌，得年四十有七，病卒。臨終賦詩，有「明月岡頭人不見，青松樹下影相親」之句。先生兄弟五人最友愛，都御史在病中，聞先生卒，一慟昏眩竟日，遂以不起。……先生雖以好義落其家，然猶足以給饘粥。會姚江黄先生晦木，自亡命後無以資生，五子諸婦困於窮餓，先生念無可以振之者，始賣藥於蘇、湖之間，以其所入濟之。又不足，則輾轉稱貸於人以繼之。而晦木雅有書畫器物之癖，先生不特謀其家事，且間致一二清供以娛悦之。先生既賣藥，所至輒能起死人而生之，於是求治病者遍於南國，慈父孝子頓首候門，徒御無寧晷；而又兼以柳車複壁之過從，終日矻矻，不以爲倦。先生與梨洲、晦木、澤望，並稱莫逆。晦木之子，石門吕莊生之寮壻也，莊生以是學道於梨洲，學醫於先生，共執弟子禮，於梨洲尤恭。莊生時已補學官弟子，慕諸遺民之風，遂棄之。蒼水之死，隱學之出獄，莊生皆大有力焉。然莊生負氣，酒後時出大言，梨洲每面折之，莊生漸不甘。及吴孟舉與梨洲共購祁氏藏書，莊生使其客竊梨洲所取衛湜禮記集説、王偁東都事略以去。未幾，貽書梨洲，直呼之曰某甲，且告絶交，浙東黄氏弟子皆大駭，先生力爲之調停而不得。而梨洲頗卞急，深以先生不絶莊生爲非，其作先生墓誌，遂有微詞。莊生亦即出而力攻梨洲，黄、吕構難，自此大裂。莊生欲求所以抗梨洲者，乃講朱子之學以詈陽明矣。但梨洲未可輕議，而於先生則似稍褊。莊生雖狂妄，而於先生則有死生不相背負之誼，未可以一概論也。……隱學先生嘗曰：「鼓峰叔久游苕霅間，得其山水空清之氣，深入詩脾，故絶不染人陳言。」可謂善狀先生之詩者。然先生之詩，終得之學道之力，正不僅在江山之助也。所著桐齋集、冬青閣集、語谿集，予二十年前曾見之。及石門文字之禍作，先生後人不解事，多所殘滅，予上下旁求，僅僅得此奇零耳，不足以盡先生之量也。梨洲之銘先生曰：「始願何如，而方技齷齪。日短心長，身名就剥。」諸公皆以爲過。梨洲曰：「此正所以哀旦中之未見其止也。」然先生之爲醫，自不可以方技目之。先生以萬金之家，好義而中落，不肯趨功名之會，放廢於藥籠，其所入仍以扶義罄之，是非方技中人也。先生雖講學，未見其止。要其生平，即不講學亦足以遺民不朽矣。梨洲之言，不可謂非過也。若其謂先生之醫，巧測於容止色理之間，不盡以其術，則古人之醫，其得之容止色理之間者十七，得之脈絡者十三，是正先生之術之精，不以此貶其生平也。（全祖望續甬上耆舊詩卷四一）

黄宗羲冬青閣集序：楊誠齋自序，謂紹興壬午，詩始變，至乾道庚寅又變，淳熙丁酉又變。友人尤延之謂予詩每變每進，今老矣，未知能變否？變亦未知能進否？宋景濂言詩非兼五美不可：一曰天才，二曰稽古，三曰師友，四曰吟詠之勤，五曰江山之助。予謂景濂尚少一「悟」字，古人所以能累變者，由於悟也。今世之爲詩，浸淫於嚴羽、高棅之論，墮入鬼窟，景濂之五美，蓋無其一，何望其悟，何望其變？旦中固明州八子之一也，庚寅、辛卯之間有所悟，始盡棄其前所爲詩，一變而進；未幾又有所悟，又變而進。戊戌、己亥之間，輸心於江門，其悟日深，其變而進日未有已。旦中之才之高，學之力，年方及壯，蓋其詩境不可量也。夫詩必極諸體之變，而自爲一體，則其一體始立。予少從事於中原，師友之間爲詩甚鋭，以患難荒落，炯炯此心，不爲旦中所鄙，是則予之厚幸也。（同前）

李杲堂題賣藝文後：萬生斯備謂予曰：「古今貧者，率苦無資身之策，今吾輩甚貧，奈何？」予曰：「凡人所謂資身，大者禄食，小者家食，皆是也。謀食而不得其道，辱身莫大焉。資身而反辱之，出下策矣。」萬生曰：「然則不辱身而得所資，其道若何？」予曰：「古人於此，有傭耕者，有爲治工者，營葬者，賃舂者。」萬生曰：「是必至驪面熊腳，背上生鹽，此所不能也。」予曰：「其次則有如治漆者，賣屨者，如織簾者，補鍋者。」萬生曰：「巧者不過習者之門，此所未解也。」予曰：「然則爲其逸者，則有若賣卜者，爲巫醫者，售畫者，傭書者，鬻文者。」萬生曰：「此類近之矣。頃見高丈鼓峰賣藝文，此先得我心者也。」予曰：「吾曹但爲資身謀，則當視作一篇，寫一紙，直如織一簾、補一鍋，使人貿貿然出所有餘，吾貿貿然資所不足，交易而去，不知姓名可矣，何用文爲？」萬生曰：「是誠然矣，但古今織簾者無數，而獨曰有織簾先生某；補鍋者無數，而獨曰有補鍋匠某，終以其人名耳。是非文不足以爲招？」予笑曰：「有是哉！諸君資身之念與好名之念平分之。」因爲題於鼓峰賣藝文後。（同前）

陸嘉淑偶作呈高旦中（斗魁）：江上春濤畏問津，道旁相向各沾巾。每經險浪悲時事，卻數晨星似故人。碧水青山長對酒，黄金白髮總傷神。從君試問淮南藥，丹洞桃開好避秦。（辛齋遺稿卷一二）

陸嘉淑追和黄晦木（宗炎）韻爲高旦中（斗魁）四十：水國蒹葭薄有霜，伊人千里暮雲黄。八龍兄弟推荀爽，五嶽煙霞屬向長。偃蹇淹留仍自喜，迷陽郤曲更何傷。鹿門猶自能同調，把酒何妨一醉狂。

第五才名二十年，誰令四十老尊前。畏人恰是宜今日，鉏麥從教擬昔賢。詞賦放懷聊復爾，岐

黄與藝更游焉。卻看桂樹青山曲，聽而從容鼓石弦。（同前）

【注釋】

〔一〕耦耕：論語微子：「長沮、桀溺耦而耕，孔子過之，使子路問津焉。」何晏集解引鄭玄注：「長沮、桀溺，隱者也。耜廣五寸，二耜爲耦。」

〔二〕「賣文」句：杜甫聞斛斯六官未歸：「本賣文爲活，翻令室倒懸。」

〔三〕白休：范曄後漢書卷八三逸民列傳：「韓康字伯休，一名恬休，京兆霸陵人，家世著姓。常采藥名山，賣於長安市，口不二價，三十餘年。時有女子從康買藥，康守價不移，女子怒曰：『公是韓伯休那？乃不二價乎？』康歎曰：『我本欲避名，今小女子皆知有我，何用藥爲？』乃遯入霸陵山中。」

〔四〕宋清：柳宗元宋清傳：「宋清，長安西部藥市人也。居善藥。有自山澤來者，必歸宋清氏，清優主之。長安醫工得清藥輔其方，輒易讎，咸譽清。疾病庀瘍者，亦皆樂就清求藥，冀速已。清皆樂然回應，雖不持錢者，皆與善藥，積券如山，未嘗詣取直。或不識遥與券，清不爲辭。歲終，度不能報，輒焚券，終不復言。市人以其異，皆笑之曰：『清，蚩妄人也。』或曰：『清其有道者歟？』清聞之，曰：『清逐利以活妻子耳，非有道也，然謂我蚩妄者亦謬。』清居藥四十年，所焚券者百數十人，或至大官，或連數州，受俸博，其饋遺清者，相屬於户，雖不能立報，而以賒死者千百，不害清之爲富也。清之取利遠，遠故大，豈若小市人哉，一不得直，則怫然怒，再則罵而仇耳。彼之爲利，不亦翦翦乎！吾見蚩之有在也。清誠以是得大利，又不爲妄，執其道不廢，卒以富。求者益衆，其應益廣。或斥棄沉廢，親與交，視之落然者，清不以怠遇其人，必與善藥如故。一旦復柄用，益厚報清。其遠取利，皆類此。吾觀今之交乎人者，炎而附，寒而棄，鮮有能類清之爲者。世之言，徒曰『市道交』。嗚呼！清，市人也，今之交有能望報如清之遠者乎？幸而庶幾，則天下之窮困廢辱得不死亡者衆矣，『市道交』豈可少耶？或曰：『清，非市道人也。』柳先生曰：『清，居市不爲市之道，然而居朝廷、居官府、居庠塾大鄉黨以士大夫自名者，反爭爲之不已。悲夫，然則清非獨異於市人也。』」

〔五〕豈無同：即「將無同」。劉義慶世説新語文學：「阮宣子有令聞，太尉王夷甫見而問曰：『老莊與聖教同異？』對曰：『將無同。』太尉善其言，辟之爲掾，世謂三語掾。」

〔六〕支流：袁宏後漢紀卷一二孝章皇帝紀：「班固演其説而明九流，觀其所由，皆聖王之道也。支流區別，各成一家之説。」

〔七〕位置：魏收魏書卷二七穆崇傳：「豐國弟子弼，有風格，善自位置，涉獵經史。」方技：班固漢書卷三〇藝文志：「方技者，皆生生之具，王官之一守也。太古有岐伯、俞拊，中世有扁鵲、秦和，蓋論病以及國，原診以知政。」全祖望以爲旦中「之爲醫，自不可以方技目之」，與此意同。

〔八〕「地爐」句：陸游南唐書卷四宋齊丘列傳：「宋齊丘，字子嵩，世爲廬陵人。……齊丘好學，工屬文，尤喜縱橫長短之説。烈祖爲昇州刺史，齊丘因騎將姚克贍得見，暇日陪燕游，賦詩以獻曰：『養花如養賢，去草如去惡。松竹無時衰，蒲柳先秋落。』烈祖奇其志，待以國士，從鎮京口，入定朱瑾之難。常參祕畫，因説烈祖講典禮，明賞罰，禮賢能，寬征賦，多見聽用。烈祖爲築小亭池，中以橋度，至則徹之，獨與齊丘議事，率至夜分。又爲高堂，不設屏障，中置灰爐而不設火，兩人終日擁爐畫灰爲字，旋即平之，人以比劉穆之佐宋高祖。」

贈黄太沖 二首

生年已是崇禎初，正值先生哭上書。先帝神明形鑄鼎〔一〕，群奸窺伺力翻車〔二〕。黑龍飲渭燕雲没〔三〕，白馬投河江左虚〔四〕。此事由來能破國，吾謀不用適當諸〔五〕。

淒淒宫殿越江頭，渺渺帆檣傍遠洲。一日崖山猶帝宋〔六〕，廿年新室總臣劉〔七〕。島中死士經團練〔八〕，澥外遺書費纂修〔九〕。百折不磨存瘦骨，滂沱老眼淚難收。

【箋　釋】

此詩作於順治十七年庚子秋。

按，黄太沖，名宗羲，號南雷，又號梨洲、改齋等，餘姚人。重氣節，輕生死，嚴操守，明是非。爲東林弟子領袖，與作南部防亂揭攻阮大鋮，幾被殺。清兵南下，太沖組義師抗擊，失利後入四明山結寨，依魯王入海，圖謀恢復。事敗，潛心著述，屢經徵召，拒不赴應。生平詳黄炳垕黄梨洲先生年譜及徐定寶主編黄宗羲年譜，兹不具録。其與晚村之交往，參見晚村詩文所涉及處之箋釋。

太沖與晚村之相識，當在是年八月己亥，己亥爲十六日。據太沖匡廬游録載，是年八月十一日甲午，出龍虎山買舟，欲爲匡廬之游，夜宿澤望潭上園；十二日乙未，至舅氏家，宿虞宅；十三日丙申，渡曹娥；十四日丁酉，至蕭山訪徐微之不遇，宿東門外；十五日戊戌，渡錢塘，入草橋門，往天長寺晤高旦中，夜於顧扶摇家賞月；十六日己亥，宿孤山。晚村友硯堂記：「（晦木）謂予曰：『予兄及弟，子所知也，有鄞高旦中者，此非天下之友，而予兄弟之友也。』庚子遂與旦中來。其秋太沖先生亦以晦木言會予於孤山。晦木、旦中曰：『何如？』太沖曰：『斯可矣！』予謝不敢爲友。固命之。」（吕晚村先生文集卷六）高旦中四明醫案：「八月中，予適與用晦寓孤山。」太沖宿孤山在八月十六日己亥，其交晚村也當在此時，之後即離杭爲匡廬之游。後從匡廬歸，至語溪，過訪晚村，晚村復有贈詩（參見下一首）。

太沖父尊素，字真長，號白安。明萬曆四十三年乙卯中舉，次年進士及第；天啟三年癸亥授山東道監察御史；四年疏陳時政十失，又設計營救東林黨人汪文言，且上疏彈劾魏忠賢，爲魏氏所忌恨；於是，閹黨曹欽程、李實相繼誣劾；爰於六年二月，詔遣緹騎逮治，尊素即囚服詣吏，自投詔獄；閏六月，遇害，年僅四十三。而周順昌、李應升、繆昌期等先後被害，史稱「七君子之獄」。七年丁卯八月，熹宗崩，朱由檢嗣位，閹黨伏誅。崇禎元年戊辰正月，太沖草疏入京訟冤，全謝山梨洲先生神道碑文載：「莊烈即位，公年十九，袖長錐草疏入京訟冤，至則逆奄已磔，有詔死奄難者贈官三品，予祭葬。祖、父如所贈官，蔭子。公既謝恩，即疏請誅曹欽程、李實。忠端之削籍，由欽程奉奄旨論劾，李實則成丙寅之禍者也。得旨，刑部作速究問。……六月，李實辨原疏不自己出，忠賢取其印信空本令李永貞填之，故墨在砝上，又陰致三千金於公，求弗質。公即奏之，謂實當今日猶能賄賂公行，其所辨豈足信。復於對簿時，以錐錐之。然丙寅之禍確由永貞填寫空本，故永貞論死，而實末減。獄竟，偕同難諸子弟設祭於詔獄中門，哭聲如雷，聞於禁中，莊烈帝知而歎曰：『忠臣孤子，甚惻朕懷。』」於是，尊素得以追贈，謚忠端。故第一首前四句云云。以「黑龍」隱喻李自成克北京、「白馬」喻南渡事，感慨繫之矣。

第二首，言「越江頭」者，蓋指魯監國，故曰宮殿淒淒；島中，或即指臺灣島，當時鄭成功尊永曆年號，奉明朔，故以崖山帝宋爲喻。然文人言政事，終不出坐而論道之範圍，無濟於時。雖具百折不磨之精神，亦難逃相對兩無言、惟有淚千行之情形，不亦悲夫！

【資　料】

全祖望梨洲先生神道碑文：公諱宗羲，字太沖，海内稱爲梨洲先生，浙江紹興府餘姚縣黄竹浦人也。忠端公尊素長子，太夫人姚氏，其王父以上世系，詳見忠端公墓銘中。公垂髫讀書，即不瑣守章句；年十四補諸生，隨學京邸，忠端公課以舉業，公弗甚留意也。每夜分秉燭觀書，不及經藝。忠端公爲楊、左同志，逆奄勢日張，諸公昕夕過從，屏左右論時事，或密封急至，獨公侍側，益得盡知朝局清流、濁流之分。忠端公死詔獄，門户歊卼，而公奉養王父以孝聞。夜讀書畢，嗚嗚然哭，顧不令太夫人知也。莊烈即位，公年十九，袖長錐，草疏，入京頌冤，至則逆奄已磔。有詔死奄難者，贈官三品，予祭葬，祖、父如所贈官，蔭子。公既謝恩，即疏請誅曹欽程、李實。忠端之削籍，由欽程奉奄旨論劾，李實則成丙寅之禍者也。得旨，刑部作速究問。五月，會訊許顯純、崔應元，公對簿，出所袖錐錐顯純，流血蔽體。顯純自訴爲孝定皇后外甥，律有議親之條。公謂顯純與奄構難，忠良盡死其手，當與謀逆同科。夫謀逆，則以親王高煦尚不免誅，況皇后之外親。卒論二人斬，妻子流徙。公又毆應元胸，拔其鬚，歸而祭之忠端公神主前。又與吴江周延祚、光山夏承共錐牢子葉咨、顏文仲，應時而斃。時欽程已入逆案。六月，李實辨原疏不自己出，忠賢取其印信空本，令李永貞填之，故墨在硃上。又陰致三千金于公，求弗質。公即奏之，謂實當今日猶能賄賂公行，其所辨豈足信！復于對簿時，以錐錐之。然丙寅之禍，確由永貞填寫空本，故永貞論死，而實末減。獄竟，偕同難諸子弟設祭於詔獄中門，哭聲如雷，聞於禁中。莊烈知而歎曰：「忠臣孤子，甚惻朕懷。」既歸，治忠端公葬事畢，肆力於學。……是時，山陰劉忠介公倡道蕺山，忠端公遺命令公從之游。……蕺山之學，專言心性，而漳浦黄忠烈公兼及象數，當是時擬之程邵兩家。公曰：「是開物成務之學也。」乃出其所窮律曆諸家相疏證，亦多不謀而合，一時老宿聞公名者，競延致之相折衷，經學則何太僕天玉，史學則錢侍郎謙益莫不傾筐倒屐而返。因建續鈔堂于南雷，思承東發之緒。……南中歸命，公踉蹌歸浙東，則劉公已死節，門弟子多殉之者。而孫公嘉績、熊公汝霖以一旅之師，畫江而守。公糾合黄竹浦子弟數百人，隨諸軍于江上，江上人呼之曰「世忠營」。公請援李泌客從之義，以布衣參軍。不許，授職方。尋以柯公夏卿與孫公等交舉薦，改監察御史，仍兼職方。……議由海寧以取海鹽，因入太湖招吴中豪傑，百里之内，牛酒日至，軍容甚整，直抵乍浦。公約崇德義士孫爽等爲内應，會大兵已纂嚴，不得前，於是復議再舉，而江上已潰。公遽歸，入四明山結寨自固，餘兵願從者尚五百餘人。公駐軍杖錫寺，微服潛出，欲訪監國消息，爲扈從計。……己丑，聞監國在海上，乃與都御史方端士赴之，晉左僉都御史，再晉左副都御史。……俄而大兵圍健跳，城中危甚，置靴刀以待命，蕩湖救至，得免。時諸帥之悍，甚于方王，文臣稍異同其間，立致禍：如熊公汝霖以非命死，劉公中藻以失援死，錢公肅樂以憂死。公既失兵，日與尚書吴公鍾巒坐船中，正襟講學，暇則注授時、泰西、回回三曆而已。……其後，海氛澌滅，公無復望，乃奉太夫人返里門，於是始畢力於著述，而四方請業之士漸至矣。公嘗自謂受業蕺山時，頗喜爲氣節斬斬一流，又不免牽纏科舉之習，所得尚淺；患難之餘，始多深造，於是胸中窒礙爲之盡釋，而追恨爲過時之學，蓋公不以少年之功自足也。問學者既多，丁未，復舉證人書院之會於越中，以申蕺山之緒。已而東之鄞，西之海寧，皆請主講，大江南北從者駢集，守令亦或與會。已而撫軍張公以下，皆請公開講，公不得已應之，而非其志也。公謂明人講學，襲語録之糟粕，不以六經爲根柢，束書而從事于游談，故受業者必先窮經。經術所以經世，方不爲迂儒之學，故兼令讀史。又謂讀書不多，無以證斯理之變化，多而不求於心，則爲俗學；故凡受公之教者，不墮講學之流弊。公以濂洛之統，綜會諸家：横渠之禮教，康節之數學，東萊之文獻，艮齋、止齋之經制，水心之文章，莫不旁推交通，連珠合璧，自來儒林所未有也。康熙戊午，詔徵博學鴻儒。掌院學士葉公方藹先以詩寄公，從臾就道，公次其韻，勉其承莊渠魏氏之絶學，而告以不出之意。葉公商于公門人陳庶常錫嘏，曰：「是將使先生爲疊山、九靈之殺身也。」而葉公已面奏御前。錫嘏聞之大驚，再往辭，葉公乃止。未幾，又有詔以葉公與同院學士徐公元文監修明史。徐公以爲公非能召使就試者，然或可聘之修史，乃與前大理評事興化李公清同徵，詔督撫以禮敦遣。公以母既耄期，己亦老病爲辭，葉公知必不可致，因請詔下浙中督撫鈔公所著書關史事者，送入京。徐公延公子百家參史局，又徵鄞萬處士斯同、萬明經言同修，皆公門人也。公以書答徐公，戲之曰：「昔聞首陽山二老託孤于尚父，遂得三年食薇，顏色不壞。今吾遣子從公，可以置我矣。」……嗚呼！公爲勝國遺臣，蓋瀕九死之餘，乃卒以大儒耆年受知當宁，又終保完節，不可謂非貞元之運護之矣。……公晚年益好聚書，所鈔自鄞之天一閣范氏、歙之叢桂堂鄭氏、禾中倦圃曹氏，最後則吴之傳是樓徐氏，然嘗戒學者曰：「當以書明心，無玩物喪志也。」當事之豫於聽講者，則曰：「諸公愛民盡職，即時習之學也。」身後，故廬一水一火，遺書蕩然，諸孫僅以耕讀自給。（鮚埼亭集卷一一）

【注釋】

〔一〕形鑄鼎：左傳宣公三年：「楚子伐陸渾之戎，遂至於雒，觀兵於周疆。定王使王孫滿勞楚子，楚子問鼎之大小輕重焉，對曰：『在德不在鼎。昔夏之方有德也，遠方圖物，貢金九牧，鑄鼎象物，百物而爲之備，使民知神姦，故民入川澤山林，不逢不若，螭魅罔兩，莫能逢之，用能協於上下，以承天休。……成王定鼎於郟鄏，世三十，卜年七百，天所命也。周德雖衰，天命未改，鼎之輕重，未可問也。』」

〔二〕翻車：范曄後漢書卷七八宦者列傳：「作翻車、渴烏，施於橋西，用灑南北郊路，以省百姓灑道之費。」李賢注：「翻車，設機車以引水；渴烏，爲曲筒，以氣引水上也。」張九齡益州長史叔置酒宴别序：「白日西下，缺壯士之翻車；青山南登，愛忠臣之叱馭。」

〔三〕「黑龍」句：李昉太平廣記卷三五神仙：「成真人者，不知其名，亦不知所自。唐開元末，有中使自嶺外回，謁金天廟，奠祝既畢，戲問巫曰：『大王在否？』對曰：『不在。』中使訝其所答，乃詰之曰：『大王何往而云不在？』巫曰：『關外三十里迎成真人耳。』中使遽令人於關候之。有一道士，弊衣負布囊，自關外來。問之，姓成，延於傳舍，問以所習，皆不對。以驛騎載之到京，館於私第，密以其事奏焉。玄宗大異之，召入内殿，館於蓬萊院，詔問道術及所修之事，皆拱默不能對，沉真樸略而已。半歲餘，懇求歸山。既無所訪問，亦聽其所適，自内殿挈布囊徐行而去。見者咸笑焉。所司掃灑其居，改張幃幕，見壁上題曰：『蜀路南行，燕師北至。本擬白日升天，且看黑龍飲渭。』其字刮洗愈明。以事上聞。上默然良久，頗亦追思之。其後禄山起燕，聖駕幸蜀，皆如其讖。」（出仙傳拾遺）

〔四〕「白馬」句：司馬遷史記卷二九河渠書：「天子已用事萬里沙，則還，自臨河，沈白馬玉璧于河，令群臣從官自將軍已下皆負薪寘決河。」薛居正舊五代史卷一八李振傳：「天祐中，唐宰相柳璨希太祖旨，譖殺大臣裴樞、陸扆等七人於滑州白馬驛。時振自以咸通、乾符中嘗應進士舉，累上不第，尤憤憤，乃謂太祖曰：『此輩自謂清流，宜投於黄河，永爲濁流。』」此處蓋指天啟年間魏忠賢大肆誅殺東林黨人事，致令天下清流文士爲之一空。黄宗羲有「益得盡知朝局清流、濁流之分」（全祖望梨洲先生神道碑文），可爲旁證。東林黨人，多出江南文士，故云「江左虚」。

〔五〕吾謀不用：左傳文公十三年：「子無謂秦無人，吾謀適不用也。」王維送别：「吾謀適不用，勿謂知音稀。」

〔六〕崖山：嘉慶重修一統志廣州府：「崖山：寰宇記：在新會縣南八十里，臨大海。宋史：祥興初，帝昺立於碙州，張世傑以崖州爲天險，可扼以自固，乃奉帝移駐於此。未幾，元將張宏範來攻，宋軍潰，陸秀夫負帝昺沉於海，宋遂亡。」

〔七〕新室：漢平帝劉衎崩，王莽攝政，四年後篡位，改國號曰新。在位十數年，國柄終歸劉氏。范曄後漢書卷二八下馮衍列傳：「新室之興，英俊不附。」

〔八〕團練：中國古代地方武裝制度。自宋至民初，於正規軍之外選丁壯，編制成團，施以軍事訓練，用以捍禦盜匪、保衛鄉土之武裝組織，稱團練。黄宗羲亦曾組織抗清武裝，全祖望梨洲先生神道碑文：「公糾合黄竹浦子弟數百人，隨諸軍於江上，江上人呼之曰『世忠營』。……議由海寧以取海鹽，因入太湖招吴中豪傑，百里之内，牛酒日至，軍容甚整，直抵乍浦。公約崇德義士孫爽等爲内應，會大兵已纂嚴，不得前，於是復議再舉，而江上已潰。公遽歸，入四明山結寨自固，餘兵願從者尚五百餘人。公駐軍杖錫寺，微服潛出，欲訪監國消息，爲扈從計。」

〔九〕纂修：劉禹錫唐故中書侍郎平章事韋公集紀：「初蕃既纂修父書，諮於先執李習之，請文爲領袖，許而未就。」後多指皇家行爲，王士禛池北偶談卷二國初明史總裁：「國初順治二年，曾奉旨纂修明史。」黄宗羲撰有弘光實録鈔四卷、行朝録三卷、明儒學案六十二卷、明史案二百四十二卷、明文案二百十七卷等，故稱。

贈餘姚黄太沖 二首

山煙海霧事何成，頭白歸來氣未平。黨籍還憎吾子在，詩文偏喜外人爭。亂雲瀑布尋書院，細雨輕帆過舊京。此去茅簷休涷死，留將筆舌掃妖槍〔一〕。時太沖游廬山歸。

絶學今時已蕩然，與君一一論真詮。神宗以後難爲史〔二〕，劉子之徒蚤失傳。洛下久忘加倍算〔三〕，燈前細注五宗禪〔四〕。閉門正有商量在，春水遥迎江上船。

【箋　釋】

此詩作於順治十七年庚子十一月。

按，據匡廬游録，太沖於是年十一月朔日壬子由匡廬返金陵，九日庚申至崇德縣，因晦木、旦中在城，入宿其寓，遂過訪晚村，十八日己巳發崇德，晚村即以此二詩贈之。所謂「黨籍」者，指黄太沖、吴次尾等人。蓋崇禎十一年戊寅七月，逆案阮大鋮居金陵，與馬士英同謀起用，復社名宿「金壇周鑣、無錫顧杲、長洲楊廷樞、貴池吴應箕、蕪湖沈士柱、餘姚黄宗羲、鄞縣萬泰等……聚講南京，惡之甚，草留都防亂揭逐之，列名百四十人。大鋮懼，始閉門謝客，獨與戍籍馬士英爲莫逆交」（徐鼒小腆紀傳卷六二）。及崇禎十七年五月，「福王立，阮大鋮驟起，遂按揭中人姓氏，欲盡殺之。時宗羲之南都，上書闕下而禍作。大鋮嗾私人朱統鑍首糾左都御史劉宗周及僉都御史祁彪佳，給事中章正宸與宗羲，時稱宗周三大弟子」（李聿秋魯之春秋卷一〇），「大鋮修報復，左、沈皆變姓名以去。有徐署丞者，應募上疏，旨逮顧杲、宗羲，而僉院鄒之麟爲杲姻婭，故遲其駕帖。尋值弘光帝遜位，其禍得解」（黄太沖南雷文鈔之家母求文節略），故晚村詩中云云。

太沖此次匡廬之游，曾過白鹿洞，且爲詩曰：「賓客當年晉隱地，至今花鳥未彫殘。口珠不礙山精弄，洙水常流石洞寒。總使黄金多氣焰，不妨白鹿自盱瞳。人間書院常興廢，唯此獨將世法寬。」（匡廬游録）晚村詩中「亂雲瀑布尋書院」即指此。

嚴鴻逵釋略曰：「第二首，太沖好論詩學，又自以爲念臺先生之徒，訂刻念臺遺書，又好算數、雜學及禪書，故歷舉而正之，謂自有『絶學』『真詮』當『商量』者在也。蓋初見而所以期之者如此。」太沖繼蕺山，晚村尊程、朱，所宗各異，故更待太沖明年之復來，細爲商量。殆康熙二年癸卯，太沖設館晚村家時，其論分歧猶盛，乃有含山泉之爭。及至後來分道揚鑣，皆未能妥協者也。

【注釋】

〔一〕筆舌：揚雄揚子法言問神篇：「孰有書不由筆，言不由舌？吾見天常爲帝王之筆舌。」妖槍：指彗星。左傳昭公十年：「居其維首，而有妖星也。」管子輕重：「國有槍星，其君必辱。國有彗星，必有流血。」槍，廣韻：「楚庚切。欃槍，妖星名。」

〔二〕神宗：明神宗朱翊鈞，年號萬曆。

〔三〕洛下：即洛下閎，亦作落下閎。班固公孫弘像贊：「曆數則唐都洛下閎。」（文選卷四九）李善注：「漢書曰：造漢太初曆，方士唐都、巴郡落下閎與焉。益部耆舊傳曰：閎字長公，巴郡閬中人也。明曉天文地理，隱於落亭，武帝時友人同縣譙隆薦閎待詔太史，更作太初曆，拜侍中，辭不受。」

〔四〕五宗禪：黄宗羲蘇州三峰漢月藏禪師塔銘：「古今學有大小，蓋未有無師而成者也。然儒者之學，孟軻之死，不得其傳。程明道以千四百年得之於遺經，董仲舒、王通顧亦未聞何所授受。釋氏之學，南岳以下幾十幾世，青原以下幾十幾世，臨濟、雲門、潙仰、法眼、曹洞五宗，皆系經語緯，奔蜂而化藿蠋，越雞而伏鵠卵，以大道爲私門。」錢謙益嘉議大夫太常寺卿管國子監祭酒事贈禮部右侍郎謚文恪傅公神道碑：「又謂周望二程辟禪語録中卻多妙義，是從儒宗中透入禪宗，暗合而不自知。若東揜西護，陰用而陽斥之，此禪門五宗技倆，非吾儒立誠之行徑也。」

同晦木旦中宿黄復仲表兄山堂不寐

矮屋霜濃透骨寒，擁衣起坐話間關〔一〕。年年但覺去年好，處處無如此處閒。難過短天長似歲，不堪細事大於山。野烏啼罷窗櫺白，照見疏簾古淚斑〔二〕。

【箋　釋】

此詩作於順治十七年庚子冬。

按，黄復仲，名子錫，號麗農，嘉興人。生於明萬曆四十年壬子閏十一月十一日，卒於清康熙十一年壬子三月二十一日，得年六十有一。祖黄洪憲，字懋忠，號葵陽，「子二：承玄，即參政君，娶屠氏，廣州知府屠公謙女，封恭人；次承昊，郡庠生，娶給事中海寧沈公淳女。女五：一適太學生周應懿；一適刑部主事陸錫恩；一適郡庠生吴顯科；一字太學生李懋端，早夭，沈恭人出；一適邑庠生吕元啟，側室沈氏出」（馮夢禎快雪堂集卷一八少詹事兼侍讀學士葵陽黄公行狀）。公忠行略曰：「考諱元啟，號空青，鴻臚寺丞。妣孺人黄氏。……空青公卒，無子，乃以爲後焉。」故晚村稱黄葵陽爲「外大父」，自稱「外孫」（識碧山學士傳稿後），而表兄復仲爲葵陽先生次子承昊之子，長晚村十七歲。復仲卒後，魏叔子爲作墓誌銘，黄太沖爲作墓表；晚村質亡集亦存之，有悲之之言。

【資　料】

魏禧貢士黄君墓誌銘：君諱子錫，字復仲，晚耕於杼山，自號麗農。黄氏世多顯仕。君曾祖諱綜，嘉靖丙辰進士，廣西副使。祖諱洪憲，隆慶丁卯解元，辛未會試第二人，天下所稱葵陽先生者也，官禮部右侍郎。父諱承昊，萬曆丙辰進士，由户科都給事自請外任，歷官廣東按察司廉使。初，廉使公上公車，以多病，偕沈淑人行。壬子閏十一月十一日，道出潞陽而生君。幼穎悟，廉使公篤愛之。

長與何愨人剛、吴可黄夢白、巢端明鳴盛、朱子莊茂暻、吴稽田鉏同學，皆推服君。君讀書每有疑，夜卧必起相問難。年十五，補嘉興諸生。試輒高等，並三十九人餼。文名日起，浙東、西皆知黄復仲。張公溥、陳公子龍咸器之。君雖工制舉文，然不事章句。好讀史，將求古今治亂得失之故。乙酉，以登極恩貢士第二人。當事薦其才，將授以要職，卒不及。君既家居，時時悲憤，習弓矢劍戟以自勞。嘗傾家産佐義人急，又爲畫計策。陳公子龍有所建白，恒屬君起草。以爲中機宜，若自己意出也。每歲三月十九日必素食，北向而叩首。故舊有力者，或勸以及時仕，可得顯秩。君愴然曰：「吾家五世受恩澤，子錫且不才，寧敢負先人乎！」君性孝友，居父母喪，皆哀毁盡禮。與伯兄清伯相友愛，推讓財産。君嘗自買松山百畝，搆屋其中，所謂杼山王蕊莊是也。推伯兄居之，歲操艇入出候視。兄卒，盡其哀，遵父遺命，以長子溥嗣。歲壬寅，君益氣盡（按，是歲明昭宗遇弑），怏怏不自聊，乃挈家入杼山，課子沆及童僕，墾地種瓜；瓜實大如斗，又味甘，遂以爲業，而人因名之曰「麗農瓜」。君更以餘暇作畫。常閒行阡陌，蔭長松，下臨清溪，興至輒寫以自娱。久漸名於遠近，遠近人爭購之，寶而藏焉。然君意所弗善，即不可得。禧嘗與君相遇於南州，爲畫便面寒崖枯木。禧客揚州，君又作匡廬霽雪圖以寄，曰：「聊與君永結歲寒耳。」辛亥，禧客嘉興，則君已之粤。今年再之嘉興，冀君歸，相與結友，申知己之言，而粤中訃至矣。冬十月，君子沆從粤扶喪還，禧適在吴門。沆再拜稽首泣，奉狀而請銘。予不敢辭。君之卒也，歲在壬子，月季春，日二十有一。距其始生，享年六十有一。地在羊城之旅。遺命沆曰：「歸我喪於妙喜杼山，與伯兄同葬。」君娶申氏，相國文定公諱時行孫女，兵部尚書諱用懋季女也。子六人：溥、深、湜、潯、泌、沆。溥，申出，出嗣世父。深、湜、泌，側室顧氏出。潯，側室張氏出。沆，側室王氏出。女四人：一申出，一顧出，二側室楊氏出。又側室周氏，無出。孫八人，孫女三人。君之葬也，溥、潯先卒。泌以愛，次溥爲世父嗣。杖而稱孤者三人。禧聞人蓋棺而論定。君慷慨好義，不酬其志。吴鉏嘗言：「往有金壇客辟難投君，君義之。適鬻産得金二十兩，悉舉以贈，又轉徙脱其死。」嗚呼！忠孝之性，窮且老不變。於其葬也，不可以銘乎哉？銘曰：惟杍山之岡，復仲之宅。魂氣無不之，而歸藏其魄。其何樹之，櫝以爲松柏。（魏叔子文集卷一八）

黄宗羲黄復仲墓表：喪亂以來，民生日蹙，其細已甚。士大夫有憂色，無寬言，朝會廣衆之中，所道者不過委巷牙郎竈婦之語，靦然不以爲異，而名士之風流、王孫之故態，兩者不可復見矣。歲甲辰，余得交復仲，猶恍然如承平時也。復仲諱子錫，號麗農，復仲其字也。檇李黄氏爲天下著姓，復仲爲廣東按察使承昊之子，禮部右侍郎洪憲之孫，廣西副使錝之曾孫，妣封沈淑人。年十五爲諸生，稍長廩於學宫。是時三吴有復社，天下之才士清流多入其中。然游揚浮薄，慵剽塵食，所識不越几案間細碎朱墨，復仲藉累世華胄，國朝典故、世家舊事，飫於見聞，而好學湛思，又出其儕偶。北海南館，投壺卜夜，廣求異伎，折節嘉賓，出有文字之游，入有管弦之樂，繞床阿堵，口不言錢。藝林稱爲名士，黔首指以王孫。俗儒小生，其望復仲，舉頭天外，不可梯接也。竹亭招何剛於鄉塾，何君以經濟自許。中原横潰，何君謂寇深矣，江南豫儲一勁旅以待靈武之役，天下事尚可爲也。以東浙屬之汝南，以西浙屬之復仲數人，其後東浙事敗，西浙遂止。事雖不成，固知非經生識見所能及也。乙酉恩貢，皆以高才生充賦，復仲哀然舉第二人。陵谷貿遷，自屏草野，門有柳車，家安複壁，以此盡破其家，入杼山種瓜；培壅如法，瓜味特美，以之入市，皆知爲杼山隱士所種也。余題其瓜田册曰：「豪猪闌入梆聲變，瀑水引來月色華。」又曰：「寒瓜累累煩儒議，芝草寥寥壓餓涎。」窮居荒凉，草樹蒙密，復仲壯懷未能銷落，乃棄之而出游。公卿既不下士，平生故人，緩急無以相及，皂隸故家，山丘華屋，所行無不惻惻可感！回視往日酒痕墨漬之地，渺不可即。猶冀其兄清伯丹成，復理前塵，亡何而清伯死矣，復仲即甚困乎！然焚香掃地，辨識金石書畫，談笑雜出，無一俗語。間畫山水，清暉娱人。王煙客、王玄照，畫家耆舊，復仲一出而與之齊名。余嘗至其碩寬堂，兵後瓦礫堆積，復仲遂因瓦礫位置小山，古木新篁，虧蔽老屋，正復不惡。蓋復仲不以奔走衣食，失其風流故態，天性然也。壬子三月二十一日卒於羊城，年六十一。娶申氏，相國文定之孫，司馬用懋之女也。子六人，浦、深、湜、潯、泌、沆。孫八人，孫女三人。沆扶喪歸葬於杼山，江右魏叔子誌其墓，沆復丐余表之於阡。復仲流落中，尚欲爲先忠端公刻集，此意可念也，其忍辭諸？（南雷文案卷八）

李良年題黄復仲杼峰三圖册子：吴興距吾郡百四十里而近，予少依舅氏，縱觀山水之清遠，謂當卜宅其間。繼遭世變，兢兢守先人廬舍，此意遂失。杼峰亦吴興勝處，吾友黄復仲築舍隱居於此，屋多山田，尋邵平故事，種瓜自給。又作伴顔菴，慕顔真卿守吴興時與皎然相得之樂，乃續斯構，俾高僧之來者居之。夫復仲之超然遠引，輕去其鄉，視予志則决矣。予别居久，今年始相值於烏程市上，邀予入山。君自號麗農，手畫麗農山屋及瓜田、伴顔菴三圖於册，使題其後。予慨少志之不遂，徙倚信宿，若不能去云。夫兵燹載罹，邦族無處，士散於巖阿樵牧間者何可勝數。然或絶意於汶汶，或晦跡以待時，要皆有托而逃，非直煙霞痼疾而已。復仲以故家宿學，文采流映，性豪邁，略細務。姬妾子女各十數人，生産遂落，而外急朋友，海内奇士，雜遝且滿，至典裘脱簪珥以繼，意將有以自見，今入山非其志也。夫子釋乾之初九曰：「樂則行之，憂則違之。」自古遯世高蹈如梅福、梁鴻之徒，其始皆出於有所爲，而其後乃至於長往而不顧。然則復仲雖老於兹山何憾？其出處亦若是而已。予年且壯，生無益於時，方欲買山於苕，庶幾得償少之所志，且從君受種瓜之術。麗農其掃石以俟，不汝負也。（秋錦山房集卷二一）

吕留良質亡集：余表兄，號麗農，豪邁風流，以好義毁家，至號寒斷火。然壞床破壁之中，未嘗一日無論心之客也。平生最急友難，晚年竟游死粤東，幼子沆扶柩歸瘞於杼山。老友巢端明爲詩哭之，餘輒忘之矣。吁，可悲也！〇仲兄風流文采，而志趣奇偉，破産結客，與大樽、闇公諸君相期許。晚年鬱鬱，思以神仙自託，而惑於方士行積氣開關之法，頗詡得效。余力言其害，笑而不顧，未幾而病，始悔其誤，則深不可爲矣，殆猶未免於神怪之累耶？讀文不禁憮然。（吕晚村先生續集卷三）

【注釋】

〔一〕間關：范曄後漢書卷二四馬援列傳：「（馬援）投自西州，欽慕聖義，間關險難，觸冒萬死。」李賢注：「間關，猶崎嶇也。」

〔二〕古淚斑：劉向列女傳：「帝堯之二女，長曰娥皇，次曰女英，堯以妻舜於嬀汭。舜既爲天子，娥皇爲后，女英爲妃，舜死於蒼梧，二妃死於江湘之間，俗謂之湘君。」張華博物志卷八：「堯之二女，舜之二妃，曰湘夫人。舜崩，二妃啼，以涕揮竹，竹盡斑。」

次韻和黃九煙民部思古堂詩 五首

隨地堂懸思古額①，問君翹首思何人。空城不返青衣主〔一〕，大澤猶存雪窖臣〔二〕。驅去那容三處窟〔三〕，贖來難得百其身〔四〕。相公今日還僥倖，省識村婆夢裏春〔五〕。

躍馬誰當據要津〔六〕，騎牛何處會真人〔七〕。閉門甲子書亡國〔八〕，闔户丁男坐不臣。黥卒改爭葅豆食〔九〕，髡鉗未許漆塗身〔一〇〕。縱然不死冰霜下，到底難回幕北春〔一一〕。

二月江南柳正新，折來絶塞送行人。黃金臺下亡歸客〔一二〕，青海灘邊賣國臣〔一三〕。落日清笳催牧馬，當時便殿乞留身〔一四〕。隨他水草時相傍，不見王孫故國春。

絶域難憑消息真，尺書到日尚爲人。穹廬每舉蘇通國〔一五〕，遠道時逢鄭虎臣〔一六〕。任爾循環微躡足〔一七〕，倩誰荷鍤活埋身〔一八〕。汝曹亦復能思古，艾席葭牆處處春〔一九〕。

先生思古真奇絶，思到從前無古人。投足盡爲天蓋野，舉頭敢告地行臣〔二〇〕。此鄉莫謂非吾土〔二〕，大患原知在有身〔三〕。自是關南皆柳色，從教割絶玉門春〔三〕。

【校　記】

① 頦　釋略本、詩稿本、管庭芬鈔本同，嚴鈔本、張鳴珂鈔本、萬卷樓鈔本作「頟」。

【箋　釋】

此詩作於順治十八年辛丑春。

按，黄周星，字九煙，上元人。育於湘潭周氏。生於明萬曆三十九年辛亥，卒於清康熙十九年庚申，終年七十。嚴鴻逵釋略曰：「黄名周星，本湘潭人，其父官金陵娶妾生九煙，及去官，不攜歸，後父死，往奔喪，嫡母及兄不認，因還金陵，冒母姓登第，故姓周，名星，後乃加本姓云。前庚辰進士。」九煙生父一鵬，養父周逢泰。周氏，明萬曆四十三年乙卯舉人。九煙復姓疏：「臣原籍應天府上元縣人，本姓黄氏，因臣生父黄一鵬與養父周逢泰比鄰交稔，時養父艱嗣，乞撫臣於孩抱，臣遂承襲周姓。」又自撰墓誌銘：「笑倉道人姓黄氏，名周星，號九煙。道人本金陵人，生於萬曆之辛亥年，初生時爲楚湘周氏討取陰袝之，故以黄爲周。至崇禎丁丑，道人生二十七年，始得遘本生父母，時道人已舉燕闈癸酉孝廉；又三年庚辰成進士，明年丁周氏外艱；又三年甲申冬，授户部主政，始具疏復姓，改周爲黄。」

第一首，嚴鴻逵釋略曰：「雪窖臣，當即指黄也。容，疑當作營，言若爲飢驅去，那有三窟可營。倘令失足一時，必至百身莫贖，故今日之阨窮還爲僥倖，而前日之得志，殆猶春夢耳。意黄必有枯槁之怨，故所以警之者如此。」

第二首，嚴鴻逵釋略曰：「躍馬，公孫述事。騎牛，光武事。躍馬、割據，且無足當，騎牛真人更何處見，唯有閉門闔户而已。對黥卒莝豆之食，其可爭乎？但髡鉗豫讓之事，未許爲也。既不能回幕北之春，則早晚冰霜之下耳，蓋所以堅其志也。」

第三首，嚴鴻逵釋略曰：「或以爲指陳□事言，疑或然也。陳，前侍從臣，失身致大位，後卒受禍；又其事蓋適當是時，故藉以爲喻，亦所以堅黄志也。折柳送行，陳家人正徙塞外也。亡歸，指甲申事。賣國，指辛丑事。言昔日黄金臺下亡歸之客，今復爲青海灘邊賣國之臣也。五六又言今日之清笳催牧馬者，乃當時之便殿乞留身者也，反覆以寓其慨歎之意耳。然陳以磔死，牧馬，乃其子孫也。」

按，所謂「陳□」，蓋指陳名夏。陳氏字百史，江南溧陽人。明崇禎十六年癸未進士，殿試一甲第三名，復社名士，授翰林院修撰，官至户兵二科都給事中。北京城破前十日，陳氏召集山東義勇救援京師。後投靠大順政權，入宏文館。福王時，因降李自成定入從賊案。後降清，復原官，擢吏部侍郎。順治五年戊子，受職吏部尚書，加太子太保。順治八年辛卯，授弘文院大學士，進少保，兼太子太保。順治十一年甲午，因倡言「留髮復衣冠，天下即太平」爲寧完我所劾，順治帝親自訊問，後轉吏部，判絞刑。陳氏子掖臣亦被押至北京，杖四十，流放東北。陳氏於李自成入京後降李，所謂「黄金臺下亡歸客」者是也；清軍入關後復降清，所謂「青海灘邊賣國臣」者是也。嚴氏釋略謂陳氏之「亡歸」爲甲申年，誠然；而謂「賣國」爲辛丑年，似有誤。陳名夏於順治二年乙酉降清，十一年甲午即被處死，「辛丑」二字，疑爲筆誤，蓋是詩之作於辛丑故耶？

第四首，嚴鴻逵釋略曰：「蓋指某言，乙、丙以後，起用舊紳，而彼獨不出。消息難憑，誅其心也；尚爲人，予其跡也。然其心思，實出故見。夫託足穹廬者，長子孫；而播遷遠道者，遇仇殺。於是營求鑽刺之計起矣。任爾循環躡足，喻彼之多謀也。倩誰荷鍤埋身，歎己之寡偶也。則又正告之曰：『汝曹坐不思古耳。』若能思古，則艾席葭牆，處處皆春矣，奚有以起用爲榮哉？梁蕭秀與荊州書云：『處士河東韓懷明、南平韓望、南郡庾承先、河東郭麻，並脱落風塵，高蹈其事。或椽飯菁羹，惟日不足，或葭牆艾席，樂在其中。』可加引避，並喻遺意。」

第五首，嚴鴻逵釋略曰：「仍歸結黃身上。言『思到從前無古人』，言古人中無此樣子也。際古人所未有之遇，當勉爲古人所未爲之事。此鄉即吾土，素位而行之心也，黃時流寓浙西。大患在有身，致命遂志之道也。如是，則關南皆柳色矣；玉門之春，何難割絕乎。」

嚴鴻逵之釋略，已將其中隱約鉤稽得出，兹不贅述。只是詩中所涉典故、實事，可參看注釋。九煙先生思古堂詩，未見。

【資　料】

黄周星自撰墓誌銘：笑蒼道人姓黄氏，名周星，號九煙。道人本金陵人，生於萬曆之辛亥年。初生時爲楚湘周氏計取陰拊之，故以黄爲周。至崇禎丁丑，道人生二十七年，始得遘本生父母，時道人已舉燕闈癸酉孝廉；又三年庚辰成進士，明年丁周氏外艱；又三年甲申冬，授户部主事，始具疏復姓，改周爲黄。明年夏，以國變棄家，遂流寓吴越間，以終其身。此道人一生之大概也。道人生來有煙霞之志，於世間一切法俱澹然無營，故髫齔時曾有神童之譽，而道人不知其爲神童也。二十而貢于天府，二十三而登賢書，三十而登制科，人皆以爲功名之士，而道人不知其爲功名也。既遭九六之厄，沉冥放廢，隱居不出三十餘年，人或以高尚目之，而道人益不知其爲高尚也。大氐道人生平正直忠厚，好濟人利物，而真率少文，剛腸疾惡。自鐫一印，文曰「性剛骨傲腸熱心慈」，此其實録也。故其處世每與正人君子鬼神仙佛相知，而與小人多不合，以此無事得謗。然道人性慵才拙，恬于聲利，故雖被謗而不傷。喜讀書、賦詩、游山水、訪異人，其胸中空洞無物，惟有「山水文章」四字，故嘗有詩云：「高山流水詩千軸，明月清風酒一船。借問阿誰堪作伴，美人才子與神仙。」則道人之志趣可知矣。一生事事缺陷，五倫皆然，自少至老，未嘗一日安樂。蓋生世不辰，遂與貧賤相終始。然積功累行，孳孳爲善，非義所在，一介不苟，俯仰之間，毫無愧怍，庶乎文人之有行者。幼時體羸善病，艱於得子。既生四女，迨年將望六，始連舉二男，曰楠，曰槲，然齒尚穉弱，恨未見其成立。其詩文著述幾盈百卷，既無力授梓，並不暇繕寫。今世俗所傳者，惟有唐詩快選評、人天樂傳奇及百家姓新箋、秋波時藝、將就園記、八百地仙歌數種，與散見他選者數篇而已。嗚呼！是何足當滄海一粟哉！道人嘗改名黄人，字略似，號半非。今詩選中有黄人者，即道人也。道人生多患難，幼時遇酖毒不死；丙子公車出洞庭，遇大盗炬斧交加不死；丁丑遇寒疾不汗，發狂不死；庚辰燕邸幾觸凶刃不死；丙戌避亂閩海復遇盗，繼以大病，藥粒俱絶不死。道人年三十五而逢世變，顛蹶流離，饑寒憂辱，備極生人之苦，而皆不死。至今年庚申春，道人行年七十，而顔色猶嬰兒也。言念世事，四顧寂寥，忽感愴傷心，仰天歎曰：「嘻！吾今不可以死乎！」遂爲解蜕吟十二章，與親朋妻孥訣别，慷慨引醇酒，盡數斗，一夕，竟大醉不醒，于是人以道人爲真死矣。或曰：「道人故有仙緣，特假此蟬蜕去耳。」蓋至今未死云。因爲銘曰：「笑蒼乎，笑蒼乎！爾既不屑生前之富貴，獨不留死後之文章乎！既不能飛身於碧落，獨不當演夢於黄粱乎！而今竟若此，是安得不心傷乎！然則爾之英風浩氣，寧不蟠五嶽而配三光乎！」笑蒼道人自撰。（夏爲堂别集）

黄周星復姓疏：户部浙江清吏司主事臣周星謹奏，爲遵黎乞恩復姓事：伏讀會典内一款，凡官吏人等有年幼過房乞養欲具本姓者，具奏改正，准復。臣原籍應天府上元縣人。本姓黄氏，因臣生父黄一鵬與養父周逢泰比鄰交稔，維時養父艱嗣，乞撫臣於孩抱，臣遂承襲周姓。貢鄉薦以來，□沿未便遽更，迨臣叨中庚辰科二甲進士，即於本年給假南還，至次年養父見背，在籍守制三載，服闋起復，幸際龍飛。昨蒙聖恩，選授今職，恪遵會典例，應復姓以歸本源。況臣養父自撫臣後，連舉九男，既已克紹箕裘，而臣本生同胞兩兄弟竟爾相繼早夭，門祚顧反凋零。今臣父年近八旬，天幸留臣一脈，若不於此時明白入告，則上負錫類洪恩，臣復何顏自立於聖明之朝也？竊稽往例，如臣同榜庚辰科進士周蕭之改胡周蕭，李䝟之改梁玉䝟，癸未科進士許國傑之改吴國傑，俱昭然可據，伏乞勒下該部允復臣姓名爲黄周星，庶名正言順，生成永戴矣。臣不勝兢惕待命之至。崇禎十七年十月二十六日具奏，二十八日奉旨：「周星改名黄周星，欽此。」（同前）

黄周星復姓紀事：周星先世出江右之信豐縣，至三世祖達可，自信豐遷粤東之和平。國初洪武間，以徒閭右實京師，高祖子隆復自粤東遷金陵，占籍南京，遂爲應天府上元縣人。生三子：鋭、鏜、鋒。鋭以明經任楚邵陽，生三子：其長者曰尚實，舉嘉靖孝廉，官至國子監博士。……鋒爲星之曾祖，生二子：長曰尚文，次曰尚友。尚友生二子：長一鳳，次一鵬；一鵬即星之父也。父娶母徐氏，生四子三女：長嘉相，次嘉慶，其三即星，又次嘉棟，三女各適人。星以幼拊於楚之周氏，遂冒姓，系楚籍，如是者三十四年，守内外艱者六載周。至崇禎甲申歲，星以服闋得補選版曹，始具疏乞復本生籍系，蒙俞旨報允，於是復姓黄氏，仍以周星爲名，此其大略也。（同前）

黄周星人天樂第三折述懷：小生複姓軒轅，名載，號冠霞。生長鐘山草堂之間，遍歷東西南北之境。初撫汝南之異姓，後歸江夏之本宗。弱冠而登賢書，壯齡而叨甲第。一官才授，自知素無宦情；九鼎俄遷，誰道頓遭世變。因此籬邊采菊，藏典午之衣冠；井底函經，留本穴之世界。素貧賤而行貧賤，農圃何妨；志聖賢而希聖賢，簞瓢可樂。這也罷了，只是小生賦命不辰，與世寡合。本書種復兼情種，歎裴航獨少奇緣；是文魔更帶詩魔，恨虞翻絶無知己。人道我性剛骨傲，未肯和光而同塵；我自信腸熱心慈，最喜濟人而利物。奈何一身多難，四海無家，喪亂以來，家口散盡。惟有室人朱氏，相隨患難，井臼親操。向來因未有子息，所以上爲祖宗一脈，權且忍恥偷生。今幸運舉兩男，庶乎箕裘有託，但目下生計蕭條，嗷嗷無策，進退兩難，不免喚書僮盍旦。（同前）

按，此文直是九煙自述，可與前文參看。

黄周星罵人歌并序：天下豈有罵人黄九煙哉？世人見九煙貧賤日久，率簡棄之。或曰：「此亦一先輩，於法不當簡棄。」則陽尊之。尊之而實無以爲禮，又惡與簡棄同譏，則突爲讕語曰：「渠固善罵人，余何禮焉？」於是簡棄之徒，欣然群起而和之，而九煙罵人之謗遂成矣。然九煙實不罵人也。亡其實，敢居其名乎？乃矢天而爲此歌。黄九煙，善罵人。何物黄九煙，爾乃善罵人？人言爾善罵，爾果罵何人？九煙聞此驚發悸，笑且不敢那敢嗔？孰思罵人非容易，古今幾輩堪指陳？我所知者漢高帝，輕士嫚罵同兒戲。亦有潁川灌將軍，行酒罵坐多意氣。下此復見禰正平，捶地大罵坐曹營。更有裴邈與謝奕，極罵兩王皆不爭。似此烺烺標簡册，流傳千歲多生色。伉爽雖云快一時，敢説罵人爲盛德。又況諸君皆人豪，富貴文章一羽毛。下視王侯猶糞土，何有齷齪小兒曹。欲求一罵安可得，斧鉞分明華衮褒。若較九煙則懸絶，譬彼鯤鵬視蚳蠛。九煙此日夫如何，纍狗驚烏甕中鼈。人不罵我幸甚哉，我敢罵人自作孽。從來人苦不自知，惟我知我了不欺。生平正直復忠厚，小心畏義恒謙卑。雖然性剛與骨傲，實則腸熱而心慈。所嗟命賤世寡合，枘鑿冰炭苦參差。有腰不能工傴僂，有舌不解效嚅唲。窮途每遭輕薄子，逡巡卻走便長辭。有時不幸遇權貴，側身斂手惟低眉。似此笑啼俱不敢，一生安有罵人時。奈何世情多險毒，小人慣度君子腹。深情厚貌慘鏌鋣，鉤距深文利如鏃。轉喉觸諱固當懲，緘脣腹誹寃何酷。春秋誅意豈其然，吁嗟俯仰真跼蹙。我今被謗不欲辯，但指天日祈聽讞。九煙實不妄罵人，若罵人者乃瘈犬。我聞天上有百神，若罵人者神當殄。更聞地有拔舌獄，若罵人者定不免。不罵云何説罵人？誰歟造謗應有靦。變亂黑白倒是非，冥冥未必無陰譴。九煙此語真復真，日星雷火同炳麟。語罷投筆復大笑，九煙何嘗不罵人。上下千年半塊壘，大都少可多齗齗。幺麽鬼子安足罵，章章杞檜亦非倫。我曾一罵假曹瞞，奸雄亂賊劇凶殘。我曾再罵頑馮道，五姓中誇長樂老。我曾三罵邪李贄，非聖無法恣横議。古今人物似塵沙，九煙所罵不過是。至於頽俗慨江河，善人苦少惡人多。魑魅鬼蜮工反側，虎狼盜賊紛干戈。兩觀當誅雷當殛，此曹不罵更何如。我今向人首百頓，九煙一言乞聽信。可罵與否自在人，我罵與否何須問。古來聖賢亦罵人，其言頗不差膚寸。罵苟不謬罵何妨，口誅筆伐安容遜！秉彝直道心裏同，緇衣巷伯有明訓。豈若百藥護知交，劉四罵人人不恨。（同前）

萬言黄周星傳：黄周星，字九煙，上元人。生之夕，乞養於鄰客湘潭周氏。故太學積分，舉崇禎六年順天鄉試，姓名皆周星。十年始與其父識，十三年成進士，周父倦游還楚，子女已林立。然去家三十載，田園多不可問。踰年下世，侵之者四起。星爲挺身應之，支危補罅，周宗以安。始歸里，奉其父。甲申國變，即南都除户部主事，具疏復姓，更今名。尚書張有譽以周星書生，會計非所長，題掌章奏。於時軍興旁午，户部上事，皆其所屬草。自冬徂夏，手不停批者二十餘旬。私居以莊烈皇帝喪，惟著縞衣。晨衙則徒步，從一僕，攜冠服以行，及門束帶入，退復卷而畀之，迨朝期亦然。都人遇之，了不覺其郎署也。丙戌之後，授經維揚四年，繼之泗上，繼之吴江，又繼之崇德、海寧，最後老烏程南潯鎮。幅巾布袍，日踽踽行於途，或諷其非進士體，笑曰：「吾自南都已然，況今日乎？」一時失職者，多矜持名節，冀爲當世所禮重。周星直行己意，不少修飾。所至取給修脯，不妄造謁人。其地有同年相好，亦間過之，高揖雄譚，傲然不異疇昔。而旅舍湫窄，率不能越三楹。以艱嗣，攜妾而行。既截其一爲卧室，其一間雞塒、爨具與書几客坐並陳，諸同年羞之。答禮遲簡，輒移書告絶，或形之謡詠焉。性好奇，議論務不同於人，而折之以理，往往輒爲首肯。如李贄稱李斯之才力，叔孫通之因時，馮道之吏隱，丘濬謂岳飛未必能恢復，秦檜和議未必非之類，皆盛詞述之。其言三案及啟、禎朝事，多祖劉振識大編。或告之曰：「振特爲涿州作，君乃亦主此説耶？」周星憮然自謝其失。晚舉二子。既屬文成篇，夜書於几，曰：「嚮所以不死，爲先人嗣續計耳，今始得從故主地下。」察家人熟寢，出沉於河而卒。（管村文鈔内編卷二）

朱日荃夏爲堂别集序：九翁黄先生負不世材，而旅羈羈棲，求一畝片椽不可得。嘻！甚矣憊！余生也晚，未及供灑掃于先生之門，幸與長君禹弓游，得快讀詩文全稿，光焰萬丈，咄咄逼人，遂同張子芑仕謀盡付殺青，以壽不朽。已而别集次第告成，適有客過余，曰：「古之材富者，遇必窮，仰屋嗚嗚，捫胸搔首，天實忌材，材奚富焉？」余詰之曰：「天若忌材，何弗不假人以材？既假之材，何仇而忌？」客曰：「材之觸忌者多矣！狂吟花柳，醉詠江山，笑弄煙雲，閒評風月，自是材人本色，烏得而不忌？」余曰：「如公言，正材而不遇者之所爲耳！縱而忌之，彼蒼又曷以故？大抵人心用則靈，靈則其材發越而英多，向非寬閒寂寞主人翁，將馳騁利場等。江月山風，煙雲花柳，而錦韉繡帳，妙舞清歌，已銷盡王孫福慧。安從倩老中書，抽思騁句，盡態極妍，故無可奈何。鄭重而窮以遇，俾心靈材噪，亦無可奈何，而不朽之業浸淫日以富也。如我九煙黄先生等身著作，宇内無雙。時而蹋地呼天，唾壺幾碎；時而憫時嫉俗，匣劍欲鳴；時而兒女情深，英雄氣盡；時而壯夫腸熱，烈魄肝摧；時而美人芳草，寄賦無憀；時而知己斜陽，愴懷往事。或畫舫班騅，登臨灑涕；或旗亭郵壁，俯仰縈愁；或現身説法，排傀儡於當場；或樽酒擬騷，平峻嶒於方寸；或半枕琴書，睡鄉感夢；或九霄笙鶴，世外尋仙。若激之使怨，若迫之使憤，若屈仰之使憂，若閒散之使曠，若習之使恬，若揚之使肆，若幽之逸之而使之峭且雋，若磊落崎嶇之而使之俊偉離奇，總若玩弄鼓舞而使之悲且歌，笑且哭。徒以淋漓縱横，口腕奔赴，因得掇采數萬遺言，彙成别集，千古讀之者，恍見先生嬉戲怒駡而不必有生不同時之憾，將以是犯造物之忌耶？抑受造物之忌窮而後至此也？嗟乎！先生固弱歲巍科，金馬玉堂。斯人也，倘不值滄桑之變，亦鞅掌匪躬已矣。惟蒼蒼者别設一遇，以位置先生，而先生别運其心，别出其材，從事乎花柳煙雲，江山風月，謂大有造焉者，而上報蒼蒼。然則先生之窮于遇也，殆慎簡以重畀先生，當額手爲先生慶，無容爲先生哀，而或代先生不平，曰天忌先生也。誣先生乎？誣天乎？」時禹弓、芑仕就余，商校讎之任，不覺前席，善余言者久之。客唯唯，無以應，而公輒書以弁諸簡端。康熙二十有七年歲在戊辰七月既望，松江後學朱日荃拜手撰。（夏爲堂别集）

【注釋】

〔一〕青衣主：司馬光資治通鑑卷八八晉紀十：「建興元年春正月丁丑朔，漢主聰宴群臣於光極殿，使懷帝著青衣行酒。庾珉、王儁等不勝悲憤，因號哭。聰惡之。有告珉等謀以平陽應劉琨者，二月丁未，聰殺珉、儁等故晉臣十餘人，懷帝亦遇害。」

〔二〕雪窖臣：班固漢書卷五四蘇武傳：「武字子卿……武帝嘉其義，乃遣武以中郎將使持節送匈奴使留在漢者……單于愈益欲降之，乃幽武，置大窖中，絶不飲食。天雨雪，武卧齧雪，與旃毛並咽之，數日不死。匈奴以爲神，乃徙武北海上無人處，使牧羝，羝乳乃得歸。」汪水雲浮丘道人招魂歌：「有客有客浮丘翁，一生能事今日終。齧氈雪窖身不容，寸心耿耿摩蒼空。」

〔三〕三處窟：戰國策齊策：「馮煖曰：『狡兔有三窟，僅得免其死耳。今有一窟，未得高枕而卧也。請爲君復鑿二窟。』孟嘗君予車五十乘，金五百斤。……孟嘗君爲相數十年，無纖介之禍者，馮煖之計也。」

〔四〕百其身：詩秦風黄鳥：「彼蒼者天，殲我良人。如可贖兮，人百其身。」鄭玄箋：「如此奄息之死，可以他人贖之者，人皆百其身。謂一身百死猶爲之，惜善人之甚。」孔穎達正義：「今穆公盡殺我善人也，如使此人可以他人贖代之兮，我國人皆百死其身以贖之。愛惜良臣，寧一人百死代之。」

〔五〕村婆夢：趙德麟侯鯖録卷七：「東坡老人在昌化，嘗負大瓢行歌於田間，有老婦年七十，謂東坡云：『内翰昔富貴，一場春夢。』坡然之。里人呼此媪爲『春夢婆』。」

〔六〕躍馬：左思蜀都賦：「公孫躍馬而稱帝。」李善注引宗銑曰：「公孫述躍馬肉食於此也。先主劉備下車而自王之。」范曄後漢書卷一三公孫述列傳：「公孫述，字子陽，扶風茂陵人也。……王莽天鳳中，爲導江卒正，居臨邛，復有能名。……及更始立，豪傑各起其縣以應漢。……二年秋，更始遣柱功侯李寶、益州刺史張忠，將兵萬餘人徇蜀漢。述恃其地險衆附，有自立志。……於是自立爲蜀王，都成都。……文曰『公孫帝』。……（十二年）十一月，臧宫軍至咸門。述視占書，云『虜死城下』，大喜，謂漢等當之。乃自將數萬人攻漢，使延岑拒宫。大戰，岑三合三勝。自旦及日中，軍士不得食，並疲，漢因令壯士突之，述兵大亂，被刺洞胸，墮馬。左右輿入城。述以兵屬延岑，其夜死。明旦，岑降吴漢。乃夷述妻子，盡滅公孫氏，並族延岑。」

〔七〕騎牛：范曄後漢書卷一光武帝紀：「光武初騎牛，殺新野尉乃得馬。」真人：指劉秀。同前書：「及王莽篡位，忌惡劉氏，以錢有金刀，故爲貨泉。或以貨泉文字爲『白水真人』。……初，道士西門君惠、李守等亦云劉秀當爲天子。」李賢注：「光武舊宅在今隨州棗陽縣東南。宅南二里有白水焉，即張衡所謂『龍飛白水』也。」

〔八〕甲子：沈約宋書卷九三陶潛傳：「陶潛所著文章，皆題年月。義熙以前，則書晉氏年號；自永初以後，唯云甲子而已。」

〔九〕「黥卒」句：司馬遷史記卷七九范雎列傳：「（范雎）坐須賈於堂下，置莝豆其前，令兩黥徒夾而馬飼之。」黥卒，沈括夢溪筆談卷二〇神奇：「祥符中，方士王捷，本黥卒，嘗以罪配沙門島。」宋代於士兵臉上刺字，以防逃跑，故稱。

〔一〇〕髡鉗：司馬遷史記卷一〇〇季布列傳：「季布者，楚人也。爲氣任俠，有名於楚。項籍使將兵數窘漢王，及項籍滅，高祖購求布千金，有舍匿，罪及三族。季布匿濮陽周氏，周氏曰：『漢求將軍急，迹且至臣家，將軍能聽臣，臣敢獻計。即不能，願先自剄。』布許之。乃髡鉗季布，衣褐衣，置廣柳車中，並與其家僮數十人之魯朱家所，賣之。」漆塗身：劉向説苑卷六復恩：「智伯與趙襄子戰於晉陽下而死，智伯之臣豫讓者怒，以其精氣能使襄子動心，乃漆身變形，吞炭更聲。襄子將出，豫讓僞爲死人，處於梁下，駟馬驚不進。襄子動心，使使視梁下，得豫讓。襄子重其義，不殺也。又盜爲抵罪被刑人赭衣入繕宫，襄子動心，則曰：『必豫讓也。』襄子執而問之，曰：『子始事中行君，智伯殺中行君，子不能死，還反事之，今吾殺智伯，乃漆身爲厲，吞炭爲啞，欲殺寡人，何與先行異也？』豫讓曰：『中行君衆人畜臣，臣亦衆人事之；智伯朝士待臣，臣亦朝士爲之用。』襄子曰：『非義也。子，壯士也。』乃自置車庫中，水漿毋入口者三日，以禮豫讓。讓自知，遂自殺也。」

〔一一〕幕北：司馬遷史記卷一一〇匈奴列傳：「其明年春，漢謀曰：『翕侯信爲單于計，居幕北，以爲漢兵不能至。』乃粟馬，發十萬騎，負私從馬凡十四萬匹，糧重不與焉。令大將軍青、驃騎將軍去病中分軍，大將軍出定襄，驃騎將軍出代，咸約絶幕擊匈奴。」

〔一二〕「黄金臺下」句：宋恭帝趙㬎在燕京作：「寄語林和靖，梅花幾度開？黄金臺下客，應是不歸來。」按，宋端宗景炎元年，元軍攻入臨安，恭帝被俘，時年七歲，忽必烈封之爲瀛國公。後又令之土蕃薩迦大寺，學習佛法，曾任總持，改名合尊法寶。元英宗至治三年，恭帝寺中題詩云云，被元統治者認爲有借題發揮、懷戀故國、煽動人心之嫌，遂將之賜死。黄金臺，嘉慶重修一統志順天府：「黄金臺：在大興縣東南。任昉述異記：燕昭王爲郭隗築臺。今在幽州燕王故城中，土人呼爲賢士臺，亦謂之招賢臺。」

〔一三〕青海灘邊：杜甫兵車行：「君不見，青海頭，古來白骨無人收。」酈道元水經注卷二河水：「（金城郡）南有湟水，出塞外，東逕西王母石室、石釜、西海、鹽池北，故闞駰曰：其西即湟水之源也。……湟水又東南，逕卑禾羌海北，有鹽池，闞駰曰：『縣西有卑禾羌海者也。』世謂之青海。」歐陽修新唐書卷一四八哥舒翰傳：「吐蕃盜邊，與翰遇苦拔海。吐蕃枝其軍爲三行，從山差池下，翰持半段槍迎擊，所向輒披靡，名蓋軍中。擢授右武衛將軍，副隴右節度，爲河源軍使。……逾年，築神威軍青海上，吐蕃攻破之。更築於龍駒島，有白龍見，因號應龍城。翰相其川原宜畜牧，謫罪人二千戍之，由是吐蕃不敢近青海。」

〔一四〕乞留身：吴泳論臣不用密啟疏：「伏墀論諫，上殿言事，明白洞達，以自獻其忠於君，何事乎密？密非盛世所宜有也。……近世之弊，諸上殿臣寮乞留身奏事，凡所敷奏乞留中不付出曰留身，曰留中，此皆密啟之餘波，有以鼓諛諂之舌而滋讒慝之口也，可不戒哉。」

〔一五〕蘇通國：蘇武子。班固漢書卷五四蘇武列傳：「昭帝即位，數年，匈奴與漢和親。漢求武等……武留匈奴凡十九歲，始以强壯出，及還，鬚髮盡白。……武年老，子前坐事死，上閔之。問左右：『武在匈奴久，豈有子乎？』武因平恩侯自白：『前發匈奴時，胡婦適産一子通國，有聲問來，願因使者致金帛贖之。』上許焉。後通國隨使者至，上以爲郎。」

〔一六〕鄭虎臣：嘉慶重修一統志福寧府：「鄭虎臣，字廷瀚，福安人。爲會稽尉。德祐元年，賈似道安置循州，虎臣監押之，至漳州木棉菴，虎臣諷令自殺，不肯，虎臣曰：『吾爲天下殺似道，雖死何憾。』拘似道之子於別室，即厠上拉殺之。陳宜中竟以爲虎臣罪，殺而籍其家，人皆冤之。」

〔一七〕躡足：司馬遷史記卷六秦始皇本紀：「陳涉，甕牖繩樞之子，甿隸之人，而遷徙之徒，才能不及中人，非有仲尼、墨翟之賢，陶朱、猗頓之富，躡足行伍之間，而倔起什伯之中，率罷散之卒，將數百之衆，而轉攻秦。」

〔一八〕「倩誰」句：司馬光資治通鑑卷七八魏紀十：「劉伶嗜酒，常乘鹿車攜一壺酒，使人荷鍤隨之，曰：『死便埋我。』當時士大夫皆以爲賢，爭慕效之，謂之放達。」

〔一九〕艾席葭牆：姚思廉梁書卷二二安城康王秀傳：「或橡飯菁羹，惟日不足；或葭牆艾席，樂在其中。」陸龜蒙幽居賦：「窮年學劍，不遇白猿；隔日伏痁，未逢黃鵠。止則葭牆艾席，行則葛屨柴車。」

〔二〇〕地行臣：即地行仙。王安石謁曾魯公：「翊戴三朝冕有蟬，歸榮今作地行仙。且開京闕蕭何第，未放江湖范蠡船。」李壁注：「楞嚴經仙人有八種，一服餌堅固地行仙，塗藥飛行仙、金石游行仙、動止堅固通行仙、咒禁道行仙、思念照行仙、交通行仙、變化絶行仙，此皆有神通。」

〔二一〕非吾土：王粲登樓賦：「雖信美而非吾土兮，曾何足以少留。」

〔二二〕「大患」句：道德經：「吾所以有大患者，在吾有身。及吾無身，吾有何患？」

〔二三〕「自是」二句：王之渙涼州曲：「羌笛何須怨楊柳，春風不度玉門關。」

黃九煙以奇才吟見贈歌以答之

壬辰湖上逢老杜，謂我酷肖閻古古。舊年城北遇太沖，又云略似沈昆銅。今年邂逅黃進士，更比泗州戚綏耳。昆銅意氣頗豪粗，左絲右壺我不如。太沖云曾游廬山，有人夜哭五老間〔一〕。忍辱仙詩叉手得〔二〕，出以示我失顔色。不知戚生何許人，黃公稱歎幾絶倫。我本爲人在中下〔三〕，一以爲牛一爲馬。諸公意中自有爲，擬人亦各依其類。人心不同假如面①，仲尼陽貨猶相眩〔四〕。但就意中取一端，虎賁可作中郎觀〔五〕。黃公足跡遍九州，何處不開青白眸〔六〕。泗州有塔有戚生〔七〕，君與二者爲將迎②。戚生人物未暇計，君詩云云儘奇致。此地如何得此才，嗟爾遠道胡爲來〔八〕。君謂吾才入戚奇，雖無寶塔人兼之。自顧不寧羞寶塔，亦復污君賢戚玾。奇才滿地多如麻，如留良者斗與車〔九〕。君雖有腋不過兩，安能盡挾奏天上。吁嗟乎！昆銅已死古古逃，我今何處求其曹。寶塔不移戚生遠，誰復與君相繾綣〔一〇〕。君仍流離我局促〔一一〕，孔雀不知牛角觸〔一二〕。我還壁立君蘧廬〔一三〕，白龍魚服困豫且〔一四〕。不如飲我酒，唱君歌。與天同醉亦同醒，天其奈此兩狂何。

【校記】

① 假如面　釋略本、詩稿本、管庭芬鈔本、張鳴珂鈔本、萬卷樓鈔本同，嚴鈔本作「如其面」。

② 爲將迎　釋略本、詩稿本、管庭芬鈔本同，嚴鈔本、萬卷樓鈔本作「相逢迎」，張鳴珂鈔本旁校：「相逢迎。」

【箋釋】

此詩作於順治十八年辛丑春夏間。

按，嚴鴻逵釋略曰：「杜名祝進，字退思，楚人，前孝廉。有贈子詩云：『沛縣猶存閻用卿，浙西留得吕莊生。何時匹馬黄河岸，不聽笳聲聽笛聲。』閻古古，名爾梅，用卿其字。崇禎庚午孝廉，兩耳甚大，有私印曰『大耳兒』。名聞江、淮間，時索逋甚急，卒逃免，死於家。詩曰白耷集。耷，音樂。沈昆銅，名士柱，號惕庵，蕪湖人。家甚富。嘗繫獄舊都，作前後故宫詞二十四首。有詩稿名土音集。戚緩耳，後援例納官。」

南都亡後，沈昆銅流離江楚三年，後歸寓南湖，古冠大帶，耿志闊步，四方有過南湖者必造其寓，因如臯李大生案株連，繫獄年許。既釋，豪健好客如前，順治十六年己亥清明日，死於南京。太沖有詩哭之，曰：「胸中畢竟難安帖，此世終於不可容。」「君才自是如江海，上下吾曾與議論。」（哭沈昆銅）故晚村詩有「昆銅意氣頗豪粗，左絲右壺我不如」云。

閻爾梅，字用卿，號白耷山人，又號古古，沛縣人。生於明萬曆三十一年癸卯，卒於清康熙十八年己未，終年七十有七。先是，順治十七年庚子，太沖游廬山，遇閻古古，爲作五老峰頂萬松坪同閻古古夜話限韻詩二首，閻爾梅有次韻詩，太沖歸來時出以示晚村，奇文共欣賞，晚村所謂「忍辱仙詩叉手得，出以示我失顏色」者，蓋指此詩。

戚玾，字後升，號莞爾，又號綏耳，泗州人。生於明崇禎八年乙亥，卒於清康熙二十七年戊辰，終年五十四歲。黄周星與之訂忘形之交，稱之爲「奇才」，曰「僕之得足下，可謂交友中第一人」云（寄戚綏耳）。既以奇才稱戚玾，今又比之以晚村，故晚村詩中有「君謂吾才入戚奇」云。然昆銅已死，古古在逃，而江、淮阻越，戚玾亦遠，可相與繾綣者，復有幾人耶？黄周星曰：「嘗妄論取友有數種：第一當取有品者，其次則有行者，又其次則有學者。是三者，皆吾所敬也，然三者何可多得？其次則取有才者，有才者吾愛之，但愛其才可矣，不必問其品、行，並不必問其學也，雖然，世間能有幾才人哉？又其次則取有情者，平居繾綣，患難周旋皆情也，顧鍾情之人，亦復未易數見。無已，則取有禮者，往來交接，餽問殷勤，雖古之聖賢固當受之，何況今日。僕之論交，大約盡於數種矣。若品、行、才、學，既無一可稱，而情、禮又不足取，此所謂勢利酒肉之儔耳，是安足道哉？」（九煙先生遺集卷二寄戚綏耳）此擇友之難也。而戚玾後於康熙十九年庚申入選優貢，並於次年赴京求官，經營五載，始得一候補縣令，嚴鴻逵釋略所謂「援例納官」，即指此言；只點一句，或有鄙之者。

【資　料】

金天羽皖志傳稿：沈士柱，字昆銅，號惕庵，後别字寄公，蕪湖人也。明御史希韶長子，少隨宦江右，與臨汝四君子友善，倜儻負氣，豪貴自矜，以文章節概長東南壇坫。當甲申變起，道茀無北來使信，而留都大臣惟史可法、姜曰廣，於是宜興陳貞慧，冒雨策蹇驢抵白下，同時士柱亦自上江來，側聞懷宗殉國而未悉，惟相與流涕。……南都亡，士柱流離江楚，越三載，歸寓南湖，仍古冠大帶，耿志而闊步，疏財賄，厚知交，食客不遺屠販。蕪湖爲長江下游鎖鑰，水陸津要，四方冠蓋之所湊，遺民方外奇財劍客，或亡命失志之徒，至者必造士柱。……因如臯李大生案，株連逮鞫，繫南都大内一年許，成前後故宫詞二十四首。既釋，而豪健好客通輕俠復如前，再罹於禍。順治十六年己亥清明日，死於南都，槁葬外郭鳳臺門外。

黄宗羲哭沈昆銅：傳死傳生經二載，果然烈火燎黄琮。胸中畢竟難安帖，此世終於不可容。千里寒江負一紙（甲午，昆銅有書招，予因循未赴），百年隴上想孤松（其身首未知得收否）。舊時日月湖邊路（昆銅家有閣，在湖上），詩酒於焉不再逢。

高天厚地一蘧廬，君亦其間何所需。此曰黨人宜正法，彼云華士又加誅。盛名自古爲身累，大厦真思一木扶。月表有人留季漢，應知俗論不能糊。

君才自是如江海，上下吾曾與議論。紅葉湖頭流畫舫，春風白下叩名園。荆溪莫掩殘杯口，司馬難銷亡國魂（昆銅有遥祭阮大鋮文）。此後是非誰管得，街談巷説任掀翻（昆銅與劉孝則論周荆溪，至於

攘臂，余解之方已）。（南雷詩曆卷一）

黄宗羲五老峰頂萬松坪同閻古古夜話限韻：身濱十死不言危，天下名山尚好奇。相遇青蓮飛瀑地，正當黄葉寄風時。閒雲野鶴常無定，箭鏃刀痕尚在肌。同是天涯流落客，不須重與説分離。峰頭一一置身危，峰底行人詫太奇。話到三更清氣逼，呼來五老月明時。試尋古洞煙霞合，定有幽人冰雪肌。塵世應知無一事，與君相約聽黄離。（同上）

閻爾梅次韻詩：一峰層上一峰危，峰到無層歎絶奇。白氎非常難避世，青山依舊不逢時。三花寶樹頭陀掌，五老星精處女肌。菊夜相憐題樂府，漢家鐃吹有翁離。

横空五宿見虚危，燈火茅簷話數奇。海内謳吟如望歲，山中歸去是何時。朱弦冷落陶公指，青漆凋殘豫子肌。曉起約君江上酒，相逢原不是流離。（同上附）

黄周星笑門詩集序：余初不知天壤之間有嬪城，亦不知嬪城之中有莞爾，使余而蚤知嬪城也者，余胡爲乎來嬪？使余而蚤知莞爾也者，余胡爲至今日而始來嬪？困敦之春，孟浪移家，遠赴故人夙約，妄意此一來，可以剡溪乎嬪，可以河汾乎嬪，且可以南村西瀼乎嬪。比抵嬪而所見乃大謬，業已無可奈何，則彷徨侘傺，大叫狂奔，於是躡僧伽之浮圖，瞰支祁之窟宅，弔寢園於宿莽。杜宇冬青，叩泉石於荒煙。栗□春雨，舉眺履所及，凡壘涔牙枿之觀，亡不爬羅剔抉，以庶幾所爲不恨於嬪者，而卒不可得。久之，乃有懷刺見訪者，則戚子莞爾也。余初接其人，祺然肆然，使人意消。已而讀其版上詩，則大奇；讀其集中制義，則又奇；越數日，復讀其箋上見贈詩，則又奇；已而過其笑門，盡發其囊中所爲詩歌、今古文及韻書填詞雜俎之屬，讀之則又無一不奇。嘻！蠙城乃有莞爾哉！大氐莞爾以終賈之妙年，挾陸潘之異藻，揮毫落紙，坐壁馳璣，拔地倚天，熊熊雄雄。昔人所云「生龍活虎，鞚勒難施，猛獸奇鬼，森然欲搏」者，髣髴似之。至其情深一往，歌思哭懷，浩然有天荒地老之悲，悵然有月落參横之慨，悄然有天上無憂、人間可憐之情，茫然有前不見古人、後不見來者之恨，莞爾何感人之深也。余每過笑門，見其案間設歷代詩酒高賢一席，得詩即告，把酒必澆，寄託淵遐，精靈出入，以故飈飛夢裏，筆躍篇中，寘官嘑沈約之名，才鬼遜陳思之座，莞爾豈猶是今之詩人哉！余嘗謂詩出於才，未有詩人而不負奇才者；詩生於情，未有詩人而不鍾癡情者；抑詩發乎性，未有詩人而不具至性者。以視莞爾，可謂兼之矣。曏使莞爾不産於蠙，安得見莞爾？曏使余不困於蠙，莞爾又安得見余？自余得莞爾，而舉前此之妄意可剡溪乎蠙、河汾乎蠙、且南村西瀼乎蠙，而所見大謬者，悉於莞爾乎償之。前此於礨涔牙枿之觀，亡不爬羅剔抉，以庶幾所爲不恨於蠙而不可得者，悉於莞爾乎銷之。今而後，都梁矗矗，淮水湯湯，余與莞爾，得吟花醉月於其間，亦胡爲不來蠙也哉！（笑門詩集卷首）

李天馥笑門詩集序：泗濱戚子笑門，天下所稱奇士也。其爲人奇，其詩文益奇，無一語肯寄人籬下。而高自標致，世往往不敢遠近之。笑門亦遂獨往獨來，不求聞達，衹與前農部九煙黄先生訂忘形交。兩人者，篇章贈答，千里結言，無少倦。自農部赴汨羅死，笑門隻輪單翼，益復無知之者，乃負笈走金臺。金臺爲詩文淵藪，以笑門處之，不啻聾瞽，而予與宮詹王公阮亭亟稱之。笑門曰：「文章千古，得失寸心，有兩先生在，吾道爲不孤矣。」因及予門者二年，每當酒後耳熱，秉燭論文，落紙興酣，歌詠疊奏，此其中深有得於筆墨几杖之外，非他人所可同年語也。甫得升斗之禄，尚需次，仍出走江南北間，客死湖上。予聞，爲之絶弦者累歲。嗚呼！天之生才不偶，既生其人矣，而復使之鮮所成就，抑鬱而死，徒令天下歎其奇而惜之，謂之何哉？謂之何哉？雖然，人以笑門爲奇，予固謂笑門未嘗自爲奇也。今夫景星慶雲，天之嘗也；高山大河，地之嘗也。人或屈首一隅，未嘗騁域外之觀，自以爲足矣。忽一旦而登高臺，披光景，見有膚寸爲雲、千里一曲者，輒驚心駴目，以爲奇莫奇於此也，不知天地固自若也，人自奇之耳。詩文爲心之聲，故發乎情，止乎禮義，非有所託以自成其家者，令人徒工橅擬，如優孟衣冠，芻狗文繡，涉目失鮮，索索無一真氣，翻自詡於人曰：「若爲秦漢，若爲六朝，若爲唐宋。」不過勾勒其字句，刻畫其聲容已焉。嗚呼！斯則可詫爲奇矣。大概詩文家之病，急欲取衒時目，匆顧將來，殊不知性靈所發，積厚流光，千百世以上必有吾知己焉，千百世以下亦有吾知己焉，誠不在區區一時已也。浙西朱子人遠，亦好奇，爲黄農部所器，慕笑門三十年，慳一晤。今在予門，聞笑門之死而哭之，可知聲應氣求，在當世之相思者，亦復不少。笑門九泉之下，可無憂知希矣。（同前）

按，朱人遠，名邇邁，别號日覼子，海寧人。黄宗羲有朱人遠墓誌銘（南雷文定四集卷三），可以參看。

黄周星寄戚緩耳：僕生平踽踽落落，最號寡交。然交道亦自難言。……昔陳元龍使客臥下床，人以爲驕。而與陳季弼言其所敬者，陳元方、華子魚、趙元達、孔文舉諸君，則非徒湖海狂豪者。今僕之猥瑣，曾不足當元龍下床之客，而足下之雍穆潔清，奇卓雄傑，則真陳、孔諸君之匹也。僕之得足下，可謂交友中第一人。但恨江、淮阻越，不能無各天共月之歎。豈非造物妒人耶？（九煙先生遺集卷二）

陳維崧贈泗州戚綏耳：畸人黄九煙，稱許未常苟。介性最崚嶒，豪氣極抖擻。道逢磬折輩，揮棄等唾洟。當其脱略時，酣叫無不有。生平愛熱飲，冷呷便嚱嘔。奈何吴下俗，偏提不冪首（偏提，酒注也。吴中酒注多無蓋，九煙見之輒恚駡不止）。裂眼訽童奴，大聲砉雷吼。坐成一世狂，横失幾坊酒。酒間一值余，意獨與余厚。爲余説賢豪，落落只誰某。第一泗戚生，才氣壓儕偶。余也聞是言，藏子中心久。……今君曰莞爾，於義定奚取。詎多笑疾耶，或者陸雲後。君益大咍臺，冠纓絶八九。（湖海樓詩集卷八）

李嶟瑞鍾山老人歌追弔黄九煙先生：黄九煙先生諱周星，上元人。舉前明庚辰制科。鼎革後遂不仕，僑居苕霅之間，以詩古文辭自娱。海内識與不識，莫不高其節而慕之。余嘗識之白門，往還頗數，别五年而先生捐館舍。暇日繙故篋，得其遺集，不勝中郎虎賁之感。乃作鍾山老人歌一篇，追弔之云。鍾山老人才如龍，平生高調無人同。文章落落滿天下，姓氏錚錚傳域中。少年筆得生花夢，蹄裹麒麟羽裹風。七澤煙波世業更，三山雲霧家山痛。先生之父舉先生時，苦家貧，楚人周氏者官南中，求先生爲之後，先生幼不知也。登第後得其本末，始具疏請於朝，復其姓。金門射策壓群英，第二人將榜勒名。卻遇相公排異士，不教天子護門生。先生廷對，擬一甲第二人，時宰忌之，改二甲。骨節珊珊塵少涴，一管蕭散陪京卧。刁斗喧天賊焰來，明家運盡燕都破。朝周玉馬衆如鱗，義士西山獨愴神。未持屬國當時節，卻剩文山此日身。冬一殘裘夏一葛，萬死餘生刀口活。著書牖下重名山，乞食人間甘托缽。奕奕詞鋒老更妍，自言泣鬼且驚天。主張風雅三千首，壇坫東南三十年。紛紛餘子稀推轂，才其吕五兼戚六。先生性少許可，惟於吕五、戚六則稱歎不容口，嘗爲作奇才吟一篇。吕謂石門吕留良用晦，戚即笑門先生玾也。吕五修文白玉樓，戚六教授金臺塾。流水桃花穩避秦，燒丹采藥訪仙真。先生晚節學方士術。心非煙火林中客，氣是蓬萊頂上人。我昔金陵稀剥啄，典型獨造先生幄。百尺高樓笑語豪，三更好月追隨數。鬚眉古道照人明，白眼何曾對客更。雄談不讓高常侍，苛禮寧羈阮步兵。別後五番易寒暑，聞作遮須國中主。南潯彷彿汨羅江，靈均又見沉端午。先生之卒於水，亦以五月五日。南潯，先生自沉處。苕霅蒼茫萬里雲，欲從剪紙弔孤墳。素車難發空傷我，黄土長埋遠哭君。篋底遺編存未缺，一披一歎情悲咽。尺箋掃去萬重塵，巨浪全歸三寸舌。把卷彷徨不忍拋，全鋤白葦並黄茅。太玄異日尊揚子，貞曜誰人謚孟郊。吴山越水鯨騎去，賦就招魂魂曷據。伯道孤兒阿那邊，中郎舊宅知何處。夏爲堂在奪曹劉，先生集曰夏爲堂。颯颯冰霜滿紙秋。可憐前輩風流盡，只有才名萬古留。（後圃編年稿卷四）

【注釋】

〔一〕五老：嘉慶重修一統志南康府：「五老峰：在星子縣北。廬山去縣三十里，山石骨峙，突兀凌霄，如五老人駢肩而立，爲廬山盡處。」

〔二〕叉手：孫光憲北夢瑣言卷四：「温庭雲，字飛卿，或云作『筠』字，舊名岐，與李商隱齊名，時號曰温李。

才思艷麗，工於小賦，每入試，押官韻作賦，凡八叉手而八韻成。」

〔三〕「我本」句：司馬遷史記卷一〇九李將軍列傳：「蔡爲人在下中，名聲出廣下甚遠，然廣不得爵邑，官不過九卿，而蔡爲列侯，位至三公。」司馬貞索隱：「以九品論，在下之中當第八。」

〔四〕「仲尼」句：論語子罕：「子畏於匡。」何晏集解：「包曰：匡人誤圍夫子，以爲陽虎。虎曾暴於匡，夫子弟子顔剋時又與虎俱行，後剋爲夫子御，至於匡，匡人相與共識剋。夫子容貌與虎相似，故匡人以兵圍之。」釋僧祐弘明集卷九：「問曰：『子云聖人之形，必異於凡，敢問陽貨類仲尼、項籍似虞帝。舜、項、孔、陽智革形同，其故何邪？』答曰：『琘似玉而非玉，鶡類鳳而非鳳，物誠有之，人故宜爾。項、陽貌似，而非實似，心器不均，雖貌無益也。』」

〔五〕「虎賁」句：范曄後漢書卷一〇〇孔融列傳：「與蔡邕素善，邕卒後，有虎賁士貌類於邕，融每酒酣引與同坐，曰：『雖無老成人，且有典刑。』」虎賁，尚書牧誓序：「武王戎車三百兩，虎賁三百人，與受戰於牧野。」孔安國傳：「勇士稱也。若虎賁獸，言其猛也。」孟子盡心下：「武王之伐殷也，革車三百兩，虎賁三千人。」中郎，蔡邕曾官中郎，范曄後漢書卷五〇蔡邕傳：「蔡邕，字伯喈，陳留圉人也。……初平元年，拜左中郎將，從獻帝遷都長安，封高陽鄉侯。」

〔六〕青白眸：劉義慶世説新語簡傲：「嵇康與吕安善。……安後來，值康不在，喜出户，延之不入。」劉孝標注：「晉百官名曰：嵇喜字公穆，歷揚州刺史，康兄也。阮籍遭喪，往弔之，籍能爲青白眼，見凡俗之士，以白眼對之。及喜往，籍不哭，見其白眼，喜不懌而退。康聞之，乃齎酒挾琴而造之，遂相與善。」

〔七〕泗州有塔：即泗州普照王寺僧伽塔，又名大聖塔，爲泗州名勝。岳珂桯史卷一四「泗州塔院」條：「余至泗，親至僧伽塔下，中爲大殿，兩旁皆荆榛瓦礫之區。」僧伽塔院亦稱普照王寺，西域釋僧伽創建。

〔八〕「嗟爾」句：李白蜀道難：「嗟爾遠道之人胡爲乎來哉。」

〔九〕「如留良」句：裴松之注三國志卷四七孫權傳引吴書：「趙咨，字德廣，南陽人。博聞多識，應對便捷。權爲吴王，擢中大夫，使魏。……（魏文帝）曰：『吴如大夫者幾人？』咨曰：『聰明特達者八九十人，如臣之比，車載斗量，不可勝數。』」

〔一〇〕繾綣：詩大雅民勞：「無縱詭隨，以謹繾綣。」毛亨傳：「繾綣，反覆也。」

〔一一〕「君仍」句：杜甫送樊侍御赴漢中判官：「徘徊悲生離，局促老一世。」陸游黄州：「局促常悲類楚囚，遷流還歎學齊優。」

〔一二〕「孔雀」句：杜甫赤霄行：「孔雀未知牛有角，渴飲寒泉逢觗觸。」

〔一三〕蘧廬：莊子天地：「仁義，先王之蘧廬也。」陸德明音義：「猶傳舍也。蘧音渠。司馬郭云：『蘧廬，猶傳舍也。』」

〔一四〕「白龍」句：劉向説苑卷九正諫：「吴王欲從民飲酒，伍子胥諫曰：『不可。昔白龍下清泠之淵，化爲魚，漁者豫且射中其目，白龍上訴天帝，天帝曰：「當是之時，若安置而形。」白龍對曰：「我下清泠之淵，化爲魚。」天帝曰：「魚，固人之所射也。若是，豫且何罪？」夫白龍，天帝貴畜也。豫且，宋國賤臣也。白龍不化，豫且不射，今棄萬乘之位，而從布衣之士飲酒，臣恐其有豫且之患矣。』王乃止。」

餘姚黄晦木見贈詩次韻奉答 二首

吾頭猶戴已殘身〔一〕，子袖相攜亦點塵。遠抱硯山尋北固，偶隨流水過西鄰。井中史在終難滅〔二〕，壁裏書傳豈易湮〔三〕。今夜草堂占氣象，星光劍氣總非倫〔四〕。

季臣辛卯便仙游，猶子成仁十四周〔五〕。爲痛念恭心輒碎，更思子度涕嘗浮。生才少壯成孤影，哭向乾坤剩兩眸。莫謂衰頽甘退舍〔六〕，頭顱三十已堪羞。

【箋釋】

此詩作於順治十八年辛丑。

按，諸本皆列此詩爲本卷第一，蓋爲後來點定復次韻之作也。以「猶子成仁十四周」推得乃作於是年，故繫乎此。

順治十六年之前，晚村交游不出郡縣，過從甚密者，亦僅三兄季臣（卒於順治八年辛卯）、四兄念恭（卒於順治七年庚寅）、姪諒功（卒於順治四年丁亥）及師友子度（卒於順治九年壬辰）等，一時好友殆盡，以故有「生才少壯成孤影，哭向乾坤剩兩眸」之淒情。西鄰，指吴孟舉、自牧叔姪。

雖生人不在，然「井中史」難滅，而「壁裏書」未湮，寄情於書，亦非爲無用之事，晚村後期之評點時文，當作如是觀。謂三十而立，即便衰頹，益不能退舍，仍應進取。適晦木之來，彼此相攜，互爲堅定，於是草堂之内，星光劍氣，不得以尋常相視。晚村之志，實非一郡一縣之可容，其所寄寓之思想，亦終非村叟塾師之可比。生時當「一代豪傑之胤」之譽（顧亭林與李子德書），孰料卒後四十餘年，反遭鞭屍挫骨之厄，不亦悲夫！今讀大義覺迷録，只恨曾静爲小人，而知雍正之用心又何其良苦！顔容在日，名滿區宇，一旦罹禍，聲名就剥，迄乎人人得而誅之，三百年來，可歎也夫！

【注釋】

〔一〕吾頭猶戴：柳宗元段太尉逸事狀：「太尉始爲涇州刺史時，汾陽王以副元帥居蒲，王子晞爲尚書，領行營節度使，寓軍邠州，縱士卒無賴邠人偷嗜暴惡者，率以貨竄名軍伍中，則肆志，吏不得問。……晞軍士十七人入市取酒，又以刀刺酒翁，壞釀器，酒流溝中。太尉列卒取十七人，皆斷頭注槊上，植市門外。晞一營大譟，盡甲，孝德震恐，召太尉曰：『將奈之何？』太尉曰：『無傷也。請辭於軍。』孝德使數十人從太尉，太尉盡辭去，解佩刀，選老躄者一人，持馬至晞門下，甲者出，太尉笑且入曰：『殺一老卒，何甲也？吾戴吾頭來矣。』甲者愕，因諭曰：『尚書固負若屬耶？副元帥固負若屬耶？奈何欲以亂敗郭氏？爲白尚書，出聽我言。』」

〔二〕井中史：即心史，鄭思肖撰。思肖又名所南，字憶翁，自稱三外野人，福建連江人。元兵南下，上書救國，無果。宋亡，隱跡山川。卒後三百五十六年，心史出於承天寺眢井，故名井中心史。陳宗之承天寺藏書井碑陰記：「崇禎戊寅歲，吴中久旱，城中買水而食，爭汲者相捽於道。仲冬八日，承天寺狼山房浚眢井，鐵函重櫝，錮以堊灰。啟之，則宋鄭所南先生所藏心史也。外書『大宋鐵函經』五字，内書『大宋孤臣鄭思肖百拜封』什字。……楮墨猶新，古香觸手，當有神護。」

〔三〕壁裏書：班固漢書卷三六楚元王列傳：「及魯恭王壞孔子宅，欲以爲宫，而得古文於壞壁之中，逸禮有三十九篇，書十六篇。」魏收魏書卷九一江式傳：「時有六書：一曰古文，孔子壁中書也。……壁中書者，魯恭王壞孔子宅而得禮、尚書、春秋、論語、孝經也。」

〔四〕星光劍氣：房玄齡晉書卷三六張華傳：「（雷）焕曰：『僕察之久矣，惟斗牛之間，頗有異氣。』華曰：『是何祥也？』焕曰：『寶劍之精，上徹於天耳。』」

〔五〕猶子：禮記檀弓上：「喪服，兄弟之子，猶子也，蓋引而進之也。」

〔六〕退舍：左傳僖公三十三年：「晉陽處父侵蔡，楚子上救之，與晉師夾泜而軍。陽子患之，使謂子上曰：『吾聞之，文不犯順，武不違敵。子若欲戰，則吾退舍，子濟而陳，遲速唯命，不然紓我。老師費財，亦無益也。』乃駕以待。子上欲涉，大孫伯曰：『不可。晉人無信，半涉而薄我，悔敗何及，不如紓之。』乃退舍。陽子宣言曰：『楚師遁矣。』遂歸。楚師亦歸。大子商臣譖子上曰：『受晉賂而辟之，楚之恥也，罪莫大焉。』王殺子上。」

晦木將之金華次韻送之 二首

浙河西去萬山幽〔一〕，捩柂牽栬上逆流〔二〕。只可神仙稱福地，那堪窮餓作閒游。拙於乞食陶彭澤〔三〕，老尚依人劉豫州〔四〕。路過西臺休繫纜〔五〕，客腸易斷況逢秋。

南陽村舍儘清幽，久擬同心結隱流。怪底每遲江上約，無聊又作洞中游。但令吾盎儲餘粟，豈使君船到遠州。努力歸期烏石子，三人明月話中秋。

【箋釋】

此詩作於順治十八年辛丑夏秋間。

按，晚村遇晦木、旦中，即生耦耕之思，然未得回應，後作耦耕詩十首，其第三首曰：「頻呼苦喚耦耕來，剡曲明州首不回。各有好山思便住，竟無長策老相催。八年倦客違心做，九日寒花滿意開。酌酒南村須早計，莫教頭白望江栬。」可與此詩相對看。

嚴鴻逵釋略曰：「烏石子，鼓峰也。鼓峰所居，名烏石山。」晚村詩中所言，乃請晦木約旦中至崇德度中秋，然旦中終未能北來，而晦木亦勾留村莊，友朋之歡聚，如此其難乎！究其因，一「貧」字而已。

【資料】

黄宗炎登釣臺二首：江上飄零頑懦身，汗顔瞻拜往來頻。一時東郭羞妻妾，萬古西臺慟鬼神。漁笠彈冠安藪澤，羊裘補袞厭風塵。客星不照西山舊，猶笑從龍杖策人。

前人笑傲後沾襟，兩事山川日月臨。開闢帝王存友道，縱横魑魅表臣心。圍峰重疊難尋路，穿壑紆徐又出林。弔古登高同感歎，何人相對痛加深。（續甬上耆舊詩卷三九）

【注釋】

〔一〕浙河：李吉甫元和郡縣志卷二六錢塘縣：「浙江，在縣南一十二里。莊子云浙河，即謂浙江，蓋取其曲折爲名。」劉克莊憶秦娥：「浙河西面邊聲悄，淮河北去炊煙少。」

〔二〕捩柂牽桅：楊萬里過呂城閘：「等到船齊閘欲開，船船捩柂整帆桅。」柂，范曄後漢書卷八〇下文苑傳下：「安危亡於旦夕，肆嗜欲於目前，奚異涉海之失柂，積薪而待燃。」李賢注：「柂，可以正船也。音徒我反。」

〔三〕陶彭澤：蕭統陶淵明傳：「陶淵明，字元亮，或云潛，字淵明，潯陽柴桑人也。……親老家貧，起爲州祭酒，不堪吏職，少日，自解歸。州召主簿，不就，躬耕自資。……執事者聞之，以爲彭澤令。……歲終，會郡遣督郵至，縣吏請曰：『應束帶見之。』淵明歎曰：『我豈能爲五斗米，折腰向鄉里小兒。』即日解綬去職，賦歸去來。」陶淵明乞食：「飢來驅我去，不知竟何之。行行至斯里，叩門拙言辭。」

〔四〕劉豫州：陳壽三國志卷三二先主劉備傳：「先主姓劉，諱備……靈帝末，黄巾起，州郡各舉義兵，先主率其屬從校尉鄒靖討黄巾賊有功，除安喜尉。……爲賊所破，往奔中郎將公孫瓚……袁術來攻先主，先主拒之於盱眙、淮陰。……先主與術相持經月，吕布乘虚襲下邳。……自出兵攻先主，先主敗走歸曹公。曹公厚遇之，以爲豫州牧。……五年，曹公東征先主，先主敗績。……曹公既破紹，自南擊先主。先主遣麋竺、孫乾與劉表相聞，表自郊迎，以上賓禮待之，益其兵，使屯新野。」裴松之注引九州春秋：「備住荆州數年，嘗於表坐起至厠，見髀裏肉生，慨然流涕。還坐，表怪問備，備曰：『吾常身不離鞍，髀肉皆消，今不復騎，髀裏肉生，日月若馳，老將至矣，而功業不建，是以悲耳。』」

〔五〕西臺：嘉慶重修一統志嚴州府：「釣臺：在桐廬縣西富春山。漢嚴子陵垂釣處，有東西二臺，各高數百丈，下瞰大江，古木叢林，鬱然深杳，臺下爲書院。其西臺即宋謝翱哭文天祥處，南有汐社亭，因翱而名。」

寄高元發乞滇茶

滇中本屬古梁州①〔一〕，太祖平元置列侯〔二〕。豈謂翠華臨絶塞〔三〕，翻從蠻徼内防秋〔四〕。
身歸行在驚虚夢〔五〕，坐對名花當遠游〔六〕。分贈深愁君意好，恍疑人到麗江頭〔七〕。

【校　記】

①古梁州　集外詩作「古涼州」，「涼」字誤，據尚書禹貢改。説詳注釋。

【箋　釋】

此詩作於康熙元年壬寅秋或之前。

按，諸本晚村詩集皆不載此詩，據集外詩補。後附輯録者按語曰：「高元發，即虞尊之初字。虞尊壬寅間羈土室，是詩當作於壬寅之前，意斯時湖湘以南尚係勝國版圖，故中二聯云云也。」

高虞尊，名宇泰，初字元發，别字隱學，號宫山，又號蘖菴，鄞縣人。都御史玄若先生長子，旦中從子。生於明萬曆四十二年甲寅，卒於清康熙十七年戊午，終年六十有五。全謝山有蘖菴高公墓石表，李杲堂有祭高員外文（見後）。

【資　料】

全祖望明故兵部員外郎蘖菴高公墓石表：高公諱宇泰，初字元發，改字虞尊，别字隱學，晚年自署宫山，已而又署蘖菴，浙之寧波府鄞縣人也。陝西巡撫兼制川北副都御史斗樞之子，光禄寺署丞（惠羽）之孫，廣東肇慶知府萃之曾孫，而宋儒萬竹先生元之之後。都御史以孤軍守鄖陽，三禦闖賊，語在姚江黄公所作誌銘。公爲都御史長子，負才名，性地尤忠醇。乙酉六月之役，都御史尚在軍，而公輔錢忠介公起兵於鄞，監國手諭奬之，以爲不媿江東喬木，版授兵部郎，綰武選。尋以奉使過里門，而江上陷。其時都御史入陝，陝已内附，還鄖，鄖亦内附，旁皇無之，念光禄公尚在家，間道來歸。而海上諸公方思揮魯陽之戈，以挽落日，句餘遺老，呼吸回應，公父子輒豫之。丙戌之冬，蠟書自海至，諜者得之，公首被捕。戊子之夏，華、王事泄，再隨都御史囚繫。辛卯，幾復株累，廑得脱。壬寅之逮，尤爲震撼，雖幸得保，而家已破。都御史諸弟斗權字辰四（後改允權），斗魁字旦中，皆遺民之苦節者，時人並公稱爲「四高」。公雖累遭困折，其於故國之感不少衰，嘗自序曰：「在昔辛壬之歲，里中諸名士，大會於南湖，華、王其執牛耳者，而予亦以卧子先生所許，濫竽其間。國難以來，華、王得追隨范、倪諸老游於虞淵，而予靦顔視息，雖鍵户屏絶人事，以期不負此初盟，然以視亡友則可恥也。志趣不齊，菀枯隨之，向之同社，半已出山，攘攘如也。咸淳面目，守之亦希，不可悼哉。」於是爲梓鄉耆會，其豫選者甚嚴，王水功、林荔堂、徐霜皋之徒，僅九人焉。嘗曰：「謝皋羽非易及矣，然而月泉之集，何其會之濫也，得無有妄豫其中者乎？惜不起而問之。」壬寅之在囚也，終日鼓琴。有仁和令者，亦解人也，以慮囚入，聞琴聲而異之，及見其壁上所題詩，皆危言，歎曰：「先生休矣。」顧左右曰：「爲我具酒餚來。」既至，拉公飲風波亭上。公固辭，令曰：「無傷也。」是日遂劇飲至漏下，相與賦詩而别。是後，隔一日必至。及公事解，遣人謝之，竟不往謁。（鮚埼亭集卷一四）

李鄴嗣祭高員外文：年月日，里中弟李鄴嗣，謹以庶羞清酌之奠，致祭於故兵部員外郎高隱學先生之靈曰：烏乎！我昔與君，俱在盛年。慕爲名士，車騎翩翩。尊稱世門，中以姻好。堇山南湖，世傳社草。誰圖難起，行朝倉卒。我還杜門，君嘗一出。我隨奉母，匿跡名山。君亦移家，相對柴關。惟太夫人，兒子畜我。身視釜爨，我執爨火。我嘗入城，君止我睡。命二幼子，合覆一被。未幾變生，薦紳蒙禍。惟我二門，具家獨破。我羈馬櫪，君□虎林。朔風有鉏，阿旁晝侵。其時仰天，日不□午。銀鐺丈□，□草尺五。我歸喪父，柴骨欒欒。尊大中丞，僅得生還。君久在縶，不廢嘯歌。長揖皋陶，貫鎖而哦。枯魚釋檻，喜君得□。君反裴徊，授琴未畢（時獄中有授君琴者）。我時與君，更得相見。無恙須眉，移燈重看。人不殺君，天猶活我。厲雪嚴霜，留此二果。以後餘生，盡付筆墨。得書輒鈔，開卷畢讀。復念一邦，文獻將墜。期各撰書，輯所未備。我傳先賢，併録其詩。君倣郡乘，發凡不遺。我訪故家，殘箱敝篋。有見即書，一篇一什。君行故里，曲巷閒坊。有見即書，一祠一梁。國中閒閒，有此二□。表桑題梓，筆不離手。我友季野，經神史林。君有所質，必□走尋。我所讀書，顛倒卷帙。君來□觀，覓甲接乙。諸關記載，無軼不搜。注雨別風，坐謄一樓。我作叙傳，五年而成。上告先賢，桂酒一盛。君録益多，未具首尾。子弟從鈔，日堆静几。□取里中，忠孝巨作。文山疊山，吐氣嶽嶽。彙爲一編，斗芒夜正。中間出入，亦有未定。凡此二書，都未卒業。君奚徑然，□□□訖。烏乎痛哉！君昔與我，集諸耆舊。得從二篋，侍長□□。□稱吾鄉，蘭亭栗里。一會人風，歲月可紀。我苦肺疾，□□相□。君與□臯，更相周旋。晨夕訪僧，相招午出。坐久□□，道中叙別。謂我與爾，豈久地上。風日來朝，莫忘□□。方謂□□，□謔相及。不謂明晨，君不□櫛。君著書外，□□酒人。□□執梧，龍性藉馴。相傳大醉，卒前數日。坐上□□，遷擧二十。凡君作□，過於吾黨。所以倏然，揮手即行。烏乎痛哉！君家楷模，尚存廢翁。諸子俱賢，不替門風。生有高名，死有完節。一蓋素棺，已定品格。惟我數人，幅巾聚送。漸失老成，所以一慟。今日炙鷄，雜以黍韭。前日酒人，尚相憶否？尚饗！（杲堂文鈔卷六）

徐鳳垣輓高隱學：國亡家破不辭難，五世恩深矢報韓。縱使祖龍終未死，也應心膽落椎寒。君昔南轅我北征，故鄉風景兩含情。七橋今夜天如洗，不見山翁散髮行。行朝初建越江皋，荷戟從王太白高。此後一坏忠義骨，願隨風雨戰寒濤。由來高節此三君，賸水殘山那忍聞。鈔盡剡谿千斛字，紀年不及地皇文。（續甬上耆舊詩卷三四）

【注釋】

〔一〕梁州：嘉慶重修一統志雲南府：「〔建置沿革〕禹貢梁州南境。戰國時楚頃襄王使莊蹻略地，至滇池，遂自王。秦時通道置吏，爲西夷滇國。漢武帝元封二年，開置益州郡，屬益州部刺史，兼爲牂牁郡西境、越巂郡西南境。」

〔二〕「太祖」句：張廷玉明史卷三太祖本紀：「（十年）冬十月……戊午，封沐英西平侯。十五年春正月辛巳，宴群臣於謹身殿，始用九奏樂。景川侯曹震、定遠侯王弼下威楚路。壬午，元曲靖宣慰司及中慶澂江武定，諸路俱降，雲南平。」

〔三〕翠華：天子儀仗之一。司馬相如上林賦：「建翠華之旗，樹靈鼉之鼓。」李善注引張揖曰：「翠華，以翠羽爲葆也。」陳鴻長恨歌傳：「潼關不守，翠華南幸。」陸游曉歎：「翠華東巡五十年，赤縣神州滿戎狄。」絶塞：極遠之邊塞地區。駱賓王晚度天山有懷京邑：「交河浮絶塞，弱水浸流沙。」

〔四〕蠻徼：指南方邊塞。楊炯奉和上元酺宴應詔：「深仁洽蠻徼，愷樂周寰縣。」脱脱宋史卷一九一兵志：「元豐二年，詔廣、惠、潮、封、康、端、南、恩七州，皆並邊外接蠻徼，宜依西路保甲，教習武藝。」防秋：古代北方游牧部落，常以秋高馬肥時南侵。其時邊軍特加警衛，調兵防守，稱爲「防秋」。劉昫舊唐書卷一三九陸贄傳：「又以河隴陷蕃已來，西北邊常以重兵守備，謂之防秋。」

〔五〕行在：司馬遷史記卷一一一衛將軍驃騎列傳：「右將軍蘇建盡亡其軍，獨以身得亡去，自歸大將軍……遂囚建，詣行在所。」裴駰集解引蔡邕曰：「天子自謂所居曰『行在所』，猶言今雖在京師，行所至耳。」

〔六〕名花：古吴墨浪子西湖佳話西泠韻跡：「既係妓家，便不妨往而求見。縱不能攀折，對此名花，留連半嚮，亦人生之樂事也。」

〔七〕麗江：嘉慶重修一統志麗江府：「在雲南省治西北一千二百四十里。……禹貢梁州荒裔。漢越嶲郡西徼地。三國漢爲建寧郡。晉以後爲寧州。隋屬嶲州。唐因之，後入於蠻，爲越析詔。南詔蒙氏置麗水節度。宋時磨些蠻據此。元初擊降之，置察罕章管民官，至元八年改爲宣慰司，十三年改置麗江路軍民總管府，二十二年府廢，更立宣撫司，隸雲南行省。明洪武十五年改麗江土府，三十年改爲麗江軍民府，隸雲南布政使司。本朝因之，順治十六年仍改麗江土府。」

同黄九煙黄復仲黄晦木高旦中萬貞一飲西湖舟中招謝文侯畫像分韻 二首

黄霧曈曨白日昏，輕舟破凍舉清尊。共驚人面如湖面，不是霜痕即雪痕。烏帽紫衣誰更好〔一〕，循刀覽鏡我無言〔二〕。畫成不怕山靈笑，兩岸蒼崖石髮髡。

湖山本作畫圖誇，畫裏爲圖興轉加。豈是塵埃難物色，誰從冷淡覓生涯。峰頭雪陷尖芒出，水面冰開破鏡斜。欲起犁眉問消息〔三〕，東南還發舊雲霞。

【箋釋】

此詩作於康熙元年壬寅冬。

按，萬貞一，名言，號管村，鄞縣人。生於明崇禎十年丁丑七月初六日，卒於清康熙四十四年乙酉四月十六日，終年六十有九。「康熙乙卯科副榜，考正紅旗教習，期滿，授知縣，需次。庚申，欽召纂修明史，授文林郎，食翰林院七品俸，兼修大清、盛京一統志。性剛直，觸史館監修怒。戊辰，選江南鳳陽府五河縣知縣。辛未計典，陷之死，士大夫冤之，捐資贖歸。」（萬承勳先府君墓誌）

晚村二十六日大雪吴孟舉自牧攜酒酌高虞尊於力行堂用東坡遥知清虚堂裏雪正似薝蔔林中花爲韻分得林花字二首詩自注：「壬寅冬，與晦木並復仲、旦中、貞一諸子候虞尊於省中，寓祖山寺僧寮，值大雪，時在憂愁，殊乏清興。」（悵悵集）據貞一古處齋詩集序：「往歲癸卯，余客授其縣，始得與先生定交。兩年之内，每遇必相與誦古人詩文以爲樂。」（古處齋詩集卷首）則其交晚村實早於湘殷。

謝文侯，名彬，上虞人。畫家。晚村慙書前所附畫像，即出其手。又曾爲晚村長子婦畫像，據諭大火帖：「謝文侯爲汝婦畫遺像，形神極肖，空中懸揣得此，大是奇事。此後可永傳不死，亦大足慰也。」（吕晚村先生文集補遺卷三）是知文侯畫藝之高超，而晚村之形神，亦藉以得傳。

晚村詩，綴字平實，然出語不凡。游山玩水中，驚悟人面如湖面，而「覽鏡」與「兩岸蒼崖石髮髡」合觀，當指自傷薙髮事，故「無言」。「髡」字於此，足見深意。亭林以爲「華人髡爲夷，苟活不如死」（斷髮），太沖亦曰：「自髡髮令下，士大之不忍受辱者，之死而不悔。」（兩異人傳）徐昭法曾「冀無毀髮膚，他日庶可見吾親於地下」，然「事與心左，復受髡刑」（答吴憲副源長先生書），遺民之辛酸苦澀，歷歷在焉。退隱可矣，容膝之地，當不難物色，然幾人得從冷淡處尋覓生涯！前時「消息難憑」，故此際便欲「問消息」，所云東南之舊雲霞，疑即指張蒼水部，恢復之意，未曾一刻或忘。

【資　料】

萬承勳先府君墓誌：先考萬氏，諱言，字貞一，號管村，鄞縣人。奉化縣學生，康熙乙卯科副榜，考正紅旗教習期滿，授知縣，需次。庚申，欽召纂修明史，授文林郎，食翰林院七品俸，兼修大清盛京一統志。性剛直，觸史館監修怒。戊辰，選江南鳳陽府五河縣知縣。辛未計典，陷之死。士大夫冤之，捐貲贖歸。生於前崇禎丁丑歲七月初六日未時，卒於康熙乙酉歲四月十六日子時。先妣勑封孺人錢氏，南雷黄先生稱，孺人德行，實佐萬氏中興。生於順治乙酉歲九月初八日丑時，卒於康熙癸未歲二月初四日丑時。於康熙庚子歲十二月二十八日辰時，合葬於鄞縣南郊祝家岸。（千之草堂編年文鈔）

嵇曾筠浙江通志卷一九六方技上：謝彬，仁和縣志：字文侯，上虞東村人。隨父游學至杭，遂家焉。少年從莆田曾波臣游，授寫真法，凝眸熟視，得其意態所在，濡毫點次，眉目如生，精彩殊勝。彬身不滿五尺，臞然而清，目如點漆。兼善畫山水及作漁家圖，清超絶塵，迥與時别，人多珍之。子廷璋，能得其傳。同時諸升，善畫竹，横斜曲直，無一不可人意，而雪竹尤佳，遂稱獨步。

林時躍哭髮：滿頭霜雪已蕭蕭，卸卻南冠哭大招。搔首不堪千縷血，新妝羞殺半邊貂。空留壯士鬚眉在，自覺孤臣意氣消。痛絶高皇千載烈，曾無一髮繫宗祧。

角巾古貌横秋霄，對鏡羞將短鬢描。老去蒼霜魂黯澹，愁來寒木意疏蕭。銷魂都擲蘇卿節，掩淚誰抛北地貂。晞髮臨池空浩嘆，黄冠緣野未全饒。（續甬上耆舊詩卷三三）

【注釋】

〔一〕烏帽紫衣：杜光庭虬髯客傳：「衛公李靖以布衣上謁，獻奇策。素亦踞見。公前揖曰：『天下方亂，英雄競起。公爲帝室重臣，須以收羅豪傑爲心，不宜踞見賓客。』素斂容而起，謝公，與語，大悦，收其策而退。當公之騁辯也，一妓有殊色，執紅拂，立於前，獨目公。公既去，而執拂者臨軒，指吏曰：『問去者處士第幾？住何處？』公具以答。妓誦而去。公歸逆旅。其夜五更初，忽聞叩門而聲低者，公起問焉。乃紫衣戴帽人，杖揭一囊。公問誰？曰：『妾，楊家之紅拂妓也。』公遽延入。脱衣去帽，乃十八九佳麗人也。素面華衣而拜。公驚答拜。曰：『妾侍楊司空久，閲天下之人多矣，無如公者。絲蘿非獨生，願托喬木，故來奔耳。』公曰：『楊司空權重京師，如何？』曰：『彼尸居餘氣，不足畏也。諸妓知其無成，去者衆矣。彼亦不甚逐也。計之詳矣。幸無疑焉。』問其姓，曰：『張。』問其伯仲之次。曰：『最長。』觀其肌膚儀狀、言詞、氣性，真天人也。公不自意獲之，愈喜愈懼，瞬息萬慮不安，而窺户者無停履。數日，亦聞追討之聲，意亦非峻。乃雄服乘馬，排闥而去。將歸太原。」

〔二〕循刀覽鏡：班固漢書卷五四李陵列傳：「任立政等三人俱至匈奴招陵。立政等至，單于置酒賜漢使者，李陵、衛律皆侍坐。立政等見陵，未得私語，即目視陵，而數數自循其刀環，握其足，陰諭之，言可還歸漢也。後陵、律持牛酒勞漢使，博飲，兩人皆胡服椎結。立政大言曰：『漢已大赦，中國安樂，主上富於春秋，霍子孟、上官少叔用事。』以此言微動之。陵墨不應，孰視而自循其髮，答曰：『吾已胡服矣！』」

〔三〕犁眉：李時勉犁眉公集序：「犁眉公集者，開國功臣誠意伯劉先生既老所著之作，故取此以爲號云。」錢謙益徐仲昭詩序：「人言犁眉公之在元，與石抹諸人感慨賦詩，撫膺奮臂，迨佐命而後止。」又列朝詩集小傳：「基字伯温，青田人。……公自編其詩文曰覆瓿集者，元季作也；曰犁眉公集者，國初作也。……孟子言誦詩讀書，必曰論世知人，余故録覆瓿集列諸前編，而以犁眉集冠本朝之首，百世而下，必有論世而知公之心者。」

真進士歌贈黄九煙

仕宦重科目，莫與進士比。進士爾何能，能作八股耳。其中並多不能者，一行作吏無須此〔一〕。三百年中幾十科，科數百人印累累。如今知有幾人名，大約盡同螻螘死。人言螻螘可憐蟲，吾言凶惡過虎兕。謹具江山再拜上，崇禎夫婦伴緘貺。崇禎末，有人書一儀狀云：「謹具大明江山一座，崇禎夫婦二口，奉申贄敬。晚生文八股頓首拜。」貼於朝堂，亦憤時嫉俗之言也。解者云彼多小官，寧使饋遺列副狀。不知持囊挈榼皆此曹〔二〕，雖不與名實相餉。此曹面目人人殊，吾今略得悉數之。胸著不滿芝麻鑑〔三〕，句讀不斷打油詩。一自分符試郡縣〔四〕，便漫天眼剥地皮〔五〕。善事上官及權貴，好官得錢恣我爲〔六〕。亦有假廉徼初譽，依傍門户求嘘吹。欲取固與祖機智〔七〕，後來貪黷無人疑。頳衣滿道盗滿谷〔八〕，吏部年年轉資禄。萬金欽取入臺垣，千金行取亦部屬〔九〕。幾遷幾擢幾州陷，一轉一升一路哭〔一〇〕。笑指銅駝卧棘間〔一一〕，直如過眼之雲煙。歸仍不失富家翁〔一二〕，出仍不失説事錢〔一三〕。官仍不失士夫體〔一四〕，私仍不失熱客緣〔一五〕。出我當時阿堵物〔一六〕，利市三倍歲十千〔一七〕。天下空多閒笑罵，人生須有好園田。君不見伯顏已至臨平市，皋亭山下青煙起〔一八〕。臨安猶自輦黃金〔一九〕，甲科榜中買姓氏〔二〇〕。初疑此計太癡顛，事後方能悟其旨。大元法度儘寬仁，猶得例稱前進士〔二一〕。以今較之若合符，持籌握算皆其徒〔二二〕。其徒所憎有數種，第一最憎孔孟儒。儒來輒敗乃公事〔二三〕，安得横財鑄十爐〔二四〕。其次大部綫裝書，讀之令人發狂迂。坐使後生失儇巧，不肯鈔掇從時趨。其三同年及僚舊，一見便須敕中厨〔二五〕。若復痛飲及善噉，所入不足供屠酤。其四憎好詩辭者，文字之禍多連株。支扉石凷苦不巨〔二六〕，自恨昔曾識之無。其五貧士尤可憎，來非乞食定貸逋〔二七〕。見之先當道貧苦，若待開口難枝梧。凡此數者深痛惡，鍾山黃公一身具。況復叩門拙言辭，以是十往九不遇。怪爾亦曾同出身，進士當存進士度。行須張蓋坐華堂，胡爲蹩躠走霜露〔二八〕。餓死杜甫窮死韓〔二九〕，雖有高名何足慕。終朝矻矻哦不已，此事亦非貴人作。大字那學傖父顏〔三〇〕，阜字那學老獠素〔三一〕。自古書足記姓名〔三二〕，安用蚓蛇滿紙污〔三三〕。匣中私印不過兩，上記官府下租賦。雕蟲小技古所恥〔三四〕，底事諧聲考轉注〔三五〕。先生善書及篆印，好山水神仙。山水窮荒有何好，神仙多爲藥所誤〔三六〕。君今好奇入膏肓，不治煙霞泉石痼〔三七〕。聚徒教授昔雖多，自是腐儒死章句。煌煌進士乃爲此，縉紳顏面俱黝堊〔三八〕。子弟已去僞朝久，自有新書何用故。時先生欲設講肆於里中。聞君當時在户曹〔三九〕，美哉主守多錢刀〔四〇〕。肯如吾輩小放手〔四一〕，雖不敵國亦足豪〔四二〕。變名竄跡徒自苦，大家豈復有吴皋〔四三〕。先生更名人，字略似，號半非，覓僦居，無留者。恨君不讀長樂傳〔四四〕，試飲一杯看一段。五朝八姓十一帝，達人應作如是觀。善哭莫如晞髮子〔四五〕，其後式微豈長算〔四六〕。君既盡失臺閣體〔四七〕，豈可尚作進士唤。我聽此語一沾巾，如君進士方爲真。請看寶祐四年榜〔四八〕，六百一人何麟麟。宇宙只存文陸謝〔四九〕，其餘五甲皆灰塵〔五〇〕。今日有君便無彼，那得令彼不發嗔。如君進士方爲真，天下紛紛難立身〔五一〕。半非略似君尚云，此曹豈復堪爲人。

【箋釋】

此詩作於康熙元年壬寅冬（依集中编次）。

按，嚴鴻逵釋略曰：「九煙有同年在語溪，曹其姓，往投不見。此詩大半爲此發也。」黄坤五告殯南石兔文跋：「身與家之困，則九煙所近歷；題與文之創，則千古所未有。章法回旋，倉兄百結矣。吾爲僑客平氣，則簡忽厭棄，所以尊此時之天。且石門雖無深相知者，然泛泛往還，尚不至題午貽嗤。若盡爲假館授餐，反違天矣。……或盡爲假館授餐，未可知也。」（黄九煙先生雜文集附）可以互參。

晚村此詩，於宋、明兩朝之進士，多所譏諷，蓋亦隱射當時狀況。作吏之前之能，能作八股耳；作吏之後之能，「善事上官及權貴」是也。「前進士」之名，「長樂老」之事，乃「達人」之舉，然九煙已「盡失「臺閣體」，故爲「真進士」也。如此之「真進士」，豈不悲哉！

【注釋】

〔一〕一行作吏：嵇康與山巨源絶交書：「游山澤，觀魚鳥，心甚樂之。一行作吏，此事便廢，安能舍其所樂而從其所懼哉？」

〔二〕持囊挈榼：劉伶酒德頌：「止則操巵執觚，動則挈榼提壺，唯酒是務，焉知其餘？」

〔三〕芝麻鑑：馮夢龍古今譚概無術部：「吴人韋政，腹枵然，好談詩書，語常不繼。或嘲之曰：『此非出芝麻通鑑上乎？』蓋吴人好以芝麻點茶，市中賣者，以零殘通鑑裹包。一人頻買芝麻，積至數頁，而以零殘語掉舌。人問始末，輒窮曰：『我家芝麻通鑑上止此耳。』」

〔四〕分符：謂帝王封官授爵，分與一半符節爲信物。孟浩然送韓使君除洪州都曹：「述職撫荆衡，分符襲寵榮。」

〔五〕天眼剥地皮：褚人獲堅瓠廣集卷二：「洪武中，福建按察陶鑄字垕仲，清介自律。時布政薛大方貪暴自肆，垕仲劾之。大方詞連垕仲，至京，事既白，大方得罪，垕仲還官。閩人語曰：『垕仲再來天有眼，大方不去地無皮。』成弘間黄州知府盧濬字希哲，守己愛民，得罪上司去職。曹濂繼之，貪暴自恣，兩經考察，皆得乾全，時有『盧濬不來天没眼，曹濂重到地無皮』之謡。吾蘇祖將軍回旗，韓撫久任，有改前句者云：『祖將撤回天有眼，韓都久在地無皮。』則天眼、地皮之對，古今已三見矣。」

〔六〕「好官」句：脱脱宋史卷三二九鄧綰傳：「鄧綰，字文約，成都雙流人。舉進士，爲禮部第一。稍遷職方員外郎。熙寧三年冬，通判寧州。時王安石得君專政，條上時政數十事，以爲宋興百年，習安玩治，當事更化。又上書言：『陛下得伊、吕之佐，作青苗、免役等法，民莫不歌舞聖澤。以臣所見寧州觀之，知一路皆然；以一路觀之，知天下皆然。誠不世之良法，願勿移於浮議而堅行之。』其辭蓋媚王安石。又貽以書頌，極其佞諛。安石薦於神宗，驛召對。方慶州有夏寇，綰敷陳甚悉。帝問安石及吕惠卿，以不識對。帝曰：『安石，今之古人；惠卿，賢人也。』退見安石，欣然如素交。宰相陳升之、馮京以綰練邊事，屬安石致齋，復使知寧州。綰聞之不樂，誦言：『急召我來，乃使還邪？』或問『君今當作何官？』曰：『不失爲館職，得無爲諫官乎？』曰：『正自當耳。』明日，果除集賢校理，檢正中書孔目房，鄉人在都者皆笑且罵，綰曰：『笑罵從汝，好官須我爲之。』」

〔七〕祖機：釋曉瑩羅湖野録卷一：「大覺禪師，昔居泐潭，燕坐，室中見金蛇從地而出，須臾隱去，聞者讚爲吉徵。未幾，自廬山圓通赴詔，住東都淨因。……久之，奏頌乞歸山，曰：『六載皇都唱祖機，兩曾金殿奉天威。青山隱去欣何得，滿篋唯將御頌歸。』」張方平居憂過祥制示辰長老：「舍西賴與招提接，時叩禪關話祖機。」關南道吾樂道歌：「今日山僧只遮是，元本山僧更若爲。探祖機，空王子，體似浮雲没隈倚。」

〔八〕「賴衣」句：班固漢書卷六六王訢傳：「王訢，濟南人也，以郡縣吏積功，稍遷爲被陽令。武帝末，軍旅數發，郡國盗賊群起，繡衣御使暴勝之使持斧逐捕盗賊。」

〔九〕行取：明清時，地方官經推薦保舉後調任京職。李贄答焦漪園：「潘雲松聞已行取，三經解刻在金華，當必有相遺。」汪琬何桐蓀墓誌銘：「君諱紀堂……曾祖裔雲，康熙丙辰進士，嘗作令湖南，創議免四十二州縣無名税，失大吏意，然楚人至今尸祝之，秩滿行取，當授主事，即請告歸，以著書終其身。」

〔一〇〕一路哭：陳均九朝編年備要卷一二：「仲淹之選監司也，取班簿，視不才監司，每見一人姓名，一筆勾之。弼曰：『一筆勾之甚易，焉知一家哭矣。』仲淹曰：『一家哭，何如一路哭耶？』遂悉罷之。」

〔一一〕「笑指」句：房玄齡晉書卷六〇索靖傳：「索靖，字幼安，敦煌人也。……惠帝即位，賜爵關内侯。靖有先識遠量，知天下將亂，指洛陽宫門銅駝，歎曰：『會見汝在荆棘中耳！』」

〔一二〕富家翁：房玄齡晉書卷一宣帝紀：「司馬公正當欲奪吾權耳，吾得以侯還第，不失爲富家翁。」

〔一三〕説事錢：許有壬辯平章趙世延：「奏劾奸臣特們德爾不法二十餘事，及中丞多爾濟等按問特們德爾下總領蔡雲，因馮開平身死，公事過付張五十三，許與特們德爾中統鈔一千錠，本人受要説事錢二百錠，招證明白，征贓到官。」

〔一四〕士夫體：范濂雲間據目鈔卷二紀風俗：「縉紳呼號，云某老某老，此士夫體也。隆萬以來，即黄髮孺子，皆以老名，如老趙、老錢之類，漫無忌憚。至幫閒一見傾蓋，輒大老官、二老官，益覺無謂；而娼優隸卒，呼號尤奇。」

〔一五〕熱客：姜南風月堂雜識：「世之癡者，爲熱客所誤，汝等切宜戒之。」

〔一六〕阿堵物：劉義慶世説新語規箴：「王夷甫雅尚玄遠，常嫉其婦貪濁，口未嘗言錢字。婦欲試之，令婢以錢繞床不得行。夷甫晨起，見錢閡行，呼婢曰：『舉卻阿堵物。』」

〔一七〕利市三倍：韓康伯周易説卦卷九：「巽爲木、爲風……其於人也爲寡髮、爲廣顙、爲多白眼、爲近利市三倍，其究爲躁卦。」

〔一八〕「君不見」二句：臨平：嘉慶重修一統志杭州府：「臨平鎮：在仁和縣東北四十里。唐置臨平監，明置横塘臨平税課司，本朝因之。」皋亭山：嘉慶重修一統志杭州府：「皋亭山：在仁和縣東北二十里。唐書地理志：錢塘有皋亭山。咸淳志：山高百餘丈，雲出則雨，有水甕及桃花塢。元史巴延傳：至元十三年進軍臨平鎮，次皋亭山。即此。巴延，舊作伯顔，今改正。」

〔一九〕臨安：嘉慶重修一統志杭州府：「五代時錢鏐建吴越國，宋仍曰杭州餘杭郡。淳化五年改寧海軍節度，屬兩浙路。大觀元年升爲帥府，領兩浙西路兵馬鈐轄。建炎三年爲行在，所升臨安府爲浙西路治。元至元十三年立兩浙都督府，十五年改杭州路。明初改杭州府。」此指南宋朝廷。

〔二〇〕甲科榜：元明以來稱進士爲甲科，又名甲榜。趙翼陔餘叢考卷二九甲榜乙榜：「今世謂進士爲甲榜，以其曾經殿試，列名於一二三甲也。」

〔二一〕「大元」二句：謝枋得送方伯載歸三山序：「以儒爲戲者曰：『我大元制典，人有十等：一官二吏先之者，貴之也；貴之者，謂有益於國也。七匠八娼九儒十丐後之者，賤之也；賤之者，謂無益於國也。』嗟乎卑哉，介乎娼之下、丐之上者，今之儒也。」前進士：前朝之進士也，非唐代得第所謂之「前進士」。吴澄故咸淳進士鄒君墓誌銘：「泰定元年七月壬子，余友前進士鄒君卒於家。」

〔二二〕持籌握算：枚乘七發：「孔老覽觀，孟子持籌而算之，萬不失一。」

〔二三〕「儒來」句：班固漢書卷一高帝紀：「漢王刻印，將遺食其立之，以問張良。良發八難，漢王輟飯吐哺，曰：「豎儒，幾敗乃公事！」」

〔二四〕横財鑄十爐：瞿佑剪燈新話卷一三山福地志：「自實因指當世達官而問之曰：『某人爲丞相而貪饕不止，賄賂公行，異日當受何報？』道士曰：『彼乃無厭鬼王，地下有十爐以鑄其横財。今亦福滿矣，當受幽囚之禍。』……自實因舉繆君負債之事。道士曰：『彼乃王將軍之庫子，財物豈得妄動耶？』道士因言：『不出三年，世運變革，大禍將至，其可畏也。汝宜擇地而居，否則恐預池魚之殃。』」

〔二五〕敕中厨：古樂府隴西行：「談笑未及竟，左顧敕中厨。」曹植娱賓賦：「辦中厨之豐膳兮，作齊鄭之妍倡。」

〔二六〕凷：許慎説文解字土部：「凷，墣也。从土凵。凵，屈象形。」又：「塊，俗凷，从土鬼。」

〔二七〕貸逋：班固漢書卷六武帝紀：「諸逋貸及辭訟在孝景後三年以前，皆勿聽治。」顔師古注：「久負官物亡匿不還者，皆謂之逋。」

〔二八〕蹩躠：莊子馬蹄：「蹩躠爲仁，踶跂爲義，而天下始疑矣。」成玄英疏：「蹩躠，用力之貌。」陸德明音義：「蹩，步結反。躠，悉結反。」

〔二九〕餓死杜甫：歐陽修新唐書卷二〇一杜甫傳：「甫字子美，少貧……舉進士，不中第，困長安。……會禄山亂，天子入蜀，甫避走三川……所在寇奪，甫家寓鄜，彌年艱窶，孺弱至餓死，……客秦州，負薪采橡栗自給。……大暦中，出瞿塘，下江陵，泝沅湘以登衡山，因客耒陽，游嶽祠，大水遽至，涉旬不得食，縣令具舟迎之，乃得還。令嘗饋牛炙白酒，大醉，一昔卒。」窮死韓：韓愈作送窮文，王伯大注：「張文潛曰：公送窮文蓋出子雲逐貧賦，然文采過逐貧矣。晁無咎取公此文於續楚詞繫之，曰：愈以屢窮不曹時，若有物焉爲之，故託於鬼嘯。彼窮我者，車舡飲食，謝而遠之，而窮不可去也；則燒車與舡，延之上坐，亦卒歸於正之義云。」

〔三〇〕顏：指顏真卿。朱長文墨池編卷三：「顏真卿，字清臣，祕書監師古七世從孫也。……謚曰文忠，唐世皆謂之魯公，不敢名云。嗚呼！魯公可謂忠烈之臣也。而不居廟堂，宰天下，唐之中葉卒多故而不克興，惜哉！其發於筆翰，則剛毅雄特，體嚴法備，如忠臣義士，正色立朝，臨大節而不可奪也。楊子雲以書爲心畫，於魯公信矣。尤嗜書石，大幾咫尺，小亦方寸，蓋欲傳之遠也。」

〔三一〕素：指懷素。朱長文墨池編卷三：「唐僧懷素，字藏真，長沙人也。自云得草書三昧，始其臨學勤苦，故筆頹委，作筆冢以瘞之。嘗觀夏雲隨風變化，頓有所悟，遂至妙絶。如壯士拔劍，神彩動人。顏公嘗有書云：『昔張長史之作也，時人謂之張顛；今懷素之爲也，僕實謂之狂僧。以狂繼顛，孰爲不可耶。』其爲名流推與如此。」

〔三二〕書足記姓名：司馬遷史記卷七項羽本紀：「項籍少時，學書不成，去；學劍，又不成，項梁怒之，籍曰：『書足以記名姓而已；劍，一人敵，不足學，學萬人敵。』於是，項梁乃教籍兵法，籍大喜。」

〔三三〕蚓蛇滿紙污：房玄齡晉書卷八〇王羲之傳論讚：「蕭子雲近世擅名江表，然僅得成書，無丈夫之氣。行行若縈春蚓，字字如綰秋蛇，卧王蒙於紙中，坐徐偃於筆下。雖禿千兔之翰，聚無一毫之筋；窮萬穀之皮，斂無半分之骨。以兹播美，非其濫名邪？」蘇軾孫莘老寄墨：「晴窗洗硯坐，蛇蚓稍蟠結。」陳與義玉延賦：「起援筆而三叫，驅蛇蚓以縱横。」

〔三四〕雕蟲小技：揚雄揚子法言吾子篇：「或問：『吾子少而好賦？』曰：『然。童子雕蟲篆刻。』俄而曰：『壯夫不爲也。』」

〔三五〕諧聲、轉注：皆爲六書之一。許慎説文解字叙：「周禮八歲入小學，保氏教國子先以六書。一曰指事：指事者，視而可識，察而可見，上下是也；二曰象形：象形者，畫成其物，隨體詰詘，日月是也；三曰形聲：形聲者，以事爲名，取譬相成，江河是也；四曰會意：會意者，比類合誼，以見指撝，武信是也；五曰轉注：轉注者，建類一首，同意相受，考老是也；六曰假借：假借者，本無其字，依聲託事，令長是也。」

〔三六〕「神仙」句：古詩十九首：「服食求神仙，多爲藥所誤。」

〔三七〕「君令」二句：歐陽修新唐書卷一九六田游巖傳：「田游巖，京兆三原人。永徽時補太學生，罷歸入太白山，母及妻皆有方外志，與共棲遲山水間。……高宗幸嵩山，遣中書侍郎薛元超就問其母，賜藥物絮帛。帝親至其門，游巖野服出拜，儀止謹樸。帝令左右扶止，謂曰：『先生比佳否？』答曰：『臣所謂泉石膏肓、煙霞痼疾者。』帝曰：『朕得君，何異漢獲四皓乎！』」

〔三八〕黝堊：禮記喪服大記：「既祥，黝堊。」孔穎達疏：「黝，黑色，平治其地令黑也；堊，白色，新塗堊於牆壁令白。」

〔三九〕户曹：司馬彪後漢書百官志：「户曹主民户、祠祀、農桑。」高承事物紀原户曹：「漢公府有户曹掾，主民户，祀、農桑，州郡爲史，北齊與功倉曹同爲參軍，唐諸府曰户曹，餘州曰司户。」

〔四〇〕錢刀：古辭白頭吟：「男兒重意氣，何用錢刀爲！」劉昫舊唐書卷一〇一李乂傳：「且鬻生之徒，唯利斯視，錢刀日至，網罟年滋，施之一朝，營之百倍。」

〔四一〕放手：范曄後漢書卷二顯宗孝明帝紀：「其未發覺，詔書到先自告者，半入贖。今選舉不實，邪佞未去，權門請託，殘吏放手，百姓愁怨，情無告訴。有司明奏，罪名並正舉者。」李賢注：「放手，謂貪縱爲非也。」

〔四二〕敵國：樓鑰陳順之靈壁石硯山：「陳侯之富可敵國，會有寶光驚四塞。」

〔四三〕「大家」句：范曄後漢書卷八三逸民列傳：「至吴，依大家皋伯通，居廡下，爲人賃舂。每歸，妻爲具食，不敢於鴻前仰視，舉案齊眉。伯通察而異之，曰：『彼傭能使其妻敬之如此，非凡人也。』乃方舍之於家。」

〔四四〕長樂傳：歐陽修新五代史卷五四雜傳：「馮道，字可道，瀛州景城人也。……莊宗即位，拜户部侍郎，充翰林學士。……明宗自魏擁兵還，犯京師。孔循勸道少留以待，道曰：『吾奉詔赴闕，豈可自留。』乃疾趨至京師。莊宗遇弑，明宗即位，雅知道所爲，問安重誨曰：『先帝時馮道何在？』重誨曰：『爲學士也。』明宗曰：『吾素知之，此真吾宰相也。』拜道端明殿學士，遷兵部侍郎，歲餘，拜中書侍郎，同中書門下平章事。……道相明宗十餘年，明宗崩，相湣帝。潞王反於鳳翔，湣帝出奔衛州，道率百官迎潞王以入，是爲廢帝，遂相之。廢帝即位，時湣帝猶在衛州，後三日湣帝始遇弑，崩。已而廢帝出道爲同州節度使，踰年拜司空。晉滅唐，道又事晉。晉高祖拜道守司空，同中書門下平章事，加司徒兼侍中，封魯國公。高祖崩，道相出帝，加太尉，封燕國公，罷爲匡國軍節度使，徙鎮威勝。契丹滅晉，道又事契丹朝耶律德光於京師，……以道爲太傅，德光北歸，從至常山。漢高祖立，乃歸漢，乙太師奉朝請。周滅漢，道又事周，周太祖拜道太師，兼中書令。道少能矯行，以取稱於世，及爲大臣，尤務持重以鎮物，事四姓十君，益以舊德自處，然當世之士無賢愚皆仰道爲元老，而喜爲之稱譽。……然道視喪君亡國，亦未嘗以屑意。當是時，天下大亂，外患交侵，生民之命急於倒懸，道方自號長樂老，著書數百言，陳己更事四姓及契丹，所得階勳官爵以爲榮，自謂孝於家，忠於國，爲子爲弟，爲人臣，爲司長，爲夫爲父，有子有孫，時開一卷，時飲一杯，食味别聲被色，老安於當代，老而自樂，何樂如之，蓋其自述如此。」

〔四五〕晞髮子：即謝翺。胡翰謝翺傳：「謝翺，字皋羽，建寧人也。家故贏於財，父鑰居喪哀毁，人稱其孝。宋咸淳初，翺試進士不第，慨然求諸古，以文章名家。元兵取宋，宋相文天祥亡走江上，逾海至閩，檄州郡大舉勤王之師，翺傾家貲，率鄉兵數百人赴難，遂參軍事。天祥轉戰閩、廣，至潮陽被執。翺匿民間，流離久之，間行抵勾越，勾越多閥閲故大族，而王監簿諸人方延致游士，日以賦詠相娱樂，翺時出所長，諸公見者皆自以爲不及，不知其爲天祥客也。然終不自明，且念：久不去，人將虞我矣。乃去而之越之南鄙，依浦陽江方鳳，時永康吴思齊亦依鳳居，三人無變志，又皆高年，遂俱客吴氏里中，得其餘日以自適，一不問當世事。翺嘗上會稽，循山左右，窺佑思諸陵，西走吴、會，東入鄞，過蛟門，臨大海，所至歔欷流涕。晚愛睦州山水，浮七里瀨，登嚴光釣臺，北向舉酒，以竹如意擊石，歌曰：『魂歸來兮何極，魂去兮關水黑，化爲朱鳥兮有噣焉食。』歌已，失聲哭，人莫詰其誰何，唯鳳與思齊深悲之。初，江端友、吕居仁、朱翌辟地白雲源，源故方干所居，在釣臺之南，翺率其徒游焉。願即此爲葬地，作許劍録。及翺居錢唐，病革，語其妻劉曰：『我死必以骨歸方鳳，葬我許劍之地。』鳳聞訃，訖如其言。」

〔四六〕式微：詩邶風式微：「式微式微，胡不歸？」朱熹集傳：「式，發語詞；微，猶衰也。」

〔四七〕臺閣體：王世貞藝苑卮言卷五：「楊尚法，源出歐陽氏，以簡淡和易爲主，而乏充拓之功，至今貴之，曰臺閣體。」

〔四八〕寶祐四年榜：即宋寶祐四年登科録。四庫全書總目寶祐四年登科録：「寶祐四年登科録四卷，宋文天祥榜進士題名也。首列御試策題一道，及詳定編排等官姓名，其覆考檢點試卷官爲王應麟，故宋史文天祥傳載『考官王應麟奏其卷，稱古誼若龜鑑，忠肝如鐵石，敢爲國家得人賀也』。……天祥本列第五，理宗親擢第一。其第二甲第二人爲謝枋得，第二十七人爲陸秀夫，與天祥並以孤忠勁節撑拄綱常，數百年後睹其姓名，尚凛然生敬，則此録流傳不朽，若有神物呵護者，豈偶然哉。」

〔四九〕文：即文天祥。脱脱宋史卷四一八文天祥傳：「文天祥，字宋瑞，又字履善，吉之吉水人也。體貌豐偉，美晳如玉，秀眉而長目，顧盼燁然。……年二十舉進士，對策集英殿。時理宗在位久，政理浸怠，天祥以法天不息爲對，其言萬餘，不爲稿，一揮而成。帝親拔爲第一。……天祥性豪華，平生自奉甚厚，聲伎滿前。至是，痛自貶損，盡以家貲爲軍費。每與賓佐語及時事，輒流涕，撫几言曰：『樂人之樂者憂人之憂，食人之食者死人之事。』八月，天祥提兵至臨安，除知平江府。……明年正月，除知臨安府。未幾，宋降，宜中、世傑皆去。仍除天祥樞密使。尋除右丞相兼樞密使，使如軍中請和，與大元丞相伯顔抗論皋亭山。丞相怒拘之，偕左丞相吴堅、右丞相賈餘慶、知樞密院事謝堂、簽書樞密院事家鉉翁、同簽書樞密院事劉岊，北至鎮江。天祥與其客杜滸十二人，夜亡入真州。……益王殂，衛王繼立。天祥上表自劾，乞入朝，不許。八月，加天祥少保、信國公。……天祥至潮陽，見弘範，左右命之拜，不拜，弘範遂以客禮見之，與俱入厓山，使爲書招張世傑。天祥曰：『吾不能捍父母，乃教人叛父母，可乎？』索之固，乃書所過零丁洋詩與之。其末有云：『人生自古誰無死，留取丹心照汗青。』弘範笑而置之。厓山破，軍中置酒大會，弘範曰：『國亡，丞相忠孝盡矣，能改心以事宋者事皇上，將不失爲宰相也。』天祥泫然出涕，曰：『國亡不能救，爲人臣者死有餘罪，況敢逃其死而二其心乎？』弘範義之，遣使護送天祥至京師。天祥在道，不食八日，不死，即復食。至燕，館人供張甚盛，天祥不寢處，坐達旦。遂移兵馬司，設卒以守之。時世祖皇帝多求才南官，王積翁言：『南人無如天祥者。』遂遣積翁諭旨，天祥曰：『國亡，吾分一死矣。儻緣寬假，得以黄冠歸故鄉，他日以方外備顧問，可也。若遽官之，非直亡國之大夫不可與圖存，舉其平生而盡棄之，將焉用我？』積翁欲合宋官謝昌元等十人請釋天祥爲道士，留夢炎不可，曰：『天祥出，復號召江南，置吾十人於何地！』事遂已。……召入，諭之曰：『汝何願？』天祥對曰：『天祥受宋恩，爲宰相，安事二姓？願賜之一死足矣。』然猶不忍，遽麾之退。言者力贊從天祥之請，從之。俄有詔使止之，天祥死矣。天祥臨刑殊從容，謂吏卒曰：『吾事畢矣。』南鄉拜而死。數日，其妻歐陽氏收其屍，面如生，年四十七。其衣帶中有贊曰：『孔曰成仁，孟曰取義，惟其義盡，所以仁至。讀聖賢書，所學何事，而今而後，庶幾無愧。』」

陸：即陸秀夫。脱脱宋史卷四五一陸秀夫傳：「陸秀夫，字君實，楚州鹽城人。……景定元年，登進士第。……咸淳十年，庭芝制置淮東，擢參議官。德祐元年，邊事急，諸僚屬多亡者，惟秀夫數人不去。庭芝上其名，除司農寺丞，累擢至宗正少卿兼權起居舍人。二年正月，以禮部侍郎使軍前請和，不就而反。二王走温州，秀夫與蘇劉義追從之，使人召陳宜中、張世傑等皆至，遂相與立益王於福州。進端明殿學士、簽書樞密院事。……秀夫曰：『度宗皇帝一子尚在，將焉置之？古人有以一旅一成中興者，今百官有司皆具，士卒數萬，天若未欲絶宋，此豈不可爲國邪？』乃與衆共立衛王。時陳宜中往占城，以與世傑不協，屢召不至。乃以秀夫爲左丞相，與世傑共秉政。時世傑駐兵崖山，秀夫外籌軍旅，内調工役，凡有所述作，又盡出其手。雖匆遽流離中，猶日書大學章句以勸講。至元十六年二月，崖山破，秀夫走衛王舟，而世傑、劉義各斷維去，秀夫度不可脱，乃杖劍驅妻子入海，即負王赴海死，年四十四。」謝：即謝枋得。脱脱宋史卷四二五謝枋得傳：「謝枋得，字君直，信州弋陽人也。爲人豪爽，每觀書，五行俱下，一覽終身不忘。性好直言，一與人論古今治亂國家事，必掀髯抵几，跳躍自奮，以忠義自任。徐霖稱其『如驚鶴摩霄，不可籠縶』。……德祐元年……以江東提刑、江西招諭使知信州。明年正月……孝忠中流矢死，馬奔歸，枋得坐敵樓，見之，曰：『馬歸，孝忠敗矣。』遂奔信州，師夔下安仁，進攻信州，不守，枋得乃變姓名，入建寧唐石山，轉茶阪，寓逆旅中。日麻衣躡屨，東鄉而哭，人不識之，以爲被病也。已而去，賣卜建陽市，中有來卜者，惟取米屨而已，委以錢，率謝不取。其後人稍稍識之，多延至其家，使爲弟子論學。天下既定，遂居閩中。……至元二十三年，集賢學士程文海薦宋臣二十二人，以枋得爲首，辭不起。……二十五年，福建行省參政管如德將旨如江南求人材，尚書留夢炎以枋得薦，枋得遺書夢炎曰：『江南無人材。……今吾年六十餘矣，所欠一死耳，豈復有它志哉！』終不行。……二十六年四月，至京師，問謝太后攢所及瀛國所在，再拜慟哭。已而病，遷憫忠寺，見壁間曹娥碑，泣曰：『小女子猶爾，吾豈不汝若哉！』留夢炎使醫持藥雜米飲進之，枋得怒曰：『吾欲死，汝乃欲生我邪？』棄之於地，終不食而死。」

〔五〇〕五甲：脱脱宋史卷一五六選舉志二：「隆興元年，御試第一人承事郎、簽書諸州節度判官，第二第三人文林郎、兩使職官，第四第五人從事郎、初等職官，第六人至第四甲並迪功郎、諸州司户簿尉，第五甲守選。乾道元年，詔四川特奏名第一等第一名賜同學究出身，第二名至本等末補將仕郎，第二等至第四等賜下州文學，第五等諸州助教。二年，御試，始推登極恩，第一名宣義郎，第二名與第一名恩例，第三名承事郎，第一甲賜進士及第並文林郎，第二甲賜進士及第並從事郎，第三、第四甲進士出身，第五甲同進士出身；特奏名第一名賜進士出身，第二、第三名賜同進士出身。」

〔五一〕立身：孝經：「立身行道，揚名於後世，以顯父母，孝之終也。」

人日同黄九煙飲〔一〕

雞狗豬羊馬復牛，排來件件壓人頭。此曹更以儒爲賤，吾道原無食可謀〔二〕。何用竿邊看日影〔三〕，且從杯底探春愁。一談一笑關休咎，慎莫題詩寄遠州〔四〕。

【箋釋】

此詩作於康熙二年癸卯正月初七日。

按，是日同飲者，復有吴孟舉，與此下穀日又同飲詩爲同時之作。而所飲之地，即在吕氏祖居之水生草堂中。

吴孟舉，名之振，號橙齋，别號黄葉村農，崇德洲泉人。生於明崇禎十三年庚辰五月初七日，卒於清康熙五十六年丁酉二月二十九日，終年七十有八。父尚思，卒於清順治六年己丑六月初七日，時吴氏方九歲，母范氏「攜孤播遷，所至輒延名宿督課不輟」（洲泉吴氏宗譜卷二）。徐焕吴母范太孺人傳曰：「時當勝國之際，所在盜寇剽掠。吴故甲族，尤盜所注目，遂自洲泉遷住城中。及贈君没，太孺人内綜家政，外持門户，事無巨細，悉有條理。延師教子，必求老成名宿。」（洲泉吴氏宗譜卷五）順治十年癸巳，孟舉十四歲，應童子試，與晚村「定交試席間」（顧楷仁吴孟舉墓誌銘）。後孟舉奉母命，與晚村定交。十三年丙申，孟舉十七歲，坐尋暢樓讀書，從晚村學詩。十四年丁酉至十六年己亥間，晚村助好友陸雯若倡社邑中，後實主社事，並邀孟舉爲助。徐焕吴母范太孺人傳：「方本朝順治初，三吴文人鼎盛，同邑吕晚村先生爲時領袖，徵召四方，舟車畢會，而橙齋以妙年頡頏其間，晚村每事引之爲助，遂定終身交。」（洲泉吴氏宗譜卷五）因晚村之介，孟舉得交黄太沖晦木兄弟、黄九煙、高旦中、陳湘殷紫綺兄弟、黄復仲、朱聲始等名流。十八年辛丑左右，晚村與孟舉、自牧叔姪於洲泉南前村（吴氏居住地）唱和，得詩若干，彙爲南前唱和詩集。洲泉吴氏宗譜卷二：「爾堯，之鼎子，字松生，又字自牧，邑庠生。生於崇禎七年甲戌七月二十四日，卒於康熙十六年丁巳七月十四日，年四十四。……次（按，指第五女）適廩生吕立忠字無倦。」自牧長孟舉六歲，小晚村五歲。吕立忠，又名納忠，晚村第七子。余别有吕留良吴之振交游述略一文，叙兩人關係親疏變化之過程及個中之原由，刊中國詩歌研究第八輯，可以參看。

【資料】

吳之振人日：依舊春風到草堂，熏爐茗椀自評量。釵頭彩勝童心在，盞底屠蘇酒力狂。蓂莢入年應七葉，梅花醉我有千場。南前閉户無新詠，屋角熏天餅餌香。（黄葉村莊詩集卷一）

顧楷仁吳孟舉墓誌銘：公諱之振，字孟舉，橙齋其號也。洲泉之吳，出漢吳公，史所稱「治平第一」者也。墓在洲泉，子孫因家焉。迄今幾二千年，子姓蕃衍，支庶析處江南北，而大宗一派，世居洲泉。宋南渡之季，罹難覆宗，僅漏一息，再世而生三子，仲、季分處清溪、海昌，而伯以宗子，仍居洲泉守墳墓。閱十五傳，爲邑文學、贈福建巡撫、都御史諱沛然者，公祖也；文學、贈中書舍人諱尚思者，公考也。公自孤童執贈君喪，哀毀有聞；國初奉母氏避亂，流離瑣尾中，晨夕甘旨無閒，使太孺人忘播越之苦；癸卯臨闈，聞太孺人病，即罷歸，親製藥物，檢牏器，不櫛翔、不脅席者幾一年，此公之孝也。公鮮兄弟，待從兄弟如兄弟，視其子如子，視其孫如孫，幼而飲食教誨，長而授室，經濟其家，俾咸得成立，此公之友也。宗黨族屬，咸有恩紀以相及，以遠近爲等殺，不以厚薄徇愛憎也；戚屬之休戚，視如一體，有甥孤孑來歸，爲之撫養婚娶，且析己産授之，既去，而呵護之，其人遂殖産致富，此又公之睦婣也。知交緩急叩門，不以有無爲解；門士之貧者，廪食之，或進取無階，則力爲提挈，遂有弋科名、登仕版者；閭里急難，則爲之排解，其死喪貧乏，則周貸不憚煩，此又公之任卹也。讀經史，不尋行數墨，時得新義於注疏之表，而非穿穴也；詩古文辭俱有師承指授，而更能自闢門户；晚於詩律尤細，近代作家未能或之先也；十三應童子試，即與□□□定交試席間，後更與黄梨洲兄弟游處，其讀書取友有如此者。書畫藝事如有天授，稍加摹仿，遂入古人之室，舟車所至，絹素填委，筆墨錯迕，不雖山僧榜人，花宫酒樓，以柱聯署額干者，隨手揮灑，應之無倦容，無忤色；其不可者，重幣相乞請，不假易也，其通而介有如此者。與人言，必依倫類，間雜以詼嘲，然未嘗稍失口也；不爲崖岸嶄絶之行，不爲迂闊不近情之事，而未嘗稍溢矩矱也；坦率樂易，不設城府，人人得至其前，而流品涇渭未嘗或淆也，其外和而内嚴有如此者。邑有大利病，人所默塞低頭者，公昌言無顧忌；疑獄則疏通别白之，冤案爲伸雪排釋之，其人事解，不知所由來也，蓋匪獨不受餽，並不居名，其不爲寒蟬之劉勝而爲水孟之任棠有如此者。公以明經需次中翰，銓補久已，及期，在位之相知有氣力者競欲推輓，以書促駕，人謂通顯可戾契致，而公顧掉頭勿就也，其澹蕩於榮利有如此者。若利濟之事，詳在家狀及積善録中，故不復件繫，而公之篤於倫類，誠於制行，非沽名，非邀福，無假託，無矯情者，世俗未之知也，故爲論譔其大節，以補録與狀之所未及。間嘗論之録所載賑飢施藥，則清獻之越州救災也；䘏孤育嬰，則横渠之慈弱幼幼也。公之經世實學，略見於此矣。惜身未用世，所及止鄉邦爾。然古人不云乎，可一邑，即可天下；可一時，即可萬世，士君子亦顧其身何如耳。所施之廣狹，自繫乎世運，而身之有關乎世者，初不因通塞顯晦而加損也。公即未爲世用，而藴義生風，足以鼓動流俗，言論風采，足以爲挽頹波，文章領袖乎儒林，惠愷霑被乎鄉井。吏有所規，士有所倣，民有所恃，流風餘韻，數世賴之，其繫乎世何如也！公歿之日，童不謡，舂不相，識與不識皆歎息涕洟，豈苟然也哉？桃李不言，下自成蹊，觀公之得此者，而公之爲公從可知也。已矣！公生於明崇禎庚辰五月初七，其卒也，以康熙丁酉二月二十九日，壽七十有八。配勞宜人，壼範女德，克媲圖史，相夫型家，具有儀則。生於明崇禎己卯十二月五日，後公七十日而歿，壽七十有九。以是年十月二十六日，合葬於洲泉之學圩新阡，禮也。銘曰：延陵之先，由經義起。風雅一燈，由公肇始。稱詩正宗，如月得指。鍾譚鬼怪，王李稗秕。盡披雲霧，重見天咫。綿綿世德，公益層累。譬彼作室，塗塈勤此。善必食報，應受多祉。祖塋東南，吉壤峛崺。既固既安，昌爾孫子。（黄葉村莊詩集卷首）

吕留良復董雨舟書：思其母夫人識弟於流輩中，而命其子與友。及彌留時，嗚咽流涕而囑弟曰：「吾止此一子，幼失父無教，其言行未嘗一當。今吾無可託者，以屬之子，其善教之。」弟收淚而應之曰：「敬諾。」此時孟舉匍伏床下，慟不能起。（鈔本吕晚村文集）

吕留良與沈起廷書：其母夫人識弟於稠人之中，命之納交，如其嫡從之屬，孟舉亦竭情盡歡。（鈔本吕晚村文集，文集作「與某書」）

張履祥言行見聞録：崇德吴氏母范臨没語其子之振字孟舉曰：「朋友中如吕□□，汝宜深交，言必聽，事必商，可無失。」因請□□於榻前諄諄焉。范本微，爲吴側室，精勤有心計，寡居子幼，能持家政，視夫君存日益富厚；教子，弱冠文學已過人。（楊園先生全集卷三四）

吴之振夏日口占四絶寄晚村兼示自牧姪：十七從君學賦詩，東塗西抹總迷離。廬山面目依然

在，留得芒鞋卻待誰。（黄葉村莊詩集卷一）
吴之振祝沈揆生七十：我方髫齡君年少，尋暢樓頭共讀書。静按琴徽聽落雁，狂呼酒盞煮乾魚。時過令子傳眠食，懶踏荒園欠掃除。今日登堂爲君壽，白首相對歎居諸。（黄葉村莊續集）
吕公忠行略：先君一爲之提唱，名流輻輳，玳筵珠履，會者常數千人。女陽百里間，遂爲人倫奥區。詩筒文卷，流布宇内。人謂自復社以後，未有其盛。（文集附。按，女陽乃崇德别稱）
吴之振次韻送范廣文性孚之官天台：君不見浙西社事集名勝，蜂窠蟻垤分門徑。變滅煙雲頃刻間，無異危欄攀曲磴。士衡談笑獨登峰，把袂牽裾嵇吕同。謂雯若、用晦。高堂行炙燒銀燭，哀絲急管歌玲瓏。余髪未燥駒脱齒，拽履長吟亦來此。（黄葉村莊詩集卷七）

【注　釋】

〔一〕人日：嚴鴻逵釋略：「月令廣義、東方朔占書：『一雞，二犬，三豬，四羊，五牛，六馬，七人，八穀。』」宗懔荆楚歲時記：「董勛問禮俗云：『正月一日爲雞，二日爲狗，三日爲羊，四日爲豬，五日爲牛，六日爲馬，七日爲人，以陰晴占豐耗。正旦畫雞於門，七日貼人於帳。』今一日不殺雞，二日不殺狗，三日不殺羊，四日不殺豬，五日不殺牛，六日不殺馬，七日不行刑，亦此義也。」

〔二〕「吾道」句：論語衛靈公：「君子謀道不謀食。耕也，餒在其中矣；學也，禄在其中矣。君子憂道不憂貧也。」

〔三〕竿邊看日影：嚴鴻逵釋略：「今俗於是日立竿水次，量日影以驗水旱。」

〔四〕「愼莫」句：高適人日寄杜二拾遺：「人日題詩寄草堂，遥憐故人思故鄉。柳條弄色不忍見，梅花滿枝空斷腸。」

穀日又同飲

貧家無地亦占天，此日陰晴管一年〔一〕。甕底剩傾過節酒，陌頭新算上工錢。例於是日起工作。老妻治餅催耕早①，稚子糊燈待月圓。痛飲苦吟真不惡②，連朝已當地行仙〔二〕。

【校記】

① 催耕　原作「催春」，釋略本、詩稿本、怡古齋鈔本、管庭芬鈔本、張鳴珂鈔本、萬卷樓鈔本同，據嚴鈔本改。按，萬卷樓鈔本校曰：「耕。」

② 真　原作「俱」，釋略本、詩稿本、怡古齋鈔本、管庭芬鈔本、萬卷樓鈔本同，據嚴鈔本改。

【箋釋】

此詩作於康熙二年癸卯正月初八日。

【注釋】

〔一〕「此日」句：東方朔占書：「人日晴，所生之物蕃育；若逢陰雨，則有災。」徐應秋玉芝堂談薈卷二一：「穀日俗名上八日，宜晴，諺云：上八夜勿見参星，月半夜弗見紅燈。」

〔二〕地行仙：王安石謁曾魯公：「翊戴三朝冕有蟬，歸榮今作地行仙。且開京闕蕭何第，未放江湖范蠡船。」

喜吴孟舉至東莊看梅 三首

何處著花早，南枝勝北枝。欣當初霽日，佳在半開時。粉本池中得，宫裝石上知〔一〕。莫譏人寂寂，刻竹記新詩。

不是揚州廨〔二〕，江梅亦屬官。僧閒尋佛供，鄰厚借人看。曲徑開旋廢，疏籬補未完。儘教攀折好，高髻壓團欒〔三〕。

輒命相思篤，無煩驛使招〔四〕。詩腸隨路曲，醉眼傍花嬌。蝶卧尋殘夢，蜂來報早朝。非君能物色，便欲混漁樵。

【箋　釋】

此詩作於康熙二年癸卯正月。

按，諸本晚村詩集皆僅録前二首，第三首據管庭芬鈔本補。姚虞琴丁丑（一九三七年）校呂十千所藏管庭芬鈔存之天蓋樓詩，跋曰：「呂君十千藏有晚村詩稿，傳鈔草率，訛字實多，更爲校正。中有絶律十二首爲此本所無，亟録而存之。」呂十千，名萬，又字選青、丕英，生於光緒十一年乙酉，卒年不詳，海寧人。與吴湖帆、葉譽虎、夏劍丞、馮超然、吴待秋、張大千等交往。呂十千藏本與姚虞琴藏本今皆歸上海圖書館。晚村詩集遭二百餘年之焚棄，今猶得廣存天壤，予旁蒐互校，得詩多出其晚年自删之稿近百首，其天意乎！蓋孟舉於城中飲酒後，又至南陽村之東莊賞梅。

【資　料】

吴之振過東莊看梅：迤儷東莊路，春風黑板橋。前溪通竹樹，比户足漁樵。谷口風猶在，南陽興未遥。青鞵從此辦，不獨爲花朝。

嘯傲梅花裏，今朝定有詩。軟香春暖候，冷豔月黄時。坐久渾無意，風來每自疑。游蜂莫相惱，付與出牆枝。

北户新除徑，相隨偩竹登。周遭鶯語滑，蕩漾水痕增。過雨移茶種，添流間麥塍。無心階下草，散髮任鬅鬙。（黄葉村莊詩集卷一）

【注釋】

〔一〕宮裝：李昉太平御覽卷三〇時序部：「宋武帝女壽陽公主，人日卧於含章殿簷下，梅花落公主額上，成五出花，拂之不去。皇后留之，看得幾時，經三日洗之乃落，宫女奇其異，競效之。今梅花妝是也。」

〔二〕揚州廨：杜甫和裴迪登蜀州東亭送客逢早梅相憶見寄：「東閣官梅動詩興，還如何遜在揚州。」黄鶴補注引蘇曰：「梁何遜作揚州法曹，廨舍有梅花一株，花盛開，遜吟詠其下。後居洛，思梅花，再請其往，從之。抵揚州，花方盛，遜對花彷徨終日。」其事不實，詳參錢謙益注釋。

〔三〕團欒：焦竑俗書刊誤卷五：「古語有二聲合爲一字者，此切字之始也。如不可爲叵……剔欒爲團，皆里巷常談，不可勝舉。」林和靖詩云：『團欒空繞百千回。』是不知反切，改剔爲團，失其旨矣。」

〔四〕「輒命」二句：李昉太平御覽卷一九時序部：「荆州記曰：陸凱與路曄爲友，在江南寄梅花一枝詣長安與曄，並贈詩云：『折花逢秦使，寄與隴頭人。江南無所有，聊贈一枝春。』」

同黄九煙陳湘殷陳紫綺吴孟舉諸子集東莊梅花下聯句醉歸仍分賦五首

嫁得南陽老，何如處士才。池荒卻月鏡，壁立避風臺。鄰曲尋常見，闌干次第來。龐家賓客慣〔一一〕，雜坐莫相猜。

似曉伽神女，生香非鼻聞〔二〕。坐深忘爛熳，空際覺氤氳。日炙枝枝透，風節樹樹分。咨嗟誰獨切，只有鮑參軍〔三〕。

增置看花局〔四〕，新租載酒船。樹梢分緑水，籬落剩青天。處子肌膚削，先生幕席穿。南鄰多覓伴，出飲便經年。

鐵石心腸在，風流賦更高〔五〕。何須招楚些〔六〕，直欲反離騷〔七〕。點染西洲豔①〔八〕，侵凌東閣豪〔九〕。英雄尊酒滿，近不數劉曹〔一〇〕。

勝事催浮白〔一一〕，名花界蔚藍〔一二〕。詩聯强韻逼②，酒戲暗鬮探。遠隴遲消息〔一三〕，低簷索笑談〔一四〕。殘魂迷嶺外〔一五〕，春夢遶江南。

【校記】

① 西洲　原作「西州」，據嚴鈔本、釋略本、詩稿本、怡古齋鈔本改。

② 逼　原作「過」，釋略本、詩稿本、怡古齋鈔本、管庭芬鈔本同；嚴鴻逵釋略曰：「第五首『詩聯强韻過』，按『過』字無意味，必是『逼』字之訛。後『暑逼園官急水符』，初亦作『過』，力民見而正之，與此皆録寫之訛也。」張鳴珂鈔本作「逼」，兹據改。

【箋　釋】

此詩作於康熙二年癸卯正月。

按，陳湘殷，名祖法，字子執，號湘殷，别號執齋，餘姚人。生於明天啟三年癸亥，卒於清康熙三十四年乙亥，終年七十有三。晚村長女爲湘殷子婦。陳氏八兄弟，今考得如次：長祖肇，字柳津；二祖□，字紫綺；三祖□，字□□；四即祖法；五祖俱，字□□；六祖□（初名尚禎），字有上；七祖□，字□□；八祖則，字蓼園，號秋湄。

順治十四年丁酉，湘殷任崇德教諭，下車伊始，即訪晚村，其祭吕晚村先生文曰：「予釋褐，授語溪教諭。至即訪君，介賓主以入，肅然藹然，可敬也而可親。」曹叔則陳子執先生六十壽序亦曰：「吕子用晦，禦兒之雄駿君子也，而先生率先我得之。於時與用晦意氣相推，結群吴越之士，舲轅而薈禦兒之境。先生以師儒之長，折節載簡，下儕髦士，考證古今，相與修揖讓之節，弘虚受之懷。善問者多所更其端，而賢者樂與並立，其於志念深厚，質行雅馴，邃邃乎儒也。」據吴孟舉春日雜詠詩第三首：「畫鼓銅鐃動地回，縣官緣例探春來。城中萬户無花萼，郊外先開一樹梅。」此處「縣官」，當指湘殷言；而「緣例」，則正謂二人關係之密切也。

嚴鴻逵釋略曰：「（第五首）後半首對低簷之索笑，而遂懷遠隴之消息，因歎其魂迷嶺外，夢遶江南，蓋少陵每飯不忘之意，特於篇末結出。」

另據陳湘殷同民部黄九煙武林徐子度語溪吴孟舉家季弟秋湄集吕用晦東莊梅花下聯句醉歸復

分賦五首詩，知此次宴飲猶有武林徐子度。

【資　料】

耿維祜道光石門縣志卷一一職官：國朝教諭：順治：劉邦遇（松江貢生，四年任）。陳祖法（餘姚舉人，十四年任，陞祁縣知縣）。康熙：管鳳來（十年任，見名宦）。

紀沄湘殷書院記：湘殷書院爲舊郡侯陳公作也。陳公蒞晉凡四年，政平而氣和。……公諱祖法，字湘殷，浙江餘姚人，由辛卯科舉人，於康熙戊辰年正月知晉州事，辛未年十二月罷，凡四載。書院顔「湘殷」，所以記其創之繫於公也。（晉州志卷八藝文志）

曹度陳子執先生六十壽序：舜江踞越雄邑，山川奇勝甲天下。其風會之所凝翕，降靈誕異，接踵焉起。自余所覩數百年以來，名頭瑰瓌，節烈慷慨之倫，足以謀王業而扶世教，裒然傑出於其間，壽於永永。其葩而藻者，分之爲文章；穎而特者，分之爲品業。若其秀而貞，淑而不佻，則釀爲福澤，綿爲壽考矣。陳先生子執，産於是鄉，胚胎前光，遠有繼序，漸淪於名碩節烈之風，想見鄉先進之爲瑰瓌慷慨者，而誦習焉。凡以脱屣聲利，而逃富貴之榮，順應於得失之境，嘐嘐道古，必有以自遂其懷者，故齒未壯，羅而致之於省解，雅非其願也。余爲諸生時，受知於涇陽谷文宗之門。文宗故好士，略體分，勤容接，部下高才生，得造鈴閣見，燕坐譚藝不輟。先生已拜職博士，施教石庠，均被國士知。時時晤文宗館下，接其爲人，標整靜重，致虔綽夷，絶少炎奔熱阿之意。石與清，壤相錯也。其春秋之所羽籥，俊髦之所謳吟，總不離於本道鑄人分科奏藝之旨。余從鄰封側聆聲教，嘆曰：「蘇湖盛軌，豈謂今日遂無其人乎？」但余家餘不溪上，求友四方，擇交自近，必始禦兒矣。吕子用晦，禦兒之雄駿君子也，而先生率先我得之。於時與用晦意氣相推，結群吴越之士，舲轅而薈禦兒之境。先生以師儒之長，折節載簡，下儕髦士，考證古今，相與修揖讓之節，弘虚受之懷。善問者多所更其端，而賢者樂與並立，其於志念深厚，質行雅馴，逡逡乎儒也。而先生無少改於爲諸生時，苜蓿闌干，久而安之。至於十年之後，不以淹抑沉頓，少有發於吟嘆。余時亦久次諸生，貢京師，索長安米十餘年，而不得一伸其氣，何中鬱塞磊塊，中情之相合，而形跡之同出一轍竟若是哉！迨先生序遷祁令，而余舉南宫，讀書中秘，三晉之去國門不數舍，郵問無間於昔。而先生爲政，曾無少改於爲博士時，民隱實急，尤重士風。月以課，季以試，厲文行而抑奔趨，大著乎魴鱮之殊同。創昭餘書院，其秀民之能爲士者，髦士之軼於群者，朝夕冶鑄其中。先生或以政閒，親出較勘，對酒徵歌，鳴琴散帙。時當軍興孔棘，兵氣益揚，一以絃誦之聲銷之。絀我文事，率彼師武，起城闕而賦黌宫，歲不過三，人之子之幸。青青其衿，不幾歎如蜀道難哉！先生陶之有素，而掖之必力，試所首簡，必令及三人之格，斯童子之艱於拾級者，咸歌奏公矣。晉闈掄秀，先生夙負才名，一經採掇，而冀北之群，幾無遺良。斯多士之速致，觀光者咸誦明試矣。尤有異焉者，絳州楊君，先生摸索暗中而冠晉士。踰年餘，物色遇之，而雋上第，選入木天，則又針芥之投，不失銖黍。而先生之相士，能略跡而取神，得之天性者優耳。報政兩考，宜以治最徵，亟躋華顯，備耳目之司，而乃召授中舍，又未得揚於王路，即家待叙。以余之蹇拙，乞養引歸，而先生跡偶似之。夫出處淹速之轍，不必盡同，而徘徊進退，天若假之緣，猶得從先生於吴山越嶠之間，登高賦詠，汗漫於方之外者，比其故，又豈曲士之所得而喻者乎？雖然，造物之於人微矣，根之沃也不深，則其振華也不茂。取數者愈約，則其取償也愈多。今先生世籍華簪，晦貞弗曜，孳孳積仁砥行，以進咫退尺，彼於取數淺鮮矣。天道必若得當以明錫善之符，則先生春秋周一甲子，齒髮方壯，其享有祺履正自兹始。二三戚婭，過用晦氏問所以介觴者，用晦以余爲長，宜颺言以先躋堂之獻，知先生之可爲世世壽者，不當取世俗之所艷稱恩先生耳。而在乎文章品業，有以繼其鄉之節烈名碩，並榮千古。俾是日登歌堂下，奏菁莪樂育之章，推桑梓典型之望，三爵侑祝，庶其有合乎？一以報用晦命，一以快余積懷耳。他日從小鳳池頭，進而冠柱後惠文，載進而校書渠禄，揚扢儒術，以足三史之略，還以屬之南陽晦翁。（帶存堂集）

按，此文作於康熙二十二年癸亥七月五日，文中謂「先生春秋周一甲子」，當指六十周歲言。又謂「余家餘不溪上」，則此文似爲代徐方虎而作。

邵廷采陳執齋先生墓表：於乎，出處之際難矣！士不幸遭革命之運，迫於事會，不獲守其初服，惟有愛民循職，苟可以免清議；若没没貴富人而不返，更數十年，面目俱易，則君子羞之。明亡，遯荒之盛，超軼前代。……執齋陳先生以孝友諒直之性，挺然介立。丙戌後，割棄舉業，專精古詩文。已而有所迫，出應試，輒爲羅者所得。人賀之，則愀然曰：「家有老母，慚負初志耳。」教諭石門十□載，擢知祁陽，遷齊東，知晉州，皆有循吏聲實。卒以墨敗，天下士不以此爲先生冤，先生亦不以自愧。

怡然解官歸。……乙亥七月，廷采走謁先生，爲道三世之交，具恤其貧病，以爲力不能振。歎曰：「吾晚而知子，恐旦暮先入地，則子誰可與語者！」甫一月而先生告終矣。（思復堂文集卷一〇）

陳祖法同民部黄九煙武林徐子度語溪吴孟舉家季弟秋湄集吕用晦東莊梅花下聯句醉歸復分賦五首：共踐看梅約，相將逸思飛。暝林開遠霽，芳草漾朝暉。寂寞樵蘇徑，萋萋薜荔衣。郭東踰數里，遥處接芳菲。

香風何處盛，此地樂盤桓。名以同心貴（上林有同心梅），妝從落髩看。煙輕光逾薄，日照色偏寒。樹下詠花客，聲隨玉笛酸。

世人素相識，賞心勝辟彊。藤蘿繞曲檻，池水照芳塘。得睹名花影，因思高士光。坐茵快小飲，一醉話殘陽。

憶舊曾游此，傳觴意氣生。六年成舊夢（戊戌於今已六年矣），此日快君情。丘壑因天與，園亭得主名。遂疑濠濮想，從此復輕盈。

置酒梅花下，花香酒色幽。高懷冰雪永，豪氣玉山浮。零落嬌鶯樹，淒涼明月丘。好乘爛漫日，賓主共夷猶。（古處齋詩集卷五）

黄周星集語溪吕氏東莊梅花下：乞得移山術，羅浮直到門。幾年遥月魄，萬里傍冰魂。邢尹堪同幕，巢由不隔村。離騷那忘卻，終古恨黄昏。

天下梅花國，溪邊高士家。吟詩爭日月，罷酒贈煙霞。僕隸林和靖，俳優萼緑華。草廬卧龍處，

鱗爪共槎枒。（吴興詩存四集卷一四）

吴之振東莊看梅分韻：出郭少閒地，芒鞵任短筇。不須驚世路，聊此豁心胸。行藥幽人至，尋詩好景逢。東莊花信早，正值社醅濃。

唤起催春曉，梅花正此時。園亭堪寄詠，主客復能詩。亂石填樵徑，頹垣補竹籬。游蜂乘香氣，飛入最南枝。

曲檻枝堪折，危欄客倩扶。香魂愁黯漠，病骨笑清臞。水長增魚子，風高叫竹姑。寒林添幾筆，重展草堂圖。

半畝王孫宅，林泉屬典型。狂吟書一卷，因飲酒三經。計簿捐花税，園官報鶴丁。終朝梅樹下，不用綴金鈴。

團欒復低亞，索笑正巡簷。險句撚鬚得，閒情信手拈。野蔬挑紫甲，村店識青簾。人背斜陽去，歸途興未厭。（黄葉村莊詩集卷一）

陳祖法和秋湄弟集飲用晦息游堂：邇來多難少寧居，興減秋風八月餘。縱步腳穿三徑屐，清談欲讀十年書。樽開香泛烏程酒，盤錯珍踰苜蓿蔬。酣適不辭過夜半，偏憐月色到前除。

悠悠忽已歷□秋，不問空笥無罽裘。爲予風前增感慨，致君月下賦窮愁。持杯忽覺清思遠，話舊重整往事幽。今夜忽聞占□協，峰高泰華亦夷猶（即席後，值用晦弄瓦）。（古處齋詩集卷七）

陳祖則月下飲吕晚村宅：斗纏昴畢正黄昏，天道濛濛未可論。梧葉霜飛依綺席，桂花香發滿清

尊。玄鳥夜夜啼宫柳，白雁年年入薊門。擊筑欲尋當日侶，咸陽秋色正銷魂。（續姚江逸詩卷七）

【注釋】

〔一〕「龐家」句：陳壽三國志卷四〇彭羕傳：「（彭羕）欲説先主，乃往見龐統。統與羕非故人，又適有賓客。羕徑上統牀卧，謂統曰：『須客罷，當與卿善談。』統客既罷，往就羕坐，羕又先責統食，然後共語，因留信宿，至於經日，統大善之。」

〔二〕「似曉」二句：般刺蜜帝譯大佛頂首楞嚴經卷三：「阿難，汝又嗅此爐中栴檀，此香若復然於一銖，室羅筏城四十里内，同時聞氣，於意云何？此香爲復生栴檀木，生於汝鼻，爲生於空。阿難，若復此香，生於汝鼻，稱鼻所生，當從鼻出。鼻非栴檀，云何鼻中有栴檀氣？稱汝聞香，當於鼻入，鼻中出香，説聞非義。若生於空，空性常恒，香應常在，何藉爐中，爇此枯木？若生於木，則此香質，因爇成煙。若鼻得聞，合蒙煙氣。其煙騰空，未及遥遠，四十里内，云何已聞？是故當知，香鼻與聞，俱無處所。即嗅與香，二處虚妄。本非因緣，非自然性。」伽神女，即摩登伽女，阿難乞食時爲摩登伽女用幻術迷惑，佛用神力將阿難、摩登伽女提至座前，爲之説法，即此經。

〔三〕「咨嗟」二句：鮑照梅花落：「中庭雜多樹，偏爲梅咨嗟。問君何獨然，霜中能作花。露中能作實，摇蕩春風媚春日。念爾零落逐寒風，徒有霜華無霜質。」鮑參軍，即鮑照，字明遠，曾任南朝宋臨海王劉子頊前軍參軍，故稱。後子頊起兵敗，照爲亂軍所殺。

〔四〕看花局：釋仲殊花品序：「每歲禁煙前後，置酒饌以待來賓。賞花者不問親疏，謂之看花局。故俚語云：『彈琴種花，陪酒陪歌。』」（陶宗儀説郛卷一二引）

〔五〕「鐵石」二句：皮日休桃花賦序：「余常慕宋廣平之爲相，貞姿勁質，剛態毅狀，疑其鐵腸石心，不解吐婉媚辭。然睹其文而有梅花賦，清便富艷，得南朝徐庾體，殊不類其爲人也。」

〔六〕楚些：楚辭招魂：「宫庭震驚，發激楚些。」吴歈蔡謳，奏大呂些。」洪興祖補注：「淮南曰：『揚鄭衛之浩樂，結激楚之遺風。』注云：『結激清楚之聲也。』」又曰：「些，蘇賀切。説文云：『語詞也。』沈存中云：『今夔、峽、湖、湘及南北江獠人，凡禁呪句尾，皆稱些，乃楚人舊俗。』」

〔七〕反離騷：班固漢書卷八七揚雄列傳：「作書往往摭離騷文而反之，自峄山投諸江流，以弔屈原，名曰反離騷。」

〔八〕西洲：古辭西洲曲：「憶梅下西洲，折梅寄江北。單衫杏子紅，雙鬢鴉鶵色。……海水夢悠悠，君愁我亦愁。南風知我意，吹夢到西洲。」

〔九〕東閣：杜甫和裴迪登蜀州東亭送客逢早梅相憶見寄：「東閣官梅動詩興，還如何遜在揚州。此時對雪遥相憶，送客逢春可自由。幸不折來傷歲暮，若爲看去亂鄉愁。江邊一樹垂垂發，朝夕催人自白頭。」

〔一〇〕劉：指劉備。曹：指曹操。陳壽三國志卷三二先主劉備傳：「是時曹公從容謂先主曰：『今天下英雄，惟使君與操耳，本初之徒不足數也。』先主方食，失匕箸。」

〔一一〕浮白：劉向説苑卷一一善説：「魏文侯與大夫飲酒，使公乘不仁爲觴政，曰：『飲不釂者，浮以大白。』文侯飲而不盡釂，公乘不仁舉白浮君，君視而不應。侍者曰：『不仁退，君已醉矣。』公乘不仁曰：『周書曰：前車覆，後車戒，蓋言其危。爲人臣者不易，爲君亦不易，今君已設令，令不行，可乎？』君曰：『善。』舉白而飲。」

〔二〕蔚藍：陸游老學菴筆記卷六：「蔚藍乃隱語，天名，非可以義理解也。杜子美梓州金華山詩云『上有蔚藍天，垂光抱瓊臺』，猶未有害，韓子蒼乃云『水色天光共蔚藍』，乃直謂天與水之色，俱如藍耳，恐又因杜詩而失之。」方以智通雅卷一一釋天：「蔚藍，猶碧落也，或曰紫落，或曰青冥，或曰黄乾，或曰泰鴻，猶今之言彼蒼，言穹蒼耳。」

〔三〕「遠隴」句：陸凱贈范曄：「折花逢秦使，寄與隴頭人。江南無所有，聊贈一枝春。」

〔四〕「低簷」句：杜甫舍弟觀赴藍田取妻子到江陵喜寄三首：「巡簷索共梅花笑，冷蘂疏枝半不禁。」

〔五〕「殘魂」句：曾慥類説卷一二幽明録：「隋開皇中，趙師雄至羅浮。一日，天寒日暮，於松陵間酒肆旁舍，見美人淡粧，素服出迎。時已昏黑，殘雪未消，月色微明，師雄與語，言極清麗，芳香襲人，因與之扣酒家門共飲。少頃，一緑衣童來，笑歌戲舞。師雄醉寢，但覺相襲。久之，東方已白，起視乃在大梅花樹下，上有翠羽，啾嘈相顧，月落參横，但惆悵而已。」

同晦木旦中過陸冰修辛齋 二首

微陽櫓背逐人來，黄石堆牆羃細苔。村市早喧園筍出，板扉晝掩海棠開。此間有我真傖父〔二〕，古者如君豈怪魁〔三〕。便欲相攜醉春酒，階墀新鑿漫郎杯〔三〕。廡下知君許賃舂〔四〕，一瓠五石恨難容〔五〕。孟嘗身畔饒雞狗〔六〕，水鏡胸中只鳳龍〔七〕。庭隙閒拋書帶草〔八〕，牆頭怕對劍鋩鋒。尋常風角關心處〔九〕，不爲陰晴問老農。

【箋釋】

此詩作於康熙二年癸卯春。

按，陸冰修，名嘉淑，號辛齋，又號射山、射山衰鳳、刪梅道人，海寧人。生於明萬曆四十八年庚申，卒於清康熙二十八年己巳，終年七十。擅詩文，與朱近修一是齊名，世謂「二修」。康熙間薦舉博學鴻詞，以父爲明殉難，不起。查他山少時求見，以詩爲贄，辛齋擊節歎賞，以女妻之，並加指授，傳爲佳話。有辛齋遺稿二十卷，傳於世。

【資料】

陸嘉淑帶星堂詩自序：梅堯臣日課一詩，工力如此，其地乃不及魯直、子瞻，直以平淡爲一時所宗，蓋非工力深，不能造平淡也。淑學詩十餘年，然類爲他業所奪，又多爲哀怨離愁之篇，託體靈均，賦詞騷鱧，則詩之不工可知也。癸未以後，因復棄去，凡兩年不爲詩，即爲之，亦遂棄去，張子嶧乃取予既棄之業而梓之，是亦贅矣哉。張子欲以詩成家，夫予焉能？自今者始或如康子琵琶，不近樂器

者十年，庶有進乎？哀怨離愁，詩之下也。苟有慨於中，雖日課一詩，無益也。（辛齋遺稿卷首）

陸嘉淑自題帶星堂詩：讀詩則未嘗不樂，工者愛之，不工者爲一吷也。作詩則苦樂半，方其俯仰得意，纖末亦見，鬼泣靈嘯，或一字色飛，魄動心死，卒爲意滯，更字不工，響摧絃絶矣。刻詩則未嘗或喜，吾播之言已播之紙，又播之木爲傳之後世，後有命數焉，茫茫萬年，生不當文時，名山石室，深波高巔，存者不數數，且吾亦不樂爲。今詩中不欲存名士達官姓氏，率同里故游，工拙又間出，所删存别有意焉，不知者或以爲訢厲矣。然則是書也，不可已乎？窮居無事，寂寂經年，一二三同人相對話語，一時心思概見乎此，借鐫本存之。一曲長歌，百年電逝，日月變遷，思心耿耿，寧論傳不傳哉？夫不知我者，則亦已矣。（同前）

查繼佐帶星堂二集叙：自夫盛時之言，謂之正風、正雅，及其衰也，以爲此變焉矣。總之爲詩而有幸不幸存焉，夫作者不得不然之致，顧不以相易也。使東周以後之人，皆效爲南國化行之體，性情未慳，機會既錯，雖工亦何爲哉！且夫黍離之章，甚有似乎麥秀、采薇之聲矣。咸嗟今昔、痛存亡，有不忘故人之義，而吾以此其情又大殊異，何則？作黍離者屬厚幸，過故宗廟宮室，彷徨東望，猶可以撫慰者。登西山，涉東海，其爲感惻，四望無所見，見皆失其處，欲與言非其言，又悒悒不能自已，何如靡靡摇摇之句，布簡直書，可以高誦遐聽，對語共嗟，不俟什藏其草，士大夫猶將宣暢之。孔子删詩，至三者之作，其一則既降而爲變風矣；而商末二葉，想當重愛惜，臨書沉吟，廢留者再，終以時故，不與猗那並列。嗟乎！作詩而爲正變所不及，然則安所置之哉？其不以孔子而傳，則以孔子之意傳之也。陸子辛齋浩節遐致，卓矣自立，意之所持，其爲正聲不難，而不得不出於變，曰非其素也，顧使知之者以爲變，不知者猶以爲正，則又辛齋之深乎詩，莫可傳愬者乎！天下有反言以徵其盛者，如春秋之獲麟是也，則在乎讀春秋之意而已矣。念予零落，才致闇僻，未易歌呼明盛而要善讀人詩。今年與辛齋差可朝夕，以意相喻，不止乎詩，既盡觀其帶星初集。未幾，又有是刻，春秋之旨，則謂此數百題，當次盛時正風、正雅之後，何嘗有所謂衰與變，又何所不幸直與南國化行之語上下響答，而作是詩者之意與讀是詩者之意乃稱莫逆，此非矯情，蓋春秋教之矣。（同前）

陳文述辛齋遺稿序：冰修爲勝朝遺老，生平效梅聖俞，日課一詩，所作幾及萬首。觀其自叙及查君伊璜序，知其遭遇滄桑，黍離、麥秀之作爲多，而今之所存則皆和平安雅之音，大旨本王氏所輯。王氏原輯則據十家本，如周君松靄、吴君樵微、張君芑堂諸家所録，蓋淘汰而擇其至精者矣。其自題帶星堂詩集云：「詩中不欲存名士達官姓氏。」今觀其酬唱贈答，如陸桴亭輩則大儒也，吴日千輩則忠臣也，宋牧仲輩則名宦也，張祖望、陸麗京、張卿子輩則高隱也，吴梅村、龔芝麓、周櫟園、王阮亭輩則又海内重望也。此其人皆陸君之故舊，非特不可以達官目之，並不可以名士目之者也，則其詩品之高可知也。至其爲詩，兼三唐之體而得其精華，沿七子之波而去其渣滓。章法之妙，不見句法，句法之妙，不見字法，采采流水，蓬蓬遠春，風格在黄門、祭酒之間。唐人中，尤與玉溪、丁卯相近。通體鍛煉精純，琢磨瑩淨，如歐冶之鑄劍，如卞和之琢玉。其於詩也，可謂深矣！（同前）

【注釋】

〔一〕傖父：房玄齡晉書卷九二左思傳：「陸機入洛，欲爲此賦，聞思作之，撫掌而笑。與弟雲書曰：『此間有傖父欲作三都賦，須其成，當以覆酒甕耳。』及思賦出，機絶歎伏，以爲不能加也。」

〔二〕怪魁：陸龜蒙怪松贊：「或怪乎形，或怪乎辭，吾爲怪魁，是以贊之。」

〔三〕漫郎：指元結。顔真卿容州都督兼御史中丞本管經略使元君表墓碑銘：「兵起，逃難於猗玗洞，著猗玗子三篇。將家瀼濱，乃自稱浪士，著浪説七篇。及爲郎，時人以浪者亦漫爲官乎，遂見呼爲漫郎，著漫記七篇。及家樊上，漁者戲謂之聱叟。」

〔四〕賃舂：袁宏後漢紀卷一一孝章皇帝紀：「是時承平久，宫室臺榭漸爲壯麗，扶風梁鴻作五噫歌。……上聞而非之，求索不得。鴻乃逃會稽，依大家皋伯通，以賃舂爲事。其妻息具食於鴻前，不敢失。伯通知其賢，以客禮待之。」

〔五〕「一瓠」句：莊子逍遥游：「惠子謂莊子曰：『魏王貽我大瓠之種，我樹之成，而實五石，以盛水漿，其堅不能自舉也。剖之以爲瓢，則瓠落無所容，非不呺然大也，吾爲其無用而掊之。』」

〔六〕「孟嘗」句：荀悦前漢紀卷二八孝哀皇帝紀：「此列國公子，魏有信陵、趙有平原、楚有春申、齊有孟嘗，皆藉王公之勢，競爲游俠，雞鳴狗盜，無不賓禮。」司馬遷史記卷七五孟嘗君列傳：「秦昭王乃止，囚孟嘗君，謀欲殺之。孟嘗君使人抵昭王幸姬求解。幸姬曰：『妾願得君狐白裘。』此時孟嘗君有一狐白裘，直千金，天下無雙，入秦獻之昭王，更無他裘。孟嘗君患之，遍問客，莫能對。最下坐有能爲狗盜者，曰：『臣能得狐白裘。』乃夜爲狗，以入秦宫藏中，取所獻狐白裘至，以獻秦王幸姬。幸姬爲言昭王，昭王釋孟嘗君。孟嘗君得出，即馳去，更封傳，變名姓以出關。夜半至函谷關。秦昭王後悔出孟嘗君，求之已去，即使人馳傳逐之。孟嘗君至關，關法雞鳴而出客，孟嘗君恐追至，客之居下坐者有能爲雞鳴，而雞齊鳴，遂發傳出。出如食頃，秦追果至關，已後孟嘗君出，乃還。始孟嘗君列此二人於賓客，賓客盡羞之，及孟嘗君有秦難，卒此二人拔之。自是之後，客皆服。」

〔七〕「水鏡」句：裴松之注三國志引襄陽記：「諸葛孔明爲卧龍，龐士元爲鳳雛，司馬德操爲水鏡，皆龐德公語也。」

〔八〕書帶草：曾慥類説卷四〇稽神異苑：「三齊記曰：鄭康成山下生草如大韭，一葉尺餘，土人名爲康成書帶草。」

〔九〕風角：范曄後漢書卷三〇下郎顗列傳：「（郎顗）父宗，字仲綏，學京氏易，善風角、星算，六日七分，能望氣占候吉凶，常賣卜自奉。」李賢注：「風角，謂候四方四隅之風以占吉凶也。」

送晦木東歸次旦中韻　二首

隆隆魚鼓發溪濱，無淚相看眼失神。野店招呼初次熟，航船規矩逐番新。難醫老友心生病，不化妻兒口説貧。藍市忙時窮正好〔一〕，當壚滌器傍何人〔二〕。

東西南北莽招魂，誰遣巫陽下九門〔三〕。共笑窮愁頻舉子，君歸娱老好添孫。鄉心逐步看山影，别恨沿江記水痕〔四〕。莫忘驛橋南畔約，榴花開日到荒村。

【箋　釋】

此詩作於康熙二年癸卯春。

按，原僅録第二首，詩稿本、怡古齋鈔本、管庭芬鈔本、張鳴珂鈔本、萬卷樓鈔本、詩文集鈔本同；釋略本於是集卷末録存此第一首，題曰送鷓鴣東歸次鼓峰韻之一（增），筆跡與其餘皆不同，知爲後人補鈔。嚴鈔本亦於卷末補鈔此詩，題同釋略本。據吴孟舉次韻詩，實是一題兩首。

【資　料】

吴之振送黄晦木東歸次旦中韻：相送城限溪水濱，帆檣出没總傷神。卻因此日情懷惡，轉記當年意氣新。木榻睡甜誰較樂，松肪釀熟莫言貧。知君就月憑闌坐，也憶挑燈夜話人。

收拾吴頭越尾魂，一肩襆被返柴門。山深木客通名字，日煖慈姑種子孫。老屋漏添新篆跡，桃花水長舊江痕。白沙翠竹縈紆處，指點黄公賣酒村。（黄葉村莊詩集卷一）

【注　釋】

〔一〕藍市：指藍溪。全祖望桓溪舊宅碑文：「嘗謂鄞之山水，自四明洞天四面有二百八十峰，其在鄞者居多，然莫如溪上之秀舒、龍圖，嘗以慈溪、桓溪、藍溪稱爲三溪。」藍溪爲黄宗羲居所。黄宗羲送萬季野貞一北上：「卅載繩床穿皂帽，一篷長水泊藍溪。」自注：「余所居地。」又黄百家續鈔堂藏書目序：「壬寅，山堂災。……復徙歸於老柳，秋徙於藍溪，不能一年，復徙歸家，至今始得徙置於續鈔。」篘：廣韻：「楚鳩切。酒篘。」蘇軾時事：「典衣剩買河源米，屈指新篘作上元。」

〔二〕當壚滌器：司馬遷史記卷一一七司馬相如列傳：「司馬相如者，蜀郡成都人也，字長卿。少時好讀書，學擊劍。……令既至，卓氏客以百數。至日中，謁司馬長卿，長卿謝病不能往，臨邛令不敢嘗食，自往迎相如。相如不得已，彊往，一坐盡傾。酒酣，臨邛令前奏琴曰：『竊聞長卿好之，願以自娱。』相如辭謝，爲鼓一再行。是時卓王孫有女文君新寡，好音，故相如繆與令相重，而以琴心挑之。相如之臨邛，從車騎，雍容閒雅甚都；及飲卓氏，弄琴，文君竊從户窺之，心悦而好之，恐不得當也。既罷，相如乃使人重賜文君侍者通殷勤。文君夜亡奔相如，相如乃與馳歸成都。家居徒四壁立。卓王孫大怒曰：『女至不材，我不忍殺，不分一錢也。』人或謂王孫，王孫終不聽。文君久之不樂，曰：『長卿第俱如臨邛，從昆弟假貸猶足爲生，何至自苦如此！』相如與俱之臨邛，盡賣其車騎，買一酒舍酤酒，而令文君當鑪。相如身自著犢鼻褌，與保庸雜作，滌器於市中。卓王孫聞而恥之，爲杜門不出。昆弟諸公更謂王孫曰：『有一男兩女，所不足者非財也。今文君已失身於司馬長卿，長卿故倦游，雖貧，其人材足依也，且又令客，獨奈何相辱如此！』卓王孫不得已，分予文君僮百人，錢百萬，及其嫁時衣被財物。文君乃與相如歸成都，買田宅，爲富人。」

〔三〕巫陽：楚辭招魂：「帝告巫陽，曰：『有人在下，我欲輔之。魂魄離散，汝筮予之。』」王逸注：「言天帝哀閔屈原，魂魄離散，身將顛沛，故使巫陽筮問求索，得而與之，使反其身也。」九門：楚辭招魂：「虎豹九關，啄害下人些。」王逸注：「言天門凡有九重，使神虎豹執其關閉，主啄齧天下欲上之人，而殺之也。」

〔四〕別恨：江淹有別賦、恨賦。別賦：「黯然銷魂者，唯別而已矣。」恨賦：「自古皆有死，莫不飲恨而吞聲。」庾信和庾四：「離闗一長望，別恨幾重愁。」

夏日集飲水生草堂限韻

日没城西影極東，玲瓏穿過樹梢紅。枉判我輩生今日，豈少閒人醉此中。淺閣燈明魚潑刺〔一〕，小槽曲誤客冬烘〔二〕。憑闌四顧蒙茸處，才上冰輪便不同〔三〕。

【箋　釋】

此詩作於康熙二年癸卯初夏。

按，是年四月，太沖設館晚村家，與高旦中及吴孟舉、自牧叔姪唱和，選宋詩鈔。據吴孟舉宋詩鈔凡例，太沖之來語溪，實賴旦中促成。

【資料】

吴孟舉宋詩鈔凡例：癸卯之夏，余叔姪與晚村讀書水生草堂，此選刻之始也。時甬東高旦中過晚村，姚江黄太沖亦因旦中來會，聯床分檠，蒐討勘訂，諸公之功居多焉。（宋詩鈔卷首）

吕留良友硯堂記：癸卯春夏，予與太沖、旦中坐水生草堂，與孟舉、自牧諸子倡和甚樂。（吕晚村先生文集卷六）

吕公忠行略：壬寅（按，當是癸卯之誤）之夏，課兒於家園之梅花閣，與高旦中、黄晦木兄弟、吴孟舉、自牧作詩倡和。

黄炳垕黄梨洲先生年譜：（康熙）二年癸卯，四月至語溪，館吕氏梅花閣，有水生草堂唱和詩。吴孟舉（之振）暨猶子自牧讀書水生草堂，與公聯床分檠，共選宋詩鈔。

黄宗羲自梅花閣還水生草堂次韻：稽山鏡水未埋身，又聚清江藕葉新。水閣鐘聲嘗數點，夜窗鐙火話三人。生憎阮籍何多哭，不與寒猿共耐貧。莫怪放言驚世俗，把茅萬壑久無鄰。（南雷詩曆卷一）

陳祖法步原韻贈高旦中黄太沖吕用晦：共説高黄如齒肩，近聞吕五更重申。空名等作浮雲影，信誓皎如初月輪。横涕沾襟何代士，高歌聯袂一時人。自慚離索居荒署，乘興閒行到綺闉。屠沽菜傭並負販，古來不敢説伶仃。負心何在疑栽柳，俠骨徒存寄負苓。屈園匡床雙候月，深沉小閣聚占星。邀君促膝在何日，爲報池荷葉未青。（古處齋詩集卷七）

【注釋】

〔一〕潑剌：樓鑰醉題魚屏：「五千買得見屏風，白魚相逐菰蒲中。俊尾潑剌有生意，旁人未易分雌雄。」吴玉搢別雅卷五：「跋剌，撥剌也。李白詩：『雙腮呀呷鬐鬣張，跋剌銀盤欲飛去。』注：『魚躍聲。』跋剌，即撥剌，皆形容其聲響，惟其所用不必分箭與魚也。」

〔二〕小槽：脱脱元史卷七一禮樂志：「和必斯：制如琵琶，直頸無品，有小槽圓腹，如半瓶榼。以皮爲面，四絃皮絣，同一孤柱。」釋惠洪臨川康樂亭碾茶觀女優撥琵琶坐客索詩：「小槽横捧梳粧薄，緑羅綃帶仍斜搭。」曲誤：陳壽三國志卷五四周瑜傳：「瑜少精於音樂，雖三爵之後，其有闕誤，瑜必知之，知之必顧，故時人謡曰：『曲有誤，周郎顧。』」冬烘：阮閲詩話總龜卷三五：「顔標，咸通中鄭薰下狀元及第。先是徐寇作叛，薰欲激勸勳烈，意標乃魯公之後，故置之危科。既而詢其廟院，標曰：『寒素京國無廟院。』薰始大悟。有無名子嘲曰：『主司頭腦太冬烘，錯認顔標作魯公。』」

〔三〕冰輪：徐寅題福州天王閣：「有時海上看明月，輾出冰輪疊浪間。」

過西錦董雨舟次太沖韻

雨長茭蒲没淺沙，推篷直到故人家。泥塗行竈晴繰繭〔一〕，紙褙薰籠夜焙茶〔二〕。筆倚硯山經白網，刀懸土壁鏽黄花。艱難鹵莽通盤算，始悔從前下子差。

【箋　釋】

此詩作於康熙二年癸卯夏。

按，西錦，地名，舊屬崇德縣（清改石門縣），在今浙江省桐鄉市西北含山下。董雨舟，生於明萬曆三十九年辛亥，約卒於清康熙十七年戊午，晚村摯友。董雨舟有子二：長名杲，字方白；次名采，字力民，又字載臣，號廢翁。二子皆從晚村學。董杲後以第十二名中康熙八年己酉科舉人，官分水教諭（道光石門縣志卷一三）。

嚴鴻逵釋略曰：「三四一聯，確切雨翁家事。雨翁精課蠶桑，又喜自製茶，名『生片』。凡繅繭，遇晴則易繅，絲多而好。山家製茶，多於日中采摘，夜則焙製。又見用字工切。子嘗以雄才明略稱雨翁，五六寫盡不得試用之態，故末句又勉而進之。按此詩，句句切，字字切，於地於時於人於事無一不奇切，卻又是次韻，奇絶無比。」所謂「下子差」者，蓋即指順治十年癸巳應試爲邑諸生事。據旦中次韻詩（見後），知原唱有兩首，晚村詩已佚其一也。

【資　料】

吳曰夔壽董雨舟六十（庚戌）：語溪蕩漾樂幽居，丘壑情深與世踈。繁露文章高漢代，杏林虎豹護僊廬。弦歌永日青箱業，容與春風白鹿車。耆壽須眉仍未老，行看滄海種桑初。（物表亭詩集）

吕留良祭董雨舟文：百年纔半，舊友無幾。老健如公，奈何遽爾。去冬語余，溺血如縷。雖無所苦，中裠時滓。余聞暗驚，知非佳事。然與公談，矍鑠可喜。謂當偶然，不無推擬。豈期公命，竟殞於此。憶年十七，追逐亂始。余毀厥家，公妙頰齒。經營岩澤，連絡首尾。塵扇所及，如潮赴海。海湅龍沉，蛇返鄉里。風波肆盪，扞蔽縫彌。閔余多難，門户傾圮。於骨肉間，委曲善處。艇子一葉，前山漾裏。狂濤屋高，舟獻其底。公自持橈，力盡得艤。余坐浸中，度曲不已。公恚問余，此豈歌所。余遽應公，不歌亦死。相與大笑，濕衣就邸。公告暫還，某日復詣。是時對簿，及期迫竢。衆譁必爽，雜進讒詆。余兄疑沮，遑遽無主。余決無他，請立表晷。正爭訟間，雨舟至矣。二人同心，大約如是。公每舉之，以戒諸子。諸子從游，名業日起。公愛埭溪，團瓢陽塢。余買妙山，亦築風雨。二老風流，短衣芒履。兩家子弟，教之一體。提攜壺榼，詠詩習禮。可樵可農，不失初旨。此有何奇，而天不許。哀哉雨舟，世豈復有。言無不合，事無不理。雄才明略，吾今誰語。憑筵一哭，心傷無緒。嗚呼尚饗！（吕晚村先生文集卷七）

吕公忠始學齋遠游草序：董子力民，少與兄方白同受學於先君，其尊人雨舟先生故先君總角交。兩家子弟各有承歡之樂，足跡未嘗越里閈。自庚申歲，力民始受其父兄命以游楚。後數年，遘父兄喪，家燹於火，則又奉太夫人言，且訪於先君而後行。於是北涉齊、魯，西過宛、鄧，浮漢、沔而南，以入於通、羊山間，計程萬餘里。歲晚歸來，而先君已捐館舍。力民聞訃，奔號來會葬。（始學齋遠游草卷首）

陳祖法董方白稿序：余丁酉至語溪，見董子方白兄弟於吕用晦齋中，英氣卓犖，如横秋之鶚。數年來，凡采聲問業、旅進旅退中，未嘗遇其人也。怪而問之用晦，曰：「此老友雨舟之家教也。雨舟少負奇，拊髀捫舌，思有所建樹。既不得志，堅隱西錦之深村，教其子讀書力行，以實不以名，故其風度如此。」方白清臞多病，習靜山塢，已不欲應闈事。至期，親朋固强之，則一踏省門而獲。邑人皆驚。（古處齋文集卷一）

高斗魁同人過西錦董雨舟：懶將蹤跡混蟲沙，萬緑尖頭第一家。有客到門只數子，點錫移具急更茶。前冬石畔曾看種，今夏亭邊盡放花。多少故人俱失路，如君收拾計無差。

數尺清池勢舞蛟，輞川圖畫費臨鈔。星河即此藏深路，蝘蜓憑誰肆小嘲。世外已無真樂土，人間尚有不焚巢。登臨似置孤峰頂，俯視蒼茫絶混淆。（續甬上耆舊詩卷四一）

陳祖法贈董方白尊公雨舟：力行堂内話連綿，憶此相逢餘十年。俠氣已知冥雁羽，雄心猶自對龍泉。柴桑村徑春風滿，王謝庭中夜月懸。肘後仙方半繫着，不須瓜棗佐瑶筵。

古貌坦懷在遂初，跡陵鸞鶴與樵漁。潛心已解長生訣，閉户閒看種樹書。元季兩方名共美，天人三策獻無餘。今朝紫氣亘南極，青鳥殷勤下玉除。（古處齋詩集卷七）

【注釋】

〔一〕行竈：許慎説文解字火部：「烓，行竈也。」又：「煁，烓也。」詩小雅白華：「樵彼桑薪，卬烘于煁。」鄭玄箋：「桑薪，薪之善者也，我反燎於烓竈，用炤事物而已。」孔穎達疏：「郭璞曰：今之三隅竈也。然者烓者，無釜之竈，其上燃火謂之烘，本爲此竈上亦燃火照物，若今之火爐也。」行，户郎反。

〔二〕褙：廣韻：「補妹切。」意謂將紙一層層相粘。王惲獻之鄱陽帖：「熙寧五年，子瞻書褚遂良臨黄庭，南唐昇元三年裝褙紙，則黄硬。」

寄黄九煙

聞道新修諧俗書，文章買賣價何如。時在杭，爲坊人著稗官書。家顛已捍笞奴杖〔一〕，一僮忽逸去。座上時燒送鬼車〔二〕。圈鹿欄牛名字熟〔三〕，飯囊酒甕語言疏〔四〕。短函封後無人寄，愁煞相思華子魚〔五〕。

【箋釋】

此詩作於康熙二年癸卯夏。

按，是年之初，黄九煙過晚村，晚村招飲之。然則九煙因何而來石門，又爲何而往杭州？據黄九煙告殯南石兔文：「歲在癸卯，黄子年五十三矣。時萍寄石門，憤鬱亡憀，走武林掊拾餬口。……嗟乎嗟乎，向使吾遭時激昂，吾必不長貧賤；即貧賤而有一椽數畝，必不流離至石門；使石門之人稍有假館而授餐者，必不舍此而去武林。……吾雖不幸而長貧賤，貧賤不幸而至石門，石門之人又復簡忽厭棄之，乃不得已而去武林。」（黄九煙先生雜文集）黄坤五評曰：「身與家之困，則九煙所近歷；題與文之創，則千古所未有。章法迴旋，倉兄百結矣。吾爲僑客平氣，則簡忽厭棄，所以尊此時之天。且石門雖無深相知者，然泛泛往還，尚不至題午貽嗤。若盡爲假館授餐，反違天矣。勿爲石兔招魂，則既知投胎，必知再來。決不作炎涼，悔入舊進士之家；又決不樂庸俗，反託彼不多讀書不能爲詩古文者。願九煙以自信者信石兔之魂，亦即以信天；或盡爲假館授餐，未可知也。」（黄九煙先生雜文集附）

是九煙以貧賤而至石門，欲依同年曹氏尋館授餐，竟遭拒絶，黄坤五所謂「若盡爲假館授餐，反違天矣」，亦是此意。於是之武林，爲坊人著稗官書，高旦中寄黄九煙民部詩下注亦曰：「在湖上，爲坊人選尺牘、稗官等書。」

至於「稗官書」，鄧文如先生曾引晚村此詩與注曰：「既曰『諧俗』，是章回説部也。惜不得其名。」（清詩紀事初編卷二）今得見其一種，名新鐫出像古本西游證道書，目録頁署「鍾山黄太鴻笑蒼子、西陵汪象旭憺漪子同箋評」，正文頁署「西陵殘夢道人汪憺漪箋評，鍾山半非居士黄笑蒼印正」。汪象旭，原名淇，字右子，號憺漪（一作瞻漪），錢塘人。詳參黄永年先生考證文（見後）。

【資　料】　高斗魁寄黄九煙民部：三更松火照攤書，混跡村廛總自如。不礙比鄰惟鴨砦，無多家具只牛車。

好詩正要揶揄至，熟酒還嫌塊磊疏。流落異鄉吾亦感，此心同是挂鈎魚。（續甬上耆舊詩卷四一）

陸嘉淑過黄九煙民部（周星）用黄太沖（宗羲）高旦中（斗魁）韻：傳經售字復箋書，生事年年較不如。龍腹半生遼海帽，羊腸九折大行車。他鄉無主家頻徙，老大逢人計轉疏。憔悴君知終不悔，講堂空負舊三魚。（辛齋遺稿卷一二）

林時對樓頭唱和詩次黄子九煙：亦學傭書亦鬻文，一編手自較湘紋。摧殘浩氣真千丈，荏苒春光透十分。差有才名形鼠輩，惟將歌嘯對桐君。從今擊筑拌沈醉，聊賡陶云我亦云。（續甬上耆舊詩卷三五）

黄永年西游記前言：這西游證道書是對明百回本作了很多加工的，所以吕留良詩裏會説是在「新修」，注裏會説是在「爲坊人著稗官書」。這「坊人」自然是指書坊中人即書商，杭州在當時本是書商集中的地方，也有可能就是指汪象旭，因爲看這位汪象旭和人家合編什麽尺牘新語，還箋釋醫書濟陰綱目，編寫保生碎事之類，不象和中過進士的文人黄周星屬於同一檔次。……不過他自稱「殘夢道人」，説明他多少有點遺民意識，加之還編刻吕祖全傳自稱「奉道弟子」，而所謂「吕祖」即吕岩、吕洞賓者又被全真教拉進去尊爲五祖，這些地方都和黄周星氣味相投，所以黄周星會在編纂評點西游證道書上和他合作。再據西游證道書結尾笑蒼子跋語所説「笑蒼子與憺漪子訂交有年，未嘗共事筆墨也。單閼維夏，始邀過蜩寄，出大略堂西游古本屬其評正」等話，可知這個西游證道書裏的評點、包括每回開頭用「憺漪子曰」名義的評語，實際上都出於黄周星之手而不是汪象旭之所能寫得出。

【注釋】

〔一〕「冢顛」句：王褒僮約：「蜀郡王子淵以事到煎上，寡婦楊惠舍有一奴，名便了，倩行酤酒。便了提大杖，上冢顛，曰：『大夫買便了時，只約守冢，不約爲他家男子酤酒。』子淵大怒，曰：『奴寧欲賣耶？』惠曰：『奴父許人，人無欲者，子即決賣券之。』奴復曰：『欲使，皆上券；不上券，便了不能爲也。』子淵曰：『諾。』」

〔二〕鬼車：周易睽卦：「見豕負塗，載鬼一車。」韓愈送窮文：「元和六年正月乙丑晦，主人使奴星結柳作車，縛草爲船，載糗與粻，三揖窮鬼而告之。……主人於是垂頭喪氣，上手稱謝，燒車與船，延之上座。」

〔三〕圈鹿欄牛：王充論衡佚文篇：「揚子雲作法言，蜀富人賫錢千萬，願載於書。子雲不聽。夫富無仁義之行，圈中之鹿，欄中之牛也，安得妄載！」

〔四〕飯囊酒甕：顔之推顔氏家訓誡兵：「今世士大夫，纔有氣幹，便倚賴之，不能被甲執兵以衛社稷，但微行險服，逞弄拳腕，大則陷危亡，小則貽恥辱，遂無免者。國之興亡，兵之勝敗，博學所至，幸討論之。入帷幄之中，參廟堂之上，不能爲主畫規以謀社稷，君子所恥也。……習五兵，便騎乘，正可稱武夫爾。今世士大夫但不讀書，即自稱武夫兒，乃飯囊酒甕也。」

〔五〕華子魚：陳壽三國志卷一三華歆傳：「華歆字子魚，平原高唐人也。……靈帝崩，何進輔政，徵河南鄭泰、潁川荀攸及歆等。歆到，爲尚書郎。董卓遷天子於長安……遂從藍田至南陽。……東至徐州，詔即拜歆豫章太守。……孫策略地江東，歆知策善用兵，乃幅巾奉迎。策以其長者，待以上賓之禮。後策死。太祖在官渡，表天子徵歆。……權悦，乃遣歆。……歆至，拜議郎，參司空軍事，入爲尚書，轉侍中，代荀彧爲尚書令。太祖征孫權，表歆爲軍師。魏國既建，爲御史大夫。文帝即王位，拜相國，封安樂鄉侯。及踐阼，改爲司徒。……黄初中，詔公卿舉獨行君子，歆舉管寧，帝以安車徵之。明帝即位，進封博平侯，增邑五百户，並前千三百户，轉拜太尉。歆稱病乞退，讓位於寧。帝不許。……歆不得已，乃起。……太和五年，歆薨，謚曰敬侯。」

寄晦木次旦中韻 五首

老笥高抽十丈身，梓鬚榆莢萬條新。忽聽格磔鉤輈鳥〔一〕，便記嶔崎磊落人。晦木自號鷓鴣。

弄子弄孫多亦累，賣漿賣餅鬧仍貧。懸知愁到難排處，惜不聽渠定愾臣。曾勸晦木勿攜諸子歸聚食，且務省約，故云。

城南執手訂端陽，不謂猶然老是鄉。山頂此時塗石緑〔二〕，街頭昨日賣雄黄〔三〕。封題卻寄松蘿樣〔四〕，烹試知添餅餌香①。奉供不多殊有意，別留箬簍待來嘗〔五〕。

兀坐情懷迴不同，只同一事想江東。米錢長驗低昂月，秧水乾愁早晚風。歸便試蒸潯酒白〔六〕，來猶及看蜀葵紅〔七〕。報君休記梅山屋②，新换荒園小閣中。

病髯狼狽又過前〔八〕，坐歎行吟亦復然。萬事攢心看白屋〔九〕，一時叉手立青天。家書乍讀成稀熟，醫案多忘少貫穿。安得床頭生兩翅，消磨今夜不能眠。原本中四句云：「脈脈語通波底月，溶溶身坐水中天。芭蕉緑盡心還卷，楊柳青回眼更穿。」旦中見而驚曰：「昨夜聞鬼吟此四句，甚淒清，不意乃兄詩也。」余惡其墮鬼趣，故更今句。

倚牆倡和苦營思，長頸彌明語益奇〔一〇〕。便擬署爲蛩駏集〔一一〕，只嫌猶欠鷓鴣詩。閒鈔樂律違時派，自刻方書惱俗醫。晝睡敲門應撫掌，呼兒襆被望西馳。

【校記】

① 烹試 釋略本、詩稿本、怡古齋鈔本、張鳴珂鈔本同，嚴鈔本、萬卷樓鈔本作「試茗」。

② 梅山 釋略本、詩稿本、管庭芬鈔本同，嚴鈔本、怡古齋鈔本、張鳴珂鈔本作「梅花」，萬卷樓鈔本作「南山」。按，晚村有梅花閣，而無梅山屋，似以作「花」字爲是。

【箋釋】

此詩作於康熙二年癸卯五月。

按，晦木歸後，窮愁之極，以至前時端陽之約，亦已早過。「奉供不多殊有意，别留箬簍待來嘗」，情誼何其之深！雖雄黄已賣，而葵紅猶能同觀。病髯（旦中）狼狽，俗醫（晚村）坐歎，其間多少無奈。蓋前時之賣藝，書畫篆刻，亦多文人情趣；今日之賣藝，設館懸壺，已爲生計奔波矣。能不感慨！

所謂「自刻方書」之「方書」，殆即所評之趙養葵醫貫六卷，署「吕晚村先生評」、「天蓋樓藏板」。乾隆初，徐靈胎著醫貫砭痛斥之（見後）。

【資料】

高斗魁寄晦木：三年逆旅爲謀身，靜看晨昏鬬病新。無甚神奇驚俗眼，徒將口腹果同人。常憐祖道虚陳鬼，未必吾生解送貧。南望欲歸歸未得，誰從深釣起波臣。把茅結屋道山陽，何日同君老故鄉。夜到苦嫌添髮白，貧來悔識有金黄。松坳穿鹿林逾靜，石逕無人草更香。筍蕨小園聊自足，漫將黄蘗當餳嘗。別來隻影與誰同，朝宿城西暮徙東。偶聽搊絃愁短節，每慚投筆負高風。鳥棲枯樹遮新竹，日落荒園依丈紅。不是我歸須子出，斷無相望一宵中。病後吟詩力減前，誰將得句信爲然。泉生激石多淒韻，月過深宵只淡天。法放梨洲情不逮，戰逢南郭陣難穿。立溪應得相援我，何日沙頭共笑眠（南郭，莊生；立溪，晦木也）。晨昏去住每煩思，二百年人聽説奇（相傳醒神翁在虞山）。因訪丹顔駐景法，好呈紅豆水生詩。未能耐苦爭依俗，索性長游且廢醫。此役如君同有興，不妨書到便身馳。（續甬上耆舊詩卷四一）

吴之振和旦中移寓四首次韻：藥裹詩囊伴病身，蛇神牛鬼境常新。胸中直是横千卷，眼底何堪著一人。賣字得錢容我醉，立錐無地笑君貧。往來城角茅簷底，鵝鴨池頭是比鄰。

李白桃紅送此身，春風已算一番新。無多甕底澆書酒，幾個床頭打睡人。玉版甜時剛卧病，金錢落盡不支貧。槿籬屈曲通精舍，鐙火青熒好結鄰。

月窺牆角故遲徊，漸度窗櫺入座來。好句不進銀燭影，夜深猶撥石爐灰。一瓢有酒堪歌哭，三徑無人任草萊。春盡催歸啼不歇，鄉心又逐晚潮回。

輕風細雨共徘徊，拂水穿花次第來。蝸斗篆文封硯匣，石衣懸溜濕爐灰。松圍幾尺供樵采，鶴阜三間没草萊。留得一池春火在，莎衣夜棹酒船回。（黄葉村莊詩集卷一）

趙獻可醫貫卷四「六味丸説」吕留良評曰：六味丸，薛氏一變而爲滋腎生肝。飲用六味減半，分兩，而加柴胡、白朮、當歸、五味，合逍遥，而去白芍藥，加五味，合都氣意也。以生肝，故去芍藥，而留白朮、甘草以補脾；補脾者，生金而制木也。以制爲生，天地自然之序也。○又一變而爲滋陰腎氣丸。獨去山茱萸，而加柴胡、當歸尾、五味，仍合逍遥，都氣腎肝同治，然用當歸尾、生地者，行淤滯也。柴胡，疎木氣也。去白芍，恐妨於行之疎也。名滋陰者，厥陰也。皆用五味者，雖合都氣，然實防木之反克瀉丁之義也。去山茱萸，不欲强木也。○又一變而爲人參補氣湯。其義愈變化無窮，真游龍戲海之妙。去澤瀉而合參、芪、朮、歸、陳皮、甘草、五味、門冬，夫白朮之與六味，其化相反，焉得合之？曰從合生脈來，則有自然相通之義。借茯苓以合五味，異功之妙，用當歸、黄芪以合養血之奇。其不用澤瀉者，蓋爲發熱作渴，小便不調，則無再竭之理。理無再竭，便當急生，生脈之所由來也。既當生脈，異功之可以轉入矣。且水生高原，氣化能出，肺氣將敗，故作渴不調，此所以急去澤瀉而生金滋水，復崇土以生金。其苦心可不知哉！〇又一變而爲加味地黄丸，又名抑陰地黄丸。加生地、五味，復等其分，愈出愈奇矣。柴胡從逍遥來，生地從固本來，五味仍合都氣，其曰耳内癢痛，或眼昏痰喘，或熱渴便澀，而總以肝腎陰虚。則知其陰虚，半由火鬱而致也。柴胡以疎之，鬱火非生地不能凉，用五味仍瀉下以補金，補金以生水也。曰抑陰，非疎不可，疎之所以抑之。生地凉血，便有瀉義，瀉之所以抑之也。〇又一變而爲九味地黄丸。以赤茯苓换白茯苓，加川楝子、當歸、使君子、川芎，盡是直瀉厥陰風木之藥，仍是肝腎同治之法。緣諸疳必有蟲，皆風木之所化，肝有可伐之理。但伐其子，則傷其母，故用六味以補其母。去澤瀉者，腎不宜再洩也。〇又一變而爲益陰腎氣丸。加五味，仍合都氣當歸、生地二味，則從四物湯來。何也？其列症有發熱潮熱晡熱，肝血虧矣，焉可再以柴胡疎之哉？最妙在胸膈痞悶一句，緣此症之悶，是肝膽燥火，閉伏胃中，非當歸、生地合用，何以清胃中之火，而生胃陰！若用柴胡，便爲逍遥，入肝胆，不能走胃陰矣。一用柴胡，一不用柴胡，流濕就燥之義，判若天淵，微乎微乎！〇趙氏則以爲，六味加減法須嚴。其善用六味，雖薛氏啟其悟端，而以上變化，概未透其根柢，故盡廢而不能用。見其能合當歸、柴胡而去芍藥，則反用芍藥爲疎肝益腎，此則其聰明也。乃謂白朮與六味，水土相反，人參脾藥不入腎，其論亦高簡嚴密，然細參薛氏，畢竟趙氏拘淺，薛氏諸變法，似乎寬活，然其實嚴密，學者當善悟其妙，而以意通之。大旨以肝腎爲主，而旁救脾肺，則安頓君相二火，不必提起，而自然帖伏矣。

按，晚村此論，實出高旦中四明心法。徐大椿所言「罪首禍魁，高不能辭」（見左），即指此。

徐大椿醫貫砭序：小道之中，切于民生日用者，醫卜二端而已。卜者，最不可憑而可憑；醫者，最可憑而不可憑者也。蓋卜之爲道，布策開兆，毫無據依，而萬事萬物之隱微變態，俱欲先知洞察，此最不可憑者也。然驗者應若桴鼓，不驗者背若冰炭，愚夫愚婦皆能辨其技之工拙也。若醫之爲道，辨症定方，彰彰可考。薑桂入口即熱，芩連下咽知寒，巴黄必瀉，參朮必補，莫不顯然。但病無即愈即死之理，症有假熱假寒之異。上下殊方，六經異治。先後無容顛越，輕重不得倒施，愈期有久暫之數，傳變有淺深之别。或藥不中病，反有小效；或治依正法，竟無近功。有效後而加病者，有無效而病漸除者。有藥本無誤，病適當劇即歸咎于藥者；有藥本大誤，其害未發反歸功于藥者。病家不知也，醫者亦不知也。因而聚訟紛紜，遂至亂投藥石。誰殺之，誰生之，竟無一定之論。此最無憑者也。事既無憑，則技之良賤，何由而定？曰：有之。世故熟，形狀偉，勦説多，時命通，見機便捷，交游推奬，則爲名醫。殺人而人不知也，知之亦不怨也。反此者則爲庸醫。有功則曰偶中，有咎則盡歸之。故醫道不可憑，而醫之良賤更不可憑也。若趙養葵醫貫之盛行于世，則非趙氏之力自能如此也。晚村吕氏負一時之盛名，當世信其學術而並信其醫。彼以爲是，誰敢曰非！況秪記數方，遂傳絶學，藝極高而功極易，效極速而名極美，有不風行天下者耶！如是而殺人之術遂無底止矣！嗚呼！爲盜之害有盡，而賞盜之害無盡。蓋爲盜不過一身，誅之則人盡知懲；賞盜則教天下之人胥爲盜也，禍寧有窮哉？余悲民命之所關甚大，因擇其反經背道之尤者，力爲辨析，名之曰醫貫砭，以請正于明理之君子，冀相與共弭其禍。雖甚不便于崇信醫貫之人，或遭謗讟，亦所不惜也。乾隆六年

二月既望，洄溪徐大椿題。（醫貫砭卷首）

徐大椿曰：吕氏之學實得之高鼓峰，高鼓峰則首宗趙氏之人也。吕氏因信高之故而信趙，天下之人又因信吕氏選時文、講性理之故而併信其醫。且只記兩方，可治盡天下之病，愚夫又甚樂從，貽害遂至於此極。所以罪首禍魁，高不能辭；而承流揚波，吕之造孽更無窮。世所刻鼓峰心法、高吕醫案等書，一脈相承，辨之不勝其辨。知趙氏之謬，則餘者自能知之矣。（醫貫砭卷下）

徐大椿曰：細閲此書，何必嘵嘵著成數卷，只兩言括之，曰「陰虚用六味，陽虚用八味」，足矣。讀者亦不必終帙，只記二方而千聖之妙訣已傳，濟世之良法已盡。所以天下庸醫，一見此書，無不狂喜，以爲天下有如此做名醫之捷徑，恨讀之猶晚也。殺人之法，從此遍天下矣。嗟乎！無源亂道，何地無之，原不足與辨。因晚村輩力爲崇奉，而流毒遂無盡，故作書者之罪小，而表章者之罪大也。（同前）

【注釋】

〔一〕格磔鉤輈鳥：李昉太平御覽卷九二四羽族部：「南越志云：『鷓鴣，雖東西回翔，然開翅之始，必先南翥。其鳴自呼社薄州。』本草云：『自呼鉤輈格磔。』李群玉山行聞鷓鴣詩云：『方穿詰曲崎嶇路，又聽鉤輈格磔聲。』」

〔二〕石緑：白居易裴常侍以題薔薇架十八韻見示因廣爲三十韻以和之：「煙條塗石緑，粉蘂撲雌黄。」

〔三〕雄黄：又稱雞冠石。張世南游宦紀聞卷二：「雌黄出階州。雄黄好者如雞冠色，透明可愛。雌黄佳者成葉子如金色，入乳鉢内研，頃刻成粉，色極鮮麗。與韶粉相忌，繪事不可用二物，稍相親則色淪胥而黑。向在蜀，曾令畫工用之，卷藏數月，已而展玩，其色果然，工亦不曉。」舊俗於端午日飲攙有雄黄之酒。李玫纂異記：「辟邪：有趙小子納涼水濱，見行賈掬水盥漱，俯身潭上，一鬼自潭引手至項上，三進三止，趙叫呼，鬼即隨没。賈曰：『頭髻中有少雄黄，辟邪之效也。』」（陶宗儀説郛卷一一八上引）富察敦崇燕京歲時記：「每至端陽，自初一日起，取雄黄和酒曬之，用塗小兒額及鼻耳間，以避毒物。」

〔四〕松蘿：謝肇淛五雜俎卷一一：「今茶品之上者，松蘿也，虎丘也，羅芥也，龍井也，陽羨也，天池也。……余嘗過松蘿，遇一製茶僧，詢其法，曰：『茶之香原不甚相遠，惟焙者火候極難調耳。茶葉尖者太嫩，而蒂多老。至火候匀時，尖者已焦，而蒂尚未熟。二者雜之，茶安得佳？』松蘿茶製者，每葉皆剪去其尖蒂，但留中段，故茶皆一色，而功力煩矣，宜其價之高也。」江澄雲素壺便録：「茶以松蘿爲勝，亦緣松蘿山秀異之故。山在休寧之北，高百六十仞，峰巒攢簇，山半石壁且百仞，茶柯皆生土石交錯之間，故清而不瘠，清則氣香，不瘠則味腴。而製法復精，故勝若他處産也。」

〔五〕箬簍：箬竹所編之簍。宋應星天工開物藍澱：「近來出産，閩人種山皆茶藍，其數倍於諸藍。山中結箬簍，輸入舟航。」

〔六〕潯酒：袁枚隨園食單茶酒單：「湖州南潯酒，味似紹興，而清辣過之，亦以過三年者爲佳。」

〔七〕蜀葵：爾雅釋草：「菺，戎葵。」郭璞注：「今蜀葵也，似葵。華如木槿華。」邢昺疏：「戎、蜀，蓋其所自也，因以名之。」

〔八〕病髯：指高旦中。

〔九〕白屋：班固漢書卷七八蕭望之傳：「今士見者，皆先露索挾持，恐非周公相成王，躬吐握之禮，致白屋之意。」顔師古注：「周公攝政，一沐三握髮，一飯三吐餔，以接天下之士。白屋，謂白蓋之屋，以茅覆之，賤人所居。」

〔一〇〕彌明：韓愈石鼎聯句詩序：「元和七年十二月四日，衡山道士軒轅彌明自衡下來，舊與劉師服進士衡湘中相識，將過太白，知師服在京，夜抵其居宿。有校書郎侯喜，新有能詩聲，夜與劉説詩，彌明在其側，貌極醜，白鬚黑面，長頸而高結喉，中又作楚語，喜視之若無人。彌明忽軒衣張眉指爐中石鼎謂喜曰：『子云能詩，能與我賦此乎？』劉往見，衡湘間人説云年九十餘矣，解捕逐鬼物，拘囚蛟螭虎豹，不知其實能否也。見其老，頗貌敬之，不知其有文也。聞此説大喜，即援筆題其首兩句，次傳於喜，喜踊躍即綴其下云云。」

〔一一〕蛩駏：劉安淮南子道應訓：「北方有獸，其名曰蹷，鼠前而兔後，趨則頓，走則顛，常爲蛩蛩駏驉取甘草以與之。蹷有患害，蛩蛩駏驉必負而走。此以其能，託其所不能。」後因以駏蛩喻關係密切。韓愈醉留東野：「韓子稍奸黠，自慚青蒿倚長松。低頭拜東野，願得終始如駏蛩。」

飲含山泉次韻答太沖 三首

老甕年深不起苔，乳泉無影瀉磁杯。喃喃誰出尖酸語，未到含山脚下來。

騎火新茶解箬嘗〔一〕，沙鐺桑炭沸聲長。江東齒頰天然硬，淬過寒泉鐵也香〔二〕。

一窪石眼傍村流，風味天生出一頭。已被東莊收拾盡，頑山只合屬他州。

【箋　釋】

此詩作於康熙二年癸卯夏。

按，耿維祜道光石門縣志卷一山川：「含山：在縣西北三十六里，東南界石門鄉，西北界歸安太一鄉。……含山泉：鄺志：『在山麓下，滃然以清，絶似安平、白沙諸水渚，旱潦不盈涸。』」太沖詩未見。

【資　料】

高斗魁董載臣以含山泉飲太沖次韻：村童絜甕破蒼苔，急沸沙鐺注瓦杯。不是君家多眼色，那能直到此中來。

虎跑半月不堪嘗，獨辟含山味較長。屋注河流無此事，松蘿今日合生香。

無多卷石出新流，造物神奇自出頭。收拾苦功誰没得，含山原不屬湖州。（續甬上耆舊詩卷四一）

【注　釋】

〔一〕騎火新茶：沈濤交翠軒筆記卷三：「龍安有騎火茶最上，不在火前，不在火後故也。清明改火，故曰騎火茶。」

〔二〕寒泉：嘉慶重修一統志杭州府：「寒泉：在新城縣西六十里菴頭山。石巖下泉湧如輪，冬夏不竭，灌田數百畝。」

太沖又以詩爭含山泉用韻再答 三首

鑿開山骨剗頑苔，不是尋常到栢杯。若與廬山強差別，斷君未飲谷簾來〔一〕。

山居老識山泉味，乍見茶甌較短長。飲過含山西畔水，歸憎家茗不生香。

北源初到試新流，品出頭綱最上頭〔二〕。不煮江西生草子，此泉只配享徽州〔三〕。

【箋　釋】

此詩作於康熙二年癸卯夏。

按，太沖詩未見。

【資料】

高斗魁再次韻呈太沖：布席花陰話淺苔，含山初試靖窑杯。莫嫌泉味從中品，曾費工夫洗剔來。蟹眼才騰信口嘗，泉流到處見微長。它源削濇無滋味，只是烹來獨有香。化安千古擅風流，隨分名泉壓上頭。若論前人曾解識，惠山久已播它州。（續甬上耆舊詩卷四一）

【注釋】

〔一〕谷簾：廬山康王谷瀑布，其狀如簾，故名。陳舜俞廬山記卷三：「有水簾飛泉，破岩而下者二三十派，其高不可計，其廣七十餘尺。陸鴻漸茶經第其水爲天下第一。」陸游入蜀記卷四：「十日，史志道餉谷簾水數器，真絶品也。甘腴清泠，具備衆美。前輩或斥水品以爲不可信，水品固不必盡當，然谷簾卓然，非惠山所及，則亦不可誣也。」

〔二〕頭綱：蘇軾七年九月自廣陵召還汶公乞詩乃復用前韻：「上人問我遲留意，待賜頭綱八餅茶。」查慎行注：「熊蕃北苑茶録：『每歲分十餘綱，淮白茶，自驚蟄前興役，浹日乃成，飛騎疾馳，不出仲春，已至京師，號爲頭綱。』」沈初西清筆記紀庶品：「龍井新茶，向以穀雨前爲貴，今則於清明節前，采者入貢，爲頭綱。」

〔三〕「不煮」二句：意謂含山泉不煮江西茶，而只應煮徽州茶。按，徽州茶著名於明清。江西，指代陸九淵。楊簡象山先生行狀：「先生姓陸，名九淵，字子静，……乾道八年登進士第，時考官吕祖謙能識先生之文于數千人之中，他日謂先生曰：『未嘗款承足下教，僅得之傳聞，一見高文，心開目明，知其爲江西陸子靜也。』其始至行都，一時俊傑，咸從之游。……（淳熙十三年）主管台州崇道觀，先生既歸，學者輻輳愈盛，雖鄉曲長老，亦俯首聽誨，言稱先生。先生悼時俗之通病，啟人心之固有，咸惕然以懲，躍然以興。每詣城邑，環坐率一二百人，至不能容，徙觀寺。縣大夫爲設講坐于學宮，聽者貴賤老少，溢塞塗巷，從游之盛，未見有此。貴溪有山，實龍虎之本岡，先生登而樂之，結茆其上。山高五里，其形如象，遂名之曰象山，自號象山翁。四方學徒復大集，至數百人，從容講道，詠歌怡愉，有終焉之意，於是人號象山先生。」徽州，指代朱熹。李幼武宋名臣言行録外集卷一二：「朱熹，晦菴先生徽國文公，字元晦，間自稱曰仲晦，世爲徽人，居紫陽山下。……紹興十八年登第，授泉州同安簿。……淳熙二年，東萊自東陽來，留止寒泉精舍旬日，相與掇周程張書關大體而切日用者，彙次成十四篇，號近思録。先生嘗謂學者曰：『四子，六經之階梯；近思録，四子之階梯。』以言爲學者當因此而入也。壽餞東萊，至鵝湖，陸子壽、子靜、劉子澄來會，相與講其所聞，二陸執所見不合而罷。」

旦中以詩解爭而實佐太沖也再用韻答之 三首

口中生土石生苔，浣滌惟須飲一杯。儘説姚江泉味好，莫從蔥嶺帶些來〔一〕。太沖極口餘姚化肯颺家山真臭味，傍他鼻孔索空香。它泉在鄞。安泉〔二〕。水經休遺誤平章，只飲它泉理亦長。

睡醒芳甘留舌本，帶將一滴灑明州〔三〕。涓涓續續自源流，天外何須更舉頭。

【箋釋】

此詩作於康熙二年癸卯夏。

按，據高旦中董載臣以含山泉飲太沖次韻詩知，先是董載臣以含山泉飲太沖，太沖即賦之以詩，當有爭勝之句，故晚村次韻中有「喃喃誰出尖酸語」，又有「風味天生出一頭」，是只爭泉水之高下，未及其餘，故旦中亦有「虎跑半月不堪嘗，獨辟含山味較長」云。而後太沖又以詩爭，此時漸及人物，晚村便有「不煮江西生草子，此泉只配享徽州」等語，而旦中欲解晚村與太沖之爭，故有「惠山久已播它州」云，蓋陸羽次第天下名泉爲二十種，以廬山康王谷簾水爲第一，無錫惠山泉次之；然又有「化安千古擅風流」句，實則佐太沖以爭勝者也。於是晚村再賦三詩，自解其爭，謂「只飲它泉理亦長」，則平和之氣也；而「天外何須更舉頭」，亦不爭之意也。其間或亦含學術之爭，謂晚村詩寓有對江西陸象山之攻擊，對餘姚王陽明之偏見及對徽州朱晦翁贊誦之意（參見徐定寶黄宗羲年譜「康熙二年癸卯」條）。

康熙二十一年壬戌，太沖作聞太宰筇杖高元發所贈詩，曰：「石塘太宰筇州杖，到我流傳百廿年。猶帶華堂脂粉氣，還須一洗化安泉。」自注曰：「化安泉最清烈。」（南雷詩曆卷三）及至此時，猶未忘懷當年含山、化安之爭，似亦有趣。

【注釋】

〔一〕蔥嶺：班固漢書卷九六西域傳：「東則接漢阸以玉門、陽關，西則限以蔥嶺。」顏師古注：「西河舊事云：蔥嶺其山高大，上悉生蔥，故以名焉。」即今帕米爾高原。

〔二〕化安泉：全祖望大寶泉銘：「吾鄉以二百八十峰之水，灌輸浥布，其最著者爲它山泉、雪竇山之瀑泉、化安山泉，皆稱絶品。」（鮚埼亭集外編卷一五）

〔三〕明州：嘉慶重修一統志寧波府：「後漢亦屬會稽郡。晉、宋至隋皆因之。唐武德四年始置鄞州，八年州廢，還屬越州；開元二十六年復置明州（唐書地理志：采訪使齊澣奏置，以境有四明山爲名）；天寶元年改爲餘姚郡，屬江南東道。乾元初復曰明州，屬浙江東道。五代屬吴越國。宋曰明州奉化郡，屬浙東路；紹熙五年升慶元府。元至元十三年改置宣慰司，十四年改慶元路。明初復爲明州府，洪武十四年改寧波府。」

至東莊次太沖韻

自家意思果何如，只會窗前草不除〔一〕。休矣署門堅謝客〔二〕，欣然蔽席肯移居〔三〕。人間未定三朝史〔四〕，天下難分半部書〔五〕。急召梓人圬者計〔六〕，風風雨雨薄籧篨〔七〕。

【箋　釋】

此詩作於康熙二年癸卯夏。

按，晚村城中寓所，有梅花閣、水生草堂等屋舍，而東莊在南陽村，爲晚村别業，偶爾與數幾好友小聚，當時未作主要居所，故詩中有「急召梓人圬者計」語。直至康熙十二年癸丑歲末，始移居東莊，爲隱居之所。

【資　料】

高斗魁和太沖至東莊韻：先生初覺東莊勝，記約題詩獨我除。多病無從覓死所，三年徒自説同居。松堂午飯炊新火，竹磴閒眠枕舊書。此後諸君分講席，小橋斜對屬籧篨。（續甬上耆舊詩卷四一）

【注　釋】

〔一〕「自家」二句：二程遺書卷三：「周茂叔窗前草不除去，問之，云：『與自家意思一般。』」

〔二〕「休矣」句：司馬遷史記卷一二〇汲鄭列傳：「下邽翟公有言，始翟公爲廷尉，賓客闐門。及廢，門外可設雀羅。翟公復爲廷尉，賓客欲往，翟公乃大署其門曰：『一死一生，乃知交情。一貧一富，乃知交態。一貴一賤，交情乃見。』」

〔三〕蔽席：司馬遷史記卷八六刺客列傳：「（鞠武）出見田先生，道：『太子願圖國事於先生也。』田光曰：『敬奉教。』乃造焉。太子逢迎，卻行爲導，跪而蔽席。」

〔四〕三朝史：黄虞稷千頃堂書目卷四：「天啟五年十一月，禮科給事中楊所修請編纂梃擊、紅丸、移宫三案。六年正月開館，以閣臣顧秉謙、黄立極、馮銓爲總裁。……崇禎元年五月，編修倪元璐亟言其當毁，詔從之。福王南渡，通政使楊維垣疏請重刊，會金陵失守，不果。」可與前贈餘姚黄太沖「神宗以後難爲史」對看。

〔五〕半部書：羅大經鶴林玉露乙編卷一：「杜少陵詩曰：『小兒學問止論語，大兒結束隨商賈。』蓋以論語爲兒童之書也。趙普再相，人言普山東人，所讀者止論語，蓋亦少陵之説也。太宗嘗以此語問普，普略不隱，對曰：『臣平生所知，誠不出此。昔以其半，輔太祖定天下，今欲以其半，輔陛下致太平。』普之相業，固未能無愧於論語，而其言則天下之至言也。朱文公曰：『某少時讀論語便知愛，自後求一書似此者，卒無有。』」

〔六〕梓人圬者：周禮考工記：「梓人爲筍虡，梓人爲飲器，梓人爲侯。」左傳襄公三十一年：「圬人以時，塓館宫室。」杜預注：「圬人，塗者，塓塗也。」孔穎達正義：「釋宫云：『鏝謂之杇。』李巡曰：『鏝一名杇，塗工作具也。』郭璞云：『泥鏝也。』然則圬是塗之所用，因謂泥牆屋之人爲圬人。塓亦泥也，使此泥屋之人以時泥塗客館之宫室也。」柳宗元有梓人傳，韓愈有圬者王承福傳。

〔七〕籧篨：粗竹席。揚雄方言卷五：「簟，其粗者謂之籧篨。」房玄齡晉書卷五一皇甫謐傳：「以籧篨裹屍，麻約二頭，置屍床上。」陸德明經典釋文卷二一：「籧：具居反。篨：直居反。」

看宋石門畫輞川圖依太沖韻

銅盤夜落墨花細，剡中老人愁不寐〔一〕。起挑燈杖寒焰生，蹴醒共話山居事。山居佈置當如何，我有舊圖試展視。三人頰骨相支撐〔二〕，神游其間如魔魅。因歎當時王右丞〔三〕，以較今日殊不類。所以其詩爛熳音節和，不似吾曹激楚叫憔悴。孟城坳起至椒園〔四〕，逐段據圖合名位。界畫屋宇鈎勒雲華樹〔五〕，竹石一一從詩義。或言爾時天生有李郭〔六〕，草莽風流得不墜。吾謂幸逢禄兒胸腹寬〔七〕，凝碧池詩略無忌〔八〕。今觀尺山寸樹尚畫四五丈，其中亭榭艇子、帷帳几榻、爐碗缾罌、研床書册、茶竈藥磑、絃琴酒榼、禪座變相、賓客僮僕、娱心樂志之具莫不備。不知思明跋扈、回紇貪殘，百里内何以無兵至。又況藍田汧渭間，用兵正復秦隴自〔九〕。猶之遼海及荆襄，萬曆末年崇禎季〔一〇〕。此中豈容詩畫人，出入攸往無不利。憶我乙酉避亂初，全身持向萬山棄。銅爐石鏡公山溪〔一一〕，在臨安縣南，與富陽、桐廬諸山溪相連。嵒轉灘開負奇致。雖無別業比輞川，化安烏石差無異〔一二〕。萬馬搜山失腳來，每閱此圖輒三喟。亂後流落經數家，破産贖歸辛卯始。饑持質米寒質衣，手爪揩摸落青翠。願賣此圖還買山，指天向人不相戲。故事請得比硯山，海嶽菴近甘露寺〔一三〕。縱横置屋數十間，左右可容吾友寄。此事但果卿亦豪，百口豈敢爲人累。富者不應貧者笑，抱卷入門墮雙淚。

【箋　釋】

此詩作於康熙二年癸卯夏。

按，順治十七年庚子，晦木、旦中過晚村，晚村出視輞川圖（當時孟舉在焉，作輞川圖詩）。至康熙二年癸卯夏某日，晚村與太沖、旦中、孟舉集飲水生草堂，又出觀輞川圖。晚村欲按圖尋境，招呼太沖、旦中，求歸隱之地，未得響應，所謂「富者不應貧者笑」者是也。富者，旦中也；貧者，太沖也。其中「三人頦骨相支撑」之「三人」，亦即太沖、旦中與晚村，蓋隱居之事，孟舉不與焉。

太沖見畫，很是喜愛，即索筆題詩，晚村次其韻，旦中亦次之，孟舉後次之，孟舉復有分韻詩二首（具見後）。

輞川圖，唐詩人王維晚年得宋之問藍田别墅，在輞口，輞水周旋舍下，王維遂改築别業，與裴迪游其中，賦詩相酬爲樂，又賦輞川二十勝景，名輞川圖。而此次晚村所出觀賞者，乃宋石門於萬曆二年甲戌爲吕心文炯（晚村叔祖）所繪之輞川圖，後鈍齋吴郁生簽題作「仿黄鶴山樵輞川别墅圖」，宋石門題曰：「心文吕子向見王叔明臨王摩詰輞川圖卷，展玩殊愛，戲謂余曰：子亦能仿佛往蹟，無愧若人乎？余笑而諾之。萬曆甲戌夏日，避暑心文三願齋中，意興閒適，筆研多暇。因想像高風，率爾爲此，何敢仰希摩詰！而叔明尚未能得一班也。心文之戲宜哉！故白。余歉於末，並識歲月云。邑人宋旭。」宋石門爲吕心文所繪者，所知尚有桃花源圖，萬曆八年庚辰繪，今藏重慶市博物館。夏文彦圖繪寶鑑續集稱宋氏「山頭樹木，蒼勁古拙，巨幅大障，頗有氣勢」云，此圖足以當之。

【資　料】

黄宗羲宋石門畫輞川圖：曾讀輞川詩，煙霞歲月勞夢寐。今見輞川圖，曉然得吾意中事。山不甚高水不深，曠可絶俗奥可視。松聲澎湃柳函湖，修竹風雨寄魑魅。華堂突兀奠高明，卷軸縱横分四類。更復曲房多窈窕，絲竹不妨破憔悴。小舸一瀉看斜陽，欲與鳧鷗爭坐位。拄杖丁東石子橋，青燈霜雪高僧義。有時更上一稜層，漫空瀑布天半墜。亂石灘頭水亂鳴，鷺鷥得意渾忘忌。名花爛漫白雲中，茶鐺藥碾無不備。右丞翛然在此間，以畫傳詩所未至。誰其臨者王叔明，石門臨又叔明自。署尾萬曆之甲戌，屈指於今八十季。當時藝苑多風流，太平進退無不利。何處山水無名園，即無山水亦不棄。所以心文吕先生，城角數畝煩標致。石門因之圖輞川，景有美惡意不異。吾友莊生心文孫，出此示吾吾則喟。吾家二百八十峰，九題皮陸唱和始。高山急雨來晴空，平溪明月弄寒翠。指點圖中似某某，唯其有之故無戲。但無廬屋可託身，至使木主寄僧寺。草堂女侍彼何人，吾欲一箋將誰寄。高子亦有烏石山，買藥未歸兒女累。人言五十不造屋，急卷畫圖恐有淚。（續甬上耆舊詩

卷三八）

高斗魁宋石門畫輞川圖：好山好水悉屏置，十年脊痛無一痳。踽踽抗塵歲復月，自顧絶非意中事。庚子曾見輞川圖，老友鷓鴣同展視。按詩尋境狂叫絶，風雪深夜怖魑魅。其中勝處見不多，割裂摹想頗有類。峰頂獨坐松亭子，不與風塵等憔悴。斯時卜隱謀或成，少向圖中分坐位。卻笑一部十七史，解説無從況了義。今年再陪梨洲游，東莊風流仍不墜。小閣花陰重展圖，如見故人動慚忌。梨洲喜愛過鷓鴣，索筆題詩歎賞備。石門次第固天成，梨洲序述如身至。古來名勝多圖畫，輞川何必右丞自。當年詩賦記伶倫，獨爾生逢唐亂季。凝碧池頭幸脱身，溪圬坳園誇美利。後世論品低昂存，山水豪華反不棄。山水不從人得名，名或反從山水致。竟有山水亦足傳，人復遇之仍不異。所遭不同固自爾，念此不禁反致喟。東莊欲卧南陽村，聚友講習今秋始。請君先看浙江山，踏遍白雲逐青翠。乃知輞川一二圖，素具胸臆不相戲。把茅蓋頂謝世間，老僧退院不住寺。庶幾病骨輟奔走，不絶餘生永託寄。抱卷看山恣搜索，公等且費聰明累。莫將此意等空言，重我他日三斗淚。（續甬上耆舊詩卷四一）

吴之振再詠輞川圖次韻：膠澄水碾青螺細，手指經營眼難痳。意中欲作山居圖，生來不識山中事。淡描粉本焦墨改，下筆惟恐人竊視。山如堆灰樹如薺，間置人物疑木魅。有時刻畫學金碧，又與董巨法不類。□□一見笑捧肚，令我短氣頓憔悴。示我初陽輞川圖，宜於元四大家置一位。餘生未了筆墨緣，請從此卷窮精義。畫家俗賴呼浙派，故作倉奇成累墜。初陽脱胎黄鶴老，鬱盤横出反無忌。還思□□從祖雅山翁，收藏鼎彝金石靡不備。其中豈復少神奇，何爲傾倒初陽獨深至。古今互有短長處，莫問源流某某自。叔明尚有未到處，知非大言謾劉季。此圖展轉流人間，識與不識居奇利。縹緗籤軸漸剥落，鼠齧蟲穿同毁棄。天生神物終當合，輞川卒爲□□致。吾今願借十日觀，佳畫因人又加異。石几當窗共展看，不耐諸公今昔喟。請看樓下疊石作小山，萬丈峰巒尺寸始。竹樹迷離破蔚藍，礬頭磊落堆青翠。何須藍田幽壑奇，已勝輿公水墨戲。疏疏溪口著釣船，隱隱山腰藏古寺。憑欄朝暮生煙雲，别有天地欲往寄。君不見殘山剩水莫悲歌，朽繒敗紙爲身累。不如與君領略盆池山，沃君醇醪拭君淚。（黄葉村莊詩集卷一）

吴之振集飲水生草堂分韻：傍水軒窗逐處開，山榴如火照青梅。不因勝地看花至，自愛高人送酒來。三疊放歌聽曲變，十分飛盞作詩媒。樹顛黠鼠當風立，巢窟經營苦竹堆。新茶活火鬭松聲，石鼎銅缾對短檠。潑剌魚跳星影亂，週遮鳥語樹頭清。眼前俗物憎應死，畫裏名山看欲生。愛殺輞川風景好，相將直合此中行（是日出觀輞川圖）。（黄葉村莊詩集卷一）

沈季友檇李詩繫卷一四：宋旭，字初暘，崇德人。家石門，號石門山人。隆萬間布衣。好學，通内外典，能詩，善八分，尤以丹青擅名於時。層巒疊嶂，邃壑幽林，獨造神逸，海内競購之。年七十有八，若上諸名流招致，繪白雀寺壁，時稱妙絶，與雲間莫廷韓、同邑吕心文友善。晚入殳山社。所作偈頌，多透脱生死語，非區區一藝之士也。

趙宏恩江南通志卷一七二人物志之流寓一：宋旭，字初暘，崇德人。以畫名。萬曆初，居雲間，與陸樹聲、莫如忠、周思兼結社賦詩。年八十，無疾而逝。

【注釋】

〔一〕剡中老人：指黄太沖。剡，即剡曲。黄宗羲山居雜詠：「重來剡曲結茅茨，去舍原無一頓時。」

〔二〕頞：廣韻：「烏葛切。」段玉裁説文解字注：「鼻謂之凖，鼻直莖謂之頞。」

〔三〕王右丞：歐陽修新唐書卷二〇二王維傳：「王維，字摩詰。……安禄山反，玄宗西狩，維爲賊得，以藥下利陽瘖。禄山素知其才，迎置洛陽，迫爲給事中。禄山大宴凝碧池，悉召梨園諸工合樂，諸工皆泣。維聞悲甚，賦詩悼痛。賊平，皆下獄，或以詩聞行在。時縉位已顯，請削官贖維罪，肅宗亦自憐之，下遷太子中允。久之，遷中庶子，三遷尚書右丞。……兄弟皆篤志奉佛，食不葷，衣不文綵，别墅在輞川，地奇勝。有華子岡、欹湖、竹里館、柳浪、茱萸沜、辛夷塢，與裴迪游其中，賦詩相酬爲樂。」

〔四〕「孟城坳」句：王維輞川集序：「余别業在輞川山谷，其游止有孟城坳、華子岡、文杏館、斤竹嶺、鹿柴、茱萸沜、官槐陌、臨湖亭、南垞、欹湖、柳浪、欒家瀨、金屑泉、白石灘、北垞、竹里館、辛夷塢、漆園、椒園等，與裴迪閒暇各賦絶句云爾。」

〔五〕界畫：袁桷王振鵬錦標圖：「界畫家以王士元、郭忠恕爲第一，余嘗聞畫史言，尺寸層疊，皆以準繩爲則，殆猶修内司法式，分秒不得踰越。」鈎勒：夏文彦圖繪寶鑑卷五：「（張遜）善畫竹，作鈎勒法，妙絶當世。」

〔六〕李郭：劉昫舊唐書卷一一〇李光弼傳：「李光弼，營州柳城人。……（開元）十三載，朔方節度安思順奏爲副使，知留後事。思順愛其材，欲妻之。光弼稱疾，辭官。隴右節度哥舒翰聞而奏之，得還京師。禄山之亂，封常清、高仙芝戰敗，斬於潼關。又以哥舒翰率師拒賊。尋命郭子儀爲朔方節度，收兵河西。玄宗眷求良將，委以河北河東之事，以問子儀。子儀薦光弼，堪爲閫寄。十五載正月，以光弼爲雲中太守，攝御史大夫，充河東節度副使。……」又卷一二〇郭子儀傳：「郭子儀，華州鄭縣人。……七月，肅宗即位，以賊據兩京，方謀收復，詔子儀班師。八月，子儀與李光弼率步騎五萬至自河北。時朝廷初立，兵衆寡弱，雖得牧馬，軍容缺然，及子儀、光弼全師赴行在，軍聲遂振，興復之勢，民有望焉。……（乾元元年）九月，奉詔大舉，子儀與河東節度使李光弼、關内節度使王思禮……等九節度之師，討安慶緒。帝以子儀、光弼俱是元勳，難相統屬，故不立元帥，唯以中官魚朝恩爲觀軍容宣慰使。」

〔七〕禄兒胸腹寬：劉昫舊唐書卷二〇〇安禄山傳：「晚年益肥壯，腹垂過膝，重三百三十斤，每行以肩膊左右擡挽其身，方能移步。」唐玄宗天寶十四年，安禄山起兵反，得史思明響應，同年陷長安，王維爲所獲，拘於菩提寺。

〔八〕凝碧池詩：王維菩提寺禁裴迪來相看説逆賊等凝碧池上作音樂供奉人等舉聲便一時淚下私成口號誦示裴迪：「萬户傷心生野煙，百官何日更朝天。秋槐葉落空宫裏，凝碧池頭奏管弦。」

〔九〕「又況」二句：司馬光資治通鑑卷二二三唐紀三十九：「吐蕃入大震關，陷蘭、廓、河、鄯、洮、岷、秦、成、渭等州，盡取河西、隴右之地。……郭子儀引三十騎自御宿川循山而東，謂王延昌曰：『六軍將士逃潰者多在商州，今速往收之，並發武關防兵，數日間北出藍田以向長安，吐蕃必遁。』過藍田，遇元帥都虞候臧希讓、鳳翔節度使高昇，得兵近千人。……子儀表稱：『臣不收京城，無以見陛下。若出兵藍田，虜必不敢東向。』上許之。」

〔一〇〕「猶之」二句：遼海指滿清，清太祖於明萬曆四十四年丙辰定國號曰金，清太宗於崇禎八年乙亥襲破撫順，繼又破清河，爲對明稱兵之始，之後連年戰爭，直至入關，定鼎中原。荆襄指李自成，張廷玉明史卷三〇九李自成傳：「李自成，米脂人。……（崇禎）四年……自成乃與兄子過，往從迎祥，與獻忠等合，號闖將。……九年……秋七月，禽迎祥於盩厔，獻俘闕下，磔死，於是賊黨乃共推自成爲闖王矣。……十五年……大清兵南侵，京師方告急，朝廷不暇復討賊。自成乃收群賊，連營五百餘里，再屠南陽，進攻汝寧，總兵虎大威中礮死，楊文岳被殺，自成乃脅崇玉由樻使從軍，遂由確山、信陽、泌陽向襄陽。左良玉望風南走，自成入襄陽，分徇屬城及德安諸州縣，皆下，再破夷陵、荆門州，自成自攻荆州，湘陰王儼鉡遇害，燒獻陵木城，穿毁宫殿。……十七年正月庚寅朔，自成稱王於西安，僭國號曰大順，改元永昌。」三月十七日，環攻京師九門，十九日晨，崇禎帝自縊於煤山，明亡。

〔一一〕銅爐：吕留良耦耕詩「爐」作「鑪」，然於地志書中未能查考。自注：「在臨安縣南，與富陽、桐廬諸山溪相連。」疑即銅坑山。嵇曾筠浙江通志卷一〇山川：「銅坑山：咸淳臨安志：在縣南五十里，高一千丈，東接分水，南帶淳安，西亘績溪，其最高窮絶處有龍池三。」石鏡：同上書：「石鏡山：名勝志：在城南里許，其東峰一圓石，光瑩如鏡。相傳錢王幼時臨照其形，首戴冠冕，既貴，昭宗詔改爲衣錦山。」公山：同上書：「公山：咸淳臨安志：在縣東二十里。」

〔二二〕化安：即化安山。黄宗羲所葬之地。黄宗羲先妣姚太夫人事略：「乙酉，奉太夫人徙中村。丙戌，徙化安山丙舍。丁亥，返故居。己丑，山中亂，徙邑城。明年，返故居。丙申，山中又亂，徙半霖，其秋返故居。」烏石：指烏石山。高斗魁所葬之地。黄宗羲阿育王寺舍利記：「庚戌十一月甲子，余爲高旦中題主於烏石山。」又高旦中墓誌銘：「卒於某年庚戌五月十六日。以其年十一月十一日，葬於烏石山。」

〔二三〕「故事」二句：蔡條鐵圍山叢談卷六：「江南李氏後主寶一研山，徑長才踰咫，前聳三十六峰，皆大猶手指，左右則引兩阜陂陀，而中鑿爲硯。及江南國破，研山因流轉數士人家，爲米元章得。後米老之歸丹陽也，念將卜宅，久弗就，而蘇仲恭學士之弟者，才翁孫也，號稱好事，有甘露寺下並江一古宅，多群木，蓋唐晉人所居。時米老欲得宅，而蘇覬得硯，於是王彦昭侍郎兄弟與登北固，共爲之和會，蘇、米竟相易，米後號海嶽菴者是也。研山藏蘇氏，未幾，索入九禁。」岳珂寶真齋法書贊卷二〇「米元章硯山詩帖」：「米公硯山詩帖真蹟一卷。硯山者，公平生所寶也。老謀菟裘，遂以易海嶽之居，予固言之矣。治餉京口，既得舊址，兔葵燕麥，動懷人之歎，因築圜建祠以奉。」王存元豐九域志卷五淮南路：「甘露寺：前對北固山，後枕大江，唐寶曆中李德裕建，時甘露降於此，因以爲名。」

吴孟舉示書畫用太沖韻

吴中骨董真弇固，揣骨聽聲參死句。字畫從不論筆墨，縑紙印識傳師傅。吴子好事乃鄙此，爬羅捆縛致無數。就我分考上下中，予值幾何亦並注。第一砑青裱宋箋〔一〕，審定枝山跡無誤〔二〕。不同梅華十九首〔三〕，蒸餅惡札假懷素〔四〕。祝書最多，此二種僞跡，所示有一卷，亦其流也。其次文衡山行楷〔五〕，印板子昂老骨度〔六〕。兩卷相較祝書好①，頗勝爛熟湯碗賦。前後赤壁賦，窑人每寫之磁碗。冤誣雅宜及三橋〔七〕，王百穀等目難寓〔八〕。閶門老手一筆成，更用香薰灰渲作。六如小畫樣本佳〔九〕，想其臨描苦綳布。買骨且取燕昭意〔一〇〕，空群莫作伯樂顧〔一一〕。雖非神物風雅存，裝演慎勿杭匠付②。濃漿牢褙仰覆瓦〔一二〕，啾啾墨精叩頭訴。杭裱多用厚漿，蠢拙不堪，尤易瓦裂，難於重裝。檇李近有張公肇，雅擅此技，雖碎繪朽札，能絲縷補湊，復還舊觀，亦神品也。

【校　記】

① 祝書　原作「祝詩」，萬卷樓鈔本同，據嚴鈔本、釋略本、詩稿本、怡古齋鈔本、管庭芬鈔本、張鳴珂鈔本、萬卷樓鈔本改。

② 裝演：釋略本、詩稿本、管庭芬鈔本同，嚴鈔本、怡古齋鈔本、管庭芬鈔本、萬卷樓鈔本作「裝潢」。

【箋釋】

此詩作於康熙二年癸卯夏。

按，因觀輞川圖，故孟舉以所藏書畫請晚村點定，蓋孟舉家富，亦自豪奢，而於考訂真僞及款式裝潢之優劣，工夫稍欠。後孟舉有題三龜圖卷詩四首，其一曰：「寶龜不降錫，火德喪南辰。宣和好筆墨，藏僞徒失真。」（黄葉村莊詩集卷一）則孟舉所藏僞器，當亦不少。

【注釋】

〔一〕砑：廣韻：「砑，吾駕切。碾砑。」

〔二〕枝山：王世貞弇州山人續稿卷一四八像贊：「祝京兆先生允明，字希哲，長洲人。生而枝指，故自號枝山，又曰枝指道人。……書法魏晉六朝，至顏蘇米趙，無所不精詣，而晚節尤横放自喜，故當爲明興第一。」所書六體書詩賦卷、草書杜甫詩卷、古詩十九首、草書唐人詩卷及草書詩翰卷等皆爲傳世精品。

〔三〕梅華十九首：指祝枝山楷書梅花詩、草書古詩十九首。祝枝山梅花詩：「雪月孤山夜，扁舟載鶴來。暗香吹不散，一樹玉花開。遥聞暗淡香，近見翠微色。爲有惜花心，樓中暮吹笛。碧蘚陰虯幹，清香透竹籬。山中一夜雪，著屐問青枝。池塘新月出，上下一鈎明。暗香疏影處，良宵無限情。山徑千林雪，江城一笛風。最憐溪水上，清影月明中。瘦影含明月，清香遞遠風。山空人寂靜，愁聽笛聲中。何處雪飄花，飛來隱士家。推窗看月色，時見屐痕斜。隴上雪初消，春鳥未成弄。關山玉笛寒，吹落羅孚夢。」王世貞文氏停雲館帖十跋：「第十卷爲祝京兆允明書古詩十九首、秋風辭、榜枻歌，余往從文嘉所見真蹟，清圓秀潤，天真爛然，大令以還，一人而已。」

〔四〕蒸餅惡札：指薛稷、柳公權，即楷書。米芾海嶽名言：「世人多寫大字時用力捉筆，字愈無筋骨神氣，作圓筆頭如蒸餅，大可鄙笑。」又：「薛稷書慧普寺，老杜以爲『蛟龍岌相纏』。今見其本，乃如柰重兒，握蒸餅勢，信老杜不能書也。」又：「柳公權師歐，不及遠甚，而爲醜怪惡札之祖。自柳世始有俗書。」懷素：宣和書譜卷一九：「釋懷素，字藏真，俗姓錢，長沙人，徙家京兆。玄奘三藏之門人也。初勵律法，晚精意於翰墨，追倣不輟，禿筆成冢。一夕觀夏雲隨風，頓悟筆意，自謂得草書三昧，斯亦見其用志不分乃凝於神也。當時名流如李白、戴叔倫、竇臮、錢起之徒，舉皆有詩美之，狀其勢以謂若驚蛇走虺，驟雨狂風，人不以爲過論。又評者謂張長史爲顛，懷素爲狂，以狂繼顛，孰爲不可。」

〔五〕文衡山：朱彝尊靜志居詩話「文徵明」：「徵明初名璧，以字行，更字徵仲，長洲人。以歲貢入京，用薦授翰林待詔。卒，私謚貞憲先生。有甫田集。先生人品第一，書畫詩次之。」

〔六〕子昂：歐陽玄趙文敏公神道碑：「公諱孟頫，字子昂，姓趙氏，系出秦王德芳。……江南侍御史程公鉅夫出訪江南遺逸，得二十餘人以應詔，公在首選。……延祐六年五月，告老還湖州，是冬召入朝，以疾不果行。至元元年，上章乞致仕，不報。二年春，遣使存問；夏六月辛巳，薨於私第。至順三年，贈榮禄大夫、江浙等處行中書省平章政事、柱國，追封魏國公，謚曰文敏。……尺牘能以數語曲暢事情。鑑定古器物名書畫，望而知之，百不失一。精篆隸小楷行草書，惟其意所欲爲，皆能伯仲古人。畫入逸品，高者詣神，四方貴游及方外士，遠而天竺、日本諸外國，咸知寶藏公翰墨爲貴。」

〔七〕雅宜：文徵明王履吉墓誌銘：「君文學藝能，卓然名家……三吴之士知君者，咸以高科屬之；其真知者，謂能肆情詞藝，非直經生而已，然皆非君之極致也。乃君之志，直欲軼古人而逾之，自非通古今、周一世，不足以充其所受也，是可以一時一郡論哉？……君諱寵，字履仁，後更字履吉，别號雅宜山人。……君生弘治甲寅十一月八日，卒嘉靖癸巳四月三十日，享年四十。」何良俊曰：「衡山之後，書法當以王雅宜爲第一。」三橋：王世貞吴中往哲像贊：「文彭，字壽承，號三橋，待詔徵明子也。少承家學，善真、行、草書，尤工草、隸，咄咄逼其父。」

〔八〕王百穀：字又作伯穀、伯固。錢謙益列朝詩集小傳：「王穉登，字伯穀，先世江陰人，移居吴門。十歲爲詩，長而駿發，名滿吴會間。妙於書及篆隸。吴門自文待詔殁後，風雅之道，未有所歸，伯穀振華啟秀，嘘枯吹生，擅詞翰之席者三十餘年，閩粤之人過吴門者，雖賈胡窮子，必踏門求一見，乞其片縑尺素，然後去。」

〔九〕六如：祝允明唐子畏墓誌并銘：「唐寅，字伯虎，更字子畏，吴人。……歸心佛氏，自號六如，治圃舍北桃花塢。」丹青志：「唐寅畫法沉鬱，風骨奇峭，刊落庸瑣，務求濃厚，連江疊巘，灑灑不窮，信士流之雅作、繪事之妙詣也。評者謂其畫遠攻李唐，足任偏師；近交沈周，可當半席。」

〔一〇〕「買骨」句：戰國策燕策：「燕昭王收破燕後即位，卑身厚幣以招賢者。欲將報讎，故往見郭隗。……昭王曰：『寡人將誰朝而可？』郭隗先生曰：『臣聞古之君人，有以千金求千里馬者，三年不能得，涓人言於君曰：請求之。君遣之，三月，得千里馬，馬已死，買其首五百金，反以報君，君大怒，曰：所求者生馬，安事死馬，而捐五百金？涓人對曰：死馬且買之五百金，況生馬乎？天下必以王爲能市馬，馬今至矣。於是不能期年，千里馬之至者三。今王誠欲致士，先從隗始。隗且見事，況賢於隗者乎，豈遠千里哉！』於是，昭王爲隗築宮而師之。」

〔二〕「空群」句：韓愈送温處士赴河陽軍序：「伯樂一過冀北之野，而馬群遂空。夫冀北馬多天下，伯樂雖善知馬，安能空其群邪？解之者曰：吾所謂空，非無馬也，無良馬也。伯樂知馬，遇其良輒取之，群無留良焉，苟無良，雖謂無馬，不爲虚語矣。」

〔三〕仰覆：盛熙明法書考卷五：「覃精一字，功歸自得，盈虚向背，仰覆縮垂，回互不失也。」

懷四明高辰四次太沖韻

不面非關草樹遮，海門潮截亂山斜〔一〕。月當天上心情共，雨過江來時刻差。割盡珠蘭存茉莉，换來脱粟下蒸茄〔二〕。池中花鴨知君意，怕惱比鄰也不嘩〔三〕。所居，分以住兵。

【箋釋】

此詩作於康熙二年癸卯夏。

按，高辰四，名斗權，號廢翁，别號寒碧亭長，鄞縣人。生於明天啟元年辛酉，卒於清康熙三十九年庚辰，終年八十。與兄斗樞（字象先，號玄若）、弟斗魁（字旦中，號鼓峰）、從子宇泰（字元發，號蘖菴，斗樞子）「皆遺民之苦節者，時人並公稱爲『四高』」（全謝山明故兵部員外郎蘖菴高公墓石表）。末句，晚村以花鴨自喻，用老杜詩意，「戒多言也」（顧宸辟疆園杜詩注解）。

黄太沖原詩二首，高旦中次韻亦二首，則知晚村詩已佚其一云。

【資　料】

李鄴嗣高辰四五十序：萬履安先生末年始與余輩五人爲忘年交。五人者，徐掖青稍長，其次高辰四，余又次之，余以下爲高旦中、沈哲先。五君過從，每不避風雨，率聚萬氏草堂。履安先生在主席，五君常列坐。余左右視，各二人共坐，介兩高之間。辰四爲人體長，文弱有羸形，左鬌數莖。旦中鬚長二尺，目爛爛，發聲訇然，舉動有節□。余顧盼兩賢，得兄事辰四，而不敢弟畜旦中。然此五君俱以文章風節自重，歲寒相見，各極摽持，余幸厠於中，壹何盛也！自履安既殁，喪我老成，哲先爲最殀，諸人亦各雲散：掖青客齊，辰四客嶺外，旦中爲醫吴中，惟余以衰病不出。思復與曩人款款出韭黍，相對晨夕，邈若千載，又何哀也！數年以來，掖青、辰四俱倦游而歸，旦中歲暮負藥囊入門，稍得重聚，而旦中云亡，風味益墜。因憶余輩初定交，余年二十五，兩高各差一歲。余方年少自喜，而位已在中次，嘗笑語旦中：「此髯坐吾下，使人欲老。」以此相謔。今相去二十餘年，掖青、辰四齒落貌衰，仍僛然坐吾上，而下席轉虚，遂使予冉冉五十公，翻逡循退居少弟之列。人生朋友，其存亡聚散與得年修短，往往有不可測固如此也。然當旦中盛時，忼慷論天下事，下筆言語，奇絶蓋人上，每至風神鋭發，欲隱其兄。而辰四意思淵長，徐吐一言，常有深致。晚年始爲文章，簡淡有法。貧無斗儲，閉門怡然。昔蘇門先生謂嵇公曰：「火生而有光，而不用其光，果然在於用光；人生而有才，而不用其才，果然在於用才。」此辰四之學也。吾知辰四此後年德日升，其可量耶？履安先生向與陸文虎齊名，文虎負才氣，蟻視一世，落紙縱横，望之辟易，而履安被服雍容，家門修整可法，詩文沖然如韋柳，餘風流韻，尚足蔭映後人，斯其所藴藉可知也。辰四可謂遥企古人，近希良友者矣。今歲九月二十七日，爲辰四五十。末秋初冬，此古人所愛；橘黄芊白，亦足爲驩。請與掖青、辰四時爲佳集，追叙平生，余雖衰病，得常坐風流二老下，兄事有人，尚覺其少，斯則余所願也夫！（杲堂文鈔卷三）

全祖望高斗權傳：丙丁之際，先生年未三十，以諸生方盛有聲而忽棄之。先生於都御史爲仲弟，而其年尚亞於從子武部，互相師友。戊子，都御史父子俱蒙難，先生與弟旦中傾家救之。當是時，詈阱滿天地，薦紳家屬莫自堅其命，先生幸脱其兄於死，足矣。而遍募俠客求解華檢討之厄，然卒不能得，檢討從囚中謝以書曰：「僕萬無生理，辜負足下及芾老血誠。但所望者，勿以僕故而從此杜門，置國事於不問，斯則令我没而猶視者也。兒子幸脱虎口，尚穉，若稍成人，即望足下爲僕攜之幕府，卵而翼之，以竟僕未遂之志。」先生得書慟曰：「息壤在彼，吾安敢負良友末命。」乃經紀其喪，而由是從事於故國無已。其事秘，莫能盡傳，遂以此破其家。壬寅，武部又被逮，旦中爲料理獄事，而先生視其家。晚年壁立瓶罄，緼袍敝服，怡如也。徜徉雙湖之上，擊筑高歌。已而歎曰：「人苦其夭，吾自笑多此壽。昔吾與萬民部履安爲八子之集，挈弟旦中以往，諸公相繼淪喪，旦中亦先我去，未幾而伯兄中丞又逝。及吾與王太常水功爲九子之集，從子宇泰實司社事，諸公相繼淪喪，從子亦先我去。今憖遺一个矣，是可爲一慟也。」先生性不飲酒，意思深長，風度淡蕩，發言皆有深致，其詩亦如之，古文簡貴有法。時謂先生氣爽於秋，旦中腸熱如夏。旦中自難後隱於醫，故不能謝應酬，而先生蕭然屏絶一切，旦中每語及先生，輒拱手曰：「吾兄真冥飛之鴻，吾愧之多矣。」……先生之詩，風調絶高，滿腔哀怨，而出之藴藉，大有承平之遺風。（續甬上耆舊詩卷四一）

黄宗羲懷高辰四：小閣晴空太白遮，鈔書每日數行斜。老兵馬糞縱横集，子石朱絃位置差。數道君來常失約，縱然客過亦無茄（辰四窗前種茄，今他徙，故用晦翁故事）。豈知礪碌難忘處，偏是賓朋論正嘩。

平原一望更無遮，正是黄梅雨脚斜。誰鑄九州成大錯，只令吾輩到頭差。清談曾憶浮屠火（辰四樓窗對塔），淚目難開緬甸茄。拄杖君過同谷子，斯時當聽蛤聲嘩。（續甬上耆舊詩卷三八）

高斗魁太沖有寄辰四家兄詩次韻：卅載行藏絶掩遮，何妨顛頓又攲斜。爲之自我當如是，命不由人未盡差。卧看曉雲穿陌柳，愁聽夜雨落山茄。生平老友君無幾，相憶空煩鬬語嘩。

小窗新月樹横遮，草長荒園徑仄斜。通市賣石爭未得，空山休影計無差。難追去僕重懸杵，無復呼兒細數茄。自料此生佳趣少，簷頭莫聽鵲聲嘩。（續甬上耆舊詩卷四一）

【注釋】

〔一〕海門：嵇曾筠浙江通志卷九山川：「海門：咸淳臨安志：在縣東北六十五里，有山曰赭山，與龕山（隸紹興府）對峙，潮水出其間。」

〔二〕脱粟：司馬遷史記卷一一二平津侯主父列傳：「食一肉脱粟之飯。」司馬貞索隱：「脱粟，才脱穀而已，言不精鑿也。」

〔三〕「池中」二句：杜甫花鴨：「花鴨無泥滓，堦前每緩行。羽毛知獨立，黑白太分明。不覺群心妬，休牽衆眼驚。稻粱霑汝在，作意莫先鳴。」

送黄正誼主一歸剡山〔一〕二首

愛煞黄家老弟兄，讀書萬卷只躬行〔二〕。教君年少窮經術〔三〕，媿我諸兒雜友生〔四〕。詩力驟增南海格〔五〕，鄉音漸減上江聲〔六〕。喁喁夜語促歸去，知是而翁不及情〔七〕。

子弟通家汝最奇〔八〕，心精意果合稱師〔九〕。元方不易生難弟〔一〇〕，文舉終堪作大兒〔一一〕。好去看蒸燕市酒〔一二〕，思歸惹動鼓峰詩。到門先報□□長，安石榴花落瓣時〔一三〕。

【箋釋】

此詩作於康熙二年癸卯夏。

按，此詩他本皆無，據管庭芬鈔本補。管庭芬鈔本次送管裏指之後，則爲四年乙巳十一月，然詩中「到門先報□□長，安石榴花落瓣時」兩句，顯爲五六月間風物；此詩爲晚村次韻旦中者，旦中原唱二首隸太沖有寄辰四家兄詩次韻後，而太沖有寄辰四家兄詩次韻作於二年癸卯夏。詩中剡山即化安山，宋稱剡中，太沖曾攜兄弟子侄隱於是，亦稱西園，澤望祭陸文虎文：「陸子由越城來見余兄弟於西園。」（縮齋文集）萬季野初至西園：「十年常作西園夢，今日披榛始過之。」（石園文集卷一）故旦中原唱所謂「煩君寄語西園子」之「西園子」，或即指澤望。據太沖前鄉進士澤望黄君壙誌：「癸卯四月，予至語溪，澤望尚强飯如故。踰月，急信告危，余馳歸視疾。」（南雷文案卷六）先是，有信來謂澤望病，太沖未回，遂遣二子歸視，晚村詩以送之，所謂「知是而翁不及情」句，雖爲戲謔之詞，亦可見太沖薄於兄弟之情。不意澤望病轉遽，晦木「急信告危」，太沖乃攜旦中「踉蹌東去」（晚村友硯堂記）。旦中贈詩有「山中試看黄花發，應是三峰把臂時」句，明言已之歸當在八九月間；太沖攜之同歸，必爲醫治故也。姑將此二詩繫乎是年。

太沖子三：長百藥字棄疾，仲百家字正誼，季百學字主一。晚村與魏方公書：「太沖嘗遣其子名百家字正誼者，納拜旦中之門學醫矣。」（吕晚村先生文集卷二）句中晚村侄孫爲景注曰：「後託貴人爲二子百家、百學援闈例，貴人偶誤記，納百家、正誼爲二，今改百學名百家以應之，非昔之百家矣。」即將仲子改名正誼字直方，而改季子百學名百家字主一（主一先遺獻文孝公梨洲府君行略「不孝百家，原名百學」）。晚村詩題稱正誼、主一，皆稱之以字，時正誼二十四歲、主一二十一歲。

太沖自康熙二年癸卯館語溪，即率仲季二子同往（後館海昌，亦如此），其時晚村諸子或少或幼，故於正誼、主一稱賞有加。「好去看蒸燕市酒」者，當有所期許。鼓峰有唱和之作，見後。

主一於此一段學習生涯，後因黄吕交惡，遂漸爲隱去。然此數年間，得聆聽其父與晚村之議論（太沖留書亦作於此間），受益誠爲匪淺，康熙十六年丁巳主一上徐果亭先生書曰：「百學幼失學，學拳學劍，幾失足爲狹邪無俚之徒。年踰二十，始思緝亡羊之牢，補晨雞之啼。而菽水馳騖，括帖拘纏，雖知塲屋之外，大有事在，顧瞻家道不能自已。兩者摇摇無所終薄，徒存耿耿此心而已。」（學箕初稿卷二）所謂「年踰二十，始思緝亡羊之牢」，其讀書語溪水生草堂之際乎？同書又曰：「邇來見日月如流，歲華易邁，兹生何事，已半古稀，此心較前漸急。每行一事，必自悔其事之非；每出一言，旋自恨其言之失。而年時長大，學業空虚，四顧彷徨，無有實地。所以欲得當世宗工巨卿，以爲依歸，庶幾點仙茅於鐵錯，加繩削於枉材，或稍有成就。此百學不自料度，願執籧篨以備灑掃之末者也。不然，而徒以視援毫之青春，丐啟齒之丘山。即使太丘道廣，來者不拒，無異燕雀之受蔭華榱，寧不可耻耶？伏惟先生哀其愚，矜其志，而鞭之策之。」其謂「欲得當世宗工巨卿，以爲依規」，此種意思，蓋亦太沖所默許者也。

康熙十八年己未，監修明史總裁徐立齋、葉訒庵徵萬季野、萬貞一赴京修史，太沖「以大事記、三史鈔授之，並作詩以送其行」（黄梨洲先生年譜），詩曰：「史局新開上苑中，一時名士走空同。是非難下神宗後，底本誰搜烈廟終。此世文章推婺女，定知忠義及韓通。憑君寄語書成日，糾謬須防在下風。」（南雷詩曆卷二送萬季野貞一北上）十九年庚申，徐立齋徵主一參史局，太沖復以書曰：「昔聞首陽二老，託孤於尚父，遂得三年食薇，顔色不壞。今我遣子從公，可以置我矣。」（黄梨洲先生年譜）是年，徐立齋訪太沖於黄竹浦。二十六年丁卯，主一應聘入京，與修明史，其萬季野先生斯同墓誌曰：「丁卯以後，則與先生同修明史於立齋先生京邸。」（錢儀吉碑傳集卷一三一）

晚村晚年删詩，其與太沖唱和者多有焚棄。揆諸此二首詩意，蓋在擯棄之列也無疑。

【資料】

清史列傳卷六八儒林傳下黄宗羲傳附：黄百家，字主一，國子監生，傳宗羲學。又從梅文鼎問推步法。……康熙中，明史館開，宗羲以老病不能行，得徐乾學延百家入史館，成史志數種，其天文志、曆志則百家稿本也。又著有失餘集、希希集。

靳治荆思舊録梨洲黄先生宗羲：次子直方諱正誼，由食餼拔明經。常侍先生行雲巖、黟嶽間。游草甚多，曾爲序而刻之。先先生早逝。

高斗魁送黄正誼兄弟歸剡山：客路才逢爾弟兄，題詩又作别離行。無非失意頻辭去，是處傷神不久生。當户獨留明月影，沿途莫聽活鸝聲。煩君寄語西園子，暮雨桐花也送情。

湧出長篇萬斛奇，如逢食虎噴毛師。傳經有父真賢子，不學如予只俗兒。昔日同人成側目，今來識者自投詩。山中試看黄花發，應是三峰把臂時。（全祖望續甬上耆舊詩卷四一）

【注　釋】

〔一〕剡山：高似孫剡録卷二：「剡山爲越面，縣治宅其陽。北出一峰，曰星子峰，比他山稱峻竦，岡隴迢遲，與星婺脈絡。其下曰剡坑，清湍潺潺，竹竹樹陰。坑左右多果卉。西爲聖潭，山深而松秀，中有潭穴，泓泓可勺。世傳秦始皇東游，使人劚此山以泄王氣。土坑深千餘丈，坑澗之水，清激可愛。」黄炳垕黄梨洲先生年譜順治十七年庚子注：「四明北麓有化安山，故宋所謂剡中也。」

〔二〕讀書萬卷：梁元帝金樓子自序篇：「昔葛稚川自序曰：讀書萬卷，十五屬文。」杜甫奉贈韋左丞丈二十二韻：「讀書破萬卷，下筆如有神。」躬行：論語述而：「子曰：文，莫吾猶人也。躬行君子，則吾未之有得。」朱子語類卷一二〇訓門人：「既熟時，他人説底便是我底。讀其他書，不如讀論語最要，蓋其中無所不有。若只躬行而不講學，只是箇鶻突底好人。」

〔三〕經術：司馬遷史記卷一三〇太史公自序：「仲尼悼禮廢樂崩，追修經術，以達王道。」

〔四〕友生：詩經小雅常棣：「雖有兄弟，不如友生。」孔穎達正義：「室家安寧，身無急難，則當與朋友交。切磋琢磨學問，修飾以立身成名。兄弟之多則尚恩，其聚集則熙熙然，不能相勵以道；朋友之交則以義，其聚集切切節節然，相勸競以道德，相勉勵以立身，使其日有所得，故兄弟不如友生也。」

〔五〕南海格：指誠齋體。楊萬里詩集有江湖集、荆溪集、西歸集、南海集、朝天集、江西道院集、朝天續集、江東集、退休集諸集，吕留良詩此三字當用平仄仄，中惟有「南海集」三字爲貼切，故以代之。吕留良宋詩鈔列傳：「楊萬里，字廷秀，吉州吉水人。中紹興進士，爲零陵丞。張浚勉以正心誠意之學，遂自名其室曰誠齋，光宗親書二字賜之。歷官國學、太常，知漳州常州，提舉廣東常平茶鹽，帝親擢東宮侍讀，以議配饗。忤孝宗，出知筠州。光宗召爲秘書監，尋出江東轉運，總領淮西江東。朝議行鐵錢，萬里不奉詔，改贛州，乞祠，自是不復出。……其詩自序始學江西，既學後山五字律，既又學半山七字絶句，晚乃學唐人絶句。後官荆溪，忽若有悟，遂謝去前學，而後渙然自得，時目爲『誠齋體』。嘗自焚其少作千餘……尤延之歎惋曰：『詩何必一體，焚之可惜也。』後村謂：『放翁學力也如杜甫，誠齋天分也似李白。』蓋落盡皮毛，自出機杼，古人之所謂似李白者，入今之俗目，則皆俚諺也。初得黄春坊選本，又得檇李高氏所録，爲訂正手鈔之，見者無不大笑。嗚呼！不笑不足以爲誠齋之詩。」（吕晚村先生續集卷二）其時吕留良與黄宗羲、高斗魁、吴之振共選宋詩鈔，彼時詩風，亦最似誠齋。

〔六〕上江聲：概言浙東方言。浙東温、台、寧、紹、金、衢、嚴、處稱上八府，浙西杭、嘉、湖稱下三府。吴語太湖片分爲毗陵、蘇滬嘉、苕溪、杭州、臨紹、甬江六小片。餘姚處寧、紹間，其語音近臨紹、甬江。

〔七〕而翁：司馬遷史記卷七項羽本紀：「項王患之，爲高俎，置太公其上，告漢王曰：『今不急下，吾烹太公。』漢王曰：『吾與項羽，俱北面受命懷王，曰約爲兄弟。吾翁即若翁，必欲烹而翁，則幸分我一杯羹。』項王怒，欲殺之。」不及情：劉義慶世説新語傷逝：「王戎喪兒萬子，山簡往省之，王悲不自勝，簡曰：『孩抱中物，何至於此。』王曰：『聖人忘情，最下不及情，情之所鍾，正在我輩。』簡服其言，更爲之慟。」

〔八〕子弟通家：范曄後漢書卷七〇孔融列傳：「孔融字文舉，魯國人，孔子二十世孫也。……幼有異才，年十歲隨父詣京師，時河南尹李膺以簡重自居，不妄接士賓客，勑外自非當世名人及與通家，皆不得白。融欲觀其人，故造膺門，語門者曰：『我是李君通家子弟。』門者言之，膺請融，問曰：『高明祖父嘗與僕有恩舊乎？』融曰：『然。先君孔子與君先人李老君，同德比義而相師友，則融與君累世通家。』衆坐莫不歎息。」

〔九〕心精意果：裴松之注三國志引吴録所載孫策表曰：「同時俱進，身跨馬陳。手擊急鼓，以齊戰勢。吏士奮激，踴躍百倍。心精意果，各競用命。越渡重壍，迅疾若飛。火放上風，兵激煙下。弓弩並發，流矢雨集。日加辰時，祖乃潰爛。」

〔一〇〕「元方」句：「方」字原作「公」，蓋傳鈔之訛。劉義慶世説新語德行：「陳元方子長文有英才，與季方子孝先各論其父功德，爭之不能決，諮於太丘，太丘曰：『元方難爲兄，季方難爲弟。』」范曄後漢書卷六二陳寔列傳：「紀字元方，亦以至德稱，兄弟孝養，閨門廱和。後進之士，皆推慕其風。及遭黨錮，發憤著書數萬言，號曰陳子黨禁解。四府並命，無所屈就。……弟諶字季方，與紀齊德同行，父子並著高名，時號三君。」

〔一一〕「文舉」句：范曄後漢書卷七〇孔融列傳：「後辟司空掾，拜中軍候。在職三日，遷虎賁中郎將。會董卓廢立，融每因對答，輒有匡正之言。以忤卓旨，轉爲議郎。時黄巾寇數州，而北海最爲賊衝，卓乃諷三府同舉融爲北海相。……及退閒職，賓客日盈其門。常歎曰：『坐上客恒滿，尊中酒不空，吾無憂矣。』」卷八〇下文苑列傳：「禰衡字正平，平原般人也。少有才辯，而尚氣剛傲，好矯時慢物。……唯善魯國孔融及弘農楊修。常稱曰：『大兒孔文舉，小兒楊德祖。餘子碌碌，莫足數也。』融亦深愛其才。」

〔二〕「好去」句：司馬遷史記卷八六刺客列傳：「荆軻嗜酒，日與狗屠及高漸離飲於燕市，酒酣以往，高漸離擊筑，荆軻和而歌於市中，相樂也。已而相泣，旁若無人者。」蘇舜欽送陳進士游江南：「時有飄梅應得句，苦無蒸酒可霑巾。」

〔三〕安石榴：陸機與弟雲書：「張騫爲漢使外國十八年，得塗林安石榴也。」（藝文類聚卷八六引）鮑山野菜博録卷四：「石榴，垂垂如贅瘤也，廣雅謂之若榴。舊云漢張騫使西域，得塗林安石國榴種以歸，故名安石榴。今處處有之。其葉似枸杞，葉長，微尖，緑色，花紅，實繁，性温無毒。」

題如此江山圖 有序

如此江山圖，宋末陳仲美畫〔一〕。按序：「南渡後有如此江山亭，在吴山，宋遺民畫此圖以志意。」有「紫芝生題」四字〔二〕。國初元人張光弼昱與客登山亭悲歌〔三〕，於道士史玄中家得此卷〔四〕，題之。始有序有詩。其悲亡同，不知所亡之異矣。亭今無考，而畫傳，和詩者無論宋元，混作興廢之感。予今又題焉，恐後人之齊視並論也，歌以述之。

其爲宋之南渡耶，如此江山真可耻。其爲崖山以後耶〔五〕，如此江山不忍視。吾不知作亭之人，與命名之旨。但聞面會稽之山，俯錢塘之涘。慶忌之墓枕其背〔六〕，伍員之祠拊其趾〔七〕。宋之大内實其腹，中間髣髴有遺址。此江此山路最熟，按圖索之了不似。想隔承平三百年，此意感人不復起。江山舉目興會殊〔八〕，反嫌此名無所指。因共棄之事不傳①，草蔓煙荒同廢時。麗農何處得此圖，畫圖者誰陳仲美。題名者誰紫芝生，其人不幸當元紀。不知畫亭與作亭，心同不同未可擬。今看亭前引騎從，不類跛鼈驅夾豕〔九〕。黄蓋欄邊鹵簿隨〔一〇〕，定有大官鼓吹攜歌妓。又看亭中餖飣羅杯盤，列坐三人二人侍。指點若云風景佳，豈有新亭泣向西風灑〔一一〕。又看亭外環村莊，稻堆十丈籬邊峙。酒旗斜插釣艇横，太平百年庶幾有此事。以是鈎索畫者義，全無心肝直戲詭〔一二〕。細看其中飲者皆黄冠，鬢髪上生疑道士。領方袖闊容甚都，何不蓋頭赤笠子。吾今始悟作圖意，痛哭流涕有若是。當時遺老今遺民，自非草服非金紫〔一三〕。如此江山偏太平，越畫繁華越愁悝。不見鄭憶記私書，只好鐵匣置井底〔一四〕。又不見梁棟愛做詩，庚寅受禍依其弟〔一五〕。以今視昔昔猶今，吞聲不用枚啣嘴〔一六〕。盡將皐羽西臺淚〔一七〕，硯入丹青提筆泚。所以有畫無詩文，詩文盡此四字裹。忽有詩文出山巔，洪武戊午張昱始。序仿蘭亭係七言，九青五韻和滿紙〔一八〕。序言王基霸業荒，東西南北人飄徙。詩言無限英雄恨，付與江湖醉後耳。其後和者皆下中，感慨多爲原唱使。潛溪紙尾亦次韻〔一九〕，中得一聯我乃喜。「後來文物未凋零，前度衣冠落莫死。」二句宋詩語。此語差足强人意，咄哉昱恨爾何理。人生淚落須有情，爲宋爲元請所倚。爲宋則迂元則狂②，兩者何居俱可已。較之作亭畫亭心，不啻去而九萬里。嘗謂生逢洪武初，如瞽忽瞳跛可履〔二〇〕。山川開霽故璧完，何處登臨不狂喜。怙終無過楊維楨〔二一〕，戴良王逢多不仕〔二二〕。悲歌亦學宋遺民，蝍蛆甘帶鼠嗜屎〔二三〕。劉基從龍亦不惡〔二四〕，幸脱旃裘近簪珥③。胡爲犁眉覆瓿詩，亡國之痛不絶齒。此曹豈云不讀書〔二五〕，直是未明大義爾。興亡節義不可磨，説起一部十七史〔二六〕。十七史後天地翻，只此一翻不與亡國比。故當洪武年間觀此圖，但須舉酒追賀畫圖氏。不特元亡不足悲④，宋亡之恨亦雪矣。因慨此亭國初猶好在，不審何年致崩圮。其時登者苦無情，我輩情深亭已毁。古人如此尚江山，今日江山更如此。安得復起作亭人，南宋興亡詳所以。更問元時畫圖者，所見所聞試相擬。並告國初題畫客，今君所恨何如彼。人不可復生，亭不可復庀〔二七〕。拜乞麗農爲我破墨重作圖〔二八〕，收拾殘山與剩水。

【校記】

① 棄之 原作「去之」，管庭芬鈔本、萬卷樓鈔本同，據嚴鈔本、釋略本、詩稿本、怡古齋鈔本、張鳴珂鈔本改。

② 狂 原闕，據嚴鈔本、釋略本、怡古齋鈔本、張鳴珂鈔本補。

③ 旃裘 原闕，據嚴鈔本、詩稿本、張鳴珂鈔本、萬卷樓鈔本補。

④ 不足 原闕，據嚴鈔本、詩稿本、張鳴珂鈔本、萬卷樓鈔本補。

【箋釋】

此詩作於康熙二年癸卯重九。

按，是日晚村與吳孟舉、黄復仲、陳湘殷等飲酒力行堂，酒闌時，復仲以如此江山圖示衆人，衆人爲之驚歎，各賦詩以紀其事。

晚村此詩，爲前人之題詩而作也，蓋前人所悲亡相同，而「不知所亡之異」，即顧亭林所謂亡國與亡天下之異也。晚村以宋之亡於元以喻明之亡於清，故曰「德祐以後，天地一變，亘古所未經」（復高彙旃書），此即春秋微言之意，蓋「君臣之義，域中第一事，人倫之至大。若此節一失，雖有勳業作爲，無足以贖其罪者。……看『微管仲』句，一部春秋，大義尤有大於君臣之倫爲域中第一事者，故管仲可以不死耳。原是論節義之大小，不是重功名也」（四書講義卷一七），故「不特元亡不足悲，宋亡之恨亦雪矣」等句，尤能發人震喟，以至六十餘年後之曾静、張熙，得見此詩，即能「以華夷之見，横介於中心」（大義覺迷録卷三），遂有投書川陝總督岳鍾琪事，致起大獄。

古來詩人題畫，無出於感慨之範囿，黄溍「遇遺民故老於殘山剩水間，往往握手唏嘘，低佪而不忍去」而已（方先生詩集序），朱彝尊題元張子正林亭秋曉圖同高層雲賦亦曰「一峰畫品最緻密，逾三百載流傳稀。今人摹仿目未睹，但取率略屏紆威。殘山剩水不數點，豈惟神異貌亦非」，然又曰「當知作者意獨得，能使留題數子傳聲徽」（曝書亭集卷一〇），此又其下者矣。故晚村詩，不能僅作詩論觀，其有深意在。

「混作興廢之感」，則不知宋亡元亡之異，蓋「宋之亡於蒙古，千古之痛也」（黄太沖留書）；不知宋亡元亡之異，則益不知明亡之恨也，蓋「有亡國，有亡天下。……易姓改號，謂之亡國；仁義充塞而至於率獸食人，人將相食，謂之亡天下」（顧亭林日知録卷一三）。當順、康之際，亭林六謁孝陵，太沖聚會講學，晚村評點時文，春秋微言大義，一以貫之，無一刻或忘。然時勢已定，縱抱負天下，此殘山剩水之收拾，亦僅能以筆墨代之矣，豈不悲哉！

【資　料】

吴之振九日集飲力行堂分韻：風雨當重九，題詩與世違。舉頭羞落帽，對酒只沾衣。手帖車渠軸，茶煙木板扉。相看猶未厭，慎勿減腰圍。

如此江山裏，歌呼送酒船。人情雖迫促，好語自清妍。金橘猶如豆，銀魚不取錢。呼童看蟹舍，已過稻花天。（黄葉村莊詩集卷一。四首録第一、第三首）

吴之振題如此江山圖：今年釀錢作重九，相約題詩窮好醜。群公不畏雨與風，著屐衝泥從飲酒。長魚斫鱠銀絲飛，筍鞭脱殼和青韭。黄雞紫蟹堆滿盤，缸面新篘傾五斗。黄子酒闌出畫圖，裝潢妙手天下無。金粟箋標雙玉軸，吴綾蜀錦重摩挲。開卷煙嵐驚户牖，重岡疊嶂相逶迤。河陽劈斧營丘樹，髻頭細碎填青螺。山陽亭子小如笠，四面闌干來曲屈。中有高人載酒過，停車立馬松杉側。紫衣紗帽雜黄冠，杖履紛然難物色。卷端題字紫芝生，鵠頭小篆何精明。匡廬道士山中去，從此人間無姓名。後幅長箋題某某，蠅頭細草間真行。此中只識宋金華，八言七字排鍾鐄。其餘諸公碌碌耳，吞聲飲泣空悲鳴。展卷未完寒具設，雙眼如花心欲折。軒窗四面秋風來，階前亂舞娑羅葉。江山總作煙雲觀，瀾翻跋尾勞唇舌。宋人遺墨元人題，王孫玉樹長萋萋。吾儕賦詩看畫亦不惡，丁香閣内夜半醍醐啼。（黄葉村莊詩集卷二）

陳祖法題如此江山亭圖：古今亭榭孰爲真，倏峙倏滅朝夕速。大約得人點染之，此名終古得不仆。或有集衆成悲歌，或有西向增慟哭。哭聲已逐寒雲空，淚影更隨白日覆。當其朱楹碧檻時，俯仰江山具在目。有時觀玩興會真，有時憑弔感慨獨。一朝風雨遭圮傾，荒煙蔓草等蹋促。古人山水寄性靈，常思筆墨傳山水。山水不改可憐色，誰從荒蔓尋遺址。染毫展紙供揮灑，一楹一檻靡不似。朱碧掩映落日明，江清山峭長如此。如此江山名其亭，斯亭早已泣殘毁。會稽煙嵐作障屏，南渡陵寢問劍履。忠魂時見擁怒潮，俠骨徒憐埋荒壘。昔人登亭而長嘯，今人披圖而熟視。昔人攀蘿躡磴目横空，今人惟聞謖謖松風、潺潺波浪在圖耳。嗚呼！此亭既已傾如此，江山感慨何時已。即或江有時而竭、山有時而崩，筆墨精光直與天地相終始。即或筆成雲氣墨化煙，斯圖光怪不可紀。而今人後人之揣摹此圖、想象此亭、俯仰乎此山此江者之情之恨，綿綿無盡矣。（古處齋詩集卷四）

兹將有關如此江山亭之資料録如左。

嵇曾筠浙江通志卷四〇古跡二：如此江山亭，成化杭州府志：在吴山梓潼廟。

朱同題冷起敬如此江山亭：亭構吴山百尺梯，更闌時聽海雞啼。絲桐夜雨清猿夢，楊柳春風送馬蹄。雪漲海門天塹闊，潮回江浦月痕低。登臨若問登臨句，如此江山如此題。（覆瓿集卷二）

張昱如此江山清集同王仲玉陸進之吕世臣作：吴越江山會此亭，暮春風景晝冥冥。長空孤鳥望中没，落日數峰煙外青。不用登臨生感慨，且憑談笑慰飄零。古今何限英雄恨，付與江湖醉客聽。（明詩綜卷一二）

厲鶚如此江山亭詩卷：張左司如此江山亭詩卷，明時藏城東景隆觀道士史志中處。案，亭在吴山天慶觀。嘉禾周桐村鼎跋云：「如此江山者，有所感而言也。必宋遺民有爲而作，越若干載，登高而嘯詠者，爲一笑居士廬陵張光弼。於時元社既屋，居士之爲此游，一俯仰間，何如其爲感也。作亭者之感尚淺，游者爲益深也。游後又無亭矣，惟詩卷存。」獨居士名章章然，他或僅附驥耳。此卷郎仁寶曾見之，名賢妙墨，失傳已久，今檢張光弼集，有如此江山清集同王仲玉陸進之吕世臣作，云：「吴越江山會此亭，暮春風景晝冥冥。長空孤鳥望中没，落日數峰煙外青。不用登臨生感慨，且憑談笑慰飄零。古今何限英雄恨，付與江湖醉客聽。」其三人之作，不可考矣。（東城雜記卷上）

姚綬題如此江山亭詩卷：吴山故有如此江山亭，初不知作於何歲，名於何人，末得廬陵張光弼清集詩遺卷，紫芝老人俞和首作籀文，碧岩周氏寫圖，清絶可愛，足以光斯亭於既湮，開後來之賡和也。是卷今爲旌德史玄隱所藏，嘗求諸大夫士題詠，多以光弼詩中感慨，遂爲宋元興亡處，致意諄諄乎。如此江山，不曰江山如此上立論，無乃過求矣乎？且古今江山之趣，恒得之林下人，其於亭館臺榭，興之所到，輒以命名，就斯亭論之，有如此江山可亭矣，論亦爲通，彼豈以一亭之名之微，即繫以古今興亡之大故哉？但以登亭而飲者，顧瞻徘徊，撫景興感，以人非而物在，慨今昔之異，同發之性情，亦理之自然也。則今使有如光弼輩與客復攜飲斯地，求昔之亭，已摧没於荒茅蒼竹之間久矣，又將何如其感慨耶！余輩生逢如此盛世，歸田之餘，得以優游林下，與諸幽人貞士詠歌太平，又獲紹續昔賢之作之後，亦幸矣。間於一飯之頃，亦不敢忘江湖之憂，於如此江山，奚足深論哉！至若王公貴人，志在行道，樹勳業，昭聲光於宇宙，有弗暇於此，或暫得之，亦唯一登眺、一賦詠之耳。求如林下人之趣，不可得也。玄隱藏之，尚伺弗暇於此，而或一登眺、賦詠者出而諗之，何如。（東城雜記卷上。又明文海卷二一二）

【注釋】

〔一〕陳仲美：陶宗儀書史會要：「陳琳，字仲美，山水、人物、花鳥，俱師古人，無不臻妙，見畫臨摹，咄咄逼真。蓋得趙魏公講明，多所資益，故其畫不俗。論者謂宋南渡二百年工人無此手也。」

〔二〕紫芝生：朱謀垔續書史會要：「俞和，字子中，號紫芝，武林人。隱居不仕，真行草書皆師趙文敏，其和作者殆優孟之於叔敖，用趙款記，人不能辨。」嵇曾筠浙江通志卷一九二人物一〇隱逸上：「俞和，成化杭州府志：字子平，杭人。晚年自稱紫芝老人，隱居不仕。能詩，善書翰，早年得見趙松雪運筆之法，臨晉唐諸帖甚夥，行草學松雪逼真，好事者得其書，每用松雪款識，倉卒莫能辨。」

〔三〕張光弼昱：陳彦博張光弼詩集序：「光弼，廬陵人也。蚤游湖海間，以詩名，嘗負劍挾策從軍，入幕府，佐主帥經劃籌略，以功累遷至杭省左右司員外郎，行樞密院判官。杭爲山水勝地，而光弼能詩善歌詠。……一時公卿大夫士咸稱之，求詩者日走其門。……兵革之秋，殆雅亡之日也。光弼以詩人之才，而遭時板蕩，汩汩戎馬間，其應酬交接，蓋無非衰世末俗之事，雖欲正言而不可得，故其辭多變。使光弼當盛時，一鳴則鏗鍧炳耀之辭，自可匹休於前人，惜其遭逢不偶，而其言止於是也。」楊士奇張光弼詩序：「太祖皇帝……徵至京，深見温接，已而憫其老，曰：『可閒矣。』厚賜遣歸。遂采天語，更號可閒老人。徜徉浙西湖山之間，詩酒自適。春秋七十有三而終。」

〔四〕史玄中：一作史志中。田汝成西湖游覽志卷一七：「靈順宮……元末築城，移入城内，尋毁於兵。成化八年，史志中重建。」于謙送道士史志中：「不駕青牛西出關，卻乘畫鷁向南還。枕中鴻寶千金秘，袖裏龍光一劍閒。潞水薊門分别處，岸花檣燕送留間。蓬萊到日春將老，想見碧桃開滿山。」（忠肅集卷一一)厲鶚如此江山亭詩卷:「張左司如此江山亭詩卷,明時藏城東景隆觀道士史志中處。」一作史玄隱。姚綬題如此江山亭詩卷:「是卷今爲旌德史玄隱所藏,嘗求諸大夫士題詠。」姚綬句曲外史小傳:「戊戌,予偕羽士史玄隱拜其墓,爲詩弔之。」(張雨句曲外史集附録)

〔五〕崖山:嘉慶重修一統志廣州府:「崖山:寰宇記:在新會縣南八十里,臨大海。宋史:祥興初,帝昺立於硇州,張世傑以崖州爲天險,可扼以自固,乃奉帝移駐於此。未幾,元將張宏範來攻,宋軍潰,陸秀夫負帝昺沉於海,宋遂亡。」

〔六〕慶忌:趙煜吴越春秋卷二闔閭内傳:「二年,吴王前既殺王僚,又憂慶忌之在鄰國,恐合諸侯來伐。問子胥曰:『昔專諸之事於寡人厚矣,今聞公子慶忌有計於諸侯,吾食不甘味,卧不安席,以付於子。』子胥曰:『臣不忠無行,而與大王圖王僚於私室之中;今復欲討其子,恐非皇天之意。』……要離即進曰:『大王患慶忌乎? 臣能殺之。』王曰:『慶忌之勇,世所聞也。筋骨果勁,萬人莫當;走追奔獸,手接飛鳥,骨騰肉飛,拊膝數百里,吾嘗追之於江,駟馬馳不及,射之闇接矢不可中。今子之力不如也。』要離曰:『王有意焉,臣能殺之。』王曰:『慶忌明智之人,歸窮於諸侯,不下諸侯之士。』要離曰:『臣聞安其妻子之樂,不盡事君之義,非忠也;懷家室之愛,而不除君之患者,非義也。臣詐以負罪出奔,願王戮臣妻子,斷臣右手,慶忌必信臣矣。』王曰:『諾。』要離乃詐得罪,出奔。吴王乃取其妻子,焚棄於市。要離乃奔諸侯,而行怨言以無罪,聞於天下。遂如衛,求見慶忌,見曰:『闔閭無道,王子所知,今戮吾妻子,焚之於市,無罪見誅,吴國之事,吾知其情。願因王子之勇,闔閭可得也。何不與我東之於吴?』慶忌信其謀。後三月,揀練士卒,遂之吴。將渡江於中流,要離乃微坐與上風，因風勢以矛鈎其冠，順風而刺慶忌。慶忌顧且揮之，三捽其頭於水中，乃加於膝上。『嘻嘻哉！天下之勇士也，乃敢加兵刃於我？』左右欲殺之，慶忌止之曰：『此是天下勇士，豈可一日而殺天下勇士二人哉？』乃誡左右曰：『可令還吴，以旌其忠。』於是慶忌死。要離渡至江陵，湣然不行，從者曰：『君何不行？』要離曰：『殺吾妻子以事其君，非仁也；爲新君而殺故君之子，非義也。重其死不貴無義，今吾貪生棄行，非義也。夫人有三惡，以立於世，吾何面目以視天下之士。』言訖，遂投身於江，未絶，從者出之。要離曰：『吾寧能不死乎？』從者曰：『君且勿死，以俟爵禄。』要離乃自斷手足，伏劍而死。」

〔七〕伍員：即伍子胥。劉向説苑卷九正諫：「太宰嚭既數受越賂，其愛信越殊甚，日夜爲言於吴王，王信用嚭之計。伍子胥諫曰：『夫越，腹心之疾，今信其游辭僞詐而貪齊，譬猶石田無所用之，盤庚曰：古人有顛越不恭，是商所以興也。願王釋齊而先越，不然將悔之無及也已。』吴王不聽，使子胥於齊。……太宰嚭既與子胥有隙，因讒曰……(吴王)乃使使賜子胥屬鏤之劍，曰：『子以此死。』子胥曰：『嗟乎，讒臣宰嚭爲亂，王顧反誅我。……聽讒臣殺長者。』乃告舍人曰：『必樹吾墓上以梓，令可以爲器，而抉吾眼著之吴東門，以觀越寇之滅吴也。』乃自刺殺。吴王聞之，大怒，乃取子胥屍盛以鴟夷革，浮之江中。吴人憐之，乃爲立祠於江上，因名曰胥山。後十餘年，越襲吴，吴王還與戰，不勝。……(吴王)遂蒙絮覆面而自刎。」

〔八〕「江山」句：劉義慶世説新語言語：「過江諸人每至美日，輒相邀新亭，藉卉飲宴。周侯中坐而歎曰：『風景不殊，正自有山河之異。』皆相視流涕，唯王丞相愀然變色曰：『當共戮力王室，克復神州，何至作楚囚相對？』」

〔九〕跛鼈：荀子修身：「故蹞步而不休，跛鼈千里累土而不輟，丘山崇成。……彼人之才性之相縣也，豈若跛鼈之與六驥足哉？然而跛鼈致之，六驥不致，是無他故焉。或爲之，或不爲之耳。」夾豕：計有功唐詩紀事卷一三：「武后朝，左司郎中張元一善滑稽。時西戎犯邊，武懿宗統兵禦之，至邠，畏懦而遯，懿宗短陋，元一嘲曰：『長弓短度箭，蜀馬臨高蹁。去賊七百里，隈牆獨自戰。忽然逢著賊，騎豬向南趄。』則天未曉，曰：『懿宗無馬耶？』元一曰：『騎豬，夾豕也。』則天大笑。」按，「夾豕」諧音「夾屎」。

〔一〇〕黄蓋：司馬遷史記卷七項羽本紀：「紀信乘黄屋。」張守節正義引李斐云：「天子車以黄繒爲蓋裏。」鹵簿：范曄後漢書卷一〇皇后紀：「大駕鹵簿。」李賢注引漢官儀：「天子車駕次第謂之鹵簿。」

〔一一〕新亭泣：見前注〔八〕。新亭，祝穆方輿勝覽卷一四建康府：「金陵覽古：在江寧縣南十里，俯近江渚。」

〔一二〕全無心肝：李延壽南史卷一〇陳本紀：「隋文帝曰：『叔寶全無心肝。』」

〔一三〕草服：尚書禹貢：「島夷卉服。」孔安國傳：「南海島夷，草服葛越。」金紫：班固漢書卷一九百官公卿表：「相國丞相，皆秦官，金印紫綬，掌丞天子，助理萬機。」范曄後漢書卷八四列女傳：「聖恩横加，猥賜金紫。」李賢注引漢官儀：「二千石，金印紫綬。」

〔一四〕「不見」二句：指鄭所南心史事。所南字思肖，號憶翁，自稱三外野人，福建連江人。元兵南下，上書救國，無果。宋亡，隱跡山川。卒後三百五十六年，心史出於承天寺眢井，故名井中心史。陳宗之承天寺藏書井碑陰記曰：「崇禎戊寅歲，吴中久旱，城中買水而食，爭汲者相捽於道。仲冬八日，承天寺狼山房浚眢井，鐵函重匱，錮以堊灰。啟之，則宋鄭所南先生所藏心史也。外書『大宋鐵函經』五字，内書『大宋孤臣鄭思肖百拜封』什字。……楮墨猶新，古香觸手，當有神護。」

〔一五〕「又不見」二句：梁棟，字隆吉，祖籍相州，僑居鎮江。宋咸淳四年進士，調寶應簿；八年，爲仁和尉。宋亡，流徙武林、建康、茅山間。元世祖至元二十七年庚寅，以詩入建康獄，一時江東人士從學者甚衆。元成宗大德九年卒。有大茅峰詩，曰：「杖藜絶頂窮追尋，青山世路爭嶇嶔。碧雲遮斷天外眼，春風吹老人間心。大龍上天寶劍化，小龍入海明珠沉。無人更守玄帝鼎，有客欲問秦皇金。顛崖誰念受辛苦，古洞未易潛幽深。神光不破黑暗惱，山鬼空學離騷吟。我來俯仰一慨慷，山川良昔人民今。安得長松撑日月，華陽世界收層陰。一聲長嘯下山去，草木爲我留清音。」（宋詩鈔卷一〇六）鮑廷博云：「隆吉登大茅峰，題此詩於壁。有黄冠訴於句容縣，以爲訕謗朝廷，行省聞之部省，收梁於獄，禮部免罪放還。事詳元孔齊靜齋至正直記。」

〔一六〕枚啣嘴：司馬遷史記卷八高祖本紀：「秦益章邯兵，夜啣枚，擊項梁，大破之定陶。」裴駰集解引鄭玄曰：「啣枚，止言語囂讙也。」

〔一七〕皋羽：謝翺字。

〔一八〕九青五韻：張昱如此江山清集同王仲玉陸進之吕世臣作中以平水韻「九青」韻部之亭、冥、青、零、聽五字爲韻，故稱。

〔一九〕潛溪：即宋濂。查繼佐罪惟録傳卷八：「宋濂，字璟濂，號潛溪，浙江浦江人。……時吴淵穎萊講學白麟溪，既釋去，濂輒代講席。至正乙丑以布衣薦元。……除江南儒學提舉，入授世子。……洪武二年起家總修元史，除翰林院學士，知制誥。……濂爲詩文，必寓忠告，深密不泄禁中語，有奏輒焚其稿。……（上）因數濂事朕十九年，口無毀言，身無餙行，寵辱不驚，始終若一，抑可謂賢矣。……舉國子監學政蘇伯衡以自代，曰：『願無以微疾廢。』結廬青蘿山，閉門纂述，人罕見其面，布衣疏食，無異貧士。……十三年，孫慎坐黨論死，濂罪且不測，皇太子力救得釋。安置茂州，明年五月行至夔州，卒，年七十有三。門人方孝孺曰：『太史公論道，上前授經，太子未嘗不以仁義。天下既定，上方稽古制治，凡郊廟、山川、祠祀、律曆、禮樂、彝奝、貢賚諸禮文大政，皆太史公裁定。太子寬大仁明，天下歸心愛戴，太史公之功居多。海外諸國，朝貢接國門，必問太史公安否。』其爲當世取重如此。」

〔二〇〕「如瞽」句：周易履卦：「六三：眇能視，跛能履。」陸德明音義：「眇，妙小反，字書云：盲也。説文云：小目。跛，波我反，足破也。」

〔二一〕楊維楨：朱彝尊楊維楨傳：「楊維楨，字廉夫，會稽人。家鐵崖山下。……維楨著三史統論，謂元之大一統，在平宋，不在平遼與金，統宜接宋，不當接遼。歐陽玄見之，曰：『百年公論，定於此矣。』……徙松江，周游山水，獲斷劍，煉爲笛，冠鐵葉冠，衣兔褐，吹之作回波引，遂號鐵笛老人，或自呼老鐵，亦曰抱遺老人，又曰東維子。……洪武二年，編纂禮樂書，別徵儒士修元史，帝遣翰林院侍讀學士詹同奉幣詣其門召之，辭不赴。明年，有詔敦促，賜安車，詣闕廷，留四月，禮書條目畢，史統亦定，遂以白衣乞骸骨，帝許之，仍給安車還，抵家而卒。」

〔二二〕戴良：朱彝尊戴良傳：「戴良，字叔能，浦江人。……元末以薦授淮南江北等處行中書省儒學提舉。時太祖兵已定浙東，良乃避地吴中。久之，挈家浮海至膠州，欲投擴廓軍前，不得達，僑居昌樂。洪武六年還，變姓名，隱四明山十五年，徵入京，試文詞，留會同館，命光禄給膳，欲官之，以老疾固辭，忤旨。明年四月，卒於獄。良世居金華九靈山下，自號九靈山人。元亡後不忘故君舊國，所爲詩文悲涼感慨。其自贊曰：『處榮辱而不二，齊出處於一致，歌黍離麥秀之詩，詠剩水殘山之句。則於二子庶幾無媿。』」王逢：朱彝尊戴良傳附：「江陰王逢，字原吉，至正中臺臣薦其才，稱疾辭。避亂青龍江，旋徙上海，築草堂以居，自號最閒園丁。張士誠據吴，逢爲畫策，使降元拒太祖，士誠辟之，不就。元亡後，賦詩激昂，甚於良。洪武十五年，以文字録用，有司敦迫上道。子掖，任通事司令，以父老叩頭乞請，太祖命吏部符止之。逢年七十，元日自製壙銘，是歲卒。」

〔二三〕「蝍蛆」句：莊子齊物論：「民食芻豢，麋鹿食薦，蝍且甘帶，鴟鴉嗜鼠，四者孰知正味。」郭象注：「此略舉四者，以明美惡之無主。」成玄英疏：「麋與鹿而食長薦茂草，鴟鳶鵶便嗜腐鼠，蜈蚣食虵。略舉四者，定與誰爲滋味乎？故知盛饌蔬食，其致一者也。」

〔二四〕劉基：字伯温，青田人。著有犁眉公集、覆瓿集。

〔二五〕「此曹」句：章碣焚書坑：「坑灰未冷山東亂，劉項原來不讀書。」

〔二六〕十七史：文天祥文山集卷二一紀年録：「博囉曰：『你道有興有廢，且道盤古王到今日，是幾帝幾王？我不理會得，爲我逐一説來。』予怒甚，曰：『一部十七史，從何處説起？我今日非赴博學宏詞科，不暇泛言。』」

〔二七〕庀：國語魯語：「内朝，子將庀季氏之政焉，皆非吾所敢言也。」韋昭注：「庀，治也。」

〔二八〕破墨：張彥遠歷代名畫記卷一〇：「余嘗見破墨山水，筆迹勁爽。」郭若虚圖畫聞見記卷一：「畫山石者多作礬頭，亦爲凌面，落筆便見堅重之性，皴淡即生窊凸之形。每留素以成雲，或借地而爲雪，其破墨之功，尤爲難也。」

餘姚陸汝和至得太沖詩札依韻寄懷

陸子帶書來，航船行近夜。科頭莽將迎〔一〕，正課童除架〔二〕。挑口開封函，餘光就簾罅。讀訖魂黯然〔三〕，周旋記仲夏。放誕笑尻高〔四〕，苛政覆杯斝〔五〕。懶惰荷鞭影〔六〕，如趕牛拖壩。皮皸脊骨瘡，篤速猶未赦。怪接西園信，澤望病信。遽棄北郭舍。送别還入室，書帙紛委藉。舉手一整頓，不覺淚雙下。東西南北流，置水平地瀉〔七〕。何圖三令弟，八月溘然化。撫今類嘗蘗〔八〕，思昔等食蔗〔九〕。昨夜夢見君，瘦過鴛鴦炙〔一〇〕。披帷急起坐，窗櫺月斜射。顔色疑或真，哀痛理當謝。

【箋釋】

此詩作於康熙二年癸卯深秋。

按，太沖四月至語溪，館於晚村梅花閣。此詩中言「周旋記仲夏」事，則太沖得晦木書約當在六月，「癸卯四月，予至語溪，澤望尚强飯如故，踰月，急信告危，余馳歸視疾」（南雷文案卷六），所謂「踰月」者，越五月也，則是六月。八月八日，澤望卒，太沖亦病瘧，遂作病瘧詩二首，託陸汝和帶與晚村，晚村得詩後，即次其韻，今存一首。

澤望，名宗會，號縮齋，太沖叔弟。生於明萬曆四十六年戊午，卒於清康熙二年癸卯八月，終年四十有六。

陸汝和，生於明萬曆三十年壬寅除夜，則其是年過晚村時已六十有一歲矣；其卒年未考得，然康熙十一年壬子，太沖猶爲壽序以祝七十誕辰。

【資　料】

呂留良友硯堂記：卣硯，同邑吴孟舉見贈。癸卯春夏，予與太沖、旦中坐水生草堂，與孟舉、自牧諸子倡和甚樂。忽得晦木書云澤望病劇，以此硯及石田、衡山畫售爲藥價。太沖、旦中踉蹌東去，澤望竟不起。此物遂歸孟舉。憶予年十四，見澤望於東寺，氣象偉然。與子度坐禪榻論司馬温公集，予側聆之，不敢問難。（呂晚村先生文集卷六）

黄宗羲病瘧：焦原雪窖間，更翻遂晝夜。試問病緣起，龍風牽屋架。冥行觸風雨，寒水滴營罅。憶昔己卯歲，此病經冬夏。長生（周延祚）厦屋中，陰氣拂杯斝。再發拂水堂（錢牧齋），三發奔牛壩。

剪燭仲馭（周鑣）齋，四發忽放赦。國門盛文酒，尪然閉僧舍。朗三（梅朗中）及眉生（沈壽民），浸晨必慰藉。密之（方以智）診尺脈，好奇從肘下。子遠（吴道凝）截瘧丸，痿頓增吐瀉。文虎（陸符）黄雞方，骨鯁終難化。我容（周鎔）美羊肉，昆銅（沈士柱）言甘蔗。霍起會有時，初不因針炙。今者病重來，廿年等箭射。殷勤念好友，一一見凋謝。

八月初八日，我生是半夜。長大從場屋，時文相牽架。槐花逐隊忙，何異蟻行罅。金陵及易水，發軔當初夏。所以遇是日，未嘗覆一斝。廿年烹牛車，遂不歷堰壩。弄水亂石溪，是日始天赦。今年計是日，瘧鬼當浸舍。亦謂白版床，羊裘足憑藉。豈意五更初，驚魂久乃下。澤望竟辭世，雞聲千里瀉。是日吾之生，是日子之化。便欲仇是日，老景無味蔗。海内稱三黄，遡風亦親炙。掘强污險中，時人避彈射。碩果繫不食，誰謂望秋謝。（南雷詩曆卷一）

黄宗羲前鄉進士澤望黄君壙誌：天啟忠臣之家，其後人多有賢者，而兩浙之黄魏爲最著。魏忠節公三子，子敬死孝，子一、子聞文譽甚盛。忠端公五子，二人尚幼，不肖與晦木、澤望其姓名亦落人口。當是時，考官之入棘圍者，皆欲得此兩家之後人出其門下。丙子，李映碧搜澤望而不得；己卯，陳卧子搜晦木而不得；不肖入南圍，則搜者在北，入北圍，則搜者在南；得之者僅子一耳。乃甲申之變，子一遲十日之死，怨家緣飾其事。悲哉！余兄弟二十年以來，家道喪失，風波震撼，雖爲論者所甚惜，然讀書談道，窮岩冷屋，要復人間推排所不下，則嫣然相對於霜落猿啼之夕者，自信有不以彼而易此也。昔先公在詔獄，瞑眩之中，有老人屈指同難諸公而較之，曰：「他日惟公最吉。」不敢以其言爲誣也，今者無端奪吾澤望以去，始惝怳而疑於其言矣。澤望諱宗會，字之者甬東陸文虎，以其窮經似先儒黄澤楚望也。生於宛陵之官舍，自幼俶儻不羈，先公謂此兒成就未定，但知其不逐牛馬行隊者。六歲時沿河捌蟹爲戲，有塾師諧之，曰：「蟹精善捌蟹。」澤望以捌蟹之杖跨之疾走而應曰：「龍子慣乘龍。」塾師縮頸異之。十六歲補博士弟子員，爲博菴黎公所識拔。又三年丙子，乾所劉公以第一寘之。明年歲試復第一，遂廪於二十人之一。又明年，許公平遠提督學政，一時譽望所歸，不敢以他人先澤望，及試題有脱誤，許公特召郡縣言其故，曰：「吾故欲首某而不可，奈何發案？」澤望入，許公謂之曰：「子有文名，而疎略如此，將無恃才而輕讀書乎？」澤望傲然，了不陳遜，直對曰：「疎略則有之，書故無所不讀也。」許公變色，而弟子員千餘人皆驚，竟填二等。時許公之意，欲使其謝過而後高第之也。壬午，御史觀風第一，甲申拔貢，未廷試而國變，是時澤望年二十七耳。而場屋坊社已歷十餘年之久，行輩視爲老師名宿，方縱横指取，一旦斂而與農樵爲伍，其中若有不適然者，始放之於酒。其所與爲酒人者，又不過里胥田父，無所發其憤憾，於是小人者僞爲問字求業，以示親附，澤望亦遂臨觴高談，割臂痛哭，驟長其聲價，蓋不知坐受其愚弄也。亡何，兩子同日死。壬寅遇火，廬舍蕩然，婦隨以瘵死，天又以意外困之。癸卯四月，予至語溪，澤望尚强飯如故，踰月，急信告危，余馳歸視疾，已不可起。至八月初八日卒，距所生戊午得年四十有六。澤望少無師，以余爲師。……然余賦性偏弱，迫以飢寒變故，不得遂其麋鹿之一往，屈曲從俗，姑且不免。深恨釋氏根塵洗滌未淨，而澤望負氣好高，口含瓦石，疇人率爾，必欲突兀自異，亦自度不可與世接。乙酉以後，未嘗一渡錢塘，山奥江村，枯槁憔悴，呼天搶地，竟隕其身，是豈學佛者所宜有。然則澤望之學佛，將無憤憾之氣無所於寄，其亦如屈原之於騷、孟郊之於詩、張旭之於書耶？故相宗性海，即彼教中之端門者，尚且入而迷其向背，澤望乃能算沙摶空，其精也，乃其所謂憤憾之甚者邪？（南雷文案卷六）

黄宗羲陸汝和七十壽序：今汝和陸先生居之（藍溪岩），峩冠方領，翱翔於市人之中，莫不指而笑之。聚童子數十人，研土朱，授三字經、千字文以度日。市日出逢故人，則肘之入舍，沽酒痛飲。晶鹽脱粟，盡歡而後去。酒中亦時時道其生平過去之事，慷慨泣下，直欲起九靈而與之爲友也。蓋先生本富室，板蕩之際，曾參人軍事，日在虞淵，猶絙藤没水，以隨夸父，流離異地。……先生嘗過錢牧翁，牧翁歎曰：「東浙固多人物，如汝和者，魯人也。三吴智巧，豈少十倍汝和，使之欲事汝和之事，則不能矣。」於是四方之客過余者，亦或過先生，以爲舊物，其爲當世所重如此。（南雷文案外卷）

【注釋】

〔一〕科頭：司馬光資治通鑑卷六二漢紀五十四：「布將河内郝萌夜攻布，布科頭袒衣，走詣都督高順營。」胡三省注：「科頭，不冠露髻也。今江東人猶謂露髻爲科頭。」

〔二〕除架：杜甫除架：「束薪已零落，瓠葉轉蕭疏。」趙彦材注：「西人方言直謂之除架，如甜瓜謂之收園也。瓜架之初，必以薪爲之，今瓜已摘，而架上之薪零落矣。」

〔三〕魂黯然：江淹别賦：「黯然銷魂者，唯别而已矣。」李善注：「言黯然魂將離散者，唯别而然也。夫人魂以守形，魂散則形斃，今别而散，明恨深也。」

〔四〕尻高：班固漢書卷六五東方朔列傳：「朔笑之曰：『咄。口無毛，聲謷謷，尻益高。』舍人恚曰：『朔擅詆欺天子從官，當棄市。』上問朔：『何故詆之？』對曰：『臣非敢詆之，乃與爲隱耳。』上曰：『隱云何？』朔曰：『夫口無毛者，狗竇也；聲謷謷者，鳥哺鷇也；尻益高者，鶴俛啄也。』」

〔五〕苛政：禮記檀弓下：「孔子過泰山側，有婦人哭於墓者而哀。夫子式而聽之，使子路問之曰：『子之哭也，壹似重有憂者。』而曰：『然。昔者吾舅死於虎，吾夫又死焉，今吾子又死焉。』夫子曰：『何爲不去也？』曰：『無苛政。』夫子曰：『小子識之，苛政猛於虎也。』」

〔六〕鞭影：鳩摩羅什譯大智度論卷一：「爾時，長爪梵志如好馬見鞭影即覺，便著正道；長爪梵志亦如是，得佛語鞭影入心，即棄捐貢高，慚愧低頭。」蘇軾静常齋記：「既以是爲吾號，又以是爲吾室，則有名之累，吾何所逃？然亦趨寂之指南，而求道之鞭影乎？」

〔七〕「東西」二句：鮑照擬行路難：「瀉水置平地，各自東西南北流。」

〔八〕嘗蘗：白居易生離别：「食蘗不易食梅難，蘗能苦兮梅能酸。未如生别之爲難，苦在心兮酸在肝。」

〔九〕食蔗：劉義慶世説新語排調：「顧長康噉甘蔗，先食尾，人問所以，云：『漸至佳境。』」

〔一〇〕鴛鴦炙：林洪山家清供鴛鴦炙：「向游吴之蘆區，留錢春塘選家，持螯把酒，適有弋人攜雙鴛至，得之燖以油爁，下酒醬香料燠熟，飲餘吟倦，得此甚適，詩云：『盤中一箸休嫌瘦，如骨相思定不肥。』」（陶宗儀説郛卷七四引）

次前韻寄懷晦木 二首

驛南別一朝，閣上話三夜。最恨箬篷船，柔櫓當艄架。相思比日車〔一〕，晝夜轉無罅。豈謂經半載，過秋不但夏。餡餅廢堆盤，醇醪罷洗斝。年年爲友朋，三江歷九壩〔二〕。每云經此塗，如罪流不赦。母老令弟喪，今寧即離舍。道路有高五，駏蛩昔倚藉〔三〕。渠今復南上，君豈能北下。念此令人痛，淚迸簷溜瀉。又聞抱微疴，應坐愁不化。人生老頭甜，或同倒噉蔗〔四〕。莫添洪爐炭，肝肺怕薰炙。饑凍過毒矢，日日當心射。家翁做不堪，癡聾術可謝〔五〕。

硯墨作君書，踟躕過半夜。踟躕欲何爲，窺盎復視架。想君卧破屋，燈火穿壁罅。豈無木棉衣，未冬先典夏。但用江西窑〔六〕，莫求哥定斝〔七〕。但搭日行船，莫怕長安壩〔八〕。薑桂性不移〔九〕，物理漸輕赦。曾約石榴紅，襆被到寒舍。忽忽籬荳黄，梧桐葉相藉。吾亦苦痁鬼〔一〇〕，中虛變暴下。至今兩頰窊，時時復洞瀉。内傷脾胃病，飲食頗難化。五心一煩熱，便憶冰與蔗〔一一〕。引領黄昏湯〔一二〕，來起此燔炙。泥水絶高名，讀書兼獵射。從來霜雪姿，不向北風謝〔一三〕。

【箋釋】此詩作於康熙二年癸卯深秋。與上一首同時。

按，此時晦木在鄉，前所訂端陽集飲事，而今籬荳亦黄，梧桐葉落，則執手已不能矣。旦中亦將南歸，故有「君豈能北下」一語，友朋情誼之篤，可以想見。「道路有高五」之「五」字，萬卷樓鈔本校曰：「五疑邱。」若作「高丘」，與下兩句不協。太沖高旦中墓誌銘曰：「旦中，行在第三。」則「五」字似以作「三」字爲宜。識此待考。

【注釋】

〔一〕日車：莊子徐無鬼：「有長者教予曰：『若乘日之車，而游於襄城之野。』」郭象注：「日之車，以日爲車也。」

〔二〕三江：黄宗羲餘姚至省下路程沿革記：「吾邑至省下，其程不過三百里，而曹娥、錢清、錢塘三江横截其間。」九壩：自甬上至語溪，途經上虞、紹興、蕭山、杭州、餘杭、海寧諸地，其間多壩，黄宗羲餘姚至省下路程沿革記亦謂須過下壩、新壩、通明壩等，則合杭州之語溪諸壩，是爲九壩。

〔三〕駏蛩：劉安淮南子道應訓：「北方有獸，其名曰蹷，鼠前而兔後，趨則頓，走則顛，常爲蛩蛩駏驉取甘草以與之，蹷有患害，蛩蛩駏驉必負而走。此以其能託其所不能。」韓愈醉留東野：「韓子稍奸黠，自慚青蒿倚長松。低頭拜東野，願得終始如駏蛩。」此喻旦中與晦木關係密切。

〔四〕「人生」二句：劉義慶世説新語排調：「顧長康噉甘蔗，先食尾，人問所以，云：『漸至佳境。』」

〔五〕「家翁」二句：慎子：「諺云：『不聰不明，不能爲王；不瞽不聾，不能爲公。』」（李昉太平御覽卷四九六引）司馬光資治通鑑卷二二四唐紀四十：「郭曖嘗與昇平公主爭言，曖曰：『汝倚乃父爲天子邪？我父薄天子不爲。』公主恚，奔車奏之，上曰：『此非汝所知，彼誠如是。使彼欲爲天子，天下豈汝家所有邪？』慰諭令歸。子儀聞之，囚曖，入待罪。上曰：『鄙諺有之，不癡不聾，不作家翁。兒女子閨房之言，何足聽也。』子儀歸，杖曖數十。」

〔六〕江西窑：謝旻江西通志卷二七土産：「陶廠，景德鎮，在今浮梁縣西興鄉。水土宜陶，宋景德中始置鎮，因名。置監鎮一員；元更景德鎮税課局監鎮爲提領；洪武初鎮如舊，屬饒州府浮梁縣，正德初置御器廠，專筦御器。」

〔七〕哥定斝：張應文清秘藏卷上「論窑器」：「論窑器，必曰柴汝官哥定。柴不可得矣。聞其制云：青如天，明如鏡，薄如紙，聲如磬。此必親見故，論之如是其真。」斝，許慎説文解字斗部：「斝，玉爵也。夏曰盞，殷曰斝，周曰爵。」

〔八〕長安壩：張國維吴中水利全書卷三：「上塘河由東南外沙河北行，爲後沙河，在艮山門外，北達蔡官人塘。……東北十五里達方興河，至臨平鎮東爲長安壩。」

〔九〕「薑桂」句：李幼武宋名臣言行録别集卷九晏敦復：「方議和之初，公力詆屈己之非，檜患其不附己，使腹心人訹之曰：『公若屈從，兩地旦夕可至。』公曰：『吾終不以身計而誤國家，況吾薑桂之性，到老愈辣，請勿復言。』檜卒不能屈。」

〔一〇〕 痁：許慎説文解字疒部：「痁，有熱瘧。」

〔一一〕「五心」二句：莊子人間世：「今吾朝受命而夕飲冰，我其内熱與？」

〔一二〕 黄昏湯：孫思邈千金要方卷五六：「黄昏湯，治欬，有微熱煩滿，胸中甲錯，是爲肺廱者方。」

〔一三〕「從來」二句：劉義慶世説新語言語：「顧悦與簡文同年而髮蚤白，簡文曰：『卿何以先白？』對曰：『蒲柳之姿，望秋而落；松柏之質，經霜彌茂。』」

旦中歸塗寄詩留别次韻寄答 六首

何事刬船火樣忙，啾啾燕雀欲焚堂。臨平山背塘棲路〔一〕，寸寸峰頭挂客腸〔二〕。

相訂南陽合住來，斜溝捉漏壁添灰。愁君苦欲思烏石①〔三〕，金粟冬青繞屋栽。旦中山居多二樹。

無須惜别重殷殷②，自是形神兩不分③。月射篷窗應照見，若無顔色也由君④。

晦木不離西閣夜，太沖龍虎閉山堂〔四〕。兄今又向名山去，不斷除非是鐵腸。

寒食爲期重九來，從前約信等飛灰。今番試指花爲候，月月紅須滿地栽。

計畫移家語更殷，東推西寄要區分。隨身只帶書千本，五個郎君一幼君。

【校記】

①愁君苦欲思烏石　管庭芬鈔本作「愁君苦憶新豐市」，夾注：「一作『愁君苦欲思烏石』。」

②惜别　管庭芬鈔本作「執手」。

③自是　管庭芬鈔本作「到底」。

④「月射」二句　管庭芬鈔本作「楓樹青紅江月白，蓬窗顔色定隨君」。

【箋釋】

此詩作於康熙二年癸卯深秋。

按，諸本晚村詩集皆僅存前三首，後三首據管庭芬鈔本補。

蓋是年春，晦木與旦中來語溪；四月，太沖亦以旦中而設館於晚村之梅花閣，與吴孟舉、自牧、旦中等相唱和，共選宋詩鈔。大約四月底，晦木歸餘姚，而澤望病，晦木留連太沖、旦中，二人得書，即踉蹌東回。後旦中復返，蓋爲懸壺事也。比重九後，旦中又南歸甬東。歸途有寄晚村詩，晚村遂次韻回復。

晚村有隱居之意，欲約旦中、太沖、晦木同爲耦耕之事，故有「相訂南陽合住來」句，然未得響應，蓋晦木留連西閣，太沖眷戀龍虎山堂（前一年失火），而旦中又向名山去，此無可奈何者也。所謂「隨身只帶書千本，五個郎君一幼君」者，晚村之招旦中同隱之心，何其之誠！　然謀隱之事，終不克有成，僅傳耦耕詩十首，聊供後人吟詠耳。

【注釋】

〔一〕臨平：嘉慶重修一統志杭州府：「臨平鎮：在仁和縣東北四十里。唐置臨平監，明置横塘臨平税課司，本朝因之。」塘棲：同上書：「塘棲鎮：在仁和縣北五十里。與湖州府德清縣接界，明設郡佐駐此。今有巡司，爲商民輳集處。」

〔二〕「寸寸」句：柳宗元與浩初上人同看山寄京華親故：「海畔尖山似劍鋩，秋來處處割愁腸。」

〔三〕烏石：嶴名，在鄞縣。全祖望阿育王寺十二題考：「七佛石，當即指烏石嶴而言。道宣感通傳所稱，梵僧七人過此，得石函舍利，六僧騰空而去，其一化爲烏石者也。」

〔四〕龍虎：即龍虎山堂。黄炳垕黄梨洲先生年譜順治十七年：「居龍虎山堂。四明北麓有化安山，故宋所謂剡中也，東峰狀類虎，西峰狀類龍，公丙舍適當其間，因名曰龍虎山堂。」康熙元年：「二月壬子，龍虎山堂災。」

孟舉以詩贈山繭紬次韻答之 二首

殊難撑拄過凶年，逴問寒無坐客氈。贈紵更煩賢母授〔一〕，孟舉致其母夫人意，藏此前朝時物，特令見惠。解錢休向典家捐。香含椒氣真山繭，斑熨棋花勝土棉①。照眼光華驚隱伴，等閒怕上釣徒船。

絳幘威儀非昔年〔二〕，江南遍地著韋氈〔三〕。破衣父老留連改，舊樣兒童力疾捐。閉户獨裁方護領〔四〕，舉杯且算裹牽棉〔五〕。俗以寒無衣飲酒曰裹牽棉。從今弄筆顛狂便，斗室爭雄書畫船〔六〕。

【校記】

①「贈紵」四句　詩稿本注曰：「中聯一作『贈紵解衣君每厚，典裘沽酒我時捐。香含椒氣真山繭，色映棋花勝土棉』。」

【箋釋】

此詩作於康熙二年癸卯秋冬間。

按，是時晚村稍貧，而孟舉富庶，故以山繭紬贈之，蓋孟舉少時即從晚村學詩，尊其母意也。據張履祥言行見聞録：「崇德吴氏母范臨没語其子（之振，字孟舉）曰：『朋友中如吕□□，汝宜深交，言必聽，事必商，可無失。』因請□□於榻前諄諄焉。范本微，爲吴側室，精勤有心計，寡居子幼，能持家政，視夫君存日益富厚，教子，弱冠文學已過人。」（楊園先生全集卷三四）

第二首詩旨，可與卷一秋行詩同看。「絳幘威儀」四字，似深有寄託。

【資料】

吴之振以藏山繭綢贈□□並賦長句致之：藤篚收藏三十年，古香時復透青氈。憐余俗骨難消受，持贈高人莫棄捐。據案作書宜廣袖，篝燈坐讀更加棉。少陵錦緞多佳詠，不惜明珠報一船。（黄葉村莊詩集卷一）

【注釋】

〔一〕贈紵：左傳襄公二十九年：「故晏子因陳桓子以納政與邑，是以免於欒高之難。聘於鄭，見子産如舊相識，與之縞帶，子産獻紵衣焉。」杜預注：「吴地貴縞，鄭地貴紵。」

〔二〕絳幘威儀：范曄後漢書附司馬彪輿服志下：「漢興，續其顔。……至孝文乃高顔題，續之爲耳，崇其巾爲屋，合後施收，上下群臣貴賤皆服之。文者長耳，武者短耳，稱其冠也。……武吏常赤幘，成其威也。」王維和賈至舍人早朝大明宫：「絳幘雞人送曉籌，尚衣方進翠雲裘。九天閶闔開宫殿，萬國衣冠拜冕旒。」又後漢書卷一光武帝紀：「及見司隸，僚屬皆歡喜不自勝，老吏或垂涕曰：『不圖今日復見漢官威儀。』由是，識者皆屬心焉。」又司馬彪禮儀志下：「夫威儀所以與君臣序六親也。若君亡君之威，臣亡臣之儀，上替下陵，此謂大亂。大亂作則群生受其殃，可不慎哉！」

〔三〕韋氈：歐陽修新唐書卷二一六吐蕃傳：「衣率氈韋，以赭塗面爲好。」此喻清人服飾。

〔四〕方護領：即方領。禮記深衣：「曲袷如矩以應方。」鄭玄注：「袷，交領也。古爲方領，如今小兒衣領。」李賢後漢書注引音義：「頸下施衿，領正方，學者之服也。」

〔五〕裏牽棉：俗語。坐花散人風流悟第一回圖佳偶不識假女是真男悟幼囤失卻美人存醜婦：「店主人道：『生意好，大開子，今晚天色寒冷，想是要請人麽？』有華道：『身上冷，無藉憑，只得做個裏牽棉。』笑笑去了。」

〔六〕書畫船：黄淮書畫船記：「昔米元章名其行舸曰『書畫船』，至今以爲美談。余與元章無能爲役，然儒者出入，必以書畫，俱假名自況，無乃不可乎？」

送黄九煙移寓海寧 二首

童穉喜畫字，長好古文辭。恨彼不見我〔一〕，自謂或過之〔二〕。罹患投塵鞅〔三〕，蕪穢竟不治〔四〕。塗抹隨時妝，汗下難吾欺。去年偶見君，歎賞絶等夷〔五〕。長歌鬬往返，强韻爭安危。君云此種詩，千載又一奇。我不師古人，古人每見比。人言如某某，令我心不怡。規規摹形聲，誰得肉與皮。漢魏及盛唐，名高實益卑。期君遥切琢，此事須支持。性生不能飲，對君盡一斗。吾量更變易，其故豈坐酒〔六〕。今日共斟酌，忽如枚在口〔七〕。

固知別離難，先令腸胃朽。海寧聲利場〔八〕，其俗釀白醲〔九〕。小飲不作詩，寓居乃可久。儻思一快意，掉頭疾西走。吾亦思放懷，焚香卻塵友。願共傾瓦盆〔一〇〕，賞雪補重九。今年重九雅集，民部不與。

【箋　釋】

此詩作於康熙二年癸卯秋冬間。

按，九煙之東投西寄，亦奔波無奈之舉。其詳參見本卷寄黃九煙詩之箋釋。所謂「長歌鬬往返」、「人言如某某」等，與黃九煙以奇才吟見贈歌以答之詩中「壬辰湖上逢老杜，謂我酷肖閻古古。舊年城北遇太沖，又云略似沈昆銅。今年邂逅黃進士，更比泗州戚緩耳。……我本爲人在中下，一以爲牛一爲馬。諸公意中自有爲，擬人亦各依其類」云者，可以互爲參看。

【資　料】

吴之振送九煙移居海昌：爛漫尋幽事，相期了暮年。未終陶令酒，忽放米家船。摒當煎茶具，緘縢種樹篇。洪崖圖畫裏，細碎總堪傳。

巢父掉頭往，孤雲向極東。故交存冷面，新釀策奇功。晚汐書添潤，寒灰火失紅。夜航來往便，莫忘寄詩筒。（黃葉村莊詩集卷一）

按，孟舉詩即從晚村詩中化出，凡次、限、同題之作，孟舉常坐此病。

【注釋】

〔一〕「恨彼」句：李延壽南史卷三二張融傳：「融善草書，常自美其能，帝曰：『卿書殊有骨力，但恨無二王法。』答曰：『非恨臣無二王法，亦恨二王無臣法。』融假還鄉詣王儉別，儉立此地舉袂不前，融亦舉手呼儉曰：『歡曰王前。』儉不得已趨就之。融曰：『使融不爲慕勢而令君爲趨士，豈不善乎？』常歎云：『不恨我不見古人，所恨古人又不見我。』」

〔二〕「自謂」句：孫過庭書譜引王羲之曰：「吾書比之鍾、張，鍾當抗行，或謂過之，張草猶當鴈行。」

〔三〕塵鞅：指世俗事務之束縛。白居易登香爐峰：「紛吾何屑屑，未能脱塵鞅。」牟融寄羽士：「使我浮生塵鞅脱，相從應得一盤桓。」

〔四〕「蕪穢」句：班固漢書卷六六楊惲列傳：「田彼南山，蕪穢不治。種一頃豆，落而爲萁。人生行樂耳，須富貴何時。」顔師古注引張晏曰：「山高而在陽，人君之象也。蕪穢不治，言朝廷之荒亂也。一頃百畝，以喻百官也。言豆者，貞實之物當在囷倉，零落在野，喻己見放棄也。萁曲而不直，言朝臣皆諂諛也。」

〔五〕等夷：司馬遷史記卷五五留侯世家：「黥布，天下猛將也，善用兵，今諸將家陛下故等夷，乃令太子將此屬，無異使羊將狼，莫肯爲用，且使布聞之，則鼓行而西耳。」裴駰集解：「徐廣曰：夷，猶儕也。索隱如淳曰：等夷，言等輩。」

〔六〕「性生」四句：司馬遷史記卷一二六滑稽列傳：「威王問曰：『先生能飲幾何而醉？』對曰：『臣飲一斗亦醉，一石亦醉。』威王曰：『先生飲一斗而醉，惡能飲一石哉？其説可得聞乎？』髡曰：『賜酒大王之前，執法在傍，御史在後，髡恐懼俯伏而飲，不過一斗徑醉矣。……日暮酒闌，合尊促坐，男女同席，履舄交錯，杯盤狼藉，堂上燭滅，主人留髡而送客，羅襦襟解，微聞薌澤，當此之時，髡心最歡，能飲一石。』」坐：杜牧山行：「停車坐愛楓林晚，霜葉紅於二月花。」

〔七〕枚在口：楚辭九辯：「願銜枚而無言兮，嘗被君之渥洽。」王逸注：「意欲括囊而靜默也。」張銑注：「銜枚，所以止言者也。」

〔八〕海寧：嘉慶重修一統志杭州府：「海寧州：在府東少北一百七里，東西距一百三十里，南北距七十里。……北至嘉興府石門縣界三十里。……漢海鹽縣之鹽官地。三國吴置海昌都尉於此，後改置鹽官縣，屬吴郡。晉、宋、齊、梁因之，陳永定二年於縣置海寧郡，尋廢。隋屬餘杭郡。唐武德四年屬東武州，七年省入錢塘縣，貞觀四年復置，仍屬杭州。五代因之。宋屬臨安府。元屬杭州路，元貞元年升鹽官州，天曆二年改海寧州。明洪武二年降州爲縣，仍屬杭州府。本朝因之，乾隆三十八年升爲州。」

〔九〕釅：陸德明經典釋文卷一〇儀禮音義：「釅：所九反。白酒也。」

〔一〇〕傾瓦盆：指暢飲。杜甫少年行：「莫笑田家老瓦盆，自從盛酒長兒孫。傾銀注瓦驚人眼，共醉終同卧竹根。」

次韻答太沖見寄 二首

水闊難填山不移〔一〕，猶思采藥訪安期〔二〕。並無破壁愁藏録〔三〕，只有寒花笑乞詩〔四〕。鹵莽蜜塗刀上餂〔五〕，荒唐米淅劍頭炊〔六〕。知交砥勵還堅忍，瀟灑梨洲獨好奇。

旦中賣藥吁可怪，晦木教書又一奇。晦木書來，欲蒙館教書。後世喜傳高士跡，吾徒隱痛壯夫爲〔七〕。乾坤定向人材轉，文字豈隨年代卑。誰向高峰深海過〔八〕，天風不斷紫濤吹〔九〕。

【箋釋】

此詩作於康熙二年癸卯秋冬間。

按，太沖歸後，晚村書與訂明年讀書之約，太沖作寄友人詩以報，晚村得詩，即次韻二首。所謂「知交砥勵」者，指太沖詩中「一個乾坤雙著腳，風風雨雨不能吹」而言。

第二首忽怪旦中之賣藥，又奇晦木之教書，此似有違於隱者之本性，亦非壯夫之所爲。蓋晚村所期者，讀書種子也，故有「文字豈隨年代卑」之問。然後來晚村亦行醫，且著東莊醫案；更起天蓋樓，評選時文，鏤版行天下，豈此爲晚村所期者、壯夫之宜所爲者哉？

【資料】

黄宗羲寄友人：書來相訂讀書期，不是吾儕太好奇。三代之治真可復，七篇以外豈無爲。雖然鼠穴車輪礙，肯放高簷帽樣卑。一個乾坤雙著脚，風風雨雨不能吹。（南雷詩曆卷二）

按，友人指晚村。太沖詩文中與晚村有關者，非删棄，即隱名，殊爲可惜。

【注釋】

〔一〕「水闊」句：用精衛填海、愚公移山故事。山海經北山經：「炎帝之女，名曰女娃。女娃游於東海，溺而不返，故爲精衛，常銜西山之木石，以堙於東海。」列子湯問：「太行、王屋二山，方七百里，高萬仞。本在冀州之南，河陽之北。北山愚公者，年且九十，面山而居。懲山北之塞，出入之迂也。……遂率子孫荷擔者三夫，叩石墾壤，箕畚運於渤海之尾。寒暑易節，始一反焉。……操蛇之神聞之，懼其不已也，告之於帝。帝感其誠，命夸娥氏二子負二山，一厝朔東，一厝雍南。自此，冀之南，漢之陰，無隴斷焉。」

〔二〕安期：司馬遷史記卷一二孝武本紀：「少君言於上曰：『臣嘗游海上，見安期生，食巨棗，大如瓜。安期生僊者，通蓬萊中，合則見人，不合則隱。』」張君房雲笈七籤卷一〇六安期生：「安期生者，琅琊阜鄉人。賣藥於東海邊，時人皆言千歲翁。秦始皇東游，請見，與語三日三夜，賜金璧度數千萬。出於阜鄉亭，皆置去，留書以赤玉舄一緉爲報，曰：『後千年求我於蓬萊下。』始皇即遣使者徐市、盧生等數百人入海，未至蓬萊山，輒逢風波而還。立祠阜鄉亭，海邊數十處也。」

〔三〕破壁：班固漢書卷三六楚元王傳：「及魯恭王壞孔子宅，欲以爲宫，而得古文於壞壁之中，逸禮有三十九篇，書十六篇。天漢之後，孔安國獻之。」

〔四〕寒花：多指菊花。張協雜詩：「寒花發黄采，秋草含緑滋。」亦作「寒華」，陶潛九日閒居：「塵爵恥虚罍，寒華徒自榮。」

〔五〕蜜塗刀上䑛：釋道世法苑珠林卷八八訶欲：「此之五欲，得須臾樂，失時爲大苦。如蜜塗刀䑛者，貪甜不知傷舌。其五欲者，名爲色聲香味觸。此之五事，禪家正障，若欲修定，皆應棄之。」

〔六〕「荒唐」句：劉義慶世説新語排調：「桓南郡與殷荆州語次，因共作了語。顧愷之曰：『火燒平原無遺燎。』桓曰：『白布纏棺豎旒旐。』殷曰：『投魚深淵放飛鳥。』次復作危語。桓曰：『矛頭淅米劍頭炊。』殷曰：『百歲老翁攀枯枝。』顧曰：『井上轆轤卧嬰兒。』殷有一參軍在坐，云：『盲人騎瞎馬，夜半臨深池。』殷曰：『咄咄逼人！』仲堪眇目故也。」

〔七〕壯夫爲：揚雄法言吾子：「或問：『吾子少而好賦？』曰：『然。童子彫蟲篆刻。』俄而曰：『壯夫不爲也。』」

〔八〕高峰深海：釋惠洪禪林僧寶傳卷九雲居簡禪師：「問：『古人云：若欲保任此事，直須向高高山頂立，深深海裹行。意旨如何？』曰：『高峰深海，迥絶孤危，似汝闤闠中軟暖麽？』」

〔九〕「天風」句：趙汝愚題鼓山寺：「江月不隨流水去，天風常送海濤來。」

偶檢閲旦中近書志感即用旦中韻 二首

篋中亂紙盡教焚，珍重留看只數君。重讀兄書猶咄咄，徒存吾意欲云云。詩非好作因無寐，夢不長來爲半醺。卷了還開如夜話，渾忘卧處卻三分。

堂中燕雀豈知焚〔一〕，四壁蕭然護細君〔二〕。未免怨尤公尚爾，已判窮餓我何云〔三〕。話多詞少休嫌淡，酒薄愁濃不作醺〔四〕。此夜挑燈三起坐，天星牢落一江分〔五〕。

【箋釋】

此詩作於康熙二年癸卯冬。

按，第二首，嚴鴻逵釋略曰：「結句因旦中而兼懷二黄（指黄太沖、晦木兄弟），故云三分也。」旦中原詩未見。

【注釋】

〔一〕「堂中」句：呂氏春秋諭大：「燕雀爭善處於一屋之下，子母相哺也，姁姁焉相樂也，自以爲安矣。竈突決則火上焚棟，燕雀顔色不變，是何也，乃不知禍之將及己也。」

〔二〕細君：古稱諸侯之妻，後爲妻之通稱。班固漢書卷六五東方朔傳：「上曰：『昨賜肉，不待詔，以劍割肉而去之，何也？』朔免冠謝。上曰：『先生起，自責也。』朔再拜曰：『朔來，朔來。受賜不待詔，何無禮也；拔劍割肉，一何壯也；割之不多，又何廉也；歸遺細君，又何仁也。』上笑曰：『使先生自責，乃反自譽。』復賜酒一石，肉百斤，遺細君。」顔師古注：「細，小也。朔自比於諸侯，謂其妻曰小君。」

〔三〕「未免」二句：黄榦謁陸宣公祠於嘉興府學門外其二：「昏主亂時公尚爾，清朝平世合何如。」

〔四〕酒薄愁濃：陸游江陵道中作：「鄉遥歸夢短，酒薄客愁濃。」

〔五〕天星牢落：韓愈天星送楊凝郎中賀正：「天星牢落雞喔咿，僕夫起餐車載脂。」牢落，司馬相如上林賦：「牢落陸離，爛漫遠遷。」李善注引郭璞曰：「牢落陸離，群奔走也。牢落，猶遼落也。」

送别陳子執先生 時屬長公完婚東歸，託云公車北上。

七年頻送脂車轄〔一〕，怪我曾無祝望詞〔二〕。此别舉杯真拜賀，明春剪燭話離思。續刊文集爲官橐〔三〕，初印詩鈔是土宜〔四〕。北轍南轅成底事〔五〕，時人原不要渠知。

【箋　釋】

此詩作於康熙二年癸卯冬。

按，湘殷於順治十四年丁酉任石門教諭，至康熙二年冬整爲七年，故晚村詩中云云。先是康熙元年壬寅，晚村曾爲湘殷之古處齋詩集作序，故有「初印詩鈔是土宜」句。湘殷此次東歸，爲長子姬遠（據吴蓮洋蓮洋詩鈔卷七爲陳湘殷翁題畫五首詩自注「翁子姬遠，姬遠子友仲持畫册至鹿城索題」）完婚事。姬遠所聘之婦乃晚村之長女。湘殷祭吕晚村先生文：「予契友管襄指與君爲中表，謂予曰：『吕子有次女，曷不爲子子問名焉？』予欣然而君慨然。不幸君女夭，予愀然。襄指復令予問名於君之長女，予欣然而君復慨然。此以叙締婚之始末也。」（古處齋文集卷五）湘殷曾作北征詩，爲「自喻」之詞，即公車北上乃藉口而已，其復有癸卯冬同邑胡勖叔四明萬貞一俱有序予北征詩以謝之詩，詳述此事（見後）。

【資　料】

呂留良古處齋集序：竊嘗謂三百年來，詩文無作者，或曰：「是有故乎？」曰：「有。病坐制舉業。」「罪至此乎？」曰：「舉業無罪焉，學舉業者爲之也。」人之知識，如果核之有仁，而草木之有荄也。枝榦花葉，形色臭味，天性具足，雖妍醜萬態，莫不各有其生趣在焉。澤之以水露，治之以器鐵，厚之以垢壤，蒔壅不拂其性，光華爛然。反是，雖天性具焉，而生趣萎瘁矣，朽柎敗腐，蒸出芝菌，非朽敗之能爲芝菌也，養之者厚也。剪綵而綴之，一枝之間，而四時之花具，然而人不加賞者，其生趣絶，其性非也。今爲舉業者皆有俗格以限之，循是者曰中墨，稍異則否。雖有異人之性，必折之使就格。而其爲法則一之曰套，取貴人已售之文，句抄而篇襲焉，無隻字之非套也。以是而往試輒售，其爲力省，其見效速。父以是傳，師以是教，則靡然從矣。夫人之知識，必有所緣而生，而手筆隨之，生久益熟，熟乃成性，則不可復易也。唐康崑崙琵琶爲長安聲樂第一，而屈於段師善本，德宗令段師授康，段曰：「遣崑崙不近樂器十餘年，使忘其本領，然後可教耳。」套也者，三百年來文人之本領也，以此掇科目，獵榮譽，爲仕塗捷徑，蓋平生得力之處，雖魂夢間不能自忘也。且身既貴顯，職在清華，或素有文字名，諛客日進，輦金帛乞數言爲光寵，幸載名字，彼方哆然談文章，論得失，義不可辭，曰未嘗學也，又不可下問，則悍然爲之，於是始作詩古文辭，則又不知古人爲學之法，即有告之曰：「是當多讀書，深養氣，如柳子厚所謂取道之原，旁推交通，以爲之者。」彼將曰：「是老死具也。爲力省，見效速，吾故用吾法耳。」試以爲古文，則儼然周秦兩漢六朝唐宋矣；以爲詩，則儼然漢魏晉宋齊梁全唐矣。凡此皆可以套得之，則又就其中擇其名之最盛而易飾者套焉，文則必周秦漢也，詩則必漢魏盛唐也。立説既高，附和尤捷，流至今日，其焰益張，雖高人名士，禪客女子，無不翕然論體格，擬聲調，作煙火臺閣塵土酒肉語，云是正宗，遂牢不可破。此無他，天下庸夫多，而有志於學者寡，惟此可不讀書而能也。若曹固不足道，弘正嘉隆之間，名公迭起，得斯道之正者凡數大家，幾入韓歐之室矣，然以語神明變化，有難言者，則猶本領之未忘，舉業之累，於斯乃見耳。吾師陳湘殷先生，性情真古淡，與世接無畦町。兄柳津，弟有上、紫綺，各負才致，遂居湫廨，真率如一人。每置酒輒見召，亦時枉敝廬，呼酒命醉，出手指爭勝負爲歡笑，或竟醉卧齋榻不返者累日。當酒酣解衣脱幘，狂論迅發，座客皆愕眙相顧，先生獨不怪也，曰：「是真可與語。」因出古處齋集稿一卷，曰：「試爲我訂定之。」退而卒業，則天然爛熳，不假粉飾，而鏤肝琢腎，窅窅離離，無所不有，然又不可摘謂某首似某，某句調似某也。乃大驚曰：「是豈舉業家所得者？」先生笑曰：「吾爲舉業，亦未嘗解套人一字。」此真不拂其性，生趣爛然者矣。因自信「病坐舉業，舉業無罪」之説，於是乎益堅。然君且不以爲足，誦讀徹昏曉，嚮達行路，雖凝寒溽暑不間也，所手抄古今書等身者三四，不知其志願何！昔嘗問黄太沖：「浙以西人稱多慧，而學者每出南岸，何也？」太沖曰：「浙西之材，未十歲許，便能操觚，文與年進，至三十許而止，自是以後，則與年俱退亦如進，故日就銷落。吾地人差樸，然三十後正讀書始耳。」時竊震其言，今先生挺不世之才，無俗學本領之累，著作益上，而且益厚，其養如此，所云根茂者實遂，膏沃者光曄，將爲玉樹琪枝，丹葩瑶章，非人間恒有，又安可以常理測識哉！若某蒲柳之質，向未嘗有所進取，今又不自力學，行年三十有四矣，與年俱退，日就銷落，誠如所言，殆不自知其税駕也。雖天性具在，而生趣萎瘁，行蹈先聖不秀不實之歎，讀古處齋詩文，三復太沖斯語，能不瞿然悔懼歟？（吕晚村先生文集卷五）

陳祖法癸卯冬同邑胡勔叔四明萬貞一俱有序予北征詩以謝之：朔風西北起，霜高雁影孤。長帆連朝暮，絡繹上公車。嗟予獨何爲，閉户守蓬居。同學有胡子，抒詞壯行途。勉勉孝友言，惻惻動中乎。四明得萬子，筆墨以神符（偶代校文之役，闈中得萬子卷）。責以起衰任，中夜成唏嘘。平生良自揣，文行俱迂疏。燕臺信高敞，黄金耀天衢。五開三不上（予乙未、戊戌、己亥俱阻公車），此意徒自喻。生不逢漢世，名賢不我俱。治安與過秦，何從究根株。甲第春風麗，聊云畢讀書。父師幼提命，棄置同揶揄。敢以老拙客，新妝學村姝。謝子激情意，爲子陳須臾。同譜有張子，昔年同馳驅（謂康明，辛丑同予北上）。昂首向天路，風霜背蹇驢。至今九原下，不復學操觚。故鄉有美酒，相邀共歡娛。南轅而北指，吾乃未死徒。（古處齋詩集卷三）

【注　釋】

〔一〕脂車轄：左傳哀公三年：「校人乘馬，巾車脂轄。」楊伯峻注：「轄爲車軸兩頭之鍵，塗之以脂。古無機油，以動物脂肪代之，使車行滑利也。」

〔二〕祝望：許景衡與吴尚書：「顧被遇之深者，猶勤勤於祝望也。」

〔三〕「續刊」句：意謂湘殷官橐中僅有續刊之文集耳，言其廉潔也。官橐，王欽若册府元龜卷八五〇器量：「謝鯤，字幼輿……任達不拘，尋坐家僮取官橐，除名。」王世貞壽舊幕僚宜興吴君六十：「攝邑貽邑思，辭官鮮官橐。」

〔四〕土宜：此指土産。周密武林舊事西湖游幸：「至於果蔬、羹酒、關撲、宜男、戲具、鬧竿、花籃、畫扇、綵旗、糖魚、粉餌、時花、泥嬰等，謂之湖中土宜。」顧禄桐橋倚棹録虎丘耍貨：「雖俱爲孩童玩物，然紙泥材木治之，皆成形質，蓋手藝之巧有遷地不能爲良者，外省州縣多鬻於是，又游人之來虎丘者，亦必買之歸以悅兒曹，謂之土宜。」

〔五〕北轍南轅：戰國策魏策：「魏王欲攻邯鄲，季梁聞之，中道而反，衣焦不申，頭塵不去，往見王曰：『今者臣來，見人於大行，方北面而持其駕，告臣曰：「我欲之楚。」臣曰：「君之楚，將奚爲北面？」曰：「吾馬良。」臣曰：「馬雖良，此非楚之路也。」曰：「吾用多。」臣曰：「用雖多，此非楚之路也。」曰：「吾御者善。」此數者愈善，而離楚愈遠耳。今王動欲成霸王，舉欲信於天下。恃王國之大，兵之精銳，而攻邯鄲，以廣地尊名。王之動愈數，而離王愈遠耳。猶至楚而北行也。』」

送陳紫綺東歸寄柳津有上

師友淵源一室傳，羨君才豔出天然。新詩漸脱淞江社〔一〕，宿習還參臨濟禪〔二〕。雪裏鈔書愁墮指，醉餘留客戰空拳。計歸正值臘醅熟，弟勸兄酬過舊年〔三〕。

【箋　釋】

此詩作於康熙二年癸卯冬。

按，據前同黄九煙陳湘殷陳紫綺吴孟舉諸子集東莊梅花下聯句醉歸仍分賦五首詩所考：紫綺，老二；柳津，老大；有上，老六。陳氏兄弟，篤於孝悌，吴蓮洋有詩詠之曰：「葦照明霞秋水平，相呼相應趁和鳴。同居個個無猜忌，真是人間好弟兄。」（爲陳湘殷翁題畫五首之一）蓋早聞於士林間者矣。

【注釋】

〔一〕淞江社：或指幾社文風而言。朱彝尊靜志居詩話：「徐孚遠字闇公，松江華亭人。崇禎壬午舉人。先生達齋侍郎之裔，太師文貞公族孫。與臥子、彝仲、勒卣輩六人倡幾社於雲間，切劘今古，文詞傾動海内。」又：「陳子龍字人中，更字臥子，青浦人。崇禎丁丑進士。除惠州推官。丁憂服除，補紹興。舉廉卓天下第一。升吏部主事，改兵科給事中。王李教衰，公安之派浸廣，竟陵之燄頓興，一時好異者譸張爲幻。關中文太青倡堅僞離奇之言，致删改三百篇之章句。山陰王季重寄謔浪笑傲之體，幾不免緑衣蒼鶻之儀容。如帝釋既遠，脩羅、藥叉交起摶戰；日輪就瞑，鵂子、鴟母四野群飛。臥子張太陰之弓，射以枉矢，腰鼓百面，破盡蒼蠅蟋蟀之聲。其功不可泯也。觀其與李、宋二子選明人詩，自序略云：『一篇之收，互爲諷詠；一韻之疑，互相推論。攬其色矣，必準繩以觀其體；符其格矣，必吟誦以求其音；協其調矣，必淵思以研其旨。於是郊廟之詩肅以雝，朝廷之詩宏以亮，贈答之詩温以遠，山藪之詩深以邃，刺譏之詩微以顯，哀悼之詩愴以深。使聞其音而知其德，省其辭而推其志。』先生之論詩，知所本矣。」又王士禛古夫于亭雜録卷五：「顧大甲，本名鏞，字震雉，號見山，善丹青，尤工設色。爲詩精深華妙，兼有寄託，在松江派中大樽之下，諸人之上。」

〔二〕臨濟禪：禪宗南宗五家（臨濟、雲門、潙仰、法眼、曹洞）之一。唐朝河北臨濟院義玄禪師創立，故名臨濟宗。黄宗羲蘇州三峰漢月藏禪師塔銘：「釋氏之學，南岳以下幾十幾世，青原以下幾十幾世，臨濟、雲門、潙仰、法眼、曹洞五宗，皆繫經語緯，奔蜂而化藿蠋，越雞而伏鵠卵，以大道爲私門。」

〔三〕舊年：釋普濟五燈會元卷八「洪州建山澄禪師」：「問：『故歲已去，新歲到來，還有不受歲者也無？』師曰：『作麽生？』曰：『恁麽則不受歲也。』師曰：『城上已吹新歲角，窗前猶點舊年燈。』曰：『如何是舊年燈？』師曰：『臘月三十日。』」

歲除雜詩 十首

常説年難過，今年分外難。市門添藥帳，佃户減租單。債到冬逾急，愁因多反寬。恐傷良友意，不忍道飢寒。孟舉、自牧濟予困急甚至。

小時懷獻節〔一〕，屈指算寒天。老怕逢除夕，窮思罷半年。兒號買花鼓，婦促贖芳鈿。我看渾閒事，渠愁復可憐。

送竈朝真闕①，憑君奏至尊。二十四日祠竈，曰送竈。云上天奏人家一年美惡。言臣不奉詔，勸帝且停樽。□□終當惜，□□豈足存。明年知報可，伏候降朱旛。

掃塵迎玉帝，比户聖躬勞。果爾親纖細，懸知長桀驁。廿四日掃塵，玉帝以廿五日巡行人家，是日奉佛齋。芋羹調臘粥，芥汁印年糕。婦子精誠在，皇天鑑汝曹。

壯歲悠悠度，殘年得得來。未聞天意轉，又見歲星回②。雞豕魂投俎，金錢骨作灰。九州多此象，細物詎須哀。

雞强知天曙，人偏記歲除。安能俱混沌，不復見盈虛。慘澹明州信，荒涼剡曲書〔二〕。平時憂迫索，此際更何如。太沖、晦木、旦中書，道近狀益困。

荒歲盎無粟〔三〕，人都慶羅平。平還須價值，荒豈免科征。貴賤知何益，凶豐望亦輕。黄金如可作，四海奉文成〔四〕。

平生無惡緒，惡緒忽斯時。剥琢聲先厲〔五〕，支梧語益卑〔六〕。牌猶前太歲〔七〕，門是舊鍾馗〔八〕。節到如何辦，麻鞵笑爾癡。

浩浩市聲合，荒荒窗影斜。閒看忙可羡，窮算醜難遮。節盒因醫受，春盤倚欠賒〔九〕。比鄰簫鼓鬧，勸酒上花枷。俗酬鬼神，主人戴枷囚服，親朋酌酒勸之。上枷，名花枷願。

節序尋常過，愁煎此獨頻。不知誰氏臘〔一〇〕，别作一家春〔一一〕。醫廢終年學，書堆滿屋貧。生慚皇甫謐〔一二〕，猶得讀經旬。

【校　記】

①朝真闕　釋略本、詩稿本、管庭芬鈔本、萬卷樓鈔本同，嚴鈔本、怡古齋鈔本、張鳴珂鈔本作「歸天上」。張鳴珂鈔本校曰：「一作『朝真闕』。」

②歲　原闕，嚴鈔本、釋略本、怡古齋鈔本、管庭芬鈔本、張鳴珂鈔本同，據詩稿本、萬卷樓鈔本補。

【箋　釋】

此詩作於康熙二年癸卯臘月底。

按，晚村孟舉以詩贈山繭紬次韻答之詩已有「殊難撑拄過凶年，遑問寒無坐客氊」之感慨，因凶年，故佃户縮減租單，則年終之收入必然退減不少。從「婦促贖芳鈿」語中，可以看出晚村當時窘困之狀，然而爲不傷朋友之厚意，即便飢寒，亦弗爲道及。此數年間，晚村常得孟舉之饋贈（見後），蓋孟舉、自牧較晚村爲殷實，時濟之，是知此時晚村家産並不多，由此可想而知。且孟舉於是年歲暮亦有詩，僅詩中所言，情況與之大異。太沖、晦木、旦中來書亦道飢貧，蓋平時之「迫索」已屬不少，今逢荒年，又豈得「免科征」乎？

晚村之學醫，爲取值也；卻復生「生慚皇甫謐」之心，則讀書與學醫之間，實有其兩難之處。及晚村最終棄醫向道、不爲懸壺之事，已是衣食無憂之時。故士大夫必先養其生，然後可以言禮，此自古而難，況處乎易代之際者也。

【資　料】

吴之振歲暮雜詩六首：世事相驅使，殘年不放閒。官租忙似火，詩債積如山。母病支床泣，兒嬌索栗頑。滿盤堆酒果，難得醉時顔。

驅疫緣常例，儺儺意未闌。莫嫌塗面目，還著舊衣冠。鬼亦看爲戲，人猶號作官。憐渠升斗志，今日減盤飧。

歲暮留難住，渾如赴壑蛇。癡獃論擔買，問學隔年賒。酒引懵騰夢，梅開冷落花。殘燈挑未盡，街市已喧嘩。

故事剛相值，椒盤自阿戎。鯿魚飛鱠白，臘酒潑缸紅。重子殷勤意，還存古厚風。相違只里許，猶恨各西東。

分歲無他祝，惟祈老者安。未能開笑口，暫得放眉端。擊鼓催年去，哦詩盡夜闌。妻孥不解事，猶報鵲聲乾。（黄葉村莊詩集卷一。詩題有「六首」，實存詩五首）

吕留良與吴孟舉書：兄處參乞再發數錢，價奉上，幸如數與之，勿自貶損也。（吕晚村墨蹟，後同）

又：承惠佳葛，頃已命良工製衣，服之無斁，以志明德。弟賤軀頗長，尚少三尺許，外間無從覓配，敢爲無□之請，如何？

又：佳茗之惠，謝謝。刻事得果，真吾道一大盛事，古人有知，其感激當何如也！

又：以市中無廣葛，故煩爲覓取耳。乃覺叨尊惠則奉託盡爲索賜矣。愳何如之？然吾兄意重，又不可卻，謹拜登，容面領也。

又：數載知交，極荷厚雅，自愧無所仰裨，故不敢復受館穀耳，況敢高卧而受無功之禄耶？尊意則心志之，尊帖當面時繳還也。

又：日來頗有所用，無以枝梧，皇皇汲汲，神思無一刻寧快，所不敢對吾兄言者，以兄愛弟切，有請必應，叨惠良多，恐事有難繼，反傷鮑子之心也。不謂吾兄已窺之於微，頃承尊諭，真感骨肉之愛，但弟自揣不當受之無藝，亦非全交禮意，謹以室中雜玩呈請，倘有可取者，留用以濟所需，受□實多矣。如蒙俞允，方敢乞領耳。

又：道翁損囊贈友，有加無已，即求之古人中不概見，弟何幸得之於吾兄也。當即致晦老，其感激則弟鐫之五臟矣。非可立謝。

産户執照：嘉興府石門縣爲欽奉上論事，蒙本府憲帖，蒙按察司憲牒，奉總督部院管巡撫事程案驗，準刑部咨開：呂留良名下家産房屋，應令該督作速照估變價，以濟本省工程之用可也。爲此令咨前去，查照施行等因到部院，準此行司到府下縣，蒙此遵經出示召買在案。今據□□縣□□都□□圖□□莊村居住産户王永增繳價承買呂留良名下東二都十二圖龍字圩入官田拾陸畝，地共伍畝，除將原估價銀陸拾陸兩玖錢貯庫、造册、詳報外，合給印照執業。爲此照給本户收執管業，歸户辦糧，儻有經差藉端滋擾，許即禀究，決不寬宥。須至執照者。右執照給産户王永增準此。雍正十三年三月□□日。正堂□□石字第陸拾肆號。（褚謹翔清雍正變賣呂留良田産執照，載文物一九八〇年第三期）

按，此呂案後部分房屋田地變賣之情況。

【注釋】

〔一〕獻節：李昉太平御覽卷一七歲除引董思恭詩：「歲陰窮暮紀，獻節啟新芳。冬盡今宵促，年開明日長。冰消出鏡水，梅散入風香。對此歡經宴，傾壺待曙光。」

〔二〕剡曲：即剡溪之曲。辛文房唐才子傳卷一賀知章：「詔賜剡溪一曲，以給漁樵。」剡溪在剡縣，此處泛指，代指黃宗羲所居。黃宗羲山居雜詠：「重來剡曲結茅茨，去舍原無一頓時。」

〔三〕盎無粟：陶淵明歸去來兮辭序：「余家貧，耕植不足以自給，幼稚盈門，瓶無儲粟。」

〔四〕「黃金」二句：司馬遷史記卷一二孝武本紀：「天子既誅文成後，悔恨其早死，惜其方不盡。及見欒大，大悦。大爲人長美，言多方略，而敢爲大言，處之不疑。大言曰：『……臣之師曰：黃金可成，而河決可塞，不死之藥可得，仙人可致也。臣恐效文成，則方士皆掩口，惡敢言方哉？』」

〔五〕剥琢：即剥啄。韓愈剥啄行：「剥啄剥啄，有客至門。」陸游睡起遣懷：「客來剥啄唤不應，一味人間占閒退。」

〔六〕支梧：即支吾、枝梧。馮夢龍古今小説李秀卿義結黃貞女：「日則同食，夜則同卧，如此三年，英台衣不解帶，山伯屢次疑惑盤問，都被英台將言語支吾過了。」

〔七〕太歲：指太歲牌，即刻有流年星君名諱之符牌。癸卯太歲爲皮時將軍，六十甲子神之一。

〔八〕鍾馗：祝穆古今事文類聚前集卷六「夢鍾馗」：「明皇開元講武驪山，翠華還宫，上不悦。因痁疾作，晝夢一小鬼，衣絳，犢鼻，跣一足，履一足，腰懸一履，搢一筠扇，盗太真繡香囊及上玉笛，繞殿奔戲上前，上叱問之，小鬼奏曰：『臣乃虚耗也。』上曰：『未聞虚耗之名。』小鬼奏曰：『虚者，望空虚中盗人物如戲；耗，即耗人家喜事成憂。』上怒，欲呼武士。俄見一大鬼，頂破帽，衣藍袍，繫角帶，靸朝靴，徑捉小鬼，先刳其目，然後擘而啖之。上問大者：『爾何人也？』奏曰：『臣終南山進士鍾馗也。因武德中應舉不捷，羞歸故里，觸殿階而死。是時奉旨賜緑袍以葬之，感恩發誓與我王除天下虚耗妖孽之事。』言訖，夢覺，痁疾頓瘳。乃詔畫工吴道子，曰：『試與朕如夢圖之。』道子奉旨，恍若有睹，立筆成圖，進呈。上視久之，撫几曰：『是卿與朕同夢耳。』賜以百金。」（出唐逸史）

〔九〕春盤：舊時風俗，立春日以韭黄、果品、餅餌等簇盤爲食，稱春盤。杜甫立春：「春日春盤細生菜，忽憶兩京梅發時。」

〔一〇〕誰氏臘：范曄後漢書卷七六陳寵傳：「時三子參、豐、欽皆在位，乃悉令解官，父子相與歸鄉里，閉門不出入，猶用漢家祖臘。人問其故，咸曰：『我先人豈知王氏臘乎！』」李賢注：「應劭風俗通曰：共工之子好遠游，死爲祖神，漢家火行，盛於午，故以午日爲祖也。臘者，歲終祭衆神之名。臘，接也。新故交接，故大祭以報功也。漢火行衰於戌，故臘用戌日也。」彭孫貽春前一日：「幽客不知誰氏臘，寒梅開後即爲春。」

〔一一〕「别作」句：黄庭堅次韻答學者：「筆下倒傾三峽水，胸中别作一家春。」

〔一二〕皇甫謐：房玄齡晉書卷五一皇甫謐傳：「皇甫謐，字士安，幼名静，安定朝那人。……年二十，不好學，游蕩無度，或以爲癡。嘗得瓜果，輒進所後叔母任氏。任氏……歎曰：『昔孟母三徙以成仁，曾父烹豕以存教，豈我居不卜鄰，教有所闕，何爾魯鈍之甚也！修身篤學，自汝得之，於我何有！』因對之流涕。謐乃感激，就鄉人席坦受書，勤力不怠。居貧，躬自稼穡，帶經而農，遂博綜典籍百家之言。沉靜寡欲，始有高尚之志，以著述爲務，自號玄晏先生。……耽玩典籍，忘寢與食，時人謂之『書淫』。……歲餘，又舉賢良方正，並不起。自表就帝借書，帝送一車書與之。謐雖羸疾，而披閱不怠。……濟陰太守蜀人文立，表以命士有贄爲煩，請絶其禮幣，詔從之。謐聞而歎曰：『亡國之大夫不可與圖存，而以革歷代之制，其可乎！夫束帛戔戔，易之明義，玄纁之贄，自古之舊也。故孔子稱夙夜强學以待問，席上之珍以待聘。士於是乎三揖乃進，明致之難也；一讓而退，明去之易也。若殷湯之於伊尹，文王之於太公，或身即莘野，或就載以歸，唯恐禮之不重，豈吝其煩費哉！且一禮不備，貞女恥之，況命士乎！孔子曰：「賜也，爾愛其羊，我愛其禮。」棄之如何？政之失賢，於此乎在矣。』」

甲辰一日 二首

書法先王後有正〔一〕，於今何處問春蓂〔二〕。廿年不檢戊申曆，一日剛占甲子經。是日爲甲子。
髮更添栽霜片白，草仍舊發燒痕青〔三〕。雲龍鬬野猶論讖〔四〕，敢怪癡兒暗裏聽。

壓城黄霧曉初開〔五〕，子姪分班賀節來。受拜漸多行輩少，稱呼驟老汝曹催。桃花紅白隔年飯，歲朝不炊煮，即用除夕飯，名隔年飯。雜用紅白米，曰桃花。柏葉青醲十月醅〔六〕。十月白，酒之清冽者。可惜耗磨閒歲月，圍爐倚醉撥殘灰。

【箋　釋】

此詩作於康熙三年甲辰正月初一。

按，此詩大有深意在。蓋明朝建國之年，歲次戊申，故此處所謂「戊申曆」者，實指明朝曆朔。而是年「甲子」之日，亦爲清朝曆朔之正月初一，則此日或爲晚村以清曆紀時之始。所謂「甲子經」，本陶淵明「義熙以前，則書晉氏年號；自永初以來，唯云甲子」之意，明遺民抱「亡天下」之恨，故紀年多此書法，林蘭菴「從今書甲子，莫錯義熙年」（蠡城偶述），亦此意也。

【注　釋】

〔一〕書法：左傳宣公二年：「孔子曰：『董狐，古之良史也，書法不隱。趙宣子，古之良大夫也，爲法受惡。惜也，越境乃免。』」杜預注：「不隱盾之罪。」先王後有正：左傳隱公元年：「春，王正月。」公羊傳：「曷爲先言王而後言正月？王正月也。」

〔二〕春蓂：李昉太平御覽卷四天部引帝王世紀：「堯時有草夾階而生，每月朔日生一莢，至月半則生十五莢，至十六日後，日落一莢，至月晦而盡。若月小，餘一莢。王者以是占曆。唯盛德之君，應和氣而生，以爲堯瑞。名曰蓂莢，一名曆莢，一名瑞草。」

〔三〕「草仍」句：白居易賦得古原草送别：「離離原上草，一歲一枯榮。野火燒不盡，春風吹又生。」

〔四〕雲龍鬬野：范曄後漢書卷一光武帝紀：「光武在長安時，同舍生强華自關中奉赤伏符曰：『劉秀發兵捕不道，四夷雲集龍鬬野，四七之際火爲主。』」

〔五〕「壓城」句：李賀雁門太守行：「黑雲壓城城欲摧，甲光向月金鱗開。」

〔六〕「柏葉」句：即柏葉酒。古時風俗，以柏葉浸酒，元旦共飲。應劭漢官儀卷下：「正旦，飲柏葉酒上壽。」十月白，汪琬飲酒作：「床頭十月白（吴下村酒名），其味差不薄。」

新歲雜詩　八首

夜來愁促迫，晨起笑將迎〔一〕。那有星霜隔，徒令面目更。爆稀知歲儉，門鬧爲天晴。歡喜無多日，漕軍又派徵〔二〕。

間阻朝正使，猶深杜甫悲〔三〕。請看□賀□①，豈是□□儀。里長□□拜②，□書寫□辭。□牌仍□物，安用不祥爲③。

雨點花腔急，雷轟竹爆幽。曾爲當日樂，並作此時愁。經紀窮方學，鋒鋩老漸收。自非桃李徑〔四〕，太歲敢來游。

敬展先人像，珠傾兩眼酸。女奴論相貌，童穉詑衣冠。直爲書年異，翻令讀祝難。子孫餘九死，猶是祖遺安〔五〕。

接竈歸廚下〔六〕，迎天置屋中〔七〕。哭庭殊不遠〔八〕，排闥可能通〔九〕。如許□□辟④，何難□□童。敢當伊□任，策馬願□宮。

俗禮村婆設，田占野老聞。懶便除地禁，元日及三日，例禁掃除。貧省供天文。供天有柏枝、蔥花諸物，今删之。雜俎魚盈寸，鈎挑薺作斤〔一〇〕。辛盤同一飽〔一一〕，珍饌復何分。

買癡差得計〔一二〕，賣困豈良方〔一三〕。儻廢一春睡，難禁終日狂。彭亨撑肚酒〔一四〕，繚戾膠牙糖〔一五〕。且逐兒童隊，沿門致語忙。

汎掃南陽舍，窗槅帶屋斜。桑條除蟥子〔一六〕，竹箔照蠶花。路要重開闢，籬休小補遮。從來薄生産，此意豈爲家。

【校記】

①賀□　萬卷樓鈔本作「□賀」。

②里　萬卷樓鈔本作「理」。

③不　原闕，釋略本、詩稿本、怡古齋鈔本、張鳴珂鈔本、萬卷樓鈔本同，據嚴鈔本、管庭芬鈔本補。

④ 辟 萬卷樓鈔本作「壁」。

【箋釋】

此詩作於康熙三年甲辰正月。

按，此與歲除雜詩、甲辰一日數詩，皆寫當地風俗，極爲貼切。然又處處滲透着不忘故朝之思，如「詑衣冠」、「書年異」諸事，猶爲耿耿。

至於其先人遺像，今不存，迨晚村卒後九年即康熙三十一年壬申，徐方虎至南陽村莊，猶瞻觀晚村及其先人遺像，曾有詩紀之。

【資料】

徐倬無黨招飲南陽村莊出晚村遺照及先賢像相視復細觀便面墨蹟：鬣忙天氣麥秋時，尚肯留賓把酒卮。春草不荒楊子宅，斜陽猶戀習家池。高冠博帶風流在，卧虎跳龍手澤遺。重向墟頭尋昔夢，江山文藻不勝悲。（道貴堂類稿鼓缶集）

【注釋】

〔一〕將迎：莊子知北游：「顔淵問乎仲尼曰：『回嘗聞諸夫子曰：無有所將，無有所迎。回敢問其游。』仲尼曰：『古之人外化而内不化，今之人内化而外不化。與物化者，一不化者也。安化安不化，安與之相靡，必與之莫多。……聖人處物不傷物，不傷物者物亦不能傷也。唯無所傷者，爲能與人相將迎。』」郭璞注：「直無心而恣其自化耳，非將迎而靡順之。不將不迎，則足而止。無心故至順，至順故能無所將迎。」王安石上仁宗皇帝言事書：「若夫迎新將故之勞，緣絶簿書之弊，固其害之小者，不足悉數也。」

〔二〕漕軍：孫承澤春明夢餘録卷三七：「漕軍：軍旗十二萬一千七百一十一名，每一船十人，一人運正米三十七石，分倉收貯，共封識之。中推一老成者綱領之，謂之綱司；次綱司者，又有攔頭、扶柁二人，相協持之，旗甲則管領之。凡出納必同悉於綱司籍記之，餘則共利，少則共償，其嬴縮利害亦同也。以故交兑無虚會之弊，沿途無盜賣之失，而運於是乎興矣。今也兑納皆旗甲一人，衆則惟任撑駕，利害毫不相關，甚至一船皆傭倩無籍之夫，以數百石之米付之一人，此運之所以敝也。是何也？各處月糧不給軍，日貧乏故也。雖有殷實在伍，百法避之，而領運之官營營自私，此運法日敝而不可復也。」

〔三〕「間阻」二句：左傳文公四年：「昔諸侯朝正於王，王宴樂之。於是乎賦湛露，則天子當陽，諸侯用命也。」杜預注：「朝而受政教也。」杜甫元日寄韋氏妹：「近聞韋氏妹，迎在漢鍾離。郎伯殊方鎮，京華舊國移。秦城回北斗，郢樹發南枝。不見朝正使，啼痕滿面垂。」

〔四〕桃李徑：班固漢書卷五四李廣傳：「桃李不言，下自成蹊。」顔師古注：「蹊，謂徑道也。言桃李以其華實之故，非有所招呼，而人爭歸趣，來往不絶，其下自然成徑，以喻人懷誠信之心，故能潛有所感也。」

〔五〕遺安：范曄後漢書卷八三逸民列傳：「（劉）表指而問曰：『先生苦居畎畝而不肯官禄，後世何以遺子孫乎？』龐公曰：『世人皆遺之以危，今獨遺之以安，雖所遺不同，未爲無所遺也。』」

〔六〕接竈：耿維祜道光石門縣志卷二三風俗：「（正月）四日，設粉餌祀竈，謂之接竈。」

〔七〕迎天：耿維祜道光石門縣志卷二三風俗：「元旦夙興，陳香燭，具拜天地群神，謂之接天。」

〔八〕哭庭：左傳定公四年：「申包胥如秦乞師……秦伯使辭焉，曰：『寡人聞命矣，子姑就館，將圖而告。』對曰：『寡君越在草莽，未獲所伏，下臣何敢即安。』立依於庭牆而哭，日夜不絶聲，勺飲不入口七日。秦哀公爲賦無衣，九頓首而坐。秦師乃出。」王安石祭高師雄主簿文：「我始寄此，與君往還。於時康定，慶曆之間。愛我勤我，急我所難。日月一世，疾於跳丸。南北幾時，相見悲歡。去歲憂除，追尋陳跡。淮水之上，冶城之側。握手笑語，有如一昔。屈指數日，待君歸舲。安知彌年，乃見哭庭。維君家行，可謂修飭。如其智慧，亦豈多得。垂老一命，終於遠域。豈唯故人，所爲歎惜。撫棺一奠，以告心惻。尚饗。」

〔九〕排闥：司馬遷史記卷九五樊酈滕灌列傳：「先黥布反時，高祖嘗病甚，惡見人，卧禁中，詔户者無得入群臣。群臣絳、灌等莫敢入。十餘日，噲乃排闥直入，大臣隨之。」張守節正義：「闥，宫中小門。」

〔一〇〕薺作斤：高力士感巫州薺菜：「兩京作斤賣，五溪無人采。」

〔一一〕辛盤：龐元英文昌雜録卷三：「唐歲時節物，元日則有屠蘇酒、五辛盤、咬牙餳，人日則有煎餅，上元則有絲籠。」耿維祜道光石門縣志卷二三風俗：「立春前一日……人家延客作春餅，蓋古辛盤遺意。」

〔一二〕買癡：夏良勝除夕和石江韻：「買癡作白眼，把酒問青天。」

〔一三〕賣困：陸游歲首書事：「呼盧院落譁新歲，賣困兒童起五更。」原注：「立春未明，相呼賣春困，亦舊俗也。」

〔一四〕彭亨：李昉太平御覽卷七二〇方術部引高湛養生論：「王叔和，高平人也。博好經方，洞識攝生之道，嘗謂人曰：『食不欲雜，雜則或有所犯，當時或無災患，積久爲人作疾，尋常飲食，每令得所，多飡令人彭亨短氣，或致暴疾。』」

〔一五〕膠牙糖：李昉太平御覽卷二九時序部引荆楚歲時記：「元日服桃湯。桃者，五行之精，厭伏邪氣，制百鬼。今人進屠蘇酒，膠牙餳，蓋其遺事也。」注：「膠牙者，蓋以使其牢固不動，今北人亦如之，熬麻子、大豆，兼糖散之。」白居易七年元日對酒：「三杯藍尾酒，一楪膠牙餳。除卻崔常侍，無人共我爭。」

〔一六〕蟥子：羅願爾雅翼卷二七釋蟲：「螟……今食苗心者，乃無足小青蟲，既食其葉，又以絲纏集衆葉，使穗不得展，江東謂之蟥蟲。音若横逆之横，言其横生又能爲横災也。然按蝗字通有横音，以爲物雖不同，皆害稼之屬也。」

喜高虞尊事解過話 四首

兩載羈囚出土扉，一朝執手淚沾衣。直疑魂向天邊返，豈止身從塞外歸。著作益工心血在，形骸不改鬢毛非。野田羅網何須密，黄雀今知斂翼飛〔一〕。

巖傾幽桂鳳巢崩〔二〕，魚服横波龍挂罾〔三〕。幾擬哭君江畔石，豈期對我榻前燈。飽看死法莫須有〔四〕，群怪生還得未曾。多少才人無脊骨，此中錯鑄放參僧〔五〕。

追尋往事一愴然，臨水登山枉十年。眼底墨花開望處，虞尊病目，幾廢。頂中雪片落愁邊。治經土室門生記，得句圜牆獄吏傳。患難風流原不減，琅當爭笑老癡顛。獄中集禮經，作詩甚多。

歸來破屋滿生春，無食無衣也不貧。舉世死爲青冢骨〔六〕，輸君生入玉關人〔七〕。藏書散失沿門乞，有募書疏。家具亡多聚族輪。白酒莫辭頻入手，皇天留取不貲身〔八〕。

【箋釋】

此詩作於康熙三年甲辰正月初七日。

按，嚴鴻逵釋略曰：「高名宇泰，鼓峰之從子。父名斗樞，號玄若，甲申三月以僉都巡撫陝西，因駐鄖陽，堅守年餘，力絀而潰。虞尊，其長子，篤於志節。壬寅間囚非室兩載，治經作詩，悠然自得。久之乃釋，亦無歡容，越人呼爲『大孟浪』云。」據全謝山高宇泰傳：「自東江建國，繼以滃洲，又繼以林門，吾鄉志士如雲，然千磨百折歷萬死未有如先生之困者，而先生則曰：『吾心無日不在牢獄中也。』蓋其倔强至死不變，其可謂之大丈夫矣。」（續甬上耆舊詩卷四二）高斗樞傳：「壬寅，宇泰復被逮。三年其獄未解，公復錮於私室。已而卒得脱，論者以爲有天幸焉。」（續甬上耆舊詩卷九）

虞尊此次出獄，晚村實曾爲之奔走，全謝山所謂「蒼水之死，隱學之出獄，莊生皆大有力焉」（續甬上耆舊詩卷四一高斗魁傳）,當指此次之出獄。故虞尊一獲釋,即往語溪晤謝,晚村作詩四首贈與之,虞尊亦和之以四詩。

【資料】

高宇泰卯臘得暫出獄次年春人日輒往語水晤吕及甫和其所贈詩四律:自從風雨款君扉,九死旋經挂赭衣。援手幸留餘息在,招魂更藉片詞歸。相逢尚喜留心舊,似夢還疑覿面非。話到此身無著處,棲烏叫徹夜霜飛。

已悲川竭與山崩,底事漁人復密罾。南國幸留枯淚眼,故人重對濁油鐙。倦思息影今還未,痛斥逃禪舊亦曾。但有一端須學得,沿門乞食好同僧。

故人門巷自依然,脱死重來又五年。勞苦平生寧易盡,艱難涕淚更無邊。已拚辱賤爲時棄,尚冀聲名得子傳。願借此間片隙地,狂歌痛哭逞風顛。

嗟哉幽谷不回春,敢説身貧道不貧。世盡絶交論裏客,君兼游俠傳中人。高深陵谷仍同席,翻覆戈矛似轉輪。憶子年前重感涕,下塘風雪一孤身。（續甬上耆舊詩卷四二）

按,續甬上耆舊詩於虞尊和作之前録原作,即晚村此四詩也,字偶有異。而虞尊詩題所和者爲吕及甫,及甫乃晚村姪愿忠,情事不合,當爲獄案後所改。

陸嘉淑壽高虞尊:索句懷人好自寬,葛巾芒履且盤桓。閑尋鷗鷺褰裳出,自牧雞豚倚杖看。

碧海波瀾縈枕簟，紫芝儔侶識衣冠。憑君手護中丞柏，猶有棲烏起夜闌。（辛齋遺稿卷一二）

高斗樞宇泰爲蒼水張公繫武林三年未釋而公已被縶慨賦：三度金風涕淚飄，幽囚盼斷武林遥。累經涼燠憐猶縶，久鬱雲雷恨未消。浩劫難扶昌籙起，孤生徒與禍羅招。廿年勞苦渾成夢，痛哭無從問碧霄。（續甬上耆舊詩卷九）

高斗樞喜宇泰脱獄歸：三年幽圄嬰荼毒，此日江門返客槎。天意將新赤帝曆，海隅不殄舊臣家。聊依丘壑觀時變，莫向河山怨歲華。獨坐高樓逢霽雪，寒香且嗅絳梅花。（續甬上耆舊詩卷九）

李鄴嗣高隱學生還喜晤：摩挲雙老眼，辨久語方聞。地上猶遺我，人間不殺君。重傳杜甫句，虚覓孟家文。悲喜相攜後，還招未定魂。（續甬上耆舊詩卷五三）

李鄴嗣贈高隱學：吐心落落見天真，似汝襟期果軼倫。蒿没徑中常謝客，雪埋户外不干人。山房自識枯藤杖，野席新推老幅巾。爲問周旋誰更舊，柴桑媚好有萊民。

先生風趣擬柴桑，束帶衡門歲月長。但見落英無魏晉，不須高卧有羲皇。偶因名酒過鄰曲，日放南山入草堂。一自詞成歸去後，六朝方許擅文章。（續甬上耆舊詩卷五三）

【注　釋】

〔一〕斂翼飛：周易明夷：「初九，明夷于飛，垂其翼。」項安世注：「斂翼而下飛者，避禍之象也。」

〔二〕「巖傾」句：司馬遷史記卷四七孔子世家：「覆巢毁卵，則鳳凰不翔。」孟郊覆巢行：「荒城古木枝多枯，飛禽嗷嗷朝哺雛。枝傾巢覆雛墜地，烏鳶下啄更相呼。陽和發生均孕育，鳥獸有情知不足。枝危巢小風雨多，未容長成已先覆。靈枝珍木滿上林，鳳巢阿閣重且深。爾今所託非本地，烏鳶何得同爾心。」

〔三〕「魚服」句：劉向説苑卷九正諫：「吴王欲從民飲酒，伍子胥諫曰：『不可。昔白龍下清泠之淵，化爲魚，漁者豫且射中其目，白龍上訴天帝，天帝曰：當是之時，若安置而形？白龍對曰：我下清泠之淵，化爲魚。天帝曰：魚，固人之所射也，若是，豫且何罪！夫白龍，天帝貴畜也；豫且，宋國賤臣也。白龍不化，豫且不射。今棄萬乘之位，而從布衣之士飲酒，臣恐其有豫且之患矣。』王乃止。」

〔四〕莫須有：脱脱宋史卷三六五岳飛傳：「獄之將上也，韓世忠不平，詣檜，詰其實。檜曰：『飛子雲與張憲書雖不明，其事體莫須有。』世忠曰：『莫須有三字，何以服天下？』」宋史記載或有誤，朱彝尊曾論其非。朱彝尊宋學士院中興紀事本末跋：「中興紀事本末，七十六卷，學士院經進，始建炎元年五月，至紹興二十年十二月。南渡君臣時政，詳於徐夢莘三朝北盟會編、李心傳建炎以來朝野雜記。兹編紀載有出二書之外者，可以資考證也。所載岳鄂王獄具：秦檜言『飛子雲與張憲書不明，其事體必須有』，韓蘄王爭曰『相公必須有三字，何以使人甘心』。惟徐自明宰輔編年録同之，今群書皆作『莫須有』，恐未若二書之得其實也。」

〔五〕放參：吴偉業靈岩繼起和尚應曹村金相國請住虎丘祖席：「居然歌舞地，人爲放參來。」

〔六〕青冢：昭君墓，此處代指關外。杜甫詠懷古跡五首其三：「一去紫臺連朔漠，獨留青冢向黄昏。」陳淘關山月：「青冢曾無尺寸歸，錦書多寄窮荒骨。」

〔七〕生入玉關：范曄後漢書卷四七班梁列傳：「（班）超自以久在絶域，年老思土，十二年上疏曰：『……

臣超犬馬齒殲，常恐年衰，奄忽僵仆，孤魂棄捐。昔蘇武留匈奴中，尚十九年；今臣幸得奉節帶金銀護西域，如自以壽終，屯部誠無所恨，然恐後世或名臣爲没西域，臣不敢望到酒泉郡，但願生入玉門關。臣老病衰困，冒死瞽言，謹遣子勇隨獻物入塞。及臣生在，令勇目見中土。』」李賢注：「玉門關，屬敦煌郡，今沙州也，去長安三千六百里。關在敦煌縣西北酒泉，今肅州也，去長安二千八百五十里也。」劉克莊方鐵菴：「詔以南伯，鎮於西山。心竊喜兄，生入玉關。」

〔八〕不貲身：班固漢書卷七七蓋寬饒傳：「用不訾之軀，臨不測之險，竊爲君痛之。」顔師古注：「訾與貲同。不貲者言無貲量可以比之，貴重之極也。」

送别虞尊即寄太沖復仲晦木旦中

六日八日兩日雪，力行堂下積一尺。幾時飛入窗眼來，堂上有客頭並白。細看毵毵非雪光，一絲兩絲繰愁腸。堂下白痕漸消縮，堂上白痕正添長。起告我愁欲引去，願君少留歸無遽。此間鬱怫築愁城〔一〕，聚斂愁民做一處。黄家兄弟愁最多，去年相約今年過。安知此時風雪中，不渡百官渡曹娥〔二〕。君家髯叔愁裏生，年年賣藥非其情。計無復之渠必出，況有萬子相從行。萬子年少未解愁，黄家唱罷高家咻。如今愁思亦不少，眼如蒼鷹臨清秋。此來定向竹橋過，竹橋，黄氏所居。並拉竹橋愁兩個。北關同喚阿娘船〔三〕，不肯長安日航坐〔四〕。杍山老愁寄信回〔五〕，麗農。買棹直掠南湖來。九九八十一里塘，落日未盡城門開。群愁畢聚真快事，挑燈三夜無一至。南愁杳杳北愁孤，送君踏雪還西湖。天工定怕愁城漲，勢將寄愁到天上。故令我輩暫違離，山圍水繞不相放。不知愁本天所爲，天以賜臣臣不辭。請納群愁改娱樂，愁民罷散愁城隳。天還恡惜不忍遣，且看堂坳雪等伴。

【箋　釋】

此詩作於康熙三年甲辰正月。

按，虞尊南旋，晚村踏雪送之，詩裏一片愁思，所謂「故令我輩暫違離」者，謔語也。詩中之萬子，即萬貞一。

【注　釋】

〔一〕築愁城：庾信愁賦：「攻許愁城終不破，蕩許愁門終不開。」陳著惜分飛：「築壘愁城書一紙。」徐釚詞苑叢談卷五：「宋觀察如夢令云：剛到鳳凰臺上。無那驪駒三唱。願作博山爐，魂逐沉煙游颺。羅幃。羅幃。高築愁城千丈。」曹學士云：「羅幃築愁城，從來未有人道，真是無聊情至語。」

〔二〕百官：李光百官渡：「曉雨微茫水接天，隔江茅店有炊煙。杖藜獨步沙頭路，記得當時趁渡船。」自注：「在上虞百官市口。」黄宗羲餘姚至省下路程沿革記：「至上虞縣城與支港之路會，又三十里，乃至曹娥。……三堰盡掠夏蓋湖，渡百官江，即曹娥之下流也。」曹娥：施宿會稽志卷一〇水：「曹娥江：在會稽縣東南七十里，源出上虞縣，經縣界四十里，北入海。」嘉慶重修一統志紹興府：「曹娥江：在會稽縣東南七十里，上流曰剡溪。自嵊縣北流入縣界，曰曹娥江，又北入上虞縣界，一名上虞江。……舊志：剡溪源自天台、東陽、奉化、寧海諸縣及嵊縣境内，萬壑爭流之水四面咸湊，曲折迂回，過嵊浦而北，至會稽縣東九十里曹娥廟前，是爲曹娥江，亦曰東小江，以别於浙江也。」

〔三〕北關：嵇曾筠浙江通志卷三三關梁：「北關：北新關志：仁和芳林鄉附關，有橋曰北新，故以名關。」

〔四〕長安：嘉慶重修一統志杭州府：「長安鎮：在海寧州西北二十五里，與仁和縣接界。舊爲運道所經，宋德祐二年，元巴延軍至長安鎮，進屯臯亭山。其後設税課務，並置驛於此。明初改税課局，嘉靖中驛廢。今爲商旅聚集、舟車沖要之地。」

〔五〕杼山：嘉慶重修一統志湖州府：「杼山：在烏程縣西南三十里。寰宇記：昔夏后杼巡狩之所，上有古城，曰避蛇城。舊志：舊名東張，又名稽留山，以其山勝絶，游者忘歸也。山有梁時妙喜寺，亦名妙喜山。」

哭黄坤五 二首

此總非吾土〔一〕，死閩猶死吴。來收浙江骨，去慰秣陵孤〔二〕。先生閩人，流寓白門。病甚，余勸還寓居，曰：「吾何歸哉！在彼猶在此也。」扶櫬兒號甚，登臺客慟無〔三〕。所知應滿道，肯爲束生芻〔四〕。

白木棺三寸，先朝侍從臣。傳經留獄久〔五〕，崇禎間，同黄石齋先生詔獄。進講展書頻。訃報新年齒，今年政七十才四日耳。銘題舊出身。靈車關稅重，愁絶向通津。

【箋釋】此詩作於康熙三年甲辰正月。

按，黄坤五，名文焕，字惟章，别號觙菴，晚號愬齋，福建永福人。生於明萬曆二十三年乙未，卒於清康熙三年甲辰正月初四，終年七十。

康熙二年癸卯秋，坤五來語溪，曾於晚村家力行堂、尋暢樓集飲，同座有黄復仲、高旦中、陳湘殷、萬貞一、吴孟舉、吴自牧，各賦詩以盡興。彼時坤五已病甚，故晚村有勸還寓居之説，然日月隕落，衣冠不復，則閩、吴何異耶？雖人稱「太史」，而落筆卻僅得以「舊史官」自署（參見中國國家圖書館藏清鈔本天啟宫中詞坤五之跋），豈不悲哉！惜集飲時坤五、晚村諸人之詩，今不復得；幸湘殷、孟舉留詩數首，可以想見當時豪情。

【資料】黄惠第二十六世諱文焕公：字惟章，號坤五，又號觙菴，晚號愬齋，天啟四年甲子舉人，乙丑余煌榜進士。爲文淹博無崖涘。初令番禺及潮之海陽，有政聲。今潮州府志載公「負大文名，一時士風丕變」云。後讀禮家居，著詩經娜環，盛行於世。崇禎間，再補淮之山陽。時當流寇陷江北，安民固圉，奮芻糗，挽漕河，有功，召御試，特擢翰林院編修，晉左春坊左中允，與黄石齋、葉潤山諸子登臺講學。時石齋以論楊嗣昌、陳新甲得罪逮問，詞連及公，遂同下詔獄。獄中注疏楚辭聽直八卷，悲正則而詛子蘭，以傷讒自況。又批釋陶詩正義四卷，知黨錮禍生，他日託跡柴桑之意。既釋獄，乞身歸里。後寓居金陵，卜築鍾山之畔，終其餘年。（麟峰黄氏家譜）

張廷玉明史卷二五五黄道周傳：（楊嗣昌）亟購人劾道周者，有刑部主事張若麒謀改兵部，遂阿嗣昌意，上疏曰：「臣聞人主之尊，尊無二上，人臣無將，將而必誅，今黄道周及其徒黨造作語言，虧損聖德。……前日召對始末，背公死黨之徒，鼓煽以惑四方，私記以疑後世，揜聖天子正人心、息邪説至意，大不便。」帝即傳諭廷臣，毋爲道周劫持相朋黨，凡數百言，貶道周六秩，爲江西按察司照磨，而若麒果得兵部。久之，江西巡撫解學龍薦所部官，推獎道周備至，故事但下所司，帝亦不覆閲，而大學士魏照乘惡道周甚，則擬旨責學龍濫薦，帝遂發怒，立削二人籍，逮下刑部獄，責以黨邪亂政，並杖八十。究黨與，詞連編修黄文焕……繫獄。

劉獻廷廣陽雜記卷四：向予見楚辭聽直一書，能使靈均别開生面，每出一語，石破天驚。雖穿鑿附會不少，然皆能發人神智。閩人黄文焕所著也。予意必俞邰族人，詢之果然，即贊玉之父，俞邰之族兄也，前在淮陽，乃當面錯過，俞邰言：文焕，字惟章，號坤五，名進士。明季流寓南都，鼎革後卒於浙中。所著之書，聽直而外，有陶詩析義、杜詩掣碧，批老、莊、史記等書。

黄文焕陶詩析義自序：首夏之念又五日，襆被就白雲。計歲丁蛇，翕篸疑鳳，心眸惝怳，多病易驚。既已，策衛歷巷，行者停趾，負者馳擔，坐者起，立者奔。旄倪雨集，譩喟雷殷，目眙手指，謂此又一詞臣鉤連繼至矣。宦海多波，忌余者，或快其罹罣；厚余者，或諱不敢問，而閭巷環愕乃爾。患難吾素，直道民存，以此益怡然心安之。其向服之立白與否，天運也，國典也，曾臣一身，何足道哉！獨苦累若盈岸，繞樹乏棲，餐寄釜，眠寄榻，往往孤行於鈴道間，顧影自詰曰：「生平未嘗以停披自荒，所恨未克閉關，兹非閉關之良會耶？君恩友誼，肅而承之，若之何其以寸陰擲也？」計諸公在是中者，或對理坐隱，或衆鳩真率，或靜演安弦，或勤宗梵夾。療愁聖方，盡兹數種。余實蕉葉弗勝，響泉畏蓄，手談雜伎，都無通曉，而又性不佞佛，兼謂世果有佛云乎，必當首憫鉤連；如其罔憫，又安有佛？以此杳然益孤，仗鉛槧而已。執卷向天，彷徨選擇，新冒僞學，欲箋經焉，弗敢也，懼干禁也；仰憐錮屬，欲品史焉，又弗忍也，懼撩愁也。雜拈詩集，庶裨送閒，而容膝無區，吮毫徒茂，復曠數晨。諸公以木鳳新恩成釋，就外舍僅二三黨人，當事者預引漢代不原之條，閉弗得，引首旁觀，或代爲向隅，累臣竊私自加額，苟非諸公移武，几硯復何所閣？以多此靜閉之緣，商彼千秋之業。沾恩浩蕩，問誰較深？其又何歎焉！唐公行一見讓賃居，舊壅尚淨，頗與月宜；戾坎襟離，頗與風宜。且僻處岸偏，晨昏闃穆，尤與單復較練，宜增辟北窗，俯析陶句。析之之例有三：古今尊陶，統歸平淡，以平淡概陶，陶不得見也。析之以練句練章，字字奇奥，分合隱現，險峭多端，斯陶之手眼出矣。鍾嶸品陶，徒曰「隱逸之宗」，以隱逸蔽陶，陶又不得見也。析之以憂時念亂，思扶晉衰，思抗宋禪，經濟憤腸，語藏本末，湧若海立，屹若劍飛，斯陶之心膽出矣。若夫理學標宗，聖賢自任，重華、孔子，耿耿不忘，六籍無親，悠悠生歎，漢魏諸詩，誰及此解？斯則靖節之品位，競當俎豆於孔廡之間，彌析而彌高者也。開此三例，懸之萬年，佳詠本原，方免埋没。否則摩詰、韋、孟，群附陶派，誰察其天壤者！東坡遭黨之後，推尊陶詩，自悼剛拙，早不引退，欲以晚節師範萬一，余獨曰不然。士大夫罹患夙數，墮地已定消長倚伏，每歷一代，天必生數拙仕之人以填禍門。倘欲人人巧脱，究竟倩誰代受？如曰早退可免，曷不畢世明農？且既委質事主，半途去之，曰「吾以逃禍也」，將前此之就列，毋乃總爲脂潤計，無復毫芒忠忱之足信乎？晚節相師，益爲不知元亮。元亮當晉未衰之時，漠無宦情，迨祚之將移，宋之既禪，其詩憤氣火發，無聊不平，處處見之。志子春，詠荆軻，贊夷齊，是豈以一隱爲避患計者哉？初爲祭酒參軍，原非堪展經濟之膴秩。繼受彭澤令，不過貧仕三徑之本懷，故卒辭之。使晉大用元亮，必不肯硜守松菊，置君父於膜外，自表名高，勳烈亦必有可觀，何至八表同昏，平陸成江，種桑三年，山河忽改，種種深暮年之浩歎耶！然則元亮激昂負荷，正在晚歲詩心。以未嘗立一日之朝，而抱匡復之憤思，痛肉食之誤國，此其純忠，所以獨標千古，詩品迥莫與京也。若只與曹劉諸詩人絜聲律高下，又曷足論哉？東坡和陶在於悔忠，所以自憐；余之析陶，在於作忠，所以憐世。悔忠，故師陶淺；作忠，故師陶深。所析之當否，吾將起元亮於地下而問之，不敢爲輕薄者道，增其訕笑也。

黄文焕楚辭聽直自序：入刑曹即析陶詩，浹月而畢，端陽已届矣。言念正則被讒伐功，與鉤黨奇比，講學市聲，殆似同況。屈焉伐諸？余焉市諸？取小奚所齎進兩架書，抽楚辭朗誦之，更廣繙諸詁，衹斤斤字義間，至曲折所繫，去屈子本懷，不知尚隔幾里。因於是日先拈九歌，咀且繹焉。以其篇短，緒易尋也。每一題，裂數寸殘楮，作蠅頭字，略評十數句，多或數十。視昔詁有加，頗自喜，漸裂漸足之。録帙踵事，九章遞竣，乃徐徐理離騷。繄篇長緒亂，未敢率爾之故。既竣，而遠游繼之。遠游之意與句，多與首篇之騷近，緒綜於得一，例通於知二也。卜居、漁父，以其顯淺，而注姑置焉。天問之姑置，又以其淆雜難注，留賈後勁。分計告竣之候，九歌、九章，竣於仲夏、季夏。騷經、遠游，竣於初秋、仲秋。補所姑置，則卜居、漁父，以秋季之朔一日而畢，獨天問未之及。其中作而輟，輟而作，凡數端。當九歌之初拈，偶自遣愁耳，未嘗以示同黨，亦未嘗預計曰必成全書。促之使作而勿輟者，則方密之也。密之新第，尊人仁植公先余在獄。因入省，偶過余室，見片楮塗竄，紛若蟻屯，竭目力睨之，大叫：「得未曾睹。」且云：「生平受業於師，同鑽研久，顧絭未暇披，乃於兹地逢諜委哉！」嗣遞入，輒遞過問：「新箋若何？」逢余輟筆，諄諄囑曰：「此千古大事，願勿休！」以是得底於成。成之不能速，曠廢時日，則以諸紳之往來，及與同黨葉潤山言詩間之也。繄之中，自九卿以及初命，罔一不備。彼此互訪，故晝多輟。由夏終而秋初胥然。仲秋，潤山作秋懷三十律，每一律就，夜扣余門，商榷於隻字之間，十數易乃去。則夜復輟，余亦繼賡。遂以詩之作，爲騷之輟焉。其見余作，而太息於天人之際者，石齋先生也。正值研注騷經，石齋偶相過，頞蹙曰：「是殆不祥之書哉！少喜讀是，動輒擬之，以此不諧於皆濁迄今爲宜，岸魁子又矻矻注之耶？」余歎曰：「既同入獄矣，夫何諱何避焉。五經均勸人以忠孝，凡書舉非祥也，安所得阿世之祥書而讀之？」石齋頷之而去。其惑之始輟而勿作者，同年黄東崖也。諸篇既畢，擬以秋杪專力於難注之天問，顧抱疴羸甚，知交聞者，僉咎著書，東崖尤爲切慮貽戒。爰閉天問於篋内，披哦架上他帙，竟歷三冬，不敢復爲全騷計。蓋作輟之情節，人事所屬，於是備矣。其在人事之外，似感余作，又似畏余作者，獄中之嘯鬼也。入秋以來，每至更靜，柝鈴道中，鬼輒悲嘯。風雨彌慘，往來於同繫之屋後，聲聲不絕，將及余室一二丈則輒寂，既過如之。余或拈筆，或諷誦，或卧不能寐，夜夜悉焉。嗟乎！以余之不獲諧於世，而獲尊於鬼，感耶，畏耶？鬼實欲言，其如余乏騷才，不能以獄鬼續山鬼，奈何！臘初釋獄，開春入淮，爲前後令借支旁牽，坐聽編户之競輸，復届端陽。催補天問，群謀梓行，則淮上諸門人也。浹仲夏之月，補注始就。又歷次年，梓始就。因録三年始末，以冠之騷譜也，即余他時年譜也。嗟乎！羅織者以爲鉤黨之禍，而余乃藉爲著書之福，幸甚至哉！河臣題參，在余尚未出獄時，指摘後令，遡稱經余所代前人追補未半者，又復移借，非爲余發。閣臣票擬，謂黨獄之人，不妨受過，庶俾後令末減，乃首牽余，余亦藉以棲遲。淮上士民，紛爲償逋，發宣其撫字之愛，迄無所累，並得補注天問，爰登剞劂。豈獨余之重幸，實騷之幸。天下事固往往不可測如此。是時，同黨漸次賜環矣。上官大夫或讒無由再乎？不祥之書，轉而爲祥，斯則世運之幸也。崇禎癸未晉安黄文焕自識。

吴之振奉答黄坤五太史集飲尋暢樓六首次韻：穿雲拂石靜衣襟，南里高風世所欽。依舊籬邊來對酒，黄花能識此時心。

妖紅豔緑罷搜尋，白板雙扃草樹深。過眼煙雲都摒當，竹林聽雨夜横琴。

除地焚香静裏方，酒錢詩債又參商。朝來獨往西岡路，烏桕丹楓葉葉光。

巾車岸幘數相過，莫問床頭酒不多。牆角雞冠鬬紅紫，出門秋思更如何。

藥種花栽引水澆，籠頭百舌話新調。龜錢蚓字猶無數，莫道書齋太寂寥。

登高昂首與天齊，極目關山尚鼓鼙。策杖何年重到此，蒼苔手撥和前題。（黄葉村莊詩集卷一）

陳祖法九日同黄坤五太史黄復仲高旦中萬貞一吴孟舉松生集飲吕用晦力行堂分韻四首：幾望今令節，風雨過昏朝。枯木棲烏繞，頽垣墜葉飄。講經來習射，佩緌聽鳴刁。幸有同人集，蘭巵話寂寥。

送酒苦岑寂，相邀敢後儔。古今良聚會，吾輩足風流。冒雨尋荒落，登高想斷丘。無聊成感慨，滿地漢宫秋。

好客東莊慣，詩才我未能。雲沉今夜月，霜冷半宵燈。幽緒悲心結，壯懷斷髮鬙。三吴兼閩粤，千里共憑陵。

共對重陽候，花陰明璧窗。驚風來大地，朔氣入寒江。砌逼蛩音短，邊來雁影雙。韻成佳會永，詩思向誰降。（古處齋詩集卷五）

【注釋】

〔一〕「此總」句：鮑照夢歸鄉：「此土非吾土，慷慨當告誰。」王粲登樓賦：「雖信美而非吾土兮，曾何足以少留。」

〔二〕秣陵：嘉慶重修一統志江寧府：「禹貢：揚州之域，春秋吴地。戰國屬越，後屬楚，置金陵邑。秦改曰秣陵，屬鄣郡。……五代楊吴武義二年，改曰金陵府。石晉天福二年，南唐李氏建都，改爲江寧府，謂之西都。……明太祖元年，始定都於此，改曰應天府，置江南行中書省。永樂二年，以爲行在。正統六年，定爲南京。」白門，南京之别名。李延壽南史卷三宋明帝本紀：「宣陽門謂之白門，上以白門不祥，諱之。尚書右丞江謐嘗誤犯，上變色曰：『白汝家門。』」

〔三〕臺：指釣臺，又名西臺。嘉慶重修一統志嚴州府：「釣臺：在桐廬縣西富春山。漢嚴子陵垂釣處，有東西二臺，各高數百丈，下瞰大江，古木叢林，鬱然深杳，臺下爲書院。其西臺即宋謝翺哭文天祥處，南有汐社亭，因翺而名。」翺有登西臺慟哭記。

〔四〕束生芻：范曄後漢書卷五三徐穉列傳：「及林宗有母憂，穉往弔之，置生芻一束於盧前而去。」洪适代祭張右相母夫人文：「素旗摇摇，在湘之陰。一束生芻，千里馳心。」

〔五〕「傳經」句：班固漢書卷八九黄霸列傳：「（夏侯勝、黄霸）皆下廷尉，繫獄，當死。霸因從勝受尚書獄中。」

待太沖晦木旦中不至示萬貞一黄廉遠

昨得明州字，初二到姚江。姚江書亦云，四日定同行。明州不足信，所恃者兩黄。依書數日程，理我壞腳床。病婦辨鮭菜〔一〕，長鬚舂粞糠〔二〕。算其至會稽，信宿劉氏堂。初七過西興〔三〕，八日度錢唐①。鼓峰爲從子，定當少留杭。更須寛一日，應人求藥方。迫促有二公，不然殊未央。多則計十日，必至無他防。冉冉十二三，忽忽日月望。貞一怪失約，摇頭舌本强②。廉遠懵無緒，探及長安塘。家人顧我笑，底事今改常。出門復入門，身如旋蟻忙〔四〕。貞一語廉遠，此事非所量。我謂老懶髯，便欲老是鄉。況死勸駕友，李佩于。無人助裹糧。坐使西園老，領頷一尺長。貞一云不然，初一已束裝。此時那得留，想住龍華房〔五〕。杭天長寺中。廉遠云兩父，雖訂同四明。四明即未來，兩父先擔囊。胡爲尚趑趄，慮有他事妨。或猜兒女病，天行多痘瘡。反留鼓峰住，直候乾膿漿。不則髯自病，行及西園僵。須待其自復，豈有人參湯。或醫遇素封〔六〕，得直可分嘗。或赴友生急，義不顧奇殃。除此數事者，雖留何用雙。疑多不能決，晝字算偏旁。再三瀆不告〔七〕，爻辭益難詳。安得垂天翅〔八〕，插我兩腋翔。視爾在何許，挾爾歸東莊。

【校記】

①度錢唐　嚴鈔本、釋略本、詩稿本、怡古齋鈔本、管庭芬鈔本、張鳴珂鈔本、萬卷樓鈔本作「渡錢塘」。

②舌本　原作「舌木」，管庭芬鈔本、萬卷樓鈔本同，據嚴鈔本、釋略本、詩稿本、怡古齋鈔本、張鳴珂鈔本改。所謂舌本者，舌頭也。房玄齡晉書卷八四殷仲堪傳：「每云三日不讀道德經，便覺舌本間强。」

【箋釋】

此詩作於康熙三年甲辰正月。按，去歲太沖、晦木、旦中各歸時，晚村約今年二月來語溪，因萬貞一（名言）、黄廉遠在舍，故又促之。蓋順治十八年辛丑與康熙元年壬寅兩年之元夕，貞一皆在太沖舍，康熙二年癸卯之元夕，貞一未能前往，而即在癸卯、甲辰兩年，貞一客授語溪，嘗從晚村游。廉遠爲晦木子，而晚村之連襟。其時或設館杭州，而於晚村家度歲焉。有此數事，故太沖、晦木、旦中書中皆言早來語溪，然時近元夕，猶未見蹤影，故「貞一怪失約」，而廉遠心亂不寧，焦急如焚，已「探及長安塘」矣。

迨及二月，太沖三人始至語溪；四月末三人復與晚村、孟舉往常熟訪錢牧齋，適牧齋病危，以喪事託太沖。牧齋即於五月二十四日卒。

【資料】

黄宗羲癸卯元夕遲萬貞一不至次去年韻自注：辛丑、壬寅兩元夕，貞一皆在余舍。（南雷詩曆卷一）

萬言古處齋詩集序：癸卯，余客授其縣，始得與先生交。兩年之内，每過必相與誦古人詩文以爲樂。（古處齋詩集卷首）

陳祖法秋日同吕用晦萬貞一郊行歸飲酒頤老堂分韻得人字：霜高葦白切伊人，共步西郊杖策新。爲愛長林知野曠，閒尋古寺覺秋真。數峰淡淡埋斜照，小艇徐徐逐暮津。記取君家西宴設，雙螯斗酒不辭頻。

有意尋秋興自真，非因折簡赴同人。稻風香處飢鷹掠，菊雨微時老衲親。剩有悲傷臨古渡，可無感興付蒼旻。空拳角勝非今始，情歉爲君太息頻。（古處齋詩集卷七）

吕留良諭大火帖：我十六日繇德清入省，隔二日即會黄二伯，方知姨夫歸念堅决，斷不可復留之意。吾平生狥友爲人，自一身以外，無所不可。然每不見德而見怨類如此。此命也，弗復言。但我爲廉遠，口雖不言，半年以來，爲渠明歲謀，曲折辛苦，即汝曹亦所不知，就是明年萬先生之請，亦爲姨夫居多，今事機甫就，而變端忽起，爲讒譖者所快。半年經營，亦心付之冰雪，此可歎恨耳。……吾爲姨夫委曲經營，不知姨夫已早託人覓館於杭州。吾此番周折，豈不扯淡可笑耶！今行計已决，不必再言。……臨行時須設酒爲餞。又「紅雲端硯」係黄二伯贈我者，汝可洗淨，連紫檀匣送與姨夫，云：「姨夫行促，家父不能備物，此硯係君家故物，轉以相贈，幸善藏以成一段佳話。」以上諸事，汝須一一遵行，不可違錯一件。蓋讒人得計，姨夫行後，必且大入吾罪。黄二伯德性誠明，見識高遠，形跡之間，可不必簡點。廉遠性庸識小，此等處必不能免。吾所以細細詳慎者，非以自解，實欲使異日自省，無纖毫愧怍而已。（吕晚村先生家書真蹟卷一）

黄炳垕黄梨洲先生年譜：三年甲辰二月，同弟晦木公偕高旦中之語溪。四月杪益以吕用晦、吴孟舉同至常熟，適虞山病革，一見即以喪事相託。公未之答，虞山言：「顧鹽臺求文三篇，潤筆千金。使人代草，不合我意，知非兄不可。」即導公入室，反鎖於外，公急欲出，二鼓而畢，虞山叩首稱謝。

黄宗羲劉伯繩先生墓誌銘：先生諱汋，姓劉氏，伯繩其字，家世具余所撰子劉子行狀。子劉子者，念臺先生諱宗周，先生之父也。年十餘歲，鈎黨禍起，避地武林僧舍，晝則隨衆傭作，夜分帷燈，禪板聲寂，發而讀書，侍子劉子處官舍中，門庭落然，不聞人聲，脱粟寒漿，僮僕逃逸，先生方擁卷危坐自若也。用功過苦，遂至徹夜不能交睫，如是者數年，子劉子曰：「此把捉之過也。」久之而後平。……子劉子野死，先生捐委故業，踐荆棘於群虎之中，孤露萬山，歲餘復返，塞門掃軌，鄰右莫窺其面。……生於某年癸丑六月十日，卒於某年甲辰九月八日。

黄宗羲五軍都督府都事佩于李君墓誌銘：君姓李氏，諱振玘，字佩于，號繆仙，明之鄞縣人。……父康先，太子少保，禮部尚書。母范氏，封夫人。尚書自天啟壬戌入朝，凡五年而出；又自崇禎戊辰入朝，凡七年而出。所遇之時，皆朋黨交訌，是非晦冥。君髫年隨任，尚書所接見之人，即能知某也君子，某也小人。……予過甬上，君從高玄若、萬履安指畫天啟、崇禎間事，慷慨興亡，怒罵涕泣，交發並至。……故使君而當平世，必能扶植善類，不爲小人所牽挽，今不幸而約處草野，衣冠廣席，每一發言，能使經生失鄙，其正人心術，亦不爲少。……用尚書恩，授前軍都督府都事，未仕而國亡，與其兄振璣多與失職者游，行李之往來，資其困乏，一時不減八廚之目。壬寅正月，振璣被誣入獄，君悉其有以出之，遂亦鬱鬱而死，蓋癸卯十一月某日也，年五十有一。

【注釋】

〔一〕鮭菜：蕭子顯南齊書卷三四庾杲之傳：「庾杲之，字景行，新野人也。……清貧自業，食唯有韭葅、蕭韭、生韭雜菜。或戲之曰：『誰謂庾郎貧，食鮭常有二十七種。』言三九也。」羅願爾雅翼卷二九釋魚：「鯸，今之河豚，狀如科斗，腹下白，背上青黑，有黄文眼，能開能閉，觸物輒嗔，腹張如鞠，浮於水上。一名嗔魚。……鯸，又作鮭，鮭音如鞵，浙人所常御，故有鮭菜、鮭珍之語。又一名鯸鮐。」

〔二〕粞糠：范成大冬舂行：「篩勻箕健無粞糠，百斛只費三日忙。」蘇軾吴中田婦歎：「汗流肩赬載入市，價賤乞與如糠粞。」

〔三〕西興：祝穆方輿勝覽卷六紹興府：「西興渡：在蕭山縣西十二里。本名西陵，吴越武穆王以非吉語，改西興。」

〔四〕旋蟻：房玄齡晉書卷一一天文志上：「天旁轉如推磨而左行，日月右行，隨天左轉，故日月實東行而天牽之以西没。譬之於蟻行磨石之上，磨左旋而蟻右去，磨疾而蟻遲，故不得不隨磨以左迴焉。」後以「磨蟻」喻指日月運行，亦用以喻忙碌不停之人或循環不已之事，李綱立春日龍化道中得家問：「往返循環真磨蟻，已將大地等微塵。」

〔五〕龍華：宗懔荆楚歲時記：「四月八日，諸寺設齋，以五色香水浴佛，共作龍華會。」此處代指佛寺。

〔六〕素封：司馬遷史記卷一二九貨殖列傳：「今有無秩禄之奉，爵邑之人，而樂與之比者，命曰素封。」張守節正義：「言不仕之人，自有田園收養之給，其利比於封君，故曰素封也。」

〔七〕「再三」句：周易蒙卦：「初筮告，再三瀆，瀆則不告。」孔穎達疏：「師若遲疑不定，或再或三，是褻瀆，瀆則不告。」

〔八〕垂天翅：莊子逍遥游：「怒而飛，其翼若垂天之雲。」

廿六日大雪吴孟舉自牧攜酒酌高虞尊於力行堂用東坡遥知清虚堂裏雪正似簷蔔林中花爲韻分得林花字〔一〕二首

前歲寒凝簷蔔林，十分酒滿也愁侵。今年凍合娑羅閣，一尺花飄不厭深〔二〕。天上生成五六瓣，人間飛舞億千心。遥知老友空山裏，獨畫爐灰出苦音〔三〕。壬寅冬，與晦木、復仲、旦中、貞一諸子候虞尊於省中，寓祖山寺僧寮〔四〕。值大雪，時在憂愁，殊乏清興。今隔兩年，諸友各離遠，獨與虞尊對雪於此，舉酒向天，不覺有昔今之感。娑羅閣，予小樓也。

持尊呼酒豈吾家，天作穹廬四面斜〔五〕。遍地孤臣青海食〔六〕，漫空怨女黑山花〔七〕。愁來繚繞魂先碎，醉後迷離眼更遮。安得當心逢日出〔八〕，相攜銀闕看朝霞。

【箋　釋】

此詩作於康熙三年甲辰正月二十六日。

按，虞尊別而復返，其詳不可得知。此時在語溪，吴孟舉、自牧叔姪攜酒酌虞尊於晚村之力行堂，限韻聯句，語多感慨。詩中「獨畫爐灰」者，歎太沖、晦木、旦中之未至也；「魂碎」、「眼遮」者，慟孤臣、怨女之流離也。「安得」兩字，則「相攜銀闕看朝霞」之事，亦難矣。

虞尊詩未見，自牧詩亦不得。

【資　料】

吴之振力行堂看雪用東坡遥知清虚堂裏雪正似簷蔔林中花爲韻得清虚字：枯藤瘦石有餘清，人在王維畫裏行。十日春風還退舍，一壺臘酒正多情。火爐積炭當裘暖，雪片堆窗敵眼明。撚斷凍髭吟未穩，座前促拍又飛觥。

連朝白話耐空虛，醇酒肥羊不羨渠。身後難尋高士傳，尊前且讀異人書。梅花隔舍隨蜂覓，菠菜成畦帶雪鋤。此地自饒朋友樂，相期吾道未全疏。（黄葉村莊詩集卷一）

【注釋】

〔一〕東坡詩：指興龍節侍宴前一日微雪與子由同訪王定國小飲清虚堂定國出數詩皆佳而五言尤奇子由又言昔與孫巨源同過定國感余存殁悲歎久之夜歸稍醒各賦一篇明日朝中以示定國也：「天風淅淅飛玉沙，詔恩歸沐休早衙。遥知清虚堂裏雪，正似薝蔔林中花。出門自笑無所詣，呼酒持勸惟君家。踏冰凌兢戰疲馬，扣門剥啄驚寒鴉。羨君五字入詩律，欲與六出爭天葩。頭風已倩檄手愈，背癢恰得仙爪爬。銀瓶瀉油浮蟻酒，紫椀鋪粟盤龍茶。幅巾起作瞿鵒舞，疊鼓誰摻漁陽撾。九衢燈火雜夢寐，十年聚散空咨嗟。明朝握手殿門外，共看銀闕暾朝霞。」

〔二〕「一尺」句：杜甫曲江二首之一：「一片花飛減卻春，風飄萬點正愁人。」

〔三〕畫爐灰：陸游南唐書卷四宋齊丘列傳：「（烈祖）獨與齊丘議事，率至夜分。又爲高堂，不設屏幛，中置灰爐而不設火。兩人終日擁爐畫灰爲字，旋即平之。」

〔四〕祖山寺：田汝成西湖游覽志卷二一：「壽聖寺，在虎林山上，舊名長壽，在東青門外。永樂十三年，爲潮水所侵，徙建今所，得廢聖壽院故址，遂以名焉。內有大井，合抱銀杏，皆宋物也。而殘碑斷碣，傾仆草中，磨滅不可讀矣。俗稱祖山寺。」

〔五〕「天作」句：勑勒歌：「天似穹廬，籠蓋四野。」

〔六〕青海食：此處指産自西域之食物，蓋指苜蓿之類，喻生活清貧。歐陽修新唐書卷一九六賀知章傳：「肅宗爲太子，知章遷賓客，授秘書監，而左補闕薛令之兼侍讀。時東宫官積年不遷，令之書壁，望禮之薄，帝見，復題『聽自安者』。令之即棄官，徒步歸鄉里。」王定保唐摭言卷一五：「時開元東宫官僚清淡，令之以詩自悼，復紀於公署曰：『朝旭上團團，照見先生盤。盤中何所有，苜蓿長闌干。飯澀匙難綰，羹稀筯易寬。無以謀朝夕，何由保歲寒。』」陸游書懷之四：「苜蓿堆盤莫笑貧，家園瓜剞漸輪囷。」苜蓿，今之江、浙、滬稱爲草頭。

〔七〕黑山花：即雪花，與詩題所用東坡「遥知清虚堂裏雪，正似簷蔔林中花」相應。尉遲匡塞上曲：「夜夜月爲青冢鏡，年年雪作黑山花。」黑山，位於今甘肅河西走廊西端嘉峪關市西北隅，山勢陡峭，怪石嶙峋，峽谷深邃，溝壑縱横，山間有清泉溪流，水草繁茂，宜於放牧。與祁連山遥相對峙，地形險要，是嘉峪關北之天然屏障。

〔八〕「安得」句：干寶搜神記：「其雨淫淫，河水大深，日出當心。」

東坡洗兒詩牧齋作轉語和韻皆譏言也因作正解和之①〔一〕

養兒須令極聰明，奸黠癡頑誤後生。總是聰明都未透，沾沾止爲一公卿〔二〕。

【校　記】

①讖　原作「磯」，據嚴鈔本、釋略本、詩稿本、怡古齋鈔本、張鳴珂鈔本、萬卷樓鈔本改。

【箋　釋】

此詩作於康熙三年甲辰（依集中編次）。

按，東坡貶官黄州期間，侍妾朝雲生子蘇遁，遁滿月時，東坡爲洗兒戲作詩曰：「人皆有子望聰明，我被聰明誤一生。惟願孩兒愚且魯，無災無難到公卿。」（蘇軾詩集卷四七）於嬉笑怒駡間，寓憤世嫉俗之音。

後世多有模仿之作，如瞿宗吉漫興詩曰：「自古文章厄命窮，聰明未必勝愚蒙。筆端花與胸中景，賺得相如四壁空。」楊方震洗兒詩亦曰：「東坡但願生兒蠢，只爲聰明自占多。愧我生平愚且魯，生兒那怕過東坡。」皆未出東坡「聰明」之意。錢牧齋反東坡洗兒詩則曰：「坡公養子怕聰明，我爲癡呆誤一生。還願生兒獧且巧，鑽天驀地到公卿。」（初學集卷九）此乃真反東坡「聰明」之意矣，然亦未能跳出坡公「到公卿」之目的，即所謂「殊途而同歸」者是也，故晚村作詩以解之。

【注　釋】

〔一〕洗兒：洪邁容齋四筆卷六洗兒金錢：「車駕都錢塘以來，皇子在邸生男及女，則戚里三衙浙漕京尹皆有餉獻，隨即致答，自金幣之外，洗兒錢果動以十數合，極其珍巧，若總而言之，殆不可勝算，莫知其事例之所起。……韓偓金鑾密記云：『天復二年，大駕在岐，皇女生，三日賜洗兒果子、金銀錢、銀葉坐子、金銀鋌子。』予謂唐昭宗於是時尚復講此，而在庭無一言，蓋宮掖相承，欲罷不能也。」司馬光資治通鑑卷二一六唐紀三十二：「甲辰，禄山生日，上及貴妃賜衣服、寶器、酒饌甚厚。後三日，召禄山入禁中，貴妃以錦繡爲大襁褓裹禄山，使宮人以綵輿舁之。上聞後宮歡笑，問其故，左右以貴妃三日洗禄兒對，上自往觀之，喜，賜貴妃洗兒金銀錢，復厚賜禄山，盡歡而罷。」

〔二〕公卿：禮記王制：「天子三公、九卿、二十七大夫、八十一元士。」杜佑通典卷二〇職官：「虞夏商周有師、保，有疑、丞，設四輔及三公，不必備，唯其人，故天子無爵，三公無官，參職天子，何官之稱？天文三台，以三公法焉。伊尹曰：『三公調陰陽，九卿通寒暑，大夫知人事，列士去其私。』周成王作周官，曰：『立太師、太傅、太保，茲惟三公，論道經邦，燮理陰陽。少師、少傅、少保曰三孤。貳公弘化，寅亮天地，弼予一人。』則三太，周之三公也，故不以一職爲官名。又以三少爲孤卿，與六卿爲九焉。」

九日書感

九日常年話一樽，今年覆甼卧支門。亭隅獨下西臺淚，島畔誰招東郭魂。無復鶴猿依正統①〔一〕，猶憑鮫蜃記華元②〔二〕。腐儒自有傷心處，不共賓僚説舊恩。

【校記】

① 統 原闕，據嚴鈔本、釋略本、詩稿本、怡古齋鈔本、張鳴珂鈔本、萬卷樓鈔本補。按，管庭芬鈔本作「朔」。

② 蜃 原作「蛋」，釋略本、怡古齋鈔本、張鳴珂鈔本同，嚴鈔本、管庭芬鈔本、萬卷樓鈔本作「蜑」，張鳴珂鈔本校曰：「蜑。」據詩稿本改。

【箋釋】

此詩作於康熙三年甲辰重陽。

按，嚴鴻逵釋略曰：「此詩作於甲辰九日，乃張司馬致命時也。」公忠行略曰：「甲辰歲，有友人死於西湖，先君爲位以哭，擬於西臺之慟，已而葬於南屏山石壁下。」全謝山高斗魁傳亦曰：「蒼水之死，隱學之出獄，莊生皆大有力焉。」（續甬上耆舊詩卷四一）蒼水長期駐守翁洲，翁洲處大海之上，鄧石如先生以爲「留良實主煌言餉饋」（清詩紀事初編卷二）。余上下索尋，未見蹤跡，當別有所本，待考。「無復鶴猿依正統，猶憑鮫蜃記華元」兩句，似指監國魯王與鄭成功、鄭經事。魯王曾與張名振、張煌言、鄭成功合力抗清，後因與鄭成功産生衝突，去監國稱號。康熙元年壬寅暨永曆十六年四月十五日，永曆帝朱由榔爲吴三桂絞殺於雲南，張煌言上書魯王「爭取閩海勳鎮，速正大號，以求正統」，因鄭成功、鄭經父子不予支持，故仍奉永曆年號。鄭成功卒後半年，魯王亦病故於金門。

【資料】

全祖望明故權兵部尚書兼翰林院侍講學士鄞張公神道碑銘：世祖章皇帝之下江南也，浙東拒命，雖一歲遽定，而山海之間，告警者尚累年。吾寧之首事者，爲錢、沈二公，其間相繼殉節者四十餘人，而最後死者爲尚書張公。方錢忠介公之集師也，移檄會諸鄉老，俱未到，獨公先至，忠介相見，且喜且泣。既舉事，即遣公迎監國魯王於天台，王授公爲行人，至會稽，賜進士，加翰林院編修，兼官如故。入典制誥，出籌軍旅，公雖與忠介共事，而持議頗不盡同。閩中頒詔之使至，議開讀禮，張公國維與熊公汝霖爲一議，朱公大典與忠介爲一議。公出揭，以爲當如張公之言，因請自充報使入閩，以釋二國之嫌，王從之。及自閩還，累有建白，不見用。江干之破也，公泛海入翁洲，道逢富平將軍張名振扈王入閩，公從之。既至，招討使鄭成功以前頒詔之隙，修寓公之敬於王，而不爲用。公勸名振還石浦，招散亡，以謀再舉，乃偕還。王加公右僉都御史。時威鹵侯黄斌卿守翁洲，名振以石浦之軍與爲犄角。明年，松江提督吴勝兆請以所部來歸，斌卿心不欲往，而故都御史沈公廷揚、御史馮公京第與公並勸名振應之，遂監其軍以行。至崇明，大風覆舟，沈公死之，公與名振等皆被執。有百夫長者識公，導之使走，乃得至公之故壬午房考知諸暨縣錢氏，七日間道復歸翁洲。時忠介已奉王出師於閩，浙東之山寨亦群起遥應之，公乃集義從於上虞之平岡。山寨之起也，因糧於民，民始以其爲故國也，共餉之，而其後遂行抄掠，民苦之。其不以横暴累民者，祇李公長祥東山寨、王公翊大蘭山寨，與公而三，履畝輸賦，餘無及焉。庚寅，閩師潰，諸將以王保翁洲。名振當國，召公以所部入衛，加公兵部右侍郎，兼官如故。辛卯，浙之提督田雄、總兵張傑、海道王爾禄並以書招公，公峻詞拒之。是秋大兵下翁洲，名振奉王親擣吴淞，以牽制舟山之師，拉公同行。翁洲陷，公扈王再入閩，次鷺門。時鄭成功軍甚盛，既不肯奉王，諸藩畏之，亦莫敢奉王。而公獨以名振之軍爲王衛，時時激發諸藩，使爲王致貢。然公極推成功之忠，嘗曰：「招討始終爲唐，真純臣也。」成功聞之，亦曰：「侍郎始終爲魯，豈與吾異趨哉。」故成功與公所奉不同，而其交甚睦。癸巳冬，復間行入吴淞，尋招軍於天台，次於翁洲。明年，軍於吴淞，會名振之師入長江趨丹陽，掠丹徒，登金山，望石頭城，遥祭孝陵，三軍慟哭失聲，烽火逮江寧。時上游故有宿約，而失期不至，左次崇明。甲午，再入長江，掠瓜州，侵儀真，抵燕子磯，而所期終不至，復東下駐翁洲。是役也，故誠意伯劉孔昭亦以軍會。或曰：「孔昭，南都之亂臣也，公何以不絶之？」公曰：「孔昭罪與馬、阮等，然馬、阮再賣浙東，而孔昭以操江親兵棲遲海上者，蓋累年矣，則其心尚有可原。倘疾之已甚，使爲馬、阮浙東之續，將何補乎？」聞者服之。是年，名振卒，遺言以所部付公。自公平岡入衛之後，部下不滿三百，至是始盛。乙未，成功貽書於公，謀大舉。丙申，公軍於天台。是冬，軍於閩之秦川。丁酉，大兵還翁洲之民，公還軍翁洲。時王已去監國號，通表滇中。戊戌，滇中遣使加公兵部左侍郎，兼翰林院學士。江督郎廷佐以書招公，公峻詞拒之。是年七月，成功以師會公北行，仍推公爲監軍，泊舟羊山。羊山多羊，見人馴擾不避，然不可殺，殺之則風濤立至。至是，軍士不信，殺而烹之，方熟而禍作，碎船百餘，義陽王溺焉。復還軍翁洲治舟。明年五月，成功會公於天台，悉師以行，游軍至於鄞之東鄙。師次崇沙，公曰：「崇沙，江海之門户也，有懸洲可守，不若先定之以爲老營。倘有疎虞，進退可依也。」不聽。而公請以所部爲前軍向瓜洲，時大兵於金、焦間，以鐵鎖横江，所謂「滚江龍」者也，譚家洲岸皆西洋大礮雷鎗，而公孤軍出入其間。成功遣水師提督羅蘊章以所部助公，又令善泅水者，斷滚江龍，而支軍進奪譚家洲礮。相約滚江龍既斷，則公即進踞上流，奪其木城，以夾擊之。滚江龍雖斷，然舟多應礮而没，不得前。公登舵樓，焚香祝天，飛火夾船而墮，遂以十七舟竟渡，公渡而譚家洲守礮者亦走，木城俱潰，操江都御史朱衣祚被禽。明日，成功始至，城中出戰不利，提督管效忠走，攻城克之。議師所向，成功欲直趨江寧，公請先取鎮江，成功恐江寧之來援也，公曰：「吾但以偏師水道薄觀音門，彼將自守不暇，何援之爲。」成功即請公行，未至儀真五十里，士民迎降。六月二十七日，成功來告鎮江之捷。公兼程晝夜進，次日抵觀音門，而致書成功，請以步卒陸行赴白下。時江督郎廷佐懼甚，不意成功卒以水道來。大兵之征黔者凱旋，聞信倍道而至，請同守城，於是嚴備已具。七月朔，公哨卒七人，乘虚入江浦。初四日，成功水師方至。次日，公所遣别將以蕪湖降書至。成功謂蕪湖爲江、楚所往來之道，請公往扼之。公頗以成功年少恃勇爲憂，欲留軍中，與之共下江寧而後發，辭之不得。乃至蕪湖，相度形勢，一軍出溧陽以窺廣德，一軍鎮池州以遏上流之援，一軍拔和州以圖采石，一軍入寧國以逼東道休、歙諸城。大江南北，相率來歸。其已下者：徽州、寧國、太平、池州四府，廣德、和、無爲三州，當塗、蕪湖、繁昌、宣城、寧國、南寧、南陵、太平、旌德、貴池、銅陵、東流、建德、青陽、石埭、涇、巢、含山、舒城、廬江、高淳、溧水、溧陽、建平二十四縣。初，公之至蕪也，軍不滿千，船不滿百，但以大義感召人心。而公師所至，禁止抄掠，父老爭出持牛酒犒師，扶杖炷香，望見衣冠，涕泗交下，以爲十五年來所未見。瀕江小艇載果蔬來貿易者如織，公軍人以船板援之而上，江濱因呼爲「船板張公之軍」。公所至城邑，入謁先聖。遺臣故老赴見者，角巾抗禮，撫慰懇至，守令則青衣待罪，考其政績而去留之，遠方豪傑，延問策畫，勉以同仇，多有訂師期而去者，日不暇給。於是徽州降使方上謁，而江寧之敗問至。初，公貽成功書，以師老易生他變，宜遣諸將分取句容、丹陽諸城邑，如白下出援，則首尾夾擊之，如其自守，則堅壁以待，倘四面克復，收兵日至，白下在掌中矣。成功以累捷，又聞江北如破竹，謂城可旦夕下，雖有遺水師提督羅藴章招撫吴會之命，而未行，但命八十三營牽連立屯，安設雲梯、地雷，並造木栅。而蘇、松總兵梁化鳳等，以馬步兵相繼至，浙之駐防兵亦來援，長驅入城，莫之遏者。前烽將余新鋭而輕，士卒樵蘇四出，營壘一空。化鳳諜知之，以輕騎襲破前屯，擒新以去。成功倉卒移帳，質明，軍竈未就，大兵傾城而出，諸營瓦解。成功之良將甘輝，亦以馬蹪被禽，死之，軍遂大潰。初議取崇沙，甘輝之言與公合，及議遏蘇、常援兵，輝言亦與公合，而成功皆不聽，以致敗。公之聞信也，以爲雖敗未必遽登舟，雖登舟未必遽揚帆，雖揚帆亦必入鎮江以圖再舉。故彈壓列城，秘不使諸將知，而更貽成功書，以爲勝負兵家之常，乞益百艘以相助。不知成功並撤鎮江之師，竟入海。先是，鎮江之捷，漕督以師援江寧，中道溺死。松帥馬逢知密以書請降，其自巡撫而下，皆欲出走。故公勸成功持久以觀變，既不得請，江督郎廷佐等復以書招公，公峻詞拒之。廷佐乃發舟師以扼公歸路，期必得公而後已。公與諸將議，以下流已梗，而九江一帶尚未知我之敗，我麾下已萬餘，前此豪傑來見者，又多成約，不如直趨鄱陽，招集故楊、萬諸家子弟，以號召江楚。八月七日，次銅陵，與大兵之援白下者遇，公奮擊敗之，沉其四舟。是夕，大兵以不利，引而東下，礮聲轟然，而公軍誤以爲來劫營，遂潰。或勸公入焦湖，慈溪義士魏耕遮道説公，以爲焦湖入冬水涸，不可駐軍，而英、霍山寨諸營尚多，耕皆識其魁，請入説之使迎公。乃焚舟登陸，士卒願從者尚數百人。十七日，入霍，山寨已受撫，不納，乃次英山。甫度東溪嶺，而追至，士卒紛竄，相依止一童一卒，迷失道，賂土人爲導，變服夜行，天明而蹤跡者多，導脱身去，又以賂解散諸蹤跡者。然而茫然不知所之，念有故人賣藥於安慶之高河，復賂一土人導以往。至則故人適他出，而其友有識公者，蓋亦以觀變從江上來至安慶者也。遂導公由樅陽出江，渡黄溢，抵東流之張灘，陸行建德、祁門山中。公方病瘧，力疾零丁，至休寧，買棹入嚴陵。又恐浙人之多識之也，改而山行，自東陽、義烏以出天台。公之在途中也，海上人未知所向，或曰抗節死安慶，或曰殞英、霍山寨中，或曰爲浮屠矣，父老多北向泣下者。及聞公至，婦女皆加額，壺漿迎之。人謂是役也，以視文丞相空坑之逃，其險十倍過之，而其歸，則郭令公之再至河中也。遂駐節天台，樹纛鳴角，故部漸集。成功聞公還，亦喜，遣兵來助公。公巡視天台，海上有長亭鄉者，多田而苦潮，乃募諸義民築塘以捍之，至今猶蒙其利。乃遣人告敗於滇中，且引咎。滇中賜公專敕慰問，加官尚書，兼官如故。明年，移師林門，尋軍於桃渚。時大兵兩道入海討成功，皆失利。而成功以喪敗之餘，雖有桑榆之捷，不足自振，乃思取臺灣以休士，公聞之不喜。辛丑引軍入閩，次於沙關。成功已抵澎湖，公遣幕客羅子木以書挽成功，謂軍有進寸無退尺，今入臺，則將來兩島恐並不可守，是孤天下之望也。成功不聽。成功雖東下，而大兵尚忌之，懼其招煽沿海之民，於是有遷界之役。沿海之民不願遷，大兵以威脅之，猶遲延不發。公頓足歎曰：「棄此十萬生靈，而爭紅夷乎？」乃復以書招成功，謂可乘此機以取閩南，成功卒不能用。公遺書故侍郎王公忠孝、都御史沈公荃期、徐公孚遠、監軍曹公從龍，勸其力挽成功，而卒不克。公孤軍徘徊兩島，要其劉琨、祖逖之志，未嘗一日忘也。而滇中事急，公復遣子木入臺，苦口責成功以出師，成功方得臺，不能行。公乃遣職方郎中吴鉏，挾帛書間道入鄖陽山中，欲説「十三家」之軍，使之撓楚以救滇，「十三家」已衰敝，不敢出師。壬寅，滇中遂陷，成功亦卒於臺。公哭曰：「已矣。吾無望矣。」復還軍林門。會閩南諸遺老以成功卒，謀復奉魯王監國，貽書來商。公又喜，即以書約故尚書盧公若騰而下，勸以大舉。又擬上詔書一道。又以書約成功子經，勸以亞子錦帛三矢之業。於是公厲兵束裝，以待閩中之問。是年，浙督趙公廷臣與中朝所遣安撫使，各以書招公。公復安撫書，大略言：「不佞所以百折不回者，上則欲匡扶宗社，下則欲保捍桑梓。乃因國事之靡寧，而致民生之愈蹙。十餘年來，海上芻茭糗糒之供，樓櫓舟航之費，敲骨吸髓，可爲惕然。況復重之以遷徙，訖以流離，哀我人斯，亦已勞止。今執事既以保兵息民爲言，則莫若盡復濱海之民，即以濱海之賦畀我。在貴朝既捐棄地以收人心，在不佞亦暫息爭端以俟天命。當與執事從容羊、陸之交，別求生聚教訓之區於十洲三島間。而沿海藉我外兵以禦他盜，是珠厓雖棄，休息宜然，朝鮮自存，艱貞如故。特恐執事之疑且畏耳，則請與幕府約，但使殘黎朝還故土，不佞即當夕挂高帆，不重困此一方也。」又復督府書：「執事新朝佐命，僕明室孤臣，區區之誠，言盡於此。」閩南消息既杳，鄭經偷安海外，公悒悒日甚。壬寅冬十一月，魯王薨於臺，公哭曰：「孤臣之栖栖有待，徒苦部下相依不去者，以吾主上也。今更何所待乎？」癸卯，遣使祭告於王。甲辰六月，遂散軍，居南田之懸嶴。懸嶴在海中，荒瘠無人，山南有汊港可通舟楫，而其北爲峭壁，公結茅焉。從者惟故參軍羅子木、門生王居敬、侍者楊冠玉，將卒數人，舟子一人。初，公之航海也，倉卒不得盡室以行，有司繫累其家以入告。世祖以公有父，弗籍其家，即令公父以書諭公。公復書曰：「願大人有兒如李通，弗爲徐庶。兒他日不憚作趙苞以自贖。」公父亦潛寄語曰：「汝弗以我爲慮也。」壬辰，公父以天年終。鄞人李鄴嗣任其後事。大吏又强公之夫人及子以書招公，公不發書，焚之。己亥，始籍公家，然猶令鎮江將軍善撫公夫人及子，而弗囚也。嗚呼，世祖之所以待公者如此，蓋亦自來亡國大夫所未有。而公百死不移，不遂其志不已，其亦悲夫。於是，浙之提督張傑懼公終爲患，期必得公而後已。公之諸將孔元章、符瑞源等皆内附，已而募得公之故校，使居翁洲之補陀爲僧，以伺公。會公告糴之舟至，以其爲故校，且已爲僧，不之忌也，故校出刀以脅之，其將赴水死，又擊殺數人，最後者乃告之曰：「雖然，公不可得也。公蓄雙猿以候動靜，舟在十里之外，則猿鳴木杪，公得爲備矣。」故校乃以夜半出山之背，攀藤而入，暗中執公，並子木、冠玉、舟子三人，七月十七日也。十九日，公至寧，傑以轎迎之，方巾葛衣而入，至公署，歎曰：「此沈文恭故第也，而今爲馬厩乎？」傑以客禮延之，舉酒屬曰：「遲公久矣。」公曰：「父死不能葬，國亡不能救，今日之舉，速死而已。」數日，送公於杭，出寧城門，再拜歎曰：「某不肖，有孤故鄉父老二十年來之望。」傑遣官護行，有防守卒史丙者，坐公船首，中夜忽唱蘇子卿牧羊曲，以相感動。公披衣起曰：「汝亦有心人哉。雖然，吾志已定，爾無慮也。」扣舷和之，聲朗朗然，歌罷，酌酒慰勞之。而公之渡江也，得無名氏詩於船中，有云：「此行莫作黄冠想，静聽先生正氣歌。」公笑曰：「此王炎午之後身也。」浙督趙公寄公獄中，而供帳甚隆，許其故時部曲之内附者，皆得來慰問，有官吏願見者亦弗禁。公終日南面坐，拱手不起，見者以爲天神。杭人爭賂守者入見，或求書，公亦應之。嗚呼！制府之賢良，在張洪範之上，然非仁祖如天之大度，則褒忠之禮，亦莫敢施，非公之忠，亦無以邀仁祖之惓惓也。九月初七日，公赴市，遥望鳳凰山一帶，曰：「好山色。」賦絶命詞，挺立受刑，子木等三人殉焉。公諱煌言，字元箸，别號蒼水，浙之寧波府鄞縣西北廂人也。父刑部員外郎圭章，祖應斗，曾祖尹忠。太夫人趙氏，感異夢而生公，公神骨清削勁挺，生而跅不羈，喜呼盧，無以償博進，則私斥賣其生産，刑部怒。先宗伯公之中孫穆翁，雅有藻鑑，曰：「此異人也。」乃以己田售之，得金三百兩，爲清其逋，而勸以折節讀書。思陵以天下多故，令諸生於試經義後試射，諸生從事者新，莫能中，公執弓抽矢，三發三中，舉崇禎壬午鄉試，感憤國事，欲請纓者累矣，而卒以此死。公初以爭頒詔事，與同里楊侍御文瓚忤，遂不復面；及戊子，侍御一門死節，公哭之慟，曰：「負吾良友。」所親有失節者，公從海上貽之書曰：「汝善自衛，勿謂鞭長不及汝，吾當以飛劍斬汝。」公之初入海也，嘗遭風失維，飄至荒島，絶食，夢一金甲神告之曰：「贈君千年鹿，遲十九年還我。」次早果得一鹿，蒼色，人食一臠，積日不餓。及被執，又夢金甲神來招之，蓋十九年矣。雅精壬遯之學，己亥之渡東溪也，占得四課空陷，方大驚，而兵至，糴舟未返，即以金甲之夢占之，大凶。方呼居敬告之，而兵至。生於萬曆庚申六月初九日，得年四十有五。娶董氏，子萬祺，並先公三日戮於鎮江。女一，即歸予族祖穆翁爲子婦，予族母也。……其銘曰：天柱不可一木撑，地維不可一絲擎。豈不知不可，聊以抒丹誠。亦復支吾十九齡，啼鵑帶血歸南屏。他年補史者，其視我碑銘。（鮚埼亭集内编卷九）

【注釋】

〔一〕鶴猿：歐陽詢藝文類聚卷九〇鳥部引抱朴子：「周穆王南征，一軍盡化，君子爲猿爲鶴，小人爲蟲爲沙。」

〔二〕「猶憑」句：左傳成公二年：「八月宋文公卒，始厚葬，用蜃炭，益車馬，始用殉。重器備，椁有四阿，棺有翰檜。君子謂華元、樂舉於是乎不臣。臣治煩去惑者也，是以伏死而爭。今二子者，君生則縱其惑，死又益其侈，是棄君於惡也，何臣之爲？」華元，春秋宋國相人。歷事昭公、文公、共公、平公四君，長期任右師，掌握國政。

重過内家問范鄰音疾 二首

烏翐花落滿塘飛，撲地漫天點客衣。望裏荒田耕未遍，意中熟徑到全非。頑苔入座厚三寸，野樹穿階長一圍。十五六年春夢過〔一〕，不堪東壁對殘暉〔二〕。

驟雨翻盆細雨絲〔三〕，陰晴天氣做梅時。村經亂後年年異，家到貧來事事癡。蛛網塵生人病久，燕窩泥落客來遲〔四〕。閒愁觸處難消得，屋角啼聲類子規。

【箋釋】

此詩作於康熙四年乙巳四五月間。

按，此與過范玉賓兄弟話舊兩題詩原編於卷末，然以時考之，當爲是年四五月間作。晚村於順治五年戊子避亂歸里，即寄寓范氏家，至今適逾十六年矣，故有「十五六年春夢過」之語。謂「做梅時」，則在四五月矣。

范鄰音，名汝聽，諸生，崇德人。晚村妻弟。范霽陽史評卷首列「家學參訂姓氏」百一人，「汝」字輩有汝徵字威如、汝玠字公陶、汝聽字鄰音、汝瓆字玉賓、汝瓚字載玄、汝聰字文仲、汝球字天球、汝玢字受采、汝瑛字玉英、汝璨字玉粲、汝珣字玉旬、汝璵字玉與、汝璋字玉章、汝珪字無瑕、汝期字我思、汝大字西聞、汝理字美斯、汝賢字公毅十八人，生平不詳，録此備考。謂問疾者，即爲之醫治也。

【資　料】

徐倬送鄭音還語溪：三月春江上，楊花雪正飛。萬重津樹合，一路白雲微。野火明殘壘，寒星落釣磯。扁舟從此去，應采故園薇。

爾我不如意，棲遲共草亭。早潮千澗白，夜雨一燈青。地僻春投轄，天高野聚星。鄉思何太急，孤棹溯滄溟。

爾去家何地，鴛湖舊蓽門。荒臺征騎合，古戍戰雲屯。楊柳城西路，棠梨原上樹。故游凡幾輩，爲我一寒温。（道貴堂類稿寓園小草）

【注　釋】

〔一〕春夢：錢起送鍾評事應宏詞下第東歸：「世事悠揚春夢裏，年光寂寞旅愁中。」

〔二〕東壁：吕氏春秋卷一一仲冬紀：「一曰仲冬之月，日在斗，昏東壁中。」房玄齡晉書卷一一天文志：「東壁二星，主文章，天下圖書之秘府也。」此喻藏書之所。

〔三〕驟雨翻盆：杜甫白帝：「白帝城頭雲若屯，白帝城下雨翻盆。」細雨絲：趙蕃樓步：「細雨如絲山色暝，一杯濁酒慰飄零。」

〔四〕「蛛網」二句：薛道衡昔昔鹽：「暗牖懸珠網，空梁落燕泥。」

過范玉賓兄弟話舊 二首

漲發茅塘水勢渾，輕舟直繫舊籬門。畫梁乳燕群生子①，花檻叢篁老有孫。留聽十年前雨滴，起挑三鼓後燈昏。可憐童子頭支壁〔一〕，底事先生徹夜論。

話舊先尋兒戲處，相看不記老成時。亂兵過剩烏皮几〔二〕，野犬來窺鹿眼籬〔三〕。掛破錢塘摹宋畫〔四〕，繙殘北地選唐詩〔五〕。知君興味還如昔，剪燭行杯百不辭〔六〕。

【校記】

① 燕 原作「雀」，萬卷樓鈔本同，據嚴鈔本、詩稿本、管庭芬鈔本改。按，萬卷樓鈔本校曰：「燕。」

【箋釋】

此詩作於康熙四年乙巳四五月間。

按，范玉賓乃金路（明天啟四年甲子舉人）之子，鄰音之弟。玉賓性喜游，不耐里居，且家道中落，晚年猶爲衣食奔走，曾於康熙十一年壬子、十二年癸丑兩度攜子方仲赴京師。方仲工篆籀之學，藉此養親。

晚村避亂歸里，寄寓范玉賓家，蓋兩人自小相識，與范氏兄弟相往還，即爲玉賓父金路所賞，招之爲婿。晚村從子諒功（三兄季臣子）於順治四年丁亥因抗清受戮，則吕氏必爲清廷所注意，故二兄仲音結茅茗溪之埭山，三兄季臣遠棲山林，四兄念恭亦爲別居，晚村當有所忌焉，不得已，乃寓范氏家。晚村與范氏兄弟情誼始篤，更復有姻戚之緣，關係甚好。然而至康熙十三年甲寅，因房屋租金一事以致齟齬，遂至冷淡。其間原由，詳參後文。

【資料】

徐倬同玉賓話舊：冒絮消寒夜，篝燈話昔時。蒼鷲飛鴻洞，白雁弔瘡痍。曠野屯青犢，荒村遍赤眉。人方游沸釜，兵日弄潢池。自棹蜻蜓艇，潛攜繈褓兒。三遷難貼席，八口僅如絲。谷口藏何處，渭陽近在兹。斷橋藤架閣，古屋樹撑持。尺宅同深厦，全家寄一枝。留氈猶故物，睹篋少餘資。折足床難卧，頹墻户漫楮。擁衣陪夜坐，數米趁晨炊。莫歎生駒健，還憐老鳳飢。客能容我傲，熱不向人隨。頓有新歡接，渾忘舊里悲。禊亭齊少長，吟社悉壎箎（郭彦深、疇生、范鄰音、玉賓、予同家季素絲，皆兄弟也，咸在社中）。奚背誇昌谷，船頭漾渼陂。雕鎪錦瑟事，刻劃木蘭詞（彦深稱予詩似義山，諸子同賦定情詩，以訂交）。參觶東西列，郵筒南北馳。緑楊風裏路，香芷水之湄。略彴過頻數，溝塍徑逶迤。

角斤多勝概，春草自豐姿。玉樹論文細（玉樹爲彥深堂名），丹臺講易奇。字曾餐脉望，讀肯誤蟛蜞。餉客分牛炙，飛箋寫蜀葵。勝游多逸侶，情話到鄉耆。病起狂如故，貧來興不羈。行田挑菜甲，奪匕割魚鱠。顧曲偶然爾，呼盧間有之。老拳羊胃客，雅謔兔園師。竺塢紅千點，銀塘月半規。送春常濺淚，對景便銜巵。白雪歌喉細，紫雲墮髻垂。散華天女笑，折屐醉翁癡。樓上瓊簫度，墻頭彩袖窺。流黄看手腕，擣練鬭腰肢。侵曉烏啼急，深宵燭淚眵。歡多甘瑣尾，樂及賦將離。桃梗漂惟我，蓬根好傍誰。晨星真錯落，宿草竟披離。懶向墟邊去，愁從笛裏吹。靈光君尚在，芻狗我胡爲。來往從無間，風流定不疑。相逢秋正好，莫問夜何其。金馬銅龍倦，青鞋布襪遲。危波幸出險，瘦骼已無皮。謡諑從騰口，羈棲甘鈍錐。春風能共載，泉社莫教遺。去後誰栽樹，重游剩有詩。平生心跡在，惟有海鷗知。（道貴堂類稿野航集卷下）

徐倬減字木蘭花（過訪表弟玉賓留飲話舊）：女兒南路。一繫孤舟烏臼樹。好友開尊。剪韭挑燈細與論。　廿間書屋（舅氏居，俗名廿間屋）。酒後其人頹似玉。袖裏詩篇。半是斜川半輞川。（道貴堂類稿詞集）

徐倬范方仲印譜序：范子方仲，其尊甫玉賓先生爲予母族諸兄弟，又在畏友之列者也。玉賓小余六七歲，然亦稱老翁，而性喜游，不耐里居。家産又中落，雖老矣，尚衣食於奔走。壬癸之歲，兩走京師，皆挾方仲以來。方仲能承歡養志，即在數千里之外，依依膝下，有嬰兒之狀。顧工於篆籀之學，京師諸貴游慕其名，樂與往來，所以贈遺者頗厚。方仲即藉此爲其親製豐貂之冠，蒙茸之裘，玉賓雖一老縫掖，充充然有裘馬之氣。又時致妝餌果蓏之屬，聞市上賣餳聲，即竭蹷趁買以進。牀頭多餘皮，間以餉同舍生。予樂與玉賓談母家往事，篝燈熒熒，至街鼓鼕鼕三四下不少休。方仲坐其側，摩挲冷石，奏刀砉然聲出吾兩人笑語中，十指欲僵，起炊火熨之，夜以爲常。嗚呼！其天性至孝，過常人遠矣。予見世之養親者，或身致通顯，以五鼎三牲、錦衣玉食之隆養其親；或擁厚貲，新例作郎官，更出其餘，爲老親乞封誥一通，手奉之，輒揚揚有德色。至問其晨昏寢膳之間，竟缺如也，以爲我貴人，無事於此。以視方仲，出十指之勞，在數千里之外，承歡養志，其賢不肖相去何等也！余觀古得道之士，往往有所托以自隱，庖丁之刃，郢人之斤，輪扁之斲，莊子所爲技也，而進於道矣。方仲孝性過人，其所得必有在刀筆之外者。然余於篆籀之學未有所見，止書其所見者若此。（修吉堂文稿卷二）

呂留良與范玉賓書：昆生令弟屋事。兄禾歸，手札許弟蠶畢措銀見還，此出於兄命，非弟之願望也。昨見兒輩述稼孟傳兄言，要弟作字，力促至落山時親至昆生處坐索，或本或利，方可先清若干。弟聞之，乃不禁愕然悟歎，與兄交厚幾三十年，不知其用心之巧妙如斯也，請舉始末相質可乎？弟初思避地，原借吾兄後廳書房前後，承推愛慨許，即奉物修築，且更致租金於令弟及盛族，多置數處，然則弟非無所託足，而計及昆生之屋也。顧弟屢欲關斷後廳書房，而兄且收其鎖鑰，移遷其物件，微旨已露矣。嗣緣昆生忽有脱去尊居門面之舉，兄欲自解其急，突過弟齋，以昆生典契見命。是役也，兄爲弟乎，爲昆生乎？蓋自爲也。既全門面，又卻借居，一舉而兩得焉。兄之巧妙，一也。弟仰體尊意，不敢不從者，一則全不假之義，一則謂典屋得以自主，關鎖貯物行止擅便，不似前者掣肘耳。孰知昆生之屋，必不肯出乎？乃又倡爲弟本避亂遇警策方來，來即暫出之説，夫遇警暫避，親眷皆可叨庇，何用如許典價？蓋兄原量弟非久居，名典非典，落得用銀，故以此紿弟，而族昆生耳。乃弟力懇交典不已，乃始訂出屋，及再背約，兄復有字改訂日期，遷徙之間，不覺此過歲月。兄之巧妙，二也。昆生之樓，門窗當賣，階石已售，其不可居不欲居明矣。昆生何故而必不可出，其不可出非昆生也，兄也。卧榻之側，豈容他人鼾睡，故暫住則可，久居自便則不可，猶夫後廳書房之例也，於是不得已而轉爲還銀之説。此兄之巧妙，三也。還銀初非弟意，然在兄字，已確訂見楚，今忽令稼孟致語，若似乎深爲弟計者，而已微露不可全得之意，將爲逋挂張本，蓋明之［知］銀之不能還，亦如屋之不可出，姑爲曲説，逐漸延捱變計耳。此兄之巧妙，四也。弟與昆生，向無往來，所信仗者，實惟吾兄耳。昆生平素，弟未之知，可曰兄亦不知耶？既出一時權宜，自亦當爲弟善其始終。況昆生，令弟也。而兄又居間，則屋之當出，銀之當還，自應明正痛切言之。彼或不從，尤宜垂涕泣而道者，何嫌何畏，而故作此陰陽閃爍之狀，使昆生處必使弟爲難人，而兄爲好人。若原可不出不還者，而催促非我也。於弟處亦必使昆生爲難人，而兄爲好人。若早該即出即還者，而欺負非我也。昆生與弟同入吾兄圈禶之中，顛倒懊惱，而不得了，而兄所自爲則久已隱遂矣。此巧妙之五也。然而凡事難逃乎究竟，究竟倡典之説者兄也，書契居間者兄也，訂期交屋者兄也，不可出屋而改議還銀者兄也，又將於還銀生變者亦兄也。昆生者，兄之傀儡也。提手則手動，提眼則眼動，原不可與論是非也。佑公者，兄之鷹犬也，呼之噬則噬，呼之止則止，亦不可與責理論也。然則此事之究竟，弟求亦求，兄望亦望，兄怨亦怨，兄必不得已而至一朝之忿，亦惟忿兄耳。有屋則還弟屋，有銀則還弟銀，惟兄命是聽，不問之昆生也。恐兄之巧妙，正復未已，故敢索性掀破言之，觸冒虎威，無所逃罪。（鈔本呂晚村文集）

【注釋】

〔一〕「可憐」句：歐陽修秋聲賦：「童子莫對，垂頭而睡。」

〔二〕烏皮几：謝朓烏皮隱几：「蟠木生附枝，刻削豈無施。取則龍文鼎，三趾獻光儀。勿言素韋潔，白沙尚推移。曲躬奉微用，聊承終宴疲。」杜甫將赴成都草堂途中有作先寄嚴鄭公：「錦官城西生事微，烏皮几在還思歸。昔去爲憂亂兵入，今來已恐鄰人非。」仇兆鼇注：「高士傳：『晉宋明不仕，杜門注黄老，孫登惠烏羔皮裹几。』」

〔三〕麂眼籬：竹籬。籬格斜方如麂眼，故名。陸游山行：「緣崖曲曲羊腸路，傍水疏疏麂眼籬。」

〔四〕「掛破」句：此指戴進。戴氏字文進，號靜菴，錢塘人。臨摹古畫，可以亂真，被譽爲「院體中第一手」（何良俊四友齋叢説）。董其昌畫禪室隨筆卷二：「國朝名手僅戴進爲武林人，已有浙派之目。」

〔五〕「繙殘」句：李賢明一統志卷三六慶陽府：「春秋時爲義渠戎國。秦滅義渠，以其地屬北地郡，漢因之。」此指李夢陽。李氏字獻吉，慶陽人。張廷玉明史卷二八六李夢陽傳：「夢陽才思雄鷙，卓然以復古自命。弘治時，宰相李東陽主文柄，天下翕然宗之，夢陽獨譏其萎弱，倡言文必秦漢，詩必盛唐，非是者弗道。」

〔六〕剪燭：李商隱夜雨寄北：「何當共剪西窗竹，却話巴山夜雨時。」行杯：李白與夏十二登岳陽樓：「雲間連下榻，天上接行杯。」王琦注：「傳杯而飲曰行杯。」

送晦木歸餘姚 今年五十　二首

非因生日避歸山，要向堂前拜母還。窮過神仙休舉似，老惟嗜好不能删。船沖斷岸牛開路，江入連峰鷺轉灣。晚節豈堪長度此，南村早計共安關①。

乞將霖雨阻君歸，一夜西風計旋非。眼底友生臨草岸，心頭穉子候柴扉〔一〕。豫爲五十賒春酒〔二〕，出月三日爲晦木五十生日。到及初三試綵衣〔三〕。老伴相思過少壯，更休苦戀芋魁肥〔四〕。

【校　記】

① 安關　詩稿本、管庭芬鈔本、張鳴珂鈔本、萬卷樓鈔本同，嚴鈔本、釋略本作「安閒」。按，萬卷樓鈔本校曰：「閒。」

【箋釋】

此詩作於康熙四年乙巳六月。

按，諸本晚村詩集皆僅録第一首，第二首據嚴鈔本、釋略本後所附之倀倀集删補。晦木生日爲七月初三日，故歸時在六月。數年以來，晚村常約請太沖、晦木、旦中來語溪隱居，而每不果，雖三人常得往還，然畢竟來去匆匆，路途有所不堪。「晚節豈堪長度此，南村早計共安關」云者，爲此感發。其詳參見耦耕詩之箋釋。

【注釋】

〔一〕稺子候柴扉：陶淵明歸去來兮辭：「僮僕歡迎，稚子候門。三徑就荒，松菊猶存。」陸游初夏出游：「諸孫殊可念，相唤候柴扉。」

〔二〕春酒：詩豳風七月：「爲此春酒，以介眉壽。」馬瑞辰通釋：「春酒，即酎酒也。漢制：以正月旦作酒，八月成，名酎酒。周制：蓋以冬釀經春始成，因名春酒。」

〔三〕綵衣：歐陽詢藝文類聚卷二〇人部引列女傳：「老萊子孝養二親，行年七十，嬰兒自娱，著五色綵衣，嘗取漿上堂，跌仆，因卧地爲小兒啼，或弄烏鳥於親側。」

〔四〕芋魁肥：浙東寧波、餘姚諸地産大芋，今諺猶云：「走過三江六碼頭，吃過奉化芋艿頭。」

遷耕瑶亭與改齋同坐次改齋韻

送歸老友指荒蹊，又慰孤清與共棲。畫得蘭根無好土〔一〕，拔來蓮葉出淤泥〔二〕。方言習俗聲相易，讀性生成課不齊。簡點欲從纖細起，改齋新號换詩題。

【箋釋】

此詩作於康熙四年乙巳八月。

按，是年七八月間，太沖暫歸餘姚，爲秋祭也。太沖黄季真先生墓誌銘曰：「乙巳秋祭，稽首香燈，叔父盥獻，某執豆登。」（南雷文案卷六）八月底，太沖、晦木復攜萬公擇同來語溪。是時太沖更號「改齋」。惜太沖詩今已不得。

【注釋】

〔一〕「畫得」句：王鏊姑蘇志卷五五：「鄭思肖，字憶翁，號所南，連江人。……元兵南下，扣閽上太皇太后、幼主疏，辭切直，忤當路，不報。初名某，宋亡乃改今名，思肖即思趙，『憶翁』與『所南』皆寓意也。素不娶，孑然一身，念念不忘君，形言於詩文。……精墨蘭，自更祚後，爲蘭不畫土根，無所憑藉。或問其故，則云：『地爲他人奪去，汝不知邪？』」

〔二〕「拔來」句：周敦頤愛蓮説：「予獨愛蓮之出淤泥而不染，濯清漣而不妖。」

喜太沖至同改齋萬公擇徐相六飲耕瑶亭依改齋韻

不對延平月有餘〔一〕，粗疏飲啗在盤蔬。夜中見異非奇事，别後仍前豈讀書。舉似只當千則劇〔二〕，看來不直一軒渠〔三〕。話頭且記今宵語，莫謾商量海大魚〔四〕。

【箋釋】

此詩作於康熙四年乙巳八月。

按，諸本晚村詩集皆不載此詩，據嚴鈔本、釋略本後所附之倀倀集删補。惜太沖詩今已不得。從詩中「不對延平月有餘」句可知，晚村實亦有師事太沖之誼。

徐相六，疑即徐轅縉。轅縉之父駿聲，字楷生，號瘦菴，崇德人。生於明萬曆三十七年己酉，卒於清康熙十一年壬子十一月初一日，終年六十有四。太沖瘦菴徐君墓誌銘曰：「余客語溪，無山水之觀，而瘦菴爲其子築屋讀書，間或過之。新栽木槿，尚未成行，頗有野外荒涼之趣。其子轅縉、甬上萬公擇，朝夕於斯。」（南雷文定後集卷四）

萬公擇，名斯選，萬泰第五子，鄞縣人。生於明崇禎己巳五月十八日，卒於清康熙甲戌八月初十日，終年六十有六。據李杲堂送萬公擇授經石門序：「吾友萬公擇授經於石門數年，每春初出門，至末冬始歸。」（杲堂文鈔卷三）萬氏授館期間，與晚村交好。

【資　料】

黄宗羲萬公擇墓誌銘：生平不應科舉，出而教授，自武林、語水以至淮上，故亦不專舉業，通鑑則手録，二十一史則句讀丹鉛，不遺一字。其在語水，得余所評羅念菴、王塘南二先生集讀之，不以口耳從事，默坐澄心，恍然如中流之一壺，證以蕺山「意爲心之主宰」而愈信。從此卓犖讀書，不爲舊説所錮，三十年如一日也。淮上之門人，如唯一、西洮，皆能興起於學，使蕺山之流風餘韻北漸而不墜者，信公擇之立身不苟耳。……公擇既不爲世用，事功無所表現，又不著書以自炫耀，然余直信其爲黄叔度、吴康齋路上人，非阿私所好也。（南雷文定卷五）

【注　釋】

〔一〕延平：脱脱宋史卷四二八李侗傳：「李侗字愿中，南劍州劍浦人。年二十四，聞郡人羅從彦得河洛之學，遂以書謁之。……是時，吏部員外郎朱松與侗爲同門友，雅重侗，遣子熹從學，熹卒得其傳。沙縣鄧迪嘗謂松曰：『愿中如冰壺秋月，瑩徹無瑕，非吾曹所及。』松以謂知言。」學者稱延平先生，朱熹將其語録編爲延平答問。

〔二〕則劇：岳珂愧郯録卷一五國初宫禁節料錢：「内藏有取會之禁，宫禁好賜之制，外廷莫得而知。凡今歲時，士庶家以錢分遺家人輩，目曰節料，或歲正、冬節縱之呼博，目曰則劇。」

〔三〕軒渠：范曄後漢書卷八二方術列傳下：「兒識父母，軒渠笑悦，欲往就之。」方以智通雅卷四釋詁：「軒然，軒渠也。後漢方技薊子訓傳『軒渠笑自若』，天禄閣外史曰『韓王軒然仰笑』，即軒渠也。軒本前昂，故借爲軒軒，與軒仰也。東坡書山谷艸書後云：『他日黔安見之，當捧腹軒渠。』正用此字。」

〔四〕海大魚：戰國策齊策一：「靖郭君將城薛，客多以諫，靖郭君謂謁者無爲客通。齊人有請者，曰：『臣請三言而已矣。益一言，臣請烹。』靖郭君因見之。客趨而進，曰：『海大魚。』因反走。君曰：『客有於此。』客曰：『鄙臣不敢以死爲戲。』君曰：『亡，更言之？』對曰：『君不聞大魚乎？網不能止，鈎不能牽，蕩而失水，則螻蟻得意焉。今夫齊，亦君之水也。君長齊，奚以薛爲？失齊，雖隆薛之城到於天，猶之無益也。』君曰：『善。』乃輟城薛。靖郭君謂齊王曰：『五官之計，不可不日聽也而數覽。』王曰：『説吾而厭之，今與靖郭君。』」

鍾靜遠攜酒同胡圓表集飲次改齋韻

掩耳支扉理菜區，攜尊有友破清娛。果然方鑿難爲枘〔一〕，畢竟圜壺不是觚〔二〕。雨怪風盲何與汝〔三〕，鳥啼蟲嘶也關吾。從來不喜陳同父〔四〕，此際輸渠豪氣粗。時有少年妄毁正舉者。

【箋　釋】

此詩作於康熙四年乙巳八月。

按，諸本晚村詩集皆不載此詩，據嚴鈔本、釋略本後所附之倀倀集删補。

鍾靜遠，名定，崇德人。生於明崇禎十二年己卯，清康熙十七年戊午得教職。晚村姪婿。晚村仲兄仲音墓誌銘曰：「女三人：長適庠生鍾定，次適曹嶽起，三適胡士琳，皆同邑。」康熙二十八己巳年以明經授河南祥符知縣。

胡圓表，名直方，崇德人。歲貢生，官蘭溪教諭。父明遠，字九元，明天啟元年辛酉科舉人；入清，官仙居教諭。阮芸臺兩浙輶軒録卷三收圓表觀稼樓落成自遣詩二首，實乃晚村零星稿中新秋觀稼樓成四首之二首（文字稍有異），顯爲誤收。

【資　料】

嵇曾筠浙江通志卷二八學校之江山縣儒學：國朝順治九年教諭龔瑛、訓導梅夢熊重修。……二十一年教諭鍾定、訓導沈九如重建櫺星門、鄉賢祠。

王士俊河南通志卷三七職官八開封府屬知縣之祥符縣：鍾定：浙江石門人。歲貢。康熙二十八年任。

葉燮鍾母朱太孺人墓誌銘：余少時授講習於石門鍾子靜遠之居，靜遠始逾成童，在外塾而家政有所稟受，事事法則井然，小大僮僕無惰事。其待先生，忠且敬，飲食必腆以潔，寒暑服具爐扇，必豫以周；賓客至，肅以將之，不使有一毫缺漏，終歲不聞閫内有聲。余乃知靜遠母朱太孺人董家政之能且賢，其所以待師與友之忠且敬者，蓋深望其子之業成而冀師與友之得盡其教也。余别去數年，太孺人卒，往弔，則靜遠已爲名諸生，籍甚，余益深歎太孺人之能教其子若是。靜遠選舉太孺人之喪，合葬於考太學君之北。越十餘年，靜遠以明經令河南之陳留，千里走書於余，曰：「昔定母之葬也，墓石尚未有辭。惟定母之生存，先生亦既悉之矣，雖然，吾母有隱德，世未之知，即宗黨戚屬，亦未盡知之。敢具實以狀，請惟先生有以志諸墓，死不休。」太孺人朱氏，世居桐鄉皂林鎮，祖某，耆德授冠帶。父某，淳厚古道稱長者。太孺人歸於鍾，鍾爲太學生靜遠考也，生三子，不育。太學君曠達，爲四方游，年且五十，益不爲嗣續計。太孺人憂懼，所以導太學君娶妾生子者百端，而太學君顧置之，然以太孺人力，卒娶妾嚴氏，生子定，即靜遠也。靜遠生四歲，太學君卒，太孺人視嚴如手足。靜遠九歲，嚴亦卒，太孺人哭之慟，所以鞠育靜遠者，過於所生。……太孺人年七十卒，葬於禦兒西鄉二馬村。子一，定，庶嚴出，由明經令爲陳留縣知縣；女一，太孺人出，適諭德徐嘉炎；孫七人。（己畦集卷一七）

陳祖法贈鍾靜遠初得廣文值其四十初度：予昔秉鐸語水城，君時十九稱年少。龍文豹采正新鮮，隋珠和璧相照耀。憶予羈遲十五年，情好無幾得久要。論古一到子雲亭，徵今已並玄晏號。尊聞一帙海内傳，文章無乃據堂奥。予從太原返故都，舊日講堂一重到。聞君已置廣文氈，服官正值强仕年。昨日爲我拂征塵，蒙君已開玳瑁筵。今日值君慶縣弧，籌添海屋酒流泉。何以祝之報殷勤，則曰首將樂育傳。再賡日月升恒句，三誦鼎鼐鹽梅篇。他日訪君絳帳地，苜蓿盤中重溯舊纏綿。（古處齋詩集卷四）

陳祖法自署返語溪胡圓表投贈以詩值其入都即韻答之：解辔誰將新句投，憐君仍話昔年愁。篝燈自問非良策，琴劍誰云不壯游。駿試驚蹄追落日，雕摩健羽正深秋。故人若問予消息，爲道艱難卜一丘。（古處齋詩集卷七）

余麗元光緒石門縣志卷八人物傳：胡直方，字真吾，明遠子。由歲貢任蘭溪教諭。幼穎悟，長益刻勵。課諸弟子讀書作文，皆有心得，每一藝出，士林爭奉爲正宗。輯安定正學承啟録、就正録。

【注釋】

〔一〕方鑿難爲枘：司馬遷史記卷七四孟子荀卿列傳：「梁惠王謀欲攻趙，孟軻稱大王去邠，此豈有意阿世俗苟合而已哉！持方枘欲内圜鑿，其能入乎？」司馬貞索隱：「按，方枘是筍也，圜鑿是孔也。謂工人斲木，以方筍而内之圜孔，不可入也。故楚詞云『以方枘而内圜鑿，吾固知其鉏鋙而不入』是也。謂戰國之時，仲尼、孟軻以仁義干事主，猶方枘圜鑿然。」

〔二〕圜壺不是觚：儀禮大射儀：「尊士旅食於西鐏之南，北面兩圜壺。」鄭玄注：「士衆食未得正禄，謂庶人。在官者圜壺，變於方也。」論語公冶長：「子曰：『觚不觚。觚哉觚哉。』」何晏集解：「觚哉觚哉，言非觚也。以喻爲政而不得其道，則不成也。」

〔三〕雨怪風盲：韓愈南海神廟碑：「神不顧享，盲風怪雨。」山海經西山經：「是山也多怪雨，風雲之所出也。」禮記月令：「仲秋氣至，則南吕之律應。……盲風至，鴻雁來，玄鳥歸，群鳥養羞。」鄭玄注：「盲風，疾風也。」

〔四〕陳同父：脱脱宋史卷四三六陳亮傳：「陳亮，字同父，婺州永康人。……隆興初，與金人約和，天下忻然幸得蘇息，獨亮持不可。婺州方以解頭薦，因上中興五論。……當淳熙五年……詣闕上書曰：『……昔春秋時，君臣父子相戕殺之禍，舉一世皆安之。而孔子獨以爲三綱既絶，則人道遂爲禽獸，皇皇奔走，義不能以一朝安。然卒於無所遇，而發其志於春秋之書，猶能以懼亂臣賊子。今舉一世而忘君父之大仇，此豈人道所可安乎？使學者知學孔子之道，當道陛下以有爲，决不沮陛下以苟安也。南師之不出，於今幾年矣，豈無一豪傑之能自奮哉？其勢必有時而發泄矣。苟國家不能起而承之，必將有承之者矣。不可恃衣冠禮樂之舊，祖宗積累之深，以爲天命人心可以安坐而久繫也。……臣以爲通和者，所以成上下之苟安，而爲妄庸兩售之地，宜其爲人情之所甚便也。……今也城郭宫室、政教號令，一切不異於中國，點兵聚糧，文移往反，動涉歲月。一方有警，三邊騷動，此豈能歲出師以擾我乎？然使朝野常如敵兵之在境，乃國家之福，而英雄所用以爭天下之機也，執事者胡爲速和以惰其心乎？……陛下厲志復仇足以對天命，篤於仁愛足以結民心，而又仁明足以照臨群臣一偏之論，此百代之英主也。今乃委任庸人，籠絡小儒，以遷延大有爲之歲月，臣不勝憤悱，是以忘其賤而獻其愚。……』書奏，孝宗赫然震動，欲榜朝堂以勵群臣，用种放故事，召令上殿，將擢用之。左右大臣莫知所爲，惟曾覿知之，將見亮，亮恥之，逾垣而逃。覿以其不詣己，不悦。大臣尤惡其直言無諱，交沮之，乃有都堂審察之命。……亮自以豪俠屢遭大獄，歸家益厲志讀書，所學益博。其學自孟子後惟推王通，嘗曰：『研窮義理之精微，辨析古今之同異，原心於秒忽，較禮於分寸，以積累爲工，以涵養爲正，睟面盎背，則於諸儒誠有愧焉。至於堂堂之陳，正正之旗，風雨雲雷交發而並至，龍蛇虎豹變現而出没，推倒一世之智勇，開拓萬古之心胸，自謂差有一日之長。』亮意蓋指朱熹、吕祖謙等云。……時光宗不朝重華宫，群臣更進疊諫，皆不聽，得亮策，乃大喜，以爲善處父子之間。奏名第三，御筆擢第一。既知爲亮，則大喜曰：『朕擢果不謬。』孝宗在南内，寧宗在東宫，聞知皆喜，故賜第告詞曰：『爾蚤以藝文首賢能之書，旋以論奏動慈宸之聽。親閲大對，嘉其淵源，擢置舉首，殆天留以遺朕也。』授僉書建康府判官廳公事。未至官，一夕，卒。亮之既第而歸也，弟充迎拜於境，相對感泣。亮曰：『使吾他日而貴，澤首逮汝，死之日，各以命服見先人於地下足矣。』聞者悲傷其意。然志存經濟，重許可，人人見其肺肝。與人言，必本於君臣父子之義，雖爲布衣，薦士恐弗及。」

太沖得趙考古歲寒畫作雪交詩依韻題之

窮島有華枯不發，接來鐵幹山中接〔一〕。山中不是少華看，曾見冰魂穿月脇〔二〕。同上金鼇人已非，華底還疑出眉睫。南陽也許一枝同，俗豔漫村儘欺壓。人間不是雪交花，香落馬蹄隨蛺蝶〔三〕。何時收拾考古畫，老伴松針與竹葉。考古真是雪交人，此花此畫都無涉。著書空山三十年①，臺列五行高巀嶪②〔四〕。考古著書臺在四明〔五〕，其山環具五行之行。得此雪交亦不惡，乞與亭中北壁貼。太沖有雪交亭。若作栽花買畫看，何殊騎馬换少妾〔六〕。綾裝玉軸雪中開，一段風流勝嬌靨。可惜南陽少此圖，請寫前題重和叶。公詩萬古不生塵，趙畫千年還落劫。

【校　記】

① 空山　釋略本作「山中」。

② 臺　詩稿本作「基」。

【箋　釋】

此詩作於康熙四年乙巳八月。

按，諸本晚村詩集皆不載此詩，據嚴鈔本、釋略本後所附之倀倀集删補。

趙考古，即趙謙，原名古則，字撝謙，時人稱考古先生，餘姚人。生於元至正十一年辛卯，卒於明洪武二十八年乙亥，終年四十有五。

【資料】

朱彝尊趙撝謙傳：趙撝謙，名古則，更名謙，餘姚人。宋秦悼惠王之裔。幼孤貧，寄食山寺，與學佛者同學。長游四方，樂取友，人有一善一能，輒往訪。隆寒溽暑，恒徒步百餘里。與朱右、謝肅、徐一夔輩定文字交。天台鄭四表善易，則從之受易；定海樂良、鄞鄭真明春秋，山陰趙俶長於説詩，迮雨善樂府，廣陵張昱工歌詩，無爲吴志淳、華亭朱芾工草書篆隸，撝謙悉與爲友。博究六經、百氏之學，尤精六書。其言曰：「水火之生，人不可一日無之，而不汲汲者，以其隨取隨足，故衆人昧焉。惟聖人於易坎、離始終明之，字書之爲用，亦若水火，人顧不察爾。」又曰：「士人爲學，必先窮理，窮理必本讀書，讀書必本識字，六書明，然後六經如指諸掌矣。」隱居𡹎山萬書閣，築考古臺，取諸家論著證其得失，作六書本義，繼成聲音文字通，約之以造化經綸圖，又作學範，共著書三百餘卷，時目爲考古先生。洪武十二年，命詞臣修正韻，撝謙年二十有八，應聘入京師，衆以年少易之，撝謙亦自信其説，不爲貴顯者所奪，以是不見録，授中都國子監典簿。宋濂獨遣其子璲從游，歎以爲不及。久之，以吏部侍郎侯庸薦，召爲瓊山縣學教諭。二十八年，卒於番禺。將終，以書别瓊山弟子曰：「太虚之中，不能不聚而爲人物，人物又不能不散而還太虚，其聚其散，皆理數相推，不能自已，豈有所爲而爲者。子身在太虚中，如冰在水，而今將爲水矣。冰與水，時爲之，何所留，亦何足戀，聽其自然可矣。」撝謙卒時年四十有五。其後，門人柴欽以庶吉士與修永樂大典，進言其師所撰聲音文字通當采録，遂奉命馳傳，即其家取之。（曝書亭集卷六四）

唐胄重修趙考古先生墓碑記：先生少慕考亭之學，肇博於六書，而又會之於六經、百氏，約之於造化，經綸一圖，羽翼聖道。當時高皇帝與臣宋濂、解縉皆知重之。乃謫教吾邑，首啟王惠、吴文祥之傳，愈衍愈盛，各以所得，皆足名世。

【注釋】

〔一〕鐵幹：謝肇淛滇略卷二：「池旁羅漢松一株，大數十圍，霜柯鐵幹，世所罕見。」

〔二〕月脇：皇甫湜顧況詩集序：「偏於逸歌長句，駿發踔厲，往往若穿天心，出月脇，意外驚人語，非尋常所能及。」

〔三〕「香落」句：唐寅落花詩：「香逐馬蹄歸蟻垤，影和蟲臂罥蛛絲。」

〔四〕巀嶪：范成大吴船録卷上：「有三石峰，平正如高樓巍闕，巀嶪奇偉，不可名狀。」程公許投贈洪倅司令舜俞：「燕臺巀嶪萬金黃，豈意謙勤從隗始。」巀，顧野王玉篇山部：「才結切。山高陵也。」嶪，同上書：「魚怯切。岌嶪。」

〔五〕考古臺：在餘姚西南十二里塢山，乃撝謙辭官歸里時所築，爲讀書著述之處。任瓊山教諭後，因縣學卑隘，居無善所，乃於學舍右另建一室，亦稱考古臺。

〔六〕騎馬换少妾：朱揆釵小志：「愛妾换馬：後魏曹彰性倜儻，偶逢駿馬，愛之，其主所惜也。彰曰：『彰有美妾可换，惟君所擇。』馬主因指一妓，彰遂换之。馬名白鶻，故後人作愛妾换馬詩奏之絃歌焉。」（陶宗儀説郛卷七七）李白襄陽歌：「千金駿馬换少妾，笑坐雕鞍歌落梅。」

簡孟舉乞炭

豆藍麥稈無堅質〔一〕，松片桑條只薄桴。敢望獅頭爭刻劃〔二〕，但求雞骨耐枝梧〔三〕。白花細沸穿心罐，黄熟濳蒸索耳爐①〔四〕。夜起談經愁火盡，不知君肯續薪無〔五〕。

【校記】

① 蒸 詩稿本同，嚴鈔本、釋略本、恰古齋鈔本、張鳴珂鈔本、萬卷樓鈔本作「消」。

【箋釋】

此詩作於康熙四年乙巳九月。

按，孟舉頗富有，而晚村僅足度日。此時又有請太沖設館家中，序值深秋，天氣漸寒，夜起談經，而爐火已滅，亦捉襟見肘之意，故向孟舉乞炭。時所乞者三物，即所謂「三乞詩」者是也。然晚村集中僅存此一首，餘未之見，而於太沖、孟舉集中得其全者（孟舉原次詩已佚，存後十五年續補之作）。有乞書副本者，即太沖所謂「甲辰館語溪，檇李高氏以書求售二千餘，大略皆鈔本也。余勸吴孟舉收之。余在語溪三年，閲之殆遍」之事，語在天一閣藏書記（南雷文案卷二）。

【資料】

黄宗羲乞炭：隨例裁成乞炭詩，重陽風雨已嫌遲。豈因橋下聲難變，不爲簧中字欲移。蚓竅正哀秋在樹，蠏湯初沸月登陴。歡顔君欲慰寒士，不惜佳篇侑土宜。

乞西香：香方海上得傳諸，四十年來盡學渠。文士好奇銷麗句（孫子度自造西香），閨中待雪破鑾書。將修鼻觀霜寒後，獨契心宗夜坐餘。草木亦知有臭味，從君乞得更何如。

乞書副本：借書還書各一瓻，一段風流吾所師。古墨聞香魚亦壽，新鈔未較豕生疑。絳雲過眼哀神物，梅閣驚心落市兒。副本君曾許見乞，幸寬十指出支離（絳雲，牧齋藏書；梅閣，祁氏藏書）。（南雷詩曆卷二）

吴之振答三乞詩次原韻之答乞炭：昆侖投曉乞新詩，篛籠緘縢索報遲。名士出山鬚髮變，歌鬟幻術性情移。思尋雪窖難填塹，欲墮愁城徹守陴。休計策勳當歲暮，斃時暄煖亦相宜。

答乞西香：嬾眠無暇惜居諸，梅潤熏籌正羡渠。鳳翅蹙花團帶銙，雷文嫋篆朶雲書。話殘蠟燭昏鐘後，夢破梨花午枕餘。不分荳蔻煨榾柮，銅爐區别問何如。

乞書副本：酸醨相兼酒一瓻，蹣跚好伴老經師。休從講座誇爭席，誰辨書笥可質疑。高櫃障錢真俗物，牛毛寫字亦癡兒。街頭壓擔論斤賣，曾費丹鉛勘陸離。（黄葉村莊詩集卷五）

按，原詩題下注曰：「十五年前答友人三乞詩稿，已遺失，十記三四。今從友人集中見原唱，補綴和此。憶水生草堂友朋文酒之樂，不啻昔夢。死生聚散，殊多今昔之感矣。」此「友人」即指晚村。

【注釋】

〔一〕豆藉：陸游浣花女：「當户夜織聲咿啞，地爐豆藉煎土茶。」藉，廣韻：「古諧切。」玉篇：「藉，麻莖也。」

〔二〕獅頭：高濂遵生八牋卷一四「新舊銅器辨正」：「景泰、成化年間亦有此色彝爐，用兩獅頭爲耳，復用赤金厚片作雲鳥形，貼鑄其底。」

〔三〕雞骨：李時珍本草綱目卷三四：「降真香，證類。釋名：紫藤香，綱目。雞骨香。」並引李珣曰：「仙傳伴和諸香，燒煙直上，感引鶴降，醮星辰，燒此香爲第一度籙，功力極驗，降真之名以此。」李時珍曰：「俗呼舶上來者，爲番降，亦名雞骨，與沉香同名。」

〔四〕黄熟：嵇含南方草木狀：「交趾有蜜香樹，幹似柜柳，其花白而繁，其葉如橘。……其根爲黄熟香。」李時珍本草綱目沉香：「木之心節置水則沉，故名沉水，亦曰水沉。半沉者爲棧香，不沉者爲黄熟香。」

〔五〕「夜起」二句：莊子養生主：「指窮於爲薪，火傳也，不知其盡也。」

喜高辰四至遂送之閩 三首

願見辰翁歲七更，今朝得面眼尤明。意中形貌翻驚瘦，語次寒温始覺生。太白雪蘭曾乞種，桐齋油火許分檠。舊有寄乞雪蘭詩，辰四約余至鄞，以桐齋置予。論交指屈人難得，傾倒無端一愴情。

慣從令弟讀家書，笑煞相期出每虛。豈謂沖炎乘舴艋〔一〕，翻然迂道到菰蘆〔二〕。來何遽去君情厚，見不如聞我學疏〔三〕。失脚下磯今欲返，船過爲報富春漁〔四〕。

連宵坐月倚庭梧，影畫三人也不孤。但有遠懷難住此，深慚枉駕卻因吾。露寒江浦收蓮子，日滿山城賣荔奴〔五〕。南宋風流多在彼〔六〕，輕舟拾得寄看無。

【箋釋】

此詩作於康熙四年乙巳九月。

按，辰四此次經語溪，爲過晚村也，詩中「深慚枉駕卻因吾」一語，可證。因辰四即將赴閩，晚村遂以三詩送之。辰四之入閩，蓋應耆社之招；據其所題林茘堂明山遺民紀述有「予以辛亥之春爲耆社」，辛亥爲康熙十年，則辰四之正式參加耆社，猶在六年之後。辰四有前舍人丘含三自洞庭歸余姪隱學招入耆社次徐掖青韻及閩人林蒿菴來鄞招入耆社諸詩，全謝山錢蟄菴徵君述亦曰：「晚年與宇泰爲耆社。」（鮚埼亭集外編卷一一）宇泰，辰四子，是父子皆入耆社。

【資　料】

高斗權前舍人丘含三自洞庭歸余姪隱學招入耆社次徐掖青韻：春風二月鳥嚶鳴，古寺清游近冶城。老衲迂疏能愛客，野花歷亂不知兵。難忘感慨論冰雪，欲學耕桑話雨晴。白髮相看杯酒在，南湖對影夕陽明。

故交久隔歎雞鳴，乘興扁舟一到城。皂帽爭看遼左客，新詩猶識下江兵。孤畸避俗來僧舍，潦倒爲歡藉晚晴。相對黯然同話舊，春花亦自照人明。（續甬上耆舊詩卷四一）

高斗權閩人林蒿菴來鄞招入耆社：小閣薰風傲澗阿，素心千里喜相過。休論往事堪三歎，愛讀新詩類九歌。愁裏酒杯惟看劍，靜中香氣但聞荷。與君痛飲成河朔，投轄今看勝事多。（同上）

【注　釋】

〔一〕沖炎：楊萬里新暑追涼：「去歲沖炎横大江，今年度暑卧筠陽。」

〔二〕菰蘆：許嵩建康實録卷二：「（殷禮）與輔義中郎將張温使蜀，蜀諸葛亮見而歎曰：『江東菰蘆中，生此奇才。』」

〔三〕見不如聞：劉昫舊唐書卷一九〇文苑上郭世翼傳：「時崔信明自謂文章獨步，多所凌轢。世翼遇諸江中，謂之曰：『嘗聞楓落吴江冷。』信明欣然示百餘篇，世翼覽之未終，曰：『所見不如所聞。』投之於江。信明不能對，擁檝而去。」

〔四〕富春漁：指嚴子陵。范曄後漢書卷八三逸民列傳：「嚴光字子陵，一名遵，會稽餘姚人也。少有高名，與光武同游學。及光武即位，乃變名姓，隱身不見。帝思其賢，乃令以物色訪之。後齊國上言：『有一男子，披羊裘釣澤中。』帝疑其光，乃備安車玄纁，遣使聘之。三反而後至。舍於北軍，給床褥，太官朝夕進膳。司徒侯霸與光素舊，遣使奉書。使人因謂光曰：『公聞先生至，區區欲即詣造，迫於典司，是以不獲。願因日暮，自屈語言。』光不答，乃投札與之，口授曰：『君房足下：位至鼎足，甚善。懷仁輔義天下悦，阿諛順旨要領絶。』霸得書，封奏之。帝笑曰：『狂奴故態也。』車駕即日幸其館。光卧不起，帝即其卧所，撫光腹曰：『咄咄子陵，不可相助爲理邪？』光又眠不應，良久，乃張目熟視，曰：『昔唐堯著德，巢父洗耳。士故有志，何至相迫乎！』帝曰：『子陵，我竟不能下汝邪？』於是升輿歎息而去。復引光入，論道舊故，相對累日。帝從容問光曰：『朕何如昔時？』對曰：『陛下差增於往。』因共偃卧，光以足加帝腹上。明日，太史奏客星犯御坐甚急。帝笑曰：『朕故人嚴子陵共卧耳。』除爲諫議大夫，不屈，乃耕於富春山，後人名其釣處爲嚴陵瀨焉。建武十七年，復特徵，不至。年八十，終於家。帝傷惜之，詔下郡縣賜錢百萬、穀千斛。」

〔五〕茘奴：即茘枝奴，龍眼之别稱。劉恂嶺表録異卷中：「茘枝方過，龍眼即熟，南人謂之茘枝奴，以其常隨於後也。」

〔六〕「南宋」句：或指謝翺，閩人也，南宋遺民詩人，有晞髮集十卷、遺集二卷、遺集補一卷等。詳參是卷前真進士歌贈黄九煙注釋〔四四〕。

耦耕詩〔一〕十首

只有南陽好耦耕，休持妄想與天爭。古人不死吾猶在，秋氣無情物亦生〔二〕。募乞買山真戲語〔三〕，零丁誓墓即求名〔四〕。身將隱矣文焉用〔五〕，不得其平也莫鳴〔六〕。

誰教失腳下漁磯，心跡年年處處違〔七〕。雅集圖中衣帽改，黨人碑裏姓名非〔八〕。苟全始信談何易〔九〕，餓死今知事最微〔一〇〕。醒便行吟埋亦可〔一一〕，無慚尺布裹頭歸。

頻呼苦喚耦耕來，剡曲明州首不回。各有好山思便住，竟無長策老相催。八年倦客違心做，九日寒花滿意開。酌酒南村須早計，莫教頭白望江梔。

才説尋貲去耦耕，定知不是耦耕人。草堂圖樣删來小，口料花名省便均〔一二〕。竹徑橫斜緣苟且，槿籬破漏爲因循。與君掮疊閒家當，一把鋤頭六尺身。

石鏡銅鑪未可留〔一三〕，澉湖雲岫費尋搜〔一四〕。生來不帶看花眼，老去猶支打屋頭〔一五〕。好友一時團汐社〔一六〕，俗人隨地畫鴻溝〔一七〕。陋哉笑問仲長統〔一八〕，樂志如何田宅求〔一九〕。

名絓清流異代尊，近聞隱跡在朱門。織簾賣藥終南徑〔二〇〕，景宣①。屬稿呈詩秋壑園〔二一〕。蘭生。用里僅存芝練骨〔二二〕，端明。孤山長往鶴消魂〔二三〕。聞魏美信。可憐傳記人誰託，歇熱田塍子細論。

自古穠華少聖賢，從兹困阨任皇天。甜桃肯颺山梨醋〔二四〕，菱角難磨芡實圓〔二五〕。照影乍驚非故我，看花覺好是今年。一秋雨漲茅塘發，力盡柔篙逆水船。

南陽莊屋廿間多，兩個魚池一種荷〔二六〕。臨水軒窗供老友，遮橋桃柳引村婆。青桑出子蟲鋪蟥，紫竹開花雀羃窠。百事荒蕪須振刷，跛奚便了奈愁何〔二七〕。

新釘尖頭小統棚，晴天除脱雨天裝。繫門鄰借撐農具，出港人從寫藥方。諸子盡能划短槳，兩醫時共坐中艙。吴歌欸乃風流甚〔二八〕，見客無言更覺狂。

花飛圊溷墮無聲〔二九〕，帶水拖泥過半生。敢道癡兒不了事〔三〇〕，笑它解后幾成名〔三一〕。纏頭一擲曾孤注〔三二〕，赤腳今朝始耦耕。最是撩人情思惡，殘陽偏傍小窗明。

【校記】

①景宣　與下「蘭生」諸本皆無。嚴鴻逵釋略曰：「近得語溪曹射侯家藏舊本，第三句注曰：『景宣。』」

第四句注曰：『蘭生。』」據補。按，曹序，字射侯，號蟫菴，崇德人。生於明萬曆四十年壬子四月，卒於清康熙九年庚戌七月，年五十九。曾得錢牧齋、黄漳浦賞識。其論文歸於闡發聖真，根極理要；論學以修飾義行、疏通時務是求；視鄙儒守兔園之册，直涕唾棄之。嘗曰：「吾輩讀書，得親古人風義足矣，豈在博青紫、高門户哉？」絶意仕進，闔門養母。與弟度字正則、廣字遠思齊名。事具正則曹射侯先生行狀（帶存堂集）。

【箋釋】

此十首詩，定稿於康熙四年乙巳秋。

按，嚴鴻逵釋略曰：「按行略，子於癸巳年就試爲邑諸生，壬寅之夏，課兒讀書於家園之梅花閣。與高旦中、晦木兄弟、吴孟舉、自牧作詩倡和，嘗作詩云云，此詩作於是年也，以第三首『八年』句推之，亦合。然於編次考之，又似當爲乙巳秋作。」

謂此組詩之作始於康熙元年壬寅者，詳嚴鴻逵之説。謂定稿於乙巳者，第六首有「孤山長往鶴消魂」句，注言「聞魏美信」，而魏美卒於是年七月三十日，則詩之作當不得早於此，且於集中編次考之，遂謂「似當爲乙巳秋作」也。

第二首，嚴鴻逵釋略曰：「此命題之大旨也，程子曰：『餓死事小，失節事大。』又曰：『僧家若有達者，臨死必索一尺布帛，裹頭而去。』」所謂「雅集圖中衣帽改」者，指應清廷試爲諸生，著生員服之事；

「黨人碑裏姓名非」者，指爲應清廷試而易名光輪之事。

第三首，嚴鴻逵釋略曰：「剡曲，二黄；明州，高旦中。末句用樂天商婦琵琶事，以喻失節也。」蓋晚村之約請剡曲、明州共商耦耕之事，在始識之時，然三人俱未響應。所謂「各有好山思便住」者，即太沖宋石門畫輞川圖「吾家二百八十峰，九題皮陸唱和始。……高子亦有烏石山，買藥未歸兒女累」之謂也（續甬上耆舊詩卷三八）。

第四首，嚴鴻逵釋略曰：「口料，計口給食也。男女人丁册，謂之花名册。」

第五首，「石鏡銅鑪」者，乃晚村避亂時之居所也，故曰「未可留」，詳參看宋石門畫輞川圖依太沖韻詩之箋釋。所謂「澉湖雲岫」者，乃考夫、商隱欲約晚村同隱之地，而晚村直願隱南陽，故曰「費尋搜」。至若「團汐社」云云，即全謝山所謂「高公宇泰仿汐社例，舉南湖耆舊之會，慎選遺民」之事（鮚埼亭集外編卷一二李梅岑小傳）。

第六首，嚴鴻逵釋略曰：「前半必有所指，而不明言，存厚也。巢端明，名鳴盛，禾人。汪魏美，名渢，杭人。俱前孝廉，一存一没。似杜詩存没口號。近得語溪曹射侯家藏舊本，第三句注曰：『景宣。』第四句注曰：『蘭生。』蘭生姓徐，亦前孝廉，向與曹、汪二公齊名。」景宣，陸圻字，又字麗京，錢塘人。蘭生，姓徐，名之瑞，臨安人，明崇禎九年丙子舉人。巢端明，名鳴盛，私謚正孝先生，嘉興人，生於明萬曆三十九年辛亥，卒於清康熙十九年庚申，終年七十歲，崇禎九年丙子舉人。汪魏美，名渢，錢塘人，生於明萬曆四十六年戊午，卒於清康熙四年乙巳七月，終年四十有八。

第七首，嚴鴻逵釋略曰：「茅塘，一名天荒蕩，吴、越戰場也。界居崇、桐二邑。每雨積，茅塘水發，則溪水皆爲西流。」

第八首，嚴鴻逵釋略曰：「王子淵賣楊惠，收便了，賣券云云。」

第九首，嚴鴻逵釋略曰：「兩醫，子及高旦中也。」

第十首，嚴鴻逵釋略曰：「癡兒不了事，用施全事。」此喻姪諒功也，蓋諒功爲抗清死難，不無惋惜之情，詳參萬感集手録從子諒功遺稿詩之箋釋。

【資料】

朱彝尊零丁爲陸進士寅作：錢唐陸先生圻，字麗京，一字景宣，高尚之士也。甲申後，賣藥海寧之長安市，會湖州有私撰明書者，爲人告訐，辭連先生，既而論釋，游嶺南。（曝書亭集卷六一）

全祖望陸麗京先生事略：講山先生陸圻，字麗京，杭之錢塘人也。知吉水縣運昌子，兄弟五人，而先生爲長，與其弟大行培並有盛名。吉水嘗曰：「圻温良，培剛毅，他日當各有所立。」大行舉庚辰進士，當是時，先生兄弟與其友爲登樓社，世稱爲「西陵體」。性喜成就人，門人後輩下至僕隸，苟具一善，稱之不容口。平生未嘗言人過，有語及者，輒曰：「我與汝姑自盡，毋妄議他人。」爲乙酉之難，大行里居，自經死。先生匿海濱，尋至越中，復至福州，薙髮爲僧。母作書趣之歸，時先生尚崎嶇兵甲之間，思得一當事，去乃返。雅善醫，遂藉以養親，所驗甚多，有人病亟，夢神告之曰：「汝病在腸胃，得九十六兩泥可生也。」旦以告其友，友默然良久，曰：「嗟乎，此陸圻先生也。圻字分之爲斤爲土，其姓爲六，合之乃九十六兩土也。」即迎先生至，下藥立已。由是，吴、越之間爭求講山先生治疾，户外屨無算。會莊鑨史事發，刑部當大逆，詞連先生與查繼佐、范驤，三人於史固無豫，莊氏以其名高，故列之卷首，械繫按察司獄，久之，事白，詔釋之。既得出，歎曰：「余自分定死，幸而得保首領宗族俱全，奈何不以餘生學道耶？」貽書友人，封還月旦，不知所之，或言其在黄山。子寅聞之，徒步入山，長跪號泣請歸，先生曰：「昔者所以歸，以汝大母在，今大母亡矣，何所歸。」寅請一祭墓，乃從之歸。會弟階苦心痛，他醫治益甚，不得已留治八月餘。與弟同室卧，終不入内，既愈，遂往廣東丹霞山，一夕遁去，自是莫能蹤跡。寅往來萬里，負零丁，求數歲，卒不得，竟以是悒悒死，時稱其孝。（鮚埼亭集卷二六）

黄宗羲壽徐蘭生七十序：吾友蘭生先生，與汪魏美、萬履安、巢端明，浙中謂之四先生，蓋皆有大名於時。改革之際，皆不赴公車，抱道而不仕者也。唐人之稱四夔以才，浙人之稱四先生以節，每當有司推選，先生不行，以危法相中，先生舉所佩帨以示之曰：「此我磬懸之具也。」數十年棲遲困辱，壞褐破袍，沛然滿篋王霸之略，汩没於柴水塵土之中，曾不知悔，而歌聲噭然，若出金石。嗟乎，所謂臨大節而不可奪者，非其人歟？當其初聞先生之風者，未嘗不嗟歎百鳥之孤鳳，絳雲彩露，不犯煙火，年運而往，世多械束。宇宙可喜可愕之事，變化實繁，一寒餓無聊賴之老生，浮沉閭里，不足芥人耳目，後生别出新意，平地推瀾，方遂槐黄，而議所南之南向。日理夏課，而飾段干之踰垣，利害不臨，安坐而欲以名節蓋過前人，是張己之緦功，禁人之咳嗽也。豈通論哉！先生之詩，長於樂府，嘗爲西湖竹枝詞，以寓變衰之感，流傳唱和，仿佛鐵崖北里新聲。（南雷文案外卷）

蔣炯曰：（徐蘭生）先生當申酉後，棄孝廉，遯居北烏山。妻女皆能詩，自相唱和。身後稿盡散失。（兩浙輶軒録補遺卷一）

盛楓嘉禾徵獻録卷四七：巢鳴盛，字端明，嘉興人。年二十，始就塾，師嫌其晚，拒之，力請不已，乃授之舉藝一篇。夜則然膏授經，不歲餘，盡通其義。崇禎丙子舉於鄉，是時，一登賢書，則乘輿張蓋，隨後僕數人。鳴盛布衣草履，不改平昔，客過之，無應門者。乙酉，郡城失守，覓一蒼頭，偕渡錢塘，寓蕭寺中。見江東拒守兵無紀律，度必不支，乃泛海還家。即墓側搆數椽，屏居其中，隔溪築一小閣，可望先人丘壟，屋外植短籬，還栽橙橘百木。親荷鋤種菜自給，妻錢氏，篝燈紡績，一如農婦。友人造之，具雞黍爲樂，口不及人間一字。立家訓，首以勉忠孝、敦廉恥爲教。事兄如父，課子弟，雖成人必嚴。垂老，見僕婦婢子，必面赤，終不呼其名。與人交，初不甚歡，久而使人自不忍舍。年七十卒。閉户不出者凡四十年。著永思草堂集。

朱彝尊静志居詩話卷一九：孝廉肥遁深林，絶跡城市，時群盗四起，鏐鐵銀鏤隻器，無得留者。於是繞屋種匏，小大凡十餘種，長如鶴頸，纖若蜂腰，杯杓之外，室中所需器皿，莫非匏者，遠邇爭效之。檇李匏樽，不脛而走海内，孝廉作長歌詠焉。

徐枋曰：巢孝廉端明，名鳴盛，嘉興人。乙酉世變後，即遁跡荒野，矢以廬墓終身，不毁膚髮。時天下稱遺民之中有同調者三人，則宣城沈徵君眉生、嘉興巢孝廉端明及余不佞也。孝廉平居，足不踰户，親知都不接見。丁未暮春，忽破例遠顧余於山中，洄沿二百里，越嘉禾、松陵、吴郡，凡兩宿而後到吾草堂，遠道護持而來者，即嘉禾黄子復仲，而草堂中同集者，爲江右曾青藜、山東姜奉世也，一時傳爲盛事。又二年己酉秋，余寓書問訊孝廉，此孝廉答書及贈篇也。又十六年，余輯集，得之笥中。嗟乎，今孝廉與徵君已逝矣。俯仰之間，愴懷者久之。（居易堂集卷三致巢孝廉端明書附）

巢端明致徐枋書：自丁未暮春，獲奉良晤，倏忽三秋，眷懷彌積。時有緒言欲寄，以乏便鴻，祇有神往。頃八月初旬，奉有手翰，知道兄見懷之深，注存之篤也。並悉道履，可勝慰藉。唯我道兄質任堅剛，窮而彌厲，真可謂百世之師矣。弟盛淑其下風，雖埋影孤村，不與知故相接，而時時奉一俟齋以爲師表，聞聲相思，豈必握手相語哉。彼林宗不宿而去，士季一辭而返，皆漢晉之流習，非世外之真契也。道兄何必引此以爲病耶？曩日，半晌之晤，誠恨其促，因有他賓在坐，不可以留，然弟私心爲已多者，古人相視而笑，以爲至足，寧尚存乎見少哉？「日月擲人去，晨雞不肯鳴」，此非陶靖節之詩乎？然於斯時，卜居南村，抗言在昔，素心晨夕，高卧羲皇，而今也欲言無和，顧影自悲，舉步萬難，縮地無術，唯有夢寐，可慰相思，而積思不舒，沉痾益劇。弟舊年雖了向平之事，明歲履耳順之期，而白髮蕭蕭，槁項籬落，去日苦多，夙心終結，亦付之永歎已矣。如何道兄以未衰之年，獲潛養之實，咫步有閒，耳目有屏，外累既遣，内心自静，神宇泰定，而學道愈充，門以外截然寘之，尚何觸耳而驚，經心而痛者之有哉？然愛重一身，不唯爲己，戒心栗栗，無時不然。終身之憂，君子所履，其兹日之謂乎？若弟性鄙學荒，離群多疚，今益年索氣衰，不克自進，祈高明有以迪之，無間於遠近也。望之望之。（居易堂集卷三致巢孝廉端明書附）

黄宗羲汪魏美先生墓誌銘：汪魏美之卒，徐蘭生屬余誌銘，曰：「吾當先之以狀也。」荏苒十六年，狀不可得，頃見蘭生十哀詩，略具魏美事實，又見金道隱汪孝廉傳，因采兩家之言而志之，以覆蘭生，使授其子。魏美諱渢，新安人，徙於錢塘。祖父某，父某，妣某氏。魏美孤貧力學，舉崇禎己卯鄉薦。乙酉兵亂，奉母入天台，海上師起，群盜滿山，始返錢塘，僑寓北廓，室如懸磬，處之憺如。當是時，湖上有三高士之名，皆孝廉之不赴公車者，魏美其一焉，當事亦甚重之。監司盧公尤下士，一日值魏美於僧舍，問汪孝廉何在，魏美應曰：「適在此，今已去矣。」盧公然之。不知應者之即魏美也。盧公遣人通殷勤於三高士者，置酒湖船，以世外之禮相見，其二人幅巾，抗禮盧公，相得甚歡，唯魏美不至爲恨事。已知其在孤山，放船就之，魏美終排牆遁去。魏美不入城市，不設伴侣，始在孤山，尋遷大慈菴，又遷寶石院。匡林布被之外，殘書數卷，鎖門而出，或返或不返，莫可蹤跡。相遇好友，飲酒一斗不醉，氣象蕭灑，塵事了不關懷，然夜觀乾象，晝習壬遁，知其耿耿者猶未下也。余丁酉遇之孤山，頗講龍溪調息之法，各賦三詩契勘。戊戌，三宜盂設供，同坐葛仙祠。己亥二月望，笑魯菴中坐月至三更，是夜寒甚，菴中止有一被，余與魏美兩背相摩，得少暖氣。明日，余入雲居訪仁菴，魏美矢不入城，至清波門别去，從此不復相值，有傳其在洞庭山者。乙巳七月三十日，終於寶石僧舍，年四十八。

臨歿，悉舉書卷焚之，詩文無一存者。妻某氏，子蓮。嘗思宋之遺民謝翺、吴思齊、方鳳、龔開、鄭思肖爲最著，方、吴皆有家室，翺亦晚娶劉氏，開至貧畫馬，有子同居，唯思肖孑然一身，乞食僧廚。魏美妻死，不更娶，有子託於弟，行事往往與思肖相類，遺民之中，又爲其所甚難者。道隱言「盡大地人未有死者，七趣三世，如旋火輪，皆熾然而生，求不生者了不可得。君即不壽，何患不仙，要以所苦不得無身，則竢君仙後，尚當與予求必死之道」，此言魏美調息長生之非也。道隱之所謂「熾然而生」者，即輪回之説，所謂「必死之道」，即安身立命於死了燒了之説也。而余之論生死，正是相反，天地生氣流行，人以富貴利達愛惡攻取之心熾然而死之，輪回顛倒，死氣所成，魏美之志如食金剛，終竟不銷，此不銷者不可得死。忠孝至性，與天地無窮，寧向尸居餘氣同受輪回乎？道隱視此，與萬起萬滅之交感，一類斷絶其種子，則乾坤或幾乎息矣。銘曰：學問之道，在乎立志。凡可奪者，皆原於僞。桑海之交，士多標致。擊竹西臺，沉函古寺。年書甲子，手持應器。物換星移，不堪憔悴。水落石出，風節委地。侃侃魏美，之死靡貳。何意百鳥，乃見孤鶩。死而不亡，惟此生氣。（吾悔集卷一）

黄宗羲八哀詩之汪孝廉魏美：一别城西經七載（己亥二月望，别於清波門外），豈知再會竟無從。狂濤遥隔龍威水（魏美曾避地洞庭山），妖夢難憑五老峰（去年十二月，夢與魏美會於廬山）。黏背相温僧榻月（與魏美宿笑魯房，寒甚，貼背而寢），勘心並坐斷橋鐘。亂來消受祇如此，天意胡然又不容。（南雷詩曆卷二）

【注釋】

〔一〕耦耕：論語微子：「長沮、桀溺耦而耕，孔子過之，使子路問津焉。」陶淵明辛丑歲七月赴假還江陵夜行塗口作：「懷役不遑寐，中宵尚孤征。商歌非吾事，依依在耦耕。」

〔二〕「古人」二句：陸游簡章德茂：「造物無情吾輩老，古人不死此心傳。」

〔三〕買山：劉義慶世説新語排調：「支道林因人就深公買岬山，深公答曰：『未聞巢、許買山而隱。』」顧況送李山人還玉溪：「好鳥共鳴臨水樹，幽人獨欠買山錢。」

〔四〕誓墓：房玄齡晉書卷八〇王羲之傳：「時驃騎將軍王述少有名譽，與羲之齊名，而羲之甚輕之，由是情好不協。……述後檢察會稽郡，辯其刑政，主者疲於簡對。羲之深恥之，遂稱病去郡，於父母墓前自誓。」劉克莊贈天隱李君瑞一首：「唱名納禄尤崖異，誓墓休官更崛奇。」

〔五〕「身將」句：左傳僖公二十四年：「晉侯賞從亡者，介之推不言禄，禄亦弗及。推曰：『獻公之子九人，唯君在矣。惠懷無親，外内棄之。天未絶晉，必將有主。主晉祀者，非君而誰？天實置之，而二三子以爲己力，不亦誣乎？竊人之財，猶謂之盗，況貪天之功以爲己力乎？下義其罪，上賞其奸，上下相蒙，難與處矣。』其母曰：『盍亦求之？以死，誰懟？』對曰：『尤而效之，罪又甚焉。且出怨言，不食其食。』其母曰：『亦使知之，若何？』對曰：『言，身之文也。身將隱，焉用文之？是求顯也。』其母曰：『能如是乎？與女偕隱。』遂隱而死。」

〔六〕「不得」句：韓愈送孟東野序：「大凡物不得其平則鳴。草木之無聲，風撓之鳴；水之無聲，風蕩之鳴。……其於人也亦然。人聲之精者爲言，文辭之於言，又其精也。」

〔七〕「心跡」句：杜甫秋興八首其二：「匡衡抗疏功名薄，劉向傳經心事違。」

〔八〕黨人碑：脱脱宋史卷一九徽宗本紀一、二〇徽宗本紀二：「崇寧元年……九月……乙未，詔中書籍元符三年臣僚章疏姓名爲正上、正中、正下三等，邪上、邪中、邪下三等。……己亥，籍元祐及元符末宰相文彦博等、侍從蘇軾等、餘官秦觀等、内臣張士良等、武臣王獻可等凡百有二十人，御書刻石端禮門。……二年……九月……辛丑，改吏部選人自承直郎至將仕郎七階。令天下監司長吏廳各立元祐奸黨碑。甲辰，詔郡縣謹祀社稷。冬十一月庚辰，以元祐學術政事聚徒傳授者，委監司舉察，必罰無赦。……三年……六月……戊午，詔重定元祐、元符黨人及上書邪等者合爲一籍，通三百九人，刻石朝堂，餘並出籍，自今毋得復彈奏。……五年春正月戊戌，彗出西方，其長竟天。……乙巳，以星變，避殿損膳，詔求直言闕失。毁元祐黨人碑，復謫者仕籍，自今言者勿復彈糾。丁未，太白晝見，赦天下，除黨人一切之禁。」

〔九〕「苟全」句：諸葛亮出師表：「臣本布衣，躬耕於南陽，苟全性命於亂世，不求聞達於諸侯。」班固漢書卷六五東方朔傳：「吴王曰：『可以談矣。寡人將竦意而覽焉。』先生曰：『於戲！可乎哉！可乎哉！談何容易。夫談有悖於目、拂於耳、謬於心而便於身者，或有説於目、順於耳、快於心而毁於行者，非有明王聖主，孰能聽之？』」

〔一〇〕「餓死」句：二程遺書卷二二下附雜録後：「問：『孀婦於理似不可取，如何？』曰：『然。凡取以配身也。若取失節者以配身，是已失節也。』又問：『或有孤孀貧窮無託者，可再嫁否？』曰：『只是後世怕寒餓死，故有是説。然餓死事極小，失節事極大。』」

〔一一〕醒便行吟：司馬遷史記卷八四屈原列傳：「屈原至於江濱，被髮行吟澤畔。顏色憔悴，形容枯槁。漁父見而問之曰：『子非三閭大夫歟？何故而至此？』屈原曰：『舉世混濁而我獨清，衆人皆醉而我獨醒，是以見放。』」埋亦可：房玄齡晉書卷四九劉伶傳：「劉伶，字伯倫，沛國人也。身長六尺，容貌甚陋，放情肆志，常以細宇宙、齊萬物爲心。澹默少言，不妄交游，與阮籍、嵇康相遇，欣然神解，攜手入林，初不以家産有無介意。常乘鹿車，攜一壺酒，使人荷鍤而隨之，謂曰：『死便埋我。』其遺形骸如此。」

〔一二〕口料花名：嚴鴻逵釋略曰：「口料，計口給食也。男女人丁册，謂之花名册。」

〔一三〕石鏡：樂史太平寰宇記卷九三江南東道五：「臨安縣……石鏡山：按山川記云：『臨安縣有石鏡，在山之東峰。』又郡國志云：『徑二尺七寸，其光照人，如鏡之鑑，分毫不差。』」銅罏：參看宋石門畫輞川圖依太沖韻注〔一一〕。

〔一四〕澉湖：即澉浦，又名澉川。吴任臣十國春秋卷八四屠瓌智傳：「祖某，避地澉川，遂爲海鹽人。」常棠海鹽澉水志卷一沿革：「澉浦，舊屬會稽。……輿地廣記云：『秦置海鹽縣，屬會稽郡，吴越時分境於檇李。檇李，今屬嘉興縣界。』以此考之，澉浦乃古越地，石晉時吴越錢氏奏置秀州，始隨分隸。又水經云：『東南有秦望山，傍有谷水流出，爲澉浦。』秦望山在會稽，及鮑郎埸，十竈，九在秀，而一在越。是知澉浦古隸紹興，而今隸嘉興。」雲岫：黄宗羲海鹽鷹窠頂觀日月並升記：「鷹窠頂，濱海之山也，名雲岫。每當十月之朔，五更候之，日與月同升，相傳以爲故事。」查慎行欲游雲岫不果戲示德尹：「吾鄉鷹窠頂，陡起東海邊。飛鳥到山止，東南水浮天。常聞十月交，登臨得奇觀。天文直角氏，日月行同躔。」

〔一五〕打屋頭：蘇軾戲子由：「常時低頭誦經史，忽然欠伸屋打頭。」

〔一六〕汐社：方鳳謝君皋羽行狀：「君諱翺，字皋羽，姓謝氏，福之長溪人。……後避地浙水東，留永嘉、括蒼四年，往來鄞、越。……大率不務爲一世人所好，而獨求故老與同志，以證其所得。會友之所名汐社，期晚而信，蓋取諸潮汐。」楊維楨高節先生墓銘：「宋相文山氏客謝翺，奇士也。雪夜與之登西臺絶頂，祭酒慟哭，以鐵如意擊石，復作楚客歌，聲振林木，人莫能測其意也。暮年建汐社爲會，取晚而有信。翺卒無子，與社中友買地臺南葬之，築許劍亭。」

〔一七〕鴻溝：司馬遷史記卷七項羽本紀：「項王乃與漢約，中分天下，割鴻溝以西者爲漢，鴻溝而東者爲楚。」同書卷二九河渠書：「滎陽下引河，東南爲鴻溝。」司馬貞索隱：「楚漢中分之界。文穎云：即今官渡水也。」

〔一八〕仲長統：范曄後漢書卷四九仲長統列傳：「仲長統字公理，山陽高平人也。少好學，博涉書記，贍於文辭。……統性俶儻，敢直言，不矜小節，默語無常，時人或謂之狂生。每州郡命召，輒稱疾不就。常以爲凡游帝王者，欲以立身揚名耳，而名不常存，人生易滅，優游偃仰，可以自娱。欲卜居清曠，以樂其志，論之曰：『使居有良田廣宅，背山臨流，溝池環匝，竹木周布，場圃築前，果園樹後。舟車足以代步涉之艱，使令足以息四體之役。養親有兼珍之膳，妻孥無苦身之勞。良朋萃止，則陳酒肴以娱之；嘉時吉日，則亨羔豚以奉之。躕躇畦苑，游戲平林，濯清水，追涼風，釣游鯉，弋高鴻。諷於舞雩之下，詠歸高堂之上。安神閨房，思老氏之玄虚；呼吸精和，求至人之彷彿。與達者數子，論道講書，俯仰二儀，錯綜人物。彈南風之雅操，發清商之妙曲。消遥一世之上，睥睨天地之間。不受當時之責，永保性命之期。如是，則可以陵霄漢，出宇宙之外矣。豈羡夫入帝王之門哉。』又作詩二篇，以見其志。」

〔一九〕田宅求：陳壽三國志卷七陳登傳：「陳登者，字元龍，在廣陵有威名。又掎角吕布有功，加伏波將軍，年三十九卒。後許汜與劉備並在荆州牧劉表坐，表與備共論天下人，汜曰：『陳元龍湖海之士，豪氣不除。』備謂表曰：『許君論是非？』表曰：『欲言非，此君爲善士，不宜虚言；欲言是，元龍名重天下。』備問汜：『君言豪，寧有事邪？』汜曰：『昔遭亂，過下邳，見元龍，元龍無客主之意，久不相與語，自上大床卧，使客卧下床。』備曰：『君有國士之名，今天下大亂，帝主失所，望君憂國忘家，有救世之意，而君求田問舍，言無可采，是元龍所諱也，何緣當與君語？如小人，欲卧百尺樓上，卧君於地，何但上下床之間邪？』表大笑，備因言曰：『若元龍文武膽志，當求之於古耳，造次難得比也。』」

〔二〇〕織簾：蕭子顯南齊書卷五四隱逸傳：「沈驎士，字雲禎，吴興武康人也。……驎士少好學，家貧，織簾誦書，口手不息。宋元嘉末，文帝令尚書僕射何尚之抄撰五經，訪舉學士，縣以驎士應選。尚之謂子偃曰：『山藪故有奇士也。』少時，驎士稱疾歸鄉，更不與人物通。……隱居餘干吴差山，講經教授，從學者數十百人，各營屋宇，依止其側。」終南徑：歐陽修新唐書卷一二三盧藏用傳：「盧藏用，字子潛，幽州范陽人。……藏用能屬文，舉進士，不得調。與兄徵明偕隱終南、少室二山，學練氣，爲辟穀，登衡、廬，彷徉岷、峨。與陳子昂、趙貞固友善。……子昂、貞固前死，藏用撫其孤有恩，人稱能終始交。始隱山中時，有意當世，人目爲『隨駕隱士』。晚乃徇權利，務爲驕縱，素節盡矣。司馬承禎嘗召至闕下，將還山，藏用指終南曰：『此中大有嘉處。』承禎徐曰：『以僕視之，仕宦之捷徑耳。』藏用慚。」

〔一一〕秋壑：賈似道園。脱脱宋史卷四七四賈似道傳：「賈似道，字師憲，台州人。……太后曰：『本朝權臣稔禍，未有如似道之烈者，縉紳草茅，不知幾疏，陛下皆抑而不行，非惟付人言於不恤，何以謝天下。』始徙似道婺州，婺人聞似道將至，率衆爲露布逐之，監察御史孫嶸叟等皆以爲罰輕，言之不已。又徙建寧府，翁合奏言，建寧乃名儒朱熹故里，雖三尺童子，粗知向方，聞似道來，嘔惡，況見其人。……八月，似道至漳州木綿菴，虎臣屢諷之自殺，不聽，曰：『太皇許我不死，有詔即死。』虎臣曰：『吾爲天下殺似道，雖死何憾。』拉殺之。」

〔一二〕角里：嘉興角里坊。吴永芳康熙嘉興府志卷二坊巷：「角里坊，在游龍街葛家弄。」此處喻指巢氏。

〔一三〕孤山：祝穆方輿勝覽卷一臨安府：「孤山：去錢塘舊治四里，湖中獨立一山，人多留題。紹興十六年建四聖延祥觀。」李賢明一統志卷三八浙江布政司：「孤山：在府城外西湖上，獨立一峰，爲湖山勝絶處。上有林逋祠，唐張祜詩：『樓臺聳碧岑，一徑入湖心。不雨山長潤，無雲水自陰。斷橋荒蘚合，空院落花深。猶憶西窗夜，鐘聲出北林。』宋蘇軾詩：『孤山孤絶誰肯廬，道人有道山不孤。』在府城東南一十里，多桃花，春時游人勝賞於此。」

〔一四〕「甜桃」句：黄庭堅贈劉静翁頌四首（鄭明舉贈劉静翁四頌，勸之舍俗出家，詞旨高邁，玩之不能釋手，然静翁在家出家，無俗可舍，因戲作四頌以贈行）：「念念皆空更莫疑，心王本自絶多知。艱勤長向途中覓，掉卻甜桃摘醋梨。」

〔二五〕「菱角」句：陸游書齋壁：「平生憂患苦縈纏，菱刺磨成芡實圓。」自注：「俗謂困折多者謂菱角磨作雞頭。」揚雄方言卷三：「葰芡，雞頭也。北燕謂之葰，青徐淮泗之間謂之芡，南楚江湘之間謂之雞頭，或謂之雁頭，或謂之烏頭。」

〔二六〕種：嚴鴻逵釋略：「種，去聲。」意謂種類。

〔二七〕跛奚：黃庭堅跛奚移文：「女弟阿通，歸李安詩，爲置婢無所得，迺得跛奚，蹣跚離疏，不利走趨。」便了：王褒僮約：「蜀郡王子淵以事到煎上，寡婦楊惠舍有一奴，名便了，倩行酤酒。便了提大杖，上冢顛，曰：『大夫買便了時，只約守家，不約爲他家男子酤酒。』子淵大怒，曰：『奴寧欲賣耶？』惠曰：『奴父許人，人無欲者，子即決賣券之。』奴復曰：『欲使，皆上券；不上券，便了不能爲也。』子淵曰：『諾。』券文曰云云。」

〔二八〕吴歌欸乃：唐元十二月初十以來思歸排悶：「健兒耐冷送殘更，半帶吴歌欸乃聲。客子去家三百里，殘年能絜祀先羹。」

〔二九〕「花飛」句：姚思廉梁書卷四八范縝傳：「子良精信釋教，而縝盛稱無佛。子良問曰：『君不信因果，世間何得有富貴，何得有貧賤？』縝答曰：『人之生譬如一樹花，同發一枝，俱開一蔕，隨風而墮，自有拂簾幌墜於茵席之上，自有關籬牆落於溷糞之側。墜茵席者，殿下是也；落糞溷者，下官是也。貴賤雖復殊途，因果竟在何處？』子良不能屈，深怪之。」

〔三〇〕「敢道」句：熊克中興小紀卷三四：「紹興二十年春正月丁亥，左僕射秦檜趣朝，忽有殿前司後軍使臣施全者，挾刃於道，遮檜肩輿，欲害之。傷大程官數人，一軍校奮而前與之敵，衆奪其刃，遂擒送大理寺，獄具，全招爲所給微而累衆不能活，每歲牧馬及招軍勞而有費，以此怨忿。意欲用兵，遂潛攜刃，伺檜出，乞用兵，因而鼓衆作過，若不從，則害檜。壬辰，詔磔全於市。」

〔二〕「笑它」句：房玄齡晉書卷四九阮籍傳：「嘗登廣武，觀楚漢戰處，歎曰：『時無英雄，使豎子成名。』」解后，即邂逅。曹植鶴賦：「承解后之僥倖，得接翼於鸞鳳。」

〔三〕纏頭：李昉太平御覽卷八一五：「舊俗，賞歌舞人以錦彩置之頭上，謂之纏頭。」

同德冰晦木孟舉自牧官村看菊〔一〕二首

籬下叢叢緑玉堆，幾行早豔滿盆開。名花不肯爭先發，佳客還教傍後來。時重九後，未霜降，故佳種多未花。偶得好天容易錯，稀逢異種極難栽。人生良友真如此，一日須看一百回〔二〕。

賣菊堂中百種饒，一錢不買興偏豪。葉經雨打香還辣，花待霜開品始高。渠比舊顔猶瘦削，今年雨多，菊花葉多敗。我輸老影更蕭騷。芟枝乞與清齋對，凍壁粘瓶話濁醪〔三〕。

【箋釋】

此詩作於康熙四年乙巳九月。

按，諸本晚村詩集皆僅録第一首，第二首據嚴鈔本、釋略本後所附之倀倀集刪補。

官村之菊，亦具特色，然必於霜後觀玩，始韻味殊絶。孟舉曾有過官村看菊詩一首，可資參照。詩以「偶得好天容易錯，稀逢異種極難栽」以喻人生良友之難得，寄情良深。

【資料】

吴之振過官村看菊：别花無識費商量，品第南榮作等行。晚種正宜霜下看，繁枝已趁桂花忙。蜜蜂屈曲尋香入，巴虎經營覓葉藏。不向籬根傾酒盞，靠留星眼看斜陽。（黄葉村莊詩集卷一）

【注釋】

〔一〕官村：耿維祜道光石門縣志卷一〇冢墓：「太僕吕焕墓：靳志在南津鄉官村。」又卷一疆域：「南津鄉，在縣西郭下，轄一都、東二都、西二都。……西二都管……村六（官村……）。」吕鳴恭吕懿曆河東吕氏族譜宋遷崇德官村傳系圖：「六世孫繼祖，尉崇德，阻兵不得歸，因家於邑西二里許。其名曰官村，蓋繼祖官於斯邑，而以『官』名村也。」

〔二〕「一日」句：黄庭堅題劉氏所藏展子虔感應觀音：「常恐花飛蝴蝶散，明窗一日百回看。」

〔三〕凍壁：李商隱燕台：「凍壁霜華交隱起，芳根中斷香心死。」陳師道謝趙使君送烏薪：「老身曲直不足言，冷窗凍壁作春温。」

同德冰晦木孟舉自牧謁輔潛菴先生墓

道喪五百年〔一〕，淺草掩真儒。學子不知處，路人亦忘呼。齋沐約尋謁，有友五六俱。積雨道村路，直徑成縈迂。斷港與絶流，往往迷通渠。改卜至再三，天廓始清虚。溪毛猶絓樹，積水生針魚。宰木老刳腹〔二〕，白日眠妖狐。馬鬣四五封〔三〕，遺蜕竟焉居〔四〕。藉草成拜跪，所向猶糢餬。村竈乞殘煙，瓣香明柏腴。不愁傳火盡，所愁野燒殊。掃葉索遺跡，仆碣點畫無。駁蝕豈至此，殆是碑陰歟。當在晦翁門，庶幾曾閔徒〔五〕。密綱排僞禁，山堂傳工夫。俗學聲利場，立脚如龜趺〔六〕。集注及童問，經説存師謨。語録尊所聞，考亭手訂書。鶴山得受讀〔七〕，刊本今及吾。自擬厠其門，豈足供糞除〔八〕。末學日崩潰，支流細分塗。嗣法於告子〔九〕，而陽附子輿〔一〇〕。一花開新建〔一一〕，攻鏃及子朱〔一二〕。誰非含乳兒，出門定鸞弧〔一三〕。巍峩舊書院，臺草十丈蕪〔一四〕。安得起斯人，補苙追逃豬〔一五〕。

【箋釋】　此詩作於康熙四年乙巳秋冬間。

按，輔潛菴，名廣，字漢卿，崇德人。曾問學於朱子，爲朱子所稱賞，一生堅守朱學，矢志不移。是年，晚村與數友（據黄炳垕黄氏舊譜，此次謁者復有萬公擇，故晚村詩有「有友五六俱」之言）謁其墓，思末學日漸崩潰之事，感而發此。曾有重爲立碑之議。嚴鴻逵釋略曰：「白日眠妖狐，實事隱語也。」惜未曾點出，今亦不知其爲何事也。所謂「安得起斯人」，則分明以振起斯道自任。晚村字用晦，象曰：「明入地中，明夷，君子以涖衆，用晦而明。」寓意亦深。

詳參太沖輔潛菴傳。

【資料】

朱熹答輔漢卿：示喻所疑，足見探討不倦之意。前時所報，實有錯誤，已令直卿子細報去矣。熹向於中庸章句中嘗著其説，今並録去，可見前説之誤也。漢卿身在都城俗學聲利場中，而能閉門自守，味衆人之所不味，雖向來金華同門之士，亦鮮有見其比者。區區之心，實相愛重，但恨前日相見不款，今又相去之遠，無由面講以盡鄙意，更幾勉力，卒究大業。（晦菴集卷五九）

魏了翁朱文公語類序：開禧中，余始識輔漢卿於都城。漢卿從朱文公最久，盡得公平生語言文字。每過余，相與熟復誦味，輒移晷弗去。余既補外，漢卿悉舉以相畀。（鶴山集卷五三）

魏了翁跋朱文公所與輔漢卿帖：亡友漢卿，端方而沉碩，文公深所許與，往來書帖當不止此，然其懷人憂世，勸學興善之心，於此亦可略見矣。所謂當此時節，立得腳定者亦難其人，況更向上事

邪？文公之所望於學者，蓋若此。吾黨盍知所儆發云。（鶴山集卷六二）

真德秀跋輔漢卿家藏朱文公帖：嘉定初年，識公都城，容止氣象，不類東南人物。話言所及，皆諸老先生典刑，私竊起敬。當時達官貴人有知公者，舉措少不合物情，公輒盡言規戒。會中執法新受命，遂劾公。然在朝時，未知所坐果何事，後二十餘年乃見公上政府書一通，其論是非成敗，至今亡一語弗驗。嗚呼賢哉！宜其爲文公所重也。其子文甫，來官於閩，以考亭書帖見示，謹識其末。（西山文集卷三六）

袁桷輔漢卿先生語孟諸序：解經莫嚴於聖賢，見於語孟，其語簡，其旨明。子思之釋經，尤得聖人之微。今其書具在也。自漢傳注之學興，蔓辭衍説，漫淫乎萬言。魏晉一切掃削，明理之説，歸乎空玄；二者之弊，遂淪於偏滯，學者昧昧無所依憑焉，踰千有餘載矣。至宋，春陵碩儒開伊洛之緒，正説至道，粲於簡册，良謂大備。後朱文公出，懼其剽竊之近似也，源同而派别之，統宗據要，蓋將使夫學者不躐等而進，若律之有均，衡之有權，不得以錙銖差也。既又懼其疑之未釋，復爲問答以曲喻之，其詳且盡，不復可以有加矣。書大行於天下，而後之師慕者，類天台釋氏之教文，旁行側注，挈綱立目，茫乎皓首不足以窺其藩籬，卒至於聖人之經旨，莫之有解。日從事於口耳孩提之童，齊襟拱手，相與言道德性命者，皆是也。桷幼承父師，獨取黄輔二先生之書而讀之。黄公之書，嘗輔翼其未備，若可疑者，則以昔之所聞於先師而申明之；至於輔公，則直彰其義，衍者隱之，幽者暢之，文理炳著，不别爲標的，以盡夫事師之道。微文小義，簡焉以釋經爲急，而其知行體用之説，不蕲合而有合矣。二公所爲，是誠有益於後世，而今世補文公之遺書，誇多務博，雜然前陳，莫知揀擇，余獨病之。合黄輔以傳，則文公授受之旨，益得以遠。輔公書，其子季章舊刻於武岡，兵禍散軼，今其從孫政與其子華亭丞友仁相與謀曰：「遺書不傳，吾輔氏子孫責，曷敢緩？」遂刻先生之書於家塾，俾序其事，予獨連言於黄公者，將使夫後人知二公爲文公親授，黄公之澤已斬，輔氏爲未墜，是可哀也已，是可嘉也已，願勉哉！正學之興，其必在是也。（清容居士集卷二一）

葛天民寄輔漢卿：憶殺平生輔漢卿，武夷山裏話寒更。不知新歲還家未，白髮衝冠有幾莖。（陳起江湖小集卷六七）

敖陶孫至日記見簡輔漢卿二首：滿窗晴旭散輕埃，報答生成只酒盃。篇什正須今日用，歲時偏傍俗人來。輕舠上藕泥初拭，小巷爭魚臭不開。試作横竿權土炭，聊從夜半候陽回。

枕上吟哦安意好，新詩自覺鬼神扶。遥傳舊歲無多子，皆試新衣是早圖。天下自須胡伯始，江東只在管夷吾。鄉山此際當治麥，誤矣爲文敓兩都。（陳起編江湖後集卷一九）

黄宗羲輔潛菴傳：乙巳歲，余拜輔漢卿先生之墓於崇德。退而考於邑志，及其邑人所作宗輔録，皆不能詳，且多錯誤，故以其間出他書者，爲輔潛菴傳。輔先生廣，字漢卿，號潛菴，其先趙州慶源人也。父逵，字彦遠，南渡隸楊和王沂中麾下，累立戰功，官至左武大夫邵州防禦使知泰州，歸老崇德之晚村，遂爲崇德人。泰州四子，廉字清卿，庠字周卿，庚字安卿，先生其仲也。先生生於軍中，以父恩授保義郎，轉忠訓郎，漕舉四試不第，始從吕成公游。已至武夷，問學於朱文公，留三月而後返。

秋塘陳善有詩送之曰：「問説平生輔漢卿，武夷山下啜殘羹。」言其用志堅苦也。僞學禁嚴，學徒多避去，先生不爲動。文公曰：「當此時立得腳定者甚難，唯漢卿風力稍勁。」開禧議和，方信孺奉使未成，欲遣先生，辭以考亭諸生，老不稱便，舉王柟自代。與魏文靖公友善，每相過必出文公語言文字，洛誦移晷而去。文靖外補，先生以其平生所得於文公者盡畀之。先生容止氣象，不類東南人物，達官貴人稍有過舉，即正色規勸。嘉定初，上政府書，反覆於是非成敗之際。政府不悦，授意言官劾之，奉祠而歸，築傳貽書院，教授學書。所著有語孟注童子問、詩傳童子問、尚書集解。卒贈朝奉郎。夫人蔣氏，子四人：大章，戊辰進士第，迪功郎；仲章，鄉貢進士；叔章，秉義郎，知貴州；季章，訓武郎，知岡縣。志言文靖出其門，非也。文靖跋文公與先生帖云：「亡友漢卿，端方而沉碩，文公深所許與。」此可證其非師弟子矣。其爲此言者，文靖由先生而得文公之書，宋史文靖傳影響其詞，謂了翁築室白鶴山下，以所聞於輔廣、李燔者，開門授徒，蓋本文公語類序，而語言不詳，志則本宋史，而展轉失實矣。宗輔録言：「蔡元定貶死，先生入京，以身試禍，賈偉節西行解禍。」寧有試禍之理？按文公與先生書云：「省闈不利，亦是時節如此，看此火色，但得安坐，已是幸事，豈可别有冀望耶？」然則先生入京，是其應舉時耳。墓在城西三里叢木中，鬲如罣如者五六。其後人指而謂曰：「中爲泰州，左右則先生兄弟序而葬也。」然考其家譜，泰州墓烏程官宅山，所謂黑龍馬冢是也，則中之非泰州明矣。當是先生在中，而左右爲先生四子耳。蕺山諸生曰：「先生之學，入閩者熊勿軒、陳石堂其尤也。入東浙者，韓壯節、黄東發其尤也。逮至明初，而韓古遺及吾叔祖黄菊泉尚接其傳。嗚呼，道之行不

行，豈以時位哉！何先生之牢落，而自遠有耀乎？」（南雷文鈔）

按，太沖以「蕺山諸生」自稱，又言「吾叔祖黃菊泉尚接其傳」，可見兩人學術之爭焉。

黃宗羲拜輔潛菴先生墓：草難埋没水難齧，五百年來輔氏墳。日暮碑生牛角火，秋深緑變女腰裙。一時僞禁人將散，千古微言賴所聞（潛菴記甲寅以後所聞）。弟子朱門無列傳，憑誰好事託斯文（議重爲立碑）。（南雷詩曆卷二）

【注釋】

〔一〕「道喪」句：陶淵明飲酒其三：「道喪向千載，人人惜其情。」

〔二〕宰木：春秋公羊傳僖公三十三年：「秦伯怒曰：『若爾之年者，宰上之木拱矣。』」何休注：「宰，冢也。拱，可以手對抱。」

〔三〕「馬鬣」句：禮記檀弓上：「昔者夫子言之曰：『吾見封之若堂者矣，見若坊者矣，見若覆夏屋者矣，見若斧者矣。』從若斧者焉，馬鬣封之謂也。」孔穎達疏：「馬鬣之上，其肉薄，封形似之。」李賀王濬墓下作：「耕勢魚鱗起，墳科馬鬣封。」胡繼宗書言故事：「稱墳曰馬鬣封。」

〔四〕遺蛻：章潢圖書編卷六六大王峰：「漢人張垓得辟穀之術，於此仙去，遺蛻儼存。」

〔五〕曾：司馬遷史記卷六七仲尼弟子列傳：「曾參，南武城人，字子輿，少孔子四十六歲。孔子以爲能通孝道，故授之業。作孝經。死於魯。」閔：同前書：「閔損，字子騫，少孔子十五歲。孔子曰：『孝哉，閔子騫。人不閒於其父母昆弟之言。』不仕大夫，不食汚君之禄。」

〔六〕龜趺：碑下龜形石座。朱熹皇考左承議郎守尚書吏部員外郎兼史館校勘累贈通議大夫朱公行狀：「公贈官通議大夫，正第四品准格。又嘗立碑，螭首龜趺，其崇九尺，刻辭頌美，以表於神道。」

〔七〕鶴山：脱脱宋史卷四三六魏了翁傳：「魏了翁，字華父，邛州蒲江人。……慶元五年，登進士第。時方諱言道學，了翁策及之。……會史彌遠入相專國事，了翁察其所爲，力辭召命。丁生父憂，解官心喪，築室白鶴山下，以所聞於輔廣、李燔者開門授徒，士爭負笈從之。由是蜀人盡知義理之學。……嘉定四年……上疏乞與周敦頤、張載、程顥、程頤錫爵定謚，示學者趣向，朝論韙之，如其請。……朝辭，面賜御書唐人嚴武詩及『鶴山書院』四大字。」

〔八〕糞除：范曄後漢書卷四一第五倫列傳：「（第五倫）變名姓，自稱王伯齊，載鹽往來太原、上黨，所過輒爲糞除而去，陌上號爲道士。」李賢注：「糞除，猶掃除也。」

〔九〕告子：趙岐孟子章句：「告子者，告，姓也。子，男子之通稱也。名不害。兼治儒、墨之道者。嘗學於孟子，而不能純徹性命之理。」焦循正義引閻若璩釋地又續：「浩生，複氏。不害，其名。與見公孫丑之告子，及以告子題篇者，自各一人。趙氏偶於告子篇誤注曰名不害，且臆度其嘗學於孟子執弟子問者。」

〔一〇〕子輿：孟子名軻，字子輿。以上兩句謂陽明之學實自告子「性無善無不善」出，而僞託孟子「良知」之説也。

〔一一〕新建：明隆慶元年丁卯五月，詔贈王守仁新建侯，謚文成。詔曰：「病故大臣有應得恤典贈謚而未得者，許部院科道官議奏定奪。」於是給事中辛自修、岑用賓等，御史王好問、耿定向等上疏：「原任新建伯兵部尚書兼都察院左都御史王守仁，功勳道德，宜膺殊恤，下吏禮二部會議，得王守仁具文武之全才，闡聖賢之絕學，筮官郎署而抗疏以犯中璫，甘受炎荒之謫；建臺江右而提兵以平巨逆，親收社稷之功，偉節殊勳，久見推於輿論，封盟錫典，豈宜遽奪於身終。」疏上，詔贈新建侯，謚文成。（錢德洪、王畿王文成公年譜引）

〔一二〕子朱：子朱子省稱，即朱熹。真德秀南雄州學四先生祠堂記：「寶慶三年某月，南雄州始立周子、二程、子朱子之祠於學。……故周子主静之言，程子主一之訓，皆其爲人最切者，而子朱子又丁寧反復之。」

〔一三〕「誰非」二句：禮記射義：「男子生，桑弧蓬矢六，以射天地四方。天地四方者，男子之所有事也。」

〔一四〕臺草：詩小雅南山有臺：「南山有臺，北山有萊。」毛亨傳：「臺，夫須也。」

〔一五〕「補苙」句：孟子盡心下：「今之與楊墨辯者，如追放豚，既入其苙，又從而招之。」趙岐注：「苙，蘭也。招，罥也。今之與楊墨辯爭道者，譬如追放逸之豕豚，追而還之入欄則可，又復從而罥之太甚，以言去楊墨歸儒則可，又從而非之，亦云太甚。」朱熹集注：「此章見聖賢之於異端，拒之甚嚴；而於其來歸，待之甚恕。」

菜市橋小菴送別晦木旦中　四首

頻年送別此菴中，擔板頭陀也笑儂。惡夢夜長難得過，好人咒熟幾曾逢。竹篝饑鼠偷殘焰，佛屋驚烏起報鐘。豈爲破閒酬句法，怕看行思太征忪〔一〕。

勸移家具過江東，白髮垂堂計未工。石壩三更車斷夢，篷船二月牽春風。長年津吏看成舊，稺子嬌鬟語乍通。記得耦耕詩韻在，山窗吟影落燈紅。

屋板横攤地鋪同，笑談定到淚瀧涷〔二〕。無田望歲真成歉，有母傷貧未算窮。話及貧無養，不覺下予無母之淚。敗葉，空山涷影抱秋蟲。不堪響觸簷前樹，君聽烏啼我聽風。別路淒心堆比來簡點策新功，日暮臨歧路不窮〔三〕。鐵錯舊從忙裏鑄，雪痕立向猛時融。饑腸撐注傷寒論〔四〕，破被畫成文字通〔五〕。莫負數年行腳意，明春脱稿研堂中。

【箋釋】

此詩作於康熙四年乙巳十、十一月間。

按，諸本晚村詩集皆僅録前二首，後二首據嚴鈔本、釋略本後所附之倀倀集删補。晚村與晦木、旦中之情誼，自是深篤。然於耦耕一事，雖爲兩人拒絶，此時「記得耦耕詩韻在」、「莫負數年行腳意」云云，猶是眷眷不忘。只因家中老小成行，殘盆漏瓦，漉漉饑腸，嗷嗷待哺，若真隱矣，則數十指其將誰託？當是時，晚村亦以受於旦中之術者而行醫，得貲不匪，吴孟舉力行堂醉歌有「主人賣藥頗得錢，脯果時爲良友設」之句（黄葉村莊詩集卷一），此晚村之志，即隱於醫者也。而旦中之術，實在晚村之上，名振三吴，其亦可隱者矣。晦木雖亦行醫，然醫術不高，全謝山言晦木「提藥籠游於海昌、石門之間以自給，不足則以古篆爲人鐫花乳印石，又不足則以李思訓、趙伯駒二家畫法爲人作畫，又不足則爲人製硯」（鮚埼亭集内編卷一三鷓鴣先生神道表），有此三「不足」，其落魄可以想見矣，故晚村曰：「鼓峰……以醫食其一友。友爲鷓鴣也。」（吕晚村先生文集卷八賣藝文）

蓋歸隱南陽，晦木不與；晦木不與，則旦中亦不能；旦中不能，則耦耕之議終作罷。

【資料】

陸嘉淑和黄晦木（宗炎）：江南江北隔天涯，幾見春風楊柳華。邸舍乍逢真足喜，筋骸猶健儘堪誇。偶同去雁還依渚，輸與輕鷗各占沙。卻對明湖坐愁絶，芙蓉還發舊時花。

蹤跡偏宜同客僧，楞嚴注就注黄庭。盡窺佛老無奇秘，自有淵源垂汗青。點畫偏旁爭識字，牋疏堆積笑傳經。山陰小學猶無恙，虎賁何人似典型。

萬頃平湖萬疊山，小樓何礙雜塵寰。漸過三伏秋應好，才近孤山意已閑。永日煙波漁艇去，夕陽山磬鳥聲闗。年來自愛新詩句，客自嘲譏總未删。

頭白真成兩老翁，十年應未悔窮通。漸銷精力知難問，自信陽春那得工。已傍耕農猶負俗，即論風雅孰雷同。君家剩有名山本，倘有江船我欲東。（辛齋遺稿卷一二）

陸嘉淑與高旦中（斗魁）：相隔鼓峰千里遠，頻來語水一溪斜。耦耕有約知無負，用里堪移綺季家。

小徑春開花草香，巢由直不羡虞唐。明州耆舊人能説，高閌黄公蔣季莊。

行囊一卷鼓峰詩，珠玉行間燦陸離。會見舜江玄晏序，淵源如爾復伊誰？

懸壺也是老英雄，湯液刀圭絶施工。别有心期良獨苦，莫從草檄愈頭風。（同前卷一七）

李鄴嗣喜高旦中初歸四首：異時風雨日聯牀，短褐誰驅各一方。自散寒松亡友坐，重登春韭故人堂。幾年薦黍猶難定，此夜燈花極不忘。相約望衡來往路，豈容行藥老韓康。

經年候汝一還家，相對盤飧味盡加。仍有□陰移桂樹，久無風信到桐花（旦中庭前有三桂樹，其桐齋久廢）。暫歸未信身爲主，遠别方知鬢各華。每道倦游今倦未，便應束帶種污邪。

晝偃雙扉巷草蕪，日來喜有故人呼。扶藜容易過眉出，設酒何難滿眼酤。一徑蔽身看竹簽，三春留客聽鶯雛。頻年藥石秋風裏，但對先生肺即蘇。

數載分飛爲稻粱，朔風歸雁喜同行。方回漂泊三吴棹，忽解崎嶇百越裝（辰四亦自閩中初歸）。未洗輕霜霑鵠髪，難逢大被擁葵牀。愛君兄弟歸來好，莫説江湖秋水長。（杲堂詩鈔卷六）

【注釋】

〔一〕征伀：王子淵四子講德論：「百姓征伀，無所措其手足。」李善注引方言：「征伀，惶遽也。」伀，廣韻：「職容切。」

〔二〕瀧涑：同「籠東」，即「東籠」之倒文。荀子議兵：「圜居而方止，則若磐石然。觸之者角摧，案角鹿埵隴種東籠而退耳。」楊倞注：「其義未詳，蓋皆摧敗披靡之貌也。或曰：東籠與涷瀧同，沾濕貌，如衣服之沾濕也。」涷，廣韻：「德紅切。」

〔三〕臨歧：列子説符：「歧路之中又有歧焉，吾不知所之，所以反也。」劉禹錫別蘇州：「三載爲吴郡，臨歧祖帳開。」

〔四〕傷寒論：闡述外感熱病治療規律之著名醫籍，十卷，漢張仲景撰，晉王叔和編，於北宋嘉祐年間由孫奇、林億校定，詔命國子監雕版刊行。至金皇統四年即南宋紹興十四年，成無己注解傷寒論成，始有詳注，後世注家頗多。

〔五〕「破被」句：朱長文墨池編卷三：「紹宗嘗自云：鄙夫書無工者，特由水墨之積習，常精心率意，虚神靜思以取之耳。吴中陸大夫以余比虞君，以不臨寫故也。聞虞常被中畫腹，正與余同。虞即世南也，蓋其雖不臨寫，而研精覃思，歲月深久，自有所悟耳。」文字通，即聲音文字通，餘姚趙謙撰。謙字古則，號考古先生，曾作治學座右銘曰：「士之爲學，必先窮理，窮理必先讀書，讀書必先識字，故曰六書明則六經如指掌。」

與袁生翰英

俗學西陵聲利場〔一〕，山塵湖絮總顛狂。舉頭天外驚吾子〔二〕，撐腳人間愧老傖。讀盡書非高第事，講成醫豈救貧方。虚窗篝火難藏覆〔三〕，它日拈來味更長。

【箋　釋】

此詩作於康熙四年乙巳冬。

按，讀書不求高第，則明理是也；懸壺不爲救貧，則託隱是也。

袁翰英，生平未詳。既稱「生」，則是晚村弟子。

【注　釋】

〔一〕西陵：同西泠。陳維崧與吴漢槎書：「華亭年少，大有才情；西陵諸子，都饒風格。」陳康祺郎潛紀聞卷一四：「西泠十子，所作詩文，淹通藻密，符采爛然，世謂之西泠派。」

〔二〕舉頭天外：羅欽順困知記續録卷上：「包顯道所録象山語有云：『仰首攀南斗，翻身倚北辰。舉頭天外望，無我這般人。』按傳燈録，智通禪師臨終有偈云：『舉手攀南斗，回身倚北辰。出頭天外見，誰是我般人。』不知象山之言，其偶同邪？抑真有取於智通之説也？」

〔三〕藏覆：即藏鉤、射覆，行酒游戲。辛氏三秦記：「漢武鉤弋夫人手拳，時人效之，目爲藏鉤也。」周處風土記：「藏鉤之戲，分爲二曹，以較勝負。若人偶則敵對，人奇則奇人爲游附，或屬上曹，或屬下曹，名爲飛鳥，以齊二曹人數。一鉤藏在數手中，曹人當射知所在。一藏爲一籌，三藏爲一都。……藏在上曹即下曹射之，在下曹即上曹射之。」班固漢書卷六五東方朔傳：「上嘗使諸數家射覆，置守宫盂下，射之皆不能中。」顏師古注：「於覆器之下而置諸物，令闇射之，故云射覆。」李商隱無題二首其一：「隔座送鉤春酒暖，分曹射覆蠟燈紅。」

飲自牧齋啖鮑螺以古無詩詠與德冰孟舉自牧各賦之〔一〕

玉盌浮蛆厭鮑螺〔二〕，臨安遺法到姑蘇。十分雪骨旋窩細，一抹桃尖暈纈朱。院長嗜甜涎自化〔三〕，德冰最喜之。老饕怕嚼齒新無〔四〕。予新落二齒。酒醒記起糖滋味，銀匣盤絲出御廚。舊時大内造窩絲糖，每匣止重數分，其大如斗，甘美，非外間所有。内官以餽遺，亦可買得，價三兩。匣以錫爲之。

【箋　釋】

此詩作於康熙四年乙巳十一月。

按，諸本晚村詩集皆不載此詩，據嚴鈔本、釋略本後所附之倀倀集删補。

關於鮑螺之「臨安遺法」，即周公謹所言「南渡市物有鮑螺」之鮑螺是也（武林舊事卷六）。「到姑蘇」，即張宗子方物中所謂「蘇州則帶骨鮑螺」之鮑螺是也（陶菴夢憶卷三）。兩鮑螺殆亦皆有寓意。

【資料】

黄宗羲吴自牧謂鮑螺自來無賦者因作：紅燭燒殘出鮑螺，輕盈直讓一銖多。深寒雪殿肌無粟，斜日蜃窗頰有渦。名向武林傳舊事，桃留半壁自宣和。最宜冷落殘牙齒，映面醇醪不用磨（周公謹書「南渡市物有鮑螺」）。（南雷詩曆卷二）

陳維崧摸魚兒詠窩絲糖（糖出大内遺製，今西山一老中監尚能爲之，後恐遂失傳矣）：嫋春燈，赤瑛盤内，絲絲縷縷難理。平生説餅題糕興，慣與群兒爭嗜。銅駞市。曾趁遍賣餳，小擔簫聲底。何曾見此。總輸與筵前，輕鬆纖軟，弱雪不勝齒。　摩抄罷，髣髴夢華小記。依稀南内遺製。當初赭帕低籠處，分賜龍孫鳳子。今何似。似宋嫂魚羹，又似楊妃荔。天家往事。也不信宫娥，曉寒呵手，搓得恁般細。（迦陵詞全集卷二九）

厲鶚摸魚兒詠窩絲糖追和陳迦陵韻：剪瓊霜，翠蓬深處，蔥纖費盡料理。果奩已逐銅仙散，異味何人能嗜。忉利市。勝猜遍晶猊，玉乳雕闌底。春絲若此。想掃雪三千，揀花五百，甘冷未沾齒。　冬郎去，塵滿金鑾密記。多情樂府分制。等閒粉繭消元夜，偷裹銀泥衫子。評泊似。也不似君謨，遠貢輕紅荔。燕姬解事。悄比並當時，鏡鸞撲碎，墮馬一窩細。（樊榭山房集外詞卷四）

【注釋】

〔一〕鮑螺：徐珂清稗類鈔飲食：「乾隆時，有以牛乳煮令百沸，點以青鹽滷，使凝結成餅，佐以香秔米粥，食之絶佳。復有以蔗糖法製如螺形，甘潔異常。始於鮑氏，故名鮑螺，亦名鮑酪。」

〔二〕浮蛆：陶穀清異録卷下玉浮粱：「舊聞李太白好飲玉浮粱，不知其果何物，余得吴婢使釀酒，因促其功，答曰：『尚未熟，但浮粱耳。』試取一盞至，則浮蛆酒脂也。乃悟太白所飲蓋此耳。」（陶宗儀説郛卷一二〇）蘇軾連日與忠玉張全翁游西湖訪北山清順道潛二詩僧登垂雲亭飲參寥泉最後過唐州陳使君夜飲忠玉有詩次韻答之：「浮蛆灩金盌，翠羽出華屋。」

〔三〕院長：指黄太沖。零星稿之後耦耕詩嚴鴻逵釋略：「此專爲太沖作也。太沖嘗有私印云『雙瀑堂住持』。」黄宗羲與鄧起西晦木芝連祝三兒觀雙瀑次韻：「閣道三間成道院，與若長夜枕流聽。」按，住持即院長。

〔四〕老饕：蘇軾老饕賦：「蓋聚物之夭美，以養吾之老饕。」吴曾能改齋漫録卷七：「顔之推云：『眉毫不如耳毫，耳毫不如項絛，項絛不如老饕。』此言老人雖有壽相，不如善飲食也。故東坡老饕賦蓋本諸此。」

送德冰東歸 四首

終年相對只如斯，又見江沙候渡遲。書板衣囊經世法，菴鐘廟鼓講堂規。雞棲促縮熬霜夜〔一〕，天老癡呆炒雪時〔二〕。來往篷窗成熟識，荒山消息幾人知。

白葦黄茅路盡頽，深山尋取钁頭開。欲招天下離魂客，肯抱人間不哭孩〔三〕。俗字鈔書從省筆，自喜聊近字鈔書，云：「省工夫一半。」奇文割本棄餘材。莫驚殘稿遭輮底，後世相知誰寫來①〔四〕。今年爲予删舊稿爲一集。

刺眼多驚行跡殊，九流二氏費箋疏〔五〕。油添漆火芒猶斂，樓閉星經彗未除。前輩凋殘尋小友，舊文録遍借今書。冬還埋向三峰雪，雪盡峰青掃敝廬。

花梨木几坐還移，紙格糊門影乍稀。稺子夢回聞閣筆，油窗日射亂書圍。未經人見家藏富，曾許吾窺易學微。大擔屈頭知有意〔六〕，春風滿壓一肩肥。

【校記】

①寫　管庭芬鈔本、張鳴珂鈔本作「定」。張鳴珂鈔本校曰：「裁。」

【箋釋】

此詩作於康熙四年乙巳十一月。

按，諸本晚村詩集皆僅録前二首，後二首據釋略本、嚴鈔本後所附之倀倀集删補。

太沖歸里，晚村親送至杭州，渡錢塘江而止。詩叙年來事，熬霜炒雪，鈔書删稿，樂在其中，情誼綿長。是年，太沖建續鈔堂於黄竹浦，先爲避居，偶亦藏書，其藏書之數至十萬卷之多，所謂「未經人見家藏富」者，即此意也。太沖子百家續鈔堂藏書目序曰：「是目所未見世所絶傳之書，數百年來沉没於故家大族而將絶者，於今悉得集於續鈔，使之復得見於世。」（學箕初稿卷一）全祖望梨洲先生神道碑文謂「一時老宿聞公名者，競延致之相折衷，經學則何太僕天玉，史學則錢侍郎謙益，莫不傾筐倒屣而返。因建續鈔堂於南雷，思承東發之緒」，殆亦此意。

「奇文割本棄餘材」下，嚴鴻逵釋略曰：「太沖每見人好書，輒割取其欲者，而棄其餘。」此學者之藏書也，蓋無用之書，藏有何意？惟占數層書櫃耳。嚴氏此注，爲後來晚村託太沖收購澹生堂藏書以至齟齬張本，未免苛之於前焉。

【注釋】

〔一〕雞棲：詩王風君子于役：「雞棲于塒，日之夕矣。」毛亨傳：「鑿牆而棲曰塒。」鄭玄箋：「雞之將棲，日則夕矣。」

〔二〕天老：李賀金銅仙人辭漢歌：「衰蘭送客咸陽道，天若有情天亦老。」

〔三〕「肯抱」句：陸游雍熙請機老疏：「諸方到處，只解抱不哭孩兒。」

〔四〕「後世」句：曹植與楊德祖書：「昔丁敬禮常作小文，使僕潤飾之，僕自以才不過若人，辭不爲也。敬禮謂僕：『卿何所疑難？文之佳惡，吾自得之，後世誰相知，定吾文者邪？』吾嘗歎此達言，以爲美談。」

〔五〕九流：范曄後漢書卷四〇班彪列傳：「固字孟堅，年九歲，能屬文，誦詩賦。及長，遂博貫載籍，九流百家之言，無不窮究。所學無常師，不爲章句，舉大義而已。」李賢注：「九流，謂道、儒、墨、名、法、陰陽、農、雜、縱横。」二氏：韓愈重答張籍書：「今夫二氏之所宗而事之者，下及公卿輔相，吾豈敢昌言排之哉！」

〔六〕大擔屈頭：陳亮又甲辰答朱元晦書：「痛念二三十年之間，諸儒學問，各有長處，本不可以埋没，而人人須著些針線。其無針線者，又卻輕佻，不是屈頭肩大擔底人；所謂至公血誠者，殆只有其説耳。」

送管襄指

荒園舉手別何心，亭子風窗憶苦吟。乾菜長齋傳大學〔一〕，瓦盆半醉畫觀音〔二〕。老僧留守西溪歲〔三〕，妻子團欒梅樹林〔四〕。隨隊渡江休亦得，酒旗禪鼓記相尋。

【箋釋】

此詩作於康熙四年乙巳十一月。

按，當時浙東人之寓語溪者，太沖、晦木、旦中、公擇而外，管襄指亦其一也。先此，晦木、旦中已東歸，此次歸者，太沖、公擇、襄指也，故有「隨隊渡江」之言。嚴鴻逵釋略曰：「乾菜一聯，必是實事，但乾菜長齋而傳太學，瓦盆半醉而畫觀音，儒不儒、釋不釋之意，隱然言外。管時蓋館於西溪僧舍，故蔬食而但得飲酒耳，意是時僧人欲留之度歲。管方隨隊渡江，故諷其『休亦得』也。言西溪之梅成林，可當妻子團欒，果爾，我當相尋於酒旗禪鼓間也。」襄指，名諧琴，號嶧桐，餘姚人。生於明萬曆三十六年戊申，卒年不詳，終年六十以上。與陳湘殷兄弟友善，性孤高，不喜與貴介交。

【資　料】

吕留良質亡集小序：襄指多逸惰，以氣節自命。亂後棄業，隱於教書，又以拘牽爲苦。性嗜酒，每飲必酣。遇人無機事，然不屑流俗，故人亦少近之。喜爲詩文，無家可藏，隨地散軼，嘗有傷師道篇、夢伯夷求太公薦子仕周詩等作，曲盡猥瑣僞妄之情狀，爲時所傳誦。予嘗見其手定十餘本，今皆不可得，不知流落何處也。（吕晚村先生續集卷三）

倪復野續姚江逸詩卷七：諧琴，號襄指。甫弱冠，文名籍甚。甲申後即棄去諸生，以舌耕爲業。孤高廉潔，不喜與貴介交，遇品行庸劣者，即至戚不相往來，獨與陳祖法兄弟交善，彼此唱和不絕。詩稿散失。竹香居殘編，祖法從渠素所往來棲止僧寮道院中搜尋刻之。

陳祖法次韻管四襄指留别詩：凜凜霜風靜夜聞，起來又復歎離群。每因憶舊情無已（每歲杪必與襄指別），何致臨岐影遽分。擾擾傷心湘渚雁，勞勞極目敬亭雲。爲憐同氣蕭條甚，誰復開樽一醉君（來詩有「歸家應過賢兄弟」之語）。（古處齋詩集卷七）

【注釋】

〔一〕長齋：釋念常佛祖歷代通載卷九：「自天監以來，事佛長齋，日止一食，惟菜羹糲飯。」佛教戒律規定午後進食爲非時食，守過午不食戒者爲持齋，長時如此則謂之持長齋。

〔二〕瓦盆：指暢飲。杜甫少年行：「莫笑田家老瓦盆，自從盛酒長兒孫。傾銀注玉驚人眼，共醉終同卧竹根。」

〔三〕西溪：田汝成西湖游覽志卷一〇：「西溪居民數百家，聚爲村市，俗稱留下。相傳宋高宗初至杭時，以其地豐厚，欲都之，後得鳳凰山，乃云：『西溪且留下。』後人遂以爲名。」

〔四〕妻子團欒：釋覺範喧寂庵銘：「孰談無生，唯老居士。孰爲聽徒，團欒妻子。以諸塵勞，而作佛事。視其家風，老龐是似。」

送萬公擇歸鄞寄貞一

摒當醫船送客歸〔一〕，小艙抵背話離違。久從信友知君盡，不愧前人近世稀。安隱寺門泉眼沸〔二〕，臨平山頂雪珠肥〔三〕。一時風味思貞一，齋裏寒松正長圍。

【箋釋】

此詩作於康熙四年乙巳十一月。

按，晚村送客至臨平山下，作詩贈公擇，所謂「信友」者，公擇也。晚村之識公擇，在是年八月，參見喜太沖至同改齋萬公擇徐相六飲耕瑶亭依改齋韻詩。送歸途中，因見寺門之泉眼，山頂之雪珠，因思及貞一，蓋貞一於秋時已先歸矣。

【注釋】

〔一〕摒當：字又作「摒擋」、「屏當」。服虔通俗文：「除物曰摒擋。」（玄應一切經音義卷一六引）吴玉搢别雅卷四：「併當、栟檔、偋當、摒擋，屏當也。」晉書阮孚傳：「祖約性好財，客有詣約，見正料財物，客至，屏當不盡，餘兩小簏以著背後，傾身障之，意未能平。」屏、當，皆讀去聲。蓋今俗語收拾料理之意。

〔二〕安隱寺：沈謙臨平記卷一：「安隱寺，唐宣宗時名永興院，吴越時名安平院，至宋治平二年，始賜今名。」沈氏另有安隱寺志傳世。

〔三〕臨平山：嘉慶重修一統志杭州府：「臨平山：在仁和縣東北五十四里。平曠逶迤，無崇岡修阜。其嶺一名丘山。唐置臨平監於山下。咸淳志：上有塔，有龍洞、礪洞；有天井在山頂，雖旱不涸；下有藕花洲，即鼎湖也，山下又有磨劍池，有淬石，俗傳錢王磨劍於此。」

歸舟　三首

恥齋富有明山友〔一〕，忽地冬還半個無。看盡布囊裝竹轎，獨摇艇子落西湖。無聲雪煉消寒句，淡墨天鈎野别圖。一片荒涼誰共領，好留書札待潛夫〔二〕。

船過皋亭雪正深〔三〕，計程也好到山陰〔四〕。寒花點浪遥同看，舊路回舟細獨尋。燭影消磨開眼夢，櫓聲吹合斷腸吟。歸來索話人難得，只合洲錢解此心〔五〕。

隔江同是還鄉棹，此際胸脯各樣思。久客望家嫌路遠，空軒懷友願歸遲。一鐔煮剩安平水〔六〕，幾卷同尋北宋詩。且把磁甌繙葉盡，儼如分較選鈔時。

【箋釋】

此詩作於康熙四年乙巳十一月。

按，恥齋之號，首見於此。之前友朋往還之作亦無此號，之後則多矣，號之稱蓋始於是時。

賓朋齊歸浙東，邑中可「索話」者，唯吴孟舉、自牧叔姪耳，故有「只合洲錢解此心」之歎。自康熙二年癸卯，諸人共選宋詩，孟舉曰：「癸卯之夏，余叔姪與晚村讀書水生草堂，此選刻之始也。時甬東高旦中過晚村，姚江黄太沖亦因旦中來會，聯床分檠，蒐討勘訂，諸公之功居多焉。」（宋詩鈔卷首凡例）故晚村詩中有「幾卷同尋北宋詩」云云。此書直至康熙十年辛亥八月始克編定，晚村爲入選八十二家作者撰寫小傳，而由吴氏鑑古堂雕版印行。書成，孟舉攜之游京師，以所輯分贈名公大家，一時京城轟動。

殆康熙三十五年丙子後，孟舉與西陂老人宋牧仲函曰：「振之選詩緣起，因牧齋先生以僞盛唐流弊，後人不可底止，屬以選訂宋詩，救正俗學。不意近來學宋者，傳染訛謬，滋弊更甚，街談巷語，堆垛遝絮。李老登誠齋之床，龍褒入山谷之室，遂令海内歸咎於詩鈔之濫觴。」則宋詩鈔之選，實因牧齋之屬。據宋詩鈔凡例、黄梨洲先生年譜可知，宋詩鈔之選始自康熙二年癸卯。先是，順治十八年辛丑三月，晚村與晦木、九煙赴常熟，訪牧齋。後康熙三年甲辰四月杪，太沖、晚村、孟舉復至常熟，適牧齋病革，以喪事托太沖。以是可知，牧齋之屬選宋詩，當不只爲與孟舉一人言者也。

【資　料】

吴之振宋詩鈔序：自嘉、隆以還，言詩家尊唐黜宋。宋人集覆瓿糊壁，棄之若不克盡，故今日蒐購最難得。黜宋詩者曰「腐」，此未見宋詩也。宋人之詩，變化於唐而出其所自得，皮毛落盡，精神獨存，不知者或以爲腐。……此病不在黜宋而在尊唐。蓋所尊者嘉、隆後之所謂唐，而非唐、宋人之唐也。唐非其唐，則宋非其宋，以爲腐也固宜。宋之去唐也近，而宋人之用力於唐也尤精以專。……曹學佺序宋詩謂「取材廣而命意新，不剿襲前人一字」，然則詩之不腐，未有如宋者矣。……臭腐神奇，從乎所化。嘉、隆之謂唐，唐之臭腐也，宋人化之，斯神奇矣。……萬曆間李蓘選宋詩，取其離遠於宋而近附乎唐者，曹學佺亦云：「選始萊公，以其近唐調也。」以此義選宋詩，其所謂唐終不可近也，而宋人之詩則已亡矣。余與晚村、自牧所選蓋反是，盡宋人之長，使各極其致，門户甚博，不以一説蔽古人。非尊宋於唐也，欲天下黜宋者，得見宋之爲宋如此。（宋詩鈔卷首）

按：此文實爲晚村所作而冠於孟舉之名以刊行者。

吳之振八家詩選序：近詩之敝也，患在苟同，而不求自得。唐之傳者，如李杜王孟，儲王高岑，雖齊譽一時，而不相蹈襲，此作者之不同也。元和以後，皆師杜甫，然韓愈得其奇，孟郊得其古，白居易得其真，柳宗元得其澹，李商隱得其鍊，温庭筠得其艷，李賀得其險，盧仝馬異得其肆，陸龜蒙皮日休得其新，許渾劉滄賈島項斯得其工，共學一家而判若燕趙，此師承之不同也。以唐人論唐詩，則殷璠之英靈，韋莊之又玄，高仲武之間氣，劉明素之麗情，姚合之極玄，芮挺章之國秀，元結之篋中，皆集不多人，人不多什，其所取舍，別有神理，自聽内視，不受誚於愚鹵書厨，此選論之不同也。夫生唐之世，爲唐之詩，一時規摹歎賞，固宜風調畫一矣，然而崖異迥然如此。奈何今世作者，取他人殘賸之瀋汁，更相遝絮。李所吟詠，無別於張；贈甲之篇，移乙亦得。試取方域氏姓、官爵名目爲禁，則群噤不能發聲。若調弄唐吻，則枵中捷口之徒，邪許而集，晝蠅晚蚷，相聚雷和，同則同矣，尚得謂之詩哉？余辛亥至京師，初未敢對客言詩，間與宋荔裳諸公相游讌，酒闌拈韻，竊窺群製，非世所謂唐法也，故態復狂，諸公亦不以余爲怪。還往倡酬，因盡得其平日之所作，而論次之，皆脱棄凡近，澡雪氛翳。一集之中，自爲變幻，莫可方物，豈道園所稱「光岳氣全，粲然間出」者歟？夫古之作者、師承者、選論者，所以求指歸之同也至矣，而不同顧若彼，廼其所以同也。知不同之爲同，則必有指歸之自得者矣。今八家自不相爲同，余之選八家也，非選其同於余標一同之説，以繩天下，斯不同者多知吾之所謂不同，則可以同，此不同者正多也。其足以陵轢中州，摩盪風雅，亦在能詩者各求其自得而已矣，何必同。時康熙壬子季秋之朔，洲錢吴之振書於鑑古堂。（八家詩選卷首）

李良年吴孟舉以宋詩選刻並所作種菜詩見貽走筆奉柬：向來榛棘滿詞場，兩宋詩隨宋臈亡。天遺藏書歸作者，手披殘蠹走光芒。三年貴紙矜坊本，一夕封題到草堂。豎子不知高調苦，紛紛范陸與蘇黄。（秋錦山房集卷五）

王崇簡吴孟舉以所輯宋詩相貽賦贈（第二首）：卓識開千古，從今宋有詩。漢唐堪並駕，鮑謝不尊奇。世鮮風華度，人兼泉石姿。千旌方蔽野，何事采江蘺。（黄葉村莊詩集卷首）

陳祚明贈吴孟舉（孟舉有宋詩選行世）：論詩莫爲昔人囿，中唐以下同鄫後。何代何賢無性情，時哉吴子發其覆。丹黄十載心目勞，南北兩宋撰集就。名家大篇各林立，鏤板傳人百世壽。亦師李杜慘澹成，不與齊梁靡麗鬭。任真胸臆自傾吐，得意才華故奔湊。莫拘格調嫌薄弱，難得篇章安結搆。

近時浮響日粗疏，矯枉宜將是書救。我聞卷帙三歎息，目多未見慚固陋。大雅何當正始聞，斯文實恐歧途謬。布衣羸馬在風塵，賣田刻書四壁貧。獨有聲名長不朽，表章先哲惠來人。（稽留山人集卷一九）

吴之振與宋牧仲函：振所選宋詩鈔、八家詩選各一册並拙刻二册呈教，政事之暇，幸爲痛加斧削。至振之選詩緣起，因牧齋先生以僞盛唐流弊，後人不可底止，屬以選訂宋詩，救正俗學。不意近來學宋者，傳染訛謬，滋弊更甚，街談巷語，堆垛遝絮。李老登誠齋之床，龍褒入山谷之室，遂令海内歸咎於詩鈔之濫觴。復欲輯選三唐之詩，以救近日學宋詩者之弊，繕録一就，當寄正左右而後發梓。（寶鑑齋録存所藏牧仲存札卷五）

按，函中所謂「拙刻二册」當爲黄葉村莊詩集，稱初集，八卷，刻成於康熙三十五年丙子。

【注釋】

〔一〕明山：即四明山。嘉慶重修一統志寧波府：「四明山：在府西南一百五十里，爲郡之鎮山。唐六典：江南道名山曰四明山，山高一萬八千丈，周回二百十里。……舊志：山由天台山發脉，向東北一百三十里，湧爲二百八十峰，中有三十六峰，周圍八百餘里，綿亘府之奉化、慈谿、鄞縣，紹興之餘姚、上虞、嵊縣，台州之寧海諸境，上有方石，四面如窗，中通日月星宿之光，故曰四明山。」

〔二〕潛夫：吴之鯨武林梵志卷八：「周密，字公謹，寶祐間爲義烏令。入元不仕，自號泗水潛夫。詩極典雅，善畫，得意輒自題其上。曾過南屏小蓬萊，詩有『園林幾换東風主，留得亭前御愛松』之句。所著有齊東野語、癸辛雜識、武林舊事諸書行世。」

〔三〕皋亭：嘉慶重修一統志杭州府：「皋亭山：在仁和縣東北二十里。唐書地理志：錢塘有皋亭山。咸淳志：山高百餘丈，雲出則雨，有水甕及桃花塢。」

〔四〕山陰：嘉慶重修一統志紹興府：「山陰縣（附郭）：治府西偏。東西距五十六里，南北距九十里。東至會稽縣界一里，西至蕭山縣界五十五里，南至諸暨縣界五十里，北至海四十里，東南至諸暨縣界四十里，西南至諸暨縣界一百十里，東北至會稽縣界三里，西北至海岸三十里。」

〔五〕洲錢：嚴鴻逵釋略：「洲錢：孟舉，自牧所居村名。」許瑶光光緒嘉興府志卷四市鎮：「洲錢市：縣西北二十七里，其地週回皆水，形如錢布，故名。宋嘉定中，農斸地得石刻，乃唐長慶初李公明葬母於吳郡嘉興洲錢之陽，内有螭尾平底斗一枚，是知洲錢之名甚古。」

〔六〕安平水：嚴鴻逵釋略：「安平泉，在臨平安隱寺。」蘇軾安平泉：「當年陸羽空收拾，遺卻安平一片泉。」彭孫貽安平泉：「菊花時節過臨平，紅樹寒山秋更清。倚棹安平泉上石，松風吹作煮茶聲。」

宿菜市橋小菴寄晦木旦中 二首

重到前番送别處，又偷佛火話霜寒〔一〕。一時好友東歸盡，三月空樓怕上看。經過風濤回想惡，未來草稿做成難。吳中競説南陽事〔二〕，不道吾曹眼正酸。

別後狂風蹴地浮〔三〕，不知此日渡江不。人來月半無書寄，路盡天南有夢游。雪夜工夫看

硬脊〔四〕，花間句子出尖頭〔五〕。刪存寶硯原無幾，忍凍摩挲苦未休。

【箋　釋】

此詩作於康熙四年乙巳十一月。

按，嚴鴻逵釋略曰：「江東人例以十一月歸，明年二月復來，此爲『三月空樓』也。」晚村返後，即整理友朋所贈之硯，爲友硯堂記一文。其所記之硯有太沖所贈之八角硯、晦木所贈之紅雲硯、旦中所贈之鳳池硯、子度所贈之眉槽小端硯、孟舉所贈之鹵硯、自牧所贈之山高月小硯等六硯，故曰「刪存寶硯原無幾」，並作友硯堂記文以記朋友間情誼。

【資　料】

呂留良友硯堂記：予幼嗜研石，所畜不下二三十枚，其佳者纔四五耳。……遭亂，竄跡山水，其佳者不忍舍，則託之村友。村友死於兵，研盡散失不可問。戊子以後，歸理筆札，則亦買市中石片磨墨，故友孫子度過而悲之，贈以眉槽小端硯，予自此復有研。……己亥，遇餘姚黄晦木……得予則喜甚，曰：「是可爲吾友。」晦木求友之急，至此蓋可悲矣。……謂予曰：「予兄及弟，子所知也。有鄞高旦

中者，此非天下之友，而予兄弟之友也。」庚子遂與旦中來，其秋太沖先生亦以晦木言會予於孤山。……因各以研贈予，從予嗜也。其研有出自梅朗三、陸文虎、萬履安者，其人雖已古，然繇三子之交而追之，或冥漠所不拒，孟子所謂友天下之士爲未足者非耶？予又自幸其友之足尚也，因以「友研」名吾堂。同邑吴孟舉見而喜之，孟舉新獲研出自黄澤望，遂以見贈。……或曰：「子之友盡此乎？」予曰：「非也。或不能得研，或有研而不必取，又烏乎盡！」「然則子之名堂也，得毋重研而輕友乎？」曰：「否。予之研固不盡此也。研雖良，非良友不以登吾堂；吾友良，雖無研亦不敢不登也。」

黄宗羲跋：往時交游道盛，余與陸文虎、梅朗三數子獨有研好，所畜多絶品。外舅葉六桐先生、友人王子樹皆官粤中，不能致片石，最後萬履安以曹秋嶽之力搜訪，亦未見有余敵者。亂後雲煙過眼，一時交游亦零落爲異物，余從樵人瀑布嶺下拾土題名而已。因歎交游之盛衰，關於世運之升降；而硯石之聚散，又關於交游之盛衰，如李格非之記名園一例也。讀語溪吕用晦友研堂記，朱鳥欲來，關塞且黑，毒龍未怒，環劍可求，耿耿者久之，信有生習氣之不易除也。雖然，用晦之友即吾友，用晦之硯即吾硯，往時之盛，蓋庶幾復見之。契弟黄宗羲跋。

【注釋】

〔一〕偷佛火：顧非熊寄太白無能禪師：「太白山中寺，師居最上方。獵人偷佛火，櫟鼠戲禪床。」

〔二〕吴中：司馬遷史記卷七項羽本紀：「項梁殺人，與籍避仇於吴中。」程俱宋故右迪功郎監潭州南嶽廟富君墓誌銘：「公平時固已樂吳中風物之美，因留居不去。」

〔三〕蹴地浮：孫承恩江上阻風：「雲色連天暝，濤聲蹴地浮。」

〔四〕硬脊：指硯臺。高似孫硯箋卷二引歙硯詩：「君家歙溪邊，自采歙溪石。刓磨清泉根，剞斬紫虯脊。」

〔五〕尖頭：指毛筆。魏收魏書卷二八古弼傳：「世祖大閱，將校獵於河西，弼留守，詔以肥馬給騎人，弼命給弱者。世祖大怒曰：『尖頭奴敢裁量朕也。朕還臺，先斬此奴。』弼頭尖，世祖常名之曰筆頭，是以時人呼爲筆公。」

集飲自牧齋分韻得渠字

從來縱飲因良友，酒户雖高定勝渠〔一〕。此輿怕逢生客敗〔二〕，所言定與俗情疏。童知量窄還斟淺，婢笑饕饞不望餘。底苦更闌猶秉燭〔三〕，明朝罰例過巢居。

【箋釋】此詩作於康熙四年乙巳冬。

按，此次集飲時，孟舉分韻得「天」字，自牧詩未見。明日則又飲於晚村之力行堂，孟舉有詩述其事。

【資　料】

吴之振集飲分韻得天字：連朝痛飲如泥醉，更有新詩當酒錢。四五良朋時作隊，團圞雜坐不論年。木奴試擘濃霜候，鳩婦初歸細雨天。共剪燭花留白話，空拳退舍亦欣然。（黄葉村莊詩集卷一）

吴之振力行堂醉歌：君不見，涼月一輪照茅屋，樹葉打窗風卒卒。鉼傾罍恥凍欲僵，那得雅懷生鬱勃。又不見，高堂會客沸笙歌，揚州秋露波光滑。重雲疊疊吹不開，短檠燭淚愁紅蠟。今宵有酒復有月，月正當圓酒不竭。主人賣藥頗得錢，脯果時爲良友設。團圞雜坐生面稀，細視方知半吴越。狂吟怪叫非酒徒，亦能一飲盡百罰。藏鈎赤六何喧騰，往返輸贏看顔艷。有時辟易多先聲，群峰萬騎來排突。戰酣出没游刃餘，平岡兔起落蒼鶻。湖海元龍百尺樓，餘子下風堪結襪。余獨退舍袖手觀，兩賢相避如蛩蟨。阿買真能張吾軍，下駟當之已張蹶。遂令東莊歎絶奇，斜倚交床書咄咄。剪燈捉筆記盛事，隃麋細碾蒼龍骨。紙團分韻共鬮探，各從冷淡尋生活。客辭出門月轉東，細落霜花浸石髮。（黄葉村莊詩集卷一）

【注　釋】

〔一〕酒户：古稱酒量大者爲大户或上户，小者爲小户或下户。户，唐人語，指酒量。元稹和樂天仇家酒：「病嗟酒户年年減，老覺塵機漸漸深。」竇華酒譜：「唐薄白公以户小飲薄酒。」（陶宗儀説郛卷九四）李商隱刑部尚書致仕贈尚書右僕射太原白公墓碑銘：「家居以户小飲薄酒。」趙璘因話録：「（譚簡）

問崔公：『飲酒多少？』崔公曰：『户雖至小，亦可引滿。』」

〔二〕「此興」句：劉義慶世説新語排調：「嵇阮山劉在竹林酣飲，王戎後往，步兵曰：『俗物已復來，敗人意。』王笑曰：『卿輩意亦復可敗邪？』」

〔三〕底苦：何苦也。姚勉別西湖：「漸是梅花雪片時，雁書底苦趣歸期。」更闌猶秉燭：杜甫羌村三首其一：「夜闌更秉燭，相對如夢寐。」

張考夫同錢商隱過訪

劉門弟子別傳多，實踐無如張考夫。死友生交依半邏〔一〕，商隱居半邏。荒山古伴約南湖〔二〕。約同游澉湖卜宅。支頭壞壁當痕滿，立腳寒磚印濕趺。聽雨休時提舊話，分明師意在程朱。考夫極論劉先生真程朱，非陽明之學。

【箋釋】

此詩作於康熙四年乙巳前後。

按，諸本晚村詩集皆不載此詩，據嚴鈔本、釋略本後所附之倀倀集删補。

張、錢二人此次來語溪之具體時間未能確證，然就詩論之，謂「約同游澉湖卜宅」，又謂「分明師意在程朱」，則詩之作當不外乎此前後三年之中矣，且原稿將此詩次於太沖得趙考古歲寒畫作雪交詩依韻題之（作於八月）與菜市橋小菴送别晦木旦中（作於十一月）兩詩之間，姑繫該卷之末，俟後再考。

張考夫，名履祥，號念芝，學者稱楊園先生，桐鄉人。生於明萬曆三十九年辛亥十月，卒於清康熙十三年甲寅七月，終年六十有四。早年爲諸生，中年問學蕺山；明亡，絶意仕進，守遺民矩矱甚謹，課徒著述，終老鄉里。尊崇程朱，貶斥陽明。順治十五年戊戌，與錢商隱訂交，館錢厚菴（商隱伯父）家。康熙三年甲辰，晚村亦請焉，至八年己酉始就。事詳蘇惇元張楊園先生年譜。

錢商隱，本姓何，名汝霖，字雲士，學者稱紫雲先生，海鹽人。生於明萬曆四十六年戊午七月，卒於清康熙二十八年己巳閏四月，終年七十有二。事詳何聚仁何商隱先生年譜。

劉蕺山，明末大儒，從學者衆，則「别傳」亦多，如太沖、乾初等。其由蕺山以至程朱者，考夫也。考夫自順治十七年庚子至康熙七年戊申九年間，館半邏錢氏，於錢氏有「死者復生，生者不愧」之訂（吕晚村先生文集卷一與張考夫書），故詩中有「死友生交依半邏」句。

【資料】

凌克貞楊園先生全集序：人之爲學，所以修身盡性也。性雖無形，而其理不越乎倫常事物之間，故踐形即所以盡性，下學即所以上達。知道器之不離，則可與言性矣。自論性不明，往往有爲傳心之學，而反失其本心。余友張念芝先生，於學絶道晦之日，獨明於心性之故，而修身力行以踐其實。其於是非真僞之際，辨之明而守之篤。其言曰：「子思首原天命之性，而蔽其旨於大本達道。孟子揭『性善』二字以示人，而驗其情於四端之發，由是而紛紛之説始定。厥後程子出，而曰『性即理也』，又明確不移，聖人復起，不易其言。陽明易之以『心即理也』便錯。蓋心則虚而活，謂之『具衆理』則可，謂之『心即理』則不可。故中庸言『率性』，而不言率心；孔子不言其性不違仁，而言『其心不違仁』。況渠以『無善無惡』言心之體，則『心即理』内亦屬鶻突，不過師心自用，廢卻讀書窮理之功而已。不窮理則不知性，不知性豈能盡心哉？故姚江之學興，則説理全無根據。認虚靈知覺爲心，而以『無善無惡』名之，則雖言理而失其本心，浸淫於禪而不覺矣。」此張子見道不惑，尊聞行知，故其言之焯焯。而一時知之者，亦寥寥也。蓋陽明本以文人餘習，好異立新。彼於仁義禮智而外，獨提「良知」兩字，別立門庭，爲根據孟氏，而不顧博學、詳説、明庶物、察人倫之旨。婉轉説合，以良知自有天則，萬事只求心之所安，天理之粲然於吾心者謂之文。種種説歸於心内，不肯以格物爲窮理，其病只坐「心即理也」一句生出。夫賦於性而統於心，渾然在中者，理之一本也。殺於事物，察乎天地，有物有則者，理之散殊也。窮理盡性以至命，孔門之正學也。不言精義利用，而謂一心惺寂，足以窮神達化，道器之分，釋氏明心之學也。以理明義精之學爲支離，而致良知於事物之間，祇求心之安，未審合乎當然之則，姚江師心之學與異教同源也。恃其聰明舌辨，足以禦人，以佐成一己之説。而一時之好徑欲速者，喜其言之直捷，而放縱闒茸者，樂其教之脱略，而不核於事情，相與尊之，轉相矜尚。況其文學事功，亦足以震炫一時，而淺識者遂以有「言者信其德，勇者信其仁」也，將盈天下而莫辨其非矣。或爲兩歧之説者，謂朱子「自明誠」之學也，而陽明「自誠明」，將等之堯、舜、孔子乎？況孔子生知，猶居「自明誠」之列，凡其開示後學，皆由教而入者也。陽明以「自明誠」爲非，亦安識所謂「自誠明」！豈以杳冥昏默最上一乘之説，爲之胚胎乎？張子拒之素嚴，雖未能摧排廓清，然當群言鼎沸，尚知伊、洛淵源者，則張子反經之力也。抑思百餘年以來，聖學榛蕪，反覆沉痼，士子毀棄程朱之書，漸不識孔孟門庭，猖狂自恣，往而不返。故學術亂而士習壞，士習壞而生心害政之禍淪胥而莫救，則學術之關氣運豈小哉！語溪何求老人以崇正闢邪爲己任，尊信朱子之書而表章之，辨析精微，表裏洞徹。使學者因朱子之遺言，以尋孔孟之墜緒，如披雲霧而見青天，厥功不細。然學其學者，未免爲語言文字之習。講論愈繁，而知德者鮮；文章日多，而約禮者寡。畢知殫能於時藝之中，謂足盡聖賢之藴。即所以論道講學，而於修辭立誠之道未能體會，將朱子惓惓釋遺經、訓後學，竟是安排作時文地步。而以修飾之辭，爲干進利禄之資。恐崇信陸學者，益思所志、所習之論，義利之辨，深中學者隱微，而偏内之弊愈不可返，又將來斯道之憂也。惟念芝先生，學有本原，功崇實踐，持守集義、養氣之功，致力庸行、庸言之際，道器不離，動静無間。驗其素履，則歷險難而不渝，極困窮而自得。凡發於語言文字，絶不矜情作意，藹然自見於充積之餘。言愈近而旨愈遠，見愈親而理愈實，有德之言，非能言者比。余交三十年，察其語默動静，莫非斯道之流露，非深造自得者不能也。先生之學，可謂明而誠矣。先生生於明季，少時向道，聞山陰劉先生爲海内學者所宗，往受業於門。先生德器温粹，陶淑於山陰，更覺從容。歸而肆力於程朱之書，學益精密，識益純正，仰質先聖，其揆一處，洞悉無疑。而同學者，或詆其説之異同，不知信程朱，即所以信孔孟。博文、約禮，孔門教人之準繩；知言、養氣，孟氏爲學之律令。程朱之書，翼經而行，如日月之麗天。求道者舍此而别求門庭，是猶背日月而索照也。使先生而在，充養自然，積厚流光，當不能名其所至。然其所已言者，實與先儒相發明，以惠後學，猶規矩之於方圓也。梓其書而公之，遥遥宇内，必有負異挺特，篤實爲己者，讀其書，自有以得其中之所存也。

錢儀吉紫雲先生年譜序：紫雲先生爲先太常公玄孫，弱冠遇世變，飛遯不出，讀朱子之書，省察踐履，以諶以密。雖韜聲匿曜，莫由充其澤於當世，然敬宗收族分財教善之事，猶一二見於楊園張氏遺書中。楊園，吾郡理學大儒，與陸清獻相後先者也。其交先生，略如朱子之於南軒、東萊者。嗚呼！先生幼傷孤露，中更患難，晚益轗軻，可謂窮矣。而行道同術，乃有楊園，此非徒虞仲翔所謂「得一知己而不恨」也。蓋其紹微言，放異學，桐溪澉浦，同源合流，實與於斯文之維繫，豈不重哉！年遠風微，志乘猶徵，而著書盡失。往予得遺稿於同里丁小鶴所，亦僅尺牘一體爲多，今從孫本之孝廉，博蒐約取，繫年爲譜，而先生之志事，始稍稍可見矣。予美其用心之勤，爰奉舊所，得先生遺像，畀之藏焉，並書此以引其端。道光七年仲冬之月朔後一日，四世從孫儀吉謹序。

黄宗羲忠端劉念臺先生宗周：劉諱宗周，字起東，號念臺，越之山陰人。萬曆辛丑進士，授行人。

上疏言國本，言東林多君子，不宜彈射。請告歸。起禮部主事，劾奄人魏忠賢、保姆客氏，轉光禄寺丞。尋陞尚寶少卿、太僕少卿，疏辭，不允。告病回籍。起右通政，又固辭。内批其矯情厭世，革職爲民。崇禎己巳，起順天府尹。上方綜核名實，群臣救過不遑，先生以爲此刑名之術也，不可以治天下，而以仁義之説進，上迂闊之。京師戒嚴，上疑廷臣謀國不忠，稍稍親向奄人。先生謂：「今日第一宜開示誠心，爲濟難之本。皇上以親内臣之心親外臣，以重武臣之心重文臣，則太平之業一舉而定也。」當是時，小人乘時欲翻逆案，遂以失事者牽連入之東林。……有旨革職爲民。然上終不忘先生，臨朝而歎，謂：「大臣如劉某，清執敢言，廷臣莫及也。」壬午，起吏部左侍郎。先生以爲天下治亂決不能舍道而别有手援之法，一涉功利，皆爲苟且。途中上書，以明聖學。未至，陞左都御史。召對，……上怒曰：「朕處一二言官，如何遂傷國體？假有貪贓壞法，欺君罔上，俱可不問乎？」先生對：「即皇上欲問貪贓壞法，欺君罔上者，亦不可不付之法司也。」上大怒曰：「如此偏黨，豈堪憲職？候旨處分。」先生謝罪。文武班行各申救，遂革職歸。南渡，起原官。……當是時，姦人雖不利先生，然恥不能致先生，反急先生之一出。……詔書敦迫再三，先生始受命。尋以阮大鋮爲兵部侍郎，先生曰：「大鋮之進退，江左之興亡繫焉。」内批：「是否確論？」先生再疏請告，予馳驛歸。先生出國門，黄童白叟聚觀歎息，知南都之不能久立也。浙省降，先生慟哭曰：「此余正命時也。」門人以文山、疊山、袁閬故事言，先生曰：「北都之變，可以死，可以無死，以身在削籍也。南都之變，主上自棄其社稷，僕在懸車，尚曰可以死，可以無死。今吾越又降，區區老臣尚何之乎？若曰身不在位，不當與城爲存亡，獨不當與土爲存亡乎？故相江萬里所以死也，世無逃死之宰相，亦豈有逃死之御史大夫乎？君臣之義，本以情決；舍情而言義，非義也。父子之親，固不可解於心，君臣之義，亦不可解於心。今謂可以不死而死，可以有待而死，死爲近名，則隨地出脱，終成一貪生畏死之徒而已矣！」絶食二十日而卒，閏六月八日戊子也，年六十八。……先生之學，以愼獨爲宗。儒者人人言愼獨，唯先生始得其眞。盈天地間皆氣也，其在人心，一氣之流行，誠通誠復，自然分爲喜怒哀樂。仁義禮智之名，因此而起者也，不待安排品節，自能不過其則，即中和也。此生而有之，人人如是，所以謂之性善，即不無過不及之差，而性體原自周流，不害其爲中和之德。學者但證得性體分明，而以時保之，即是愼矣。愼之工夫，只在主宰上。覺有主，是曰意。離意根一步，便是妄，便非獨矣。故愈收斂，是愈推致。然主宰亦非有一處停頓，即在此流行之中，故曰：「逝者如斯夫，不舍晝夜。」蓋離氣無所爲理，離心無所爲性。佛者之言曰：「有物先天地，無形本寂寥。能爲萬象主，不逐四時凋。」此是其眞贓實犯，奈何儒者亦曰理生氣？所謂毫釐之辨，竟亦安在？而徒以自私自利，不可以治天下國家，棄而君臣父子，强生分別，其不爲佛者之所笑乎？先生大指如是。此指出眞是南轅北轍，界限清楚，有宋以來，所未有也。識者謂五星聚奎，濂洛關閩出焉；五星聚室，陽明子之説昌；五星聚張，子劉子之道通，豈非天哉！豈非天哉！（明儒學案卷六二）

【注釋】

〔一〕半邏：徐碩至元嘉禾志卷三海鹽縣：「半邏市，在縣西北三十五里。」

〔二〕南湖：即永安湖，中有一堤，湖分南北，俗稱南北湖，常棠海鹽澉水志卷三：「永安湖：在鎮西南五里，周圍一十二里。元以民田爲湖，儲水灌溉，均其税於湖側，田上税雖重，而田少旱。四圍皆山，中間小堤，春時游人競渡行樂，號爲小西湖。」

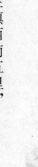